Peter O. Chotjewitz
Machiavellis letzter Brief

EUROPA
VERLAG

PETER O. CHOTJEWITZ

Machiavellis letzter Brief

HISTORISCHER ROMAN

Europa Verlag
Hamburg · Wien

Erstausgabe

Umschlaggestaltung: Kathrin Steigerwald, Hamburg
Satz: Gaby Michel, Hamburg
Druck und Bindung: Wiener Verlag, Himberg bei Wien
ISBN 3-203-76019-3

Inhalt

MACHIAVELLI: Den meisten ist mein Name stets verhaßt.
Für mich ist Religion nur Kinderspiel.
Macht macht den König, und Gesetze gelten nur,
wenn sie mit Blut geschrieben sind.
Mich staunen an, die mich am meisten hassen.

Christopher Marlowe,
Der Jude von Malta

Erstes Buch

Von Wolfenbüttel nach Augspurg.

Augspurg im Mai 1664.

IM NAMEN DES VATERS, DES SOHNES UND DES HEILIGEN GEISTES.

EUER Fürstlichen Gnaden einen untertänigen Gruß zum Beginn. Mögen Eure Augen mit Wohlwollen meinen Ausführungen lauschen –, wie der große Wilhelm *Shakespeare* zu sagen pflegte.

AM Anfang schuf GOTT=DER=HERR Himmel und Erde, am siebten Tage aber ruhte er – freilich nicht ganz, wie wir wissen. Reiste vielmehr durch die Welt, um zu betrachten, was alles er geschaffen hatte. Solches müssen wir annehmen, da unser HERR, als er die Schlechtigkeit seiner Geschöpfe bemerkte, diese von der Erde zu tilgen beschloß, und wäre dies bei logischer Betrachtung nicht erfolgt, ohne seine Gewohnheit, die Welt zu umrunden wie ein fernes Gestirn, in der Absicht, alles von ihm Geschaffene zu begutachten und notfalls ein Urteil darüber zu fällen, amen.

SO wollen auch wir Menschenkinder um unserer göttlichen Ebenbildhaftigkeit willen nicht reisen des bloßen Vergnügens wegen, sondern um einen Eindruck von allen Dingen zu gewinnen, welche GOTT=DER=HERR und die Menschen erschaffen haben, in Sonderheit aber um ein Bild uns zu machen von Seiner unerschöpflichen Weisheit und Güte sowie des Menschen Dumm= und Bosheit, welche jedoch nach Auffassung der hervorragendsten Gelehrten unserer Zeit weder unerschöpflich noch unverbesserlich sind. Nahezu jedes Menschenkind wäre der Besserung fähig und würdig, und sei es im nächsten Leben, nur über die Methoden sind die Fachleute uneins.

Am siebten Tage also reiste GOTT=DER=HERR kraft eigener Macht und Pracht, ich aber reiste kraft E.F.G. gütiger Erlaubnis im April des Jahres 1664 auf der ersten Morgenpost Richtung *Nürnberg* mit nichts als meiner Reisetasche, einem Paar unverwüstlicher Siebenmeilenstiefel und nur dem Nötigsten versehen, um nicht zu prassen, noch den Lastern der Untugend und des Luxus zu frönen, statt dessen aber mit dem Kirschbaumprügel, welchen E.F.G. lieber Sohn Johann Ulrich mir zum Abschied dediziert als Waffe gegen Strauchdiebe, Wildschweine sowie unbotmäßige Dienstboten und haben vom Goldschmied am Hogrevenkamp auch seine und meine Initialen in den Silberknauf ziselieren lassen und mir selbigen mit einem letzten feuchten Auge und einer zärtlichen Umarmung zum Abschied überreicht, woraufhin ich die klapprige Kutsche bestieg und E.F.G. schönem Wolfenbüttel einen letzten bangen Gruß zu warf.

Nun ein Wort zu den Eigenheiten der Sprache meiner Schilderung. Es soll und kann darin keine andere Verwendung finden, als die *teutsche,* auch wenn etliche meinen, es drücke sich darin der alte teutsche Hochmut aus. Den Widersinn solcher Anmaßung mag jeder halbwegs gebildete Leser selber ergründen, ist doch unbegreiflich, warum der teutsche Dichter immer noch *lateinig* schreiben sollte, zumal nicht bekannt ist, daß eines unserer Nachbarvölker sich der Überheblichkeit zeihen lassen muß, wenn seine Dichter ihre trefflichsten Gedichte, Romane und Theaterstücke in ihrer Mütter Sprachen und Urväter Worte kleiden.

Die Frage lautet kurz gesagt: Warum darf der Franzose auf *französisch* schreiben, der Spanier auf *spanisch,* Unsereins jedoch nicht auf *teutsch*? Denn sind wir, die sich der Neubelebung der teutschen Literatursprache in Lyrik, Prosa und Drama verschrieben haben, ein kleiner Kreis nur, der unbeachtet von den breiten Volksschichten sich der Gelehrsamkeit widmet, so besteht einiger Grund dazu, des Volkes Sprache zu verfeinern, denn erstens mag der Tag kommen, da auch ein größerer Kreis an der Literatur Gefallen findet, und zweitens wird ein jeder Dichter aus dem Sprechen des Volkes mehr Anregungen ziehen, als aus dem lateinigen Psalmodieren der Kleriker und den Girlanden der Professoren, die von Amts wegen *lateinig* parlieren müssen.

Nun gibt es etliche, die meinen, es sei wohl politisch statthaft, einen Roman in teutscher Sprache zu schreiben, jedoch nicht ratsam aus künstlerischen Gründen. Als Kanzleisprache in juristischen und militärischen Dingen möge das Teutsche wohl angehen – in des für ein subtiles Gedicht voll gedanklicher Tiefe und poetischer Schönheit, einen ausgedehnten Roman voller Gefühl und Leidenschaft oder einen kenntnisreichen Reisbericht sei unsere Sprache viel zu grobschlächtig, unsensibel und gedankenarm.

Schlicht ohne *Facetten* und Möglichkeiten des Ausdrucks sei der Teutschen Sprach= und Wortschatz, weshalb gewiß in dreihundert Jahren noch alle Welt von den Meisterwerken der französischen, polnischen und spanischen Literatur schwärmen, jedoch über das teutschsprachige Dichten und Trachten unserer Tage nur Hohn und Spott, Galle und Gülle ausgießen werde, wenn überhaupt jemand ihrer Erwähnung zu tun gedächte.

Wenn schon, so argumentieren diese Kritiker der teutschen Literatursprache, ein nichtssagender Gassenhauer um vieles klüger und reizvoller klinge, sofern er auf englisch, französisch, italienisch, spanisch, ja sogar auf *schwedisch* oder *niederländisch* geträllert werde, so müsse das um so mehr für einen Roman oder einen philosophischen Traktatus gelten. Weshalb es dringlich angeraten sei, jedem teutschen Verfasser zu empfehlen, seine Werke in englisch, französisch *et cetera* niederzuschreiben.

Ja, dankbar müsse er sein, der teutsche Autor, daß ihm nicht, wie seinen auswärtigen Kollegen eine überlieferte Literatursprache zur Verfügung stehe – habe er dadurch doch die Wahl zwischen verschiedenen Sprachen und könne je nach Genre, Stil, Thema und Geschmack sich für die eine oder andere entscheiden –, englisch für die Kommödie, spanisch für den Roman, französisch für den Traktat, italienisch für das Lied und russisch für das Gebet.

„Welch ein haarsträubender Unsinn!" wird man nun ausrufen und uns an den trefflichen *Weckherlin* verweisen, der schon vor dem großen teutschen Krieg folgendes verfaßte – ich zitiere aus dem Gedächtnis:

Drum dies verkünde jeder Mann den Söhnen:
Das teutsche Reich ist unser Vaterland.
Teutsch sind wir von Geburt mit Herz und Hand.
Mit Ausländern darf nit sich unser Land beschönen.
Wie denn die Welt wohl weiß, daß es zu aller Zeit
treffliche Leut' im Frieden hatte und im Streit!

RECHT hat er, der brave Weckherlin, wird man sagen, und sich fragen: Sind nicht die Romane eines *Herzogs von Wolfenbüttel* und die Dramen unseres jüngst verstorbenen *Glogauers* Beweis genug, daß die teutsche Sprache es aufnehmen kann mit jeder anderen, und hat nicht unser Bunzlauer Nationalpoet vor mehr als vier Jahrzehnten schon geschrieben, daß die spanischen Barbaren, so die schöne Rheinpfalz im August 1620 verwüstet haben, allesamt Maranen waren, also Jüden? Zum Christentum zwangsweise Bekehrte zwar, aber Jüden geblieben in ihren Herzen?

„GOTT=DER=HERR!" ruft unser *Opitz* in einem langen Gedichte, und dann bittet er, daß selbiger die jüdischen Spanier vom Rhein vertreiben möge:

Schlag doch, du starcker Held, die scheußlichen Maranen,
so leider ihre Zelt' und blutgefärbten Fahnen
auch jetzt in Teutschland bracht' an unsern schönen Rhein,
der Waffen tragen muß, statt seinen guten Wein.

Genug der Beispiele! Ich hoffe E.F.G. überzeugt zu haben und werde mir somit erlauben, auf teutsch zu schreiben, denn wozu haben wir eine FRUCHTBRINGENDE GESELLSCHAFT zur Pflege der teutschen Dichtkunst und die vielen anderen Gesellschaften zur Pflege der teutschen Sprache und Literatur landauf, landab, wenn wir teutschen Dichter unsere Werke in irgendeinem Kuchen=Latein verfassen wollen?

Wozu sollen die vielen Kriege in unserem Jahrhundert gut gewesen sein, die sauer erstrittenen Siege über Franzosen, Spanier, Schweden und Dänen, die schmerzlichen Niederlagen in so vielen Schlachten gegen Kaiser *Ferdinand II.*, den Schwerverbrecher, den machthungrigen Kurfürsten *Maximilian* den Bayern, Kaiser *Ferdinand III.,* den landgierigen Franzosen *Condè,* den spanischen Italiener *Spinola,* wenn sie uns nicht gelehrt haben, stolz zu sein, auf unser teutsches Land und deshalb unserer Mütter Sprachen zu ehren und unsere Romane und Gedichte in denselben zu verfassen?

Genug der *raisonnements*!

FOLGENDE Befehle meine ich erhalten zu haben und bitte untertänig, mich zu korrigieren, falls ich E.F.G. Befehl mißverstanden haben sollte:

Zuvörderst eine Reise anzutreten, mich aber in allen Aufwendungen als da sind Kost, Logis und Transportmittel, ärztliche Konsultationen, Allheilmittel, Trinkgelder, *amusements* et cetera äußerster Sparsamkeit zu befleißigen, mich zu hüten vor Heckenmünzen, zu meiden die verderblichen Kipper und Wipper und E.F.G. Kammer nach Beendigung der Reise auf Heller und Pfennig Rechnung zu legen.

Item: Mich auf kürzesten Wegen nach Italien zu begeben und in allen Dingen eines schicklichen Auftretens zu befleißigen, wie es sich geziemt für einen herzöglichen Agenten. *Item:* In *Sant'Andrea* in Percussina Kontakt aufzunehmen mit einer gewissen *Ippolita Machiavelli,* wohnhaft Via Antica Romana in der Herberge *Albergaccio,* mit dem Ziel Einsicht zu nehmen in einen angeblichen Brief des ehemaligen Florentiner Staatssekretärs und Schriftstellers NICCOLÒ MACHIAVELLI.

Item: Allerlei Auskünfte einzuholen über besagten Schriftstellers Leben und Sterben, Amts=Tätigkeiten, Schriften, private Neigungen, Familien=Verhältnisse et cetera und E.F.G. Bericht zu erstatten, was ich in Erfahrung gebracht diesbezüglich.

Item: Vor=erwähnten Brief zu erwerben, sofern sein Inhalt

und Kaufpreis den beabsichtigten Ankauf rechtfertigt. *Item:* Mich auch in Italien eines bescheidenen Lebenswandels zu befleißigen, um E.F.G. Kammer nicht ober Gebühr zu belasten. *Item:* Besagten Brief des Niccolò M. persönlich nach Augspurg zu transportieren und E.F.G. Buchkommissär Anckel zur Prüfung vorzulegen. *Item:* Nach erfolgter Prüfung des Briefes unverzüglich nach Wolfenbüttel zurück zu kehren und diesen nebst Zertifikat Anckels samt Reisebericht und Reisekostenabrechnung in personam zu überbringen.

Vor allem eins befahlen mir E.F.G. ausdrücklich, nemblich Bericht zu erstatten, welcher Art die Schäden infolge der teutschen Kriege seit der Schlacht am weißen Berg und der Besetzung der schönen Rheinpfalz durch spanische Truppen, und inwiefern jene Dörfer, Märkte, Flecken, befestigten Plätze und Städte, so mir unter die Augen kommen, beschädigt und sodann wieder hergestellt worden seien.

Item: Mit allen verständigen Personen über Ursachen und Verlauf der Kriege sowie Interessen der beteiligten Souveräne, geistlichen Herrscher, Heerführer, Städte und sonstiger Kriegsparteien, unauffällig ins Gespräch zu kommen, um derselben Dünken und Urteil zu erfahren, und alles getreulich aufzuzeichnen, um späteren Generationen die Weisheit zu vermitteln, auf welche Weise eine ähnliche Katastrophe in ferneren Epochen zu vermeiden sei.

Gott schuf Eva und Adam und die ganze Reihe der Patriarchen, Propheten diverser Größenordnung etcpp – mit dieser und ähnlichen Einleitungen pflegten die Geschichtsschreiber der Alten die ersten Bände ihrer historischen Werke zu füllen, um sich der Gegenwart zu nähern. Ich aber will direkt *in medias res* von der ersten Station meiner italienischen Reise berichten.

VON *Wolfenbüttel* bis *Harzburg* reiste ich mit der kolossalen Witwe eines Posamentenhändlers aus Coburg, einem langen dürren Notar aus Ilmenau und einem vierschrötigen Posaunist, der in Bamberg engagiert war. Der Himmel ertrank in einer bitterlichen Graupensuppe, und als wir den Ort erreichten, um die Gäule zu wechseln, verhüllte er sogar den vielbesungenen Blick nach oben. Schroff zwar wie erwartet wuchsen die schwarzglänzenden Harzberge vor unserem Auge aus dem felsigen Boden, verschwanden aber nach wenigen Metern im Grau der verschwitzten Wolkendecke. Auf halber Höhe ein bedrohlicher Schemen, in dem ich die staufische Feste vermutete, wegen deren der Ort einst berühmt war.

Ich füllte an der Quelle nur meine Feldflasche, zog den Hut ins Gesicht, schlug den Mantel um die Schultern und stieg hinauf, auch um meinen schmalen Reise=Etat nicht schon in der ersten Mittagspause zu schmälern, und während also die anderen Reisenden auf einen fetten Saubraten ins Wirtshaus wankten, kauerte E.F.G. gehorsamer Diener sich droben unter die Reste eines halb eingestürzten Gewölbes, brach sein Kommißbrot, spülte die harten Brocken mit dem frischen Wasser runter und betrachtete das Ensemble.

Der bleigraue Himmel bedeckte die Ruine mit seiner Sackmütze und schwieg beharrlich. „He, du alter Himmel", herrschte ich ihn an, „geh her und berichte, was Du gesehn, als die prachtvolle Harzburg von den gräßlichen Soldaten Tillys oder Wallensteins geschleift wurde. Erzähl das alte Lied von Gemetzel und Gekeuche, Kindsmißbrauch und Vergewaltigung, Raub und Feuersbrunst. Sing mir die Melodie der Schreckensrufe und Schmerzensschreie. Laß mich das Prasseln hören, das Gepolter der Gesteinsbrocken." So sprach ich mutig, doch er schwieg.

Am Rand des Plateaus ein großer *Parapluie,* unter dem ein Wesen kauerte, das sich bei genauerem Hinsehen als ein Sonntagsmaler mit seiner Staffelei entpuppte, der unverdrossen eine hohe Felswand malte, vor der ein Sonntagsmaler mit seiner Staffelei hockte und eine hohe Felswand malte. Bekam auf diese Weise wenigstens einen Eindruck von der Felswand ober der Ruine ohne Wolkenverhängung.

DER Anblick der Harzburg jammerte mich von Herzen. Nicht zuvor hatte ich über die Kriege meiner Eltern nachgedacht, sie waren zur Welt gehörig wie Wintersturm und Wonnemond, doch nun, im Bewußtsein Eurer Befehle, wurde mir bewußt, wie vielfältig sie mich bisher schon begleitet hatten – auf dem Schulweg im heimatlichen Zittau, mit Band und Mütze auf meinen Wanderungen nach Leipzig zum Studium und von dort ins Braunschweigische, nach dem Herr Anton Ulrich mich in E.F.G. gastliches Wolfenbüttel mit seiner berühmten Bibliothek befohlen hatte.

Die vielen Kriege auf teutschem Boden fast dreißig Jahre lang erschienen mir angesichts der Ruinen, in denen ich mich so unerwartet befand, wie ein Menetekel, das mich auf eine Eigenheit des Lebens hinweisen wollte. „Erkenne das Wesen des menschlichen Daseins!" schrieb eine übergroße Hand an das letzte erhaltene Mauerstück und was der dichte Harznebel und die tiefhängenden Wolken mir verbargen, war mein eigenes – ein hinfälliges, allzeit vom Schwerte des Damokles bedrohtes, jeden Moment widerrufliches, ewig am Rande des Abgrundes dahintorkelndes, am dünnen Seil über dem aufgerissenen Maul der Höllenhunde pendelndes – Fast=Nichts.

Ich hatte das Gefühl, aus der Zeit gefallen zu sein, aber das störte nicht die Klarheit meiner Empfindung. Es war einerlei, in welcher Zeit ich mich befand, in welchem Jahrhundert, welcher Epoche, denn ob die Zukunft uns gleich verschlossen ist, wußte ich doch, daß es immer so war und in fünfhundert Jahren so sein würde. Immer wird irgendwo geschossen werden, gemetzelt, niedergebrannt und verwüstet, einerlei, ob wir die Menschheitsgeschichte als einen Weg begreifen, der ins immer Ärgere führt oder als Aufstieg zu leuchtenden Zeiten, denn zum Paradies gehört die Hölle, und so bezahlen wir das Paradies in einem Land mit der Hölle in einem anderen. „Mitten im Leben sind wir vom Tode umfangen", sagt das biblische Sprichwort und der Komödiant fügt hinzu: „All Herrlichkeit auf Erden muß Staub und Asche werden!"

Die meisten wollen dies freilich nicht wahrhaben. Wir leben dahin, vergnüglich und zufrieden, solange wir einen Krug frisches Bier in der Hand und eine gebratene Haxen in der anderen haben, ein Dach überm Kopf, einen Tisch, unter den wir unsere Füße stellen können, einen folgsamen Laufburschen, der uns die Stiefel auszieht und wichst, einen Badezuber in der Kuchen, aus dem das Wasser dampft, einen Strohsack voller Flöhe und Läuse in der Zimmerecke, ein dralles Weib mit gewaschenem Hintern unter der Bettdecke, so leben wir alle Tage, als möchte die Sorglosigkeit kein Ende nehmen.

Wenn dann Fortuna uns aber verläßt und das Unglück hereinbricht, und die Sonntagsmaler ihre Staffeleien aufschlagen, um unser Heulen und Wehklagen ins Bild zu bannen, schlagen wir die Hände überm Kopf zusammen und jammern. Mit Tränen im Gesicht und unstetem Blick, zerrauftem Haar und zerrissenem Rock stehen wir vor den Trümmern unseres Lebens, vor den eingefallenen Mauern unserer Geborgenheiten, kauern vor den Resten unserer Habe, suchen mit bloßen Fingern im Schlamm oder in der Asche, je nach dem, was über uns herein gebrochen ist, Sintflut oder Feuersbrunst, und stammeln sinnlose Worte:

„Es ist alles dahin, alles kaputt, alles verloren, aus und vorbei!"

Oder, wie der Philosoph sagt:

„Es ist furchtbar zu spüren, wie alles entgleitet, was man besitzt."

Der Verlust von ein paar Gegenständen des täglichen Lebens bringt uns zur Verzweiflung, als hätte alles keinen Sinn mehr und als bestünde der einzige Zweck des Lebens in der Anschaffung und Anhäufung von Dingen, die man für Geld erwerben und am Ende doch nicht mitnehmen kann.

Von Caterina Sforza berichten die Historiographen, sie habe einst, als Cesare Borgia drohte, ihre Kinder zu erschlagen, wenn sie die Stadt Forlí nicht freiwillig hergebe, ihre Röcke gehoben, hoch oben auf den Mauern der Stadt ihren weißen Leib der gaffenden Heerschar des Papstsohnes geoffenbart und geschrien: „Wenn du sie umbringen willst, dann bring sie doch um!" Zugleich habe sie mit der flachen Hand auf ihre entblößte Scham geschlagen. „Da, schau her, du spanisches Ungeheuer! Hiermit kann ich mir ein Dutzend neue Kinder machen!"

So schien mir, in dem ich das alles bedachte, daß unsere teutschen Kriege trotz aller Schrecken und Tod, Verlust und Zerstörung, doch auch ihr Gutes hatten, in dem sie uns lehrten, daß nichts Bestand hat und alles jederzeit vor unseren Augen sich in Luft auflösen kann, wie ein türkisches *fatum morganum* in der

Hitze einer Wüste, und daß der Sinn unseres Lebens demnach in seinem bloßen Dasein besteht, egal wie erbärmlich es sein mag, und nicht in den Titeln, Reichtümern und Ehren, die wir erwerben mögen und daß nicht einmal unser Nachruhm und unser Ansehen im Himmel es wert sind, einen Moment auf Erden zu versäumen und einen Gedanken an die Ewigkeit zu verschwenden.

Von *Harzburg* nach *Wernigerode* reiste ich fort mit der Posamentenhändlerin, die eine derbe Magd namens Agathe besaß, die, wie der Adjunkt des Notars und der Diener des Bamberger Sinfonikers, hinterm Postwagen bei den Ersatzpferden lief. Agathe mußte auch zweimal am Tag dem Notenwart und dem Adjunkt zu Willen sein, sobald die Kutscher eine Rast einlegten oder den Weg freischaufelten, was die Witwe aber nicht zu genieren schien.

Sie hielt sich allzeit verschleiert, so daß ich ihre dröhnende Stimme nur hörte wie aus einer tiefen dunklen Höhle stammend, und war auch sonst in weite dunkle Tücher gehüllt, die ihre kolossale Statur völlig verbargen, so daß keiner der drei Herren in der Kutsche auf die Idee kommen mochte, es dem Gesinde im Troß gleich zu tun.

Es scheint aber auch ein Naturgesetz zu geben, welches die Oberschicht der Gesellschaft sogar in den elementaren Dingen des Lebens scheidet von den Unterschichten, in des diese ihren Bedarf befriedigen wie die Gäule, denen an jeder Poststation ein Bündel Heu vorgeworfen wird, während die besseren Kreise auch zu ihren geschlechtlichen Lebensäußerungen gewisser Zeremonien bedürfen, seien dies heitere Spiele im Park, Soireen mit italienischer Hausmusik, Gesellschaftstänze, lyrische Vorträge oder vaterländische Pflichten.

Im übrigen erfolgte die Benutzung der Magd durch die zwei Bedienten ohne Aufwand, will sagen ohne Drohgebärden, grobe Befehle oder Erregung seitens der Domestiken, noch irgend welche Beschwerden der Magd. Nicht, daß man den Eindruck hatte, die Magd giere danach, belästigt zu werden, aber sie rief nicht um Hilfe, wehrte die Kerle nicht ab, weinte und wimmerte nicht, sondern begab sich mit ihnen hinter den nächsten Busch oder Strohschober wie zu einer beliebigen erforderlichen Verrichtung.

So eben, wie die Kutscher und der Pferdeknecht, nachdem sie die Gäule versorgt und ihren Eintopf verzehrt hatten, einige Runden Karten spielten, während die Witwe und die zwei Herren soupierten und ihre gepeinigten Knochen ins rechte Lot brachten, um den nächsten Streckenabschnitt zu überstehen. So wie den ganzen Tag lang ein kalter Nebel uns einhüllte, der schneidende Wind Eiskristalle vor sich her trieb, die ins Gesicht schnitten, so wie die Gäule stoisch stampften und der Schlamm der Straße ihre Flanken bedeckte.

Das ganze Leben hatte eine melancholische Gleichgültigkeit. Nichts bäumte sich auf. Sollte, so fragte ich mich, der Krieg zu einer meßbaren Gleichgültigkeit gegenüber dem Schicksal anderer geführt haben und nicht nur zur Zerstörung von Gebäuden, sondern auch von Gefühlen? Sollte das Volk gelernt haben, sich in jegliche Mißhandlung demutsvoll zu fügen, der gemeine Mann in die Übergriffe der Sergeanten und das gemeine Weib in die Gemeinheiten der Knechte? Wenn das so war, standen uns vielleicht noch schlimmere Kriege mit noch größeren Vernichtungen bevor. Oder war es schon immer so gewesen und hatte erst diese seit Anbeginn der Zeit existierende menschliche Eigenart die Schrecken des großen Krieges gestattet?

WERNIGERODE, das wir mit Einbruch der Dämmerung erreichten, ist ein hübscher kleiner Ort mit schönen Fachwerkhäusern, einer stattlichen Pfarrkirchen, einem Schloß, so die Grafen von *Stollberg* erst in jüngster Vergangenheit zu ihrem Vorteil umgebaut, und halten dieselben ihr Städtchen in peinlicher Ordnung. Sah auch keinerlei Verwüstung und beschloß deshalb andern Tags früh aufzustehen, um noch ein Trümmer zu finden, vielleicht auch eine zahnlose Alte, welche als einziges Lebewesen in einem völlig zerstörten Dorf den Ansturm und die Gräueltaten der Kaiserlichen oder der katholischen Liga überlebt hat, wie das so häufig geschieht, damit wenigstens eine Person bezeugen kann über das Wüten der katholischen Kriegspartei.

Der Postwirt, den ich um ein preiswertes Nachtlager bat, wies mir eine fensterlose Kammer über den Ställen, und wehmutsvoll dachte ich zurück an das kommode Quartier, so ich bislang in E.F.G. Inspektorenhaus genossen hatte. Unter mir lärmten die Gäule mit ihrem Schnauben, Stampfen und Kettengerassel, und die diversen Bedienten, die mit mir hausten, würden um die Wette schnarchen und mich mit ihrem Fußschweiß vergiften, das wußte ich, als ich das düstere Loch betrat.

Aber ich hatte den durchgelegenen Strohsack kaum aufgeschüttelt, die Mäuse, die darunter zum Vorschein kamen, mit einen Fußtritt der Kammer verwiesen, als ich den Wirt nach mir rufen hörte. Er hieß mich die Leiter wieder hinabsteigen und entschuldigte sich unter tausend Unschuldbeteuerungen dafür, mir ein derart unpassendes Quartier zugewiesen zu haben. Nicht wissen habe er können, welch eine bedeutende Persönlichkeit geruhe in seiner bescheidenen Herberge abzusteigen.

Einen Moment lang verstand ich gar nichts, bis ich einen livrierten Diener bemerkte, der mich bat, ihm aufs Schloß zu folgen, wo sein Herr darauf brenne, meine Bekanntschaft zu machen. Es war, wie E.F.G. leicht erraten werden, der bekannte Griechenfreund und Dichter Graf *Stollberg,* der durch meinen Eintrag im Polizeiprotokoll davon Kenntnis hatte, daß ein Dichter und Philosoph namens Christian Weise in der Poststation von W. Quartier genommen habe.

Was soll ich sagen? Zumindest in dieser Nacht wandte sich alles zum Guten. Graf Christian Leopold erwartete mich bereits an der Pforte und machte mir Vorwürfe, mich nicht voran gemeldet zu haben. Ein Jungautor in E.F.G. Diensten sei ihm allzeit willkommen, und ich vergaß einen Moment des betrüblichen Umstands, daß unsere teutschen Lande so wenige Jungdichter in ihren Grenzen beherbergen, sondern beglückwünschte mich dafür, einer der wenigen zu sein.

Nur etwas enttäuschte mich. Der Graf, den ich quasi befragte, bevor ich abgelegt hatte, wer die gewaltige Harzburg zerstört habe, der treulose Herzog von Friedland oder der geharnischte Mönch Graf von Tilly, lächelte, wie man über eine häufig gestellte Frage lächelt, antwortete „Keiner von beiden, mein lieber

Freund", und erklärte, daß man sie erst kürzlich, Jahre nach dem letzten Krieg, ohne jeden Grund niedergelegt habe, außer dem einen, daß sie nicht mehr gebraucht werde. All so erwachte in mir der Argwohn, daß auch jener Krieg wo möglich nur manches zerstört habe, was ohne dies nicht mehr gebraucht wurde.

Ansonsten alles *comme il faut.* Eine Magd zog mir die Stiefel aus und führte mich in die Badestuben, wo sie mir den Staub der Straße von Gesicht und Händen wusch, und der Graf ließ ein Kaminfeuer machen. Anschließend verwöhnte er mich mit einem ländlichen Mahl und etlichen seiner Gedichte, die von einem Kapaun in einem italienischen Phantasiekostüm vorgetragen wurden, während ich ihm von meinen Erwartungen in Hesperien schwärmte, den feuerspeienden Vulkanen, dem Mittelmeer, dem Theater der Harlekine, den Villen Palladios, den berühmten Domen und Schlössern, den klassischen Skulpturen auf allen Plätzen und Straßen und den bekannten Schlachtfeldern am trasimenischen See und bei Cannae *ad exempel,* von denen die gebildete Welt noch heute spricht und wir waren in jeder Hinsicht einer Meinung, auch darin, daß jeder Mann von Welt einen italienischen Kastraten in seinem Gesinde haben sollte.

Wir sprachen auch über den teutschen Krieg, doch er hatte zu meinem Leidwesen keine geplünderten Städte erlebt, nur einige verwüstete Katen, ein paar abgefackelte Felder und einen toten Bauern, den die Kaiserlichen mit Gülle abgefüllt hatten, weil er nicht sagen wollte, wo er seine Schätze versteckt hatte, und das nur ein einziges Mal. Ich sagte ihm darauf hin, daß mir unverständlich sei, daß ein Mensch die Kriegsgräuel von sechzehn bis achtundvierzig nicht gesehen habe, aber er blieb dabei und müßten beide Parteien, meinte er, Protestanten aller *couleur* und Katholiken, viel lügen und übertreiben, um die andere Seiten schlecht zu haben, selbst aber für die armen Opfer und Unschuldsengel zu gelten.

Was den Hauptkriegstreiber betrifft, so war er auch diesbezüglich zu keiner ordentlichen Antwort bereit und war nur schlecht auf einen Bankier und Bauunternehmer aus Quedlinburg zu sprechen. Dieser habe bei Graf Tilly um Bereitstellung eines Fähnleins kroatischer Söldner ersucht, um säumige Bauherren an ihre Schulden zu erinnern. „Aber das könnte ich nicht beschwören!“ rief er mehrfach. „Das ist meine persönliche Annahme!“ Mir schwante aber, daß er selber, Graf Christian Leopold, zu den Säumigern des Bankiers gehört und Graf Tilly ihm zu Recht den Gerichtsvollzieher auf den Hals gehetzt habe.

So verging die Zeit unter Parlieren, Rezitieren, Persiflieren, Schnabulieren, Schnaps und Bieren, bis mir die Augen zufielen, so daß man mich betten mußte. Ein Epigramm des Grafen handelte akkurat von der Müdigkeit, die mich befallen hatte. Ein Dichter geht durch den Wald, kein Windhauch bewegt die Zweige, es herrscht eine himmlige Ruhe, sogar die Vöglein schweigen im Walde und am Ende darf endlich auch er zur Ruhe kommen. Kurz: Ich erhielt ein behagliches Bett, lag unter tadellosen Pfühlen, träumte von blühenden Zitronen, und mein Schlaf war so selig, daß ich nicht einmal die Magd vermißte.

VON *Wernigerode* nach *Ilfeld* besserte sich das Wetter, so daß sich auch die Zungen der Zeugen lösten, wie wir das aus den kanterburgischen Erzählungen des *Sir Geoffrey Chaucer* kennen. Ich beeilte mich, vor allem die Ansichten des Notars zu erfahren, der uns am Abend verlassen wollte. „Notarius Rumpfius ins Ilfelder Gewerke nach dem Rechten sehn, im Laufschritt Marsch=Marsch!“ rief er gut gelaunt wie der Feldweibel. Er trug eine schwarze Narbe auf der Glatze und jedes Mal, wenn er nach einem Wort suchte, tastete er die alte Blessur mit langen gichtigen Fingern ab, wie man einen Degen prüft, ob er scharf genug sei. Ich hielt ihn deshalb für einen Veteranen, aber er tat so, als sei er nie im Krieg gewesen, wo doch die alten Haudegen von seinem Schlag gemeinhin voller Schwänke sind militärischer Herkunft und eine echte Fundgrube für jeden Liebhaber von schwerer Artillerie und leichten Mädchen, fetter Beute, magerer Suppe und den Schrulligkeiten der Kommandeure jeder Rangordnung, so daß man den WarLords darum dankbar sein muß.

Haben sie doch genug zu erzählen für besinnliche Kutschfahrten und Kaminabende in den nächsten drei mal hundert Jahren veranlaßt, und möchte man mutmaßen, daß die Wortsteller noch darüber schreiben werden, wenn die nächsten zehn Kriege vorbei sind, während die jetzigen *auctores* sich lieber anderen Gegenständen zuwenden. Zumal von den heute Lebenden keiner die Anekdoten der teutschen Kriege mehr hören mag. Doch, wie gesagt, er enttäuschte mich.

„Die Narbe ist gar nichts, junger Mann!" rief er statt dessen. „Meine Rückseiten solltet ihr sehn. Gesprenkelt wie ein Wachtelei. Bin mal verschüttet worden. Siebzig Stunden im stockdunklen Schacht unter einem Haufen Steinkohle und dazu die Schmerzensschreie der Knappen und Hauer, die nach und nach verstummten. So fürchtete ich um mein Leben, daß ich an Gott verzweifelte und ihm lästerte. ‚Weh mir', rief ich, ‚willst du mich umbringen, Abscheulicher? Kannst du nicht warten, bis mich das Alter von selber dahin rafft? Was willst du meinen Tod durch ein so gemeines Mittel beschleunigen wie diesen Bergrutsch?' So rief ich, und vielleicht ist, daß ich noch lebe, mein eigener Gottesbeweis, junger Mann, aber glaubt mir, es war kein Vergnügen."

Die Posamentenwitwe seufzte und fingerte an ihren Fingern, während er schwadronierte.

Er war ein weit gereistes Männchen, und mir war unbegreiflich, was er im Schacht suchte, aber das klärte sich. Er besaß Anteilscheine an der Ilmenauer Silbermine und der Steinkohlengrube von Ilfeld und so kamen wir übers Geschäftliche doch noch auf den Zweck des Schlachtens zu sprechen, von dem unser großer Kurfürst von Brandenburg erst kürzlich wieder sagte:

„Der Zweck des Krieges ist der Frieden."

Was aber ist denen Handels= und Bankgeschäften dienlicher als der Frieden? Der Krieg.

Ergab sich also, daß unser Strümpflein zwar nicht gefochten hatte in keinem noch so kleinen Scharmützel, wohl aber pro zentualen Anteil genommen am allgemeinen Weltkriegsgeschehen, in des er alle Tage Dukaten gezählt, welche reichlich füllten, erst seines Vaters, nach dessen Ableben aber die eigenen Taschen, dank des enormen Bedarfs nach edlem Metall, dessen kein WarLord genug kriegen konnte, um sein Heer und Troß zu verköstigen, Waffen und Kanonen zu kaufen, die Pferde zu füttern, die Maitressen und den kleinen Hofstaat zu unterhalten, und stand vor allem die Ilmenauer Silbermine unter besonderer Obhut sämtlicher in= und ausländischer Magnaten und Potentaten, und hätte kein Obrist oder Sergeant es wagen dürfen, einem Bergmann oder sein Famili das Haar zu krümen, derart am Herzen gelegen war allen Parteien der christliche Bergbau.

So berichtete stolz Strumpfius und mußten deshalb der dicke Bamberger und die kolossale Kauffrau zugeben, daß der Krieg in mancher Hinsicht auch ein warmer Regen gewesen. Allzeit Konzerte für die Herren Offiziere der durchziehenden Heere, musikalische Untermalungen jeder Art bei Grablegungen und Pompes Fünebres, Dankgottesdienste, jede Nacht raus und Alarm blasen, wenn eine der Schildwachen etwas gesehen zu haben glaubte, und auch der Posamentenhandel blühte.

Litzen, Borten, Schnallen und Schnüren für die Uniformen der Feldmusiküsse, Obristen und Generalissimi, Bordüren, Spitzen, Schleifen und Bänder für die Gewänder der Kurtisanen der vor Genannten, jederlei Tand, Haarkämme et cetera für die Huren der Infanteristen und Artilleristen, so wie die Ehefrauen der Weibels im Troß, Franzen für die Wandbehänge, Teppiche und Vorhänge für die Innenverkleidung der Prunkzelte, Sankt Himmelsbetten und auch gewirkte Tischdecken, kostbar verzierte Bettwäsche und was sonst für den einfachen und gehobenen Geschmack an textilem Zierrat, so unerläßlich in einem großen Kriegsheer und noch größerem Troß, ganz zu schweigen vom Schmuck der Unterhosen und Leibchen.

Nicht zu halten war nun die Posamentenwitwe und drängte es sie fort zu berichten von ihren Erlebnissen im Troß der diversen Heere, welche sie zu Verkaufszwecken begleitet nach dem schmerzlichen Tod ihres Gatten, und die Namen der Heerführer prutzelten so putzig aus der Maul=Höhle hinter ihrer Visagen=Gardine, als da wären die von Mansfeld, Colloredo, Butler, Torstensson, Bronckhorst und andere, deren Ruhm sich ausdrückt in Kosenamen wie *der tolle Christian, der große Condé, der tückige Lauenburger, der fliegende Königsmarck, der fotzengeile Oranier,* als handelte es sich um die kirchlichen Kavaliere im Freudenhaus neben dem Reichstag zu Regensburg.

So verzählte sie und erschien mir wie die Recken und tapferen Krieger meiner Kindheit, welche lange Jahre im Felde gestanden, wo die Kugel fliegt und der Säbel blitzt, und sollte man meinen, wenn man sie reden und schwärmen hörte von ihren Erlebnissen, es sei im Grunde die schönste Zeit gewesen ihres bisherigen Lebens, was mich auf den Einfall brachte, daß die meisten Menschen den Krieg auch deshalb hoch achten, weil sie schon alles kennen, was die Buchhändler und Verleger feilhalten und sich zu Tode lange weilen würden, gäbe es nicht einen hübschen kleinen Krieg von Zeit zu Zeit in Buch und Schrift.

Auf solche Ideen brachte sie mich mit ihrem Verzählen, daß ich dachte, die Kriege machten in erster Linie satt und fett die Herren *auctores* und *editores* und die Buchkommissionäre, und fänden nur statt, damit die Gilde der Historiker was zu schreiben habe und der Rest der Menschheit ausreichend Gesprächsstoff und derart dumme Einfälle mehr, aber na ja – warum sollen die Weibsbilder vernünftiger sein, als die Herren der Schöpfung es sind und wird sich noch weisen, die volle Un=Vernunft des Menschengeschlechts, wann erst die Töchter Evas das Regiment kommandieren, womit noch in diesem Jahrhundert zu rechnen sei, wie dero erlauchte Gemahlin stets zu sagen pflegt, wenn der Fisch aus der Oker stinkt.

Ende des zweiten Tages meiner Reise nach Italien.
CHR. W. fecit.

IN *Ilfeld an der Bere,* wo der Notar uns verließ, um sein Bergwerk zu visitieren, rasteten wir lange, weil man die Nacht hin durch reisen wollte, um zeitig in Sondershausen zu sein, wo der achtzehnte Geburtstag des Schwarzburger Erbprinzen, Graf Christian Wilhelm, mit einem großen Bankett und Volksfest begangen wurde.

Bewunderte also E.F.G. gehorsamer Diener, auch um seinen Reise=Etat nicht zu schmälern, während die Posamentiererin und der Posaunist auf einen fetten Saubraten in *Frosches Gasthof* wankten, die abwechslungsreiche Harz=Landschaft und das berühmte *Nadelöhr.* Selbiges ist eine Felsspalte ob der Bere, durch welche, wie mir ein Ilfelder Fremdenführer versicherte, unter dem Jubel der älteren Pferdeknechte und dem Geknalle ihrer Peitschen ein jeder Fuhrmann, so zum ersten Mal das Gebirge bereist, hin durch kriechen muß.

Gab dem zudringlichen Kerl, welcher mir aller Wegen nachlief, ob ich ihm gleich mit dem Stecken eins überzog, einen eisernen Pfennig, weil er so eindringlich beschwor, gegen den stählernen Mönch sein Leben riskiert und all sein Hab und Gut, Haus und Hof eingebüßt zu haben, nur die Frau und die siebzehn Kinder nicht, deren ältestes achtzehn, das jüngste eben ein halbes Jahr alt, und schloß daraus, daß des Harzes Luft nicht nur gesund gegen die Staublunge der Bergleute, sondern auch zur Wahrung der Manneskraft. Im Orte selber ansonsten an Kriegsschäden keine bekannt und gesellte mich deshalb in die Wärmestube zu dem dort bereits wartenden Fahrgast, der ein Maler und Zeichner war und uns an Stelle des Notars begleiten wollte.

Von *Ilfeld* bis *Sondershausen* plauderte E.F.G. gehorsamer Diener mit diesem Künstler, der sich Jobst *Rembrandt* nannte. Die Nacht versprach Kühle, aber wir hüllten uns in die Mäntel und Decken, so reichlich vorhanden im Haferkasten. Heiße Steine, die an jeder Station ausgewechselt wurden, wärmten die Füße unter den Pferdedecken. Dicke Fäustlinge umhüllten die Hände und nur Rembrandt trug Fingerhandschuhe. Er nämlich legte sich ein Zeichenbrett auf die Schenkel, einen Bogen Papier auf das Brett, holte Bleistift und Federmesser aus der Tasche, spitzte den Bleistift und begann alsbald zu zeichnen, ungeachtet des untergehenden Tages. Einen Augenblick lang war ich versucht, es ihm ähnlich zu tun, und ein leichtfertiges Gedicht zu verfassen, aber dann umfing mich sein Tun wie ein Zauber, der mir die Worte raubte.

„Was für ein Wunder", dachte ich bei mir, „ist doch die schöne Kunst und wie unschön meine Dichtung! Die Finger schreibt er sich wund, der arme Poet, und weiß doch nie, ob die Leut etwas anderes hören und sehen als seine Worte. Kalt und trocken stehn sie da und weiß keiner, was sie dem einzelnen sagen. Nie im Leben empfindet der Leser beim Lesen, was ich empfand, als ich schrieb. Weiß keiner, was mir die Worte bedeuten. Der Zeichner hingegen braucht nur ein paar Striche, um eine ganze Welt zu erwecken – einen Wirbelsturm, einen tranigen Butt, ein fliehendes Pferd, eine stille Bucht mit niemand oder ein Schlachtengetümmel, und interessiert es keinen, ob alles wirklich so war.

„Ein gelungenes Bild fragt nicht nach der Wirklichkeit. Es ist so in der Welt wie es ist auf dem Bild. Mit einem Strich bringt der Maler das Pferd zum Wiehern, den Butt zum Stinken, den Kaiser zum Furzen, den Papst zum Nießen, und jeder kann es hören und riechen, einerlei ob es der Papst war, der furzte, oder das fliehende Pferd. Ob still die Bucht oder erfüllt vom Meeresrauschen. Ja, ein Meisterwerk der Kunst mag wohl auch ein Stinken sein und durch einen gut gezeichneten Wald tost der Wind, so laut, daß wir es hören können."

So schwieg in mir der Dichter und verlegte sich aufs Geplauder. Es war nämlich eine herrliche Nacht, was aber auch daran liegen mag, daß ich reisen durfte und werde ich E.F.G. ewig dankbar sein, für diese Gelegenheit. Auf Reisen gefällt mir die Welt. Die Luft riecht würziger, die Berge sind schöner und nirgends scheint die Sonne heller als in der Ferne. Ich brauche nur den Fuß vors Stadttor zu setzen oder ein paar Werst weit zu wandern – schon überfällt mich ein rätselhaftes Glückgefühl.

So war es auch diesmal. Der Himmel war wolkenlos, ein kräftiger, aber noch kühler Südwind zog durchs Land wie demnächst die Zugvögel, Mücken und Zecken, Schmeißfliegen und Schmetterlings, die nun bald schon zurück kehren würden, und unsere zwei Mitreisenden schnarchten um die Wette. Die Eisen am Geschirr der Gäule klimperten wie das Blei im Opferstock, die dicken Räder schnurrten im Sand der Straße und der silberne Mond tauchte das Grabfeld in ein Licht so hell und doch mild, daß man hätte die Zeitung lesen können, hätte ich eine besessen außer der uralten des Notarius.

Rembrandt zeichnete unentwegt im hellen Mondlicht und verlieh das Gewackel der Kutsche seinem Stift einen nervösen Duktus, welcher auf dem Papier einen eigentümlich reizvollen und sensiblen Strich ergab, der an seinen holländischen Namensvetter erinnerte und als er nun auch noch mit schwungvoller Handschrift eine rasch hingeworfene verschneite Winterlandschaft bei Anbruch der Nacht mit rauchenden Schornsteinen, knorrigen Weidenbäumen und einem verspäteten Reiter in seinen Mantel gehüllt auf dem Heimweg ins nahe Dorf an einem noch offenen See, der in der Ferne in diesiger Stille versank, mit dem Schriftzug *Rembrandt* signierte, verstand ich plötzlich seinen Bericht, daß er zur Veste Coburg unter Wegs sei, wo man soeben begonnen habe, eine Sammlung von Handzeichnungen der besten Meister aus aller Herren Länder anzulegen, und er sich gute Geschäfte versprach, weshalb er sich sputen müsse, bis ins Coburgsche eine genügend große Zahl ausgezeichneter Arbeiten auf Weltniveau zu produzieren.

„Wie das, mein Herr!“ rief ich mit gespielter Empörung. „Ihr wollt es wagen, dem Herzog von Sachsen eine Eurer Fälschungen anzudrehn?“ Doch er entgegnete mir frech: „Einen Fälscher nennt Ihr mich, Herr Kommilitone? Was schert es mich, daß der Sachse einen Dukaten drauflegt, wenn ich mit *Rembrandt* signiere? Und behaupte ich denn, ich sei jener? *Rembrandt* heiße ich zwar nicht wirklich, doch wissen wir denn, ob jener wirklich so heißt, und kein Gesetz noch Gebot, das mir verbietet, einen Künstlernamen zu führen. Wer ist überhaupt dieser *Rembrandt*? Bin ich es nicht mit gleichem Fug und Recht, auch wenn jener es sein mag? Und gibt es einen moralischen Imperativ, welcher einem großen Künstler verbietet, einem anderen, vielleicht sogar größeren, nachzueifern? Ist nicht ein groß Teil der Literatur, Philosophie, Geschichte, Architektur, Religion, Kunst, Musik und weiß der Teufel, was sonst noch, nichts anderes nicht als ein großes Nachgeäffe? Saht Ihr nie, mein Freund, jene herrlichen Landschaftsabbildungen in Tusche, welche die niederländischen Kaufleute in großer Menge mitbringen aus dem fernen Japan und machen die Käsköpfe, Pfeffersäcke, Sklavenhändler und Gewürzvertreiber in den Niederlanden damit nicht ein hundert Mal größeres Geschäft als ich mit meinen *Rembrandts,* die noch dazu echt sind, denn ich nenne mich wirklich so? Und malen nicht diese japanischen Künstler ein und dasselbe Bild seit tausend Jahren, ohne daß man sie je unterscheiden könnte, weder die Künstler noch ihre Bilder? Hörte man jemals die Behauptung, das erste Bild sei besser als das tausendste, wo sie doch allesamt gleich aussehen, zumal jedes Kind weiß, daß niemand einen ordentlichen Schneehasen zu Papier bringt, der es nicht tausend Mal versucht hat? Wie also sollte ein Bild nicht desto besser werden, je mehr Künstler es malen und um so öfter es gemalt wird?"

Seine Rede erschütterte mich tief, aber dies ist es ja, was wir suchen auf Reisen: Erschütterung. Ich dachte an *Pico,* der uns gelehrt hat, das Individuum und seine Hervorbringungen höher zu schätzen als den alt=ehrwürdigen Kanon. „Ja, das war es wohl, was er uns sagen wollte", dachte ich, denn ausgeschlossen schien mir, daß wir verstoßen sollten gegen die ehernen Regeln, welche die göttliche Weltordnung, der Kaiser, die Fürsten, unsere Dienstherrn, Räte, Schultheißen, in Sonderheit aber unsere Eltern, Eheleute, Kinder, Verwandten, Freunde und Nachbarn uns haben auferlegt. „Ich selbst zu sein und frei zu sein, heißt dann aber", so dachte ich bei mir selbst, „mich zu unterwerfen ohne Murren und Mühen dem stets fremden Regelwerk und freiwillig zu tun, was ich soll und muß."

Dermaßen dachte ich und bemerkte voll Freude, wie das Reisen mich auf neue Gedanken brachte, aber auch *Rembrandt* schien den Worten nachzusinnen, die aus seinem Innern strömten. „Denken Sie an die Musik!" sprach er tonlos und es klang wie der letzte Widerschein eines schon fernen Wetters. Der Posaunist erwachte ein wenig, als hätte er Musik gehört, schnaubte halblaut und gab ein Glissando von sich, das wirklich von einem Blechbläser stammte. Erschrocken verstummte der Künstler ganz und auch ich überlegte nicht länger, sondern gab mich dem Konzert des nächtlichen Reisens hin, dem Mahlen der Räder im Sand, dem Gekritzel des Künstlers auf dem festen Papier, dem Seufzen der Witwe, den Fanfaren des Bambergers, dem Gestolper der Bedienten im Troß, dem Geholper der Vettüre, dem Gesang des vollen Mondes, dem Gesäusel der Zweige, dem Heulen der streunenden Hunde in der Ferne, dem leisen Summen und Pfeifen, mit dem der junge Rembrandt sein hastiges Gekritzel begleitete, dem Umblättern der Seiten.

Sachsen *Werfen* glitt vorüber mit seinen Gerüchen, wir sahen es kaum. Nordhausen, die uralte Stadt, mußten wir umfahren, da alle Tore geschlossen waren. *Sundhausen, Hein, Glück Leben* und *Furra* – lauter Orte der Menschheit mit ihren Hütten, Möbeln, Jacken, Hosen, Ziegen und Hühnern, Furunkeln, Glatzen und zahnlosen Mäulern, bei deren Anblick mir sicher einiges in den Sinn gekommen wäre. Kein Wort dar über. Mehrfach in der Morgendämmerung überholten uns eilige Reiter, überholten wir schlaftrunkene Wanderer und Bauern auf hochgeräderten Karren, die allesamt zum Volksfest nach Sondershausen strebten. Ich fror, ich klapperte mit den Zähnen, ich hätte sonst was gegeben für eine ordentliche Karosse, eine Schale glühender Kohlen und mehr noch für ein warmes Bett. Doch als wir endlich Sondershausen erreicht hatten, mußte man mich wecken. Ich schlief so tief, und selig träumt ich von den Freuden des Reisens.

IN *Sondershausen* herrschen die von *Schwarzburg* über acht verschiedene Lehen diverser Herren einst unterschiedlichen Glaubens, so des Archidiakonats von Jechaberg, des Reiches, der Böhmen, des Kurfürsten von Sachsen et cetera, was Land und Leuten im teutschen Krieg zu nicht geringem Schaden gereichen sollte, in des der Mensch stets bestrebt ist, den andern nicht zu lassen wie er ist, sondern umzukrempeln, zu strecken und zu walken nach seinem Ebenbild und Belieben. Richteten daher die Kaiserlichen viel Schaden an, um das papistische Regiment zu restituieren, worauf die Lutheraner ihre katholischen Mitbürger vertrieben, und hatten diese entsetzlichen Streitigkeiten die üblichen sieben Plagen in ihrem Gefolge, nämlich die schlimmen Seuchen der Pest und der Syphilis, welche der Spanier eingeschleppt aus der Neuen Welt nach Neapolis und von dorten verbreitet über halb Europa im Jahre 1494 von denen Franzosen, weshalb sie auch genennet die *Franzosen=Krankheit.*

So dann die Unzucht, den Ungehorsam wider die Recht=mäßige Regierung, den Wucher, die Rechthaberei, den Hexen=Glauben und etliche andere Übel wie Mißernten und Hungersnöte, welche die Sondershauser Herren binnen weniger als zwanzig Jahren seit Kriegs=Ende jedoch ausgerottet mit Stumpf und Stil und drakonische Strafen und haben auch alles sauber wieder aufgebaut – die Stadt, das Land und seine acht Ämter, als wären sie ihr eigen, wie dann ein jeder Fürst gut zu wissen tut, daß nichts sein eigen und er alles doch so reinlich verwalten und besorgen möge, als wäre es ihm geschenkt und könnte er etwas mitnehmen ins Grab. So sucht man den letzten Katholiken heutigen Tages vergebens in Sondershausen.

Begab mich, kaum daß man mich geweckt, trotz all meiner Müdigkeit und mit Schmerzen in sämtlichen Gliedern von der nächtlichen Post=Fahrt kurz in die Waschküche vom *Schwarzen Bär* vor dem Wippertor, ein wohl feiles Quartier, wusch Hände und Gesicht, schüttelte den Staub aus den Haaren und verbarg sie unter der Perücke, verschönte mein Aussehen mit Hilfe des Wedels, ließ mich von der Magd reichlich mit Kölnisch=Wasser traktieren, auch pudern, und eilte unverzüglich aufs Schloß, wo hin der Wirt mich bereits avisiert.

Ich hatte nemblich die Schwelle vom Schlosse kaum erreicht, als ein livrierter Mensch sich meiner schriftlichen Empfehlung bemächtigte, diese kurz studierte, seine Stimme hob und lautstarck hinein rief ins Wortgetümmel der aberhundert Gäste:

„Herr Christian Weise, Dichter aus Zittau, promovierter Doktor der Philosophie und Beredsamkeit der Universität Leipzig, fürstlicher Legat seiner Durchlaucht des Herzog August von Braunschweig=Wolfenbüttel, auf dem Wege ins tuskische Florenz."

Ich war einen Moment lang gerührt ob meiner schönen Titel und der Ehre, welche mir das Haus Schwarzburg erwies, und wußte vor Aufregung nicht, wohin blicken oder mich wenden. Das Haus war freilich schon antiquiert und stammte, so weit ich dies beurteilen konnte, aus den Anfängen des vorigen Jahrhunderts, doch der Glanz der Festivität, und der vielen gut gekleideten Damen und Herren waren mir Augenweide genug.

So stand ich wie der Ochs vorm neuen Scheunentor, doch da löste sich schon ein französisch gekleideter Jüngling aus einer Gruppe ebenso eleganter und hübscher Knaben, näherte sich freundlich, strich kaum fühlbar über die gepuderte Wange, legte mir die Hand um die Schulter und geleitete mich zum

Katzentisch der Künstler, Komiker und Kurtisanen, denen er mich mit einem gut gelaunten *„Voilà un autre poète!"* präsentierte.

Es war *Christian Wilhelm,* der Erbgraf, der mir tief ins Auge blickte und sich mit einem leicht hingeworfenen *„À plus tard"* verabschiedete, wie es eine freche Mamsell wohl wagt, wenn sie einem Kerl schöne Augen macht. Ich blickte mich um. Mit mir am Tisch saßen einige Sängerinnen. Sie taten aufgeregt, betupften sich mit ihren Tüchlein das *dekolleté* und sollten später eine Art Ballett aufführen. Außerdem gab es den Portraitmaler des Grafenhauses, den Hof=Historiographen und Erzieher der zahlreichen kleinen Grafen, den Gold= und Silberschmied, zwei Perückenmacher, die schrecklich wichtig taten und ständig gerufen wurden, um irgend eine Perücke zu richten, und sogar einen italischen Harlekin mit seiner Truppe, der soeben aus Frankreich eingetroffen war. Auf der Empore, wo die Musik zum Tanz spielte, sah ich zu meinem Erstaunen den Bamberger Posaunisten kräftig sein glänzendes Blech blasen, während der Erbgraf mit seinem Gefolge rastlos durch den Saal wieselte, unentwegt die Honneurs entgegennahm, und allenthalben knieten Damen, die sich mit viel Gewedel die Staubmilben zwischen die halb entblößten Brüste fächelten.

In der Mitte aber, an einem riesigen runden Tisch, sah ich eine Anzahl adliger Damen und Herren, die offensichtlich den Kern des Geschehens bildeten und denen ein prächtiger Fürst vor saß. Es war ohne Zweifel der regierende Schwarzburger Graf *Anton Günther I.* und es war eben so offenkundig, daß man sich hier im tiefsten Thüringen eifrig befleißigte, die großen Höfe Europas zu kopieren, vor allem jedoch den des Sonnenkönigs.

Am aller meisten perplexte jedoch mein Gedanken=Kostüm der Posaunist. „Was für ein Wunder", dachte ich bei mir, „ist doch die Musik und wie unpraktisch meine Dichtkunst. Was braucht man nicht alles zum Dichten. Einen gut gespitzten Federkiel brauche ich um zu dichten, ein Blatt Papier, eine Unterlage, das auf zu schreiben, einen Gedanken der es lohnt, auf geschrieben zu werden, so neu und tief, ein Thema, das die Leser interessiert, einen Sack voller Reime und Versfüße, einen großen Topf Gehirnschmalz, farbige Wörter, und wenn ich dann alles beisammen habe, sitze ich da und kann doch nur grübeln, weil mir nichts einfällt.

„Ach ja, und einen Stuhl benötige ich, um da zu sitzen, ein ungestörtes Plätzchen, um ordentlich zu grübeln, Gerüche von Blumen vielleicht, um meine Gedanken zu stimulieren, geistige Getränke, um das Thema anzuspitzen und viel gesundes, frisches Wasser, um die Kehle zu netzen, die mir trocken wird, vom vielen Rezitieren im Stillen, kalte feuchte Tücher und Eisbeutel, um mir die Stirn zu kühlen und den Kopf=Schmerz zu lindern, wenn die Wörter sich quer stellen und ihre Blässe mich trübsinnig macht.

„Ach, ich armer Poet. Wie gerne wäre ich doch ein Musikus. Ein Hornist vielleicht. Ich bräuchte nur mein Instrument auszuwickeln, mich zu einer Kapelle zu stellen, ein wenig zu blasen. Ein Blatt Papier voller Fliegengeschiß hätte ich vor mir liegen und bräuchte nichts zu erfinden. Es wäre alles schon da. Ich bräuchte nur noch zu spielen, zu tuten und zu blasen, zu trommeln und zu rühren, zu fiedeln und zu zupfen. Schon ist mein Kunstwerk perfekt und nach jedem Musikstück wird geklatscht. Wenn ich ein Gedicht schreibe, klatscht niemand und erst recht nicht, wenn ich tute und blase, denn es schickt sich nicht. Einen Dichter verehrt man in stillem Ernst nicht in stürmischem Beifall!"

So dachte es in mir und wäre ich noch trübsinnig geworden, hätten die Saaldiener nicht begonnen, das Essen aufzutragen.

Am Nachmittag fand im Hof des Schlosses eine Exekution statt, der die gräfliche Familie beiwohnte, und auch die Geburtstags=Gäste waren herzlich geladen. Es ist aber, wie man mir sagte, an vielen Höfen Thüringens üblich, die Familienfeste mit solchen Einlagen zu bereichern und sei dies ein alter slawischer Brauch, den ich mir nicht entgehen ließ, und wie wohl der Akt etwas Barbarisches hatte, spürte ich zu meinem Erschrecken auch eine gewisse Erleichterung, wie vermutlich alle aufrechten Menschen ein Bedürfnis nach Wiederherstellung der göttlichen Rechtsordnung empfinden, so oft wir auch dagegen verstoßen mögen.

Das Subjekt der Züchtigung harrte schon, als die Gäste sich in gemessener Distanz aufstellten. Es stand mit verbundenen Augen und entblößtem Gesäß auf der Planie vor dem Schloß samt einem Offizier in Paradeuniform, dem Richter, einem Trommler und dem Vollstrecker und schien es mir trefflich, daß der Spruch=Richter der Exekution ebenfalls beiwohnen und die Folgen seines Urteils persönlich mit ansehen mußte. Zu diesem Zweck sah ich auch eine Art Bock aus Leder, wie er zum Exerzieren der Kavallerie Verwendung findet.

Der Delinquent war ein großer, massiger Soldat des gräflichen Reiter=Corps, der sich seit vielen Jahren immer wieder gegen die Leibstute seines Obristen vergangen habe, wie ich hörte, und trotz dringlicher Mahnung auch nicht davon lassen konnte, und sollte die Exekution nicht nur der Unterhaltung dienen, sondern auch der Belehrung für alle Untertanen von Adel wie von Übel sich zu enthalten der sieben Todsünden als da wären Päderastie, Ehebruch, Sodomie und Analverkehr.

Das Schauspiel selbst folgte strengem Reglement. Der Trommler rührte die Trommel, so bald die gräflichen Herrschaften an der Balustrade Platz genommen, der Richter verlas die Urteils=Formel, der Offizier gab Befehl mit der Amtshandlung zu beginnen, der Trommler rührte abermals, der Vollstrecker hob den Arm mit der Peitsche, die Trommel brach ab, ein Augenblick der Stille, alle hielten den Atem an, und in die Stille hinein fiel aus der Hand des Offiziers eine Kugel, die er einem Beutelchen entnahm, das ein Rekrut zu seiner Verfügung hielt, in ein großes Becken aus glänzendem Messing, das auf einem hohen Dreifuß ruhte. Der dunkle Klang des Beckens schwebte über dem Hof und so bald er verhallte, sauste die Peitsche herab, pfiff laut in der Luft, und klatschte in das entblößte Gesäß. Es glänzte speckig und ich sah, wie sich auf der weißlichen Haut ein roter Striemen bildete.

Der alte Sünder jammerte nicht wenig bei dieser Gelegenheit, schrie aus Leibeskräften und beteuerte, nie wieder eine Stute zu besteigen, beschwor den Exekutor, einen schiel=äugigen Buckligen doch kräftigen Knecht, welcher die peinliche Behandlung mit einer Art Ochsen=Schwanz ausführte, einzuhalten und abzulassen von ihm, was jenen in des nicht rührte und ließ er den Zebedäus weiter mit Schwung durch die Luft sausen, daß es pfiff, und auf den entblößten Hintern des dicken Sodomiten klatschen, wo sich ein Striemen neben dem anderen bildete, bis der Rücken am unteren Ende Ähnlichkeit hatte mit einem gut geklopften Rumpfstück.

Es war aber nicht nur die Wiederherstellung der Gerechtigkeit, was mich zu Tränen rührte, sondern auch die Darbietung als solche, die eine musikalische Komposition bildete. Hielt die ganze Versammlung gebannt den Atem an, wenn der Vollstrekker den Arm mit der Peitsche gehoben hatte und der Trommelwirbel ab brach und meinte ich zu hören, wie alle die Luft anhielten, so war nach dem Gong, das anschließende Pfeifen des Ziemers in der Luft schon das schreckliche Geräusch, mit dem der bevorstehende Ausbruch der Gefühle der Zuschauer sich ankündigte, bis dann das Klatschen ertönte, der Aufschrei des Gefolterten, dessen Qualen sicher in keinem Verhältnis standen zu den unerwünschten Gefühlen, welche die von ihm belästigten Geschöpfe erlitten hatten.

Doch war das Musikstück mit diesem Schrei noch nicht beendet. Sobald der Delinquent nämlich geschrien hatte, schloß sich ein vielstimmiges Seufzen der Zuschauer an, die sich zu einem lang gezogenen Vokal steigerten, aus dem viel spitze Schreie der anwesenden Weibsbilder ragten, bis diese Antwort des Publikums jäh abbrach, wenn der Knecht den Arm mit dem Ochsenziemer hob und die Trommel wirbelte, bis sie abbrach und erneut sich die Stille vor dem Hieb breit machte, doch war zu beobachten, wie der Offizier und der Mann mit der Peitsche die Reaktionen des Publikums in ihre Arbeit mit einbezogen so daß jener den Arm erst hob, dieser die Kugel erst fallen ließ, wenn die Zuschauer sich in vielerlei Geräuschen mit dem Mund befreit hatten, jedoch auch nicht so lange zögerte, bis alle Stimmen bereits verstummt waren und war ihr Zusammenspiel mit dem Trommler und dem Delinquenten meisterlich.

Am Ende hing der gemarterte Körper ohnmächtig oder tot auf dem ledernen Bock. Blut lief an seinen Beinen herab und sammelte sich im feinen Sand der Planie, wo ein bizarrer dunkler Fleck sich bildete. Eine Krähe kreischte unsichtbar im glas=blauen April=Himmel. Das Publikum schwieg plötzlich, der Arm des Henkers hob sich nicht mehr, die Trommel blieb ungerührt und das Becken hallte nicht mehr. Es war, als könnte der Spektakel nicht fortgesetzt werden, wenn der Delinquent nicht mehr schrie und nur die hysterischen Schreie einer ebenfalls unsichtbaren Person im Publikum, die anscheinend nicht wußte, ob sie schreien sollte vor Lust oder weinen vor Entsetzen, erfüllte den Platz und hallte von den strengen Fassaden wider.

Es war jetzt der unpassende Augenblick eingetreten wie bei einer Theater=Aufführung oder einem Konzert, wenn man nicht weiß, ob die Vorstellung beendet, und erst als der alte Graf mit einer herrischen Handbewegung dem Henkersknecht gebot, die Exekution einzustellen, erhob sich ein lautes beifälliges Klatschen, das wieder abbrach, als zwei Kavalleristen den Delinquenten, gefolgt von Trommler, Offizier, Richter und Henkersknecht, hinausgeschleift hatten.

Man erhob sich, alles strebte zurück ins Schloß und zugleich redete alles laut durcheinander, so wie man es erleben kann, wenn einer Kinder Schar, welche lange stille sitzen und schweigend einer etwas langweiligen Aufführung beiwohnen mußte, nun aufstehen und den Raum verlassen und reden darf, sich erst einmal alles von der Seele plappert, was sich in der Zeit der Aufführung dort angesammelt hat. Nur ich blieb und stand noch, das Haupt gepreßt an eine der schlanken Säulen, auf denen die Schnüre für das Weinlaub befestigt werden, und tausend Fragen schossen durch mein echauffiertes Gehirn.

„Wie viele Qualen und Leiden muß der Mensch dem Menschen zufügen, bis er begreift, daß seinesgleichen nicht zu bessern ist durch Tadel noch Strafen und unser Schmerz über erlittenes Unrecht nicht gelindert, noch aufgehoben werden kann durch noch so große Rache, welche wir nehmen an jenen, die uns verletzen? Wie viele Epochen müssen wir noch leben, ehe wir aufhören, einander weh zu tun, aus nichts als einem unbegreiflichen Drang, zu foltern und zu töten? Leben wir etwa nur zu dem einen Zweck, Kummer und Leid, Schmerz und Pein anderen zuzufügen, damit kein Lebewesen, sei es Mensch oder

Tier, Pflanze oder Gestein, am Ende den Wunsch verspürt, jemals zurück zu kehren in dieses irdische Jammertal? Sind Leiden und Sterben der ganze Sinn dieses Lebens? Und was wäre, wenn wir uns nicht mehr quälen dürften, foltern, hinrichten, töten im Krieg wie im Frieden? Hätte das Leben dann gar keinen Sinn mehr?“

Etwas zupfte mich am Ohrläppchen. Doch es war nur der junge Erbgraf, der lächelnd fragte: „Nun, hat es dem Herrn Poeten gefallen, unser kleines *divertissement*?“ – „O, gewiß doch“, beeilte ich mich zu erwidern. „Es war sehr lehrreich, ein fruchtbringender Choque.“ – „Und was hat er gelernt, mein großer Bruder aus dem Tal der Ahnungslosen?“ – „Wo immer wir stehn“, replizierte ich unerschrocken, denn ich wußte nicht, ob es verstattet war in Sondershausen mehr als ein paar höfliche Floskeln zu wechseln mit dem zukünftigen Landesherrn, „wo immer wir stehen“, behauptete ich also, „kann das Leben uns von einem Moment zum nächsten genommen werden. Ist das nicht schrecklich?“ – „Gewiß doch, es sei denn, Ihr gebt es freiwillig hin. Nur die jenigen, die nicht bereit sind, zu sterben, wenn es von ihnen verlangt wird, müssen ihr Leben in Angst verbringen. Wer den Tod nicht fürchtet, braucht auch das Leben nicht zu fürchten.“

Er nahm mich bei der Hand und zog mich durch eine verborgene Tür, hinter der sich seine Gemächer befanden und es war göttlich, wie sehr wir uns glichen. Wir redeten und redeten, schwiegen, blickten uns an, redeten wieder und es gab nichts, was ich fühlte oder dachte, das er nicht vor mir bereits gedacht oder gefühlt hatte und umgekehrt. Er stand auf, nahm ein Buch aus dem Regal, las etwas vor und es war ebendie Stelle, die auch ich zitiert hätte. Er nahm die Laute von der Wand, zupfte eine Gavotte und es war dasselbe kleine Stück, das mir soeben durch den Kopf gegangen war.

Eine Zeit lang spielten wir Wolken raten. Wir schauten aus dem Fenster, der eine rief: „Dieses Gebilde dort, gleich links neben dem dicken Knubbel, was ist das?“ Dann schrieben wir gleichzeitig auf ein Blatt Papier, was wir gesehen hatten, und wenn wir uns die Zettel dann zeigten, stand auf beiden das selbe.

„Eine Kuh, ein Schwein, der gehörnte Zeus, das Gesäß eines Kavalleristen."

Es war verblüffend. Wir waren Verwandte, wir waren Zwillinge, ja mehr noch, dieselbe Person. Er nahm seinen Mantel vom Haken, wo noch ein zweiter hing, dem ersten gleich und herrlich bestickt mit den Portraits der berühmtesten Philosophen aller Zeiten und ihren Sprüchen und entkleidete sich ohne Scham. Er legte den Mantel an, er nötigte mich, es ihm gleich zu tun, und führte mich in ein Triklinium, wo ich mich zu ihm legen mußte und ließ auftragen von zwei zierlichen Pagen. Wir sprachen über unsere Dichtungen, unsere philosophischen Ideen, unsere Wünsche, und erlebten das selbe. Es geschieht wirklich, daß ein Ereignis sich gleichzeitig an zwei verschiedenen Orten vollzieht, zwei Menschen den selben Gedanken gleichzeitig denken können, der eine in Asien, der andere in Amerika, und gäbe es einen Kurier, der mir einen Satz des Erbgrafen überbringen sollte und wäre ich gleich in Florenz und er noch in Sondershausen, und wäre dieser Kurier schneller als der Wind oder der Schall einer Posaune, ein Donnerschlag oder ein Blitz, ich wüßte den Satz doch schon, bevor der Kurier einträfe.

Sprachen auch über den teutschen Krieg, der die Stadt zur Hälfte entvölkert durch Pest und Seuchen, Hunger und Krankheit, Vertreibung und Wegzug, und er redete darüber, wie große Männer es tun sollten.

„Lieber sind mir hundert tote Bauern", sagte er mit ernster Stimme, „als daß ich einen Edlen hergeben möchte, sei er ein Philosoph, ein Staatsmann oder ein Dichter. *Quis hunc nostrum chamaeleonta non admiretur?** Das Volk ist wie das Gras auf der Wiese und das Vieh, das es frißt. Das Gras wächst nach und das Vieh vermehrt sich, rascher als wir zuschauen können. Unwiederbringlich und unersetzlich aber ist der Dichter. Ihn müssen wir hüten, wie unsern Augapfel, er ist unser verborgener Schatz. Der wahren Gelehrten und Geister kennt die Welt desto weniger, je größer das Volk wächst und kommt der Tag, da wir untergehen werden in der Menge. Deshalb muß immer Krieg sein, alle

* Wer würde dieses Zwitterwesen nicht bewundern?

paar Jahre, damit der Geist nicht verlösche in der Menge. *Dii sumus et filii excelsi!*"*

Ich mußte ihm Recht geben, auch wenn es nicht ratsam sein mag, dergleichen Maximen auf dem Markt zu verkünden, wo die Dummköpfe Maulaffen feilhalten. Wahr aber ist, daß Kunst und Bildung zumeist, wenn die Herrschaft nicht in Diktatur erstarren will, eine Sache des Palastes sind, denn wo sie dem Volke gehören, kann nur mehr die Diktatur es davor bewahren, sich selber zu zerfleischen. „Wir lieben", sagte ich, „die unvermischten Farben, die Lichter, die Stimmen, die Herrlichkeit des Goldes, das Weiße des Silbers, die Wissenschaft und die Seele. Was liebt der *peuple*? Fressen, Saufen, Huren, Nichtstun. Kein Sinn für die Schönheit."

Er nickte stumm. Sein Auge war feucht. Er schloß mich in seine Arme. Ich spürte die Gefahr der Nähe der Macht, doch ich fürchtete sie nicht.

Erst im Morgengrauen verließ ich ihn, um die Morgenpost nicht zu verpassen und noch Stunden lang meinte ich den weichen Flaum auf seiner zarten Haut zu spüren und schmeckte seinen Geschmack. So seind wir starck fort gefahren über *Langensalza, Erfurt, Arnstadt, Illmenau und Eisfeld,* wo genächtigt und weiter gefahren wurde andern Tages, und hatte ich aller wegen Augen und Ohren für nichts anderes, als meine Erlebnisse im Schloß zu Sondershausen, und weiß deshalb nichts bessres zu berichten, als bis wir in *Coburg* waren.

In Coburg aber, wo uns der falsche Rembrandt und die Posamentenwitwe verließen, verehren sie einen Mohren. Weiß keiner zu sagen warum und verweilten wir nicht genug, um dies zu erfahren. Es war nämlich fast dunkel, als ich der Witwe die Hand reichte, um aus der Kutsche zu helfen, und blieb ihr Schleier hängen an einem Holzsplitter oder sonst was, so daß ich einen Blick erhaschte auf ihr Antlitz.

Sie trug einen Oberlippen=Bart, fast so dicht wie die Haare auf der Brust des Henkers von Sondershausen, doch einen üp-

* Götter sind wir und Kinder des Himmels.

pigen Busen, und beglückwünschte ich mich, eines jener seltenen zwei=geschlechtlichen Menschen=Wesen gesehen zu haben, wovon es in Griechenland nur so wimmelt. Kriegszerstörungen wiederum keine und bedauert E.F.G. ergebener Diener, dies konstatieren zu müssen. Imposant die Veste über der Stadt und sind die von Sachsen=Coburg, die dort selbst aber nicht residieren, dermaßen eingebildet, daß der Gymnasialprofessoren einer im Wirtshaus beschwor, es werde in Bälde ein Coburger englischer König werden, so wahr ihm Gott helfe.

Traktierte mich auch zwei bitter Bier lang mit einer Auf=Zählung der diversen Zweige und Namen der regierenden Linien und Häuser von Coburg seit Olims Zeiten als da wären Polen, Lothringer, Kölner, Meranier, Henneberger, Askanier, Wettiner, Albertiner, Ernestiner, Eisenberg und Römhild, Altenburg, Saalfeld, Meinungen und Gotha, daß mir der Kopf schwirrte wie ein Bienenstock und erinnerte mich deshalb starck an meinen lieben Herrn Vater, der nie verreist bis auf Leipzig und dachte bei mir:

„Überhaupt sollte es für ganz Deutschland alle hundert Jahr nur einen Herrscher geben, damit auch der einfache Mensch sich die Namen merken kann, denn wie sollte ein Vertrauen entstehn in die Obrigkeit, wenn diese den Namen wechselt, wie der Bauer das Sonntags=Hemd? Statt immer nur zu Reden von der göttlichen Gnade, die auf dem Fürstentum liegt, sollten sich unsere Herrscher ein Beispiel nehmen an IHM. Denn warum hat der Mensch ein solches Vertrauen in GOTT? Weil er gleich bleibt von Ewigkeit zu Ewigkeit. Immer heißt Gott GOTT, immer ist Gott GOTT und sieht vermutlich auch stets so aus wie GOTT! Aber was machen unsere Herrscher? Vergraulen sich gegenseitig aus dem Amte, so daß der Untertan sich alle Nase lang einen neuen Namen merken muß."

Ab Coburg reiste E.F.G. ergebenster Diener in neuer Besetzung. Die Witwe war weg, der Musikus blieb und hinzu kamen ein Gelehrter aus Kassel namens Hessenflug und ein Domherr aus Bamberg, namens Puffendorf. Es wurde aber auch einem Juden verstattet, mit der Post zu reisen, doch mußte er den Klappsitz unter freiem Himmel nehmen, und trug er auch einen Lappen an seinen spitzen Hut genäht auf dem stand geschrieben: „Jud auf Reisen." Geschah dies aber nicht, weil wir schon zu viert saßen in der Kutsche, sondern weil es denen Jüden nicht verstattet ist in Kompagnie mit einem Rechtgläubigen zu fahren, und trug ich also auch diesen beiden die Fragen vor, so E.F.G. mir aufgetragen, wo bei der Abrahamit, ein gewisser Katzenson, welcher ein Banque=Angestellter aus Luxemburg, jedes Wort anhören und seinen Senf darzu tun konnte, in des die Kutsche an allen Seiten offen und der Jüden Sitz directement hinter der Rückseite befestigt bei dem Koffer=Raum.

Die Fahrt tat mir gut, denn die Nacht hatte ich kaum Atem gekriegt wegen des Gefurzes der Schafe im Stall, welchen der Postwirt mir zuteilte, als ich um den Preis feilschte und nichts außer einer dünnen Kuttelsuppen und schimmliges Brot.

Nun also: reine Luft aller wegen, Vöglein=Gezwitscher, einige Bauern schon bei der Arbeit und der würzige Duft der Misthaufen an den Weg=Rändern. Auf den Feldern lag hier im Süden kein Schnee mehr, nur in mancher Kaul noch verharschte Reste, der Sonne Licht wärmte Tags über schon prächtig und an Bachrändern, wo wir standen, um unser Wasser zu lassen, die Weiden voller Kätzchen, als wollte es endlich Frühling werden.

Bin jedoch kein solcher Liebhaber der NATUR, um hier über ehrlich Auskunft zu geben, und ist mir dergleichen herzlich einerlei. Die Natur ist ein leeres Buch, ein blinder Spiegel, eine trockene Kuh, ein Sack voller Löcher und was der Parabeln mehr, und goutiere ich lieber einen Traktat des braven *Melanchton,* eine Seite des großen *Bacon,* einen Satz des unsterblichen *Montaigne* oder einen Gedanken des göttlichen *Cartesius,* als einen Wald voller Bäume, ganz zu schweigen von den Griechen und Römern, für die ich das Elbsandsteingebirge geben täte, wäre es mein eigen. Die Bücher der großen Denker und Dichter aber gehören mir.

Was die Kultur betrifft, so herrscht auf dem Lande Betrübnis. Habe ich bis dato schon eine ausreichende Zahl Flecken, Weiler und Dörfer erblickt, um mir ein Urteil zu erlauben. In jedem fast die Gäule gewechselt und zu weilen auch die Karosse, aber noch keins, das aufforderte zum Verweilen. Dagegen die befestigten Plätze und Städte, gleich welcher Größe und Glaubens, in gutem Schuß, und haben fast alle durch Zahlung von Kontributionen sich die feindlichen Heere vom Hals gehalten. Die Dörfer aber ein Jammer und weiß keiner zu sagen, ob diese schon seit König Chlodwig dem Großen in derart jämmerlichem Zustand, oder in Folge der Kriege.

Die Hütten halb verfallen, verdreckt und geduckt, die Außen=Wände hüfthoch mit Mist bedeckt und darüber gleich die verrotteten Stroh=Dächer und fragt man sich, welche Tierart in diesen Ställen wohnen möchte – Affen, Esel, Neger oder Indianer. Davor keine Gärten, nur ein paar Hühner, Enten, Gänse und schwarzbraune Schweine, die im Dreck der Straße wühlen, und Wege, die aussehen, wie ein schlecht bestellter Acker, und fragt man sich, wovon die weltlichen und geistlichen Herren, denen solche Dörfer gehören, wohl leben, denn Geld haben ihre Bauern erst recht keins.

Sobald man hält, ist man aber so gleich umringt von zerlumpten schmutzigen Kindern, die einen anbetteln, und kläffenden Kötern, die einen am Aussteigen hindern und ist nicht ratsam, die Kutsche ohne Stiefel zu verlassen wegen Kötern und Dreck. Kriegskrüppel, Sieche, Wahrsagerinnen und Hausierer, die einem Dinge anbieten, die man nicht braucht, zuweilen auch eine Schlampe. Ist diese vermutlich aber die angetraute Gattin des Bauern, der sie feil hält, voller Läuse, ohne Zähne und Haare und reichlich Mundgeruch. Auch zu essen gibt es selten in diesen Dörfern, nur ein paar gedämpfte Schweine=Kartoffeln, etwas Dickmilch und einen Krug brackiges Wasser, weshalb alle Reisenden sich beeilen, in den Städten zu nächtigen.

So trödelten wir gen *Bamberg* und hätte ich mich froh gelangweilt, wäre nicht alsbald Streit ausgebrochen zwischen dem Hessenfluch und dem Puffdorf, kaum daß ich meine Standard=Frage gestellt, und hätte der alte *Platon* ohne Zweifel seine Freude gehabt daran und sofort ein neues GASTMAHL daraus gemacht. Der Posaunist schlief die meiste Zeit, die beiden Gelehrten aber raisonierten heiß, und der Jud auf dem Anti=Bock streute seine gottlosen Bemerkungen da zwischen und gestikulierte mit den Armen, daß man meinen konnte, er wäre der Wagenlenker und die Disputanten die Gäule.

Auf meine Frage, wer schuld gewesen sei an den teutschen Kriegen, antwortete der Kasseläner die *Papisten,* der Domherr aber die *Protestanten,* denn wenn diese sich nicht die Kirchengüter unter den Nagel gerissen, so argumentierte er, hätte der Kaiser nicht ihre Restitution an deren rechtmäßige Eigentümer anordnen müssen, und wenn die lutherischen Übeltäter dem Kaiser Gehorsam erwiesen hätten, wie es Gesetz und Sitte, so hätte kein Wallstein oder Tilly sie mit seinem Heer molestiert und Kontributionen erbeten, um seine Soldaten zu füttern.

Der Kasseläner erwiderte darauf, wenn die Katholiken nicht den Frieden von Augspurg gebrochen hätten, wäre kein Protestant auf die Idee gekommen eine evangelische Union zu gründen und den schwedischen König um Hilfe zu bitten, der Domherr aber schimpfte, wenn die Protestanten nicht die Union gegründet hätten, hätte der Kaiser keine Liga gegründet. Dann hätte es keinen Krieg gegeben und auch keine ausländischen Interventionen. Der Jud aber saß hinten und freute sich ein Loch in den Bauch.

„Da seht Ihr's!" jubelte er, „der Papst hatte Recht, als er sagte, das sei überhaupt kein Religionskrieg. In Wahrheit ging's Euch beiden um Hab und Gut, Sinekuren und Pfründen, die Ihr Euch abjagen wolltet! Von wegen Gott und Religion! Für einen christlichen Herrscher sind sie nur ein Vorwand, seinen Besitz und Ruhm zu mehren, seinen Rang und sein Reich. Die Werkstatt des Daseins benutzt Moral und Unmoral nur als Mittel zur Täuschung. Was die Menschheit in Wirklichkeit antreibt, sind Mordgier und Schlauheit, Goldgier und Ruhmsucht, Eitelkeit und Ehrgeiz – dies hinsichtlich der Reichen – und wenn einer arm ist, heißen seine Beweggründe Hunger und Angst, Krankheit und Haß, Elend und Undankbarkeit, Gier und Mordlust, Gerissenheit und Verlogenheit, Infamie und Feigheit."

„Schweig stille, Zwerg Nase!" fuhr ihm der Hessenfluch übers Maul, und der Puffdörfer schimpfte: „Was versteht ein Jud von Religion?"

Zwischendurch verstiegen sie sich, wer die ausländischen

Truppen ins Land gerufen. Der Jud meckerte: „Nichts Neues, nichts Neues! Schon Demosthenes rief die Spartaner ins Land, um seine Herrschaft zu stärken. Und kamen die Römer wohl ungerufen nach Ägypten und ins Heilige Land? Der Papst rief die Franken gegen die Langobarden, die Franzosen gegen die Staufer, die Spanier gegen die Franzosen, das macht jeder! Die Geschichte ist ein Leierkasten. Alle Weile dieselbe Leier und ob ein Herrscher schlimmer ist als der andere, entscheidet kein Gott und kein Sittengesetz, sondern nur das Gespenst der FORTUNA, und sind zwei Herrscher auch gleich an Schlechtigkeit, so sind sie es doch nicht nach der Meinung der Menschen. Nur der Sieger ist gut, der Verlierer ist immer der Böse."

Die zwei anderen ließen sich jedoch nicht abhalten und stritten weiter, wer die fremden Truppen ins Land gerufen habe.

„Wir nicht!" rief der Gelehrte aus Kassel. Der Schwede habe eingreifen müssen, weil er selbst bedroht war durch den Kaiser und wetterte, daß es kein Herrscherhaus gebe auf der ganzen Welt, das dermaßen raubgierig wie Habsburg. Jedoch „Da lachen ja alle Hühner!" schrie da der Domherr. Lachte aber kein Huhn und er selber auch nicht, sondern meinte recht nüchtern, der Schwede habe nur einen Vorwand gesucht, sich Teutschland, Rußland und Polen anzueigenen. Nichts als Landraub.

„Da muß ich Herrn Katzenson Recht geben."

„Ausnahmsweise", sagte der jüdische Bankangestellte.

„Natürlich", sagte der Domherr.

„Was denn sonst", sagte der Gelehrte.

„Das freut mich aber mal", sagte der jüdische Bankangestellte.

So stritten sie dahin. Ob der schwarze Mönch die Stadt Magdeburg in Schutt und Asche gelegt, oder die Protestanten selber, um dies den Papisten in die Schuhe zu schieben. Ob die böhmischen Stände Recht daran getan, keinen Habsburger zu ihrem König zu wählen, und ob es klug gewesen von Friedrich von der Pfalz den Titel auch anzunehmen. Ob mehr Menschen von denen Soldaten zu Tode gebracht, als durch Hunger, Krankheit und Seuchen gestorben. Ob ein Halb der Teutschen das Leben gelassen, ob zwei Drittel oder nur ein Viertel. Ob es verstattet sei, zu rechnen wer mehr Tote ermordet habe, die Habsburger und die Bayern oder die Franzosen und die Schweden. Wer es ärger getrieben: die Katholischen oder die Protestantischen, die Böhmen oder die Pfälzer, die Spanier oder die Kroaten. Ob je zu vor ein Krieg auf solche Weise geführt worden sei. Ob Frieden sei, wenn alle Welt protestantisch oder katholisch oder wenn alle Franzosen und Schweden mit Stumpf und Stil ausgerottet, wie der Domherr meinte, respektive die Spanier, wofür der Protestant plädierte.

Der Jude verstummte, je länger wir reisten. Ich auch. Ihre Stimmen aber störten meinen Schlaf, daß ich bereute, dero Anliegen ausgerechnet diesen zwei vorgetragen zu haben, bis wir unter dem Stadt=Tor von Bamberg standen, wo man uns erst einließ, nach dem man uns reichlich visitiert, und beschlagnahmten die Zöllner einen Sack voller Lügen, der angeblich keinem von uns gehörte. Ich beschloß eine Karosse zu überspringen, um andern Tags nicht mit dem Hessen reisen zu müssen, wankte ins Quartier und mietete einen Strohsack, der dies Mal in einer sauberen Diele lag, wenn auch unter der Treppe, so daß mir ein Scheffel Staub und Dreck in den Nacken fiel, jedes Mal wenn jemand die Treppe hinauf ging, oder ins Maul, wenn ich es im Schlaf zu schließen vergaß, und wenn immer die Erde auf mich herab rieselte, schien mir, es seien Wörter, und molestierte mich bis ins nächste Jahrtausend die Frage, ob jemand den teutschen Krieg gewonnen habe.

Aber ein groß Vergnügen und Wollust ist es doch eine solche Reise zu tun und bin ich E.F.G. dankbar alle Zeit, daß ich den Dreck unter der Treppe von Bamberg und dergleichen kleine Moleste nicht achten will.

IN *Bamberg* lernte ich viel über das Menschenwesen und ist dies vermutlich der Grund, warum es die Stadt gibt, welche aus einem geistlichen und einem weltlichen Teil besteht, der auf einer Insel in einem Fluß liegt, der *Regnitz* heißt, während die Geistlichkeit eine Anhöhe besetzt hält. Kriegsschäden abermals keine, die ich E.F.G. vermelden könnte, dafür wütete hier noch vor vierzig Jahren der katholische Hexenwahn mit dem gleichen

Eifer wie andern Ortes die katholischen Söldner und lehrt uns dies, daß der Mensch keiner Kriege bedarf, um sein Handwerk auszuüben. Allein der Fürst=Bischof soll damals eine Million Gulden erbeutet haben von den verbrannten Hexen und Druden und wird er im Volk deshalb noch heute der *Hexenbrenner* genennet.

Solches aber erfuhr ich durch einen Pater der Jesuiten, welcher sich rühmte an die vier hundert zu einem guten Tode vorbereitet zu haben, wohl wissend, wie er mir sagte, daß sie ohne Schuld gelitten und eine Tod=Sünde war, sie den Henkers=Knechten zu überantworten. Habe er doch vor der schweren Wahl gestanden, diese braven Christen ohne geistlichen Beistand ins Feuer der ewigen Verdammnis zu schicken oder dessen zu versichern, daß der Menschen Urteil kein Bestand habe vor GOTT. Starben sie daher mit einem glücklichen Lächeln im Gesicht und der Gewißheit im Herzen huldvoller Aufnahme im Paradies.

Daß ich den wunderlichen Heiligen kennen lernte, kam so. Ich verharrte da selbst vor dem Portal des alt=ehrwürdigen Gymnasiums der Jesuiten mit Namen *Collegium Ernestinum* und bedachte die Inschrift, die mit den Worten beginnt: *„Deo optimo maximo sacrum.*“

„Wie das?“ dachte es bei mir. „Wie kann man sagen *dem besten und größten* GOTT geweiht? Gibt es noch andere Götter? Schlechtere zwar und kleinere, aber Götter? Ist das der verborgene Sinn des Satzes *Du sollst keine anderen Götter haben neben mir,* daß es andere gibt, die man haben könnte, doch nicht haben sollte? Und sollte man sie nur deshalb nicht haben, weil sie schlechter und kleiner sind?“

So war ich vertieft, daß ich den Jesuiten nicht wahrnahm, ein Männlein von gut siebzig Jahren, das plötzlich neben mir stand. „Nun, was gibt es zu lesen, junger Freund?“ fragte er freundlich und erklärte mir alles. „Da GOTT nur einer ist“, sagte er nachsichtig, „dürfen wir ihn getrost in seiner ganzen Dreifaltigkeit anbeten, nämlich als hohen, höheren, wie auch höchsten.“ Besänftigend aber fügte er hinzu: „ER ist alles in einer Person – gut, besser, am besten! Sie müssen sich Gott als Spirale vorstellen, wie alles auf der Welt. Die geschichtliche Entwicklung ist eine Spirale, die Natur, der Mensch, das Leben. Es ist alles Spirale."

Ich wagte Widerspruch. „Sagten sie nicht, ER ist hoch, höher und am höchsten? Ist das nicht eine Linie? Eine Steigerung zwar, aber auf einer Linie, die von einem Punkt zum nächsten führt?"

Er wies mich milde zurecht. „Sie dürfen sich das Leben nicht so primitiv vorstellen, junger Freund, daß es auf einer Linie verläuft, einerlei, ob diese vom Guten über das Bessere zum Besten führt, oder vom Schlechten über das Schlechtere zum Schlechtesten. Es ist eine Spirale, die nicht mit dem Hoch beginnt und nicht beim Höchsten endet, denn höher ist im gleichen Moment auch wieder hoch, am höchsten ist gleichzeitig höher als höher, und das Hoch auf der nächsten Umdrehung ist schon wieder am höchsten, so daß, um zwei andere Eigenschaftswörter zu verwenden und mit einander zu verknüpfen, man auch sagen muß, daß gut und schlecht, besser und schlechter, am besten und am schlechtesten im Grunde nur sechs verschiedene Bezeichnungen für einen und den selben Zustand sind."

Mir schwirrte mal wieder der Kopf voll unbegreiflicher Gedanken, und ich verstand plötzlich, warum die meisten Menschen so ungerne reisen. Wenn man reist sollte man es tun, wie die drei Affen. Nichts sehn, nichts hören, nichts fragen. Tut man es dennoch, läuft man Gefahr, dümmer nach Hause zurückzukehren, als man war bei der Abreise. „Was ist wahr?" stammelte ich. „Gibt es denn gar keine Wahrheit?" – „Natürlich gibt es die", sagte er leise. „Man muß nur wissen, wie man sie findet." – „Und wie findet man sie?" – „Kommen Sie, junger Freund", sagte er. „Ich zeige es Ihnen."

Den halben Morgen verbrachte ich so mit dem komischen Kauz. Er hatte es offensichtlich drauf abgesehen, meine Unerfahrenheit auszunutzen und führte mich auch zum *Druden=Haus.* Hier sah ich die Instrumente der Wahrheitsfindung – die Hexenhemden, Daumenschrauben, Beinschrauben, das Seil, die Knebel, die Ruten, Schwefeltöpfe, Peitschen, die Maulsperre, Prangerketten, den Bedenkstuhl, die zahllosen Ketten –, und wie wohl keine Spur der erlittenen Qualen mehr sichtbar, kein Blut, kein Urin, kein Kot, und der Raum nicht schlechter roch, als irgend ein modernes Verließ, nur muffig und düster, wie der gleichen Kerker=Räume zu sein pflegen, nach allem, was man hört, wurde mir übel und ich mußte mich abwenden.

Der kleine Jesuit schien mein Verhalten falsch zu verstehn und zu glauben, es interessiere mich nicht, mit welchen Methoden noch immer verstockten Übeltätern, die Wahrheit entlockt werden muß, wenn es auch kaum noch Hexenprozesse geben soll, und zu meinen, er müsse mir nur deutlich zeigen, wie die Werkzeuge gebraucht werden, um mein Interesse zu wecken. „Kommen Sie, ich zeige es Ihnen“, sagte er noch ein Mal.

Er nahm meine Hände, bog meine Arme auf den Rücken und fesselte die Gelenke aneinander mit einem kleinen Schraubstock, bevor ich mich ihm entziehen konnte. Er griff den dicken Strick, der von der Decke hing, festigte ihn an meinen Hand=Gelenken, sprang zu einer Kurbel an der Wand, und ehe ich mich versah, hatte der Strick meine beiden Arme schon hoch gerissen, daß sie in den Gelenken knackten.

Ich stieß ungewollt einen Schrei aus. „Sehen Sie“, rief er heiter, „wenn ich jetzt weiter drehe, baumeln Sie bald über dem Erdboden, das Gewicht Ihres Körpers wird die Gelenke aus den Schalen ziehen, das Seil wird Ihnen die Gelenke auskugeln, und wenn ich Sie so weit habe, werde ich diese Sperre hier ausklinken, das Seil wird plötzlich abrollen und Sie werden unsanft auf dem Hintern landen, je nach dem, wie hoch ich Sie gezogen habe. Ihre Arme werden vielleicht in die Gelenk=Kugeln zurück schnappen, vielleicht auch nicht, vielleicht nicht richtig. Je nachdem werden Sie Ihre Arme nie wieder richtig gebrauchen können oder nur einige Tage und Wochen lang geschwollene Glieder und Schmerzen haben. Man nennt dieses Instrument *das Seil.* Soll ich Ihnen noch etwas *das Seil* geben?“

Er drehte wieder an der Kurbel, und ich stieß wieder einen Schrei aus. Ich stellte mich auf die Zehenspitzen, um meine Arme zu entlasten und er war jetzt sehr ernst. „Dann sprechen Sie mir nach“, sagte er. „Sprechen Sie: *Ich habe mich versündigt, Herr. Ich habe Deinem Namen gelästert. Ich habe nicht geglaubt, daß es das Böse wirklich gibt. Ich habe geglaubt, an Deine unendliche Weisheit und Güte.*" Er lächelte wie ein Kind, das einer Fliege die Beine ausreißt. „Soll ich weiter drehn, oder wollen Sie ein Geständnis ablegen?"

Ich überlegte, ob er etwas gesagt hatte, was vernünftig klang und ich ohne Besorgnis zugeben konnte. „Überlegen Sie nicht", sagte er. „Versuchen Sie nicht zu ergründen, was Sie zugeben können und was nicht. Ob ich etwas Dummes oder etwas ganz und gar Falsches gesagt habe. Sie müssen alles zugeben, was ich hören will. Es spielt keine Rolle, ob ich Recht habe. Ich will nur die Wahrheit hören."

In der Kurbel=Welle knackte es und meine armen Arme fielen herab. Er löste den kleinen Schraubstock. Ich rieb mir die Schultern. „Sehen Sie, das ist die Wahrheit", sagte er. „Was Sie vielleicht gesagt hätten, wenn ich weiter an der Kurbel gedreht hätte, wäre die Wahrheit gewesen. Egal was Sie gesagt hätten, es wäre die Wahrheit gewesen, und wenn Sie nichts gesagt hätten. Sie ist etwas, was wir nur mit größter Mühe und unter Qualen aus uns heraus pressen oder für uns behalten können. Nicht das, was uns leicht von den Lippen geht. Das sind Meinungen, die sich so oder so begründen lassen."

ICH schwieg, weil ich nicht wußte, was ich sagen sollte, und ich referiere das alles auch nur, um E.F.G. mitzuteilen, was ich erlebt, und nichts zu verschweigen. Er aber hatte wohl beschlossen, mich nicht länger auf die Folter zu spannen und nun auch über die angenehmeren Seiten der Stadt zu belehren und führte mich deshalb zu dem Palais, wo einst die erzbischöfliche Pfalz stand, und erklärte mir dort, was Bamberg mit meinem Reiseziel zu tun habe.

An dieser Stelle nämlich geschah es, wie er sagte, daß wegen des alten Macht=Kampfes zwischen den Staufern aus Waiblingen und den Welfen aus Braunschweig der sanfte König Philipp von Schwaben, der auch Herzog der Toskana war, am 21. Juni des Jahres 1208 während einer Hochzeitsfeier von einem bayerischen Pfalzgrafen erstochen und schauderte mich tüchtig über den ordinären Vorfall, denn weiß keiner, ob der Mord geschah im Auftrag des römisches Papstes, welcher ein Gegner der Staufer war, oder aus Rache, weil König Philipp dem bayerischen Pfalzgrafen eine seiner Töchter verweigert hatte, oder aus Eifersucht, weil der Staufer=Philipp dem Welfen=Otto, welcher mit Richard Löwenherz im Bunde war, nach zehnjährigem Krieg den Königs=Titel genommen.

Aber so ist es meistens in diesen Kreisen. Was wie eine Gefühlssache aussieht, ist in Wahrheit hohe Politik. Ich sage das in der Gewißheit, daß E.F.G. nicht den alten Händeln nachtrauern. Wie nämlich zur selben Zeit die italischen Städte gespalten in zwei Parteien genannt die Waiblinger oder Ghibellinen und die Welfen oder Guelfen wegen eines Totschlags, welcher stattfand nahe der alten Brücke in Florenz einer Ehe wegen, die auch nicht zu Stande kam, brach dort die Revolution aus, welche den alten Adel davon fegte, der in Teutschland noch immer regiert, E.F.G. mögen verzeihen, denn weiß ich auch dies alles von jenem alten Ordensbruder, der ganz freimütig sprach über diese *res gestae* und genierte sich auch nicht, die Päpste in Rom abzukanzeln, einen nach dem anderen.

Den einen nannte er geil, den anderen schwul, den dritten einen Idioten, den vierten verfressen, den fünften prunksüchtig, den sechsten geldgierig, den siebten einen Sadisten, über den achten meinte er, der glaube an nichts, nicht einmal an Gott, und so ging es fort, wie wäre er nicht katholisch.

„Und was ist mit dem Apostel Petrus?“ wandte ich schüchtern ein.

„Den hat es vermutlich nicht gegeben.“

„Und Jesus Christus, unser Herr?“

„Da wäre ich mir nicht ganz sicher“, sagte er und lächelte weise wie ein Roßtäuscher.

Dankte ihm deshalb aufrichtig, als er endlich wegen einer Mette in sein Stift strebte, weil ich sonst noch zu der Ansicht gelangt, es gäbe nichts Gottloseres auf Erden als die Jesuiten, und wandte mich lieber der Kathedrale zu.

Vor der Kathedrale von Bamberg stehen zwei große Löwen, auf denen schon so viele Kinder geritten, daß sie ganz abgewetzt, und würde man nicht sehen, daß es Löwen sind, wenn man es nicht wüßte. Aber das ist häufig so: Man sieht nur, was man schon weiß. Der Laie sieht gar nichts.

Drinnen großer Eindruck. Besichtigte den berühmten Reiter aus Stein, der vermutlich ein König von Ungarn gewesen. Ist aber der älteste Reiter seit dem Untergang des römischen Reiches und findet man nirgendwo sonst ein solches Denkmal in einer christlichen Kirche. Die Haare des Königs, die bis zum Hals unter der Krone hervorquellen, sind schwarz, die Krone ist gülden wie die Sporen, die Säume, die Gürtel=Schnalle und die Steig=Bügel sind ebenfalls gülden, der Mantel ist purpurn, wie sich gehört für einen Gesalbten, mit silbernen Sternen darauf, der edle Hengst ist gescheckt, das Maul dunkelrot, die Pupille des sichtbaren Auges schwarz, der Hinterschinken aber ganz in hellem, strahlendem Weiß.

Unterhielt mich ein wenig mit zwei Malern, die das Standbild so weiß anstrichen und erfuhr, daß im alten Griechenland die großen Denkmäler alle weiß getüncht, wie man kürzlich festgestellt, und habe das Hochstift nach reiflicher Überlegung beschlossen, auch den berühmten Reiter von Bamberg weiß anzustreichen.

Die Kirche war voller Handwerker. Waren auch etliche mit Seilen zu Gange, welche sie an dem Reiter und seinem Pferd befestigten – ein Seil am Schwanz des Pferdes, andere Seiler an den Augen des Ritters, nach dem sie einen Gurt um sein edles Haupt gelegt, und geschah dies, um festzustellen, durch welches Portal der Gaul die Kathedrale betreten, und worauf der König von Ungarn sein Auge gerichtet, nach dem er „Brr!“ gerufen und das Roß angehalten.

Ich tat es den Seilern gleich und blickte die Linien entlang, die von den Seilen gezogen wurden, und stellte fest, daß der Reiter durch das Fürsten=Portal hereinkommt, vor der Wand anhält und von dort nach rechts blickt, genau dort hin, wo sich die Grabstätte des Kaisers befindet, mit dem er verschwägert ist. Dankte deshalb auch für diese Auskünfte, spazierte noch etwas herum im Dom, wie in der Stadt, und hatte auch das Glück, von einem Pfeffersack aus Utrecht namens Jan van Meeuwen zum Nacht=Essen eingeladen zu werden, nachdem ich ihm die Besonderheiten des Bamberger Reiters erklärt, gewisser Maßen zum Dank. Sein Adjunkt aber war ein flinker Gent namens Antoine Muller aus Wissebourg, der mich ausfragte, wo denn in Franken die schönen Mädchen wohnten, doch verzog mich bald auf meinen Strohsack, um andern Tags mit der ersten Kutsche weiter zu reisen nach Augspurg.

Von *Bamberg* nach *Augspurg* reiste E.F.G. ergebener Diener auf der Post über Erlangen, Nürnberg, und hatte wohl Lust, zu verweilen an schöneren Orten, die Geselligkeit zu suchen bei edleren Gestalten, zu ruhen in bequemeren Betten, zumal die Nächte eisig sein können im Mai in fränkischen und schwäbischen Scheuern, Ställen, Kornstuben und Bühnen, wo hin die Wirte mich verwiesen, wenn ich auf mein karges Reise=Budget zu sprechen kam. Tröstete mich als dann mit der Bemerkung des klugen Justus Lipsius in einem Brief an seinen Freund Philippus, wo er schreibt, daß alle großen Männer gereist seien, so beschwerlich es auch sein mag, und daß man nur die *utilitas* und die *voluptas* miteinander verbinden müsse, um die Gemüts=Ruhe wieder zu finden, und bald packte die alte Reise=Lust mich wieder und Dankbarkeit fügte mich wohlgemut ins Geschick, welches mir schon bald das Ziel meiner Träume weisen würde.

„*Italia! O, delitiae italiae!*“* jubelte es dann in meinem Herzen und ich konnte es kaum erwarten, in Augspurg anzukommen, die Wochen dort hinter mich zu bringen und den herrlichen italischen Boden unter meinen Fußen zu spüren, niederzuknien, die heilige italische Erde zu küssen, das Land der Zitronen und Tomatensaucen zu umarmen und zu spüren, wie es erbebt unter meiner Umarmung, sich lustvoll windet, nach meinen Küssen giert, sich öffnet und mich bereitwillig in sich aufnimmt.

„Weiter, nur weiter“, pochte es von innen an meine Gehirnschale. In allen Gliedern zuckte die Begier, nicht länger der Karosse stur zu folgen, sondern meine Füße in die Hand zu nehmen, mich aufzuschwingen wie ein Adler, über die Alpen zu flattern und mit weit geöffneten Schwingen glücklich zu schwe-

* Köstlichkeiten Italiens.

ben über dem Land, da liebliche Jungfrauen die goldenen Äpfel des Hesperos mit weichen Tüchern wienern.

Gern hätte ich einen Abstecher gemacht nach Nördlingen, um den Ort zu erleben, wo das große Schlachten stattfand *anno* 1634 am Morgen des sechsten September und Bericht zu erstatten E.F.G., wie es sich anfühlt auf einem Blut getränkten Boden zu stehen, wo zwölftausend der Unsrigen ihr Leben ließen und der Schwede den Nimbus verlor, doch drängte es mich gen Süden. Weilte jedoch kurz in Donauwörth, einem treuen Bürger=Städtchen mit viel großen Häusern und reichen Herrn, wo der teutsche Krieg bereits zehn Jahre früher ausbrach, in des die frechen Katholiken wagten, ihre Fahnen und Reliquien öffentlich zu zeigen, und die Protestanten nicht wieder parieren wollten, den faulen und fetten Pfaffen, wie einst, und ich tanzte ein Weilchen ums Kloster der Kapuzziner herum, sang in Gedanken das Lied von damals – *„Kapuzziner, Kapuzziner, Speck, Speck!“* –, gedachte der Prügel, welche die Protestanten von Donauwörth dem kaiserlichen Kommissionär verpaßten, und genehmigte mir einen Berg Knödel mit Specksauce und Weißkraut als Nachtmahl, wenn der Bayern=Herzog gleich die Reichsacht vollzog.

Blieben mir dennoch ein paar Stationen nicht erspart und reuten mich nicht, und war eine von diesen, da wir eine Rad=Panne hatten in einem Sprengel, dessen Bewohner wie die Wilden durch den Dreck krochen und in einer Sprache Bescheid gaben, die nicht von dieser Welt stammte und eher der Verständigung von Tieren diente, als einer zivilisierten Rede, so daß wir nicht einmal den Namen jenes verfluchten Haufen Erde erfuhren.

„Sind dies“, so fragte ich mich entsetzt, „etwa die Nachkommen der stolzen Franken, die vor ein tausend Jahren in dieser menschenleeren Landschaft siedelten und große Taten vollbrachten gegen die Törpel der Bajuwaren und Sueben, glänzende Städte bauten und Handel trieben, oder sind es gar die letzten Überlebenden der antiken Römer, die Teutschland einst die ur=alte Kultur der Griechen, Ägypter und Sumerer brachten, den gewaltigen Limes=Wall erbauten, der kein Ende nimmt und säße wer auf dem Mond, so könnte er ihn wohl von dort oben sehen.“

Die graue Stimmung der Melancholie ergriff mich, wie wohl die Sonne schien, der Himmel lachte und die Luft war mild und klar, als ich daran dachte, daß die traurigen Lebewesen, die in diesem namenlosen Dorf lebten, vielleicht keine Tiere waren, die sich uns Menschen anzugleichen versuchten, sondern ehemalige Menschen, die sich langsam auf die Bewohner des Tierreichs zubewegten und ich erwog, dies alles gründlich zu untersuchen, wenn ich eines Tages die Mittel hier zu besäße, so wie man heute bereits begonnen hat, zu untersuchen, ob die Indianer Süd=*Americas* ähnlicher seien den Menschen oder der Tierwelt oder keiner der beiden Sphären zugehörig.

ICH spazierte also *à l'aise* zwischen den elenden Hütten, während die Postler die Kutsche aufbockten, das Rad lösten und die Reparatur bewerkstelligten. Mit mir stolzierte im Storchenschritt ein Vertreter aus Böhmen, der mit einem Koffer Keppler=scher Fernröhren reiste, die er in Augspurg und München anpreisen wollte und in großen Partien zu verhökern hoffte. Er hatte aber auch eine philosophische Ader und sprachen wir oft über die vielen Erfindungen des menschlichen Denkens, so daß in hundert Jahren wohl nichts mehr so sein wird, wie zu Beginn unseres tragischen Jahrhunderts.

„Warum", zum Beispiel, so fragte ich ihn wie wir so dem Kot der Schweine und den letzten Pfützen vom vorigen Regen auswichen, mehr der Konversation halber, „leben nun aber die Bauern so erbärmlich wie vor zehntausend Jahren, wenn Ihr Handel treibt über die drei Kontinente hinweg mit euren groß=artigen Erfindungen? Warum gibt es keine Erfindungen, die das Leben dieser armen Kreaturen verbessern könnten?"

„Die gäbe es schon", widersprach er besonnen. „Aber warum sollte man dergleichen erfinden? Es hat nur Zweck etwas zu erfinden, was ein anderer bezahlen kann. Kein Bauer könnte ein Fernrohr bezahlen."

„Nun", erwiderte ich überlegen. „Er würde es wohl auch nicht brauchen." Doch er widersprach mir abermals. „Warum nicht?" fragte er, „er könnte damit ein wenig in die Ferne sehen und nicht immer nur auf den Dreck vor seiner Hütte." – „Das schiene mir ein rechter Schabernack", erwiderte ich. „Ein Bauer, der nach den Sternen schaut, statt zu prüfen, ob sein Misthaufen reif ist."

„Er hat schon Recht", lenkte der Böhme ein. „Warum sollte der Bauer ein Fernrohr haben? Nicht einmal auf einem Schiff, das die Ozeane durch=pflügt (bis unters Deck beladen mit afrikanischen Sklaven), hat jeder Matrose ein Fernrohr. Der Maat hat keines und die Sklaven unter Deck erst Recht nicht. Nur der Kapitän braucht eins und so ist es allenthalben in der Gesellschaft. Es wird immer ein paar Individuen geben, die ein Fernrohr brauchen und die vielen anderen, denen es reicht, ihren Misthaufen zu betrachten. Solche Menschen muß es auch geben, aber sie brauchen kein Fernrohr. Sie würden nur damit herum spielen und da für ist es zu schade."

„Dann haben die Armen gar keine Hoffnung, die in diesem Elend leben", frug ich, mehr um das Gespräch in Gang zu halten, damit wir nicht stehen blieben, denn das war eine Hoffnung, dem Gestank zu entgehen, der uns umgab. „O doch, warum nicht", erwiderte er. „Der Tag wird kommen, wo jeder Bauer ein Fernglas brauchen wird. Und dann wird er auch das Geld haben, es zu bezahlen. Ein schlechter Verkäufer wäre ich, wenn ich daran nicht glauben würde. Ich werde es nicht mehr erleben, meine Kinder auch nicht, aber der Tag wird kommen.

„Alle werden in guten Häusern leben, wie die Ackerbürger von heute und vielleicht sogar die Handelsherren. Satt zu essen werden sie haben, ein sauberes Hemd jeden Sonntag, eine warme Stube, einen neuen Strohsack jedes Jahr, und vielleicht sogar ein Pferd und einen kleinen Wagen.

„Ihre Kinder werden in die Schule gehen und lesen und schreiben lernen und kein Grundherr kann ihnen mehr die Füße abhacken, wenn sie fortlaufen, und die Hände, wenn sie die Arbeit verweigern. Vielleicht werden die Bauern darum bitten, arbeiten zu dürfen. Das alles wird kommen, wenn es den Reichen und Mächtigen dient, die Kasse zu füllen und ich wäre ein schlechter Kaufmann, wenn ich nicht daran glauben würde."

„Nun, da seht Ihr's!" rief ich erfreut, „dann sind Eure Erfindungen doch zu etwas nutze." Er hielt keine Widerrede und in guter Laune bestieg ich wieder die Kutsche. Er hinter drein.

Teutschland ist riesig und wird es wohl erst auf ein erträgliches Maß zusammen=schrumpfen, wann jemand eine Kutschen erfindet mit Flügeln dran, in welcher unsereins darüber hinfliegen kann, wie der berühmte Pegasus, und ist dies vermutlich einer der Gründe, weshalb unsere Post zu spät nach Augspurg kam. Es dämmerte bereits, als wir endlich davor standen, und half kein Klopfen und kein Rufen, kein Zetern und kein Zanken.

Die Torwache auf der Mauer zog uns eine lange Nase, ein anderer gab einen Maul=Furz zum besten und der dritte ließ zwischen den Zinnen seinen blanken Hintern blinken. Es geschieht dies aber zur Sicherheit der Stadtbürger, wie der Städte Mauern überhaupt nicht zum Schutz vor angreifenden Soldaten dienen, es sei denn in den gelegentlichen Kriegs=Zeiten, sondern um die eigenen Lands=Leute fern zu halten, welche des Rechts entbehren müssen, die Städte zu betreten, des Tags oder bei Nacht.

Sprach darüber mit einem Geometer namens Elmstroem aus der Dänen=Mark, welcher durchs Land fuhr, um die verstreuten Besitztümer von denen Dänen zu vermessen, und schätzte dieser Landvermesser in recht passablem Teutsch, daß Hier=zu=Land nur ein Halb des Volkes in Dörfern, Weilern, Flecken und befestigten Siedlungen lebt, die andere Hälfte aber unbehaust und rechtlos und dürfen diese bei Strafe die Siedlungen nur betreten zu den erlaubten Zeiten oder gar nicht. Haben jedoch auch in der Wildnis keine Ruhe, wenn sie aufgegriffen werden von denen Husaren und Gens d'Armen, während bei ihnen oben in Schweden nicht angetastet werde, wer in der Wildnis haust.

Lebt das teutsche Volk folglich in einer derartigen Gefangenschaft, daß die eine Hälfte ihren angestammten Platz nicht ohne obrigkeitliche Erlaubnis verlassen kann, die andere jedoch jenes Gefängnis nicht betreten und im Grunde sich nirgend wo aufhalten darf und ist dies der Grund, weshalb nahezu jeder Flecken, und sei er noch so klein, eine Hinrichtungsstätte besitzt, die sich schon ankündigt, bevor man sie sieht durch große Vogelschwärme und kräftigen Leichen=Geruch, und erblickt der Reisende in Teutschland alle paar Meilen, zumeist auf einem Hügel liegend, einen Galgen, an dem etliche baumeln, und zwei oder drei Räder auf hohen Stangen, auf die einige mit zerschlagenen Gliedern geflochten, und pfeift der Wind durch die Zweige, so meint man ihr fernes Seufzen zu hören, denn sobald die Gens d'Armen einen aufgreifen, der keinen Herrn hat, so pflegen sie ihm das Zeichen aufzubrennen und die jenigen knüpfen sie auf, die bereits eines haben.

Erschrak deshalb bei der Vorstellung, wie viele arme Menschen die meiste Zeit auf der Flucht sein und von jederman denunziert und aufgegriffen werden, so bald sie sich einer menschlichen Ansiedlung nähern. Ließ mich dessen jedoch nicht verdrießen und verbrachte die Nacht beim Feuerchen, welches die Pferdeknechte für uns Reisende entfacht hatten, wo meine Laune sich rasch besserte, und kam alleweil einer vorbei, der gewisse Speisen anbot, auch Getränke, die ich aber von mir wies, um mein Säckel zu schonen.

Es gab an jener Stelle aber eine erkleckliche Zahl Wirtshäuser, darunter ein solches für die noblen Gäste, so vor der Stadtmauer warten mußten, zwei für die einfachen Touristen und eine Menge arger Spelunken, aus denen man lautes Gelächter, Geschrei und grobe Gesänge hörte und erfuhr ich, daß dort keine Reisenden verkehren, sondern Gesindel, welches sich überall nachts am Rand großer Städte einfindet, wie entlaufene Bauern und Soldaten, Haderlumpen, Markschreier, Quacksalber, Schauspieler, Sänger und Tänzer, Straßenräuber, Freudenmädchen, arme Poeten, reisende Maler und Bildhauer, Kontrabandeure und Hasardeure, welche die Nacht nicht in den Städten verbringen dürfen. Verbannte und Geächtete, verstoßene Eheweiber, und zuweilen auch ein ganzer Schwarm Waldmenschen, das sind jene, die in einfachen Hütten und Feldlagern in den Untiefen der Natur sich nähren von der Jagd, während ihre Weiber und Kinder Beeren sammeln und Pilze trocknen.

Auch Kohle brennen, das Einhorn jagen, den Geistern dienen, Irrlichter fangen, Schätze suchen oder einfach nur den Sinn des Lebens und zuweilen auch einen verirrten Wanderer ausrauben und nackt aus dem Wald werfen. Ansonsten jedoch sind sie einfache und gutmütige Menschen, welche sich lieber zurück ziehen, wann jemand in ihre Zuflucht dringt. Saßen auch hier vorm Stadttor abseits ohne Feuer zu machen wie ein Rudel verstörter Wölfe im Dunkel und wußte niemand zu sagen, was sie hier wollten.

Wie es nun dunkel war, sah man aber mehr und mehr Feuer empor steigen zum Nachthimmel und näherte sich allerlei Volk, so daß man glaubte auf einer Kermesse zu sein und hatten sich bereits mehrere Wahrsager bemüht, aus meiner Hand zu lesen, so daß ich um den Inhalt meiner Reise=Tasche zu fürchten begann und hielt auch der Vertreter aus Böhmen seinen Muster=Koffer fest ans Hand=Gelenk gebunden mit einem Kälberstrick.

Wir setzten uns deshalb abseits, um nicht bemerkt zu werden und auch um die Sterne zu beobachten, die in ihrem Glanz erstrahlten und als bald packten mich wieder die alten Fragen, die seit Olims Zeiten die Gedanken bewegen.

„Wer hat nur die vielen Sterne aufgehängt so hoch da oben", sprach ich, wie zu mir selber. „Und angeordnet, so daß sie Bilder ergeben."

Er tat so, als habe er die Frage schon tausend Mal gehört und sagte nur:

„Ja, wer wohl?"

„Nun, daß es Gott war, dürfte niemand bestreiten", fuhr ich fort und fast schien es, als wollte er einlenken.

„Wer sonst?" sagte er wortkarg.

„Natürlich, wer sonst", fuhr ich fort, „und so ist, selbst wenn ich nicht an ihn glauben wollte, der gestirnte Himmel über mir der überzeugendste Beweis seiner Existenz."

Ich hatte plötzlich das Gefühl, als lächelte er spöttisch und tatsächlich sagte er:

„Ich weiß nicht, ob wir so weit gehen dürfen."

„Was meinen Sie damit?"

„Nun, ich meine, sie könnten entstanden sein aus sich heraus. Sie verstehen? Von alleine."

„Von alleine?" stammelte ich. „Sie meinen, die Sterne wären von alleine entstanden? Aber das hieße – – – GOTT zu leugnen. Das ist Häresie!" rief ich verschreckt und hielt mir sogleich die Hand vor den Mund und schaute mich um, ob jemand uns vielleicht belauschte, denn ich hatte durchaus keine Lust noch in der selben Nacht auf einem der kleinen Feuerchen vor dem Stadttor zu schmoren.

Doch er saß starr wie ein Findling bei Nacht.

„Nicht im geringsten", sagte er. „Es würde ausreichen, wenn wir glauben, daß GOTT=DER=HERR=gelobt=sei=sein=Name=in=Ewigkeit=AMEN den Anstoß dazu gab, daß die Sterne sich immer fort selber gebären. Dann wäre er wieder da."

„Am einfachsten wäre", sinnierte ich, „wenn jemand ein Fernrohr erfinden täte, mit dessen Hilfe wir IHN sehen könnten. Dann hätte der ganze Streit ein Ende und keiner bräuchte mehr verbrannt zu werden wegen Gotteslästerung."

Ich spürte eine heftige Bewegung an meiner Seite und fühlte, daß er mich durch die Dunkelheit anstarrte.

„Sind Sie von Sinnen?" zischte er. „Sie wollen Gott sehen? Das wäre eine Tod=Sünde! Niemand hat Gott jemals gesehen. Moses nicht und, wie es scheint, nicht einmal Jesus vor seinem Tod. Erst nach seinem Tod wollte er neben ihm sitzen. Gewiß, es gab Zeiten, da war Gott uns näher als heutzutage. So nah, daß einige ihn fühlen und seine Stimme hören konnten. Aber nie zeigte ER seine volle Person. Bestenfalls war ER ein Leuchten im Hintergrund, an den Rändern eines Dornbusches zum Beispiel, als ER Moses erschien, daß die Menschen glaubten, einen brennenden Strauch zu erblicken. Seither hat ER sich immer weiter von uns entfernt."

„Wieso das?" frug ich erstaunt.

„Ganz einfach", sagte er, „es ist ein physikalisches Gesetz, dem wir unterliegen. Die Gesetze der *Optik,* Sie verstehn. Der *Raum* weitet sich, wenn wir durch ein Fernrohr blicken. Wir glauben zwar, er werde kleiner, so daß die Dinge größer werden, die wir sehen können, in Wahrheit jedoch erweitern wir den Raum, den wir überblicken können. GOTT aber hat die Angewohnheit sich stets jenseits des sichtbaren Raumes aufzuhalten, um unsichtbar zu bleiben. Er muß sich deshalb von uns entfernen, je weiter wir schauen können."

„Dann werden wir Ihn also niemals erblicken?" fragte ich vor mich hin.

„Man sollte niemals nie sagen“, sagte er und erhob sich. Ein schmaler Licht=Streifen lag über dem Horizont. Er schüttelte sich – eine große schwarze Masse gegen den Nachthimmel, dessen Ränder ein wenig leuchteten. „Es wird kalt.“ So kehrten wir zurück ans Feuer, wo unsere Kutscher saßen. Die Funken stieben in den Himmel, die brennenden Äste knackten, nebenan zerteilten einige wilde Figuren ein Wildschwein und warfen die Stücke in heißes Wasser und über dem Platz lag das Gewirr der leisen Stimmen des Nacht=Lagers und mischte sich in die Musik der Sterne.

In dem Augenblick trat eine junge Frau an unser Feuer, beugte sich zu mir herab und öffnete ihr Hals=Tuch.

IHR kleiner Busen schwebte vor meinen Augen, nicht einmal eine Elle entfernt, und ich brauchte den Kopf nicht zu heben, um ihr tief ins Herz zu blicken. Die anderen Reisenden achteten ihrer nicht.

„Möchtest du in meine Hütte kommen?“ fragte sie scheu. Sie stellte die Frage so, als hätte sie Furcht, die dunklen Stunden alleine zu verbringen, und nur die Tatsache, daß sie eine Zahl nannte, gab ihrer Frage eine tiefere Bedeutung.

Ich blickte in ihr Dekolleté, das sie rasch wieder bedeckte, ich sah in ihr ebenmäßiges Gesicht. Sie hatte ein Antlitz wie gemalt nur ein wenig verschmutzt, wie auf alten Bildern, wenn der Firnis ranzig wird und der Harz Falten auf den Flächen bildet. Ich empfand Zuneigung und spürte, wie das Leben sich in meinen Beinkleidern regte. Sie wiederholte die Zahl mit etwas Nachdruck und sie verlangte nicht viel. Es war weniger als ein Abendessen. Ich brauchte nur einen halben Tag hinter der Post herzulaufen, statt auf der Bank im Inneren zu sitzen, und hatte den Verlust schon wett gemacht.

Wir gingen behende wie Kinder, die zum Spielen laufen, zu einem Bretter=Verschlag neben der noblen Wirtschaft und ihre Röcke raschelten. Zwei Öl=Lampen an der Wand verbreiteten ein schwaches Licht auf dem Hof und ich sah, daß sie fast noch ein Kind war – vielleicht sechzehn Jahre alt, aber schon wohl geformt. Sie nahm meine Hand und ich hörte nichts als das Tapsen ihrer Füße auf dem harten Boden und das Rauschen in meinen Ohren, als wir die Hütte betraten.

Dunkelheit umfing mich und kein Lichtstrahl drang herein. „Warte etwas“, sagte sie leise, „ich will uns ein Lager richten. Bleib stehn und schweig still bis ich dich rufe.“ Ich hörte den Strohsack rascheln und als sie rief, war ich so heiß, daß ich sie besprang, ohne lange zu fragen, und obwohl sie was dicker war, ihr Fleisch weicher, die Schenkel fetter, die Titten größer und schwammiger und die Möse feuchter und größer als ich es erwartet hatte, war meine Gier so verzweifelt, daß ich sie einfach fest nageln mußte und wie ein Hase zu rammeln begann, so bald ich ihn drin hatte, und ich galoppierte mit verhängten Zügeln die ganze Strecke von *alpha* bis *omega,* ob ihr fetter Arsch bei jedem Stoß auch gegen den Lehmboden unter dem dünnen Stroh=Sack schlug, daß sie ächzte und wimmerte, bis ich abspritzte und ihr eine solche Ladung verpaßte, daß die Brühe an die Decke schoß.

Da erst, als ich die Augen öffnete, die ich trotz der Dunkelheit geschlossen hatte, fand ich die Hütte plötzlich beleuchtet von einem Licht, das von der Türe ausging, und wie ich meine *acquisition* ein wenig betrachten wollte, sah ich die Bescherung. Die junge war verschwunden und vor mir krümmte sich des Teufels Großmutter. O, *je mi né!* Fast stürzte ich zu Boden tot, so abscheulich war dieses Weibsstück! Der Kopf war fast kahl und nur von ein paar schwarzen und weißen Strähnen bedeckt und an diesen Strähnen schaukelten einige Läuse oder hangelten sich abwärts zu den Augenbrauen, wo ich Nester voller Läuse=Eier erblickte. Das eine Auge schaute zur Decke, das andere zum Lehmboden doch in beiden stand eine eitrige Flüssigkeit. Die Nase war seitlich aufgerissen, auf der Oberlippe sah ich eine Hasenscharte und ihr Kinn war gespalten, als hätte sie zwei. Aus dem Schiefmaul triefte gelblicher Speichel und ich wagte nicht, den Blick auf ihren Leib zu lenken.

Sie bemerkte mein Entsetzen und wollte fragen: „Was habt Ihr, mein Herr?“ Aber ich mußte raten, was sie sagen wollte, denn sie stotterte, und ich mußte fort, denn aus ihrem Mund kam ein schrecklicher Gestank und mir wurde übel. Ich wandte mich also zur Tür, doch dort stand ein Hüne von einem Kerl, mindestens so alt und häßlich wie die Vettel, doch starck wie ein Braunbär und mit einem dicken Knüppel bewaffnet. Er stieß mir den Prügel direkt in den Magen. Ich wankte zurück und erbrach mich direkt auf die Schönheit, die ich soeben besessen, und seine Stimme erfüllte den Stall:

„Was, Kerl, du wagst es eine achtbare Hausfrau und Mutter zu schänden? Ha, laß dir den Schädel spalten! Komm her!"

So brüllte er, daß mich die Angst ergriff. Mit einem Ruck löste ich den Beutel vom Gürtel und reichte ihn dem Goliath.

„Da nehmt, was ich euch schulde", sagte ich mit kläglicher Stimme, „aber schont mein Leben."

Er steckte den Kienspann in die Wand und knurrte zufrieden. Nahm auch einige Münzen aus meinem Beutel und gab mir das Ding zurück. „Und nun raus mit dir, Bürschlein", sagte er immer noch grollend, aber es klang gutmütig. „Beim nächsten Mal kommt du mir nicht so billig davon!"

Ich entwischte und wie ich noch übern Hof lief, meinte ich eine keifende Weiber=Stimme zu hören, die ihn aufforderte, ihr etwas Geld zu geben. Ich rechnete nach im Schein des Feuers. Er war gnädig gewesen. Etwa so viel, wie ich in einer Woche zum Essen brauchte, hatte er mir genommen.

Den Rest der Nacht verbrachte ich feuchten Auges am Wagen und ließ die Sterne über mich hinziehen. Nur einmal schreckte ich hoch. Schritte kamen näher. Nicht weit vom Lagerplatz hörte ich das Schlurfen müder Füße und einige dünne Männerstimmen, die leise riefen: „O, *mon dieu!*" Immer nur „O, *mon dieu!*" so lange, bis auch die Schritte verklangen. Es waren aber, wie mir ein Augspurger Puppenspieler am nächsten Morgen erklärte, da ich ihn fragte, die Geister dreier französischer Soldaten gewesen, welche die Augspurger im Jahre 1635 mit Dreschflegeln und dicken Knüppeln erschlagen hatten, um sie auszurauben.

AUGSPURG, das als die schönste Stadt Teütschlands gilt, wie Straßburg als die stärkste, ist auch die reinlichste, die ich seit meiner Abfahrt angetroffen, und sind die Bürger=Frauen allzeit am Kehren und Putzen. Nie bemerkte ich Spinnweben noch Schmutzspuren in einer Wohnung oder Gaststätte. Die seltsamste Zurüstung, die aber die Reinlichkeit dieser Stadt beweist, ist, daß die Stufen der Häuser mit Leinenzeug belegt werden, so bald sie gewaschen und geputzt, wie das jeden Samstag geschieht, damit sie nicht schmutzig werden und verhängen die Augspurgerinnen die Wände in Dielen und Küchen, Kammern und Stuben mit Tüchern und Vorhängen falls jemand dawider spuckt oder die Wände sonst wie verunreinigt.

Die Augspurger sind auch Liebhaber von Schildern und waren solche an vielen Häusern von außen angebracht, an denen ich vorbei ging und steht auf diesen Schildern der Name der Personen, welche hier einige Tage lang verweilt und sieht man solche schockweise an den Häusern angebracht, auch wenn eine Person nur eine Nacht dort genächtigt, als wäre ein Haus, in dem nicht mindestens ein Sack voll bedeutender Edelleute logiert, nicht der Rede wert.

Begab mich sofort von der Post=Station nach dem Hause *Anckel.* Sah aber auf meinem Fuß=Weg kein einziges schönes Frauenzimmer. Ihre Kleidung war in des sehr verschieden. Bei den Männern dagegen ist es schwer, die Adligen zu erkennen, um so mehr, als jedermann seine verbrämte Mütze und einen Degen an der Seite trägt.

Kriegszerstörungen wiederum keine und sind die Straßen sauberer und breiter und die Häuser im allgemeinen schöner, größer und höher, als in irgend einer teutschen Stadt und in jüngster Zeit mit viel Mühe und Geschmack noch mals veredelt worden, wie ich erfuhr, weshalb auch gesagt wird: *Augspurg, die Geschmackvolle.*

Das Haus Anckel steht neben dem Palast der *Fugger,* so daß es etwas sparsamer aussieht, nehmen doch die Fugger, die alle sehr reich sind, und seit langem zu den reichsten Familien Europas gehören, die erste Stelle in der Stadt ein. So reich waren die Fugger einst, daß Kaiser Karl, der im vorigen Jahrhundert regierte, in ihrem Auftrag halb Europa mit Krieg überzogen und ihnen reichlich Privilegien und Zollfreiheit eingeräumt haben soll in allen seinen Landen, und sind die Augspurger selbst darüber so wohlhabend geworden, daß eine Handvoll Erde hier mehr wert sein soll, als in meinem Zittau der ganze Marktplatz.

Ich sah auch noch andere Häuser der Fugger und sind dies ihre Lust=Häuser für den Sommer mit allerlei sinnvollen Einrichtungen in den Gärten. In einem Garten steht eine Wasseruhr, im nächsten werden die Damen, so über einen Fuß=Boden schreiten, aus vielen feinen Röhren von unten naß gespritzt unter die Röcke, im dritten ein Brunnen, der ihnen ins Dekolleté spritzt, wenn sie versehentlich einen Hebel berühren und so fort. Die Fugger haben auch einen kunstvollen *aquae=ductus* bauen lassen, welcher das Wasser des Lech durch die Stadtmauer führt und ist dies bestimmt für die Paläste der reichen Patrizier und des alten Stadtadels. Desgleichen eine Geheim=Tür in der Stadtmauer, welche nur denen Personen von Rang und Stand geöffnet wird.

Man überquert eine kleine Brücke vor der Mauer und nennt dem Pförtner, der hinter einer unauffälligen Öffnung sitzt, seinen Namen. Danach benachrichtigt dieser vermittels einer Klingel den Hauptpförtner und der öffnet, sofern der genannte Name ihm gefällt, mit Hilfe einer Spirale eine schwere Holztür, welche außen mit den gleichen Steinen besetzt ist, wie die Stadtmauer, so daß sie nicht auffällt.

Dahinter liegt ein leerer Raum, der sich ganz in der Mauer befindet und stock=duster ist. So bald aber der Ankömmling diesen Raum betritt, fällt die Geheimtür hinter ihm mit großem Getöse in ihre Lage zurück und wer das nicht weiß, erschrickt zu Tode.

Sodann öffnet sich eine schwere Eichentür, die mit Eisenplatten beschlagen ist und der Besucher betritt einen schwach beleuchteten Saal. Die Eisentür fällt mit neuem Getöse ins Schloß, eine weitere Tür öffnet sich nicht eben geräuschlos und ansonsten umfängt den Eintretenden Totenstille und begegnet ihm nicht eines Menschen Seele. Der nächste Saal ist zwar immer noch leer und ohne Möbel, jedoch von einer Fackel recht gut beleuchtet.

Von der Decke hängt an einer Kette ein ehernes Becken, in das der Ankömmling das Einlaßgeld werfen muß. Ein dritter

Pförtner windet die Schale nach oben, und wenn er nicht zufrieden ist, lässt er den Wartenden bis zum nächsten Morgen in dem ungemütlichen Verließ ausharren. Entspricht das Geld aber dem herkömmlichen Betrag, so öffnet sich abermals ein großes, mit Eisen beschlagenes Tor, das sich sofort hinter dem Ankömmling schließt. Nun erst ist dieser in der Stadt.

Es ist eine der kunstvollsten Einrichtungen, die es gibt in Europa, und hat die englische Königin bereits einen Botschafter entsandt um die Erfindung zu erwerben. Haben die herrschenden Patrizier aber ihr Ansuchen abgeschlagen. Sind deshalb nicht wenig eingebildet die Augspurger ihrer Fugger wegen und berichtet man auch, sie hätten nur Mäuse, dagegen keine der großen Ratten, von denen das übrige Teutschland heimgesucht wird. Sie erzählen darüber eine Menge Wundergeschichten und schreiben ihre Bevorzugung der Leiche eines ihrer Bischöfe zu. Sie gehen nämlich einmal im Jahr zum Grab desselben, stiebitzen ein Krümelchen Erde, verstecken es unter der Schwelle und halten auf diese Weise alles Gezücht dem Hause fern. Solches tun aber auch die Protestanten.

Ferner behaupten sie, auch im teutschen Krieg nicht übermäßig belästigt worden zu sein, nur das Umland wurde verwüstet, dank eines wundertätigen Bäcker=Meisters, welcher, wann immer die Soldateska sich näherte, seien es Kaiserliche, Bayerische, seien es Protestantisch=Böhmisch=Französisch=Schwedische, die Stadt=Mauern erklommen und habe die ganze Bäcker=Zunft reichlich Brot hinab geworfen unter die Soldateska, welche mit Dank und Hoch=Rufen auf den ehrbaren Rath das Weite gesucht und gefunden, und haben die guten Augspurger ihrem braven Bäcker in diesem Jahr sogar ein Denkmal gesetzt aus Stein vor einer der Stadt=Mauern, doch halte ich dies für eine Legende wie die von denen Ratten und Mäusen.

Bekannt ist nemblich, daß kein Feldherr, so dumm er auch sein mag, jemals die Kuh geschlachtet, die ihm Milch geben sollte, und haben die *troupiers* seit Olims Zeiten die Städte nur bedroht, um Verpflegung für ihre hungernden Fuß=Völker und Kontributionen in baren Dukaten und Schatz=Briefen für den Generalfeldmarschall heraus zu schinden, und Plünderungen nur manchmal gestattet, um die Disziplin der Truppe wieder herzustellen, wie in Magdeburg, jedoch im Höchst=Fall drei Tage lang, wie man mir sagte.

DER Bücher=Agent Johann Georg Anckel empfing mich aufs herzlichste und sprach in warmen Worten von den Wohltaten welche die gebüldete Welt durch E.F.G. schon erfahren und erwähnte diesbezüglich die Zuwendung von zweihundert Thalern, welche der große Gelehrte und Schriftsteller *Athanasius Kircher* für sein neuestes Werk, die ARITHMOLOGIA, erhalten hat.

Forderte mich auch eindringlich auf, mich stets würdig zu erweisen der besonderen Ehre in einem so wichtigen Auftrag durch halb Europa zu reisen und dank dero Geleitbriefen eine Behandlung zu genießen wie ein Gesandter. Ermahnte mich alsdann, nicht Leichtsinn und Müßiggang zu huldigen, wie ein Vater seinen Sohn ermahnt, und sprach die Worte, die ich nicht vergessen werde:

„Reisen ist Arbeit, harte Arbeit! Denk er stets daran, junger Mann! Unser Herr, JESUS CHRISTUS, reiste ohne Unterlaß in den ersten zwölf Jahren seines irdischen Daseins und war danach klüger als die gesamte Geistlichkeit, ob wohl er fast nur durch die ägyptische Wüste gereist war."

Nach solcher Begrüßung ließ Herr Anckel mich durchs Haus führen, welches an die dreißig Zimmer hat und auch einen Festsaal besitzt mit Kronleuchter und Spiegel=Wänden, die jedoch bis unter die Decke voll gestapelt sind mit Büchern und Inkunabeln und sah ich da selbst auch einige antike Schriftrollen in einer Wand mit runden Löchern, ferner Möbel, Gemälde, Zeichen-Mappen und der gleichen Gegenstände mehr, mit denen das Haus Anckel Handel treibt und seinen Wohlstand verdankt, und überlegte ich bei mir, daß es wohl besser wäre, den Beruf eines Poeten und Philosophen, der nur Verdruß, trocken Brot und Wasser einträgt, an den Nagel zu hängen und ein angesehener Bücher=Verleger zu werden.

Kann freilich nicht sagen, welchen Wert diese Kunst=Schätze haben im Hause Anckel, doch wies der Major=Domus, welcher mich rund=führte auf ein Portrait eines Papstes, welches ein gewisser Hans *Burgkmaier* ausgefertigt, mich tief beeindruckte, und meinte trocken:

„Wenn Ihr dies Bild kauft, junger Mann, werden Eure Nachfahren in dreihundert Jahren so reich sein, daß sie ihr Lebtag nicht zu arbeiten brauchen."

Der Tageslauf im Hause Anckel ist streng eingeteilt. Bei Tagesanbruch wird man zu einem *Petit Déjeuner* gerufen, wo zu ein Gong ertönt, und werden auch die Brotzeit am Mittag, der *Five=o'clock=Tea* und das reichliche Abendessen durch denselben angekündigt. Gearbeitet wird am Vormittag bis elf, am Nachmittag von zwölf bis vier und hatte ich danach täglich Gelegenheit durch die Stadt zu spazieren, auf Gesellschaften zu gehen, wo ich über die herzögliche Bibliothek in Wolfenbüttel und die vielen kostbaren Werke darin berichten mußte oder einer Lustbarkeit beiwohnen durfte.

Meine Arbeit in Augspurg besteht aus Unterrichts=Stunden. Zwei Stunden Unterricht in den Sprachen welche gesprochen und geschrieben zu Zeiten des großen Machiavelli und heute. Zwei Stunden Lektüre der bekanntesten Reise=Führer und Itinerare, so auch E.F.G. schon benutzt haben, als da sind *Les voyages de plaisier* von CAROLUS STEPHANUS über seine Reise nach Loretto *par terre jusqu'à Venise et de Venise par l'eau,* von IUDOCUS HONDIUS die *Nova et accurata Italiae Hodierniae descriptio* von 1626, von FRANCISCUS SCHOTTUS die *Itinerari Italiae rerumque Romanorum libri tres* aus dem heiligen Jahre 1600, von GIOVANNI DA L'HERBA den *Itinerario delle poste per diversi parti del mondo* aus dem Jahr 1563 et cetera.

SIGNOR *Mauro,* der aus Campotosto im Kirchen=Staat stammt, und mich über alle Themata abfragt, kennt Italien wie meine Westentasche: Eine teutsche Meile hat zehntausend Schritt, eine italienische aber nur fünftausend. So kommt es, daß die Italiener häufiger rasten, da ihre Poststationen dichter bei ein ander liegen, als in Teutschland. Behauptet er. Ich werde es überprüfen. Sein Familien=Name lautet Querciastorta.

„Italien", sagt er zum Beispiel, „ist dreigeteilt oder, wie schon der große Cäsar Caius Julius sagte: ‚*Italia omnis in partes tres di-*

visa est.' In Norden, Mitte und Süden nämlich. Im Norden ähnelt der Italiener dem Teutschen an Größe, Statur, Sitten und Gebräuchen. Sein Land ist ein Garten Eden, reich an Flüssen und Seen, voller Fische, die er jedoch in Ruhe läßt. Er verzehrt Graubrot, Kartoffelbrei und viel Schweinefleisch.

„Gen Norden wird seine Welt begrenzt durch hohe, schnee=bedeckte Berge, die er nie überschreitet. Nach Süden erstreckt sich eine unendliche Ebene, die im Dunst verschwimmt, so daß er glaubt, die Erde sei eine flache Scheibe. Er trinkt Bier und behandelt seine Frauen gut, was ihm nicht gut tut, denn sie danken es ihm nicht. Sein Haar ist blond oder rot, seine Gesichts=Züge sind grob, die Hautfarbe zeigt von hohem Blut=Druck und seine Sprache ist derb und ungelenk. Der Langobarde ist ein lieber Törpel."

So hechelt er sie durch, die Savoyarden, die Signor Mauro *Savoir-vivrearden* nennt, die Piemontesen im Nord=Westen, die er auf deutsch als *die Bergfüßler* bezeichnet, die Venezianer und Friulesen im Nord=Osten, die sich in jeder Hinsicht voneinander unterscheiden und so weiter gen Süden und dann immer geradeaus. Die einen sprechen mehr wie die Spanier, die anderen mehr wie die Franzosen, in Tuszien, welches in der Mitte liegt, scheinen einige Konsonanten aus tiefster Kehle zu kommen und klingt ihre Sprache doch unvergleichlich, süß und wie selber erfunden und so elegant, als wäre der größte Narr ein Dante oder Petrarca, was daran liegt, daß Signor Querciastorta die Bewohner der Mark Tuszien, die einst der berüchtigten Mathilde von Canossa gehörte, für die Erfinder der italienischen Sprache hält.

Dazu kommen die Speisen, die Kleidung, die geschlechtlichen Gewohnheiten, die Charakterzüge et cetera, die natürlich auch über all verschieden sind. Die Fiorentiner lieben schlüpfrige Ereignisse, rufen ständig „armes Italien" und essen gerne Brotsuppe. Der Sizilianer neigt zur Viel=Weiberei ist krankhaft eifersüchtig, schneidet die Orangen in feine Scheiben, serviert sie mit Salz und Olivenöl, sieht aus wie ein Araber, ist klein, drahtig und ausdauernd, gehört einem Geheim=Bund an, der *mafia* heißt, und ist meistens melancholisch.

Der Römer stammt aus den Abruzzen oder dem Königreich Neapolis, ist fett, träge, bleich, arbeitet bei einer Behörde des Kirchen=Staates, wo er aber nichts tut, nicht einmal hingeht, sondern verdingt sich statt dessen als Kellner, Trödler, wo er aber auch nichts tut, und steht die meiste Zeit nur rum, in Erwartung eines Fremden, dem er seine Dienste anbieten könnte. Er liebt aufgeweichten Trockenfisch, weil dieser keine Gräten hat, das Clavier=Spiel, Nudeln mit ranzigem Speck und Tomatensauce und weißen Wein aus den *Castelli,* was man mit *Burgen=Land* übersetzen könnte.

Signor Mauro erklärt mir, in welchem Teil Italiens die Nachkommen der Vorfahren der Dänen zu Hause sind, wo Goten, wo Etrusker, wo Ladeiner, wo Albaner, wo Griechen, wo Araber und dies so heftig, daß sie es heute noch sind, und er tut es so ausführlich, daß ich in dreihundert Jahren noch davon berichten könnte. Will es unterlassen, um endlich nach Sant'Andrea zu kommen. Bin aber bereit, es unverzüglich nachzuholen, falls E.F.G. dies wünschen, und wird kein Jota fehlen, in des ich all seine Rede getreulich in meinem *taccuino* aufgezeichnet habe.

So vergeht die Zeit. Am nächsten Morgen ist keine Rede mehr von Italien im Großen und Ganzen. Statt dessen überschüttet dieser Mauro mich mit Ermahnungen, das Echo im Palast zu Mantua nicht zu versäumen und mich nicht vor denen Straßen=Räubern zu fürchten. Diese seien eine Erfindung der Reise=Schriftsteller. Sogar bei ihnen in Campotosto, hoch auf den Bergen, voller Schafe und guter Würste, habe man in hundert Jahren nur einen Briganten gesehen, und der war erfroren.

Ein paar davon möge es geben, vor allem im Königreich Neapel, aber auch dort seien sie nicht so dumm, eine Karosse zu überfallen, in der nichts zu holen sei, und würden sie, wenn überhaupt, am liebsten die Wagen=Züge der Kaufleute ausrauben.

Er ist ein guter Lehrer und belehrt mich über die *in itineribus observanda** wie das italienische Motto: *Tedesco italianato, diabolo incarnato.*†

* Über die Dinge, die man auf Reisen beachten sollte.

† Ein italianisierter Teutscher ist der fleischgewordene Teufel.

„Halt dich zurück mit Wort und Blick!" ruft er dramatisch und ermahnt mich, nicht mit den Händen zu reden und Grimassen zu schneiden wie ein Italiener, sondern hübsch bescheiden, still, nüchtern und friedsam, und vor allem nicht gut italienisch zu sprechen, sondern herumzudrucksen, da die Südländer glauben, ihr Idiom sei der maßen schwierig, daß kein Ausländer es jemals erlernen werde, und wird deshalb der Italiener, da er ein freundlicher und höflicher Mensch ist, jeden Ausländer und sei sein Italienisch auch besser, als das der Eingeborenen, in Französisch, Englisch, Deutsch oder sonst einer Kultur=Sprache anreden, die der Eingeborene als dann jedoch so mangelhaft aussprechen und beherrschen wird, daß einer, der kein Italienisch spricht, ihn besser verstünde, wenn er ihn in seiner Mutter=Sprache anreden würde.

Sobald man aber vorgibt, die Landes=Sprache nicht zu verstehen, wird er sein Gegenüber in gut verständlichem Italienisch ansprechen und so langsam und deutlich reden, daß man ihn auch mit geringen Sprach=Kenntnissen gut versteht.

Die Nachmittage verbringe ich mit dem Haus=Chimicus, der Rübsaltz geheißen, und lerne bei ihm die Ächtheit einer alten Handschrift durch allerlei nützliche Fragen. Wie beweist man durch die Feder, das Papier, die Dinten und andere Merkmale ob eine Schrift eine Fälschung sei oder nicht? Wie vergleicht man Handschriften? Wie erkenne ich am Verhalten der Verkäuferin oder des Verkäufers, ob dieselbe eine Schurkin oder eine ehrliche Person? Wie berechne ich einen gerechten Preis für die angebotene Handschrift?

Zuweilen werde ich auch vom Zahlmeister unterrichtet wie man einen Wechselbrief verwahrt und einlöst und wie viel an Taxe zu zahlen üblich ist. Wie nennt man die verschiedenen Geld=Müntzen so in ganz Europa in Umlauf und solche, die nur in bestimmten Ländern und Städten. Was sind sie wert? Wie erkenne ich ob eine Müntze echt oder verschnitten? Wie zahlt man, wenn man kein Geld hat einstecken? Wie viel Geld soll man einem Banditen geben, um mit dem Leben davon zu kommen? Wie hoch ist das Bestechungs=Geld, wenn man die

Vede* verliert? Wie viel, wenn man eines Verbrechens oder Vergehens zu Unrecht denunziert wird?

Ein erfahrener Reisender, namens Leifheit, der itzo im Ruhestand, belehrt mich über die Speisen und Getränke, welche in Hesperien zu meiden und zu empfehlen sind, woran man eine preiswerte und saubere Herberge erkennt, wo kein Gesindel und Taschendiebe zu befürchten sind et cetera. Er belehrt mich über die Preise in den Bordellen entlang meiner Route, die Weg=Strecken, wo mit Straßenräubern zu rechnen, die amptlichen Förmlichkeiten bei den diversen Stadt=Wachen und Podestas, welche zu beachten sind, wie der Umgang mit denen Gens d'Armen und Polizisten, welcher Art die Beinkleider der Italiener, wo die Italienerin ihr Riechfläschchen verwahrt, warum es sich nicht empfiehlt Eis zu essen, daß die Italiener weder die *spaghetti*† noch die *pizze*‡ erfunden haben, warum das Brot, das Messer und die Serviette gesondert zu bezahlen sind, warum die Italiener ihre Getränke in den Gastwirtschaften zumeist im Stehen verzehren und dergleichen mehr und könnte ich mit seinen Nachrichten ein ganzes Reise=Büchlein füllen und den Eindruck erwecken, tatsächlich durch Italien gereist zu sein, denn er ist ein hinreißender Erzähler und ausgezeichneter Menschen=Kenner.

Ausdrücklich warnt er mich vor den Bedienten in den italienischen Gasthöfen.

„Hüte dich vor ihnen", sagt er. „Nimm an, sie solln dir zur Nacht das Bett richten. Was aber tun sie? Ziehn die Umhäng vor, heften sie mit einer Stecknadeln und gehn dir um den Bart. *Begehrt Ihr nichts mehr, mein Herr?* fragt die erste. *Seid Ihr nun wohl?* wispert die andere. Du antwortest: *Ja, meine Freundinnen. Löschet das Licht aus, aber richtet mir erst noch den Haupt=Pfuhl, mein Kopf liegt so niedrig. – O je,* seufzt die erste und tritt näher, während die zweite die Kerze auspustet. *Wie liegt Ihr denn da, mein Herr.*

* Gesundheitspaß.

† Gekochte Faden=Nudeln aus Weizen=Grieß, die aus China stammen.

‡ Fladenbrot, das zumeist mit Zwiebel und Speck belegt wird und dem braunschweigischen *Ploatz* ähnelt.

Ich könnt so nicht liegen. Und so geht das weiter. Sie schütteln dir den Pfuhl auf, massieren dir den Nacken, und wenn sie flüstern: *Schlaft nun, schlaft,* kannst du nur noch jammern: *Meine Lieben, küsset mich noch ein Mal, ich fühle mich ganz krank.* Aber sie sind plötzlich ganz ungehalten und schimpfen: *Schlaft, schlaft, Ihr seid nicht krank, wenn Ihr noch von Küssen redet.*“

So spricht Herr Leifheit, und ich weiß nicht, ob er seine Warnungen ernst meint, und auch seine sonstigen Ratschläge könnten aus einer Novellen stammen.

„Wann du nach der großen Stadt *Fiorenza* gelangst“, sagt er beispielsweise, „und reist nicht auf der Post, sondern hast dich einer Reise=Gruppe angeschlossen, so lagert, als wolltet ihr ausruhen bei der Brücke namens *ponte rosso* am Flüßchen Mugnone nicht weit von der Stadtmauer und schicket einen voraus, welcher der Landessprache ein wenig kundig, der soll gehen bei die Zöllner am Stadttor vor San Marco und so tun, als wüßte er nicht, was er zu tun habe und wenn dann die Zöllner bei ihn gehen und fragen, was er da zu suchen habe, antworten, er gehöre zu einigen Reisenden, die eines Malheurs wegen nicht beikommen, und seien bei dieser Gruppe nur arme Schlucker, Studiosi, Privat=Gelehrte und Kunst=Liebhaber wie der berühmte Joachim *Burmeister* aus Bregentz, doch ohne Hab und Gut oder Wertsachen alle, und denen Zöllnern aber schon mal einen Quattrino zustecken für jeden ihrer Freundlichkeit halber.

„Wenn dann der Rest deiner Kompanie sich nähert, sollen sie ein wenig schäbig drein=schaun, auch ihre schlechtesten Kleider und Schuhe tragen, die Hand vor den Bauch halten, als hätten sie seit Tagen nichts gegessen, hinken, als taugte ihr Schuhwerk nicht, und röchelnd um einen Schluck Wasser bitten. Wenn ihr aber solches tut und euch ehrlich bemüht, werden die Zöllner vielleicht Nachsicht üben und euch einlassen, ohne die Vede zu monieren und euch das Fell über die Ohren zu ziehen.“

So werde ich von Tag zu Tag reicher an Wissen und Erfahrung und warte begierig, ob wirklich alles so sein wird, wie ich gelernt habe. Vorbei sind bald die schönen Tage von Augustus=Burg und bald wird Schmalhans Küchenmeister sein. Damit Ihr wißt, was ich vermissen werde, sollt Ihr noch wissen, wie man hier speist und wie die Tafel aussieht. So werden bei Anckels die Salzstreuer quadratisch von einer Ecke zur anderen aufgestellt, die Leuchter desgleichen, so daß ein St. Andreas=Kreuz gebildet wird.

Was aber die Speisen betrifft, so werden jeden Tag vorab die Krebse aufgetragen, die hier von ungewöhnlicher Größe sind. Gereicht werden als dann hartgesottene Eier, in Vierteln zerschnitten, auf Salat serviert und mit sehr frischen Kräutern und Weißbrot dazu. Dazu trinkt man frischen Wein. Der erste Gang ist meist eine frische Suppe und reichte man heut eine Quittensuppe, in die gebackene Äpfel geschnitten.

Der Hauptgang besteht immer aus Fischen, die mit dem Fleisch in einer Schüssel dargereicht werden, nur an den Fischtagen nicht, wo man einfach die doppelte Menge Eier und Fisch reicht, und stammt der, den die Augspurger essen, aus einem Fluß namens Lech, welcher direkt an der Stadt vorbei fließt, und an manchen Tagen auch aus der Donau, welche etwa eine Tages=Reise von Augspurg entfernt. Mit dem Fleisch werden getrockenete Pflaumen, Birnen= und Apfel=Schnitzel gereicht und wird dazu ein Ständer aus Silber gestellt mit vier Behältern, die verschiedene Spezereien enthalten, darunter Kümmel oder etwas Ähnliches, das pikant und scharf schmeckt und auf das Brot gestreut wird, das mit Fenchel gebacken ist. Der Fisch wird hingegen mit Butter übergossen oder einer süßsauren Sauce, doch wird auch Senf=Sauce gereicht und kann ich nicht sagen, was ihrer Köchin besser gelingt, der Fisch oder die Sauce.

Zum Nachtisch eingelegte Früchte, süßer Brei und französischer Käse. Danach nochmals volle Gläser und zwei oder drei Sachen, welche die Verdauung regeln.

Ich lange all Zeit reichlich zu, lasse mich nicht bitten, um Herrn Anckel nicht zu beschämen und E.F.G. kein Unehre zu machen und bedauere nur noch ein Mal, ein Poet und Philosoph geworden zu sein und nicht ein Buchhändler und Verleger von Büchern.

So vergehen meine Tage im Flug und ich weiß nicht, ob ich weiterreisen oder hier bleiben soll. Die Abende sind kurzweilig und sitzt Herr Anckel stets neben seiner Schwester Agathe, von der ich abschließend berichten will. Es ist nämlich diese Agathe eine alte Jungfer von fünfzig und trifft man in Augspurg niemand, der nicht über sie lacht, denn sie war, als einst der Schweden König *Gustav Adolf* auf Einladung des hohen Rates drei Tage in der Stadt weilte, um über die notwendigen Kontributionen zu verhandeln, im zarten Alter von siebzehn dazu auserlesen, mit ihm den Tanz zu eröffnen, als nach dem Fest=Bankett, welches die Stadt dem König zu Ehren für Tausend festlich gekleidete Gäste gab, die Tanzmusik zu spielen begann.

Die Geschichte ist aber durch aus nicht komisch, sondern tragisch. Das Bankett war also beendet, die sieben Jungfrauen vom Tanzmeister aufgestellt, der König erhob sich, verbeugte sich vor jener, welche ihm der Adjutant zuvor gewiesen, man tanzte einen langsamen Tanz, um den König zu schonen, welcher ein wenig steif vom vielen Reiten durch ganz Europa und heißt es, daß er ein Mal auf dem Pferd gesessen ohne abzusteigen von Greifswald bis Krakau, und als das Paar nun zur Freude aller Anwesenden den Eröffnungs=Tanz absolviert, geschah es, daß der König sich nicht an das Protokoll hielt und anstatt sich zu verbeugen und den üblichen Handkuß anzudeuten, plötzlich und unerwartet seine beiden Hände auf Agathes Ohren legte, ihr rot=glühendes Gesicht heranzog und ihr vorsichtig einen Kuß versetzte.

Es war, als hätte ein Blitz die Versammlung getroffen, und auch der Anhang des Königs erstarrte. Noch nie, seit die Menschheit denken konnte, hatte ein regierender König eines Bürgers Tochter in aller Öffentlichkeit geküßt. Am härtesten aber wurde Tante Agathe getroffen. Sie wurde abwechselnd bleich und rot, schwankte, mußte gestützt werden, stürzte aus dem Tanzsaal, eilte ins Eternhaus, sprang in ihr Bett und verbarg ihr Gesicht in den Kissen.

So fand man sie, als der Tanz vorbei und der letzte Gast nach Hause zurück gekehrt war. Das Gesicht naß, der Leib schweiß=gebadet und von Krämpfen geschüttelt, das Haar zerrauft und das Hemd zerrissen. Jeder rätselte, was in sie gefahren war, keine wußte die Antwort und erst jetzt, über dreißig Jahre nach jenem Ereignis, meint zumindest Herr Anckel den Grund für das Entsetzen seiner Schwester zu wissen:

„Glaubt mir, Herr Weise", sagte er eines Abends, als wir nach dem Nachtmahl vor dem Kamin saßen und noch ein Glas Portwein tranken. „Sie ist nicht verrückt und sie ist auch nicht aus der Art geschlagen und wenn sie nicht heiraten wollte und das Haus unserer Eltern nicht mehr verlassen hat, seit jenem Kuß des Königs der Schweden, so liegt dem allem viel mehr eine geistige Klarheit zu Grunde.

„Ich glaube, sie wußte, in jenem Moment, daß es vorbei war mit ihrem Leben. Sie würde nie die Frau werden, die sie vielleicht werden wollte. Auf der Straße, in jeder Gesellschaft, in der Kirche, ja selbst bei ihrer Beerdigung noch, würde sie nichts anderes sein, als die Frau, mit der der König der Schweden getanzt und der er einen Kuß geschenkt hatte. Der Mann, den sie heiraten sollte, würde sich beschämt fühlen. Wann immer er sie anschaute, würde er auf ihrer Wange den Kuß des Königs erblicken und sich abwenden, wie man sich von einem entstellten Gesicht abwendet oder einer Verkrüppelung und eines Tages würde ein Bedienter die Nachricht überbringen, daß er Augspurg in unaufschiebbaren Geschäften verlassen habe und sie frei gebe, da er nicht wisse, ob er jemals zurück kommen werde

Ja, auch sie selber würde nie wieder mit einem Mann tanzen, denn bei jedem Tanz würde sie nur das Gefühl haben, Gustav Adolf von Schweden im Arm zu halten."

So weit so gut. Morgen breche ich auf gen Italien und weiß nicht, wann ich diesen Bericht fortsetzen kann. Sollte dies aber nie geschehen, so möge der Finder desselben ihn an sich nehmen für nichts als den Dank GOTTES und auf schnellstem Wege weiter leiten an Ihre Fürstliche Gnaden HERZOG *August von Wolfenbüttel* oder seinen Sohn HERZOG *Anton Ulrich,* den lieben Freund und verehrten Kollegen *in litteris.* So geschrieben zu Augspurg, den vier und zwanzigsten Junius ANNO 1664.

ENDE

des ersten

Buches.

Zweites Buch

Von Augspurg nach Zittau über Italien.

Zittau im Januar 1665.

IM NAMEN DES VATERS, DES SOHNES UND DES HEILIGEN GEISTES.

EUER Fürstlichen Gnaden einen untertänigen Gruß zuvor.

IN Zittau ist es kalt und steht vermutlich eine neue Eiszeit bevor, so daß bald keiner Kriege mehr braucht, um die Menschheit auszurotten, und werden die wenigen Überlebenden unserer schnell=lebigen Zeit demnächst in dunklen Höhlen leben, Bärenfelle tragen und wie die Eichhörnchen sich von den Wintervorräten an Nüssen, Wurzeln und getrockneten Früchten nähren, die ihre Weiber des Sommers sammeln.

Meine Tage verbringe ich in Melancholie und Trübsinn ob meines Unglücks in Florenz und zergrübele mir das Hirn, wie tief ich in E.F.G. Ungnade gefallen bin. Mit leeren Händen vor Euer fürstliches Auge zu treten, kann ich nicht wagen, und den Freund zu umarmen, Euern lieben Sohn, Herzog Anton Ulrich, den verehrten Kollegen, würde ich nicht übers Herz bringen ohne euer Wohlwollen.

So viel Pech auf einmal! Krank bin ich von den schrecklichen Ereignissen in Sant'Andrea, von wo ich gen Norden floh, blind vor Furcht und Zorn über mein Mißgeschick, zunächst bester Absicht, Euch unverzüglich Bericht zu erstatten, dann aber, nach der Wahnsinns=Nacht in Graubünden, gen Zittau wie von Sinnen bei Tag und Nacht durch Eis und Schnee und schneidende Winde.

Über meine Gesundheit nur so viel: Mein Atem rasselt, meine

Stirne brennt, mein Puls tobt und hätte der Presbyter, den meine liebe Mutter und meine arme Braut drei Mal täglich an mein Bett schleppen, um mein Leiden noch zu verschlimmern, mir schon drei Mal die letzte Ölung verpaßt, wenn ich katholisch wäre.

Natürlich umsorgt man mich auch. Schmalz=Wickel legt die Magd mir um die Brust, schröpft mich, läßt mich zur Ader, wickelt mir feuchte Tücher um die Waden, läßt mich einen üblen Aufguß aus diversen Kräutern schlucken, spart am Essen und tut alles medizinisch Erforderliche, um mich bald ins Fegefeuer zu befördern und zu verhindern, daß ich jemals Gelegenheit nehme, E.F.G. persönlich die Gründe vorzutragen, warum ich ohne den Brief und das Geld zurückkehre, sofern Ihr die Gnade besitzt, mich jemals wieder nach Wolfenbüttel zu befehlen, um Rechenschaft abzulegen.

Der Vater zürnt mir auch. Zürnte er mir erst, daß ich nicht in Zittau blieb, sondern meinte, in die Weite schweifen zu müssen, so verzeiht er mir nun nicht mein Versagen, so oft ich auch beichte, was vorgefallen, und beteuere, daß niemand jenes Mißgeschick nicht widerfahren wäre, der so jung und unerfahren ist wie ich, und daß es ein Fehler war, mich gen Italien reisen zu lassen.

Er zürnt mir so sehr, daß er mich nicht mehr an der Tafel sehen und in der Kirche nicht neben mir sitzen will. Hat mich in einer der Dachkammern verbannt, wo es nachts so kalt wird, daß die Wanzen tot von der Decke fallen. So lange noch etwas Wärme ist in der Kohleschüssel, geht es an, doch wenn die Dämmerung durch die Dach=Luke fällt und die Glut verglimmt und die Kälte durch alle Ziegel zieht und mein Atem schneller rasselt, befeuchtet sich die Oberkante der Bett=Decke und mein Fieber tut ein übriges, die Decke zu durchnässen, so daß, wenn der Frost sich breit macht, die Decke an meinem Bart sich fest friert, während ich erschöpft in tiefsten Schlaf sinke und wilde Träume mein Nacht=Leben erfüllen, in denen ein Schächer, der aussieht wie der *Majordomus* von Sant'Andrea, mich durch die Gänge unter dem *Albergaccio* hetzt.

Ich sehe das Blut auf der Stirne des lieben *Gobbo,* der die Feder übers Papier huschen läßt und unter seiner gracilen Hand entsteht die Schrift, die jener gleicht, welche *Ippolita* mir gab. Die Finger mit den Gicht=Knoten der Schwiegermutter des Bankiers sehe ich, die mir die Seiten des kuriosen Briefes ihres Ahnen *Niccolò Machiavelli* hinzählt, als wären es Geld=Briefe, und den weißen Schaum vorm Mund ihrer Leiche. Ihren ausgestreckten Arm, der – ist es Zufall oder ein Menetekel – auf das Gemälde an der Wand weist, auf dem der Bankier *Antonio Seristori* zu sehen ist, als hätte sie im Sterben auf Gesicht und Namen des Mörders hinweisen wollen.

Das Gesicht der *weißen Frau,* die in die *Camera Bianca der Villa Romana* in San Gaggio ober Fiorenza eindringt, den Dolch in der erhobenen Rechten und, während ich angstvoll zurückweiche, die Börse mit dem Geld erwischt und im unentwirrbaren Gewirr der Gänge und Geheim=Gänge, Treppen und Hinter=Treppen des geheimnisvollen Gebäudes entschwindet. Das sibyllinische Lächeln im Gesicht des Messer Antonio Seristori, das mich an das der Wahnsinnigen erinnert, während er von der Un=Toten erzählt, die in seinem kleinen Palazzo angeblich ihr Unwesen treibt.

Wer wird mich befreien aus diesem Jammer=Tal? Fünf Mal am Tag poltert der Vater herein ohne ein Trost=Wort – morgens, bevor er ins Gymasium schreitet, mittags, wenn er zum Essen kommt, am Nachmittag, bevor er sich an seine Studien begibt, und am Abend, bevor er einschläft –, angeblich, um zu schauen, ob ich am Bett kniee und meinen Ungehorsam bereue, doch ich weiß, in Wahrheit will er nur prüfen, ob ich noch lebe oder schon abgeschmiert bin, dort hin, wo mir die Strafe für meinen Eigensinn blüht.

Auch an Heirat brauche ich nicht zu denken, denn ich habe keine Zukunft mehr. Die Braut ist mir geblieben, die Mutter, die freundlichen Geschwister und ein paar Freunde, welche, wenn sie an mein Krankenbett treten, mich sogar bewundern, ob der Abenteuer, die ich wider Willen erlebt habe, aber keine Aussicht auf Beruf und Karriere, denn wie soll ein Mensch jemals ein Amt erlangen oder einen Posten und sei er noch so bescheiden, um zu heiraten und einen Hausstand zu gründen, der eine Aufgabe, wie ich sie hatte, so kläglich versiebt?

So will ich wenigstens memorieren, was ich zwischen Augspurg und Zittau auf meinem Weg nach und von Italien erlebt habe, da ich nicht weiß, ob E.F. G. diesen Abschnitt meines Berichts überhaupt zu hören wünschen.

Wie ich auf der Post reiste erst durch eine schöne, getreidereiche Gegend, als dann durch eine Grassteppe, die sich ausdehnt, so weit der Blick reicht, und wir zum Mittagsessen nach *München* kamen, der Hauptstadt des Herzogtums Bayern und eine starck katholische und handelsreiche Kleinstadt mit vielen Kirchen und Gartenwirtschaften, wo die Männer bis ins hohe Alter kurze Hosen tragen auch im Winter und die Saaltöchter in den Gaststätten sich ins Dekolleté werfen, wie die Damen auf der Geburtstags=Feier von Sondershausen und wie ich an einem der langen Bier=Tische neben den Herzog *Ferdinand von Bayern* zu sitzen kam.

Kriegsschäden wiederum keine, doch sollen die Schwedischen im Sommer 1632 elf Gemälde gestohlen, Besatzungskosten von mehr als hunderttausend Florint erhoben und zur Sicherheit vier und vierzig weltliche und geistliche Geiseln nach Augspurg verschleppt und auch die katholischen Gottesdienste weiterhin gestattet haben.

Ich sprach darüber mit einem Mönchlein. Er schlottert noch heute, wenn er dran denkt, wie der Schwede vorm Tor stand und lärmte. „Als wollt die Welt schier brechen“, so habe es geklungen. Er wiederholte den Satz mehrfach: „Als wollt die Welt schier brechen!“ Der Kurfürst sei nach Salzburg, alle Pfaffen und Mönche hätten geglaubt, ihr letztes Stündlein habe geschlagen und etliche reiche Bürger Hals über Kopf die Stadt verlassen, doch der Schwede habe keiner Seele ein Leid getan und keiner gewußt, warum es München nicht ergangen sei wie Magdeburg, das die bayerischen Truppen so verwüstet hätten.

Über den bayerischen Herzog nur so viel: Er trug die gleichen kurzen Leder=Hosen wie alle Manns=Bilder unter dem Kastanien=Baum, saß da mit einem dicken Bedienten, lud mich ein, bei ihm Platz zu nehmen, und ließ mir einen großen

Krug Bier und ein seltsames braunes Backwerk auftragen, das mit groben Salzkörnern bestreut war. Er benahm sich überhaupt nicht wie ein regierender Fürst, sondern mehr wie ein Wagen=Knecht und rief mehr als ein Mal:

„Ach laß er doch den *Durchlaucht* und die *fürstlichen Gnaden* und red er wie ihm der Schnabel gewachsen. Ich bin der Ferdi!"

Die Saaltochter brachte das Bier, das Backwerk, dazu Rettiche und gekochte Eier und der Herzog forderte mich auf, den Senf zu verkosten und redete mit mir in seiner schwer verständlichen Sprache und frug mich allerlei nach den Menschen und ihren Sitten und Gebräuchen in meiner Heimat und im Braunschweigischen und ich antwortete ihm wie es sich gehört für einen Gesandten E.F.G. und fiel mir schwer, ihn Ferdi zu nennen, doch ich tat es, um ihn nicht zu erzürnen und Euch keine Schande zu bereiten.

Der Senf war süß und er lobte auch mein sächsisches Idiom, erkundigte sich nach Sinn und Zweck meiner Reise und rühmte diese meine Absicht. Kurz, er war ein Fürst, wie mir noch keiner untergekommen, der mir nach dem Mund redete, als wäre ich der König von Spanien und nicht ein Dichterlein und auch das Bier schmeckte mir ausgezeichnet.

Als aber nun immer mehr Lackel, Ladenschwengel und Laffen herbei=geloffen kamen, die ebenfalls kurze lederne Hosen trugen und dicke Knie=Strümpfe, in denen ein Stück fehlte, so daß die halbe Wade entblößt war wie ein besonders obszönes Körper=Teil, und an seiner Tafel Platz nahmen, Bier tranken aus großen Krügen und das seltsame Backwerk, Rettiche, harte Eier und süßen Senf fraßen, änderte er sein Verhalten mir gegenüber.

Er berichtete seinen Kumpanen, was er von mir erfahren habe, als seien alle meine Gedanken und Absichten närrisch, verspottete mich, redete auch schlecht über E.F.G. und eine Menge anderer christlicher Fürsten des heiligen römischen Reiches teutscher Nation, äffte meine sächsische Mundart nach, so daß ich mich selber reden hörte, und ließ mich, als ich mir solches verbat und Genugtuung verlangte, kurzerhand von einem seiner Lackaffen hinaus werfen in die Gasse.

Dieser war aber eine gute Seele und so erfuhr ich, bevor er mir den letzten Tritt versetzte, daß sein Patron nicht der Herzog von Bayern sei, sondern ein bekannter Volksschauspieler, der in vielen Komödien schon die Rolle des gütigen Landesvaters gegeben habe und im Rausch der Dinge nicht mehr unterscheiden könne, wer er wirklich sei.

ITEM: Wie ich am *Isar*=Fluß reiste und bin vorbei an zwei Seen, einen Gebirgs=Stock hinauf und hinunter zu einem Dorf mit Namen Mittenwald kommen, wo eine Menge Bayern sich schröpfen und zur Ader ließen und die übrigen Reisenden ins Schwitzbad gingen, während ich mich der Heuhaufen bei einem pausbäckigen Bauern=Lümmel erfreute und wir anderntags den Bergpfad weiter hinauf zogen und an ein Tor stießen, das den Durchgang versperrte.

Dahinter beginnt das Land *Tirol* und so machten alle Reisenden drei Kreuz, knieten nieder, wie sie das unheimlich hohe und wülde Gebürg sahen, beteten, während die ersten Gemsen auf den Zinnen herum kletterten, daß GOTT=DER=HERR sie bald und heil ins Vaterland zurückführen möge, während ich mit geschwellter Brust dem Himmel dankte, der mir erlaubte, Teutschland zu verlassen und das Abenteuer der Fremde zu suchen.

Beteiligte mich aber an dem Treue=Schwur, den alle Reisenden ablegen, welche die Alpen=Festung betreten. Wir hielten uns also bei den Händen, blickten uns fest ins Auge und versprachen auf dieser ganzen Reis uns Beistand in jeglicher Gefahr, sie sei auch so groß wie sie immer sein möge, beständig zu sein und zu bleiben in aller Widerwertigkeit und Gefahr, einerlei ob der Feind ein Mensch oder Raubtier, was meistens das selbe ist.

WIE mich die Berg=Welt erschreckte mit ihren Schluchten und Schründen, steil aufragenden Felsen, Wasser=Fällen, reißenden Bächen und Flüssen, den gewaltigen Gesteinsbrocken am Weg, die aussehen, als habe eine gigantische Hand sie her geschleudert, und sind doch in höchster Höhe Gemäuer zu sehen wie auch Behausungen, so daß man nicht weiß, wie die Menschen dort hinauf kommen noch wo von sie ihr Dasein fristen.

ITEM: Wie mich die schmalen Pfade ängstigten, welche an den Bergen in harten Fels gehauen und in ungleublicher Höhe sich an den Fels=Wänden schlängeln wie zwischen *Scylla & Charybdis,* nemblich dem Abgrund zur Linken und dem Über=Hang zur Rechten, die so eng sind, daß wir absteigen mußten, um das Leben zu retten, wenn der Wagen stürzen sollte. Es sind auch sehr viele Brücken in größer Höhe an die Berge schlecht angehängt und läuft meistens ein wilder Fluß tief darunter mit ungestümem Rauschen hin durch, und fällt über gräßliche Felsen, die an mancher Stelle vier auch fünf Klafter hoch hin ab mit großem Getöse, was von diesen liederlichen Brücken aus der übermäßigen Höhe grausam anzusehen, denn wenn ein solcher Brücken mit einem Menschen fallen sollte, wäre kein Menschlicher sich Hilfe zu getrösten.

Sie verwenden deshalb in diesen Alpen Karren, die einen Fuß schmäler als in der Ebene, so daß auch das Sitzen um etliches ungemütlicher. Der Kutscher empfahl uns, reichlich zu beten, jeder nach seinem Glauben und verwies in die Tiefe, wo erst jüngst wieder ein Karren samt aller Insassen abgestürzt. Ich sah aber nichts und wagte auch nicht, mich über den Abgrund zu beugen, wie dies ein Fräulein tat, das in Begleitung seines Vormunds reiste und so leichtfüßig und sicher auf dem schmalen Grat balanzierte, als wäre sie ein Vögelein, während der Vormund, ein hagerer Notar aus Schwaz am Inn, eins ums andere Mal rief: „O, mein Herz, mein armes Herz! O, Mademoiselle, setzen Sie nicht mein Leben aufs Spiel!"

Sie war höchstens sechzehn Jahr alt, ein kapriziöses Madämchen. Wenn wir fuhren oder rasteten, las sie in einem Buch, mal italienisch, mal lateinisch oder französisch, wobei sie die Lippen bewegte und manchmal meinte ich die Worte zu hören, die sie las. Sie schien mehrere Sprachen zu beherrschen. Das eine Buch hieß *„Il merito delle donne, ovvero quanto siano elle degne e più perfette de gli uomini".** Ein anderes *„De laudibus mu-*

* Der Verdienst der Frauen, oder wie viel wertvoller und vollkommener sie sind, als die Männer.

lierum".* Ein drittes: „*La nobiltà et eccellenza delle donne*".† Und noch eines: „*Le livre de la Cité des Dames*".‡

Ich notierte diese vier Titel, wie alles, was mir auf dieser Reise in den Sinn kam, aber sicher besaß sie noch andere Bücher in ihrer Kiste, die auf dem Gepäck=Karren hinter drein rumpelte. Mir gefiel es, wie sie mit derlei Lektüre die Reisenden provozierte, und nicht auf die übliche Art der Weiber, die durch auffällige Kleider, törichte Plappereien, süße Düfte, ständiges Kichern, ein tiefes Dekolleté und einen breiten Hintern, krasse Perücken, viel Schminke und Augen=Klimpern die Aufmerksamkeit der Männer=Welt zu erobern trachten.

„Was für ein hübscher Einfall", dachte ich, „durch männliche Bildung und Geistes=Tätigkeit Anstoß zu erregen" und unser Mit=Reisender, ein polnischer Tattergreis, fiel prompt darauf herein.

Er tat so, als wäre es das Normalste von der Welt, eine Frau lesen zu sehen und monierte statt dessen, daß er die heutige Jugend nicht verstehe, die lieber die alten Schwarten lese, die längst widerlegt, als sich den neuen Werken der Religion zu widmen.

„Wie kann man nur so etwas lesen?" meckerte er. Er sagte nicht, was er meinte mit *so etwas,* aber das Fräulein schien es zu erraten, denn sie hob ihre Stimme, ohne von ihrem Buch aufzublicken und las zu niemand:

„Unsere Verdienste sind unerreichbar und unvergleichlich."

Der Pole ging auch darauf nicht ein, sondern schimpfte über die gottlosen Dichter vergangener Epochen.

„*Dante!*", rief er abfällig, „*Boccaccio, Pico, Machiavello, Bacon, Descartes, Montaigne, Marlowe!*" Er gab jedem Wort eine besondere Betonung und sprach die Namen dieser Heroen des Geistes so aus, als wären es die Termini besonders abscheulicher Fäkalien und Gerüche. Schließlich behauptete er sogar, jene hätten die Menschheit so verführt, daß GOTT=DER=HERR das

* Das Lob der Frauen.

† Adel und Auszeichnung der Frauen.

‡ Das Buch der Stadt der Frauen.

Strafgericht des dreißig=jährigen Krieges über Teutschland verhängt habe.

Das Madämchen las weiter, achtete seiner nicht, aber dem Vormund war ersichtlich peinlich, daß seine Schutzbefohlene in der Öffentlichkeit derlei aufmüpfige Schriften lesen mußte und versuchte sie davon abzuhalten:

„Hört auf zu lesen, gnädiges Fräulein. Es schadet den Augen. Gebt acht, daß Euch nicht schwindelig wird, mein Fräulein!" und so fort.

ITEM: Wie wir an einer schmalen und gefährlichen Stelle einer Reise=Gruppe begegneten, die uns entgegen kam und waren Damen und Herren von Adel, fein gekleidet auch in zierlichen Schuhen mit großen Perücken wie zu einem Empfang bei Hofe an die acht Personen mit etlichen Bedienten, welche die Pferde der Reisenden am Halfter führten, während die Herrschaften von einer recht wilden Horde, halb verhungerter Menschen Huckepack getragen wurden, die es aber fertig brachten, den schwierigen Weg im Laufschritt zurück zu legen, und wie wir selber samt der Karosse und den Gäulen zurückweichen müßten, weil der Weg so schmal war wohl eine halbe Stunde lang, bis zu einer kleinen Ebene, wo die Träger als bald wieder in ihren Laufschritt verfielen und sich mit großer Geschwindigkeit Richtung Norden entfernten, der Offizier der Eskorte der Herrschaften unseren Kutschern und Knechten aber ein ordentliches Trinkgeld aushändigte, welches der *Vetturino* entgegen nahm.

WIE wir so fort fuhren auf der Post und nach *Seefeld* kamen, einem Dorf in hübscher Lage auf Bergeshöhn ob dem Inn=Thal und durch ein Wunder berühmt. In der Kirchen wollte nämlich einst ein Mann sich nicht mit der gewöhnlichen Hostie bescheiden und verlangte die große, welche sonst nur dem Priester zusteht, und wie er sie im Munde hielt, öffnete sich die Erde unter ihm. Er klammerte sich fest am Altar, spuckte die Hostie aus, aber es nutzte nichts. Ein Stück vom Altar brach ab und die Erde verschlang ihn. Das Loch, die angeknabberte Hostie und den beschädigten Altar zeigt man noch heute den Gläubigen zur Mahnung und Gehorsam gegen die Diener des Herrn.

Der mir dies sagte war aber ein polnischer Dichter namens Pjotr *Chodkiewicz,* ein Nachfahre, wie er behauptete, des großen Hetmans und Husaren, welcher in der Schlacht von Kirchholm mit einer Streitmacht von nur dreitausend fünfhundert polnischen Reitern über ein Heer von elftausend Schweden unter Karl IV. gesiegt, und habe sein Ahnherr nur neun=hundert Krieger verloren, der Schweden König aber sieben=tausend und sechs=hundert, und habe ein anderer seiner Ahnen namens Jan Karol Chodkiewicz Polen von den Türken befreit, ohne einen einzigen Schuß abzugeben, nur mit der Kraft seiner Worte.

Wir reisten zusammen von *Mittenwald* nach *Sterzing,* und alle Weile unterhielt er mich mit seinen Hostien=Wunder. Er hatte seine Wege mit Absicht so gewählt, daß er sämtliche Orte berührte, wo sich solche Wunder ereignet und beabsichtigte dem heiligen Vater eine Anthologie der schönsten Zauberkunststücke zu überreichen in der Hoffnung ein berühmter Dichter zu werden, denn natürlich, so sagte er, würde der Vatikan alsbald die polnischen Bischöfe anweisen, in allen Sprengeln ihrer Diözese die Erzählungen dieses Pjotr Chodkiewicz an die Gläubigen zu verteilen. Sie gingen alle nach der Weise:

In Zirl war einmal eine junge Frau, die sich gegen den Herrn versündigen wollte, da sie schon ihr zweites Kind verloren hatte und wie sie vor den Altar trat und die Hostie empfangen hatte, hielt sie die flache Hand vor dem Mund, nahm sie heraus und wickelte sie in ein Stück Papier und steckte sie in die Tasche.

Als sie nun aber nach dem Hochamt heimwärts lief, fühlte sie, wie ihre Tasche immer schwerer wurde und da sie kaum noch laufen konnte, griff sie hinein und fand dort selbst einen großen Batzen Fleisch, rot und blutig, und das Fleisch besaß ein Maul, das öffnete sich und sprach: ICH BIN DER LEIB DES HERREN.

Die Frau, die das hörte, fiel tot zu Boden. Das blutige Stück Fleisch aber verwandelte sich zurück in eine Hostie und sie hielt diese noch in der kalten Hand, als die anderen Kirchgänger sie fanden und musste der Pfarrer sie mit dem schweren Hammer auf einem Amboß zerschlagen, um die Hostie heraus zu nehmen.

Item:

In Gries am Brenner lebte ein junger Pfarrer, der buhlte um die Frau des Gebirgs=Jägers, wann immer der auf den Bergen weilte und fiel vom vielen Sündigen ganz vom Fleisch, wurde blaß und schwach und wäre schon manches Mal fast von der Kanzel gefallen, weil ihm schwarz wurde, wenn er den Namen des HERRN *in den Mund nahm. Wie nun ein Dominikaner den schmalen Berg=Pfad herauf kam, bat er ihn in eine abseits gelegene Kapelle, nötigte ihn, ihm die Beichte abzunehmen und sprach: Bruder, ich habe gesündigt. Die Wandlung will mir nicht mehr gelingen und hat der Tod deswegen schon das halbe Dorf hinweg=gerafft.*

Der Mönch kam hurtig aus dem Beichtstuhl gerannt, hieß den Pfarrer die Messe zu lesen und wie sie nun anfingen zu kommunizieren, sie beide ganz allein, und das Glöckchen gebimmelt hatte und der ungläubige Priester die Hostie mit beiden Händen zum Himmel reckte, zog der Mönch den Dolch aus seinem Gewand und stieß ihn sanft hinein, mitten in die prall gefüllte Hostie.

Alsbald schoß ein Blut=Strahl heraus, so heftig, daß das Blut die Decke und die Wände der Apsis der kleinen Dorfkirche befleckte und kann man die rostbraunen Blutflecken und den Dolch des Dominikaners, der das vollbracht, noch heute besichtigen. Der ehebrecherische Pfaffe aber, da er sah, daß GOTT=DER=HERR *in seiner Güte auch dem größten Sünder verstattet die Sakramente zu feiern, wurde vollends irre an sich und seinem Glauben, flüchtete in die Eiswüsten der höchsten Berge und ward nicht mehr gesehen.*

So unterhielt mich der polnische Dichter Chodkiewicz und könnte ich weiter erzählen, was vorgefallen auf meiner Reise von Augspurg nach Zittau über Italien, so bald E.F.G. es befehlen.

ITEM: Wie ich die Martinswand erblickte, in der Kaiser *Maximilian* sich bei der Jagd verirrte, die ich schon durch ein Gemälde kannte, das in Augspurg im Saal der Armbrustschützen aufgehängt ist.

WIE wir nach Innsbruck kamen und ich alle Sehenswürdigkeiten besichtigte, welche mein *wahrhaftiger Reiß*=Führer vorschreibt, besonders aber den Berg *Isel,* den *Patscherkofel* und das *goldene Dacherl* des Kaisers Maximilian, das erbaut wurde, als dieser mit Bianca Sforza, der Tochter des Herzogs von Mailand, verheiratet wurde.

WIE ich einen Abstecher nach Schloß *Ambras* machte, wo der Bruder des Kaisers, Erzherzog Ferdinand von Tirol, residierte, der mit einer Augspurgerin verheiratet war, um die Löwen=Gruben zu besichtigen, von denen sein Schloß umgeben ist, und wie mir vor der Brücke über den Inn der berühmte Ritter begegnete, dem einst ein Gegner bei einem Turnier eine Lanze ins Auge gerammt, so heftig, daß der Schaft am Hinterkopf wieder das Licht der Welt erblickte, und mußte man den Schaft vorne beim Auge und hinten absägen, da es nicht möglich war, die Lanze heraus zu ziehen, ohne den Unglücklichen zu ermorden.

Man sagt, er sei jung gewesen, als das geschah und jetzt bereits älter als sechzig Jahre. Die Kinder laufen ihm nach und manches Mal flattert ein kleiner Papagei um sein armes Haupt, der die Termiten aus der Stange pickt, die nachts, wenn alles ruhig, im Kopf des geplackten Ritters zu hören sind, wie sie das Holz nagen. Er hat auch einen Bedienten aus Indien bei sich, dem ein dritter Arm aus dem Rücken wächst, direkt zwischen den beiden Schulterblättern, um ganz zierlich seinen Jäger=Hut zu lüpfen, so bald jemand ihn grüßt und sind dies nur einige der Fricker, die der jetzige Erzherzog an seinem Hof hält und mit ihm die Tafel teilen müssen, um seine Gäste aus aller Welt zu amüsieren.

ITEM: Wie ich von einer großen Erregung gepackt wurde, als die Kutschen den *Brenner*=Paß überquerte und meinte schon nach Italien hinab zu blicken, aber das war ein Irrtum. So rasten wir statt dessen eine wilde Schlucht hinab, durch welche ein reißender Fluß toste, der schon manchen Menschen das Leben gekostet und bietet die Natur mitten in den Schrecknissen dieser Berge das interessanteste Schauspiel und das anregendste für ein geschultes Auge, das alles vorstellbare übertrifft, was die Kunst in tausend Gemälden vergeblich unter die Augen der

Herrscher zu bringen versucht, in des nicht bedeutet, daß man sich hier in großer Einsamkeit befände. Es wird nämlich die Straße vom Brenner herab und hinauf außerordentlich starck von Kaufleuten, Fuhrleuten und Karrenführern benutzt zwischen Bozen und Innsbruck und findet man auch reichlich Posten=Stationen der Gens d'Armen entlang dieser Route und Wirtshäuser, wo man uns das beste Brot und den besten Speck vorsetzte, den ich je verzehrt und auch einen ausgezeichneten Weißwein. Die Nahrung kommt aber von denen Dörfern, die wir hoch oben in den Bergen sahen, deren Zugänglichkeit mir aber ganz rätselhaft erschien.

Später wird der Fluß ruhiger, das Tal etwas weiter, doch bilden die Berge zu beiden Seiten dort wilde Felsmassen, von denen enorme Wasserfälle und Felsen von unerhörter Größe herab stürzen, teils glatt und teils zerklüftet, von Wildbächen zerrissen, was man aus der Entfernung besser beobachten kann, als wenn die Schlucht eng ist, doch ist die Gegend dicht besiedelt, zwar nicht auf der Talsohle, wo es zu gefährlich wäre, der Überschwemmungen wegen, doch sah ich über den ersten Bergen andere, höhere, welche angebaut und bewohnt waren und sagte man mir, dort oben lägen große, schönere Ebenen, die den Städten unten Getreide liefern und sehr reiche Bauern und schöne Häuser aufzuweisen hätten, und zieht, wie es heißt, der Erzherzog von Tirol alleine aus dieser Landschaft mehr Einkünfte als der Kurfürst von Brandenburg aus seinen sämtlichen Streusand=Büchsen.

An einem Ort namens *Sachsen=Klamm,* noch vor *Brixen,* der Bischofs=Stadt, wo die Karren zerlegt wurden, um sie bergab zu tragen, da eine Mure den Pfad verschüttet hatte, beobachtete ich auch einen jungen Mann bei einer merkwürdigen Arbeit. Er trug einen dicken Woll=Mantel mit einem Pelz=Kragen, einen ledernen Helm mit breiter Krempe zum Schutz gegen das herab fallende Geröll, derbe Stiefel, ein dickes Tuch um den Hals geschlungen, um sich nicht zu erkälten, und hatte an einem Riemen umgehängt eine Trommel, die im Berglicht glänzte.

Er kniete vor einer steil aufragenden Felswand, hielt einen großen keil=förmigen Stein in der Hand, betrachtete ihn so eindringlich, als sei in diesem Stein das Geheimnis der Weisen verschlossen. Er schien zu meinen, er brauchte den Brocken nur fest genug anzublicken, dann würde dieser sein Geheimnis schon preis geben. Er hatte aber auch große Ohren, und hielt den Brocken eigentlich mehr zwischen Auge und Ohr, als könnte er durch den Stein nicht nur hin durch schauen, sondern auch hören, was sich in ihm verbirgt.

So wirkte er wie ein Magier und der Sonne Licht gab der Person eine besondere Aura. Es lag nämlich seine Arbeits=Stätte im Schatten der hohen dunklen Kiefern, und nur das Stück Wand, vor dem er kniete, und der Boden unter seinen Füßen wurden fast grell erhellt durch einen Strahl von oben, so daß seine Umgebung aber in desto größerer Dunkelheit lag, so wie die Maler das JESUS=Kind im Stall und seine Eltern in ein besonderes Licht tauchen, um zu betonen, daß sie nicht von dieser Welt sind.

Neben ihm auf dem steinigen Boden lag ein nicht minder seltenes Gerät. Es war wohl eine kleine Axt, die auf der einen Seite die übliche Schneide und auf der anderen ein Hämmerchen besaß, jedoch an einem Stock befestigt, der so lang war und auch eine eiserne Spitze besaß, wie die Stöcke, die man zum Laufen verwendet im Gebürg, und ich wußte, ohne zu fragen, daß er mit diesem Gerät die kleinen Fels=Brocken ab schlug, die auf dem Stein=Boden lagen.

Wie er den Stein nun lange genug betrachtet mit brennenden Augen, die in tiefen dunklen Höhlen aus seinem hageren Kopf stierten, griff er die Axt und zerschlug den Stein, betrachtete ausführlich die einzelnen Stücke und warf sie fort. Es geschah aber auch, daß er einen Brocken in die Leder=Trommel versorgte und etwas in sein *Diarium* schrieb.

Ich fragte ihn, was er da tue, und er reagierte unwirsch, doch erzählte mir in Salurn ein vermögender Engländer, daß in Tirol etliche Forscher, auch von den britischen Inseln mit einem Hämmerchen nach Eisen=Metall suchen und hernach die Hauer mit ihren Knappen kommen, um es auszugraben. Es sind aber die Steineklopfer deshalb so unfreundlich, damit sie nicht verraten, was sie gefunden haben, ansonsten die Hauer der anderen Partei kommen und stehlen den Gewinn.

So fuhr er fort in seinem rätselhaften Tun.

Wie ich nach *Bozen* kam, eine Stadt ziemlich ungefällig im Vergleich mit anderen teutschen Orten, aber so reich an Weinbergen, daß sie den Wein an die ganze Welt liefert, wo einst das Schloß des Zauberers *Merlin* stand und der größte aller Dichter, Herr *Osvald* von Wolkenstein, einkehrte, wenn daheim auf der Burg in der winzigen Wohnstub sein Weib, die Kinder, das Gesinde und das Klein=Vieh lärmten und ihm die Decke auf den Kopf fiel.

Wie ich nicht genug kriegen konnte von den leuchtenden Bergen, die am Abend aussehen wie ein endloser himmlischer Rosengarten, und mit einem Mal in rasender Geschwindigkeit gelbe, grüne und graue Wolken aufzogen, es dunkel wurde, und die schwärzeste Nacht und, eben so plötzlich, ein gewaltiges Gewitter los brach, und die Blitze die schroffen Felsen erhellten, daß sie wie eine Himmels=Erscheinung drohten und das Gebrüll der Blitze sich an den Bergwänden brach und den weiten Tal=Kessel erfüllte wie ein Donnerwort der Ewigkeit, daß ich beim Leben meiner Mutter schwören möchte, noch nie ein derart fürchterliches Gewitter erlebt zu haben, und auch nicht denke, daß ein solches bei uns in den Ebenen möglich wäre und als bald der Himmel sich öffnete, und gewaltige Wasser=Massen aus dem Jenseits fielen, und ich mich vor Angst und Not in die nächste Schenke flüchtete, wo eine Kompagnie neapolitanischer Fuhr=Leute nicht weniger Lärm vollführte, als das Unwetter draußen und ich mit einem Mal das Gefühl hatte, die Heimat schon verlassen zu haben und zu zweifeln begann, ob es richtig sei, wenn wir Italien als das maßvolle, Teutschland hingegen als das alle Zeit maßlose Land betrachten.

Wie ich an die *Salurner* Klausen kam, wo hinter der Enge das Tal sich weitet, und die ersten italienischen Laute vernahm und außer mir geriet vor Freunde, endlich in Arkadien zu sein, aus der kleinen Karosse sprang, mich auf den Boden warf und jubelte, ET IN ARCADIA EGO, wo die Welt noch eins und ganz, Leben und Sterben ungeteilt, das Schöne nicht abgetrennt vom Häßlichen, das Gute und das Böse einerlei, der GOTTES=Dienst ein Teil der Wohlfahrt, das einfache Leben voller Genüsse, der Bettler ein König, die Könige Bettler im Vergleich zu den französischen, englischen und spanischen, die Götter Knaben, die an allen Straßen=Ecken ihre makellosen Leiber zur Schau stellen, und wo die Göttinnen sich nicht scheuen, mit dem größten Esel das Nacht=Lager zu teilen, weil die Weiber Kurtisanen sind.

„O, du *bella Italia*!" strömte es aus mir heraus, „großes Lehrbuch der Geschichte, wo Liebe ein Grund zum Leben, der Tod ein Genuß und die tägliche Wiedergeburt so sicher wie das Amen in der Kirche. Vergangenheit, Gegenwart und Zukunft liegen aufgeschlagen vor uns, wenn wir dich erblicken, du Regenmantel und Sonnen=Schirm der Menschheit. Du Stein=Haufen, Meer umschlungen! Wo der Land=Wein ein Getränk der Götter, das Brot der Dörfler ihre Speise, die Oliven der *hors-d'œuvre* und die Tomaten das Gewürz der fürstlichen Tafel des Bauern, wie des Bürgers."

Will sagen: Hinter Salurn begriff ich jene Zeile in E.F.G. Gedicht, die da lautet:

„Wer aber so lebet, ziehet zu Göttern die Bahn!"

„Arkadien, du großes Inselreich, das keine Herrschaft sein eigen nennt!" rief ich. Eine Menge Menschen umgab mich, um mein seltsames Tun zu bestaunen. Einige versuchten, mir auf die Beine zu helfen, einer versuchte, mir die Börse zu stehlen, einer versuchte, mir sein Weib zu verkaufen, einer bot sich an, meinen Rock zu reinigen, einer war Wirt und zerrte mich in die Poststation von Salurn und so fort, aber keiner verstand mich, weil wir noch in den Alpen waren.

Inselreich, das keine Herrschaft sein eigen nennt – damit meinte ich aber, und hoffe, daß E.F.G. mir an dieser Stelle ein offenes Wort verstatten mögen, daß dieses Land wie kein anderes aus vielen kleinen Staaten besteht, an die fünfhundert, sagt man, die alle nicht mehr Macht haben als der Landgraf zu Camprodon, da sie von fremden Mächten beherrscht werden – im Süden die Spanier, in Tuscien die Habsburger, im Patrimonium Petri, das von Rom bis Ferrara, Bologna und Modena reicht, die Papisten, im Norden die Franzosen, Habsburger und Spanier, und käme doch keiner auf den Gedanken, darüber zu klagen und sich ein großes Reich zu wünschen, wie die teutschen Herren Auctores es tun, wenn sie an Teutschland denken.

Ach, unsere tumben Dichter! Was gibt es Schöneres als ein Volk, das in vielen Klein=Staaten lebt? Ich bin ein Bürger der ganzen Welt, mit Verlaub, erachte alle Menschen für meine Mit=Bürger, nicht nur die Kur=Sachsen, und umarme einen Italiener, so innig wie einen Engländer oder Türken, da ich dergleichen National=Banden dem großen und allgemeinen Band der Menschheit nachsetze, oder, wie schon der alte *Sokrates* zu sagen pflegte, und kürzlich wieder der Graf *de Montaigne:*

„Ich halte gar nicht meinen Himmel für den blausten!"

E.F.G. sagten einmal, bei einem unserer abendlichen Tisch=Gespräche, die Bewohner großer Staaten neigten zur Hoffart und blickten von oben herab auf die Bürger der anderen. Wer aber in einem kleinen Staat lebt, überschreitet gern seine Grenzen und sehnt sich nach seinen Nachbarn, denn er ist begierig nach allem Neuen, wie man an den Bildungs=Schätzen in E.F.G. Bibliothek und Schloß erkennen kann.

Große Länder brauchen keine Bibliotheken und Musentempel, ihnen reicht eine Armee, eine Hand voll tüchtiger *Condottieri,* ein großes Maul und ein Fürst zum Her=Zeigen. In großen Ländern ist alles gleich. Das Gesetz schert alle über einen Kamm, so verschieden sie auch sein mögen, und ihre Kultur ist hohl.

So bald aber Grenzen die Länder trennen, gedeiht die Vielfalt und in dem einen wächst dies, im nächsten das und so fort, wie es ja auch in unserem lieben Teutschland geschieht.

Wie langweilen mich doch die Wälder, in denen nur EIN Baum wächst, denn ich liebe die Vielfalt!

Es ist wie mit den Gärten. Sind sie nicht eingegrenzt, so werden die stärkeren Pflanzen von außen kommen, mit einem Wort, die raubgierigeren, und bald alles überwuchern. Warum aber sollte ich in einem Garten wandeln, in dem nur eine Art von Pflanzen wächst und keine Blumen mehr blühen, weil alles voller Disteln, Quecken und Brennesseln ist? Warum sollte ich noch reisen, wenn es nur ein großes Land gibt, in dem alles sich gleicht?

Die Grenzen stören mich nicht und nicht die fremden Herrscher. Ist der Herrscher ein Fremder, so freue ich mich darüber, weil es mir leicht fällt, ihn zu mißachten, und so bald ich an eine Grenze stoße, bin ich begierig zu erfahren, was sich dahinter befindet.

So scheint mir, als habe die großzügige Natur in Italien auch die politischen Dinge vernünftig geregelt und sind es gerade die vielen Klein=Staaten und Grenzen, die dieses Volk so reise=freudig, so rege, neugierig und toleranter als andere gemacht hat, denn wie wohl sie dem Fremden mißtrauen wie alle Völker, haben sie doch auch gelernt, von den Fremden zu leben und sie zu achten, damit sie nicht fern bleiben und immer wieder kommen.

Das schönste an einem Fremd=Herrscher aber ist, daß er seinem eigenen Land immer fremder wird, dem fremden in dessen sich angleicht.

So reiste ich mit jeder Meile tiefer hinein in die Fremde, wo mir die Heimat langsam fremder wurde, und stand am Morgen voll Verlangen und ohne Beschwerden auf, selbst wenn ich die Nacht über nicht geschlafen, weil mich die Mücken und Fliegen geplackt, die Viecher im Stall mit ihrem Lärmen am Schlafen gehindert hatten, wenn ich mich am Morgen daran erinnerte, daß eine neue Stadt oder Gegend auf mich wartete, und könnte ich mir bei GOTT nicht vorstellen, alle Jahre wieder in die selbe Landschaft zu reisen.

ITEM: Wie in Salurn soeben eine Kermesse statt fand, wo eine Menge Volks sich versammelte, zechte, tafelte, tanzte, schwätzte, sich vergnügte, Italiener, Teutsche und auch etliche Ausländer, die entlang der Etsch in unbequemen Burgen und komfortablen Villen wohnen und den Wein und die Lebensart genießen, vor allem das Klima, welches mild, doch nie zu heiß ist, weshalb das Tal eine der kurz=weiligsten Gegenden Europas bildet, da jeder hindurch muß, der nach Italien reist oder von dort nach Teutschland.

Man sieht deshalb auch alle paar Meilen eine Kompagnie Arbeiter, welche den Weg instand halten, der hier so breit und sicher ist, daß sogar die herrschaftlichen Kutschen darauf fahren können, und wüsste man nicht, daß hier, noch nicht einmal vier Jahrzehnte zurück, die Kaiserlichen Truppen herzogen, um das schöne *Mantua* zu erobern und zu plündern, man wüßte es nicht.

An dieser Stelle muß ich eine Beichte ablegen, die E.F.G. erklären mag, warum ich über Gebühr unterwegs war nach *Fiorenza.*

Es begab sich nämlich, daß ich einen *Gentleman* namens Samuel *Sharp* kennen lernte, welcher mit den Honoratioren speiste, dem Gesindel die Fleisch=Reste vor warf, und sich auch sonst unmöglich präsentierte.

Die Italiener verspottete er, sie seien alles Duckmäuser, den Papst veralberte er, „eine Maske der Kunst=Kommödie", die Spanier verwünschte er, „das niederträchtigste Volk von Plünderern und Schmugglern auf der ganzen Erde", die Franzosen denunzierte er, „keiner tat mehr für die Verbreitung der Syphilis und hat sich damit eifriger gegen die freie Liebe versündigt als der Franzos", – nur das Fußball=Spiel rühmte er, hier zeige sich Englands wahre Größe, und auf die englischen Könige trank er, *god save our gracious kings!*

Ich aber verwunderte ihn, weil ich bei einem Krug Quell=Wasser und einem Kanten trocken Brot ohne Gesellschaft beiseite saß, so daß er nicht glauben könne, wie er sagte, daß ich im Auftrag E.F.G. reiste und doch so bescheiden lebte, vom Billigsten aß, mit dem Strohsack und einem klugen Buch vor lieb nahm, mir nicht das geringste Vergnügen gönnte, als wäre ich ein frommer Pilger oder armer Poet.

Er lud mich an seine Tafel ins Wirtshaus *Zum schwarzen Adler* zu Trient auf den nächsten Tag, und so weilte ich also in dieser hochberühmten Stadt, welche dem Erzherzog von Tirol gehört, jedoch zur Hälfte eine italienische Bürgerschaft hat.

Das Essen schmackte nicht übel, war es doch meine erste ordentliche Mahlzeit seit Augspurg. Zur Vorspeise gingen mir die Krebse ab, denn es werden in dieser Gegend meist Schnecken gegessen, die zwar größer sind, jedoch weniger schmackhaft als jene, die ich im Fortgang meiner Reise in *Vicenza* und *Padua* zu essen bekam. Danach reichte man Trüffel, die nach der Landes=Sitte geschält und in kleinen Schnitten mit Essig und Öl angemacht waren und dem Gaumen schmeichelten. Danach lecker gefüllte kleine Vögel – waren es Rotkehlchen oder Nachtigallen? – mit frischen Salaten, zweierlei Fisch, nämlich Aal aus dem Fluß mit Kräuter=Saucen und winzige Fischlein aus dem See in Mehl gewälzt und in heißem Öl gebacken, harten Bergkäse, der innen scharf und mürbe durch die Würmer, welche extra hinein gegeben werden, gezuckerte und frische Früchte und als Dessert zwei Weine, und heißt der eine *Tränen Christi,* der andere aber *Erdbeerchen.*

Mr Sharp, der Italien kennt wie ich mein Zittau und den *Ätna* und den *Vesuv* bestiegen hat, war auf der Reise zu einigen Bädern, wo er sich Linderung von seinen Gallensteinen erhoffte. Mit ihm reisten außer den Beschwerden beim Wasser=Lassen und der Schlaflosigkeit sein Butler, seine Ehefrau, eine Art Page, mit dem er wohl auch Kontakt hatte, eine Frau, die seiner Gattin als Garderobiere und *Parrucchiera* diente oder ihm als Kurtisane, oder beides, die aber behauptete sie sei Schauspielerin, und drei Bediente, die angemietet wurden.

Woher er das Geld hatte, weiß ich nicht, aber der Butler, der mich ins Herz schloß, meinte, er sei im Tee- und Gewürzhandel und beteiligt an der britischen *Ost=Indien=Compagnie.* Sie reisten mit der *vettura* für Personal und Gepäck, zwei Sänften der Post mit den üblichen Trägern für ihn und seine Frau und hatten stets einen Gaul dabei.

Es war der Gaul aber für den Butler, der oft weite Strecken ritt, um ein paar Vögel oder Wildprett zu jagen für die Sharp=sche Tafel und nie ohne einen besonderen Käse, ein paar Flaschen Wein und eine neue Zeitung zurück kam.

Kurz und gut: Mr Sharp forderte mich auf, mit ihm die Stadt zu besichtigen, da er mein Urteil hören wollte – um meine Eignung als sein Hof=Schreiber zu testen, wie ich bald bemerken sollte, – und so flanierten wir durch *Trient,* eine wohlhabende Hauptstadt, die an Schönheit der Lage und Paläste mit Augspurg vergleichbar ist, nicht jedoch an Größe und Reichtum.

Besichtigten den Dom und die Kathedrale *Santa Maria Maggiore,* wo das berühmte Konzil tagte, auch das *Kastellum,* in welchem die Konzils=Herren residierten, und es packte mich wieder der Schauder, wie stets, wenn ich an einem Ort stehe, der in seiner Schönheit nichts ahnen läßt von den Schrecken, die untrennbar verbunden sind mit allem, was unsere Sinne erfreut. Zugleich fragte ich mich, ob die Konzils=Herren wußten, was für ein Unheil sie anrichten würden in Teutschland fünfzig Jahre später mit ihrer Absicht, die katholische Religion zu stärken und die protestantischen Lande zum katholischen Glauben zurück zu zwingen – Mord und Totschlag, Verwüstungen, Hunger und Sorgen.

„Vermutlich nichts ahnten sie", dachte ich bei mir, denn so war es stets in der Historie, wenn man den Historikern glauben will, denn die Herren wissen nicht, was sie tun. Die Herren tun etwas, in der Absicht etwas zu erreichen, und unsere Kinder und Kindes=Kinder müssen dann feststellen, daß die Vorfahren etwas anderes erreicht haben, als was sie erreichen wollten, und auch etwas anderes erreichen wollten, als sie damals behauptet hatten, erreichen zu wollen, was ihnen aber auch nicht gelang.

SPRACH darüber mit Mr Sharp, der als Anglikaner die katholische Kirche verachtet und, wie er mir sagte, lieber nach Polen oder zu denen *Mongolen* reisen würde, und nach Italien nur der Bäder wegen käme, die hier wirklich unvergleichlich seien. Auf die italienische Kunst schimpfte er, *alles alter Kram,* über das Theater lästerte er noch mehr, *nichts als Getändel,* und die Dichtkunst verachtete er geradezu:

„Nichts Neues seit *Dante* und *Petrarca.* Boccaccio, na ja. Nur Machiavell. *Extraordinary!*"

Von den Möglichkeiten des Schönen schätzte er alleine die Architektur und die Musik. Die Bauten der neuen Architektur, die wir in *Vicenza* und entlang dem Flusse *Brenta* bewunderten, bezeichnete er als die geeigneten Behausungen der kommenden britischen Welt=Herrscher und die Musik, die wir in diesen Villen hörten, als die geeignete Untermalung ihrer knapp bemessenen Muße.

O, die bukolischen Tage, da wir über die schnur=geraden Alleen zwischen Vicenza und *Padua* zogen. Die Straßen sind gesäumt mit großen Bäumen, die Schatten spenden, die Bewohner liebenswürdig und höflich, ein ungewöhnlich begabtes Volk, die Ebenen sind sorgfältig bebaut, das Land ist fruchtbar wie kein anderes in Europa, man erntet drei, auch vier Mal im Jahr – der Obst= und Gemüse=Garten Europas.

Wir rasteten und speisten meist *alla posta,* wo man ausgezeichnet und reichlich bedient wird – etwa alle sieben italienischen, das sind knapp vier teutsche Meilen. Die Abende verbrachten wir bei irgendwelchen Bürgern oder kleinen Edelleuten, die scharf waren auf die Anteil=Scheine, die Mr Sharp ihnen verkaufte und aus denen sie hohen Zins zu ziehen hofften.

Ach, die seligen Stunden, die ich mit Mr Sharp und seinem Anhang in den Salons des Veneto verbrachte, wo wir den genialen Werken der Neuzeit lauschten, die den Bürgern in der Trägheit ihrer *villegiatura* die Langeweile vertreiben sollten. O, die unsterblichen *Cesti, Cavalli, Lully, Rossi, Sacrati, Monteverdi, Frescobaldi, Gagliano.*

Durch die großen, geöffneten Fenster strömten ihre Klänge hinaus, über die Terrassen, durch die verschwiegenen Winkel und Pavillons der Gärten, durch die Parks, wo die einsamen Spaziergänger und die schmachtenden Paare die Kühle der Nächte genossen, mischten sich in den Klang der Springbrunnen, das Gekeife der Nacht=Vögel, und schwangen sich hinauf in die hohen sternen=geschmückten Himmel über den endlosen Ebenen.

Ansonsten hatte er keine besondere Meinung von den Italienern, schimpfte über sie, als hätten sie die schäbigen Beschlüsse des *Tridentinum* selber veranlaßt und freudig begrüßt. „Keine Politik", zeterte er, und beklagte, wie er diese höchste aller Künste, als deren eigentlichen Hort er England und die evangelischen Niederlande empfand, in Italien und Teutschland am meisten vermißte.

„Nie war eine Zeit so aufregend, wie die unsere", behauptete er, „aber was tun sie, die Teutschen, die Italiener? Die einen hocken in ihren muffigen Ecken hinterm Ofen, singen alle Weil geistliche Lieder, trauen sich nichts zu sagen und beten den ganzen Tag, daß ihnen nicht der Himmel auf den Kopf fallen möge. Die anderen aber, die Italiener: Haben Sie, junger Mann, jemals versucht, mit einem Italiener ein politisches Gespräch zu führen?

„Nun, vermutlich waren Sie nie in einem der italienischen Salons, wo diese Spezimen über nichts anderes reden können als ihre neue Perücke, die neueste Mode, ihre Intrigen, ihre noch langweiligeren Liebschaften, ihre Schuldenberge, ihre lächerlichen Titel, ihre kleinlichen Ängste und Sorgen.

„Ihre Belanglosigkeit ist ansteckend. Die ganze Welt ist aus den Fugen, eine neue Epoche bricht an, und vielleicht ist sie bereits in vollem Gange, während wir müßig durch dieses hübsche Städtchen flanieren, die steinernen Zeugen einer stinkenden Vergangenheit bewundern und nicht monieren, daß hier nichts ist, was der Zukunft gehört. Ja, wir scheinen nicht einmal zu wissen, daß es eine Zukunft gibt.

„Und wissen Sie, warum in Italien die *Conversazioni* so belanglos und ermüdend sind im Vergleich mit den eleganten Empfängen in London? Weil in diesem Land niemand über Freiheit, Politik oder Religion zu sprechen wagt, weil kein Lustspiel aufgeführt wird, aus Angst, die Obrigkeit zu verschrecken. Weil man sich über die neuesten Bücher gar nicht erst unterhalten möchte, weil sie abergläubige und lächerliche Themen behandeln. Und wissen Sie auch, warum die meisten Bücher so langweilig sind?

„Weil man in diesem Land nur über eine solche Art von Freiheit, Politik oder Religion zu schreiben wagt, die den Vorurteilen der dunkelsten Dunkelmänner entspricht, der Dummheit der dümmsten Dummköpfe, der Niedertracht der niederträchtigsten Niedertrachten!"

Er sagte dies aber auf teutsch, das er ausgezeichnet sprach, weil er schon oft in Teutschland war und glaubte, sich deshalb ein Urteil erlauben zu dürfen.

Ich widersprach ihm nicht. Er war Engländer. Diese maßen sich an, über manches eine andere Meinung zu haben, als wir auf dem Fest=Land und lassen sich ungern beraten. Im übrigen bot er mir an, in seine Dienste zu treten bis *Lucca,* und so dachte ich mir, es werde meinen Aufträgen nicht schaden, einen Monat länger zu reisen, als ich geplant hatte, ein paar Umwege im Kauf zu nehmen, um noch mehr zu lernen, als ich es gehofft hatte, und war gewiß, es würde E.F.G. nicht grämen, wenn ich den Rest der Reise nicht auf dero Kasse Kosten mein Kost und Logis bestritte, sondern auf Rechnung des Engländers, zumal ich nichts weiter zu tun brauchte, als Mr Sharps Reise=Tagebuch zu führen und auch das nur bis dahin, wo hin ich ohnedies reisen wollte.

Es wünschte nämlich der spleenige Insulaner seinen Freunden in England den Reise=Bericht in ladeinischer Sprache zu präsentieren und einen Teil davon durch mich aufzeichnen zu lassen, statt seinem Butler vor dem Einschlafen die Begebenheiten des Tages auf Englisch zu diktieren und diese Niederschrift in London ins Ladeinische übersetzen zu lassen, wie das die gebüldeten Reisenden tun, während die einfachen in ihrer Mutter=Sprache ihren Bericht *publique* machen.

So tat ich denn von Trient bis Riva – denn wir nahmen nicht den üblichen Weg nach *Venedig* durch das wilde *Sugano*=Tal, auf dem Floß über den *Garda*=See, während ich die Pinien, Zitronengärten und Fischerdörfer beäugte, von Verona nach Vicenza, wo wir einige Tage wegen der herrlichen Palladio=Villen weilten und Musik hörten und ich die Ebene bewunderte, die stundenlang im Glast verschwimmt, von *Padua* nach *Ca Fusina* mit dem Postboot, vorbei an den herrlichen Villen der Venezianer, wo wir Musik hörten, die Architektur untersuchten und den Getreidefeldern zu schauten, die sich im Winde wogen, der alle Zeit über die Ebene streicht, von Ca Fusina mit dem *burchiello,* wie hier die Boote genannt werden, hinaus auf die Lagune bis nach VENEDIG, wo wir an der *Riva degli Schiavoni* anlegten, und die Archiektur bewunderten und die Musik untersuchten, – was ich immer tue, seit ich diese Reise begonnen habe.

Ich schrieb und schrieb auf, was mir vor die Augen und hinter die Ohren, unter die Füße und in die Hände kam. Ich reiste und schrieb und reisend schreibend wurde ich ein Schriftsteller. Alle Schriftstellerei ist ein Reisen und alles Reisen ist eine Schriftstellerei, denn Schreiben ist ein Erfinden und Reisen ist ein Erfinden, so wie wir alles, was wir zu erleben meinen, auf Reisen oder nicht, in Wahrheit erfinden.

Ich schrieb erst auf teutsch, dann auf ladeinisch, auch wenn ich meinem Vorsatz nicht länger treu sein konnte, nie wieder in dieser alten Sprache zu schreiben – in der berühmten Arena von Verona, am Grabmal des *Titus Livius* in Padua, wo der Gattamelata steht, auf den Booten, die mich durch die Kanäle von Venedig trugen, in den Boudoirs der Kurtisanen, die Mr Sharp mir spendierte, beim Zählen der dreißigtausend Kurtisanen von Venedig, aber natürlich besichtigte ich auch die berühmten Gemälde in der Akademie des hl. Markus und anderswo, wenn Mr Sharp nicht aufpaßte, und schrieb auf, wie sehr sie mir gefallen hatten, letzteres jedoch nur in mein eigenes *Taccuino*.

In Vicenza begegnete mir auf dem Markt eine junge Musilmanin. Ihre Mutter und zwei Zofen, ebenfalls Musilmaninnen, schritten hinter ihr her. Ihr Gang war fürstlich, ihr Gewand wie auf den Leib geschnitten, so daß ich alle Formen ihres makellosen Körpers zu erblicken meinte – den Busen, die Hüften, die Schenkel. Nie im Leben hätte ihr Körper so reizend gewirkt, wenn sie unbekleidet gewesen wäre.

Was aber ihre Reize am meisten zur Geltung brachte, war ihr Gesichts=Schleier. Er bedeckte nicht nur das Haar, sondern wehte locker um ihren ganzen Kopf, fiel herab bis auf die Schultern, umhüllte das Haupt von allen Seiten. Nichts war zu erkennen. Nicht die Ohren, die Nase, der Mund, das Kinn. Ihr Gesicht hätte so häßlich sein können wie das meiner Geliebten vor Augspurg, ihr Haupt haarlos, der Mund zahnlos.

Nur dort, wo die Augen saßen, hatte ihr Schleier eine Öffnung – einen Schlitz von einer Schläfe zur anderen, – der meinen Blick magnetisch anzog, wie ein Eisen=Berg die führungslosen Schiffe anzieht, die an ihm zerschellen müssen. Aus diesem Schlitz stachen zwei Augen heraus, wie ich sie noch nie gesehen hatte und genau genommen sah man die Augen auch gar nicht. Ich spürte nur, daß hinter diesem Tuch zwei Augen sitzen mußten, die mich fesselten, willenlos machten und anzogen.

Ich fürchtete nicht die Franzosen=Krankheit mehr und nicht einen neuerlichen Scherz wie vor den Toren von Augspurg. Wenn sie ein als weibliche Schönheit verkleidetes Mannsbild aus Mansfeld gewesen wäre, oder keine Wüsten=Tochter, sondern eine Braut aus Döbitzdeubna oder Kleinpösna, ich hätte sie begehrt.

Es war, als schleuderte ein göttliches Wesen aus diesem Schlitz Blitze hervor, die mich trafen und durchdrangen. Ich war sicher, ihre Augen gesehen zu haben, als unsere Wege sich gekreuzt hatten, und daß ihre Augen eine Aufforderung heraus geschleudert hatten, ihr zu folgen.

Also folgte ich ihr. Ich blieb einen Moment stehen, machte dann kehrt, folgte den vier Frauen bis zu ihrem Haus, wartete abermals und betätigte dann den Tür=Klopfer. Alsbald öffnete ein großer, massiger, türkisch gekleideter Eunuch die Pforte, ließ mich ein und übergab mich einer leichtfüßigen, reizenden Zofe, die hier im Haus keinen Schleier trug. Wir durchquerten ein *Atrium,* in dem seltene Vögel lebten und ein Spring=Brunnen plätscherte, wir erreichten das Boudoir der Araberin und auf dem ganzen Weg sah ich kein männliches Wesen. So verlebte ich die schönste Liebes=Stunde dieser ganzen Reise, und die einzige, die diesen Namen verdient.

ICH schrieb also auf, was ich mit der verschleierten Musilmanin erlebt hatte, als ich ins *Hotel* zurück=kehrte, wo der Engländer schon auf mich wartete, neubegierig, meinen Bericht zu hören. So wie ich alles aufschrieb. Bis ins kleinste Detail. Dann fuhr ich fort mit meinem üblichen Geschreibsel in teutsch und ladeinisch. Ich schrieb auf, wie die Fische hießen, die wir auf der Insel *Giudecca* und den kleineren Inseln in der Lagune aßen, schrieb auf, was Mr Sharp über die venezianischen Maler und Stückeschreiber, Opern=Komponisten und Domestiken zu schimpfen wusste, vor allem aber, was er über seine Koliken und Steine zu überliefern wünschte. Mal dauerte es Stunden, bis ein bohnen=großer Stein durch die Harn=Röhre abging, und mal hatte er nur ein Häufchen Grieß im Nachtgeschirr. Jeden Tropfen Wasser, den er zu sich nahm, notierte ich in ladeinischer Sprache und dazu den Erfolg beim Wasser=lassen oder den Mißerfolg.

Auch die Sitten und Gebräuche der Südländer schrieb ich auf. Ich schrieb auf, was ich über die Hunde=Zucht erfuhr, über die Bologneser Seifen und Würste und die Zeremonien beim Barbier, die überaus köstlich sind. Er möchte wetten, meinte Mr Sharp, daß die italienischen Komponisten eines Tages eine dieser neu=modischen Opern über einen Barbier komponieren würden, wenn sie davon erführen.

Schrieb auch eine Passage über das Verhältnis, das alle Ehe=Frauen in Nord=Italien haben müssen, wenn sie für anständig und modern gelten wollen. Es hat nämlich eine jede Dame, die auf sich hält und nicht verspottet werden will, mit Billigung ihres Gatten, sofern dieser ein Herr ist, der auf sich hält und nicht verspottet werden will, einen Herrn an ihrer Seite, welchen sie *Cicisbeo* oder Sigisbeo nennen und muß dieser Cicisbeo, welcher ihr Verhältnis ist, all Zeit bei ihnen sein, von morgens an, wenn sie aufstehen bis zum Schlafen, doch habe ich nicht herausfinden können, ob er ihnen auch beiwohnen darf oder muß.

So eng ist das Verhältnis in manchen Fällen, daß es den Frauen schwerer fällt sich von ihrem Sigisbeo zu scheiden, als von einem Ehe=Mann, und gilt es als Skandal, wenn eine Dame zwei Verhältnisse hat, neben dem angetrauten Gatten. Sie reden auch sonst in Gesellschaft fast ausschließlich über den Sigisbeo, sei es daß eine Frau kein Verhältnis hat oder gerade ein Wechsel stattfindet, sei es daß die Herren einen der ihren verspotten, der kein Sigisbeo ist.

Es ist aber so, daß die Eheleute nur selten Zeit finden für einander, da jeder halbwegs passable Ehemann seinerseits ein Cicisbeo ist, der bei einer anderen Dame den Tag und die halben Nächte verbringt, und kann es sein, daß sich zwei Ehe=Paare begegnen auf einer *Soirée* oder *Matinée,* die nicht miteinander auftreten als Ehe=Leute, sondern jede der beiden Damen in Begleitung des Ehe=Mannes der anderen, und niemand käme auf den Gedanken sich deshalb zu skandalisieren.

Vielmehr gilt ein Herr, dessen Frau kein Cicisbeo hat, als armer Tropf, über den die halbe Stadt sich das Maul zerbricht und nach dem Grund für solchen Mangel sucht. „Mein Gott", so sagen die Leute, „was muß die Signora So=wie=so für eine unmögliche Person sein, daß sie noch immer keinen Cicisbeo hat, obwohl sie schon drei Jahre verheiratet ist", oder man spekuliert, ob der Ehemann etwa ein solcher Törpel sei, daß er es seiner Frau nicht verstattet.

Sprach darüber auch mit Mr Sharp, weil ich wissen wollte, ob ich diese Episode nur in mein *Taccuino* oder auch in sein *Itineraire* auf ladeinisch notieren solle, und er bestand darauf, weil er den Cicisbeo für die abartigste Konvenienz hielt, die er jemals erlebt habe. Mit seiner Abneigung hatte es aber eine ganz besondere Bewandtnis, denn wie er eines Tages in Rovigo das Herz einer Dame erobert hatte und sie soeben bespringen wollte, stand unerwartet ihr Cicisbeo in der Tür, so daß der arme Mr Sharp mit eingezogenem Schwanz davonschleichen mußte.

„The most ridiculous thing which a stupid population has ever invented!" rief er und äußerte den Verdacht, der Cicisbeo sei eine Erfindung der italienischen Ehemänner, um über die Tugend ihrer Ehe=Frauen zu wachen, weil sie selber sich nicht die Blöße geben wollten, etwas so Unvernünftiges zu tun, wie die Tugend einer Frau zu überwachen.

„It's impossible!" meinte er. Ein Mann, der versuche, seine Frau an einer Affaire zu hindern, müsse ein echter Narr sein und deshalb würde kein Engländer jemals auf diese Idee kommen. „Ein echter Engländer", behauptete er, „der seine Frau in Verdacht hat, einen Liebhaber zu haben, nimmt sie entweder mit auf die Moorhuhnjagd oder er zahlt dem Liebhaber ein ordentliches Gehalt dafür, daß er ihm die lästige Aufgabe abnimmt, einmal die Woche seine Frau zu besteigen."

So hatten wir uns binnen weniger Tage nun doch der Landes=Sitte angepaßt und sprachen über *Amouren,* Seitensprünge und Klein=Geld. Ich aber tat ein übriges. Ich schrieb vor mich hin und hinter mir her, und das Schreiben war wie eine Maschine, die mir half, alle meine Erlebnisse ins Gedächtnis zu bannen, wie auf eine Theater=Bühne, so daß ich heute nur meine Aufzeichnungen zu lesen brauche, um zu erleben, wie die Komödianten wieder zu tanzen beginnen, die Nudeln zu dampfen, die Kanäle zu stinken, die Kurtisanen zu singen und die trägen Bürger in ihren Villen über ihre neuen Hüte plaudern.

IN *Abano,* das wir wiederum mit dem Boot bis *Padua* reisend erreichten, blieben wir zwei Nächte, da Mr Sharp das dortige Wasser und die Bade=*Establishments* zu testen wünschte. Über dem Ort liegt ein steiniges *Plateau,* aus dem verschiedene Quellen sprudeln, die zu heiß sind zum Baden und erst recht zum Trinken. Ringsherum ist der Boden grau, über der ganzen Gegend liegt ein Wasserdunst, und die Bäche, die in die Ebene hinab eilen, führen auch den Geruch des Wassers weit mit sich. Mr Sharp nahm einen Schluck dieses Wassers, nach dem er es hatte abkühlen lassen. Er fand den Salzgeschmack sehr starck und beschloß, auf dem Rückweg länger Station zu machen.

Wir besichtigten noch einige Bäder und reisten weiter. Die ganze Gegend dort unten besteht aus Wiesen und Weiden und dampft an verschiedenen Stellen. Wir aßen viel, mal gut, mal schlecht und tranken viel Wasser, das gegen allerlei Krankheiten helfen soll wie Kopfschmerzen, die Gicht, die Steine, die Darm=Trägheit, das *Rheuma,* die weibliche Unfruchtbarkeit, die Schwer=Hörigkeit, den Bläh=Bauch, den Haarausfall, die männliche *Impotenz,* den Hautausschlag, die Geschlechtskrankheiten, den Fuß=Pilz, die *Melancholie,* die bösen Träume, den Geschlechtstrieb, das Ausbleiben der *Menstruation,* die zu starcke *Menstruation,* die Gelenkschmerzen, den Hexen=Schuss, den Grind, alle Arten von Augenleiden et cetera, aber schien mir, wenn wir an der Tafel saßen und ich Mr Sharp zuschaute beim Essen, der tatsächlich starck fettleibig ist, daß er besser täte, weniger zu essen und häufiger seine *pedes* zu benutzen und selber zu laufen, statt sich all Zeit tragen zu lassen, als diese widerlichen Gewässer in sich zu schütten.

In *San Pietro* besichtigten wir etliche Schwitzstuben. Man schließt sich in ihnen ein, nur der Kopf schaut heraus, und läßt sich von dem heißen Dampf schnell ins Schwitzen bringen. Es gibt auch hölzerne Formen für Arme, Beine, Schenkel und sonstige Körperteile hier, in welche die Glieder gelegt werden, nach dem man sie mit heißem Schlamm gefüllt. Alle diese Bäder sind scheußlich, grob und geschmacklos, und wäre ich lieber sterbenskrank, als mich hier kurieren zu lassen.

Hinter *Monselice* reisten wir durch ebene, sehr fruchtbare Felder, auf denen nach Landessitte zwischen dem Getreide viele Bäume reihenweise stehen, um die Reben zu stützen. Zur Feldarbeit benutzt man hier Ochsen, welche so starck, wie ich nirgend gesehen. So kamen wir nach *Ferrara,* wo wir am Stadt=Tore viel und lange molestiert wurden wegen der Veden und Pässe. Mr Sharp und sein Buttler mußten ihre Waffen abgeben, wie an fast allen Stadt=Toren, und erhielten schließlich die übliche Erlaubnis, die Stadt zu betreten für drei Tage, aber das geht allen so, und die Stadt ist groß, reich und angenehm, die Straßen sind alle sehr breit und mit Ziegelsteinen gepflastert, nachts mit vielen Fackeln beleuchtet, so daß wir entschädigt wurden, sei es im Wirtshaus, sei es im Casino, sei es im Palais des Herzogs, wo man Mr Sharp mit allen Ehren eines englischen Fabrikanten von groß=kalibrigen Feldschlangen empfing, und ich als sein Sekretarius eingeführt wurde und E.F.G. keiner Erwähnung tat, um dero Haus und Namen nicht zu blamieren mit diesem Engländer.

Wir blieben einige Zeit und sahen viele schöne Kirchen, Gärten und Privathäuser an, wo man uns zur Tafel nötigte und Mr Sharp den Bewohnern Anteil=Scheine an seiner *East-India-Company* verkaufte, wo für sie sich überschwänglich bedankten.

Wir besichtigten auch das Arsenal des Herzogs und die Geschütze, darunter eines von fünfunddreißig Fuß Länge und einem Fuß Durchmesser, dem keine Stadt=Mauer widerstehen mag, und der Herzog versicherte uns, daß die Einnahmen, die er aus diesem Geschütz ziehe, den Kauf=Preis schon mehrfach übertroffen hätten. Alle paar Monate schaue eine ausländische Macht bei ihm vorbei, um das Geschütz mit samt allen Kanonieren zu entleihen und eine Anzahl Kanonen=Kugeln zu kaufen.

Mr Sharp palaverte lange mit dem Herzog und versprach ihm, aus London ein Angebot für ein noch stärkeres Geschütz zu unterbreiten. So näherten wir uns *Bologna,* aber es reute mich nicht, bald am Ziel zu sein. Nach ROM reisen kann jeder Lakai und weiß davon Nachricht zu geben, weil die halbe Welt dort war oder ein Buch besitzt über ROM. Eine Stadt, die ich praktisch schon kenne, ohne dort gewesen zu sein, kann mich nicht reizen.

Wer aber kennt *Sant'Andrea* in Percussina? Wer war in dem Haus, in dem ein großer Mann namens *Niccolò Machiavelli* angeblich seine besten Mannes=Jahre verbrachte? Wenn ich zurück bin in Teutschland, wird mich jeder bewundern, einerlei ob ich in Rom war, und das ist es, was mich so stolz macht für den Rest meines Lebens: Daß ich nun zum Kreis der Initiierten gehöre, zum Orden jener Männer, welche die Weihen empfangen haben, die aus einem gewöhnlichen Sterblichen einen edleren und besseren Menschen machen. Man wird dies aber allein da durch, daß man einige Schritte auf italienischem Boden tat – einerlei wie viele und wie groß sie waren.

ITEM: Wie ich über *Bologna, Lojano, Scarperia* und *Prato* reiste, um Mr Sharp in *Lucca* heil abzuliefern.

Bologna, welches seit vierhundert Jahren zum Staat der Kirche gehört, hat die älteste Universität der Welt und gilt deshalb allen Gebildeten als die geistige Perle des Abendlands. Mr Sharp besichtigte das berühmte *Teatro Anatomico,* wo die medizinischen Vorlesungen stattfinden und alle Leichen zerlegt werden, vor den Augen der entsetzten Herren Studiosi, daß die Meuchel=Mörder der Stadt gar nicht so viele vom Leben in den Tod befördern können, wie die Professores der Anatomie benötigen für ihre Demonstrationen.

Die Stadt ist voller Professoren, man sagt mehr als hundert, und Studiosi, man sagt, mehr als fünf Tausend, die keiner ordentlichen Gerichtbarkeit unterstehen. Sie treiben sich deshalb schwer bewaffnet in der Stadt herum, machen Krach, stören die Nachtruhe mit ihren Gesängen und machen die Straßen unsicher, wo sie vor allem zur Nacht ihre blutigen Duelle austragen, womit sie jedoch nur die Anatomie unterstützen.

Mr Sharp hieß mich alles akurat aufschreiben, auch seine Eindrücke von den Vorlesungen und Übungen, die er besuchte, und äußerte am dritten Tag die Überzeugung, daß es mit dieser

Universität nicht weit her sein könne und daß es in seinem *merry old England* ein halbes Dutzend Universitäten gebe, an denen der Unterricht besser sei.

Er kommt aber, wie er sagte, ein Mal im Jahr in diese Stadt, um Rasier=Seife zu kaufen, welche die beste sei, die man auf der ganzen Welt finden kann, und plant seit langem auch einen Handel damit zu eröffnen. Er ereiferte sich regelrecht und rief: „Warum kann man in London an jeder Straßenecke den Essig von Modena, den Käse von Parma, den Mineralbrunnen von Lucca, den Rotwein aus Tuszien, das Öl von Ligurien, die Orangen von Sizilien, die getrockneten Tomaten von Kalabrien und die Maronen von Benevent kaufen, nicht aber die Rasiercrème von Bologna?"

Wir besichtigten auch zwei sehr dünne Türme, die bis an die Wolken reichen, von denen die italienischen Großstädte voll waren vor vierhundert Jahren. Es wohnten nämlich die Adligen mit ihren Familien und Gesinde in diesen Türmen, wenn sie um die Macht in ihrer Stadt kämpften, wie das angeblich sehr häufig geschah, doch hat man diese Türme zu aller meist über all abgerissen und schöne, weitläufige Paläste daraus gebaut, da es in den Städten keine Kämpfe mehr gibt und die Regierungen darauf achten, daß alle Familien gleichmäßig an Reichtum, Pfründen und Sinekuren beteiligt werden, so daß, wie Mr Sharp meinte, seit hundert Jahren ein ziemlicher Stillstand eingetreten ist, in den inneren Angelegenheiten.

Die zwei Wolken=Kratzer von Bologna hat man aber stehen gelassen, weil sie von den Herren Studiosi für ihre Experimente benutzt werden, weil sie so schön schief sind, und man hat bereits entdeckt, daß alles was irgend wo herunter fällt, stets nach dem selben Punkt strebt, welcher nach Meinung des Professors, mit dem wir sprachen, verdient, der Mittelpunkt der Erde genannt zu werden, welches also nicht der Wohnsitz GOTTES wäre, sondern der Ort, wo alles, aber wirklich alles, landen und sich aufhäufen muß, was irgend wo herunter fällt, auch der Scheiß=Haufen, wenn dieser nicht am Grund der Grube scheitern würde, und es vermutlich nichts gibt, was so stark wäre, bis zum Mittelpunkt der Erde durchzudringen.

So gewann ich in dieser Stadt Erkenntnisse, von denen ich in Leipzig nicht zu träumen gewagt hätte. Der Weg dorthin von Ferrara ist aber, wie man uns sagte, bei schlechtem Wetter fast unpassierbar, da die *Lombardei* aus fettem Boden besteht. Die armen Leute benutzen deshalb Stelzen, die etwa einen halben Fuß hoch sind, aber jetzt, im Hochsommer, war der Weg trocken und hart wie Stein.

Dies veranlaßte mich zu der Bemerkung, daß die Welt doch ein rares Ding sei, wo es nicht möglich ist, eine große Stadt zu erreichen, in der es jedoch möglich ist, den Erd=Mittel=Punkt zu entdecken. Herr Sharp lobte mich dafür, bot mir an, mit ihm nach London zu reisen, was ich ablehnte, da ich E.F. G. die Treue geschworen hätte. So reisten wir stark fort auf der Post=Route.

HINTER Bologna beginnen abermals die Berge, der Weg wird schlechter, das Essen und die Betten ebenfalls, und Mr Sharp betonte, daß er jedes Mal froh sei, wenn er das apennische Gebirge heil überstanden habe. Die Postler auf dieser Route seien allesamt Gauner, Lügner und Betrüger und die Gastwirte die größten unter ihnen.

Sie schicken einem ihre Emissäre auf halbem Wege entgegen, wo sie den Reisenden Lügen=Märchen auftischen. Es ist nämlich der Weg von Bologna nach Florenz die Hauptroute nach Rom. Die Straße ist voll von Reisenden, die Angst haben, in der Kälte und Unwirtlichkeit der Berge kein Nachtlager zu finden, und die Emissäre behaupten, alle Gasthöfe wären bereits belegt. Sie versprechen dem Reisenden, ihn noch unterzubringen, wenn er sie bezahlt, doch wenn man dann einfährt und die Betten sieht und die Mahlzeiten und feststellen kann, daß in den guten Gasthöfen noch genug Platz ist, bereut man es, den Emissär *al pasto* bezahlt zu haben. Sie bestehen nämlich darauf, daß man nicht auf Rechnung speist, was sie *al conto* nennen, sondern einen Preis für das Bett und die Tafel, was sie *al pasto* nennen, so daß der Reisende nicht aussuchen kann, was er essen mag und ob ihm das Zimmer gefällt.

Wie wir an Lojano vorbei waren, denn wir reisten bei Nacht, um den Gastwirten eins auszuwischen, sah ich etwa zwei Meilen abseits vom Wege eine Flamme lodern, und einer der Post=Bedienten, die uns mit ihren Fackeln begleiteten, sagte mir, es sei dort ein brennender Berg und bei starken Stößen speie der Gipfel manchmal kleine Münzen aus, auf denen eine Gestalt abgebildet sei. Er riet uns, im nächsten Gasthof abzusteigen und anderntags den Berg zu besteigen, aber Mr Sharp lehnte ab.

Ich jedoch kniete nieder, wie ich solches hörte und rief: „O, Italia, du Weltreich der Sinne, Land der ungeheuerlichen Wunder", aber Mr Sharp verbot mir solches und meinte, es sei unschicklich, die gemeinen Natur=Erscheinungen anzubeten.

Es besteht nämlich das Innere des Berges aus einer Substanz, welche sich von selber entzündet, die von den Alchimisten einst benutzt wurde, um ihre Künste zu beweisen, aber andere sagen auch, daß das *Feuer von Pietramala* ein kleiner Vulkan sei und die Flamme nur einen halben Fuß hoch, und der weithin sichtbare Licht=Schein eine rätselhafte Aura, während wieder andere meinen, die *Pietramala,* was soviel bedeutet wie *böser Stein,* sei in Wirklichkeit eines der Tore zur Hölle und das helle Licht nur ein Widerschein des Fegefeuers, in welchem die armen Sünder gepeinigt werden.

Während noch andere wissen wollen, daß nie eines armen Sünders Seele die Hölle von Pietramala betreten habe, sondern nur die Großen, Reichen und Mächtigen der Mark Tuszien in diese Hölle kämen, während die Armen mit dem Paradies vorlieb nehmen müssten.

Wie wir einen kurzen Besuch in der *Villa* machten, die der Großherzog Franz von *Medici* im letzten Jahrhundert erbauen ließ. Das Haus ist nicht besonders anziehend und überdies recht klein, wie Mr Sharp bemerkte, und auch die Gegend ist nicht besonders einladend, und die Medici haben die Anlage vermutlich nur geschaffen, da ihre reichen Vorfahren aus dieser Landschaft stammten.

Der Park der Villa ist hingegen von solcher Schönheit und

Pracht, daß sie sich nicht im einzelnen schildern lassen. In allen Grotten und Wegen sind Wasser=Spiele zu sehen, wie es sie nirgends gibt. So eine Grotte mit Musik und harmonischen Tönen, die mit Hilfe des Wassers erzeugt werden, bewegliche Statuen und Tiere, die durch Wasserwerke in Bewegung gehalten werden, Tiere, die sich zum Trinken nieder=beugen et=cetera.

Es gibt einen Tisch mit sechs Schubladen, aus denen Wasser sprudelt, wenn man sie öffnet, so daß die Gäste ihre Trink=Gläser selber reinigen können. Es gibt Tausend Wasser=Behälter und Teiche, die alle aus zwei Zisternen mit Hilfe zahlloser unterirdischer Leitungen gespeist werden. Besonders beeindruckte uns eine Allee, wohl vierhundert Meter lang und vierzig breit, die von Springbrunnen flankiert wird, so daß man unter einem Baldachin hinschreitet, der aber nur aufgespannt wird, wenn Personen diese Allee entlang gehen.

Am eindrucksvollsten ist sicher die Figur eines Riesen, so hoch wie fünf Männer oder mehr, mit Augen zwei Meter breit, der das Gebirge symbolisieren soll, an dessen Süd=Rand er steht, und auch dieser Riese ist ein einziger Brunnen, aus dessen sämtlichen Körper=Öffnungen das Eis=Wasser rinnt, so daß der arme Kerl schon ganz grün und vermoost ist. Mr Sharp war jedoch nicht davon abzuhalten in sein Inneres zu steigen, den dicken Kopf aus dem Maul des Giganten zu strecken und sich in dieser Position portraitieren zu lassen von einem der vielen Zeichen=Künstler, die im Park von *Pratolino* ihr Unwesen treiben, die Reisenden aus aller Herren Länder verfolgen und erst Ruhe geben, wenn jemand sich von ihnen auf Papier zeichnen läßt oder gar in Öl auf Leinewand malen.

Wir brachen noch am gleichen Tag auf und erreichten gegen Abend die Stadt *Prato,* welche der Kardinal *Giovanni Medici* von den spanischen Truppen erobern und ganz abbrennen und plündern ließ, um für seinen Bruder *Giuliano* und ihren gemeinsamen Neffen *Lorenzo* die große Stadt Fiorenza zurück zu gewinnen, welche wir nicht besuchten, da es Mr Sharp nach Lucca zog. Es wurde aber bei dieser Gelegenheit die gesamte Besatzung von Prato erschlagen, die Frauen vergewaltigt, die Männer ermordet, und daher überraschte es mich nicht wenig, eine gut gebaute, reiche, wohlgeordnete Stadt mit breiten Straßen und schönen Palästen zu erblicken, zwischen denen gut gekleidete, wohl genährte Menschen flanierten, bis Mr Sharp mich darauf hinwies, daß sich die Zerstörung von Prato bereits vor ein hundert und fünfzig Jahren zu Zeiten meines Machiavelli ereignet habe.

Nun freute es mich doch, ein erstes Zeugnis jenes großen Politikers und Dichters gesehen zu haben, dessen wegen ich dort war.

So gelangten wir nach *Lucca,* das einst die Haupt=Stadt der Mark Tuszien war, die heute zumeist *Toscana* genannt wird, wo die Frankenstraße den *Arno*=Fluß kreuzt. Die Häuser sind nicht so glanzvoll wie in Ferrara oder gar in Venedig, doch recht hübsch gelagert um einen großen, ovalen Platz, woran man erkennen kann, daß sich an dieser Stelle in römischer Zeit ein riesiges Anfi=Theater befand, so daß man sich vorstellen muß, wie unter den Palästen noch die Sitz=Reihen liegen.

Wir verweilten auch hier nicht und reisten die letzten fünf italienischen Meilen bis zu den Bädern von Lucca, welche *Villa di Bagni* heißen und ebenfalls gegen sämtliche Krankheiten helfen sollen. Doch sagt man auch:

„Wer von seiner Frau einen Knaben will, schickt sie ins Bad, bleibt selbst daheim."

Man trifft deshalb auch etliche kinderlose Ehe=Frauen in Villa di Bagni, deren Ehe=Männer meist reiche, viel beschäftigte, jedoch schon ziemlich alte Kaufleute aus Pisa, Fiorenza und anderen tuszischen Städten sind, die nur an den Wochenenden zu Besuch kommen, der Ordnung halber jedoch gleich zu ihren Ehe=Frauen sich legen, möglichst unter Zeugen.

Ich blieb ein paar Tage, auch um die lateinische Reisebeschreibung zu vollenden und lernte deshalb auch das Badeleben kennen. Es gibt etwa hundert Badehäuser zu mieten, sowohl *al pasto* und *al conto,* als auch mit eigenem Küchenpersonal, und Mr Sharp mietete zwei davon, eins für sich und den Buttler und eins für die Damen. Sie haben alle einen Salon und ein Schlafzimmer, in dem sich trefflich ruhen läßt, da man des Nachts eingelullt wird vom Wasser, das außen plätschert.

Mr Sharp engagierte sofort auch eine dicke Köchin und einen Bedienten für die Tadel, ließ Fleisch, Nudeln, Öl, Obst und Gemüse holen, aß selber aber nichts, da die Kur aus drei Epochen besteht, die mehrfach durchlaufen werden müssen. In der ersten wird getrunken, in der zweiten wird geschwitzt und gebadet, und in der dritten erholt sich der Mensch, was aber nicht möglich ist, da das Wasser den Appetit und das Gemüt verdirbt und das Baden zur Schwäche führt.

Man schläft schlecht, ist dauernd damit beschäftigt, den Urin zu messen, und selbst auf den Bällen und Festlichkeiten erkennt man die echten Badegäste daran, daß sie mißmutig herum sitzen, sich den Bauch oder die Seite halten, über Kopfschmerz, Übelkeit, Kurzsichtigkeit, Impotenz und andere Gebresten klagen.

Ich habe aber noch niemals in meinem kurzen Leben einen Menschen so viel warmes, übel riechendes, abscheulich schmekkendes Wasser trinken sehen, wie Mr Sharp, der über kurz einen Kolik=Anfall erlitt, Gift und Galle spie, eine große Mengen Flüssigkeit durch den After entließ und mir mehrmals am Tag den Grieß und die Steine zeigte, welche er ausgeschieden hatte, hieß mich das Resultat seiner Schmerzen getreulich aufzeichnen und sah von Tag zu Tag schlechter aus im Gesicht, so daß ich es bald nicht mehr mit ansehen konnte. Am schlimmsten aber sind die Bäder und Schwitz=Kuren, nach denen Mr Sharp fast in Ohnmacht fiel, so daß wir ihn ins Haus tragen mußten.

Ich bat also um meine sofortige Entlassung, welche mir auch ohne Widerrede gewährt wurde, wie in Trient vereinbart, und begab mich an einem heißen Tag des Jahres sechzehn hundert und vier und sechzig, gegen Ende des Monats September bei Sonnenaufgang, während Mr Sharp einer heißen Quelle huldigte, auf den Weg zu meiner Ippolita.

Bis Lucca fuhr ich mit einem der großen Fuhrwerke, die von vier Pferden gezogen werden und praktisch pausenlos nach Pisa verkehren, wo die großen Mengen Brunnenwasser, die man in Villa di Bagni in einer Fabrik abfüllt, in alle Welt verschifft werden, von dort weiter *per pedes,* durch die Affenhitze, bei *Empoli* über den Arno, der um diese Jahreszeit kaum Wasser führte, und von dort über *Montespertoli* und *San Casciano* nach Sant'Andrea, wo ich anderntags in den frühen Abendstunden eintraf, verschwitzt, hungrig, aber guter Dinge und froh, endlich am Ort meiner eigentlichen Mission zu sein.

Über meinen Aufenthalt im Hause des weltberühmten Dichters und Denkers, wo ich zwei Monate weilte, will ich im nächsten Buch berichten, auch warum ich flüchten mußte. Ich floh um Mitternacht, lief hinunter nach *Fiorenza,* das ich bei Morgendämmerung erreichte, rannte mehr als ich lief, stolperte auf der dunklen Straße, fiel in die Dornen, fiel unter die Schweine, die plötzlich vor mir lagen, als ich eine Abkürzung über eine Wiese nahm, und erreichte die erste *vettura* Richtung Norden.

Kaum erinnere ich mich an den Rückweg, so verwirrt waren die Sinne. Wenn ich einen Uniformierten sah, wurde ich fast wahnsinnig vor Angst, verhaftet zu werden. Hinrichtungsstätten versetzten mich nun in Schrecken, denn in Gedanken sah ich mich bereits selber am Galgen hängen. Ich konnte keinen gebratenen Speck riechen, denn es ist bekannt, daß die italienischen Henkersknechte den Delinquenten heiße Speckscheiben auf die nackten Füße legen, wenn sie zur Hinrichtung geleitet werden. Wenn ich aber keine Angst hatte, aufgegriffen zu werden, verzweifelte ich noch mehr, sobald ich daran dachte, wie ich E.F.G. unter die Augen treten sollte.

So reiste ich Tag und Nacht. Die Städte mied ich. Ließ mich außerhalb absetzen, umrundete die Mauer und stieg am anderen Ende wieder auf, was kein Problem ist, da in Italien viele Vetturen verkehren. Die Flüsse durchschwamm ich, da auf den Fähren meistens ein paar Gens d'Armen an Bord herumlungern. Keine Gefahr mied ich, um möglichst schnell außer Landes zu gelangen, denn wie wohl Italien doch aus zahllosen Kleinstaaten besteht, ist es denen Gens d'Armen erlaubt, sämtliche Territorien mit Waffen zu durchqueren, sofern sie einen gesuchten Mörder oder Hochverräter verfolgen.

Nur in *Modena,* wo ein Medikus aus *Leuuwen* mich als seinen Assistenten ausgab, rastete ich einige Tage, um mich von einer Blutsvergiftung zu erholen. Man hat in jener Stadt, die in den

Reisebüchern oft mit Venedig verglichen wird, bereits vor etlichen Jahren begonnen, die vielen großen und kleinen Kanäle zuzuschütten, um der Ratten Plage Herr zu werden, und besagter Arzt wollte Untersuchungen anstellen, ob infolge dessen auch die mörderische Pestseuche aus dem Stadtgebiet verbannt worden sei, doch blieb ich auch hier nur, bis ich wieder stark lauftreten konnte.

Von Modena nach *Mantua* schloß ich mich einer Bande Räuber an, die mir ein Pferd liehen, nach dem sie mein Unglück erfahren hatten, um die Postroute zu vermeiden. Von Mantua nach Verona reiste ich wieder auf der Post, obwohl jeder Mann weiß, daß diese Strecke gefährlich und von Straßenräubern frequentiert wird.

In *Verona* hörte ich zwei Reisende, die aus Tirol kamen, sagen, an der Grenze stünden viele Gens d'Armen, die einen teutschen Meuchelmörder suchten, der vermutlich nach Tirol zu flüchten versuche. Beschloß in panischer Angst, meine Route zu ändern, den Umweg in Kauf zu nehmen und reiste stark weiter Richtung Brescia, Bergamo.

Die Alpen überquerte ich von *Lecco* und *Chiavenna* aus. Über den Splüggenpaß mußte ich mich in einer Sänfte tragen lassen, da ich so schwach war, und gab dafür meine letzten Groschen.

Als ich die VIA MALA vor mir sah, verließ mich der Mut. Diese schroffen, steilen Felswände schon wieder, die hohen pendelnden Brücken kreuz und quer über die Schlucht, der enge waghalsige Weg in die Felsenwand gehauen, die Adler im hohen lichtblauen Himmel, die nur darauf warten, sich am Fleisch der Leichen der Abgestürzten zu erquicken. Ich beschloß, ins grausame, wilde und hohe Gebirg zu steigen, zu den Rheinquellen zu klettern, mich ins eiskalte Wasser zu werfen und mir das Leben zu nehmen. Die Fische sollten sich an mir fett fressen, die Greifvögel Stücke aus meinem Kadaver schlagen. Mein Blut, meinen Schweiß, meinen Urin, meinen Kot und alle Säfte, die in mir waren, sollte der reißende Rhein mit sich zu Tal führen.

Was blieb von meinem Körper, ein paar Knöchelchen, einige Fleischstücke, sollte der breiter werdende Fluß in den Bodensee tragen, von dort durch die rheinische Tiefebene bis hinaus in die Ozeane und anspülen in der Neuen Welt an einem schöneren Gestade.

Etwa eine Stunde hinter einem Dorf, welches Hinterrhein genannt wird, da das Tal am engsten, auch das Gebirg am wildesten und unfruchtbarsten ist, unten an dem hohen Berg, den sie Rheinwaldgletscher nennen, nimmt der herrliche und in alten Historien viel gerühmte Fluß, der Rhein, seinen Ursprung, und gleichwohl noch etliche starke Quellen hinzukommen und er dann an vier unterschiedlichen Orten seinen Ursprung nimmt, so ist dies doch die größte und wird von den Leuten daselbst auch für den rechten Ursprung des Rheins gehalten.

Dort stand ich nun und sprach mein letztes Gebet. Schloß auch E.F.G. und meinen lieben Herzog Anton Ulrich mit ein und erfüllte meinen Plan, bis mir die Sinne schwanden. Als ich zu mir kam, lag ich in einem Hotel in Chur, *Zum Engel der Kaufleute.* Fremde hatten mich gefunden, halb erfroren, halb tot, ein deutscher Herzog mit seinem Gefolg, der ebenfalls nach den Rheinquellen suchte. Sie brachten mich in die besagte Herberge und zahlten mein Quartier. Ich weiß nicht mal ihre Namen.

Langsam kam ich wieder zu Kräften. In der Nacht, bevor ich aufbrechen wollte, um eilig zurückzukehren an dero Hof nach Wolfenbüttel, fiel ich aus dem Bett. Zugleich gewahrte ich die Gestalt eines alten Mannes, meines Vaters, Elias Weise, der mich ermahnte, alsbald nach Zittau zurück zu kehren.

„Unglücklicher!" rief er, „was tust du hier. Habe ich dich endlich gefunden. Dein Vater sorgt sich, deine Mutter weint jede Nacht viele Stunden, deine Braut liegt im Sterben. Kehre um, und komm nach Hause."

Ich erklärte ihm, daß das nicht ginge, sprach von meinen Pflichten gegen E.F.G., beschwor ihn, daß ich zunächst nach Wolfenbüttel reisen müsse, aber er blieb unerbittlich und beschimpfte mich noch. Aufrecht stehend in meinem Bett, im langen wallenden Nachthemd wie ein englisches Schloßgespenst, wies er auf mich mit ausgestrecktem Arm und rief mit heiserer Stimme, daß es von den Bergen widerhalte:

„Es gibt gar keinen Herzog, in dessen Diensten du stehst. Du bist immer ein Rumtreiber und Lügner gewesen. Wie sollten dich deine armen Eltern interessieren, deine Braut, deine Heimatstadt? Bleib, wo du bist, und verende im Elend! Du denkst, du hast noch die Kraft, in dein Vaterhaus zurückzukehren, vor dem eine Linde steht. Aber du reist nur in der Weltgeschichte herum, weil du es so willst. Seit zwei Jahren schon hast du dich nicht blicken lassen! Jetzt weiß ich endlich: Ein unschuldiges Kind warst du ja eigentlich, aber noch eigentlicher warst du ein teuflischer Mensch! Und darum wisse: Ich verurteile dich jetzt zum ewigen Herumirren, als wärst du ein Jude!"

Mit Entsetzen hörte ich das Urteil des Vaters, sprang aus dem *Engel der Kaufleute,* eilte zur nächsten Poststation und reiste zurück ins Kurfürstentum Sachsen, nachts im Schein der Fackeln, tags keiner Gefahr ausweichend, erst Atem holend, als ich endlich in Zittau war. Vor der Tür des Vaterhauses brach ich zusammen. Man fand mich, abermals halb erfroren.

Hören nun E.F.G., was in Sant'Andrea geschah und urteilt selbst, wenn Ihr alles gehört habt, wie sehr ich mich vergangen habe, gegen E.F.G. Freundlichkeit, Großmut und grenzenloses Vertrauen.

Was aus mir wird, ist mir egal. Vielleicht bin ich längst tot, wenn Euch diese Zeilen erreichen. Die Schwindsucht beutelt mich heftig, und ich fühle mein letztes Nachtstück nahen. Gebe GOTT=DER=HERR, daß alles gut gehe, und geleiten mich seine Engel ins Reich der Seligen.

Selbst geschrieben und unterzeichnet, CHRISTIAN WEISE,
Dichter und Philosoph zu Zittau in Sachsen,
den siebzehnten Februarius
ANNO 1665.

DE MORTUIS NIHIL NISI BENE!

ENDE
des zweiten
Buches.

Drittes Buch

In Zittau.

1. Kapitel.

Weise erzählt.
Ankunft und erster Empfang.
Sant'Andrea in
Percussina.

Ich schreibe dies in Zittau in meinem Elternhaus, wo ich gesundheitlich soweit wieder hergestellt bin, daß ich am Schreibtisch sitzen kann, auch wenn mir der Quacksalber verboten hat, das Haus zu verlassen. Es ist Mittwoch, der 25. März des Jahres 1665, die Sonne scheint und wärmt schon um die Mittagszeit, so daß ich guter Hoffnung bin, meinen Bericht zu Ende zu bringen. Auf meinem Tisch liegt mein Reisetagebuch, das mir helfen wird, mich zu erinnern. Hier stapeln sich die Abschriften der Manuskripte des Florentiners, dort die Blätter mit meinen eigenen Berichten, die ich an Ort und Stelle abgefaßt habe, wann immer ich Zeit dafür hatte, und mein Kopf ist voller Erinnerungen, die so frisch und farbig sind, als hätte ich die Dinge eben erlebt. So will ich denn wohlgemut weiter berichten, was ich in Sant'Andrea und andernorts erlebt habe.

Der Weg nach Sant'Andrea, den man mir in *San Casciano* gewiesen hatte, führte auf der hügeligen Hochebene westlich des Flüßchens *Greve* durch Olivenhaine, Weinberge und abgeerntete Getreidefelder, die schon umbrochen waren und deren bleiche braune Schollen in der niedrigen Nachmittagssonne zackige Schatten auf die Äcker legten. Zuweilen eine Ansammlung von Eichen und Steineichen, doch kein Vergleich mit unseren undurchdringlichen Urwäldern.

Die Vegetation in jener Gegend gleicht einem grünen Fell mit braunen Flicken und die Landschaft wirkt dadurch klarer und übersichtlicher als unsere deutschen. Einzelne Häuser, *Podere* genannt, standen auf flachen Kegeln, denn in der Toskana wohnt der Bauer, Mezzadro genannt, nicht im Dorf wie bei uns, sondern jeder für sich auf einem Hügel bei seinen Feldern, so daß die ganze Gegend wie eine dünn besiedelte Stadt aussieht.

Es war noch immer sehr heiß, aber am Himmel kreisten schon die ersten Raubvögel. Schlangen lagen im fast weißen Sand der Straße und huschten davon wie die zahllosen Salamander, die auf den Steinen dösten. Ich hatte die Beinkleider hochgerollt, so daß mich die Sandflöhe ansprangen und in die Waden zwackten, und ich mich wieder bedecken mußte. Zuweilen sah man, daß der kleine Fluß zu meiner Rechten sich tief in den Tuffstein eingeschnitten hatte. Dann wirkte der Höhenrücken, auf dem ich meinem Ziel entgegen wanderte, wie eine lang hingeworfene Inselkuppe.

Auf den Feldern keines Menschen Seele und auch kaum Vieh, nur zuweilen eine kleine Herde Schafe und Ziegen, die nach der Heu= und Getreideernte aus den ärmeren Gegenden der Toskana und zum Teil auch mit großen Fährschiffen von Sardinien herbeigeführt werden.

Die Halbpächter beschäftigen sich um diese Jahreszeit – es war Ende September und die Wein= und Olivenernte stand bevor – mit dem Reinigen und Vorbereiten der Bottiche, der Ölmühlen, der Reparatur der großen Tücher, die unter den Olivenbäumen ausgebreitet werden, bevor sie die reifen Früchte herabschütteln, und auch die anderen Apparate werden in diesen Wochen gewartet – die hölzernen Gemäße, die der Winzer auf dem Rücken trägt, die Fuderwagen, die Kelter.

Pinien, wie man sie von den Gemälden der römischen Kampagne kennt, erblickte ich fast keine, doch etliches an Zypressen. Sie stehen fast immer in einer Reihe, gerne auf Höhenrücken, die dadurch wie ein Kamm aussehen, selten in Zweierreihen, zuweilen aber im Karree wie eine römische Kohorte, die in der Mitte hohl ist. Die Zypresse ist die Parole der Toskana. Sie macht sich vor allem in der hereinfallenden Nacht gut gegen den noch goldenen Westhimmel.

Ich ruhte etwas an einen Felsen gelehnt, trank einen Schluck aus der hübsch gefaßten Quelle und sah, als ich mich wieder aufrichtete, plötzlich in der Ferne, östlich, wo die Hügel höher werden, von der Sonne hervorgehoben, auf einem Berg eine Burg, die mich an jene unseres großen Dürer auf seinem berühmten Kupferstich erinnerte, von dem E.F.G. eine Kopie im Lesesaal haben anbringen lassen. Unser Dürer in dieser bukolischen Landschaft, die alle Kriege und Schrecken ihrer Geschichte unter einem abwechslungsreichen Gleichmaß und einer vertrauten Schönheit der kultivierten Natur verbirgt, wie wir sie aus den großartigen Gemälden der früheren Jahrhunderte kennen.

Die Vorstellung rührte mich, Dürer könnte sich als jener unbekannte Ritter gesehen, vielleicht die hohe Burg dort drüben gekannt haben. Ich stellte mir vor, dieser stolze Kondottiere könnte jeden Augenblick des Weges kommen, hoch zu Roß in seiner eisernen Rüstung, das Visier geöffnet, das Schwert gegürtet, die Lanze mit dem Fuchsschwanz geschultert.

Ich selbst stand im Busch neben dem Fels, hielt die Sanduhr der Vergänglichkeit in der Hand, vor mir auf dem Weg lag der Totenschädel, unter dem Baum neben mir lauerte das Monstrum. Ich wünschte mir, ein Fernrohr aus Böhmen zu besitzen, um die ferne Burg genauer zu betrachten, vielleicht ein Wappen zu erkennen, vielleicht Dürer, der auf einem der zwei schlanken Türme stand.

Wieder tauchte ein *Podere* auf, und ich wähnte mich fast am Ziel. In *San Casciano* hatte man mir abgeraten, nach Sant'Andrea zu gehen. Seit der Hochzeit ihrer Tochter vor fünf und zwanzig Jahren sei die Wirtin der dortigen Poststation eigentümlich geworden, so daß viele Reisende, die von *Florenz* nach *Siena* gehen, dort nicht mehr Rast machten, sondern nur noch jene, die der Alten die Anhänglichkeit bewahrt hätten oder den gespenstischen Eindruck des *Albergaccio* nicht scheuten und gebe es dort kaum noch Wechselgäule.

San Casciano, wo ich in den folgenden zwei Monaten fast täglich einen Besuch abstattete, liegt eine knappe halbe Wegstunde von Sant'Andrea. Es ist ein leicht befestigter, jedoch unbedeutender Ort, der stark am Hang liegt, so daß die Postroute, die unterhalb des *Castello* verläuft, ein Mal im Jahr abrutscht und die Trasse neu aufgeschüttet werden muß.

Der abendliche Corso, der das *Castello* durchquert und am unteren Rand einmal zur Hälfte umrundet, hatte soeben begonnen, als ich hindurchging, und fast alle Frauen im gebärfähigen Alter waren schwanger, was aber der Landessitte entspricht, denn sie schwängern ihre Frauen am liebsten nach der ersten Heuernte, so daß die Kinder um die Ostern zur Welt kommen, damit die Säuglinge die warme Jahreszeit genießen können und schon gut genährt und kräftig sind, wenn der Winter hereinbricht, der hier oben recht streng sein kann.

Das Landgut der Machiavelli blieb lange verborgen, so daß mir Zweifel kamen, ob die alte Frau mir wirklich Einsicht in die unschätzbaren Schriftstücke ihres Ahnherrn gewähren würde. Das Empfehlungsschreiben *Anckels,* das ich in der Brieftasche trug, bedeutete nicht eben eine schwere Last, zumal ich nicht wußte, ob der Agent jemals auf das Angebot der Alten geantwortet hatte. Womöglich wußte sie gar nicht, daß E.F.G. sich für den *letzten Brief* ihres Vorfahren interessierte, und hatte diesen längst verkauft.

Wie schon mehrfach in den vergangenen Monaten, wenn die Mühen ärgerlich waren, tröstete ich mich mit dem Gedanken, daß der große Schriftsteller, dessen Spuren ich nachging, seinen Freunden wie seinen Gegnern mehr Hindernisse aufgebaut hatte als einiges beschwerliches Reisen. So stand seinem weisen und kenntnisreichen Geschichtswerk, das ich in dero Bibliothek studiert hatte (die *Reden über die ersten zehn Bücher des Titus Livius*) die üble Fama zuwider, die ich aus der Vorrede des Machiavelli in der Tragödie vom *Juden von Malta* des genialen Engländers Christopher *Marlowe* kannte, die ich während des Studiums in Leipzig als Puppenspiel genossen hatte.

Alle Welt sprach schlecht über den Staatsmann und Dichter, hielt ihn für den Ausbund des Bösen, obwohl ich nicht einen Satz von ihm kenne, der dies bewahrheitet hätte. Also tröstete ich mich mit der Binsenweisheit, daß alle großen Männer vor die

Erkenntnis der wahren Bedeutung ihrer Worte und der wahren Beweggründe ihrer Taten den Schweiß gesetzt haben – und der lief mir reichlich den Rücken hinunter, durch die Arschfalte, die Beine hinab an diesem heißen Spätsommertag, so daß ich mich einmal sogar umschaute, um zu prüfen, ob ich vielleicht eine kleine Schweißspur hinter mir herzog.

DIE Villa der *Machiavelli* erwies sich als Ansammlung von mehreren Katen, Stallungen, Scheunen und Vorratsschuppen zu beiden Seiten der Straße, also nicht an der antiken *Via Cassia,* wie man mir in Augspurg gesagt hatte. Die Cassia verläßt Florenz unten im Tal, steigt bei San Casciano hinauf in die Berge und stößt dort erst auf die alte Poststraße von Florenz nach Rom, die mitten durch den Gutshof hindurchgeht, so daß schon in grauer Vorzeit ein Tunnel unter der Straße angelegt wurde, um ungesehen und trockenen Fußes vom Haus zur Poststation hinübergehen zu können, aber das konnte ich damals noch nicht wissen.

Ich erfrischte mich am Ziehbrunnen vor der Herberge, die, wie gesagt, *Albergaccio* genannt wird, das ist auf deutsch *Absteige, Spelunke, Kaschemme, Budicke,* und ging bis ans Ende der Häuser, wo der Weg gen Norden leicht abfällt, links ein Kirchlein steht, und erblickte so plötzlich wie unerwartet, etwa fünf Meilen unter mir, die weite Ebene von Florenz, aus der eine gewaltige Kuppel ragte, und nichts als diese.

Keine Häuser, keinen Rathausturm, wie er dem Reisenden aus fast allen Städten von Ferne zuwinkt, und nicht den Dom, zu dem die Kuppel gehören mußte, erblickte ich. Nur diese Kuppel. Der Weg wurde zu beiden Seiten von hohen Bäumen gesäumt, die das Bild der Kuppel praktisch einrahmten und, da ihre Kronen sich berührten, ein großes Schlüsselloch bildeten, durch das ich das Wahrzeichen der Stadt am Arno erblickte.

Ja, der Ort, wo unser Machiavelli gelebt und seine unsterblichen Werke verfaßt hatte, war tatsächlich das Schlüsselloch, durch das er in seiner Verbannung die Welt, die sich in seiner Heimatstadt widerspiegelte, betrachtet hatte – aber das erfuhr ich erst im Laufe der Wochen durch die Erzählungen seiner Nachkommin Ippolita.

Das Wohnhaus lag zur Rechten, als ich kehrtmachte. Davor befindet sich ein schmaler Vorhof, zu dem man drei Stufen hinabgeht. Das Haus war zweistöckig, aber im einfachsten Stil errichtet, und die Fassade aus ungleichmäßigem Bruchstein war recht ausgeflickt. Hier hatte man ein Fenster oder eine Tür zugemauert, dort ein Mauerstück mit anderen Steinen neu hochgemauert, dort einen Anbau geschaffen. Es war nicht so klein und primitiv wie die Häuser der *Poderi,* aber unansehnlicher als die Villen der Stadtbürger, die der tuskischen Landschaft einen zusätzlichen Reiz verleihen. Die Natur wird durch sie erst als reines Kunstwerk erkennbar.

Die *Spelunke* lag zu meiner Linken und war noch einfacher gebaut als das Hauptgebäude. Ein langes, einstöckiges Bruchsteinhaus, zu dem ebenfalls einige Stufen hinabführten, so daß die Straßenseite niedriger wirkte, als sie in Wirklichkeit war.

Die Wirtschaft lag wie üblich im Parterre, im Souterrain also, die umliegenden Steinhütten enthielten vermutlich die Nachtlager für die Bedienten und die Vorratsräume. Auch die Fassade der *Kaschemme* war ohne Stil, und nichts verriet, daß hier einmal ein relegierter Vizekanzler der Republik seine Nachmittage beim Kartenspiel verbracht hatte.

Ich verharrte vor der Haustüre und überlegte, ob ich mich vielleicht in der Adresse geirrt hätte, aber ein mächtiger breitschultriger Mann in hohen Stiefeln und einer speckigen Lederschürze, der mit einer Wanne voller Weintrauben ums Eck bog, wies mir den Weg ins Gutshaus. Es war der Majordomus der Alten, den sie *Benito,* im Scherz aber „mein Prätorianer" nannte.

Er hatte tatsächlich einen Cäsarenschädel, doch um die breiten, geschlossenen Lippen schien ein Lächeln zu spielen. Er hatte eine Vollglatze und nur seitlich über den riesigen Ohren kräuselten sich ein paar Haare. Die Augenschlitze wurden von der gerunzelten Stirn überragt, die Nase hatte in Augenhöhe einen tiefen Einschnitt und war fast so lang wie die Stirn, hoch und enorm breit. Das Kinn war zu kurz für die Proportionen und kragte ebenfalls etwas vor, der Hals war zu dünn.

Er reichte mir die Hand und hielt die schwere Wanne nur mit der linken. Die Hand war groß und stark. Ich schätze, er konnte ein Schwert führen oder einem Mann mit der Faust den Schädel spalten. Er bellte kurz. Es klang wie die Befehle der Feldweibel auf dem Exerzierfeld, aber ich verstand ihn, denn er trat das Tor auf und bedeutete mir mit einer Bewegung seines Quadratschädels, ihm zu folgen.

Einige Steinstufen führten von der Haustür hinab in die dämmerige *Anticamera.* Der Raum war kalt und lag so tief, daß man vor den zwei Fenstern drei Stufen emporsteigen mußte, um auf die Straße zu schauen, und sich draußen tief bücken mußte, um hineinzublicken. Alle Gebäude von Sant'Andrea sind auf einem schmalen Grat errichtet, über dessen Kuppe die Postroute geht. So liegt das Erdgeschoß der Vorderseite der Gebäude bereits unterhalb der Piste, und man sieht, wenn man in der Antikammer am Fenster steht, praktisch nur die Beine der Leute, die sich auf der Straße befinden.

Da stand ich nun und wartete, wie es sich gehört, und die Alte ließ sich Zeit. Benito hatte wortlos die erste Tür zur Linken genommen, vorher etwas gebrummt und mit dem Daumen auf die Flügeltür in der Mitte gedeutet.

Ich schaute mich um. An der rechten Wand standen zwei schwarze Bänke und flankierten die dortige Türe. Zwischen den zwei Türen links wartete ein offener Kasten, in dem die Filzpantoffeln lagen. Gleich beim Eingang stand eine hohe Garderobe und neben der Flügeltür eine schwarze Kommode. Die erste Tür links führt hinab in das Gewirr der Keller und Gänge, die das Gelände unterhalb der zwei Hauptgebäude durchzieht, wie ein Wurzel=Geflecht. Hinter der zweiten Tür links befindet sich die Treppe ins Obergeschoß.

Die Tür rechts aber führt in ein düsteres großes Zimmer – das angebliche Arbeitszimmer des Schriftstellers *Nicolaus Malclavellus,* wo auf großen Stapeln die Buchausgaben seiner Werke liegen, die von der Alten an die Besucher des Hauses verkauft werden.

Ich stellte mein Gepäck ab, hängte den Hut an die Garderobe, ignorierte aber die Pantoffeln. Einem Mann in Filzpantoffeln erweist man keinen Respekt. Mich fröstelte. Wie oft habe ich in den folgenden zwei Monaten in diesem Vorzimmer darauf gewartet, vorgelassen zu werden? An die dreißig Male sicherlich, zumeist mit anderen Besuchern, die eigentlich nur das Haus besichtigen wollten, und etliche Male alleine, für Privat=Audienzen.

Über der Truhe war etwas auf die Wand gezeichnet. Ich trat herzu und besichtigte das Gebilde. „Stammbaum der Machiavelli, gemalt von einem Mitglied der Familie im Jahre 1599" war darunter zu lesen. Ich versuchte den Lebensbaum zu entziffern, aber er begann sieben Generationen vor unserem Malclavellus, und etliche seiner Vorfahren hatten so viele Kinder und Geschwister, daß ich eine Weile klettern mußte, bis ich ihn gefunden hatte.

Er saß ziemlich weit oben im Baum, und ich mußte noch weiter hinauf. Wie es schien, hatte der Stamm sich drei Generationen vor ihm in zwei Arme gespalten, und der kleine Seitenast, den er selber begründet hatte, führte oben links ins Unlesbare. Ich stieg deshalb auf die Truhe, um besser sehen zu können, wanderte mit dem Auge zur Seitenwand und endete nach drei Generationen bei einer gewissen Ippolita.

Der Hinweis elektrisierte mich, denn Herr Anckel hatte mir eingeschärft, darauf zu achten, wie die Verkäuferin in den Besitz der fraglichen Sache gelangt sei. Sie war, wie der Stammbaum zeigte, eine Urenkelin des Verfassers des *Fürsten,* und es lag deshalb nahe, daß sie das Manuskript geerbt hatte.

Ein Räuspern erschreckte mich, so daß ich fast von der Truhe gefallen wäre. Die Frau, die unbemerkt die *Anticamera* betreten hatte, war etwa siebzig bis achtzig Jahre alt, groß, mit einem etwas grauen Gesicht. Das Haar war kurz, gekräuselt, silbrig und erinnerte an ein Schaaf=Fell. Ihr Profil zeigte ein kleines Ohr und eine kräftige Kinnlade, die fortgesetzt etwas zermalmte. Die Stirn stand fast senkrecht über der Hakennase und endete in einem grünen Samtbarett. Der sichtbare Jochbogen war ausgeprägt, das Lid, welches das Auge fast ganz bedeckte, vorgewölbt, was auf ein Glubschauge schließen ließ, und unter der Stirn hatte die Nase einen tiefen Sattel.

Im übrigen war ihr Riechkolben hoch und lang, hatte einen auffallenden Höcker und endete in einer herabhängenden Spitze. Der Oberkiefer wich etwas zurück, als hätte sie keine Zähne mehr, der Mund war fest geschlossen und schmal und das Kinn durch eine tiefe Furche von der Unterlippe abgesetzt und bildete einen Knubbel, dem sich eine Hautfalte anschloß, die irrtümlich als Doppelkinn bezeichnet wird.

Sie war in einen bodenlangen, grauen Gelehrtenmantel gekleidet und hielt sich kerzengerade ohne ein Zeichen von Altersschwäche. Sie war dünn wie ein Strich, ein Gerippe, und auch der Finger, mit dem sie auf mich wies, war dünn wie ein Hühnerknochen. An den Füßen trug sie Pantöffelchen.

„Wer sind Sie? Was wollen Sie von mir?" krächzte sie. Ich überreichte mein Empfehlungsschreiben, das sie, nun unter einem der Fenster stehend, mit großer Sorgfalt prüfte. Das bewies ihre Gerissenheit, und ich beschloß, vorsichtig zu sein. Es ging ihr offensichtlich nicht darum, das wertvolle Manuskript einer renommierten Bibliothek anzuvertrauen, sondern ums Geld. Geldleute lesen gründlicher als Bücherliebhaber. Sie wissen besser als die Schriftsteller, was für Nachteile aus flüchtiger Lektüre entstehen können.

Sie las das Empfehlungsschreiben nicht nur. Sie schnüffelte auch daran, rieb das Papier zwischen Daumen und Zeigefinger, las es abermals und rief:

„Sind Sie Christian Weise? Woher haben Sie diesen Brief? Wer sagt Ihnen, daß ich etwas zu verkaufen habe?"

Sie sprach mit strenger Stimme, wie ein Schulmeister, und während ich noch überlegte, welche Frage ich zuerst beantworten sollte und vor allem, in welcher Sprache, fiel mir auf, daß sie ein exquisites Küchenlatein sprach, das jedem Professor zur Ehre gereicht hätte.

Ich muß gestehen, daß mich das in Erstaunen versetzte. Ich wußte noch nicht, daß es in den humanistisch gebildeten Familien Italiens Tradition war, die wenigen Mädchen, die es an Fleiß, Intelligenz und Wissensdurst mit den Knaben aufnehmen können, so gut zu erziehen wie die Söhne und zuweilen besser und gründlicher als diese, und daß schon Ippolitas Großmutter,

Niccolòs Tochter *Baccina,* eine hervorragende Ausbildung genossen hatte.

Ich stotterte also ein bißchen herum, bis mein Kopf sich daran gewöhnt hatte, mit einer Dame Lateinisch zu sprechen. Mir fiel auf, daß ich nicht einmal wußte, wie man eine Frau auf lateinisch anspricht, aber meine Auskünfte schienen ihr, auch der Form nach, zu genügen, ja mehr noch, sie schien erfreut zu sein, daß ich ihr die Ehre erwies, mit ihr auf lateinisch zu parlieren. Ihre Miene hellte sich jedenfalls etwas auf. Sie öffnete die Flügeltür und ließ mir den Vortritt mit einem geheuchelten: „Schönheit vor Alter!"

DER Raum, den wir betraten, war eine Art Salon mit zwei hohen Fenstern. Dahinter die übliche Landschaft, etwa zwei bis drei italienische Meilen lang. Es gab eine Anrichte, über der ein Portrait hing, einen kleinen Kandelaber. An einer Wand stand ein Bücherregal, in dem ich etliche Lücken bemerkte. Die Alte registrierte meine Beobachtung, deutete auf eine der Leerstellen und krächzte: „Die Geier! Hyänen! Die Familie!"

Ich nickte und ging zu dem Gemälde über der Anrichte. Es zeigte einen weichlichen Mann um die Dreißig mit einer Hakennase und Spitzbart, einfach gekleidet, wie ein Bürger, der es sich leisten kann. Das Bild war offensichtlich eine Allegorie des sozialen Erfolgs durch Fleiß und Staatstreue. Der junge Mann stand vor einer gediegenen Villa, daneben eine geräumige Manufaktur, im Hintergrund eine Plantage, auf der viele Knechte zu sehen waren. Sie wimmelten umher wie die Ameisen.

Neben dem Portraitierten sah man eine ländlich gekleidete junge Frau mit frischen roten Backen und breiten Hüften, vermutlich schwanger, ein Kind auf dem Arm, zwei Kinder an der Schürze. Ihr Blick ruhte verträumt auf der Brut, seiner hingegen wies nach rechts, und wenn man auch nicht sah, wohin er ging, so zeigten doch das energisch vorgestreckte Kinn und der kühne Blick, daß sich hinter seiner Stirn hochfliegende Pläne und patriotische Absichten verbargen. Männer wie er gebieten über Reichtümer, von denen viele gekrönte Häupter von Gottes Gnaden nur träumen können.

„Wer ist das?“ fragte ich.

„Mein Schwiegersohn“, sagte sie bitter. Ich beugte mich herab und übersetzte mir, was auf dem Bilderrahmen stand:

„*Antonio Seristori* heiratete im Jahr 1639 *Cassandra de'Ricci*, Tochter der Ippolita Machiavelli, der letzten Nachkommin des berühmten Niccolò Machiavelli.“

„Er paßt auf, daß nichts wegkommt, und stiehlt selber am meisten“, sagte sie noch ärgerlicher. „Dieser Gauner!“

Ich fand das Bild ziemlich uninteressant, schlecht gemalt. Seine einzige Bedeutung bestand in der Behauptung, daß meine Gastgeberin die letzte Nachkommin Machiavellis sei, und das wußte ich bereits. Immerhin besagte es auch, daß sie eine Tochter und einen Schwiegersohn besaß. Ich sagte also nichts und wackelte nur mit dem Kopf.

„Sprechen Sie italienisch?“ fragte sie plötzlich, als ob ich dann besser verstehen würde, warum die Bücher weg waren und warum Herr Seristori hier an der Wand hing. Ich erinnerte mich an den Rat meines Augspurger Lehrers und antwortete höchst fehlerhaft.

„Na ja“, sagte sie überheblich. „Lernt man *das* bei Ihnen in Deutschland?“

Sie betrachtete wieder mein Empfehlungsschreiben und wechselte halblaut ein paar Worte mit sich selbst. Sie schien mit sich über meinen Auftrag zu sprechen mit ihrem alter Ego, und offensichtlich genügte ihnen der Brief, denn die Alte zog, nach einer ziemlich langen Minute, an der Schelle, deutete auf einen der beiden Sessel neben dem großen Kamin und sagte verbindlich: „Si seca! *Sit down*, please.“ Und italienisch: „Auf diesem Fauteuil hat M am liebsten gesessen.“ Ich stutzte, sie fügte auf deutsch hinzu: „Machiavelli. Ich nenne ihn *M*.“

Wir setzen uns also, ich in meinem besten Audienzstil, die Alte fast lässig. Sie schlug sogar die Beine übereinander, legte den Kopf in die Hand und wirkte auf einmal ziemlich edel. Ein Bauernmädchen betrat den Raum. „Wasser!“ befahl Ippolita, deutete auf mich, und fügte, sanfter, hinzu: „Für mich einen kleinen *Vernaccia* mit Eis.“ Dabei betrachtete sie mich, und es war klar, daß sie prüfen wollte, wie ich reagierte. Ich ließ mir nichts anmerken und wartete auf ihren ersten Zug. Sie wußte, warum ich hier war, und nun war es an ihr, die Partie zu eröffnen. Sie wollte etwas verkaufen. Ob ich kaufen wollte, wußte ich noch nicht.

Der Raum bestand aus dem kalten Kamin, vor dem wir saßen, den zwei Sesseln, einem Tischlein an jeder Seite und einem Eßtisch mit acht Stühlen in der Mitte. Vor den Fenstern war eine große Veranda, am Horizont die üblichen Zypressen, die auf keinem toskanischen Bild fehlen dürfen.

Ich betrachtete den Kamin. Er war so groß, daß man in ihm sitzen konnte – links und rechts. Die Feuerstelle lag auf einer Art Steinbank, darüber eine Eisenstange, von der Ketten herabhingen, in die man die Töpfe einhängen kann. Der Rauchabzug ist so groß, daß ein Mensch hinaufsteigen kann, die Kohlenhexe zum Beispiel, und irgendwo oben hängen im Winter dann auch die Würste und Schinken.

Der Blick der Alten ruhte auf meinem ebenmäßigen Gesicht, meinen seelenvollen Augen mit den langen schwarzen Wimpern, der schmalen Nase, den vollen, geschwungenen Lippen, dem langen, blonden, lockigen Haar. Sie betrachtete auch meine schlanke Gestalt, die schmalen langen Künstlerhände, meine engen Beinkleider, den hohen Kragen, um den ich, wie üblich, eine große Schleife gebunden hatte, meine bequemen Stiefel aus feinem weichen Leder, die Mr Sharp mir zum Abschied in Lucca hatte anfertigen lassen. Seither wandelte ich wie auf Engels Schwingen.

Sie schien zu lächeln, und ihre Stimme war jetzt geschmeidiger. „Ich werde Ihnen etwas anbieten, was Sie noch nie gekostet haben“, sagte sie. „Eine Spezialität des Hauses. Sie werden staunen.“

Der Bauerntrampel trat ein mit dem Wasser für mich und dem Dessertwein für die Alte, die flüsterte der Jungen etwas zu, die verschwand wieder und kehrte sofort zurück mit einem Tablett, auf dem sich einige merkwürdige Gegenstände befanden – eine närrische kleine Schere, mit der man nichts schneiden konnte, ein nutzloses Ding, das ein wenig so aussah wie eine Petroleumslampe ohne Glaszylinder, und ein Teller, auf dem zwei dunkelbraune knorrige Hölzchen lagen, so lang wie meine Hand und so dick wie mein Zeigefinger.

Ich sagte immer noch nichts, aber meine ganze Haltung war ein einziges „Sie haben mich kommen lassen. Zeigen Sie mal endlich, was Sie zu bieten haben“.

Im Gesicht der Alten stand ein diebisches Lächeln. Sie nahm eines der Hölzchen, schnupperte daran, und reichte es mir. Ich schnupperte ebenfalls und erschrak. „Was ist das?“ sagte ich trocken. „Taback“, sagte sie triumphierend, „unsere verrufenen Toscani! Nicht wahr? Ihre Freunde in Deutschland werden Sie sicher gewarnt haben davor. Den Taback bauen wir selber an. Die Zigarren läßt mein Schwiegersohn in einer seiner *Manufacturen* drehen.“

Mir wurde eng ums Herz. Von Taback war nicht die Rede gewesen in Augspurg. Ich spürte einen Schmerz hinterm Brustbein, ich bekam kaum noch Luft, und meine Beine wurden schwer wie Blei. Machiavellis Nachkommin versuchte offensichtlich, mich zum Taback=Rauchen zu verführen, was in Deutschland in allen Ländern bei strengster Strafe verboten ist.

Ich bin ein gesetzestreuer Untertan, habe nie geraucht und auch nie mit Menschen verkehrt, die es gewagt hätten zu rauchen. Außerdem ist es zu teuer für mich. Aber ich kannte die Gerüchte, die man sich über das Rauchen erzählte. Wer damit anfängt, kommt nicht wieder los davon. Er verschwendet sein Vermögen an den blauen Dunst und wird zum Betrüger oder Straßendieb, um sein Laster zu finanzieren.

Er ruiniert sich und seine gesamte Familie, wenn er nicht vorher stirbt, denn das Rauchen führt zur Bleichsucht, zur Gelbsucht und schließlich zum Tod. Raucher sterben früh, und kurz währt ihr Siechtum. Ihre Knochen werden spröde wie Glas, ihre Lungen löchrig wie ein Schwamm, ihr Atem geht röchelnd, und ihre Stimme wird rauh, so daß man einen Raucher auf hundert Schritt Entfernung erkennt. Sein Gehirn zersetzt sich, als hätte er die Syphillis, die Zähne fallen aus, und er verfault bei lebendigem Leibe.

Ich legte deshalb den Stengel zurück und deutete auf einen der anderen Gegenstände:

„Was ist das?"

„Aspetta", sagte sie. Sie nahm die seltsame Schere, deren zwei Klingen gewölbt und an der Spitze verschraubt waren, und schnitt den Stengel durch. *„Hai visto?"* fragte sie mit heiserer Stimme, in der das „h" klang wie unser „ch". Ich nickte wieder. „Und das da?" Sie nahm ein halbes Stengelchen, legte es auf eines der seitlichen Ärmchen der Petroleumlampe, so daß es die Flamme eben berührte, und schon nach wenigen Augenblicken begann der Tabacks=Stengel zu qualmen und zu glühen, und ein starker, beißender Geruch stieg auf und zog mir in die Augen, die sofort zu tränen begannen.

Sie nahm den glühenden Stock, steckte ihn sich mit dem kalten Ende in den Mund, inhalierte heftig und lange, schüttelte sich, hielt die Luft an, und dann entströmte ihren Lippen und ihrer Nase eine große Rauchwolke. Es sah bedrohlich aus, und wenn es keinen anderen Grund gegeben hätte, das Taback=Rauchen zu verbieten, dann sicher den, daß davon eine erhebliche Feuersgefahr ausging, zumal in unseren eng=gebauten deutschen Kleinstädten. In Tuszien mochte es angehen, doch nicht in unseren heimatlichen Häusern mit ihren winzigen, vollgestellten Kammern.

Sie aber sagte nur *„Tenga"*, nahm den anderen qualmenden Tabackstengel, steckte ihn mir ins Maul und sagte munter: „Zieh, du alter Esel!" Sie sagte wirklich „Zieh, du alter Esel!", und sie sagte es noch dazu auf deutsch, was mich unter andern Umständen verwundert hätte, denn da wußte ich noch nicht, daß sie ausgezeichnet deutsch sprach, sogar unseren Luther kannte, ferner französisch und auch griechisch, wenngleich nur das alte.

Ich kam aber nicht dazu, mich zu verwundern, denn ich hatte den Glimmstengel kaum im Mund, als mir eine Tabacks=Wolke in die Lunge kam und ich entsetzlich husten mußte.

Ich hustete jedenfalls entsetzlich, ich hustete mir fast die Lunge aus dem Hals, ich hätte mich erbrochen, wenn mein Magen nicht leer gewesen wäre, und ich dankte unseren weisen deutschen Obrigkeiten, die uns das Rauchen verboten haben. Sie aber saß dabei, gut gelaunt, lachte und rief mehrfach: „Kaff, *darling,* kaff!“ Es dauerte eine Weile, bis ich verstand, daß sie *„cough“* sagte, weil sie auch englisch konnte.

Ich coughte also ein paar Mal, meine Atemwege beruhigten sich, und nach einiger Zeit konnte ich auch wieder an meinem *Toscano* ziehen. Ich tat es vorsichtig, um mich nicht wieder am Rauch zu verschlucken, und der Stoff, aus dem die sogenannte Zigarre bestand, hatte sogar eine belebende Wirkung.

Das Zeug war wirklich nicht übel, das mußte ich zugeben, und ich konnte mir vorstellen, daß es Leute gab, die wirklich nur noch lebten, um zu rauchen. Ich begann, mich eigentümlich leicht zu fühlen, und die Entrückung verstärkte sich mit jedem Zug, den ich tat. In meinem Kopf entwickelte sich eine rauschhafte Benommenheit. Die Schwere erfaßte meinen ganzen Leib, aber sie schmerzte nicht, wie ich es vorausgesehen hatte, sondern hüllte mich in eine gewisse Schläfrigkeit, und meine Seele wurde erfaßt von einer himmlischen Ruhe.

Auch Ippolita hatte inzwischen der seltsame Rausch erfaßt. Sie redete praktisch ohne Unterlaß. Sie sprach von diesem und jenem, sie lobte das Kraut, das wir rauchten, über den grünen Klee und verstieg sich schließlich in eine nicht enden wollende Eloge über die Freuden des Rauchens. Sie redete und redete, während sie qualmte wie ein Schlot, doch ihre Stimme drang an mein Ohr wie durch ein dickes Kopfkissen.

Sie sprach vom Tabackanbau und der Tabackfabrik ihres Schwiegersohnes, vom Taback als Ware als solcher und seinen Renditen, sie pries den Medici=Papst *Pius,* der vor mehr als hundert Jahren die Zisterzienser in der Toskana damit beauftragt habe, diese Taback=Pflanze zu kultiviereren und zu veredeln, sie lobte die wackeren Mönche für ihre rastlose Arbeit auf den Tabakfeldern, die Weitsicht *Cosimos I.,* der jedem Florentiner das Recht eingeräumt habe, Pflanzungen anzulegen, sie schimpfte auf den jetzigen Großherzog, der allen Bauern verbiete, die Ernte frei zu verkaufen, und sie verpflichtet habe, noch das letzte Taback=Blatt abzuliefern, und ihren Schwiegersohn, der es verstanden habe, aus dieser Zwangslage noch einen Profit zu ziehen, in dem er die Aktien der großherzöglichen Monopolverwaltung gekauft habe und dort sogar im Aufsichtsrat sitze.

Ihre Rede war wie ein endloses Gebet. Draußen dämmerte es bereits, der Horizont vor dem Fenster legte sein goldenes Geschmeide an, und die Zofe entzündete die Kerzen, als sie sich meines Empfehlungsschreibens erinnerte. Sie setzte sich steil auf, und ihre Stimme war wieder scharf.

„Aber Sie schlafen ja, während ich mit Ihnen rede. Gehen Sie lieber. Sie können im *Albergaccio* schlafen. Mein Majordomus wird Ihnen Ihr Zimmer zeigen." Zugleich klatschte sie in die Hände.

Auch ich wachte plötzlich auf.

„Aber, aber", sagte ich, „genügt Ihnen mein Empfehlungsschreiben nicht? Ein Wort noch über das Manuskript Ihres Vorfahren, das Sie uns zum Kauf angeboten haben."

„Das habe ich nicht mehr!" stieß sie brüsk hervor. „Meinen Sie, ich würde ewig warten, bis es Ihrem Herzog gefällt, einen seiner Lakeien herzuschicken?"

Ich schwieg, erbost über ihren neuerlichen Stimmungsumschwung. Wenn sie meinte, sie konnte den Preis für ihr Manuskript in die Höhe treiben, indem sie mich beleidigte, dann irrte sie sich.

„Wie Sie meinen", sagte ich deshalb nach kurzem Bedenken. „Ich kann morgen nach Wolfenbüttel zurückfahren, wenn Sie es wünschen."

Sie tat so, als hätte sie meine Drohung nicht bemerkt, und sagte ganz ungerührt:

„Sie könnten auch nichts anfangen mit den Papieren. Sie reisen als Abgesandter einer weltberühmten Bibliothek. Die Aufzeichnungen meines Urgroßvaters sind rein privater Natur, nichts Besonderes. Nur Kraut und Rüben."

Es verblüffte mich, daß sie das Manuskript plötzlich so klein machen wollte. Es war ökonomisch unklug, wenn sie es wirklich nur auf mein Geld abgesehen hatte. Ich ereiferte mich deshalb ein wenig.

„Die Aufzeichnungen eines Genies oder bedeutenden Politikers sind immer etwas Öffentliches", sagte ich ungewollt heftig. „Sie sind etwas Besonderes, auch wenn in ihnen nur davon die Rede ist, was er gegessen und getrunken hat."

„Mag sein“, sagte sie gleichgültig und aus dem Fenster schauend. „Aber ich habe sie nicht mehr.“

Ein Jüngling trat ein, der einen riesigen Kandelaber in der Hand hielt, den er auf den Tisch stellte, und die Alte war wieder einmal verwandelt.

„Mein *Gobbo*“, sagte sie leutselig. „Eigentlich heißt er Giovanni, aber für mich ist er *mein Gobbo.*“ Dabei legte sie ihre Hand auf seinen tatsächlich recht großen Buckel, geleitete ihn zu meinem Sessel und sagte mit gespielter Höflichkeit:

„Signor Weise aus Teutschland. Angeblich ein Dichter und Philosoph. Wußtest du, daß die Teutschen dichten und denken können?“

Sie lachte laut über ihren Witz. Ich ließ mir nichts anmerken, stand auf, reichte Giovanni die Hand und setzte mich wieder, während sie den Schönling auf die Veranda zog.

Dort standen sie eine Weile, gingen auf und ab und sprachen miteinander wie zwei enge Vertraute, und die Art, wie sie zuweilen seinen Arm ergriff, seine Hand an ihren nicht vorhandenen Busen zog, zerstreut in seinem schwarzen, glänzenden Haar fingerte, ihn bei den Schultern faßte, so daß sie sich gegenüber standen und tief ansahen, ließ auf mehr als ein Angstelltenverhältnis schließen. Sie behandelte ihn wie eine Dame von Stand ihren Favoriten.

Die Unterredung, während derer die Alte niemals zu mir hereinschaute, dauerte mindestens eine Viertelstunde. Sie redete und gestikulierte, er blieb fast stumm, regte sich kaum, dann ging er, und sie kehrte in den Salon zurück und nahm unser Gespräch wieder auf, als wäre es nie unterbrochen worden.

„Ohne meine ausführlichen Erläuterungen könnte Ihr Herzog das Zeug gar nicht brauchen“, sagte sie. „Und wer sollte Ihnen die geben? Wer weiß heute noch, wer *Girolamo Riario* war, wie es zum Einfall der Franzosen kam oder wo *Senigallia* liegt? Kein Mensch interessiert sich für eine Schrift, in der lauter unverständliche Dinge stehen. Kommen Sie morgen nach dem zweiten Frühstück in meine Vorlesung. Kommen Sie einfach mit den übrigen Besuchern, dann lernen Sie auch das Haus kennen.

Sie schreiben sich auf, was ich sage, und haben auf diese Weise Gelegenheit, Ihre Aufzeichnungen in einer großen Bibliothek zu deponieren, so daß man Sie vielleicht in dreihundert Jahren noch lesen wird. Die meisten Dichter wären froh, wenn sie als Fußnote zu einem berühmten Zeitgenossen überleben dürften!"

„Ich glaube nicht", sagte ich abweisend, „daß mich das interessieren würde."

„Und wenn doch?"

„Dann würde", sagte ich, „in dreihundert Jahren ein Nachfahre meines Auftraggebers einen Gesandten entsenden, um von einer Nachfahrin Ihrerseits das Manuskript Ihrer beliebten Vorlesungen zu erwerben."

Sie zuckte zusammen, erstaunt über meine Frechheit. Ich nutzte meinen kleinen Vorteil und sagte:

„Nun, es ist jedenfalls schade, daß Sie das Manuskript schon veräußert haben. Es stammt immerhin von einem der berühmtesten Männer aus einer der wichtigsten europäischen Epochen. Wenn mir jetzt jemand mein Zimmer zeigen könnte. Ich bin hungrig und müde."

Sie tat so, als hätte sie meinen Wunsch überhört. Offensichtlich gehörte sie zu den Personen, die sich von einer Niederlage nicht aufhalten lassen.

„Sie meinen", sagte sie, „Sie würden das Manuskript auch erwerben, wenn sein Inhalt gänzlich unbedeutend wäre?"

„Das habe ich nicht gesagt", sagte ich. „Bevor ich das Manuskript nicht gelesen habe, werde ich es bestimmt nicht erwerben."

Sie schwieg einen Augenblick. Dann, mit sich selbst redend, klatschte sie wieder in die Hände. Es herrschte Schweigen, bis der *Gobbo* mit einem kleinen Kasten aus Eschenholz unter dem Arm zurückkam. Er hatte offensichtlich schon zuvor die Order erhalten, das Manuskript herauszusuchen.

Die Alte nahm achtlos den Kasten, stellte ihn auf ihren Beistelltisch und nahm wieder ihre lässige Haltung ein.

„Das sind die Aufzeichnungen meines Urgroßvaters", sagte sie und deutete mit großer Geste auf den hellen Kasten. „Was sind Sie Ihnen wert?"

„Sie sind unverständlich ohne Ihre Erläuterungen", sagte ich spöttisch.

„Die Gebühr für meine Vorlesungen und die Führung", sagte sie, „ist im Preis mit einbegriffen."

Ich nannte einen Preis, der weit unter dem lag, den mir Anckel genannt hatte. Sie kicherte hämisch.

„Sie haben eine lange Reise gemacht", sagte sie. „Da werden Sie kaum unverrichteter Dinge umkehren wollen. Wissen Sie, was ein Esel kostet heutzutage?"

Ich mußte innerlich grinsen. Sie gehörte offensichtlich zu den alten Frauen, denen ein kurzer Handel keinen Spaß machte, so wie den jungen ein kurzer Beischlaf nicht schmeckt. Ich war fest entschlossen, sie zu enttäuschen.

„Gut", sagte ich. „Ich lese das Manuskript, dann sage ich Ihnen, was ich von Ihrem Angebot halte. Ich nehme es am besten gleich mit." Ich stand auf und machte Anstalten, den Kasten zu ergreifen. Sie erhob sich ebenfalls und kam mir zuvor. „Sie kommen morgen in meine Vorlesung", sagte sie mit Bestimmtheit. „Es dauert ein paar Tage, die besten Seiten herauszusuchen. Der Text ist schwer lesbar. Mein *Gobbo* wird sich drum kümmern. Nicht wahr, mein Lieber?" Sie gab ihm das Kästchen, tätschelte wieder seinen Buckel und geleitete ihn zur Tür. Dann, zu mir gewandt, sagte sie:

„Ich werde Sie *Saggio* nennen. *Saggio* heißt Weise. Sie verstehn, nicht wahr? Ein guter Kaufmann zeigt den Gegenstand, den er verkaufen will, von seiner besten Seite. *A domani,* Saggio."

Sie nickte huldvoll, die Flügeltür ging auf, und der Majordomus stand davor, als hätte er die ganze Zeit dort gestanden. Ich war entlassen und ging hinüber in die *Kaschemme.*

Sie sah besser aus, als der Name es befürchten ließ. An einem großen Tisch saß eine schwedische Reisegruppe und aß zu Abend. Es roch nach gebratenen Hühnern, Rosmarin, heißem Öl und angebranntem Knoblauch. Eine dicke Saaltochter brachte eine Schüssel Maisbrei herein.

Ein massiger alter Schwede gab mir Bescheid, aber ich winkte ab. Zu müde. Ich aß noch eine Kleinigkeit, ging früh zu Bett und schlief den Schlaf der Gerechten. Die Sache ließ sich gut an.

POSTSCRIPTUM.

FOLGENDES ist ein Manuskript *Machiavellis* von der Hand seiner Tochter *Baccina,* das ich einige Tage nach meiner Ankunft in Sant'Andrea erhalten und in vierzehn Nächten in mühsamer Kleinarbeit entziffert und alsdann ins Deutsche übertragen habe. Es besteht, wie E.F.G. ersehen werden, aus einer Einleitung seiner Tochter und einer längeren, wie mir scheint autobiographischen Erzählung, die weit in die florentinische Geschichte zurückreicht und mit dem Tod des Medizäer=Fürsten *Lorenzo* endet. Leider erfährt man daraus nur wenig über die Herkunft und die Familienverhältnisse des Autors, und auch was er selber bis zu seinem Amtsantritt als zweiter Sekretär der Staatskanzlei tat, bleibt ungewiß. Dennoch scheint mir der Text nicht uninteressant – zeigt er doch einiges über die Umstände, unter denen der Verfasser so bedeutender Werke wie der REDEN* und des PRINCIPE† seine ersten fünfundzwanzig Lebensjahre verbrachte.

CHR. W., Zittau, den dritten Aprilis anno 1665

* *Über die ersten zehn Bücher des Titus Livius;* auf deutsch auch unter dem Titel *Der Staat* erschienen.

† *Der Fürst.*

In Sant'Andrea in Percussina.

2. Kapitel.

Baccina leitet ein.

Er lag mit Bauchschmerzen im Bett, als die entscheidende Sitzung stattfand, und es war Montag, der zehnte Juni 1527.

Ich hatte den Morgen im Haushalt verbracht. Dem Mann das Frühstück gerichtet und ins Kontor bringen lassen, den kleinen Giuliano gebadet und sauber angezogen, mit der Magd die große Wäsche geglättet, Anweisungen für den Einkauf und das Abendessen gegeben, die Ehefrauen einiger Petenten abgewimmelt, die sich meine Fürsprache bei Giovanni oder Onkel Paolo erhofften – nichts Besonderes: ein kleiner Kredit bei irgendeiner Bank, eine Arbeitsstelle, eine Baugenehmigung, eine Heiratserlaubnis, einen Paß.

Ich hatte getan, was man so tut an einem normalen Vormittag als Hausfrau, Mutter und Gattin eines Kaufmannes und Bankiers aus einer angesehenen Familie, die zwar nicht zu den Großen gehört, doch einen gewissen Einfluß hat.

Paolo de'Ricci, Giovannis Onkel, war im Rathaus, und wir hatten ihm noch eingebläut, für M zu sprechen, aber Onkel Paul war ein Opportunist und Feigling, und ich fürchtete, er werde das Maul nicht aufgekriegen. Ich sollte Recht behalten.

Gegen zwölf Uhr wickelte ich mein Söhnchen in ein leichtes Tuch, setzte ihm das Häubchen auf gegen die Sonne, nahm auch sein Fläschchen mit und lief hinüber ins Oltrarno. Auf den Gassen von San Freddiano herrschte das übliche Gewimmel und Geschrei. Vor Santa Maria del Carmine die deutschen Touristen, die sich die Beine in den Bauch stehen, bis sie endlich rein dürfen, Massaccio glotzen. Nichts deutete darauf hin, daß im Palazzo Vecchio der wiederhergestellte große Rat tagte. Einziger Tagesordnungpunkt: die Wahl des Sekretärs der Zehn. Bekanntester Bewerber: Niccolò M, mein alter Vater.

Auch vor dem Haus in der Via Romana, nicht weit vom Ponte Vecchio und der kleinen Kirche Santa Felicità, deutete nichts darauf hin, daß hier der berüchtigte Verfasser des *Fürstenspiegels* und der *Mandragola* wohnte, der vielleicht in diesem Moment bereits wieder das Amt bekleidete, das er schon einmal inne hatte, als ich noch zur Schule ging – der wichtigste Beamte der Republik. Die rechte Hand des Bannerträgers der Gerechtigkeit. Der Chefberater des florentinischen Staates, auf den doch keiner hörte.

Ich lief eilig durch den Torbogen. Die Küche in meinem Elternhaus geht auf den kleinen Innenhof hinaus. Meine Mutter wandte mir den Rücken zu. Sie bereitete einiges vor für den Andrang der Freunde und Besucher, die bald eintrudeln würden, um zu gratulieren und sich schon mal in Position zu bringen für die nachgeordneten Posten, die neu besetzt werden mußten.

Ich stieg die schmale dunkle Stiege hinauf. Mein Vater lag auf der Seite, als ich sein Zimmer betrat, die Augen geöffnet und blickte zum Fenster. Die Fensterläden waren fast geschlossen zum Schutz vor der grellen Junisonne, und durch den schmalen Spalt fiel ein Lichtstreifen, der sich über den Fußboden hinzog, am Bett hochkletterte, das Kopfende überquerte und als ein kleines Quadrat an der Wand endete.

So kannten wir ihn im Augenblick der Entscheidung. Ohne eine Spur von Hast, fast lethargisch. Nie wäre er nervös herumgelaufen. Womöglich vor der Tür des Ratssaales. Nein, er ging mit Freunden ins Wirtshaus, entspannte sich im Bordell bei etwas Musik, oder er blieb daheim wie an jenem zehnten Juni. Als wollte er sagen: „Ich habe das Meinige getan. Nun ist es Sache des Schicksals, die richtige Entscheidung zu treffen. Die Vernunft spricht für mich. Oder sie läßt es bleiben."

Er drehte sich auf den Rücken und hob den Kopf, als er mich kommen hörte. Giuliano krächzte. M setzte sich auf und ließ sich den Kleinen geben. Ich richtete ihm das Kissen und setzte mich an den Bettrand. Giuliano krabbelte eine Weile auf ihm herum und schlief dann ein.

„Ist die Stadt ruhig?" fragte er. „Sind die Tore offen?"

„Natürlich, warum fragst du?"

„Nur so."

Nur *so* gab es nicht, das wußte jeder. Wenn die Tore tagsüber geschlossen wurden, stand eine Revolte bevor, damit niemand Hilfe von außen holen oder flüchten konnte. Ich hörte deshalb aus seinen Worten eine gewisse Sorge. Jeder fragte sich in jenen Tagen, ob die Ruhe halten würde. Am 26. April hatte das Volk zum ersten Mal rebelliert, weil man dachte, die Medici seien bereits geflüchtet – die berühmten *Freitags-Unruhen,* die sofort ausbrachen, als die deutschen und spanischen Truppen vor F standen und die Medici ihnen entgegenzogen. Michelangelos *David* hatte beim Sturm auf das Rathaus den Arm mit der Wurfschleuder verloren. Nur M, der erst seit vier Tagen wieder in F war, und sein Freund Francesco hatten verhindert, daß alle, die zur Partei der Medici gehörten, gelyncht wurden.

Am 11. Mai traf die Nachricht ein, daß der befürchtete *Sacco di Roma* begonnen hatte. Die Kaiserlichen wüteten wie die Barbaren, vergewaltigten, mordeten, plünderten und fackelten ganze Straßenzüge ab. Der Medici-Papst hatte sich in die Engelsburg gerettet, in Rom regierte das nackte Grauen. Die Reaktion in F erfolgte prompt. Am 16. tagte zum ersten Mal seit fünfzehn Jahren wieder der große Volksrat und wählte Niccolò Capponi, der aus einer republikanischen Familie stammte, zum neuen Bannerträger. Tags drauf mußte Kardinal Passerini mit den zwei unmündigen Bastarden die Stadt verlassen. Die Republik erhielt ihre letzte Chance.

Wir sprachen nicht darüber, und er hatte wohl auch keine Lust dazu. Wenn er das Amt bekam, wartete eine Heidenarbeit auf ihn – die Stadt und das Umland militärisch und politisch zu sichern, das Volk einzustimmen auf eine lange harte Verteidigung. Die Belagerung vielleicht und ungeahnte Koalitionen gegen Florenz, denn notfalls würde der Medici-Papst sich auch mit dem Kaiser verbünden, der ihn eben noch in der Engelsburg gefangen hielt, wenn es darum ging, die Macht seines Clans in Florenz wieder herzustellen.

Wenn er nicht gewählt wurde, war es nur eine Frage der Zeit, bis die Republik unterging, weil die Medici unter dem Schutz der Truppen zurückkehrten, die Fortuna uns im April noch einmal erspart hatte, um ein Marionettenregime von Kaiser Karls Gnaden zu errichten, was drei Jahre später ja auch geschah. Diesmal für immer.

Meine Mutter kam schnaufend die Treppe rauf und fragte, ob sie Zanobi und Luigi einlassen dürfe. M streichelte das Köpfchen des Kleinen. „Aber MM!" sagte er nachsichtig. Wir alle nannten Mona Marietta nur *MM,* so wie wir Vater nur *M* nannten.

Es war keine Frage, ob sie die beiden einlassen durfte. Die zwei waren Freunde seit den Zeiten der *Orti Oricellari.* Ihnen hatte er seinen *Castruccio Castracani* gewidmet, Zanobi auch sein Hauptwerk, die *Reden über die ersten zehn Bücher des Titus Livius.* Aber es war klar, warum MM gefragt hatte. Ihre Leichenbittermiene zeigte, daß sie schlechte Nachrichten brachten. Die stupide Mehrheit der Republikaner hatte über die wenigen Stimmen der Vernunft gesiegt.

ZANOBI und Luigi traten ein, heftig und laut, wie es ihre aufbrausende Art war, und umarmten M, während ich mir den Sessel ins Eckchen rückte, um das Gespräch nicht zu stören und unbemerkt zuhören zu können und mir Notizen zu machen.

Eine Flut von Schmähungen über den großen Rat entfleuchte ihren Lippen. Sie kamen mir vor, wie der alte Platon, der zum Schluß auch nicht mehr unterscheiden mochte zwischen der Dummheit der demokratischen Parlamentarier und den Schrekken der Tyrannei.

Mit dem zweiten Schwung trafen die anderen ein, Lorenzo Strozzi, del Neri, Jacopo Nardi, und steigerten noch den Schmähgesang, aber M blieb kühl, bat nur um einen Schluck Wasser, saß aufgerichtet im Bett, das schlafende Kind im Arm, und keine Spur der Verärgerung konnte ich auf seinem hageren Gesicht erkennen. Ja, die Enttäuschung und Wut der Freunde schien ihn zu amüsieren.

Das Ergebnis der Wahlen war in der Tat deprimierend: Zwölf Stimmen für ihn, aber fünfhundertachtundachtzig dagegen. Gewählt hatten sie statt dessen einen Niemand, der noch zwei Jahre zuvor den Medici als Sekretär der *Acht* gedient hatte – einen Bürokraten von der Sorte, die unter jedem Regime ihren Weg macht. Nur zehn der fast sechshundert Ratsherren hatten sich an der Debatte überhaupt beteiligt. Alle anderen hatten geschwiegen, aus Furcht, sich zu exponieren. Nur einer hatte für M plädiert – Luigi Alamanni.

Die Argumente der neun Ratsherren, die gegen M geredet hatten, waren beschämend. Der erste: M habe die Republik verraten. Er habe ein Gehalt des Papstes erhalten. Er sei ein verkappter Mediceer. Der zweite: M habe stets nur Schlechtes über Florenz und die Florentiner geschrieben, sie als knauserig, dumm, betrügerisch, eitel und feige bezeichnet. Der dritte: Item. In seinen Komödien und seiner Novelle *Belfagor* habe er die ehrenwertesten Bürger in den Schmutz gezogen. Der vierte: Er habe durch seine vielen Reisen ins Ausland verlernt, die Sitten seiner Vaterstadt zu ehren. Der fünfte: Er sei kein guter Italiener, habe stets mit den Bewohnern jenseits der Alpen sympathisiert und sich von den Ausländern bestechen lassen. Der sechste: Man kann ihm nicht trauen. Er ist ein Intellektueller, der sich über alle Welt erhaben dünkt. Das schicke sich nicht für einen Republikaner und guten Demokraten. Der siebte: Er sei ein Mensch ohne eigenen Standpunkt, der alles rechtfertige. Sogar den Tyrannen Cesare Borgia und Castruccio Castracani habe er Gutes nachgesagt. Das möge in der Geschichtsschreibung hingehen, aber nicht in einem hohen Staatsamt. Der achte: Er sei kein guter Florentiner. Er habe Lorenzo de'Medici geraten, ganz Italien unter seinem Banner zu vereinigen. Den Reichen habe er beigebracht, wie man die Armen ausplündern, und den Mediceern, wie man dem Volk die Macht entreißen könne. Der neunte: Er führe ein wüstes, gottloses Leben, sei ein Ehebrecher und Päderast und gehe nie in die Kirche. Sogar über den heiligen Mönch Savonarola habe er sich lustig gemacht.

M hielt die Augen geschlossen, während die Freunde sprachen, und tat so, als würde er schlafen, aber ich wußte, wenn er so tat, lief sein Verstand auf Hochtouren, und während die anderen noch ratlos durcheinander redeten, begann er schon die Informationen zu sortieren und seine Schlüsse aus ihnen zu ziehen.

„Was klagt Ihr, meine Freunde", sagte er einmal. „Die Menschen sind so einfältig und gehorchen so sehr den Bedürfnissen des Augenblicks, daß derjenige, welcher lügt, stets jemanden finden wird, der sich belügen läßt."

Ein anderes Mal, als die Freunde riefen, wie viel die Republik ihm zu verdanken habe und wie er sich für sie fast zu Tode geschunden und wie undankbar es sei, ihn einfach fallen zu lassen, erklärte er lächelnd:

„Aber Ihr wißt doch, wie die Menschen sind – undankbar, wankelmütig, unaufrichtig, heuchlerisch, furchtsam und habgierig. Heute rufen sie: *Es lebe die Republik!* Morgen vielleicht schon wieder: *Palle! Palle!* So lange du ihnen Gutes erweist, sind sie dir völlig ergeben. Kommt die Not aber näher, so begehren sie auf."

Alamanni ereiferte sich, wie er sich im Rat den Mund fusselig geredet habe, und Buondelmonti, der dem Rat nicht angehörte, jedoch von der Empore aus alles mitangehört hatte, sprang ihm bei. M tröstete die beiden: „Die Wenigen bewirken nichts, wenn die Vielen im Staat einen Rückhalt haben."

Zanobi überzeugte das nicht. „Mag sein", rief er, aber eines verstehe ich nicht. Warum ändern sie den Staat, wenn sie sich im gleichen Augenblick des Kopfes berauben, der ihnen als einziger helfen könnte?"

„So weit denken sie nicht", sagte M. „Sie haben den Staat nicht geändert, damit ich nach fünfzehn Jahren Verbannung meinen Posten wieder bekomme. Der Pöbel läßt sich immer nur vom Schein und vom Erfolg mitreißen, und auf der Welt gibt es nur Pöbel. Den Staat haben sie geändert, weil die Medici nicht in der Lage waren, sie vor den Kaiserlichen zu schützen. Jetzt, da die Deutschen in Rom sich den Wanst vollschlagen und ihr Mütchen kühlen, denken sie, die Gefahr sei vorüber und sie bräuchten keinen wie mich, der ihnen Opfer abverlangt. Es ist ein allgemeiner Fehler der Menschen, bei Windstille nicht mit dem Sturm zu rechnen.“

Lorenzo stotterte fast. „Aber dürfen wir den Pöbel so verachten? Sind wir nicht Republikaner und Demokraten?“

„Daß wir die Republik retten wollen“, antwortete M, „heißt nicht, daß wir närrisch oder blind wären. Und daß wir Demokraten sein möchten, heißt nicht, daß es immer möglich wäre. Man kann bei Sturm nicht das Steuer dem Schiffsjungen überlassen und das Großsegel nicht dem Koch. Man muß sich der Menschen nach den Umständen zu bedienen wissen. Wenn wir uns des Pöbels bedienen, um die Medici zu vertreiben, so muß es im richtigen Augenblick geschehen, und wenn die Großen demütig geworden sind und der Pöbel übermütig wird, kann es zweckmäßig sein, seinen Übermut durch die Großen zu zügeln. So hat es vor hundert Jahren schon Messer Rinaldo degli Albizzi ausgedrückt, als er Giovanni de'Medici anbot, die Macht in Florenz zu übernehmen, und erinnert euch daran, wie dieser das Angebot ablehnte, aber nur, um mit Hilfe des Pöbels die Macht um so sicherer zu erringen.“

MINDESTENS zwei Stunden lang palaverten sie so. MM reichte Getränke und eine Kleinigkeit zu essen, und die Herren griffen zu, nur M lehnte ab. Er bat Luigi aber, ihm die Zutaten für eine Medizin zu besorgen, die ich ihm mixen sollte, wenn seine Bauchschmerzen sich nicht bessern sollten. Sie bestand aus einem knappen Dutzend Stoffen wie Safran und Myrrhe und klang ziemlich bitter. Der größte Teil war Aloë. Er hoffe, sagte er, er habe bloß eine Verstopfung, aber dann war es doch etwas Schlimmeres.

Er aß nun doch. Ein paar getrocknete Feigen, die ja auch abführen sollen. Die Freunde waren gegangen, vermutlich zu Tisch, nur mir stand nicht der Sinn nach essen. Ich hatte weiß Gott keine Lust, noch einmal fünfzehn Jahre mit einem Vater zu verbringen, der sich langweilte, weil ihm keiner ein Amt geben wollte – nicht einmal eine Stelle als Hauslehrer, Inspektor der Befestigungsanlagen, städtischer Kurator für Kunst am

Bau oder Universitätsprofessor für Altphilologie und neue Geschichte.

Der bei jeder politischen Katastrophe und bei jedem kleinen oder großen Krieg irgendwo auf der Welt darüber klagte, daß dieser oder jener König, Kaiser, Papst, Herzog und Doge wieder nicht auf ihn gehört habe und einen stundenlang damit langweilte, wie er es besser gemacht hätte.

Seine Tage bei seiner Geliebten, im Wirtshaus beim Kartenspiel, im Theater bei einer frivolen Komödie mit einer Sängerin verbrachte, die ein Dutzend Verehrer hatte. Sich zum Gespött der Stadt machte, weil seine Geliebte ihm die Hörner aufsetzte, und immer mit einem Bein im Gefängnis stand, weil er hochverräterische Reden hielt oder Geschichten schrieb, mit Verschwörern fraß und zechte.

Und warum das alles? Weil sie ihm kein Amt geben wollten. Noch mal fünfzehn Jahre, dann war er zweiundsiebzig. So alt konnte er werden. Mit seiner Energie und Kraft. Denn das war klar: Er hätte sich längst in die Amtstracht des Kanzlers geworfen und sein überlegenes Grinsen aufgesetzt, wenn Luigi im Rat und Zanobi hinter den Kulissen sich an jenem Vormittag durchgesetzt hätten.

Wie sollte es nun weitergehn? Die Stadt hatte sich vollgefressen und ruhte, und nur die Armen, die nichts zu fressen hatten, krochen noch zwischen den Abfällen auf den Marktplätzen herum auf der Suche nach etwas Eßbarem, als er mir mit einer schroffen Bewegung den Kleinen reichte und sagte:

„Geh her, *Baccina,* Mona Marietta soll auf den kleinen Giuliano achtgeben. Rück das Schreibpult neben mein Bett, hol Tinte, und besorg dir drei spitze Federn, denn ich will dir diktieren."

Ich tat, wie mir geheißen.

Er diktierte fast ohne Unterlaß bis in die Abendstunden. Giovanni kam, um mich abzuholen, aber M ließ ihn wegschicken und diktierte. Der Kleine schrie nach mir, aber er herrschte MM an:

„Du siehst, daß ich zu tun habe. Kannst du noch nicht mal mehr auf ein schreiendes Kind aufpassen?"

Nur wenn die Glocke von Santa Felicità ins Zimmer knallte, machte er eine Pause.

„Ich kann nicht denken, wenn ich eine Kirchenglocke höre!"

Es dämmerte schon, als er mich heimschickte und mir befahl, am nächsten Tag nach dem Mittagessen wieder zu kommen. Ich sammelte die losen Blätter vom Fußboden und ging. Er wirkte erleichtert. Hier ist, was er mir an diesem und den folgenden Tagen diktierte.

3. Kapitel.

Machia erzählt.
In der Hand der Medici.

Der Sturm riß eine drei Kilometer breite Schneise der Verwüstung in die Toskana vom adriatischen bis zum etruskischen Meer, als Cosimo Anfang Oktober 1434 zurückkehrte: So lernen es die Kinder in der Schule, so erzählen es die Alten in den Budiken.

Die Natur hatte schon rebelliert, als er verbannt wurde. Über Santa Reparata schwebte eine schwefelgelbe Wolke, die aussah wie eine riesige Tiara, und in San Lorenzo gebar ein Weib ein Kind mit einer Orangenhaut. Die Orangen waren eines der Symbole der Medici, und zwei Päpste haben sie nun auch schon an ihrem Stammbaum hängen.

Man hatte die übliche *Balia** eingesetzt, um ihn zu entmachten – eine beliebte Technik zur Neuordnung des Staates. Man hatte den Pöbel vor dem Palast der Signoria zusammengetrieben und an den Zugängen die Bewaffneten postiert, damit kein Anhänger der Medici an der Abstimmung teilnehmen konnte. Man hatte die Versammlung dreimal gefragt, ob sie das Volk von Florenz sei, und die Versammlung hatte erwartungsgemäß geantwortet.

Sie hatte gerülpst, gefurzt und gebrüllt: „Wir sind das Volk!"

Man hatte sich den Staatsnotstand und die Sonderkommission bestätigen lassen, das Volk in die Kaschemmen geschickt, wo es auf Kosten der Albizzi bis zum nächsten Morgen nach

* Sonderkommission.

Herzenslust saufen durfte, und man war ans Werk gegangen, während das besoffene Volk sich vollgepißt und vollgeschissen hatte.

Man hatte *den Alten* aus seinem Landhaus holen lassen und ihn im Rathaus eingebuchtet, um ihm den Prozeß zu machen. Der Vorwurf lautete, daß seine Bank sich am Krieg gegen Lucca bereichert habe.

Der Vorwurf war albern. Alle großen Clanchefs waren Bankiers, die ihr Geld mit irgendwelchen Kriegen und politischen Katastrophen verdienten. Das war ihr gutes Recht, denn sie trugen auch das finanzielle Risiko für den Unsinn, den die Politiker anrichteten.

Die Bardi zum Beispiel, sollen einst, im vierzehnten Jahrhundert, als Eduard III. von England den *hundertjährigen Krieg* verlor und seine Kredite nicht zurückzahlen konnte, einen großen Teil ihrer Außenstände verloren haben, was freilich nichts daran änderte, daß sie fünfzig Jahre später noch immer oder schon wieder die zweitreichste Familie der Stadt waren, noch vor den Medici, so daß Giovanni es ratsam fand, seinen Sohn Cosimo im Palast der Bardi wohnen zu lassen.

Cosimo aß und trank drei Tage lang nichts, aus Angst, im Gefängnis vergiftet zu werden. Sein Leben verdankte er einem Gefängnisaufseher namens Malvolti und einem *Gonfaloniere* namens Guadagni, die sich von ihm bestechen ließen. Rinaldo von den Albizzi tobte, als der Papst Cosimos Freilassung verlangte, weil er bei ihm in der Kreide stand, und noch auf dem Weg nach Padua ließ er ihn von seinen Banditen überfallen. Cosimo kam davon, doch die Sache war knapp.

Ein Jahr war seither vergangen, und als klar war, daß *der Alte* zurückkommen würde, war die Welt abermals voller Zeichen, wie immer, wenn sich ein epochales Ereignis ankündigt und die Geschichte ihr Mäntelchen in den Wind hängt. Auf dem Mugello segelten die Kühe durch die Lüfte, und in Arezzo rotierte eine Windhose so heftig, daß sie einen Landedelmann, der Giovanni Averardo Jahrzehnte zuvor den Respekt verweigert hatte, in den Himmel hob. Als er zurück fiel zur Erde, hatte der Wind wie ein Fleischwolf ihn in ein Häufchen Gehacktes verwandelt, das niemand identifiziert hätte, wenn sein unversehrter Dolch nicht daneben gelegen wäre.

Vor allem dies Zeichen war von Bedeutung. Noch der tote Clanchef hatte die Macht, sich zu rächen – das war die Botschaft.

Unter Giovanni Averardo di Bicci, der 1429 starb, als Cosimo bereits vierzig war, hatten die Medici erstmals die Führung der Stadt erobert. Als Mitglied diverser Gilden – der Geldwechsler, der Wolle, der Seide und vor allem der Großhändler – war er einer der einflußreichsten Vertreter des Finanz- und Industriekapitals. Als Bankier positionierte er sich in allen Bereichen. Filialen unterhielt er in Neapel, Genf, Brügge, London, Mailand und Avignon, wo bis 1415 einer der drei Päpste residierte.

Er hatte den mächtigsten der drei Gegenpäpste ins Amt gehievt, Johannes XXIII., der das Haus Medici im Gegenzug zum Generaldepositar der apostolischen Kammer ernannte, so daß Giovanni di Bicci fortan eine Provision von drei Prozent auf alle Einnahmen des Papsttums kassierte und auch von den sonstigen Transaktionen des heiligen Stuhls profitierte.

Unter ihm avanzierte das Haus zu einem der drei reichsten Clans der Stadt, der über sechzig Prozent seiner Profite mit Kirchengeschäften machte. Die Gewinne aus den Textilfabriken, dem Tuchhandel und den Bankgeschäften wurden in Immobilien und Agrarbetriebe in ganz Europa investiert. Seit dem konnten eifersüchtige Neider einen Medici an jeden beliebigen Ort Europas verbannen, ohne ihm seinen Einfluß zu nehmen.

Di Bicci war Politiker, Parteiführer und Bankier in einer Person. Drei Mal war er Prior gewesen, und einmal, bereits einundsechszig, hatte er auch das Amt des Bannerträgers auf sich genommen, aber das war nötig, um allen zu zeigen, daß ihm auch die Republik am Herzen lag. Er war Cosimos Vater. Er hatte seinen Ältesten mit einer Contessina di Bardi verheiratet und den Zweitgeborenen mit einer Cavalcanti – ein beliebter Trick, neues Geld, alter Name.

Als Giovanni Averardo starb, hatten die Chefs der anderen Clans geglaubt, sie könnten Cosimo zwingen, den Reichtum der

Stadt wieder mit ihnen zu teilen, wie einst, bevor Giovanni aus Rom zurückkehrte und auch in Florenz eine Bank aufmachte. Der Traum war nun endgültig ausgeträumt.

Am Stadtrand begrüßten Notabeln und Volk den *Alten.* Cosimo saß auf einem Schimmel, dessen schwerer, fast bleierner Glanz gegen das morbide Rot seines Mantels und der Mütze abstach. Sein rechter Arm war ausgestreckt, die geöffnete Hand segnete den klein gewordenen Rinaldo, der das Halfter hielt, um den *Vater des Vaterlands* heimzuführen.

Der hier einritt wie ein Christus in Jerusalem, war kein Stadtbürger mehr, der nur durch Reichtum und diplomatisches Geschick den Platz des *primus inter pares* wieder einnahm. Er war der Fürst, als den ihn die anderen Staaten Italiens, Ferrara vor allem und Venedig, aber auch die ausländischen Mächte, während seiner Verbannung anerkannt hatten, und es war nur seine politische Klugheit, die ihn davon abhielt, sich auch formell zum Fürsten und Alleinherrscher ausrufen zu lassen. Es war noch zu früh dafür. Etwa hundert Jahre zu früh.

Aber schon jetzt stand fest: Die Medici waren unausrottbar. Rinaldo, der ein Jahr zuvor in seiner Verblendung und Dummheit versucht hatte, ihn mit Hilfe des Pöbels zu entmachten, war nicht einfach gescheitert, und sein Plan, die anderen Clans der Oligarchie durch Cosimos Vertreibung wieder an der Macht zu beteiligen, wurde am sechsten Oktober 1434 auch nicht einfach durch seine eigene Entmachtung und Verbannung durchkreuzt.

Seit diesem Tag war die Macht des Clans größer und sicherer als je zuvor. Sie wuchs und wuchs und dauerte an die sechzig Jahre – eine unendliche Zeitspanne in unserer schnell=lebigen Zeit. Die dreißig Jahre, die Cosimo noch zu leben hatte, und die dreißig seines Sohnes Piero, den sie *den Gichtigen* nannten, und seines Enkels Lorenzo, *des Prächtigen.*

So war es, so wird es sein: Der Sturm riß eine drei Kilometer breite Schneise der Verwüstung in die Toskana. So steht es in den Geschichtsbüchern seit fast hundert Jahren, denn so haben es die Höflinge verbreitet – die Schöngeister von der Akademie in Careggi und all die anderen, wie ich selber, die dafür bezahlt werden oder sich eine Vergünstigung erhoffen. Einen Posten oder eine Gnade. Es war ein Spiel – das Spiel von der Geburt des Hauses de'Medici aus dem Geist der Natur des Menschlichen, – und das Haus selbst hatte sein Vergnügen daran. Es gab sogar eine Abbildung davon, eine Kohlezeichnung auf Karton, die sie herzuzeigen pflegten, wenn sie Lust dazu hatten.

Ein de'Medici tat stets nur das, wozu er Lust hatte. Heute habe ich Lust, mir das Büchlein anzuschauen, das du mir gewidmet hast, heute habe ich Lust, dich ein wenig foltern zu lassen, heute habe ich Lust, die Bevölkerung von Prato vor meinen eigenen Augen abschlachten zu lassen, heute habe ich Lust, dir den Auftrag zu geben, meine Familiengeschichte zu schreiben – ganz objektiv, versteht sich, ohne einen von uns zu schonen oder unnötig zu loben.

Also protzten sie manchmal auch mit diesem Karton, den Cosimo angeblich selber gezeichnet hatte, zur Erinnerung an den Beginn seiner Ära.

„Renzo", zeig uns noch einmal die Zeichnung deines Großvaters", riefen die Künstler und Dichter am Hof Lorenzos *des Prächtigen* in der Via Larga, wenn es gemütlich wurde. Und wenn Renzo dann Lust hatte, ließ er den kleinen Karton holen, und alle stürzten sich drauf. Landino mit der dicken Nase fiel vor Verzückung in Ohnmacht, Botticelli leckte an seinem Kopierstift und bat, das Blatt abzeichnen zu dürfen, Poliziano erbot sich, es in einer seiner öden Oden zu bedichten, und Ficino hätte es am liebsten behalten, um über das dargestellte Ereignis einen philosophischen Dialog im Stil Platons zu verfassen.

„Es erinnert mich", rief er ergriffen, „an die berühmte Szene, die wir alle kennen. Aeneas, der seinen Vater aus dem brennenden Troja trägt, um eine neue Stadt zu gründen. Leider starb der alte Anchises, bevor sie nach Rom kamen."

Das Blatt wurde von Hand zu Hand gereicht, und es war alles drauf: Roß und Reiter auf der Höhe von San Gaggio, die Söhne des *Alten* zu seiner Rechten, Symbol der Nachhaltigkeit mediceischer Herrschaft, der unterwürfige Rinaldo, Symbol der politischen Einheit, die üppige junge Mutter mit den zwei Kleinkindern, Symbol der kommenden Blüte, und am Himmel Florenz – das neue Troja. Zu erkennen an den Bergen von Fiesole, an der gigantischen Kuppel von Santa Reparata und den Türmen des Bargello und des Palazzo della Signoria.

Der *Prächtige* nahm es ihm aus der Hand und warf einen flüchtigen Blick darauf, bevor er es an den Pagen weiterreichte. „Nicht übel das Blättchen", schien seine Geste zu sagen, und so war es in der Tat: Rasch hingeworfen, nur nicht koloriert, aber die Farben hatte jemand vorsorglich am Rand notiert: „Kaltes Silbergrau für das Pferd, morbides Rot für die Toga, ein Lichtstreif am Horizont über der Stadt."

Man ließ durchblicken, *der Alte* persönlich habe diese Angaben gemacht, aber man tat bescheiden. „Aber ich bitte Euch, Sandro, ein so unbedeutendes Bildchen abzumalen, ist Eurer nicht würdig. Von Euch wünschte ich mir ein großes Gemälde, das der Nachwelt zeigen würde, worin die Leistung meines Großvaters wirklich besteht. Den immerwährenden Frühling sollt Ihr uns malen, in einem friedlichen Garten, vielleicht mit einem Kentaur, der beschämt tut, weil er von einer Jungfrau gezähmt worden ist, unter einem Schirm aus medizeischen Orangen. Wie findet Ihr die Idee, Sandro, den Strozzi als beschämten Kentaur zu malen und mich als unwiderstehliche Jungfrau, die ihn gezähmt hat?"

Botticelli fiel vor Begeisterung fast in Ohnmacht, raffte die Röcke und schoß wie ein geölter Blitz in sein Atelier, weil er wußte: Am nächsten Tag nach dem Mittagsschlaf würde der *Prächtige* an seine Tür klopfen, um zu schauen, ob die ersten Kartons fertig gezeichnet waren.

So war das am Hofe der Medici, als ich Anfang Zwanzig war, und das dürfte erklären, warum ich dort nie willkommen war – weder bei Lorenzo noch bei seinen unbedeutenden Nachfolgern.

NUN gut, auch ich habe es mitgespielt, dieses Geburtsspiel, weil ich Geld brauchte, und um mich einzuschmeicheln, weil ich hoffte, sie würden mir wieder ein Amt geben, Kardinal Giulio, Kardinal Cibo, Leos Schwager oder sonst wer. Ich habe mich strikt an die Legende gehalten. Du kannst es nachlesen im vierten Kapitel meiner *Florentinischen Geschichten.* Ich kenne sie auswendig, die Stelle, wie alle meine Lügen.

Nicht die kleinen, die vergißt man. Nur die großen, denn in ihnen erkennt man sich.

Die Menschen glauben, es seien ihre ehrlichen Augenblicke und ihre paar guten Taten, in denen sich ihr wahres Wesen widerspiegele. Aber das ist ein Irrtum. Es stimmt nicht. Wer sich selber erkennen will, muß sich zuerst seiner Schandtaten und Gemeinheiten bewußt werden. Ja, wäre Selbsterkenntnis wirklich der Sinn des Lebens, wir hätten keine andere Wahl, als fortgesetzt zu lügen und zu betrügen, zu freveln und infam zu sein.

Selten trug es sich zu, so schrieb ich, *daß ein Bürger, im Triumph von einem Siege zurückkehrend, von seiner Vaterstadt mit so großem Zulauf des Volkes und so großer Liebesbezeugung empfangen wurde, wie Cosimo, aus dem Exil zurückkehrend, empfangen ward. Aus freiem Antrieb grüßte ihn jeder: Wohltäter des Volkes und Vater des Vaterlandes.*

„War es nicht vielleicht doch nur Leichtsinn, daß er dies schrieb?" werdet Ihr fragen. „War sein Fehler vielleicht nur, daß er es unterließ, sich darüber zu unterrichten, wie es wirklich war?"

Sucht nicht nach Entschuldigungen, meine Lieben. Versucht nicht, mich reinzuwaschen. Sagt nicht, so ist das Künstlerleben. Ein Schriftsteller braucht immer einen Mäzen, der ihn alimentiert und seine Werke drucken läßt. Er braucht einen Herrn, der es ihm gestattet, seine Schriften zu verbreiten, und dem muß er ums Maul gehen. Sagt so etwas nicht. Niemand zwang mich, ein Schriftsteller zu werden. Ich hätte ein kleiner Bauer auf dem Gütchen meiner Vorfahren werden können. Aber das wollte ich nicht.

Also mußte ich lügen, denn ich wußte, wie es wirklich war, und schrieb es trotzdem. Mein alter Lehrer erzählte es mir unter dem Siegel der Verschwiegenheit, als er im Sterben lag. Matteo kam von einem Stelldichein in Careggi, als Cosimo *der Alte* die Stadt betrat, und es war nicht bei Sonnenuntergang, sondern tiefschwarze Nacht. Mit kleinem Anhang und ohne Fackeln umrundete er die Stadt und zog durchs Tor bei San Marco, um rasch und unbemerkt in den Palast der Bardi zu gelangen, und er kam weder wie ein triumphierender Cäsar, noch wurde er als der Retter und Einiger der zerstrittenen Parteien empfangen.

Keine üppige junge Mutter legte ihm ihre halbnackten Kinder zu Füßen zum Zeichen der kommenden Blüte, kein Volk begrüßte ihn, glücklich jubelnd über die wieder erlangten Freiheiten, und kein unterwürfiger Rinaldo degli Albizzi führte sein Pferd am Zügel, Bild der zukünftigen Einheit, um ihn persönlich in die Stadt zu geleiten.

Cosimo war viel zu klug, um Aufsehen zu erregen, denn er wußte, solange die Häupter der anderen Clans nicht entmachtet und aufgeknüpft waren, gab es für ihn keine Sicherheit in der Stadt. Auch in der demokratischen Republik kann ein Herrscher erst ruhig schlafen, wenn keiner seiner Gegner mehr am Leben ist, es sei denn, es macht ihn nichts aus, daß er die Macht hergeben muß. Doch so großzügig wird ein Herrscher nur sein, der nie wirklich die Macht hatte.

So gesellte sich die eine Schmeichelei zur nächsten. Den *Alten* lobte ich dafür, daß die halbe Stadt bei ihm in der Kreide stand, was nur ein Beweis dafür war, wie viele er bereits ausgeplündert hatte, und seinen Enkel Giuliano pries ich, weil er einen Bastard namens Giulio gezeugt hatte, der nun unser heiliger Vater ist. „Groß und herrlich waren seine Werke“, schrieb ich an die Adresse unseres Papstes über seinen Vater, „da er Eure Heiligkeit gezeugt hat – ein Werk, wodurch er alle seine Vorfahren hinter sich zurückläßt und mehr Jahrhunderte Nachruhm gewinnen wird, als ihm sein Mißgeschick Jahre an Leben nahm.“

Sag selbst: Was ist großartig daran, daß ein Ehemann zu seiner Geliebten geht und ihr ein Kind macht, das fast zwangsläufig ein päpstlicher Kämmerer, Kardinal und Papst werden muß, weil der geile Bock, der es zeugte, ein Enkel des alten Cosimo war? Mit dem *Mißgeschick* aber meinte ich die Ermordung Giulianos im zarten Alter von siebenundzwanzig, was ja auch eine etwas seltsame Formulierung ist. Seit wann ist eine Ermordung ein Mißgeschick?

Da ich ein Knabe war, saß ich oft auf dem Monte Ulivetto. Ich saß da in meinem faltigen Kleid und zeichnete auf, was ich sah und hörte: die große Stadt auf dem nördlichen Flußufer, umringt von Hügeln, unser kleines *Oltrarno* zu meinen Füßen, dazwischen den Fluß wie eine geschwungene Sichel, die vier Brücken zwischen den ungleichen Stadtteilen, die riesigen Torburgen, das Durcheinander der Häuser, umzäunt von den beiden ovalen Mauerringen, die Fassaden der großen Kirchen, die Paläste der welfischen Partei und der Signoria, die Turmhäuser des Ancien Régime, die den sozialen Stürmen der vergangenen Jahrhunderte getrotzt hatten, die protzigen Prachtbauten der Optimaten, die großen Klöster, die Kampanilen der sechzehn Sprengel, die riesige Kuppel von Santa Reparata.

Ich konnte stundenlang so dasitzen, den Blick auf einen bestimmten Punkt gerichtet – das ist das, das ist das –, und in Gedanken vor die Bauwerke treten, sie aus der Nähe betrachten – und mir vorstellen, daß ich noch drüben über dem Südufer säße und mir beim Betrachten zuschaute, denn ich kannte jedes Bauwerk, jeden Winkel, jede Gasse.

Ich wußte, wem die Häuser gehörten und wie sie eingerichtet waren, karg und ärmlich zumeist, denn in vielen war ich drin gewesen mit dem Vater, der als Notar im Auftrag einer der zahllosen Firmen der Medici bei den Leuten ein- und ausging, um sie auszuplündern – etwas zu pfänden, abzukassieren, anzumahnen, einen Vertrag zu beglaubigen, ein Inventar aufzunehmen oder einen besonders renitenten Schuldner von den Gendarmen abführen zu lassen.

Ich wußte sogar, was man nicht sah, weil der Vater es mir erzählt hatte. Daß unter dem weiten, glatten Platz vor dem Rathaus die Reste der Paläste und Häuser der Ghibellinen lagen, die die Welfen im frühen dreizehnten Jahrhundert besiegt und entmachtet hatten. Daß unter dem Gewirr der Gassen zwischen dem Rathaus und Santa Croce vor tausend Jahren ein großes römisches Theater lag.

Wir schritten die runde Via Torta entlang, und er erklärte mir, daß wir nun auf den Rängen des Theaters stünden, und versuchte, mir Angst zu machen.

„Hier unter uns“, so sprach er, „sitzen sie noch heute, die alten Römer. Sie blicken durch die Löcher in den Schuttbergen, unter denen man die Sitzreihen begraben hat. Sie stieren zu uns herauf durch die Ritzen zwischen den Pflastersteinen, schauen uns unter die Röcke, begaffen unsere nackten Ärsche und freuen sich diebisch über den Unsinn, den wir anstellen, und den ganzen Quatsch, mit dem wir unsere öden Tage verbringen.“

Aber ich bekam keine Angst. Die Vorstellung, daß die alten Römer uns bei der Arbeit zuschauten, machte mir Spaß, und es interessierte mich, wie sie gelebt und ihren Staat organisiert haben mochten. Ob auch damals schon ein Notar mit seinem neugierigen Sohn durch die Stadt ging, nach unten deutete und sagte: „Hier unter uns sitzen sie noch heute, unsere Vorfahren.“

Nein, Angst keine. Wie konnte die Vergangenheit mir Angst machen? Sie lag da wie eine fette Lebedame, die einlädt zum lustvollen Verweilen. Nicht wie die Zukunft, diese Spindeldürre, die nur umherrennt und nicht weiß, wohin. Diese schnelle, nervöse, hektische Jungfrau, die man nicht zu packen kriegt. Die einem schöne Augen macht, mit dem Hintern wackelt, die Brüstchen kühn und voller Versprechungen in die Welt reckt, und wenn du sie besteigen möchtest, dann zieht das Luder den Arsch zurück, weil es nebendran einen anderen Galan entdeckt hat, der vielleicht besser aussieht oder mehr Geld hat.

Die Vergangenheit, wie ich sie sehe, das ist der feste Boden, von dem aus wir versuchen könnten, ein Zipfelchen der kessen Zukunft zu erhaschen. Sie ist die große Lehrmeisterin, in Bücher gebannt, über denen schon mein Vater und seine Freunde – die wenigen Intellektuellen der Stadt – ihre freie Zeit verbrachten. Über die sie redeten, fortgesetzt, wenn sie sich gegenseitig besuchten, auf den Plätzen, wo sie sich fast täglich trafen, in den Gärten der Reichen und Schönen, wo sie ihre geistvollen Symposien veranstalteten. Aus der sie die gültigen Lehren herzuleiten versuchten, mit deren Hilfe sich die Zukunft vielleicht gestalten ließe, wie auch ich es getan habe, mein Leben lang.

Ein bißchen gestalten vielleicht, einen Tritt geben der Zukunft, eine etwas andere Richtung, denn wirklich beeinflussen oder steuern läßt sie sich nicht. Die Zukunft kommt und geht, und sie tut, was sie will. Wir glauben, sie zu steuern, indem wir die Lehren praktisch anwenden, die wir aus der Geschichte ziehen, und wenn wir nach einem halben Jahrhundert zurückschauen, haben wir genau das Gegenteil von dem erreicht, was wir wollten und für richtig hielten.

Der breite, träge Fluß, der aus den Bergen im Osten drängt, gleißte unter den schrägen Strahlen der Nachmittagssonne und sorgte für frische Luft und Sauberkeit. Du kennst Florenz, Baccina: Mal riecht man das Meer, mal die Berge. Allen Schmutz, den die Stadt produziert, leitet der Fluß ins Meer – Küchenabfälle, tote Hunde und manchmal sogar die Leichen. Er ist das ewige Symbol dafür, daß nichts so bleibt, wie es ist. Ständig macht er Platz für neuen Dreck.

Am Eckturm der Südstadt, gleich neben der Torburg von San Freddiano, überquerte ein hohes Wehr den Fluß, mit dicken Palisaden und einem hölzernen Gerüst für die Flußwachen bestückt. Die Kinder balancierten zur Flußmitte, erkletterten die Palisaden, sprangen ins strudelnde Wasser, und besonders mutige lenkten ihre Barke flußabwärts über den Wasserfall. Von dort war den ganzen Sommer über Geschrei zu hören, und in den Jubel der Halbwüchsigen mischte sich das Murren und Schimpfen der Männer, denen sie die Fische vertrieben.

Unterhalb des Wehrs setzte der Fährmann zwei Männer und eine Frau über den Fluß. Noch weiter westlich standen zwei Fischer im flachen Wasser und holten ihre Netze ein. Andere, auch sie fast unbekleidet, klaubten drüben am Nordufer die Fische aus dem Sand. Vor dem Tor bei den Gärten der Ruccellai, das auf den kleinen Hafen hinausgeht, sah ich zwei Gelehrte ins Gespräch vertieft, und ich stellte mir vor, der eine wäre mein Vater. Ein Bauer trieb seinen Esel an der Stadtmauer entlang und bog um das spitze Westwerk. Ein berittener Bote strebte der Porta a Prato zu, vielleicht ein Beamter der Zehn, der die Bereitschaft der Stadtwächter kontrollierte.

Auf den Straßen und Plätzen in der Stadt sah ich nie jemand, wenn ich vom Monte Ulivetti hinunterblickte. Es war nicht möglich, den Schluchten zwischen den Häusern auf den Grund zu sehen, doch über der Doppelstadt lag immer ein dicht gewobener Teppich aus vielen undefinierbaren Geräuschen – ein Klanggewebe, aus dem nur gelegentlich ein eiserner Ton hervorbrach, ein dumpfes Grollen, ein helles Zischen, ein Schrei, das Wiehern eines Pferde oder das Gebimmel einer großen Glokke, denn ständig wurde jemand geboren, gestorben, brach ein Feuer aus, fand eine Messe statt, wurde geheiratet und getauft.

So sind die großen Städte der heutigen Welt: Andauernd geschieht etwas, zumeist etwas Albernes, Banales, und ganz ohne Befehl von oben.

An der hohen Torburg von San Freddiano mit ihrem ummauerten Vorhof, wo die Zöllner und Beamten der Zünfte und die Agenten der Handelsfirmen ihrer Arbeit nachgingen, herrschte Hochbetrieb vom frühen Morgen bis zum Einbruch der Dämmerung. Der Strom der Fußgänger, Wagen, Kolonnen, Reiter, Sänften, Herden, Hirten, Bauern riß nicht ab, denn der Weg nach Pisa ans Meer war die wichtigste Handelsroute zu jener Zeit – wichtiger als die Straße nach Norden, Richtung Bologna, über den unsicheren Apennin und jedenfalls wichtiger als die *Cassia* Richtung Süden, nach Siena und Rom, wo man durch die schreckliche Maremma muß.

Wie die Ameisen zogen sie die Pisana entlang. Tausende waren es vielleicht, die Tag für Tag durch dieses Tor die Stadt betraten und verließen, und einige zehntausend insgesamt. Denn alles Denken und Schaffen diente nur noch dem Handel und der Bereicherung, und nicht einmal die Kunst, die Literatur, die Philosophie brachten irgend etwas hervor, was nicht diesem Zweck diente.

Die Zeit schien stillzustehn, da ich ein Knabe war. Ich hielt es für normal, daß alles so war, wie es war, und wenn ich darüber nachgedacht hätte, hätte ich vermutlich gedacht, daß alle Städte so waren wie mein Florenz. Alle Städte bestanden aus einem gewaltigen Durcheinander von Häusern, einem Palast der Signoria, einem großen Dom, den Palästen der Reichen und Mächtigen und einer unwiderstehlichen Stadtmauer drum herum, die in dreitausend Jahren noch jedem Angreifer widerstehen würde.

Alle lagen an einem Fluß, wurden von vielen, kleinen, bienenfleißigen Menschen bevölkert, die arbeiteten bis zum Umfallen und doch so wenig verdienten, daß es ihnen kaum zum Leben reichte, und einigen Wenigen – vielleicht ein oder fünf Prozent aller Einwohner –, denen fast alles gehörte, die in Pracht und Überfluß lebten, sich bedienen ließen und sich noch dazu für etwas Besseres hielten.

Daß es so war, hätte ich gewußt, wenn man mich drauf aufmerksam gemacht hätte, denn ich stamme aus einer ziemlich armen Familie, und mein Vater, der zum Heer der juristischen Handlanger gehörte, die die Oligarchie benutzte, um ihre Ansprüche zu realisieren, sprach oft darüber, jedoch nur im Hause und nur mit gesenkter Stimme und nur, wenn keiner zuhörte, wie ungerecht die Reichtümer der Welt verteilt seien und wie schnöde Fortuna sei, und auch wenn meine Mutter es ihm stets verwehrte, in solchen Tönen vor uns Kindern zu reden und mit solch aufrührerischen Reden die Gehirne der unschuldigen Geschöpfe zu verwirren, die er in seinem Leichtsinn in die Welt gesetzt hatte – ich glaubte meinem Vater, denn er war zwar arm, aber ein angesehener Gelehrter, der viele Bücher besaß und alles wußte, was man über die Beschaffenheit der Menschen und der Welt wissen sollte.

Nicht nur, wie es dem Heer der Armen ging, wußte er durch seine Tätigkeit. Auch wieviel die Reichen wirklich herauspreßten aus der Stadt und dem Umland, war ihm bekannt, denn er half ihnen ja dabei.

So saß ich da, betrachtete alles mit Wohlgefallen, lobte einen mir unbekannten Schöpfer, der die Welt auf eine zwar unbegreifliche, jedoch schöne Weise gerichtet hatte, und wünschte mir, eines Tages ein großer Philosoph und Gelehrter zu werden, um herauszufinden, warum alles so war, wie es war, und wie man das, was nach Ansicht des Vaters besser anders gewesen wäre, besser machen könnte oder anders.

Die Stadt erschien mir wie ein Juwel in meinem jugendlichen Leichtsinn. Sie leuchtete in Rot- und Ockertönen, und die Mauern glichen einer filigranen Fassung, und es hätte mich nicht verwundert, wenn zwei Engel, wie gemalt vom Fra Angelico, zwischen den hohen Bergen des Apennin flügelschlagend erschienen wären und ein Transparent am Himmel entrollt hätten mit der Inschrift:

Fiorenza.

Es war ein herrlicher Anblick, und wenn ich den Wunsch gehabt hätte, mir etwas zu wünschen, so hätte ich mir vermutlich gewünscht, eines Tages ein großer Condottiere und Fürst zu werden mit einer großen Armee und vielen tapferen Reitern, um meine geliebte *Fiorenza* zu beschützen, denn obwohl in Italien seit fünfundzwanzig Jahren der Friede herrschte, gab es immer noch feindliche Mächte, als ob es eine Illusion sei, daß immer alles so bliebe, wie es gerade war, und so kam es wohl auch, daß ich manchmal davon träumte, eine Armee aufzustellen, denn die Erwachsenen sprachen zwar von den Gefahren, die uns auch in Zukunft wieder drohen könnten, trafen jedoch keine Anstalten, dagegen gewappnet zu sein.

An den Spielen meiner Altersgenossen im Sprengel von Santa Felicità beteiligte ich mich kaum, und so war ich oft heiter, denn wer allein ist, betrachtet die Menschen und Dinge schärfer und wird alle Zeit gut unterhalten. In gewisser Hinsicht war ich heimatlos. Die Häuser der Patrizier waren dem Sohn eines kleinen Urkundsbeamten verschlossen, und die Wohnlöcher der Kleinbürger, Handwerker und Proletarier der Nachbarschaft interessierten mich nicht. Ihre Sitten waren dumm und ungepflegt, ihr Verstand beschränkt, ihr Witz grob, ihr Wissen banal.

Auf meinen Reisen an die Höfe Europas und in meinen Gesprächen mit den erlauchten Regenten des Auslands – ihren Kanzlern, Ministern und Beratern – habe ich häufig festgestellt, welch guten Ruf unsere Humanisten genießen und wie unsere Stadt durch ihr Wirken als die Perle des abendländischen Geisteslebens gilt.

Wenn einer dieser Höflinge nach Florenz käme und mit den Leuten spräche, die im Gewirr der Gassen hinter den Palästen der Oligarchen leben, würde er feststellen, daß neun Zehntel unseres Volkes so ungehobelt, unwissend und dumm sind wie die Bürger irgendeiner Kleinstadt in Frankreich, der Schweiz oder Deutschlands, die ich auf meinen Reisen erlebt habe.

So hockte ich über des Vaters alten Büchern, wenn ich vom Mastro Matteo nach Hause kam, den Kopf voller Rhetorik, Dialektik, Artithemetik, Geometrie und Musik, oder saß in der Loggia auf dem Dach und schaute dem Leben zu, wie es sich von selber ergibt aus Nichts als einigen Bedürfnissen, Hunger, Durst, Geschlechtstrieb, Eigenschaften wie Eitelkeit und Ehrgeiz, Schwatzhaftigkeit, Fleiß und Faulheit, Gefühlen wie Glaube, Neid, Eifersucht, Liebe, Dankbarkeit, Freude, Trauer.

Nichts und niemand scheint die Menschen so auf Trab zu halten wie ein paar Anlagen und Angewohnheiten, die wir alle gemeinsam haben. Niemand muß drüber nachdenken, niemand sich überlegen, was er tun muß, um die Menschen zu einem bestimmten Tun zu verleiten, und alles, worauf ein Geschäftsmann oder ein Hausvater, ein Polizist, ein Prior, ein Minister oder ein Fürst zu achten braucht, um seinen Beruf mit Erfolg auszuüben, ist das sorgfältige Bemühen, die menschlichen Anlagen und Gewohnheiten zu studieren und sich nach ihnen zu richten, aber nicht alle Menschen muß er geistig sezieren. Wenn er einen kennt, kennt er viele.

Gerne jedoch schaute ich zu, wie meine Altersgenossen spielten. Mit roten Köpfen, schwitzend, keuchend und schreiend rannten sie durch die Gassen des Oltrarno, verschwanden in den Höfen, tauchten irgendwo wieder auf, machten kehrt, weil andere sich in den Weg stellten, blieben stehen, verfielen in ratloses Palavern, schubsten sich, machten abermals kehrt, stürzten sich mit Geschrei auf den Gegner, ließen irgendwann, ohne daß man erkannt hätte, warum, voneinander ab, brüllten noch eine Menge Schimpfworte, hoben ihre Verwundeten auf, führten sie hinweg und begaben sich in ihr Ghetto, wo sie den Feldzug erörterten, die Verluste beklagten, ihren Anführer absetzten, bis sie endlich humpelnd und jammernd in die häusliche Arena schlichen, wo sie abermals Geschrei und Prügel erwartete für die zerrissenen Kleidungsstücke und Blessuren, als wären sie ein paar umbrische Duodezfürsten, die am Ende eines sinnlosen Krieges sich vom Heiligen Vater zurechtweisen lassen müssen.

Zweimal im Jahr schien es, als ob sämtliche Straßenjungen von Florenz beschlossen hätten, Randale zu machen. Dann rannten nicht nur die zwei oder drei Fähnchen eines Sechzehntels durch die Gassen. Nein, die Jugend der ganzen Stadt war seit den Morgenstunden auf den Beinen. Sie versammelten sich in Gruppen, wählten neue Anführer, veranstalteten Umzüge, übten Parolen, entsandten Spähtrupps an die Grenzen ihrer Territorien, brüllten ihre Schlachtrufe ins feindliche Gebiet, und einige gerieten sich schon vor dem allgemeinen Krieg in die Haare.

Die Menschen wußten, was sich zusammenbraute. Alle italienischen Stadtbewohner kannten die Instabilität ihrer Gemeinwesen. Besonders erprobt darin waren aber die Florentiner, denn sie duldeten, anders als Lucca, Siena, Forlì, Mantua, Mailand, nie einen Fürsten oder Diktator über sich, nicht einmal in Notzeiten, wie die Römer es getan hatten, und waren deshalb stets gezwungen, ihre Leithammel auf der Straße und mit Gewalt zu küren.

Die Bürger zogen die Mittagspause vor und verlängerten sie etwas, falls der Krieg sich hinziehen sollte. Die Frauen holten die Wäsche herein und machten rasch noch einen kleinen Einkauf, und die Männer sicherten Fenster und Türen und deckten die Brunnen ab. Die Händler verrammelten die Auslagen und brachten die Bänke in Sicherheit, die Waren sowieso, und alles, was beweglich war, wurde beiseite geschafft, falls die Sache außer Kontrolle geraten sollte, was in der Politik immer passieren kann. Man plant eine kleine territoriale Abrundung und hat im Nu den schönsten Weltkrieg.

Es dauerte immer eine Weile, bis der Krawall losging, und in der Zwischenzeit herrschte eine gespannte Stille, und wären nicht die Torburgen geöffnet geblieben, man hätte meinen können, es stünde tatsächlich ein Staatsstreich bevor. Späher huschten durch die leeren Gassen, Kommissäre, die in letzter Minute Koalitionen mit verfeindeten Banden schmiedeten, denn wenn der große Krieg bevorsteht, müssen die kleinen Zwistigkeiten ruhen.

Wenn dann die Kirchen, wie jeden Mittag, geschlossen wurden und an vielen Stellen der Stadt wie auf Kommando ein Schrei ertönte, erhob sich alsbald das Geräusch von vielen tausend nackten Füßen, die im Laufen klatschend auf die großen Pflastersteine schlugen, und der hastige Atem, das Keuchen, die leisen Rufe der Läufer, die Schläge der Stöcke, mit denen sie alles anschlugen, was ein lautes Geräusch zu geben versprach, kurz: Die Attacke schwappte gegen die Fassaden wie ein sonst gemütliches Wasser, das urplötzlich durch ein Unwetter in einen reißenden Bergstrom verwandelt wird und brach sich an den Häusern der Querstraßen.

In die Plätze entlud sich der Ansturm mit dem ohrenbetäubenden Lärm eines Tornados, und sobald von der anderen Seite ebenfalls die Flut zweier oder dreier Straßenbanden in den Platz fiel und auf jene traf, die bereits eingetroffen waren, erhob sich ein hundertstimmiger Schrei über dem Banner, und der blutige Kampf aller gegen alle begann.

Eine Weile verkeilte sich alles, und ich sah ein undurchschaubares Knäuel von Leibern, Armen, Beinen und eine lange Reihe von Momentaufnahmen – ein aufgerissenes Maul, eine blutige Stirn, ein erregtes Augenpaar, eine krallige Hand in einem Haarschopf, einen Knüppel, der auf eine Schulter sauste –, bis sich plötzlich ein Teil der Kämpfer abwandte und weiterstürmte.

Über dem Platz lag dann eine gewisse Stille, während der die Geschlagenen ihre Knochen aufhoben und überlegten, ob sie heimschleichen oder sich erneut sammeln sollten mit den Geschlagenen anderer Fähnlein und weiterkämpfen wie im richtigen Krieg, wo es ja auch Phasen der Ruhe gibt, so daß man meinen könnte, die Schlacht sei bereits geschlagen und alles sei tot, nicht zuletzt wegen der großen Vögel, die noch Wochen nach dem Gemetzel mit ihrem Geschrei und Gekeife sich über die Kadaver hermachen, woraus wir ersehen, daß kein Krieg mit einer Schlacht zu beenden ist.

Wenn die edlen Waffen schweigen, beginnen die Nachhutgefechte der Geier und Leichenfledderer, und oft ist ein Dutzend Schlachten erforderlich, um einen Krieg zu beenden und einen neuen zu beginnen.

Daß aber der Kinderfeldzug noch keinesfalls vorbei war, konnte man hören, weil nach jedem Tumult erneut der Klang der Attacken ertönte, erneut das Geräusch von vielen tausend nackten Füßen, der hastige Atem, das Keuchen, der Ansturm mit dem ohrenbetäubenden Lärm –, nur in einem anderen Sechzehntel, in das ich von meinem Aussichtsturm nicht hineinsehen konnte.

In diesem Augenblick wünschte ich mir jedesmal, einen Flugapparat zu besitzen, wie ihn mein Freund Leonardo für den Valentino* entwarf, als wir im Gefolge des Herzogs durch Italien zogen, denn auf welchen Turm ich stieg, man bekam immer nur einen Teil des Geschehens zu sehen. Ich wußte aber, an vielen Stellen der Stadt brachen die Gefechte aus, bewegten sich konzentrisch auf den Fluß zu, bis die siegreichen Truppen an mehreren Stellen gleichzeitig das Ufer erreichten und entlang der nördlichen Promenade aufeinanderzugingen.

Einzelne Fähnchen überquerten die Brücken – während andere den *Lungarno* und die Bankette als Walstatt benutzten –, um dem Gegner in den Rücken zu fallen. Das war nicht einfach, denn dort standen bereits die Helden der Kämpfe, die in der Zwischenzeit auch in Oltrarno stattgefunden hatten.

So tobten die Gefechte auf den vier Brücken und entlang den zwei Ufern hin und her, und es war klar, was sich in jenen Mittagsstunden ereignete, während die Männer daheim beim Essen saßen oder in den Kaschemmen beim Trinken: Jahrhundertealte Erfahrung mit den unvermeidlichen Binnenkriegen italienischer Städte fand hier ihre unreflektierte Nachahmung.

Es war das Spiel der Konkurrenten, das die florentinische Geschichte bestimmt hat, seit die Stadt sich selber regieren mußte, weil die Kaiser zu schwach geworden waren, über die Apeninnen=Halbinsel zu herrschen, und die Italiener zu schwach, sich einen König zu erwählen, wie andere Völker es taten.

Die Ursache war stets ein Streit um Marktanteile und Märkte,

* Cesare Borgia.

Kunden, Handelplätze, Schatullen, Monopole, Rohstoffe, Konditionen und was das Leben von Kaufleuten und Bankiers ausmacht. Der größere Palast, der feinere Schwager, die schönere Villa, die reichere Bibliothek, der berühmtere Haus=Architekt, die klügere Mätresse, der bessere Schneider, der bessere Haus=Maler, Haus=Komponist, Haus=Philosoph, das prächtigere Mausoleum – denn alles das, was den Ruhm des Kaufmanns erhöht, steigert auch seine Renditen und fördert die Eleganz der Bilanzen.

Was es ist im einzelnen, was dazu beiträgt, hat die Geschichte vergessen. Tief eingegraben ins Gedächtnis=Theater haben sich nur die Ränder der Konflikte, die Kämpfe und Kriege, und auch von ihnen sind nur die groben Konturen sichtbar geblieben.

Mal kämpften die Parteien der Oberschicht gegeneinander, um eine neue Hackordnung zu ermitteln oder einen konkurrierenden Clan ganz auszuschalten, mal focht die Mittelschicht gegen die Oberschicht und mal die Unterschicht gegen beide oder nur eine von beiden.

Keine Schicht war wirklich homogen, und alles war brüchig, da jeder nur seine familiären Interessen verfolgte. Es konnte sein, daß die Oberschicht zerbrach und ein Teil von ihr sich mit der Mittelschicht verbündete, der andere mit der Unterschicht. Die Mittelschicht wollte Oberschicht werden, was sie ja auch schaffte, als Clans wie die Medici im Kampf gegen den welfischen Adel die politische Bühne betraten, und die Unterschicht wollte Mittelschicht werden, weil sich im Schlamm unter ihr Neues regte.

Es kam auch vor, daß eine Partei eine auswärtige Macht zu Hilfe rief – den Papst, der praktisch um die Ecke saß, die Franzosen, die den Hafen von Genua kontrollierten, die Spanier, die ja schon lange in Neapel residierten, oder die Visconti in Mailand.

Der vertikale Kampf war so wichtig wie der horizontale. Sobald ein Clan der Mittelschicht die obere Ebene erklommen hatte, war er strikt dagegen, daß Teile seiner alten sozialen Heimat nachrückten, und das war auch im Interesse der Oberschicht, die den Kreis der Optimaten natürlich klein halten wollte, so daß beide sich stets darin einig waren, daß die jeweilige Unterschicht keinesfalls aufsteigen und an der Macht beteiligt werden dürfe.

Die Zusammensetzung der Schichtungen änderte sich im Laufe der Jahrhunderte, aber auch als der Adel entmachtet war und seine Wohntürme abtragen mußte – und auch als die Mitglieder der Zünfte zur herrschenden Klasse wurden, die bald schon in hohe und niedere Zünfte zerfiel und deshalb ihrerseits zerstritten war –, blieb die Dreiteilung der Bürgerschaft erhalten. Der Kampf ging weiter und wird in tausend Jahren nicht beendet sein, denn da das Volk unter den Gesetzen leben will, die Mächtigen aber die Gesetze nach ihrem Geschmack machen und anwenden, so können sie unmöglich miteinander auskommen.

Hundert Jahre brauchten die Medici, die Ende des zwölften Jahrhunderts vom Mugello am Südrand des Apennin mit Sack und Pack in die Ebene kamen, um in Florenz ihr Glück zu machen, und waren doch nur eine von vielen Konsorterien der *gente nuova,* die sich über den Pöbel zu erheben begannen, als Ubaldo Ruffoli im Jahre 1293 zum ersten *Bannerträger der Gerechtigkeit* gewählt und die Adligen des Rechts beraubt wurden, Mitglieder der *Signoria* zu werden.

Weitere hundert Jahre schon stand der *Palast der Signoria* – das Zentrum der Macht der bürgerlichen Oberklasse – in all seiner imponierenden Größe auf den Ruinen der Adelspaläste, als Giovanni Averardo 1397 aus Rom zurückkehrte, um in Florenz seine erste Bank zu eröffnen.

Zweihundert Jahre einer wechselvollen Geschichte, in denen die *gente nuova* langsam, aber sicher zur Oberschicht aufstiegen, bevor ein Clan aus dieser neuen Schicht begann, sich mit Hilfe eines kunstvollen politischen Spagats seinen eigentümlichen Ruf zu erwerben: die Medici – mit dem einen Bein in der Oberschicht stehend, mit dem anderen auf seiten des *popolo minuto,* des niederen Volks. Ganz deutlich, als einer der ihren, Salvestro de'Medici, den man aus Protest gegen den Terror der Welfen=Partei soeben zum *Bannerträger der* Gerechtigkeit bestimmt hatte, sich für den Rest seines Lebens kompromittierte, indem er die Aufstände der *Ciompi*[*] unterstützte, die Ende 1381 endgültig niedergeschlagen wurden.

Das konnte nicht gutgehen beim ersten Mal, zumal die de' Medici nicht der einzige Clan der Volkspartei waren, der auf diesen Trick verfiel. Aber die Methode des Machterhalts war damit vorgezeichnet – sich tragen zu lassen vom Pöbel und zugleich an der Spitze der Oligarchie zu stehen.

Vor allem der Ciompi=Affäre wegen galten die Medici, die heute niemand mehr zu den *Popolanen*[†] zählt, als politisch unzuverlässig, aber Salvestro war nicht der erste aus ihren Reihen und nicht der einzige Oligarch, der in allen sozialen Schichten wilderte.

An die siebenundzwanzig Prioren[‡] stellte das Haus bis zur großen Pest im Jahr 1348, doch nie nutzten sie ihre Stellung zur Stärkung der Republik. Das große Geld kennt keine Grenzen. Das Wohl des Staates trugen sie stets auf den Lippen, und es gibt keinen Oligarchen, der das nicht tut, doch das eigentliche Ziel war die Ausweitung ihrer Macht durch politische Intrigen und kriminelle Machenschaften.

Nachbarschaftsunruhen, Gewalttätigkeit, Totschlag und Mord warf man den Medici vor. Was wirklich dran war, weiß keiner mehr, und die Strafprozesse gegen sie habe ich auch nicht gezählt. Fünf Todesurteile wurden gefällt allein zwischen 1343 und 1360. Vollstreckt wurde keines, denn das hätte die innere Sicherheit gefährdet. Pack schlägt sich, Pack verträgt sich, und oft reicht schon ein Wink mit dem Henkerseil, um den Staat zu retten.

DER *Alte* hatte ein untrügliches Gespür für die Überzeugungskraft der Zeichen. Als er sich in das Rot der Republik kleidete, schien er zu sagen, daß er bereit sei, sich den bestehenden Regeln zu unterwerfen, und das Volk glaubte ihm, doch

* *Die Schmutzigen,* i.e. die Arbeiter der *Arte della Lana,* also der Zunft der Wollweber.

† Der Volkspartei.

‡ Vorsteher der Zünfte.

tatsächlich diente ihm die Verfassung nur zur Steigerung der Macht seines Hauses. Gut für den Staat ist, was gut ist für die Partei der Medici, das ist bis heute ihre Regel, und wenn es eines Tages gut für die Medici sein sollte, die Republik in ein erbliches Herzogtum umzuwandeln, werden sie sich auch in diese historische Notwendigkeit fügen. Vermutlich dachten die meisten Clanchefs in erster Linie an ihr Haus. Doch keine Familie hatte solchen Erfolg damit wie die Medici.

Das vorige Jahrhundert – die Ära der drei Generationen von Cosimo bis Lorenzo – war die Zeit der großen Zeichen und Bilder, weil die Macht immer neu erobert werden mußte. Alle paar Jahre fand ein *Squittinio** statt, und in jedem Verfahren kam es drauf an, nach außen hin die Regeln der Republik zu wahren und trotzdem die Oberhand zu behalten.

Sobald ein de'Medici starb – Giovanni di Bicci, der alte Cosimo, Piero *der Gichtige,* Lorenzo *der Prächtige* –, stets lauerten die Gegenspieler. Bei jeder größeren innen= oder außenpolitischen Krise witterten die anderen Clans ihre Chance, mußten in die Schranken gewiesen werden, und meistens gelang es ja auch, die Hegemonie des Hauses zu verteidigen.

Das ging nur, indem man sich selbst als Garanten der Freiheit und verfolgte Unschuld darstellte, den innenpolitischen Gegner als Staatsfeind und die Anwendung der Macht als schiere Notwendigkeit. Das überzeugendste Mittel der Selbstdarstellung aber war die Kunst, weil sie dem Ereignis die Aura des Ewigen, Unwiderstehlichen und Unwiderleglichen verlieh und sehr viel weiter und leichter zu verbreiten war als die Schrift, die keiner las, oder die Rede hinter verschlossenen Türen, die man rasch wieder vergaß.

Du kennst das Standbild auf dem Springbrunnen im ersten Hof des Palastes der Medici, das sie von ihrem Hofbildhauer Donatello herstellen ließen, der schon das Grabmal für ihren Gegenpapst geschaffen hatte. Mit ihm feierten sie den Sieg über ihre Gegner nach dem Tod Cosimos.

* Ein kleiner, ausgesuchter Personenkreis ermittelte, welche Namen in einen der diversen ledernen Wahlbeutel kamen, und bestimmte so, wer in ein Amt gewählt werden konnte.

Was zeigt das Standbild? Eine harmlose Dame, die so tut, als wolle sie einem Mann den Kopf abschlagen. Gut: In der rechten Hand trägt sie ein kurzes orientalisches Krummschwert, das gibt Anlaß zur Freude. Alles übrige an der guten Frau aber ist fürsorglich und mütterlich: Das über die schmalen Schultern fallende Kopftuch, das weite faltige unter dem Busen gegürtete Gewand, das den Bauch und die Hüften aufbauscht, als wäre sie schwanger.

Selbst die Art, wie sie den Schopf des Mannes hält, der mit geschlossenen Augen auf den Hieb wartet, hat etwas fraulich Sanftes. Keine wild entschlossene Hand hält mit schmerzhaften Griff sein Haar, damit es nicht in den Nacken fällt. Sie nimmt, wie es scheint, die Mähne des assyrischen Feldherrn gerade eben mit Daumen und Zeigefinger, wie ein Friseur, der eine Haarsträhne aufwickeln möchte, und der Mann, der mit seitlich geneigtem Kopf vor ihr sitzt, wirkt eigentlich nicht wie ein Feind, sondern wie ein alt gewordener Liebhaber, der einsieht, daß er abtreten muß.

So wird bei genauerem Hinsehen das Gegenteil der behaupteten Darstellung deutlich: Den Kopf des Mannes könnte sie keinesfalls abschlagen, ohne sich selber das linke Bein zu amputieren. Die Komposition zeigt eine leere Drohung. Wenn Judith Holofernes wirklich köpfen wollte, müßte sie erst ihre Haltung ändern.

Der Sockeltext verdoppelte die Fiktion noch einmal, indem er behauptet, Holofernes sei von Judith enthauptet worden, obwohl das Haupt, wie man sieht, noch dran ist. „Königreiche stürzen durch ihre Zügellosigkeit", stand da geschrieben. „Freie Städte erheben sich durch ihre Tugend. Betrachte den Nacken des Hochmuts, abgeschlagen von der Hand der Demut." Und dazu, damit jeder wußte, wer gemeint war: „Piero, Sohn des Cosimo, hat das Standbild dieser Frau der Freiheit und Unbeugsamkeit gewidmet, die in der Republik durch den standhaften und beständigen Geist ihrer Bürger entsteht."

Jeder, der den Palast an der Via Larga betrat, konnte es sehen – Ratsherren, Vertreter der Zünfte, Konkurrenten, Notare und andere Dienstboten, Händler, Bittsteller, Kondottieri, Gesandte, Diplomaten, Bischöfe, Kardinäle und ausländische Staatsoberhäupter. Vermutlich war es das, was das Haus seinen Besuchern signalisieren wollte, denn Besucher kamen viele: „Wir sind voller Demut, aber gebt acht. Wir können auch anders. Wir halten das Schwert bereit. Unterschätzt uns nicht."

Der Palast in der Via Larga, den Cosimo von Michelozzo erbauen ließ, als er bereits fünfundfünfzig war, diente als Wohnung, Direktion der Medici=Holding und Parteizentrale und konnte bei Bedarf in eine uneinnehmbare Festung umfunktioniert werden. Nebenbei dienten seine Säle als öffentlicher Versammlungsort, wo auch die politischen Gremien der Republik tagten.

Offiziell blieb der *Palazzo Vecchio* das Zentrum der Staatsangelegenheiten. Dort waltete die Signoria, amtierten die Behörden und Beamten. Faktisch aber war die Via Larga der Ort, wo die Richtlinien der Politik bestimmt wurden, und niemand schien etwas dabei zu finden, daß ein souveräner Staat, der sich theoretisch auf die Macht des Volkes stützte, von einer Bank regiert wurde und die Regierungsgeschäfte in einem Kontor stattfanden.

Der Palast sprengte politisch und architektonisch alle bis dahin bekannten Dimensionen für ein privates Bauwerk. Wer dort wohnte, verzweifelte am Leben, wie Cosimo in seinen letzten Lebensjahren, bekam die Gicht, wie Piero, wurde einsam wie Lorenzo. Cosimo ließ sich durch die Gänge und Säle tragen, wußte nicht recht, wo er war, suchte nach seinem verstorbenen Sohn, seinem toten Enkel und rief verzweifelt: „Viel zu groß ist dieses Haus für eine so kleine Familie."

Protziger als mit diesem Palazzo konnte die Privatisierung des Staates nicht gefeiert werden. Zwei Dutzend Häuser mußten zu seiner Errichtung abgerissen werden. Kein Clan hatte bis dahin gewagt, sich ein so gigantisches Heim zu errichten, das alle anderen Familien beschämen mußte, und noch fünfzig Jahre später hielten die Strozzi es für geboten, ihre eigenen Baupläne dem Prächtigen vorzulegen, um sicherzustellen, daß Medici ihren geplanten Neubau nicht als Affront ansah.

Die Vorlage erfolgte natürlich mit Taktgefühl und Etikette.

„Es wäre mir eine Ehre, lieber Lorenzo, wenn Ihr ein Auge auf unsere Entwürfe werfen würdet. Ihr versteht mehr davon als jeder Architekt. Was rät Euer Haus den Strozzi? Sollen wir es so bauen oder lieber kleiner?"

Lorenzo, dieser Fürst ohne Amt und Titel, schaute kaum hin. Die Welt kreiste nach seinem Willen, ohne daß er viel zu sagen brauchte. Ich sah ihn ein paarmal, wenn er einen seiner karnevalistischen Umzüge veranstaltete. Er saß auf dem Pferd wie auf dem bekannten Gemälde von Gozzoli. Einmal stand er plötzlich vor mir, umgeben von Höflingen, und ich erschrak vor seiner Häßlichkeit. Die Haut gelblich, die Augen klein, die Nase breit und flach, spitz zulaufend und gewölbt wie ein Entenschnabel. Die kantige Kinnlade vorkragend. Tiefe lange Furchen in den eingefallenen Wangen.

Die Szene mit Strozzi hat mir Michelangelo beschrieben. Er war damals vierzehn, erhielt ein Taschengeld von fünf Dukaten im Monat, so viel wie ein Kanzleivorsteher der Signoria, und durfte sich im Palast frei bewegen bei Tag und Nacht. Lorenzo stand in seiner arroganten, schlaksigen Haltung gegen eine Säule gelehnt. Enge farbige Strumpfhose und ein reich gewirktes weites Wams. Weich fiel das leicht gewellte pechschwarze Haar bis unter den Nacken. Die knochige, doch kräftige Hand deutete auf das Erdgeschoß.

Der Plan wies ebenerdig Kolonnaden und Läden aus, die an kleine Kaufleute vermietet werden sollten. Sie gaben dem Haus etwas Plebejisches und sollten seine Bedeutung mindern. „Was sollen die Läden da unten?" fragte er mit seiner schrillen, unangenehmen Stimme. „Sind die großen Strozzi auf Mieteinnahmen angewiesen?" Filippo beeilte sich, seinem Palast auch unten herum das gewünschte Bollwerk zu geben.

Um seinen Ruf zu steigern, nahm Lorenzo es hin, daß der Palast der Strozzi herrschaftlicher geriet als sein eigener. Aber so waren sie. Sie ließen sich nichts schenken. Sie nahmen. Als Ferrante* dem *Gichtigen* anbot, ihn in den erblichen Stand eines Barons zu erheben, antwortete dieser bescheiden:

* Ferdinand I. von Aragonien, König von Neapel.

„Majestät mögen verzeihen. Meine Vorfahren sind seit dreihundert Jahren freie Bürger der freien Republik Florenz, und ich möchte es bleiben. Wenn Ihr etwas für unser Haus zu tun gedenkt, so wendet Euch bitte an einen meiner Bankdirektoren."

Daß nach der Via Larga auch andere Paläste im neuen Stil entstehen mußten, war unvermeidlich. Nicht übertreffen, aber mithalten, war die Parole. Die Stadt war aufgeteilt in Clans, ein unsichtbares Netz, das jeder kannte, doch kein *Gonfalone** war so präsent wie das Sechzehntel von San Lorenzo – eine Stadt in der Stadt. Wer hier lebte, im Schutz des *Palazzo* und der benachbarten Kirche, in der nur die engsten Familienmitglieder bestattet wurden, gehörte zum straff organisierten Konsortium der Medici – der Handwerker, der Händler, der Handlanger, der reiche Patrizier ebenso wie der arme Schlucker.

Von der Via Larga aus durchzogen ihre Kreditlinien die Stadt wie ein Wurzelgeflecht, das bis an die Grenzen der Toskana reichte. Noch an den äußersten Grenzen des *Contado*† hatten sie ihre Klienten, die ihnen mehr schuldeten als nur das Geld – Dankbarkeit, Treue, Gefolgschaft, Verschwiegenheit.

Kein Medici hätte jemals das Rathaus zu betreten brauchen, um zu regieren. Derjenige, der mit ihrer Hilfe in die Lederbeutelchen kam und in ein Amt oder einen der Räte gewählt wurde, vergaß nie, wem er seinen Posten verdankte. Ein de'Medici brauchte nicht zu befehlen. Man fragte ihn, ob das *Haus* irgendwelche Wünsche habe, und er antwortete eher vage, denn jeder wußte, was das Haus wünschte. So erhielt er meist mehr, als er durch eine schroffe Forderung erhalten hätte.

Da ich ein Knabe war, wurde ich, ohne es zu wollen, durch den Palast geführt. Ein Gelehrter, der in der berühmten Bibliothek Cosimos arbeitete, die Lorenzo noch erweitert hatte, war befreundet mit deinem Großvater, und da dieser ein Buch zurückgeben mußte, stand ich eines Tages auch vor diesem Monstrum. An den Straßenseiten waren rundum bequeme steinerne

* Banner.

† Umland.

Sitzbänke angebracht, auch sie ein Symbol der Größe. „Kommt her, ihr Armen und Ausgestoßenen der reichen Stadt Florenz, die ihr mühselig und beladen seid! Niemand soll stehen müssen, der sich unter dem Wappen der Medici befindet."

Wir betraten den Innenhof, und er war voller Menschen, die auf eine Audienz warteten, voller Hoffnung auf ein Empfehlungsschreiben, einen Rat, einen Kredit, eine Mitgift für die Töchter, eine Ehevermittlung, eine Wohnung, ein Stück Pachtland auf einem der medizeischen Güter, einem Posten in einem ihrer Kontore, einer ihrer Tuchfabriken. In der Toskana, in der menschenleeren Weite der Maremma, aber auch drüben auf Sardinien tragen sogar die Schafe die Pillen in der Wolle.*

DRINNEN war es kalt, grau und düster. Manchmal öffnete sich eine Flügeltüre, ein krummes Männchen in einem schwarzen Kittel trat heraus und rief einen Namen. Die schäbigen Amtsdiener, die an kleinen Tischen vor den Audienzsälen dösten, schraken hoch und nahmen den Ruf auf, so daß er weitergetragen wurde bis in den ersten Hof, wo die Bittsteller warteten. Manchmal auch lief ein Bote durch die Gänge und die gewaltige Treppe hinunter. Es war ein ständiges Rufen und Hin= und Hergelaufe, aber die Diener, die in ihren schlichten grauen Kitteln durch die unbeleuchteten Korridore huschten und die Klienten im ersten Hof abholten und in die Audienzsäle begleiteten oder Akten von einem Saal in den nächsten trugen, die Bittsteller, die mit bitterer Miene hinaufstiegen und mit freudigen Gesichtern herauskamen oder umgekehrt, nahmen dem Palast nichts von seiner Unwirklichkeit.

Ich, eingesponnen in meine literarischen Phantasien, entwickelte einen seltsamen Traum. Die Bürodiener in ihren wehenden Kitteln erschienen mir wie die Chimären vor den Toren des Jenseits und die Bittsteller wie die lebenden Toten in Plutos Unterwelten, die ich aus Vaters Vergil kannte.

Es gibt ein Übermaß an unbelebter Weite und geistiger Leere, das den Wunsch aufkeimen läßt, sich in ein Staubkorn zu ver-

* Pillen: Das Wappenzeichen der Medici.

wandeln und bei den anderen Staubkörnern in der Ecke einer Steinstufe Geborgenheit zu suchen. Ins Treppengebäude des Palazzo an der Via Larga hätte mein gewiß nicht kleines Elternhaus an der Via Romana zwei- oder dreimal gepaßt.

Der Vater, der hier schon öfter war, denn er arbeitete ja für eine Firma des Hauses, auch wenn er nur ein winziges Rädchen im Räderwerk des Konsortiums war, schien unbesorgt zu sein. Er plauderte mit dem Freund über das Buch, das er zurückgebracht hatte, grüßte hier und da, und zum ersten Mal merkte ich, daß er nicht nur mein Vater war, den ich liebte und der mir die Welt erklären konnte, sondern daß er auch ein Teil der Wirklichkeit außerhalb meines kleinen Daseins war.

Mir war diese Gegenwelt unheimlich. Allein die Höhe des Raumes versetzte mich in die Angst, nicht eigentlich zu existieren. Jeden Augenblick konnte ein Windstoß mich packen und in die entsetzlichen Tiefen und finsteren Fernen des Weltalls schleudern.

Alle meine Wahrnehmungen schienen sich in Irrtümer zu verwandeln – in Sinnestäuschungen. Die Stimmen der Menschen, die einander riefen, waren laut und doch kaum vernehmbar. Sie stiegen bis hinauf in die Kuppel und regneten auf uns hernieder wie Nebel und herbstlicher Modergeruch. Der Hall ferner, sich nähernder Schritte in den Hallen zerdehnte die Zeit. Die Wände, Decken und Fußböden schienen eine Krümmung aufzuweisen und endeten in seltsamen Spiralen. Die Wanderer in den Gängen lösten sich von den Rändern her auf, mischten sich in das diffuse Licht und hinterließen keine Spuren.

In solchen Hallen wohnten die Götter. Man kann nur solche Götter lieben, die in den Mantelsack passen. Hier aber mußten Riesen wohnen. Ich haßte sie dafür. Ich kam mir klein vor. Ich kam mir vor wie ein Wurm. Wie sollte ich, der arme unbedeutende Nikolaus Schlechtnagel, der nichts hatte und nichts war, mit denen mich messen?

Heute weiß ich, daß ich damals erkannte, ohne es denken oder sagen zu können, was eines Tages aus mir werden würde. Nie, das wußte ich mit einem Schlag, würde mir mehr zukommen, als die übermenschlichen Wesen zu beobachten, die in solchen Götterburgen lebten, nie aber würde ich jemals die Macht und Größe und lieblose leere Pracht der Erscheinung besitzen, die nötig waren, um ihre Schritte zu lenken.

Ihre halbherzigen, eigensüchtigen Pläne zu analysieren, das konnte ich mir herausnehmen – ihre unüberlegten Schachzüge, Großspurigkeiten, Eitelkeiten, ihre Häme und ihren Haß, ihre Gefühllosigkeit und ihre Grausamkeiten zu untersuchen – nie aber ihre Niedrigkeit und Gemeinheit zu mildern oder ins Menschenfreundliche zu wenden.

Die Verwüstungen konnte ich schildern, die sie mit selbstgefälligen, unbedachten Bewegungen anrichteten, die Paradoxie jeder Macht. Nie aber Gelegenheit erhalten, eine sinnvolle Regierung ins Werk zu setzen, wohin ich mich auch wenden und wem ich meine Dienste auch anbieten würde.

Der Freund führte uns auch in die Palastkapelle, wo jeder Gast des Hauses am Morgen betet und am Abend beichtet. Natürlich auch die Familie und die leitenden Angestellten, die praktisch zum Clan gehörten.

Die Kapelle war klein, fast winzig im Vergleich zu den übrigen Palasträumen. Nur der Chor war bemalt, aber kein Heiligenbild schmückte die Wände, kein leidender oder triumphierender Christus, keine Muttergottes. Keine Engel schwirrten am Himmel wie Vogelschwärme, keine fanatischen Israeliten und keine entmenschten römischen Heiden folterten und entleibten irgendeinen Märtyrer, wie es in anderen Gotteshäusern üblich ist. Kein Schaf blökte, kein Esel schrie seine kakophonischen Geräusche in den Raum, kein Hirte bestaunte mit blödem Gesichtsausdruck ein strahlendes Kind und was man sonst noch hinter den Altären mit ansehen muß.

Eigentlich zeigte das Bild nur eine Prozession. So wie einst die Medici, dreihundert Jahre zuvor, von den Höhen des Apennin herabgestiegen waren, um meine Fiorenza zu erobern, zu besteigen, zu schänden, auszuquetschen und den Barbaren aller europäischen Länder zum Mißbrauch vorzuwerfen, näherte sich über Serpentinen von hoch oben, weit hinten, ein langer Zug von Reitern und Fußvolk von einem fast kreisrunden, felsigen Berg herab, verschwand hinter einem Höhenrücken, in einer

Schlucht, einem Hohlweg und ergoß sich ins Tal, so daß es aussah, als wollten sie direkt vor den Betenden entlang die Bühne von links nach rechts überqueren.

Weit dehnte sich rechts die liebliche tuskische Landschaft. Eine Jagdszene auf halber Höhe schuf Ablenkung. Einige sehr hohe Bäume auf astlosem Hochstamm mit Staubwedeln an der Spitze gliederten die Szene vertikal. Hoch oben auf grünen Matten ein wohlgebauter und guterhaltener wehrhafter Palast gab Nachricht davon, daß der Clan schon dort zu den Herrschaften gehört hatte.

Vorweg ritten drei Männer auf kostbar gezäumten Rossen – jene zwei, die den Clan auf den Höhepunkt seines Ruhms geführt hatten, und jener einzige, auf dem die Hoffnungen des Hauses ruhten. Ein Knabe noch. Eine kurze Zeit lang hatten sie gemeinsam in diesem Palast gelebt. Gemeinsam bildeten sie die heiligen drei Könige Cosimo *der Alte,* Piero *der Gichtige,* Lorenzo *der Prächtige.* Wo ritten sie hin? Der Zukunft hinterher. Sie wurde dargestellt von einem hübschen Knaben auf einem Schimmel direkt in der Bildmitte – der Messias gewissermaßen.

Er war der Prächtigste von allen – in ein goldenes Kleid mit einem kostbaren golddurchwirkten Überwurf gekleidet, mit goldenen Sporen an den Füßen und einer großen fürstlichen Krone auf dem Haupt. Er saß auf einem kraftvoll ausschreitenden bläulich schimmernden Schimmel, dessen reichverziertes Zaumzeug mit dem Familien=Wappen keinen Zweifel ließ, wer hier den heiligen drei Königen voranritt: ein kommender engelsgleicher Cosimo. Er war das Jesus=Kind, er würde aus ihrem Samen hervorgehen, der Heiland und Retter von Florenz. Ein Fürst, wie man an der Krone deutlich erkennen konnte. Ein Herzog von Toskana? Ein italienischer König? Egal. Herrlichen Zeiten ritten sie entgegen.

Natürlich war ich damals noch nicht in der Lage, das Wandgemälde richtig zu würdigen, das ein gewisser Gozzolo im Auftrag des alten Cosimo zur Erinnerung an das Konzil von Florenz gemalt hatte. Ich sah nur die Pracht der Gewänder, die Schönheit der Pferde, die große Schar der ebenfalls kostbar gekleideten Dienerschaft und des Gefolges, den seltsam zerklüfteten

Berg, aus dem die Prozession herauskroch wie die Würmer aus einem Schweizer Käse.

Heute weiß ich, was *der Alte* fünf Jahre vor seinem Tod jedem sagen wollte, der die Hauskapelle betrat: Die Heiligen, die Erretter, die allmächtigen Schöpfer des Himmels und der Stadt Florenz sind die drei großen Medici des vorigen Jahrhunderts – alt der eine, gichtig der zweite, prächtig der dritte und eine wahre Strafe Gottes alle drei gemeinsam.

Sag, was du willst, gegen Savonarola. In der Hinsicht müssen wir ihm Recht geben.

DIE Stadt lag voller Leichen, als ich einige Tage später zur *Insel* wollte. Die *Insel* nannten wir die schmale, langgestreckte Wildnis zwischen dem Flüßchen Mugnone und dem Arno außerhalb der Porta a Prato, wo die Medici ihre Reitbahn und das Wildgehege haben. Wo sie aus sicherer Laube den Hirsch abknallen, den man ihnen vor die Flinte treibt.

Hier trafen sich die Liebespaare und schwänzelten über die verschwiegenen Waldwege. Am Eingang, wo die *Cascina** der Medici liegt, standen fliegende Händler, boten Decken an, berauschende Getränke, geröstetes Brot mit Leberpaste, im Erdloch gegartes Wildschwein aus der Maremma, das mit Kräutern gefüllt war und herrlich duftete, dazu warmes Fladenbrot und sauren Wein. Wahrsagerinnen prophezeiten den Liebespaaren ihr Glück und Engelmacherinnen wiesen den Jungfrauen den Weg aus dem Malheur. Aber es gab auch Stände, wo Wäsche verkauft wurde, billiger Modeschmuck, ja sogar Hausrat, denn nichts überzeugt das unschuldige Mädel und die heiratslustige Witwe besser von den ernsthaften Absichten ihres Galans als ein neuer Krauthobel.

Wir Jungens krochen durch das Gestrüpp, wo meistens schon ein paar Spitzel der Dominikaner und alte Männer herumschlichen, und begeisterten uns an den kopulierenden Paaren. Was mich mehr faszinierte, weiß ich nicht: die liebeshungrigen Florentiner oder die Selbstverständlichkeit, mit der sie im verbor-

* Bauernhof, Meierei.

genen jene Dinge trieben, die sie ihren Nachbarn niemals erlaubt hätten.

Ich wußte noch nicht, was vernünftiger war: das Leben als zweigesichtig und abgründig zu verachten und die doppelte Bedeutung jedes Wortes zu beklagen oder ebendiese Unschärfe als Teil der Wirklichkeit zu definieren und deshalb auf ihrer Unverzichtbarkeit zu insistieren.

Priester und Patrizier, ehrwürdige Matronen und bigotte Betschwestern, beleibte Kaufleute und alte Vetteln konnte man beobachten, die sich auf allen vieren wildfremden Rammlern hingaben. Am meisten aber faszinierten uns die hübschen jungen Kerle in Frauenkleidern. Sie waren die Paradiesvögel der *Insel.* Mit abenteuerlichen Perücken, bunt geschminkt, in karnevalesken Bekleidungen tanzten sie ausgelassen über die Lichtungen, wo meistens ein paar Musiker aufspielten, ein Feuerchen brannte und eine lüsterne Meute sich von den bizarren Bewegungen und Bockssprüngen der Hermaphroditen und Satyriker animieren ließ, ihnen hinter Hecken auf kostbaren Tüchern oder in rasch aufgeschlagenen Zelten beizuwohnen.

An diesem Sonntagnachmittag war alles anders. Es war der berühmte 26. April 1478, der als Tag des Aufstands der Pazzi in den Büchern steht und über den mehr Halbheiten verbreitet werden als über sonst ein Ereignis der Zeitgeschichte. Der Vater saß in der Wohnstube über seinen Büchern, die Mutter hockte in der Küche, die Hände in der gestärkten Sonntagsschürze, und lauschte dem Priester.

Ich trat aus dem Torbogen und wunderte mich. Der Himmel blaute, die Sonne schien, die Luft war mild, doch die Straße war menschenleer.

Keine gutgekleideten Kleinbürger, die ihre rausgeputzten Kinder ausführten, keine Kurtisanen in offener Kalesche auf der Pirsch, kein beleibter Juwelier, der durch die Gassen schnaufte, im Schlepptau die hochgeschlossene Hausfrau, die einen Schwarm Töchter vor sich hertrieb, die alle einen Mann brauchten, keine Gecken, die die silbernen Knöpfe der Metzger und Bäcker, Hut= und Schuhmacher zählten, um rauszukriegen, wo eine einigermaßen stattliche Mitgift zu erwarten war, keine kleinen Humanisten, die stoisch stadteinwärts stolzierten und die Auslegung einer Zeile Petrarcas disputierten.

Ich war kaum einige Schritte gelaufen, als mir hastig ein Bürger mit seinen beiden halbwüchsigen Söhnen entgegenkam. Ihre Kleider waren verrissen, und ihre Gesichter bluteten, als hätte jemand ihnen eine tüchtige Abreibung verpaßt. Die Knaben schluchzten, der Mann wandte sich um. Sein Mund war zu einem Schrei geformt, doch er flüsterte fast, als er die zwei Söhne zur Eile antrieb. Die Gefahr war offensichtlich noch nicht vorüber.

Die erste Leiche lag am Lungarno neben der *alten Brücke,* keine zweihundert Fuß von hier, wo ich jetzt liege und dir diktiere. Zwei Männer aus der Nachbarschaft beugten sich über ein Menschen=Bündel, betasteten es, richteten sich auf, und der eine, den wir Bartel nannten, sprach: „Mein Gott, es ist der junge Nikolaus von den Machiavelli!"

Einen Moment lang glaubte auch ich, mich selber zu sehen. Der Tote trug das Wams, das Mia Mea mir zu Ostern genäht hatte. Es war leuchtend blau, und das eingestickte Wappen auf der Brust zeigte das Symbol, dem wir unseren Namen verdanken: das gleichseitige Kreuz, in dessen Winkeln die vier großen Nägel stecken – die *Malclavelli,* die *schlechten Nägel.*

Aber dann begriff ich die Verwechslung. Zwei Tage zuvor auf dem Heimweg hatten wir die Überzieher getauscht, der Knabe, der jetzt tot war, und ich, zum Spaß, um Anstoß zu erregen. Als gäbe es nicht die Erbfeindschaft zwischen den zwei Parteien, mit denen wir irgendwie verbandelt waren – er durch Familienbande und ich durch die Tätigkeit meines Vaters. Lächerlich lose erschien sie uns, diese Verbandelung, und wirkte doch so stark, daß die Leute sich die Mäuler verbogen, wenn sie uns gemeinsam auf dem Schulweg sahen.

Es war der kleine Jacopo, mit dem ich bei Maestro Matteo den Donatello studierte. Seine Mutter war eine entfernte Verwandte der Pazzi, und auf einmal wußte ich auch, wer die zwei Knaben waren, die kurz zuvor die Via Romana passiert hatten: Die zwei waren seine älteren Brüder, und der Mann, der sie führte, war nicht ihr Vater gewesen, sondern jemand, der sie in Sicherheit bringen wollte. Er war von den Mördern am Fuß der Arno=Brücke angegriffen worden, hatte die drei Knaben verteidigt, so gut es ging, und den Toten schließlich zurückgelassen, um wenigstens die zwei anderen zu retten.

In der ganzen Stadt spielten sich solche Schreckensszenen ab. Verrückter als die Verrückten, so raste der trunkene Pöbel durch die Stadt: in den Händen Spieße, auf denen abgetrennte Köpfe, Arme und Beine steckten. Selber blutverschmiert. „Pillen! Pillen!" grölend. Die Kleider der Erschlagenen fleddernd. Immer wieder Flüchtende, verfolgt von einem blindwütigen, aufgehetzten Mob, der sich den Medici andiente, indem er jeden, der irgendwie nach Pazzi roch, stellte, zusammenschlug, entkleidete und durch die Gassen schleifte.

Man liest in den Chroniken von spontanen Ausschreitungen gegen Klienten und Anhänger der Pazzi und ausufernden Sympathie=Kundgebungen des sonst so gesitteten Volkes von Florenz zugunsten der schwer getroffenen Medici. Aber kein Funktionär des herrschenden Clans, keiner seiner Parteigänger, kein Regierungsbeamter, kein Polizist gebot dem Wüten und Morden Einhalt – am wenigsten der Clanchef selber.

Kein Chef einer der anderen Konsorterier stand auf zum Schutz der Pazzi, um ihre Ausrottung zu verhindern. Alle, auch jene, die Medici unfreundlich gesinnt waren, bangten um ihre Beteiligung an der Macht, bangten um ihre eigenen Geschäfte, fürchteten, für Anhänger der Besiegten gehalten zu werden.

Ich selber habe bis heute nicht gewagt zu schreiben, was in jenen Tagen wirklich geschah: Das Gesetz war ausgeschaltet, des gemeinsten Rechtsbruchs brüstete sich die zivilisierteste Stadt Europas, und in ihren beschaulichen Gassen tobte archaische Rachelust gepaart mit Blutdurst und purem Sadismus.

Drei Tage dauerte das Massaker. Überall brannte es, wurden Wohnhäuser, Lager, Fabriken, Kapellen, Kirchen, Gräber, Paläste, Gärten gestürmt und verwüstet, und nicht immer traf es nur die Parteigänger des politischen Gegners. Wer einen Nachbarn nicht leiden konnte, wer einen lästigen Gläubiger hatte, wer mit jemand im Streit lag, erinnerte sich plötzlich daran, daß jener sich freundlich über die alten Widersacher der Medici oder unfreundlich über diese geäußert hatte, trommelte ein paar Freunde zusammen und fiel über den Betreffenden her. Man schätzt, daß auf die Weise mindestens achtzig Bürger hingemeuchelt wurden, die nichts mit der Verschwörung zu tun hatten.

Von den Pazzi und ihren Parteigängern entkamen nur wenige Männer, und wer nicht in den ersten Tagen starb, verkam in den Kerkern. Zu den wenigen Ausnahmen gehörte Guglielmo de'Pazzi, der mit einer Schwester des Prächtigen verheiratet war und mit dessen gnädiger Erlaubnis im Palast der Medici Zuflucht fand.

Es war die Stunde der Porträtisten. In jedem Kuhdorf hingen die Steckbriefe. Argwöhnisch beäugten die Dörfler der Toskana jeden Fremden, verglichen sein Gesicht mit den Phantom=Bildern. Wer einem Gesuchten irgendwie ähnelte, wurde von den Bauern zumeist an Ort und Stelle umgebracht, es sei denn, Lorenzo wollte ihn lebend. Alle italienischen Staaten und die angrenzenden ausländischen Mächte erhielten Schreiben der Signoria, warum es im höchsten Staatsinteresse sei, sämtliche subversiven Elemente zu verfolgen, und alle Staaten lieferten aus. Eine Ausnahme bildeten nur das Königreich Neapel und der Kirchenstaat.

Wochenlang lag in der Luft der süßliche Duft der Leichen, die in den Kloaken und an den Flußufern vermoderten, und der Gestank der abgefackelten Gebäude hing in den Kleidern, zog in die Häuser und Paläste, kroch in Vorhänge und Teppiche und erinnerte daran, wie es war, wenn Judith wirklich einmal böse wurde.

Am ekelhaftesten stank es am Rathaus, wo man die Anführer der Verschwörung in den Fenstern im ersten Stockwerk aufgehängt hatte – Francesco Salviati, Erzbischof von Pisa, Franceschino, Leiter der römischen Filiale der Pazzi=Bank, und etliche andere.

Als die Leichen zu zerfallen begannen und die stinkenden Fetzen den Leuten auf die Köpfe fielen, hängte man sie ab und warf sie in den Fluß. Das war die Stunde Botticellis, der drei Staaten ohne Anstand überstand: die Diktatur der Medici, die

Theokratie Savonarolas und die bürgerliche Republik Soderinis. Meisterlich wie stets malte er die Kadaver auf die Rathaus=Fassade, kopfüber, mit Strick und Schatten, so täuschend echt, daß man nicht sagen konnte, ob die Attentäter nicht noch immer dort hingen, wo man sie am 26. April aus dem Fenster gehängt hatte.

So diente er noch in seinem makabersten Kunstwerk dem Ruhm seiner Mäzene. Was aber war der Hintergrund dieses Gemetzels?

DER Bürgerkrieg ist wie der allgemeine Krieg ein Feuerchen, auf dem viele ihr Süppchen kochen, und es wäre falsch, zu behaupten, daß immer nur eine Seite daran interessiert wäre. Häufig ist das Interesse der angegriffenen Partei, die sich als Opfer geriert, sogar größer als das des Angreifers, dem oft nichts anderes übrig bleibt als anzugreifen, um seine Haut zu retten.

Schauen wir also in den Suppentopf, in dem der *Aufstand der Pazzi* schwimmt wie ein zartes Huhn in einer aparten Gemüse=Brühe, und picken uns die feinsten Bröckchen heraus, um sie aus der Nähe zu betrachten, denn da die Konflikte der Menschen sich seit Jahrtausenden ähneln, ist ein Krieg so gut wie der andere, um das Wesen der öffentlichen Angelegenheiten zu studieren.

ERSTENS: Die Pazzi. Erfolgreiche Bankiers. Stachen durch Reichtum und Ansehen aus allen anderen Familien hervor. Hatten in Florenz schon seit Jahrhunderten eine wichtige Rolle gespielt und waren an vielen Fehden und Verschwörungen beteiligt gewesen. Waren ihrer Tradition nach eher aristokratisch, provozierten durch anmaßendes und arrogantes Auftreten und waren beim Volk deshalb nicht sonderlich beliebt. Von Jacopo, dem Patriarchen des Clans, hieß es, daß er, wenn man nicht tat, was er sagte, unmäßig geflucht habe, und noch mit siebzig soll er einem jungen Spund aus gutem Hause mit dem Schwert den blanken Hintern versohlt haben.

So mächtig waren die Pazzi, daß Cosimo seine Enkelin

Bianca mit Guglielmo de'Pazzi, einem Neffen Jacopos, verheiratete, um die zwei Clans zu verbünden, aber vermutlich hatte dabei seine Schwiegertochter ein Wörtchen mitzureden, eine Tornabuoni, denn sie war es auch, die extra nach Rom fuhr, um die Zukünftige ihres Sohnes Lorenzo zu begutachten.

„Ihre Brüste sah ich nicht, da die römischen Mädchen die Sitte haben, ihre Brust zu verhüllen, aber sie scheint gut gebaut zu sein, wenn auch nicht so attraktiv wie unsere drei Töchter", schrieb sie in einem Brief an ihren Mann, der seiner Gicht wegen nicht mitgefahren war.

ZWEITENS: Das Verhältnis Medici/Pazzi. Die zwei Clans waren seit dem vierzehnten Jahrhundert einerseits Antipoden, andererseits Verbündete wegen ihrer Außenseiterstellung, da beide Familien der neuen Oberschicht suspekt waren. Die Pazzi wegen ihrer Herkunft aus der Nobilität und ihrer schlechten Manieren, die Medici wegen ihres Aufsteiger=Status.

Seit *dem Prächtigen* war das Verhältnis kritisch. Das Bankhaus Medici war in einer schwierigen finanziellen Lage, als *der Gichtige* starb, während die Pazzi=Bank boomte. Verschiedene Medici=Filialen hatten bereits Konkurs gemacht. Lorenzo regierte, propagandistisch geschickt, durch massiven Stimmenkauf, indem er das Volk zu blenden versuchte – protzige Hofhaltung, Mäzenatentum, große Bauvorhaben, prächtige Umzüge, Bestechungsgelder, Subsidien. Das sicherte die Macht, vergrößerte aber die finanziellen Probleme des Hauses.

Als Lorenzo begann, seinen Regierungsstil zu finanzieren, indem er in die Staatskasse griff und, als diese ebenfalls schwachbrüstig wurde, an der Steuerschraube drehte, entstand Unmut in der Oligarchie.

Die meisten schluckten seine Mißwirtschaft, um ihre Position im Machtkartell nicht zu gefährden. Nicht so die Pazzi. Vor allem Francesco, der junge, dynamische Chef ihres römischen Bankhauses, muckte auf. Er verachtete Lorenzo wegen seiner geschäftlichen Unfähigkeit. Unverhohlen forderte er eine stärkere Beteiligung am politischen Machtapparat, um die Steuerbelastung zu mindern und den drohenden Staatsbankrott abzuwenden. Lorenzo begann also, die Vertreter des Pazzi=Clans von wichtigen Ämtern und Missionen auszuschließen, indem er behauptete, sie seien beim Volk zu unbeliebt, was den Unmut noch steigerte.

DRITTENS: Papst Sixtus IV. und Graf Girolamo. Am 9. April 1471 wählte das Konklave den Kardinal Francesco della Rovere aus Ligurien zum neuen Papst. Er stammte aus verarmtem Adel und war ein Kompromißkandidat. Als Franziskaner war er nicht per se der Wunschkandidat der Medici, die die Dominikaner sponserten. Seinen Geldbedarf deckte Sixtus unter anderem durch den Verkauf von Titeln und Ämtern. So verkaufte er an die dreißig Kardinalshüte, das Stück zu dreißigtausend Gulden. Die Hausmacht schuf er sich, indem er Schlüsselpositionen mit Verwandten besetzte. Sechs Neffen ernannte er zu Kardinälen.

Sein größtes Verdienst aber war der Versuch, den Kirchenstaat nach Norden auszudehnen. Zu diesem Zweck kaufte er die strategisch wichtige Grafschaft Imola für vierzigtausend Dukaten und übergab sie seinem Neffen Girolamo Riario. Graf Girolamo war auch Generalkapitän der päpstlichen Truppen und der eigentliche Herrscher in Rom. Der Verkäufer von Imola war Galeazzo Maria Sforza, der Herzog von Mailand, der auch seine eben zehnjährige Tochter Caterina mit dem zwanzig Jahre älteren Grafen verlobte, bevor er selber an fünfzehn Stichwunden starb.

So beliebt war Girolamo in Italien, daß einige Dutzend Attentate auf ihn verübt wurden, bis ein Mordkommando der Medici schließlich Erfolg hatte. Ich erwähne das, weil er der Drahtzieher des Pazzi=Aufstands war.

VIERTENS: Der Verkauf von Imola. Lorenzo reiste noch im Frühjahr 1471 nach Rom, um seine Kontakte zum heiligen Stuhl zu erneuern. Er wurde von Sixtus freundlich empfangen und als Depositar der päpstlichen Kammer bestätigt. Medici war damit abermals die Hausbank des Vatikans.

Das Verhältnis zwischen den beiden verschlechterte sich jedoch bald, als Sixtus einen Kredit beantragte, um Imola zu kaufen. Lorenzo vermutete, nicht zu Unrecht übrigens, daß Sixtus ihn östlich umklammern und die florentinischen Handelswege nach Norden blockieren wollte. Daß Sixtus und Girolamo es im Grunde auf die Toskana abgesehen hatten, zeigte sich auch, als Sixtus einen weiteren Neffen, Pietro Riario, gegen Lorenzos Willen zum Erzbischof von Florenz ernannte. Lorenzo lehnte das Kreditgesuch deshalb ab und hintertrieb auch, daß andere Banken dem Papst Geld liehen.

Das war natürlich eine enorme Insubordination eines Bankiers gegen einen Papst und konnte nicht ohne Revanche bleiben. Als erstes entzog Sixtus dem Bankhaus Medici die Verwaltung der vatikanischen Konten, lieh sich das Geld bei der Pazzi=Bank und ernannte diese zum Depositar der päpstlichen Kammer. Das Verhältnis zwischen Pazzi und Medici war damit endgültig ruiniert, und jeder Eingeweihte mußte sich nun fragen, wann Medici auf diesen Affront der Pazzi reagieren würde, beziehungsweise wann die Pazzi versuchen würden, gestützt auf den Kirchenstaat, auch die Macht in Florenz an sich zu reißen.

FÜNFTENS: Die Sitten der Feindschaft. Es ist wichtig zu bemerken, daß sowohl diese Vorgeschichte als auch der weitere Konflikt, vor allem in Florenz, unter strikter Einhaltung der Etikette erfolgte. Jacopo de'Pazzi betonte noch kurz vor dem Attentat: „Lorenzo ist mein Freund!" Man grüßte sich mit dem gebotenen Respekt, man verkehrte miteinander. Man lud sich zu Geselligkeiten und besuchte gemeinsam öffentliche Veranstaltungen, wie eben auch das Hochamt im Dom, wo das Attentat schließlich stattfand.

Kein Medici ließ sich anmerken, daß er wußte, welche Pläne die Pazzi hegten. So konnten die Mörder Giulianos, Francesco de'Pazzi und Bernardo Bandini, ihr Opfer, ohne Verdacht zu erregen, in der Via Larga abholen und zum Dom begleiten, wobei Giuliano mit seinen Mördern plauderte und diese ihn in die Seite knufften, scheinbar zum Spaß, in Wahrheit aber, um zu prüfen, ob er vielleicht ein Kettenhemd trug.

Andererseits konnte kein Pazzi sicher sein, ob die Verschwörung nicht schon entdeckt war. Da die Medici ihre Spitzel und Sympathisanten überall hatten, sogar am päpstlichen Hof, war es nur eine Frage der Zeit, bis die Brüder den Braten rochen.

Ein deutliches Indiz, daß die zwei Medici bereits wußten, in welcher Gefahr sie schwebten, war ihr Verhalten in der Öffentlichkeit. Da der Machtwechsel in Florenz nur gelingen konnte, wenn die Köpfe des herrschenden Clans *gleichzeitig* abgeschlagen wurden, bestand von Anfang an der Plan, sie an gleicher Stelle zu schlachten. Entgegen aller Gewohnheit traten aber Giuliano und Lorenzo nun nicht mehr gemeinsam auf, auch wenn beider Erscheinen angekündigt war, und das war auch der Grund, warum Giuliano zur Ermordung abgeholt werden mußte.

Dafür, daß die Pazzi vermuteten, daß ihre Verschwörung bereits entdeckt war, spricht schließlich auch, daß sie Giuliano nach dem Kettenhemd abtasteten.

SECHSTENS: Der Meister=Plan. Den Kern der Gruppe bildeten Francesco Pazzi, Graf Girolamo Riario und Francesco Salviati, der ebenfalls ein Hühnchen mit den Medici zu rupfen hatte. Seine Investitur als Erzbischof von Florenz war am Widerstand Lorenzos gescheitert. So mußte Francesco mit dem Stuhl von Pisa vorliebnehmen.

Diese drei wandten sich nun an den Chef der Pazzi, den siebzigjährigen Jacopo, sowie den päpstlichen Kondottiere, Hauptmann Monteseco. Beide waren skeptisch, willigten jedoch ein, da an eine system=konforme Entmachtung der Medici nicht zu denken war. Der alte Pazzi fürchtete zudem, daß Sixtus ihm die Verwaltung der päpstlichen Finanzen wieder entziehen könnte, wenn er nicht half, den Staat von Florenz zu ändern.

Als letzter wurde Sixtus zu Rate gezogen, der das größte Interesse an dem Putsch hatte und dabei von Ferrante unterstützt wurde, aus Gründen, deren Erörterung hier zu weit führen würde. Man kann aber sagen, daß auch dieser Konflikt davon herrührte, daß Italien für die vielen Dynastien, die auf seiner Oberfläche agierten, zu klein war, so daß jeder sich auf Kosten der anderen vergrößern mußte, was natürlich nur gewaltsam geht und wiederum ständig wechselnde Koalitionen erforderte.

Was Sixtus sagte, als ihm die Putschisten ihren Plan vortrugen, habe ich dem Protokoll der Vernehmung Montesecco entnommen, den Lorenzo ebenfalls hinrichten ließ, obwohl er in letzter Minute einen Rückzieher gemacht hatte.

„Ich sage“, sprach der Heilige Vater, „daß ich keine Toten will. Ich wünsche nur einen Umsturz. Es liegt mir viel daran, daß die Regierung von Florenz wechselt und Lorenzo aus der Hand genommen wird. Denn er ist unhöflich und ein böser Mensch, der uns nicht respektiert. Wenn er aus Florenz entfernt wird, können wir mit der Republik machen, was wir wollen.“

Natürlich konnte Sixtus in Anwesenheit von Zeugen nicht zugeben, daß er bereit war, den Tod der zwei Medici hinzunehmen, aber er mußte wissen, daß ein gewaltloser Umsturz nicht zu haben war. Es liegt also nahe, daß er nur einen Zeugen brauchte, der bestätigen konnte, daß er der Ermordung der Medici nicht zugestimmt habe.

So gestärkt konnten die Verschwörer ihren Plan definieren. Ein Berufsheer sollte unweit der Stadt bereitstehen, um Florenz nach dem Anschlag sofort zu besetzen. Vor Ort sollten allerlei Schurken und gescheiterte Existenzen die Kerntruppe ergänzen: Bernardo Bandini, der aus einer ebenfalls angesehenen Familie stammte, ein Priester aus Volterra, der Lorenzo haßte, weil er 1472 seine Heimatsstadt Volterra hatte verwüsten lassen, und etliche andere, darunter auch an die dreißig Emigranten aus Perugia.

Die Ermordung Giulianos sollten Francesco de'Pazzi und Bandini ausführen. Hauptmann Montesecco sollte Lorenzo abschlachten. Montesecco weigerte sich allerdings, als er hörte, wo und wann der Überfall stattfinden sollte. Die Aufgabe wurde deshalb dem Priester aus Volterra und einem anderen Geistlichen übertragen, der bei den Pazzi gedient hatte.

Als Tatort war der Dom vorgesehen. Dort bestand die größte Öffentlichkeit, dort erhielt der Mord das größte Gewicht. Gelang der Umsturz, so genoß er gewissermaßen den Segen des Höchsten. Sobald das Silberglöckchen bimmelte und der Priester die Hostie hob, sollte das Blut der verhaßten Medici fließen. Der Wandel im Staat sollte quasi der Wandlung von Wein und Brot in Blut und Fleisch entsprechen. Erzbischof Salviati und die Peruginer sollten im gleichen Moment das Rathaus stürmen, den Gonfaloniere und die Signoria festsetzen, die Republik ausrufen und das Volk zum Kampf gegen Medici aufrufen.

SIEBTENS: Aber es kam anders. Zwar: Bandini stieß sein kurzes Schwert mit aller Kraft dem jüngeren Medici ins Herz, so daß er stürzte. Zwar: Francesco de'Pazzi warf sich auf ihn und stach noch in den gefallenen Jüngling, als der längst tot war. Lorenzo jedoch, der Härtere der beiden, wurde nur am Hals verletzt, zog sein Schwert, parierte die folgenden Dolchstöße, sprang über die Balustrade, durchquerte rasch den Chor und flüchtete in die Sakristei.

Ein Bankdirektor namens Nori rettete sein Leben. Er verteidigte die Tür gegen den anstürmenden Bandini, bis andere sie verriegelt und Lorenzo in Sicherheit gebracht hatten. Seine Verwundung am Hals war nur leicht, und so hielt Lorenzo, noch während sein toter Bruder auf den Stufen des Altars verblutete, vom Balkon seines Hauses eine heuchlerische Rede, in der er dazu aufrief, den Staat zu verteidigen, aber nicht aus Rache zu handeln. Die folgenden Ereignisse zeigen jedoch, daß längst alle Vorbereitungen zur Ausmerzung der Pazzi getroffen waren.

Der Erzbischof von Pisa und seine Perugianer wurden im Rathaus bereits erwartet, bevor die Nachricht vom Mord im Dom dort eintraf. Die Signoria war vollständig versammelt, und die Wachen waren verstärkt und einsatzbereit. Die Eindringlinge wurden ohne große Mühe entwaffnet. Die Anführer wurden sofort erhängt, wie berichtet, das Gros wurde einfach aus den Fenstern geworfen und vom Pöbel draußen auf dem Platz in Stücke gehauen.

Auch der alte Jacopo de'Pazzi, der mit dem Schlachtruf „Popolo e Libertà"* auf der Straße war, kam nicht weit. Es roch bereits nach Blut, als er gut gerüstet und mit gezogenem Schwert vor seinem Palazzo erschien, begleitet von einer Hundertschaft. Sofort traten ihm bewaffnete Medici=Leute mit lautem Gebrüll

* „Für Volk und Freiheit!"

entgegen. So groß war der Widerstand, daß er in seinen Palast zurückkehren mußte.

Im Haus stieß er auf seinen Neffen Francesco de'Pazzi, der sich am Bein verletzt hatte, als er wie von Sinnen auf den toten Giuliano einstach. Er lag blutend im Bett, als die Medici den Palast der Pazzi stürmten. Sie schleiften ihn, nur mit dem Hemd bekleidet, zum Rathaus und hängten ihn zu den anderen. Sein Onkel Jacopo hingegen verfluchte die Stümper, die ihn in eine so aussichtslose Lage gebracht hatten, und flüchtete in ein Bergdorf. Dort ergriffen ihn die Bauern und brachten ihn zurück in die Stadt.

Er wurde erhängt und in seiner Grabkapelle neben Santa Croce beigesetzt. Bald schon wurde er jedoch wieder ausgebuddelt und vor der Stadtmauer verscharrt. Doch auch dort fand er keine Ruhe. Ein Pöbel grub ihn abermals aus, zog mit seiner Leiche vor jedes Haus, das den Pazzi gehörte, und riefen:

„Öffnet die Tür für den ehrenwerten Messer Jacopo de' Pazzi!"

Danach wurden die übel zugerichteten Reste seines Leichnams in den Fluß gekippt und mit Steinen und Dreck beworfen.

Nie war eine Säuberung lückenloser als diese und von solcher Zustimmung getragen. Niemand in Florenz schien den Putsch der Pazzi zu billigen, niemand den Rachefeldzug der Medici zu mißbilligen. Jede Opposition war schlagartig inkriminiert. Noch Wochen nach der Tat hatten die Menschen Angst, man könnte sie verdächtigen, das Regime zu mißbilligen. Die Mutigsten, darunter dein Großvater, taten so, als hätten die Ereignisse nie stattgefunden. Die meisten pilgerten zum Palast an der Via Larga, trugen sich ins Kondolenzbuch ein und beteuerten ihre Sympathie für das Haus.

Doch auch das Ausland sparte nicht mit Solidarität. Frankreich, Deutschland, Venedig, Mailand – alle distanzierten sich von Sixtus und beglückwünschten Lorenzo zu seiner Rettung. Sogar der Sultan zeigte sich geneigt. Er ließ Bandini, der sich nach Konstantinopel geflüchtet hatte, zurückschicken nach Florenz, wo er hingerichtet wurde, und halb Europa beneidete Lorenzo, dem sogar der starke Mann am Bosporus zu Willen war.

ACHTENS: Sixtus tobte, exkommunizierte Lorenzo, verlangte seine Auslieferung und erklärte Florenz den Krieg, als die Signoria sich weigerte. Fast zwei Jahre dauerte der Konflikt, aber er kam nicht so recht voran, da die diversen Heerführer auch eigene Ziele verfolgten. Niemand wollte einen Sieg des Papstes oder Lorenzos. Ein starker Staat in Mittelitalien, ob päpstlich oder medizeisch, war nicht von Interesse.

Hinzu kamen Animositäten innerhalb der Lager. Federico da Montefeltro stand auf gutem Fuß mit Lorenzo und hatte das Amt eines Generalhauptmanns der päpstlichen Staaten nur übernommen, weil Sixtus ihn zum Herzog von Urbino ernannt hatte. Der Herzog von Kalabrien, der das neapoletanische Kontingent anführte, war ebenfalls kein großer Feind der Medici.

Aber auch die Kommandeure des florentinischen Geschwaders, zu dem Kontingente aus Venedig und Mailand gehörten, waren müde. Nur Malatesta, der Herrscher von Rimini, errang einen kleinen Sieg über die Päpstlichen auf ebendem Schlachtfeld, wo schon Hannibal über die Römer gesiegt hatte. Im Gegenzug verwüstete Ferrante das Elsa=Tal im Süden von Florenz, was nicht verhindert werden konnte, weil der Herzog von Ferrara, der die Truppen Lorenzos befehligte, und der Marquis von Mantua sich in die Haare gekriegt hatten und nicht eingriffen.

So blieb die Lage prekär, bis die Signoria den Chef der Strozzi zu Verhandlungen nach Neapel entsandte. Die Strozzi verwalteten die Finanzen Ferrantes und konnten deshalb Druck auf ihn ausüben. Später, nachdem Ferrante weichgekocht war, reiste auch Lorenzo mit nur vierzig Mann zu Verhandlungen an den Golf. Es war eine Wahnsinnstat. Der Ritt führte fast nur durch feindliches Gebiet, und Lorenzo war ein Vermögen wert. Sixtus hätte jeden zum Kardinal gemacht, der ihm den Mediceer angebracht hätte – tot oder lebendig.

Es blieb aber Lorenzo nichts anderes übrig, da er dringend einen außenpolitischen Erfolg brauchte, und tatsächlich wurde *er* nach seiner Rückkehr als Retter des Vaterlands gefeiert und nicht Strozzi.

Endgültig entschieden wurde der Konflikt mit dem Papst aber erst durch einen Schachzug Lorenzos, der nicht bekannt werden durfte. Er überredete den Sultan von Konstantinopel dazu, die Staat Otranto zu erobern, so daß Sixtus und Ferrante ihre Truppen ins südliche Apulien werfen mußten, um eine Ausbreitung der Türken zu verhindern.

So endete der Aufstand mit einem totalen Erfolg Lorenzos. Er war, nicht zuletzt durch den Tod seines Bruders, zum unumschränkten Alleinherrscher aufgestiegen und außenpolitisch der angesehenste Machthaber Italiens. Leider war es ihm nicht vergönnt, den Triumph lange zu genießen. Er starb früh, mit dreiundvierzig, im Jahr 1492, unter entsetzlichen Schmerzen, und man mußte ihm Gift geben, um sein Leiden zu beenden.

Zwei Jahre später stand der Franzose vor dem Palast, und erst da fanden die anderen Clans der Oligarchie die Kraft, sich des Hauses zu entledigen, aber auch ihr Triumph währte nur kurz, denn Savonarola stand bereits vor der Tür – der Dominikaner, den Lorenzo selbst nach Florenz geholt und mit soviel Macht ausgestattet hatte.

Was lernen wir daraus?

Es ist das Wesen der Oberschicht, daß sie an nichts Interesse hat als am Geldverdienen. Die Politik interessiert sie nur insoweit, als sie diesem Zweck dient. Das macht es ihr so schwer, den richtigen Staat zu finden. Herrscht einer alleine, so sind die anderen unzufrieden, weil sie nicht genug abbekommen. Herrschen die Vielen, so verteilt sich auch der Reichtum auf zu viele. Die Familien der Oligarchie können sich aber auch nicht selber regieren, da sie einander nichts gönnen und keine größere Idee haben als den Wohlstand ihres Clans.

So mußte auf die Macht der Medici Savonorola folgen, der den Reichtum überhaupt abschaffen und die ganze Stadt an der Herrschaft beteiligen wollte, und auf ihn die Republik, die den Kreis der Herrschenden wieder verkleinerte und den religiösen Utopien mißtraute. Aber das ist eine andere Geschichte, die ich dir morgen diktieren will.

Es ist meine Geschichte. Reich war sie, reich an Erfahrungen und Enttäuschungen, gespickt mit ein paar Erfolgen und vielen Niederlagen. Vor allem eins war sie: kurz. Viel zu kurz.

Ganze zwölf Jahre dauerte meine Geschichte, vielleicht achtzehn, wenn man die Zeit des Winselns und des Klagens unter dem Mönch von San Marco mitrechnet. Der Gebete und des Philistertums. Wir haben geklatscht, als er endlich verbrannt wurde, weil sich herausstellte, daß er doch nicht zaubern konnte. Daß Gott nie mit ihm gesprochen hatte. Daß er sich nicht einmal traute, barfuß über glühende Kohlen zu laufen.

Achtzehn Jahre, davon zwölf im Amt. Dann stand der Clan der Medici wieder vor der Tür, zwei Brüder, ein Cousin und ein Neffe, der später Syphilitiker wurde. Sie kamen mit einem Heer aus Neapel und mit päpstlichem Segen, nahmen ihre Geschäfte wieder auf, als wenn nichts geschehen wäre, ließen sich bewundern, hofieren und adeln, warfen das Geld mit beiden Händen vom Balkon, regierten schlechter und schlimmer als je zuvor und wurden immer weniger.

Im Grunde regierten sie nur mit ein bißchen Geheim=Polizei und Folter, mit Geschenken und Festlichkeiten und der Angst der Oligarchie vor dem Pöbel und des Pöbels vor der Oligarchie.

Momentan sind sie wieder mal weg.

Geh jetzt, ich bin müde. Nimm deinen Sohn, und geh. Geh, und sag ihm, er solle aufheben, was ich dir diktiert habe, und es wohl verwahren. Von Generation zu Generation sollen seine Kinder und Kindeskinder es weitergeben. Eines Tages wird einer kommen und demjenigen, der diese paar Blätter besitzt, viel Geld dafür geben.

Mein Ruhm soll überdauern, deshalb gib ihm alles. Alles, was ich je geschrieben habe. Ich schrieb es aus Langeweile, aber heute weiß ich: Es ist das einzige, was bleiben wird. Alles andere war Illusion: Mein Glaube, ich könnte die Republik retten. Weiß überhaupt noch jemand, wer ich bin und wofür ich gekämpft habe? Mir den Mund fusselig geredet und den Arsch wundgeritten habe? Wofür ich das Leben riskiert habe?

Nur durch diese Papiere wird man erfahren, wer ich war. Der Tag wird kommen. Glaub mir, Baccina. Von den Medici wird man noch wissen, daß sie ein paar nette Bilder in Auftrag gegeben, in einem großen Palast gewohnt und eine Menge Villen besessen haben. Von mir aber wird man erfahren, wer wir wirklich waren – sie und ich. Sie: eine Bande von Wichtigtuern, Beutelschneidern, Strauchdieben und Meuchelmördern. Ich: ein unbedeutender, armer Schreibstubenhengst und Diplomat, der ein paar Jahre lang glauben durfte, er könne mitdrehen am großen Rad der Welt.

Geh jetzt, ich bin müde.

Übersetzt aus dem Italienischen und aufgeschrieben von CHR. WEISE, Magister der Philosophie, Sant'Andrea in Percussina, den sechzehnten Octobris ANNO *1664.*

ENDE

des dritten

Buches.

Viertes Buch

In Zittau.

EUER Fürstlichen Gnaden einen aller=untertänigsten Gruß zuvor.

m!*

ICH schreibe dies in *Zittau,* wo ich noch um den Verstand kommen werde, läßt mir doch der Bericht, den E.F.G. erwarten dürfen, keine Ruh bei Tag und Nacht.

Draußen ist das herrlichste Wetter. Die Jugend wirft sich schmachtende Blicke zu, und wer gestern noch gebückt und steifbeinig durch die Gassen schlich, hat neuen Mut geschöpft und schlendert vorm Tore über die endlich vom Eise befreiten Straßen.

Ich aber lebe wie ein Gefangener, um Eurer väterlichen Huld nicht gänzlich verlustig zu gehen. Vor Tagesanbruch schleppe ich armer Tropf mich mit nichts als einem Topf Gerstenkaffee an den klapprigen Tisch unter der Luke, halte die Feder umklammert, ob gleich die klammen Finger sie kaum mehr halten, und bringe zu Papier, was ich schuldig bin.

Gestern überbrachte der Amtsbote ein Schreiben vom acht und zwanzigsten Martius d.J., in welchem Eure herzögl. Gnaden geruhen, mir eine letzte Frist bis ersten Maius zu setzen, binnen derer meine Relation dero durchlauchte Kanzlei zu erreichen habe, und inspirierte dieses mich zu einem kleinen sechzehn=strophigen Poem, welches ich binnen Stunden=Frist niederschrieb und mit den Zeilen beginnt:

* Trinitätszeichen. Steht für eine Gottesanrufung, die den Beistand des Allerhöchsten für den beabsichtigten Brief erfleht.

Und so werd ich forthin müssen
Meine Feder machen naß
In den klaren Claros=Flüssen.
Forthin werd ich werden blaß
Von dem langen Nächte=Wachen,
Von den stäten Dichter=Sachen.

Will sagen: Beeile mich, E.F.G. wie stets zu Willen zu sein, zugleich jedoch Rekurs anzumelden, ob der knapp bemessenen Zeit, welche mir bleibt nach dero Abmahnung und Androhung peinlicher Weiterungen für den Fall abermaliger Verzögerungen.

Bedenken E.F.G., bitte ich untertänigst zu bemerken, welche Krankheit mich niederwarf und an den Rand des Todes stieß, hervorgebracht durch meine winterliche Heim=Reise, welche doch unvermeidlich war, wollte ich nicht in die Hand der italischen Justiz fallen, was ohne Zweifel zu meinem vollständigen Verschwinden in Toskanien geführt und zur Folge gehabt hätte, daß E.F.G. nie wieder von mir gehört, geschweige denn einen Bericht mit gewisser Verspätung empfangen hätten.

Bedenken ferner, daß man *in litteris* nichts übers Knie brechen oder unverkaut runterspülen sollte. Ein paar Seiten voll=sudeln und Gemein=Plätze hinschmieren, wie es heute längst nicht mehr ehrenrührig ist, vermag jeder und findet damit wohl noch reichen Lohn und Ansehen des Peuples. Wer in des danach trachtet, das in ihn gesetzte Vertrauen und Honorar zu rechtfertigen und den Geschmack seines großmütigen Auftraggebers nicht zu betrüben, wird jedes Wort und jeden Satz dreimal umwenden und verwerfen, bevor er die Feder ergreift und das Ergebnis seines literarischen Abwägens zu Papier bringt.

Keine Information wird ein verantwortungsvoller Verfasser leichtfertig weiterreichen und sich in nichts auf sein Gedächtnis verlassen (sei dies noch so zuverlässig und über jeden Verdacht erhaben), sondern hundert Mal pro Stunde zurück=greifen auf seine Notate, Excerpte und Transcripte, den Schreib=Prozeß unterbrechen, und sei es in seiner fruchtbarsten Phase, zwecks dieses Rückgriffs, bis die einzig richtige Idee der Formulierung aus den Tiefen des Gehirn=Schlamms an die Oberfläche drängt, wo die längst schon verifizierte Information als solche auf ihn wartet, und beide vereint und gestärkt durch die Feder zu Papier gelassen werden können.

Verachtet mir die Meister nicht! Welche mit schmerzendem Rücken und entzündeten Auges lieber Drei Hundert Fünf und Sechzig Tage über einer Seiten verbringen, als täglich ein neues Faß Tinten auf zu machen. Nicht die Menge gibt der Schrift Gewicht.

Hört nun, wie es mir weiter erging in Tuskien, wo ich letztes Jahr gegen Ende September eintraf, und führet Euch zunächst einige Berichte zu Gemüte, die ich damals an Ort und Stelle in mein *Taccuino,* mein Diarium, niederschrieb, dieweil sie zeigen, von welcher Beschaffenheit der Ort, wo Herr Machiavell gelebt und in welcher Weise man seiner heute in Italien gedenkt.

TARDE *non furon mai grazie divine** – ich sage dies, weil der Gobbo mir aus der Patsche half, als er mich griesgrämig über meiner *colazione*† sitzen sah, die aus einer gebratenen Wurst vom Schwein und einem Schüsselchen Löwenzahnblättern bestand.

„Was fehlt Euch, Messer Saggio? Welch eine Laus ist über Euere Leber gelaufen, Messer Saggio?“ sprach er mit seiner wohlklingenden Stimme, lächelte wie ein Kuppelweib, als er die Ursache meiner Miß=Stimmung erfuhr, und eilte davon, daß sein Höcker wackelte wie der eines Wüstenschiffs im Galopp.

Dieser Mann ist eine seltsame Erscheinung. Wo er schläft, weiß ich nicht, welches der Sinn seines Daseins ist, ebensowenig. Er ist jung, kaum älter als ich, ist klein und zierlich, auf der Brust behaart wie eine Bergziege, hat eine dunkle Haut, langes gelocktes Haar, einen muskulösen Oberkörper, Spinnen=Beine und das liebliche Antlitz der schwarzen Madonna von Tschenstochau – aber diese Schönheit ist ein Wesens=Zug, welcher oft zu beobachten ist bei Menschen, die eine Mißbildung haben.

Wie er wirklich heißt, schrieb ich schon – Giovanni. Man sieht

* Zu spät kam nie göttliche Gnade.

† Eine Art zweites Frühstück.

ihn ständig, und er scheint überall Zugang zu haben, sogar in den Privat=Gemächern der Signora Ippolita. Bald springt er über die Straße wie ein Harlekin, jagt die Hühner, Enten und Ferkel, neckt die Kammerjungfer, schneidet Benito, dem Majordomus, eine Fratze, amüsiert die Bauern=Kinder, von denen es ein knappes Dutzend gibt.

Dann wieder hört und sieht man ihn laut und nicht unschön singend durch die Plantagen gehen, wobei er die langen Arme bewegt wie ein Kapell=Meister, oder er hockt in einer Ecke und zählt seine langen kräftigen Finger, die ungewöhnlich gepflegt aussehen, hellhäutig, sauber, wohl=geformt mit sorgfältig gefeilten Finger=Nägeln. Wer solche Hände hat, dachte ich, macht sich nicht schmutzig und braucht nicht zu arbeiten.

So tauchte er auch an jenem Morgen auf, nachdem ich eine halbe Nacht über Ippolitas Manuskripten gesessen hatte, aber so ist das Leben. Man muß das Glück machen lassen, ihm nicht lästig werden, ruhig bleiben und abwarten, bis es die Menschen etwas tun läßt, was einem gelegen kommt. Es tut, was es will. Man kann es nicht zwingen.

Ich saß also in diesem *Albergaccio,* zählte die Fliegen auf der geweißelten Wand, schaute dem spindeldürren Koch zu, der die Sägespäne über die Schwelle auf den Hof fegte, tunkte den harten Brotkanten ins Wasser und sagte mir: „Entweder es passiert was oder ich muß mir bis Weihnachten die Nächte um die Ohren hauen, wenn ich den letzten Brief des Herrn Malclavellus, Gott hab' ihn selig, nicht wie eine Katze im Sack kaufen oder ungelesen an den alten Besenstil zurück=geben will."

Doch ihr Gobbo enthob mich all meiner Sorgen, wie gesagt, in dem er ein Vademecum anbrachte, wo Wort für Wort das ladeinische Synonym für diese vermaledeite toskanische Sprache verzeichnet stand, so daß es mir nun ein Leichtes ist, das Diktat des Herrn Secretarius via Ladeinisch in unser schönes Hoch=Teutsch zu bringen.

ICH lebe nun schon seit mehr als zwei Wochen auf dem Land, wo es freilich recht kurzweilig ist, zwischen einer Menge Postreiter, die kaum Zeit finden für einen Hafersack, ein paar Passanten, den Bedienten des Hauses, den Bauern auf den Hängen, wo demnächst die Oliven=Ernte anheben soll, den Frauen und Kindern der *Mezzadri** von Sant'Andrea, den Leuten von San Casciano und den anderen Ortschaften der Umgebung, die alle naselang kommen, um etwas zu bringen oder auch nur in der Wirtschaft zu sitzen, und bin ich noch nicht in Florenz gewesen, das ich stets vor Augen habe, wenn ich auf die Poststraße trete und gen Norden schaue, und auch bald aus der Nähe besichtigen werde, um noch einiges über den Malclavellus in Erfahrung zu bringen, wie E.F.G. mir aufgetragen.

Erst aber heißt es noch ein paar Tage ausharren und hübsch heimlich tun und verbergen, daß ich Ippolitas Manuskript transkribiere, denn die Alte würde sofort mutmaßen, ich möchte mich mit der Abschrift begnügen, um den Kaufpreis zu sparen, und ein entsetzliches Krakeelen beginnen, denn sie ist sehr auf ihren Vorteil bedacht, wie ich bemerkt habe, und ehrt das Gedächtnis ihres Vorfahren gegen bare Münze, die sie den Durchreisenden aus der Tasche zieht.

Kaum einer, der nicht ohne ein Andenken weiterreist – hier ein Milchzahn, da ein Gänsekiel, mit dem er angeblich die *Mandragola*† verfaßte, dort ein Sacktuch, hier eine Locke. Einem Bischof aus Speyer verkaufte sie sogar ein Läppchen mit einem Tropfen Öl von ebenjenem, welches ihr Ur=Großonkel Totò Machiavell benutzt, um seinem Bruder die letzte Ölung zu verpassen. Ich schätze, wenn sie das Geschäft seit fünfzig Jahren betreibt, wie es den Anschein hat, so muß der Verfasser des *Principe* mehr Haare auf dem Kopf gehabt haben, als ein Auerochse auf seinem Fell und mehr Milchzähne im Maul als die Kuh=Herden des Herkules.

Mein Tageslauf ist so heilsam wie gleichförmig. Vor der Sonne stehe ich auf, taste mich die dunkle Stiege hinab zum Brunnen, wische mir den Nachtschweiß aus dem verdruckten Gesicht, trinke dazu einen Krug frisches Brunnenwasser und eile dann, um meine Glieder zu lockern, die steif vom nächtlichen Sitzen

* Halbpächter.

† Höchst erfolgreiche Komödie von N. Machiavelli.

über den Seiten, in ein Gehölz, wo ich den Vogelstimmen lausche, Fuchs und Hase beluge oder auch nur den Holzhauern zuschaue, die immer Neckereien haben, entweder untereinander oder mit den Nachbarn.

Welche Reden geführt werden, will ich E.F.G. ersparen, sind es doch ihrer viele und verstehe ich kaum die Hälfte, wie wohl der Gobbo schon mehrfach meinen fürtrefflichen Ausdruck lobte. Ich hatte kaum erwähnt, daß ich ein Schriftsteller sei, als er bereits in mich drang, welcher Art die Literatur sei, die ich verfasse, und ob ich das leichte, triviale Genre bevorzugte, das religiös=langweilige, das belehrende, das abenteuerlich=öde, das historisch=philosophisch=weltanschauliche, das unbegreifliche, das selbst=biographisch verlogene oder das alltägliche, einfallslose, und fragt er mich diese Frage fast täglich, weil er hören will, daß es im Grunde nur eine lesenswerte Novelle gibt, und zwar jene, in der allzeit nur das eine beschrieben wird.

E.F.G. wissen, was ich meine, da E.F.G. selber kein Kost=Verächter sind.

Aus dem Gehölz gehe ich an eine Quelle, ein Buch in der Tasche, welches mir der Gobbo geliehen, mit dem ich inzwischen so vertraut bin, daß wir einander das Du gewähren, und überschüttet er mich förmlich mit seinen Büchern, da er wissen möchte, welcher Meinung in Teutschland die gelehrte Welt darüber sei – entweder Dante, Petrarca, Boccaccio, den er mir besonders empfiehlt, oder einen der zeitgenössischen Verse=Schmiede, die bei uns nicht bekannt, wie wohl ihre komplizierten Poetereyen vor Elan und Sinnlichkeit sprühen und von den verwegensten Gegenständen handeln, zumeist aus der Naturkunde, während kein Italiener sich mehr für die religiösen Themen interessieren mag.

Boccaccio aber, den ich bislang nicht kannte, ist ein gefährlicher Bursche, der so frivol ist, daß bei uns wohl die Kathedralen der Erzbischöfe einstürzen und die Fürstenthrone wanken würden, wenn man ihn ins Teutsche übersetzen täte, doch soll es, wie der Gobbo mir sagte, noch sehr viel mehr solche sittenlosen Novellisten geben, und darf uns der italienische Leichtsinn und ihr instabiles Wesen nicht wundern, da sie solche *Auc-*

tores haben und lesen, die ihr *Publico* mit nichten zu Moral und Anstand erziehen, sondern ihm den Kopf verdrehen.

So bereichert sich meine Dichter=Seele sogar im Zeitvertreib, und lob ich mir den teutschen Ernst und Tiefsinn sowie unsere schwer verständliche Sprach – verhindern sie doch, daß jeder Trottel unsere Werke mißversteht, in dem wir dafür sorgen, daß er sie gar nicht erst liest. Derweil ich dies tue, gleitet mein Blick aber auch über die wonnige Landschaft, denn die Mark Toskana ist ein wahrer Garten Eden, von der Sonne verwöhnt, in dem alles gedeiht. Die Frauen sind allesamt schöner und anmutiger als unsere teutschen, und auch die Männer sind wohlgestalt und tragen ihr Dasein und ihre Dummheit mit Anmut und edlem Sinn, während der Teutsche oftmals seine Gelahrtheit hinter einem gerüttelten Maß an Törpelhaftigkeit verbirgt.

EIN junger Ziegenhirte liegt mir besonders am Herzen. Er heißt Raffael und gleicht einem der pausbäckigen Engel in den Kirchen, die ich im Frankenland sah. Sobald die Sonne kräftiger scheint und wärmt wie bei uns in Sachsen wohl nur im Juli, August, führt er seine kleine Herde zur Quelle, holt die Maultrommel aus dem Brot=Beutel, legt sie sich wie zum sanften Kuß an die Lippen und beginnt sein Gezirpe und Gesäusel.

Er ruht ganz in sich versunken im Schatten einer verwachsenen Eiche. Das weite, helle Leinen=Gewand ist ihm von der rechten Schulter gerutscht und die samt=glänzende helle Haut zittert ein wenig, wenn er mit dem Zeigefinger das Zünglein an dem winzigen Instrumente anreißt, das er in seinem linken Patschhändchen hält. Die große, bunte Feder, eines Fasans vielleicht, die an seinen weiten Hut geheftet ist, vibriert in der Brise, die über die Hochebene weht, und die Erregung, in die mich seine betörende Musik versetzt, scheint sich auf ihn zu übertragen. Etwas gebläht finde ich die Nüstern in seiner breiten, fleischigen Nase, die einen kräftigen Höcker aufweist zwischen den sanften braunen Augen, die mich ruhig und erwartungsvoll anschauen, so daß mir das Büchlein aus den Händen gleitet.

Das Licht ist etwas Besonderes in der Toskana und verwandelt sich vielmals im Lauf eines Tages, so wie die Luft mit ihren Gerüchen. Am Morgen, wenn ich den Fensterladen öffne, den ich stets geschlossen halte, damit der Majordomus nicht sieht, daß ich die halbe Nacht eine Kerze auf meinem Tischlein habe, und mehr noch, wenn ich aus dem *Albergaccio* trete mit offnem Hemd und ohne Jacke, um mich am Brunnen zu erfrischen, fällt sie mich an wie eine unsichtbare Wand aus Eiskristallen, brennt sich in die Haut und sticht mir in die Nase.

Das Licht ist matt in dieser Dämmerstunde, wann die rote Glut aus dem Kamin des Backofens flitzt, ohne Farben die Landschaft, und alles scheint zu zerfließen. Es ist ein Rest vom Vortag in dieser Luft, in der sich der Herbst schon ankündigt, doch so bald die Gerüche geweckt werden vom Koch, der den Backofen anheizt und vom Olivenholz, das die Zofe behutsam aufs Kaminfeuer der Signora legt, vom Maultier, das den Stall verläßt, gewinnen auch die Gegenstände an Schärfe und Farbigkeit, und wenn ich von meinem ersten Spaziergang zurückkehre, erstrahlen schon Wälder und Hecken in zahllosen Farben, daß man ausrufen möchte:

„Herr, der Sommer war sehr groß, nun siehe, was der Herbst uns bringt, und höre, welcher süße Duft mir in die Nase dringt!“

HABE ich dies alles genossen, begebe ich mich wieder ins Wirtshaus, wo schon einige Herrschaften darauf warten, von der Signora vorgelassen und durchs Haus geführt zu werden, während ich eine Brioche und eine heiße Milch mit Honig zu mir nehme. Die Damen und Herren, die den kleinen Umweg ins *Albergaccio* auf sich nehmen, sind größten Teils Ausländer, die nach Rom reisen, aber man sieht auch Italiener, die immer auf der Suche nach einer guten Flasche Olivenöl sind.

Sie tretten meist in den Nachmittags=Stunden ein, lassen ihre Visiten=Karten beim Benito abgeben, bewundern seinen Cäsaren=Schädel, und nicht selten geschieht es, daß Ippolita dann wie zufällig das Lokal betritt – „Haben gut gereist, die Herrschaften?“ – sich in die Küchen=Tür stellt und den dürren Koch zurecht weist, daß er nur das Beste auftragen möge, was Garten und Keller hergeben. Der Koch heißt Tartuffo und die Küchenhilfe Pasqualina.

Danach, wenn die Herrschaften gespeist haben, tritt die Signora abermals in Erscheinung, erkundigt sich ganz unverfänglich, ob das Logis konveniert – „Gefällt Ihnen Ihr Zimmer?" –, fragt um Neuigkeiten aus den diversen Ländern und läßt sich erzählen. Das Ergebnis ist selten welt=bewegend. Die Engländer sind eigentlich nur in Italien, weil bei ihnen wieder einmal die Pest tobt, und in den Niederlanden hat man begonnen, alle Hunde und Katzen abzuschlachten, weil sie in Verdacht stehen, die Seuche zu übertragen.

Die Alte lauscht den Berichten mit Würde. Ohne sich anzubiedern bei den Herrschaften von Rang und Geld, ohne Überheblichkeit bei den Herrn Studiosi, Handwerksburschen, Künstlern und Handlungsreisenden. Allzeit die weise Gelehrte, im langen grauen Philosophenmantel, auf dem Kopf das Barett, das aussieht wie ein Teewärmer, immer einen Band Machiavelli unterm Arm und eines seiner geflügelten Worte auf den Lippen.

Ich habe mein halbes Büchlein damit gefüllt, und wenn E.F.G. es befehlen, so sende ich Euch eine Abschrift davon.

„Alles auf Erden ist in Bewegung."

„Es ist gefährlich, ein Volk frei zu machen, das geknechtet bleiben will."

„So viele brave Leute sind in der Hölle."

„Man kann keinen Übelstand beseitigen, ohne daß nicht ein neuer daraus entstünde."

Hat sie sich derart ins Vertrauen geschlichen, so flicht sie ein, wer schon alles an diesem Tisch gesessen habe – ein französischer Graf, eine schwedische Königin, ein polnischer Heerführer, ein englischer Philosoph, ein niederländischer Diamant=Händler, ein französischer König, ein türkischer Sultan, damit man die Berühmheit der drei Häuser, über die sie gebietet, nicht verkenne.

Ich sitze dabei, zwei Tische weiter, und beobachte, wie sie sich anschleicht. In der anderen Ecke lauert Benito. Der Gobbo dagegen tut so, als ginge ihn das alles nichts an. Er liest, schreibt an seinem Roman, der angeblich von einem Bauern=Lümmel aus Greve in Chianti handelt, der mit Christopher Columbus auf den Antillen war, oder träumt von sich weg, denn er hat dies Schauspiel schon einige tausend Mal erlebt.

Ippolia kommt vom Essen auf die Kultur, empfiehlt einen Besuch in *Certaldo,* wo noch einige Nachfahren des Dichters Boccaccio leben sollen, einen Abstecher nach San Gimignano, das Schlachtfeld von *Poggibonsi,* das Grab des Franken=Herrschers Hildebrand von Pittigliano und erwähnt wie nebenbei – als ob die Gäste nicht eben deshalb die Nebenstraße nähmen –, daß dies die Herberge sei, wo einst der weltberühmte Schriftsteller Niccolò Machiavelli, den sogar die englischen Komödianten kennen, an die zehn Jahre seines Lebens verbracht und einen großen Teil seiner unsterblichen Werke verfaßt habe.

Sie kommt vom Hundertsten ins Tausendste. Dies der bescheidene Ort, wo der Verbannte, abgeschnitten von allen Nachrichten, die Durchreisenden um Neuigkeiten aus der großen weiten Welt angebettelt habe. Dort drüben die Tür zum Weinkeller, wo man sich vor der Abreise mit ein paar Flaschen *Dom Nicomachia* eindecken sollte. Hier nebendran die Koje, wo *Old Nick* mit den Honoratioren der Umgebung *Trictrac* gespielt und um einen *Quattrino* gestritten habe – mit dem Fleischer, dem Müller, den zwei Ziegelbrennern, dem Apotheker, dem Jagdpächter, dem Konditor, den Rentmeistern der großen Güter.

So lebhaft schildert sie die Nachmittage ihres faunischen Vorfahren, die Streitigkeiten der Kartenspieler, die Schimpfreden, daß man meinen könnte, sie sei dabei gewesen.

„Bis San Casciano hat man sie schreien gehört!“

So verdaut man das Nachtessen. Man verabredet sich auf den nächsten Vormittag zum Vortrag mit anschließender Führung durchs Haus und drumherum. Sie erhebt sich, ganz Machiavelli, Sachwalterin eines großen Erbes. Die Gäste treten noch einmal auf die Landstraße, den Abendhimmel besichtigen, der zu den Höhepunkten der Toskana gehört und den auch ich mir nicht entgehen lasse, bevor ich mit dem Übersetzen beginne.

Der Himmel nähert sich der Dunkelheit, da erscheint über

dem linken Höhenrücken ein heller Streifen und beginnt rötlich zu glühen hinter den Zypressen, die dort aufmarschiert sind wie die langen Kerle von E.F.G., und ein langes Oh! mit rund geöffnetem Mund entströmt den Hälsern der Touristen, die etwas nie Gehörtes bewundern – einen Abend mit Goldrand.

Ist dies erledigt, so kehrt man zurück ins Haus, trinkt aus, und das Lokal leert sich. Aus dem engen Stiegenhaus ist lang und ausführlich der Krach der trunkenen Gäste, das Ächzen der Stufen, das Schlagen der Köpfe gegen die niedrigen Deckenbalken, das Fluchen der Gestoßenen, die Tritte der Stiefel, das Umfallen der Möbel zu hören. Später das Stöhnen der Herren, denen die Stiefel=Knechte die Fußbekleidung entreißen, das Kreischen der Mägde, das Knarren der Bettgestelle, das Seufzen über die schmerzenden Glieder.

Die Stille kommt unmerklich, und Pasqualina löscht die Lampe. Tartuffo legt sich aufs Stroh im Kückenschrank. Er schläft im Küchenschrank, damit niemand die Vorräte klaut – kein Mensch, kein Tier, kein Wolf. Die andern Bedienten schlafen vermutlich unter irgendwelchen Treppen, hinterm Ofen, im Stall bei den Ziegen, aber das Nachtlager der Durchreisenden ist auch nicht bequemer.

Wenn alles schläft, kehre endlich auch ich in meine Kammer zurück und stehe eine kleine Weile am Fenster. Es ist nichts als ein viereckiges schwarzes Loch. Ich sehe nichts. Keinen Mond, keine Sterne, keine Fackel auf der Straße unten im Tal. Es ist so dunkel, daß ich nicht einmal mich selber sehe. Ich schaue ins Nichts und stelle mir vor, daß es immer so dunkel wäre und kein Licht gäbe. Keine Kerzen, keine Fackeln, keine Feuer, keine Sonne, keinen Mond, keine Sterne. Nur pechschwarze, ewige Nacht.

Ich tastete mich durchs Haus, zur Tür hinaus, die Straße entlang, nach Florenz hinunter, bis in die Stadt, und die Füße wären meine Augen. Manchmal würde ich einen Menschen hören. Wir würden uns näher treten, miteinander reden und uns berühren. Wir würden uns nur an unseren Stimmen und unserem Geruch erkennen. Wir müßten uns abtasten, am ganzen Körper, um uns zu erkennen. Wir hätten keine Scheu voreinander. Wir dürften keine Scham empfinden, weil wir uns nicht erkennen könnten, wenn wir uns schämen würden.

Wir bräuchten uns auch nicht zu schämen. Kein Dritter wüßte, was wir treiben, solange er selber nicht herbeikäme und uns mit den Händen berührte, und spürte, was wir trieben mit unseren Händen und nicht nur mit ihnen.

Wir würden uns verabschieden nach einer Weile. Ein Schritt, und der Abschied wäre vollzogen. Wir bräuchten uns noch nicht einmal umzudrehn beim Auseinandergehn. Wir würden uns niemals wieder sehn.

Wenn auch dieser Traum geträumt ist, schließe ich den Fensterladen, entzünde die Kerzen, verhänge das Fenster mit einem dunklen Tuch, und begebe mich in die ferne Welt der alten Fiorenza, da unser Niklaus Schlechtnagel ein Knabe war. Ich folge dem großen Cosimo, den die Erde deckt seit zwei Hundert Jahren, seinen Söhnen und Sohnessöhnen. Sechs Stunden lang fühle ich keinen Kummer, fürchte nicht die Armut, und es schreckt mich nicht der Tod, den jene schon hinter sich haben.

Ganz versetze ich mich in ihr Leben, bis sie anfangen mit mir zu sprechen und ich sie nach ihrem Leben und dem Grund ihrer Handlungen fragen kann. Herablassend antworten sie mir und bleiben mir fremd, bis auf einen – Malclavellus. Er ist mir vertraut, denn wie ich ist er ein armer Hund. Den Herren, denen er dienen könnte, ist er an Geist und Wissen haushoch überlegen, doch sie sind so dumm und hoffärtig, daß sie sich nicht einmal von ihm bedienen lassen möchten.

So lese ich Seite um Seite und entziffere sie, bis ich schließlich, weil *Dante* sagt, es gebe keine Wissenschaft, ohne das Gehörte und Gelesene zu behalten, mit der Niederschrift beginne – vorerst nur in Ladeinisch. Die Übersetzung ins Teutsche kann warten, bis ich zurück bin in E.F.G. gemütlichem Wolfenbüttel, denn ich muß mich sputen. Ippolita wird ungeduldig. Sie erwarte, zischte sie mir heute mittag zu, als wir nach dem üblichen Vortrag im Kaminzimmer standen, die Rückgabe der Manuskripte und eine Entscheidung.

„Samstag“, zischte sie, „muß der Handel perfekt sein, sonst

könnt Ihr mit leeren Händen zurück=reisen in Euer Germanien. Ich habe genug Angebote, *mio caro Saggio!*"

Ich sagte nichts, nur: „*Come vuole, Signora.*"

Der Gobbo tat unbeteiligt und betrachtete seine gepflegten Finger, die ihm, wie ich inzwischen weiß, dazu dienen, schwierige mathematische Aufgaben zu lösen, mit deren Hilfe er, wie er mir sagte, eine Maschine konstruieren will, die ihm helfen soll, die gleichen mathematischen Aufgaben zu lösen, die er zu ihrer Konstruktion vorab ohne ihre Hilfe zu lösen versucht.

Benito versprühte Blitze unter seiner mächtigen Stirn, die aussieht wie ein Rammbock. Er stand an der Tür und schien mitzuzählen, wie viel Geld die Alte jedem einzelnen Besucher abnahm – hier ein *billet doux* einer gewissen Barbera an den Staatsphilosophen, da ein Exemplar einer dünnen Buch=Ausgabe, von der sie noch einige hundert Stück in einem Magazin liegen hat.

Man ging ein paar Schritte um die paar Häuser, bevor man sich zu Tisch setzte, und musterte die immer=gleichen Sehenswürdigkeiten – die Kapelle, wo der alte Agnostiker und Feind aller Pfaffen den Mönch Martin Luther auf seiner Pilger=Reise nach Rom beim Beten ertappt hatte. Dort hoch auf dem Hügel der Landsitz des befreundeten Holzhändlers, in dessen Schlafgemach er sich traf mit einer berühmten Schauspielerin, von der das erwähnte *billet* stammt.

Es hat alles eine gewisse Fragwürdigkeit, was mit dem Kultus des Herrn Schlechtnagel zusammenhängt. Bestes Beispiel: Schon unten im Tal und oben in San Casciano hängt ein kleines Schild im Baum mit der Aufschrift: „*Visitate la tomba di Machiavelli*". Fragt man sich zu diesem Grab durch, wird man zu einer Gedenkstätte geschickt. Um einen flachen kleinen Hügel wachsen ein paar Zypressen, im Halbkreis angeordnet.

Sprach darüber mit dem Gobbo, als wir allein im Wirtshaus saßen. Drei Stunden später hatte er ein blaues Auge.

„Was ist passiert?" fragte ich ihn.

„Der Prätorianer", antwortete er einsilbig. „Er muß uns belauscht haben."

„Er hat dich geschlagen?"

„Aber was", erwiderte er abfällig. „Ich bin gegen seine ausgestreckte Faust gelaufen."

„Benito?" stammelte ich.

Der Zwerg nickte. „Er muß uns belauscht haben."

Ich mochte nicht glauben, daß Ippolitas Majordomus es gewagt hatte, den liebenswürdigen, netten Giovanni zu mißhandeln. „Aber warum?" fragte ich.

„Weil wir über das Grab gesprochen haben."

„Aber du hast mir gar nichts gesagt", erwiderte ich, „nichts Abfälliges."

„O, doch", antwortete er. „Ich habe gesagt, es sei nicht sicher, daß der große Machiavelli im Kreis der Zypressen begraben liegt."

Ich fragte erstaunt: „Ja, ist es denn nicht sicher, daß es nicht sicher ist?"

„Nichts ist sicher", antwortete er. „Außer daß es verboten ist, darüber zu reden, ob es sicher ist oder nicht."

Ich verfiel in tiefes Grübeln, ahnte aber noch nicht, was es bedeutete. Jemand wollte nicht, daß ich erfuhr, daß sich Machiavellis Grab nicht hier in Sant'Andrea befand, soviel war klar. Aber warum sollte ich das nicht wissen? Ich bin ein harmloses Dichterlein. Morgens stehe ich auf mit den Hühnern und nachts lausche ich den Gänsen. Also, was soll's?

Sant'Andrea in Percussina,
den fünfzehnten Octobris
1664.

ENDE der Tagebuch=Aufzeichnung.

* * * * *

FORTSETZUNG DES BERICHTS.

ICH legte das Manuskript auf den großen Tisch in der Mitte des Zimmers, wo ich es zwei Wochen zuvor weggenommen hatte. Sie hatte es dort hingelegt, als sollte es ewig liegen bleiben, gewartet, bis der Gobbo aus dem Zimmer war, und hatte mit leiser Stimme gesagt:

„Ich hoffe, Sie werden mein Vertrauen nicht mißbrauchen. Wenn er davon erfährt, dann gnade uns Gott."

Dabei hatte sie theatralisch mit den Augen gerollt. Ihre Augen waren vorgewölbt und zur Hälfte von den Lidern bedeckt. Sie machte deshalb zumeist einen schläfrigen Eindruck. In diesem Moment aber verschwanden die Lider ganz im Kopf, so daß ihre Augen riesig wirkten. Das Wörtchen *er* hatte sie betont – *wenn* ER davon erfährt –, und zum Bild ihres Schwiegersohnes an der Wand geblickt. Danach hatte sie mich, was unnötig war, mit einer Kopfbewegung auf das Manuskript aufmerksam gemacht und die ebenso überflüssige Bemerkung hinzugesetzt:

„Nun gehen Sie, und kein Wort zu niemand."

Ich hatte gezögert. Sie hatte gesagt: „Nun nehmen Sie es schon."

Ich hatte das Manuskript genommen, aber noch immer gezögert. Mir war nicht ganz klar, welche Gefahr uns drohte. Sie hatte am Garten=Fenster gestanden, war zu mir gekommen, hatte mir das Manuskript aus der Hand genommen, mir den Mantel geöffnet, mir das Manuskript unter den Arm geschoben, den Mantel wieder geschlossen und mich ins Vorzimmer begleitet. In der Tür hatte ich mich noch einmal umgeblickt, zum Bild ihres Schwiegersohnes an der Wand geschaut und gefragt:

„Ist er wirklich so schlimm?"

Sie hatte sich geschüttelt wie nach einem Becher Kröten=Pisse:

„Orribile!"

Nun brachte ich das berühmte Manukript also zurück – vor allem aber war ich seelisch auf einen zähen Handel vorbereitet, denn ich wußte inzwischen, sie betrachtete ihr Wirken nicht als Handwerk, sondern als Missions=Tätigkeit, und da die Priester in aller Regel für ihre immateriellen Dienste mehr verlangen als die Schneider, Schuster und Stellmacher für ihre materiellen, war ich darauf gefaßt, für dero Wechsel=Briefe kaum mehr zu erhalten, als ich bis dahin gelesen hatte.

„Wir pflegen hier in Sant'Andrea", pflegte sie einzuflechten, wenn sie eine Reise=Gruppe in den Geist des Hauses einführte, „das Gedächtnis meines Ur=Großvaters in seiner Gesamtheit – ohne seinem Wirken und seinen Schriften eine politische Richtung zu geben, die heute *en vogue* sein mag, sein Werk jedoch nur verfälschen kann. Das unterscheidet uns von gewissen Zirkeln, vor allem in Florenz."

Wenn sie das sagte, regte im Publikum sich zuweilen ein Glucksen der Belustigung. Sie aber legte ihrem Gobbo nur die Hand auf das Buckelchen und säuselte: „Nicht wahr, mein lieber Giovanni?"

Der Gobbo betrachtete seine langen schmutzigen Finger, und sagte mit seiner wohltönenden Stimme:

„Gewiß doch, Signora, wir sind Wissenschaftler, keine Scharlatane."

Ich fragte mich dann, worauf sie anspielen mochte, und will darüber auf einer der nächsten Seiten getreulich berichten, sobald ich in Florenz in der Villa Seristori war. Vorerst aber hielt ich den Beutel mit beiden Fäusten umklammert, metaphorisch gesprochen.

FOLGENDES Gespräch ergab sich nun aber an jenem späten Nachmittag, als ich außerhalb der Audienz=Zeiten vorgelassen wurde. Sie stand am Fenster, so daß ich beim Eintreten ihre hohe, schlanke Gestalt wie einen Scherenschnitt wahrnahm, und das krause kurze Haar umgab ihr Haupt wie eine silbrige Aura.

„Nun, haben Sie alles brav abgeschrieben, mein lieber Saggio?" fragte sie mit ruhigem Spott. „Für den Fall, daß ich mich weigern sollte, Ihnen die wertvolle Handschrift zu jenem Spottpreis zu überlassen, den Sie mir bei Ihrem ersten Besuch in diesem Zimmer genannt haben, haben sie alles fein abgeschrieben, seien Sie ehrlich. Nicht wahr?"

Dabei verlor sie nicht ihr Wohlwollen, sondern deutete mit ausgestrecktem Arm auf den Sessel am Kamin. Sie klingelte auch nach der Tändelschürze und sagte, als diese mit einem züchtigen Knicks den Raum betrat:

„Wasser, für Signor Saggio. Für mich einen kleinen Vernaccia mit Eis. Und, ach, etwas Brot."

Ich setzte mich und versuchte den Atem flach zu halten. Der Sessel war kühl und roch muffig.

„Ich glaube nicht", sagte ich ruhig, „daß der Herzog von Braunschweig in seiner Bibliothek ein Konvolut von meiner Hand haben möchte, und wenn es zehn Mal die Kopie einer Handschrift wäre, deren Verfasserin uns bis vor wenigen Tagen unbekannt war. Nach Ihrem Schreiben, Signora, mußte mein Herr annehmen, der Verfasser sei Niccolò Machiavelli selber."

„Sehr unweise, Ihre Bemerkung", erwiderte sie und drehte mir den Rücken zu. „Wie hätte er selber so viel schreiben sollen, wenn er im Sterben lag?"

„Es hätte sich um eine ältere Schrift handeln können."

„Gewiß, das hätte es, aber dieser Traktat über die Medici ist quasi sein letzter Blick zurück, und der ist in der Tat umwerfend. Ich weiß nicht einmal, ob ich das Ding verkaufen sollte. Vor zehn Jahren verkaufte ich die Inkunabel der *Kriegskunst* desselben Verfassers an Königin Christine, und obwohl das Werk inzwischen von drei oder vier Verlagen nachgedruckt wurde, reut es mich noch heute, den Erstdruck weggegeben zu haben – zu einem immensen Preis übrigens. Sie können es nicht wissen, aber die schwedische Königin verehrt M mehr als alle Kirchenväter, obwohl sie eben erst zum Katholizismus übergetreten ist. Seit sie in Rom lebt, haben sich die Verkäufe seiner Bücher verzehnfacht, sogar im Vatikan=Staat, wo sie offiziell noch immer verboten sind."

Sie ging nachdenklich auf und ab, warf den Kopf zurück und sagte plötzlich: „Nein, ich weiß wirklich nicht, ob ich ein so wertvolles Objekt verkaufen sollte, egal wie viel Ihr Herzog mir bietet. Zumindest müßte ich eine Abschrift anfertigen lassen, wenn sie darauf bestehen sollten, den Brief zu kaufen."

Sie klingelte abermals, ohne ihre Rede zu unterbrechen.

„Die Wissenschaft beschäftigt sich seit mehr als hundert und dreißig Jahren mit der Frage", fuhr sie fort, „ob M mit den Popolanen sympathisiert oder jene seltsame Regierungs=Form favorisiert habe, die Cosimo der Alte erfunden hat. Eine Art republikanischer Monarchie gewissermaßen mit Wahlergebnissen, die vor der Wahl ausgehandelt wurden. Der Markt mit seiner klaren Hierarchie war der Ort, wo die politischen Entscheidungen fielen, nicht das Rathaus und nicht das Parlament. Dank seiner Mitteilungen auf dem Sterbe=Bett wissen wir: M haßte die Medici. Aber alles andere wäre ja wohl auch absurd gewesen. Noch schlimmer als der Autokrat ist nur der falsche Demokrat."

DER Gobbo trat ein, zwinkerte mir zu und folgte seiner Herrin auf den Balkon, wo sie einige Worte wechselten. Wieder überraschte mich die familiäre Intimität, mit der sie ihm durchs Haar strich und zum Abschied einen Klaps auf den Hintern versetzte. Er nahm das Manuskript vom Tisch, zwinkerte mir abermals zu und verschwand durch die fast unsichtbare Seitentür neben dem Bild Seristoris.

„Nun", sagte sie gut gelaunt und klatschte in die Hände. „Was halten sie von meinem Vorschlag? Sie machen sich ein paar schöne Tage auf Kosten des Hauses, besichtigen die Umgebung, Certaldo, das Geburtshaus des großen Boccaccio, San Gimignano, die Adels=Türme, die man in Florenz ja leider abgetragen hat, fahren zwei oder drei Tage in die Hauptstadt, schauen sich alles an, gehen zur Bank, um Ihre Geldbriefe einzulösen, und in der Zwischenzeit lasse ich eine Kopie für unser Archiv anfertigen. In zwei bis drei Wochen können Sie fahren. Was den Preis betrifft, so will ich gnädig sein, Sie haben eine so weite Reise gemacht. Sagen wir – das Anderthalbfache dessen, was sie selber vorgeschlagen haben."

„Ich weiß nicht", sagte ich. Ich war entschlossen, den Medici=Traktat zu kaufen, aber ich wollte versuchen, noch ein paar Autographen des Meisters herauszuschlagen. „Es steht eigentlich nichts drin", sagte ich, „was die Bibliothek von Wolfenbüttel interessieren könnte. Wer war dieser Machiavelli überhaupt. Über jedes Kuh=Dorf wissen wir heute, dank der Stadte=Portraits des wackeren Herrn Merian, mehr als über Ihren Malclavellus.

„Uns fehlen die fundamentalsten Informationen: Geburtsdatum und Geburtsort, Elternhaus, Schule und Studium, Militärzeit, Ehe, Kinder, Vorlieben und Krankheiten, Tugenden und Laster. Hatte er Freunde, Gönner, Mäzene, Liebschaften? Erbitterte Gegner, knie=fällige Anhänger.

„Wann begann er zu schreiben, was und warum? Schrieb er zu seinem Vergnügen? Hatte er irgend=welche Verkaufserfolge? Warum hat er zehn Jahre hier in Sant'Andrea gelebt, wenn er angeblich doch ein Beamter der Republik Florenz gewesen ist? Wodurch hat er sich für dieses Amt qualifiziert? Wann hat er es angetreten? Was hatte er für eine Position? Warum musste er so viel reisen? Warum musste er sich gegen Ende seines Lebens noch einmal um dieses Amt bewerben?

„Sie verstehen mich? Alle diese Kleinigkeiten, die eine Figur der Zeit=Geschichte lebendig machen. Was die Engländer die *Home=story* nennen. Oder nehmen Sie Vasaris literarische Portraits berühmter Maler und Bildhauer. Oder den Bild=Band, der augenblicklich in Teutschland für Furore sorgt: *Lebens=Bilder großer Frauen der Renaissance.* Der Verfasser ist mir leider entfallen.

„So etwas in der Richtung würde meinen Dienstherren entzücken und die Nachwelt nicht minder. Sonst laufen die Leute noch in fünfhundert Jahren rum, wissen nicht, wer er wirklich war, kennen nichts als seine Schrift vom Fürsten und auch die nur bruch=stückig.

„Daß er angeblich ein bedeutender Autor und Politiker war, höre ich seit vierzehn Tagen aus Ihrem Munde, jedes Mal, wenn Sie eine Reise=Gruppe durch dieses Haus führen. Ich weiß Ihre Ausführungen durchaus zu schätzen, Signora Ippolita. Es sind stilistische Kleinodien, für die ich Ihnen hier und heute noch einmal ausdrücklich danken darf.

„Aber zu hören, daß M ein Genie der Menschenkunde war, hilft mir nicht weiter, wenn ich mich frage, wie er ausgesehen haben mag. War er groß oder klein, freundlich oder mürrisch, galant oder schroff, ein Lust=Mensch oder ein Kost=Verächter? Liebte er die Frauen mehr als die Männer oder umgekehrt oder beides? War er geizig oder großzügig? Kompromißlos oder diplomatisch?

„Das alles bräuchte ich, und dazu ein paar Seiten von seiner

Hand, nicht von seiner Tochter Baccina. Das würde meinen Auftraggeber vielleicht vertrösten, wenn ich nicht mit dem ersehnten letzten Brief zurückkehre, sondern mit einem Diktat."

Sie seufzte gekonnt.

„Ach, ja, Ihr Schriftsteller", sagte sie lächelnd, aber es war nicht klar, ob sie meinen Einwand albern fand oder einleuchtend. „Immer glaubt Ihr, wenn Ihr wüßtet, was einer für eine Haar=Farbe und für einen Appetit hatte, dann wärt ihr der Persönlichkeit auf der Spur. Und was die Autographen betrifft, seid Ihr vollends unbegreiflich. Ein paar nichts=sagende Aufzeichnungen von der Hand eines großen Mannes erscheinen Euch wertvoller als ein ganzer Traktat, den er nur diktiert hat.

„Wann werdet Ihr begreifen, daß einer ein Bauer sein kann und doch ein bedeutender Mensch. Daß nicht die Handschrift über den Wert einer Handschrift entscheidet, sondern ihr Inhalt. Daß es völlig egal ist, wer eine Schrift diktiert oder geschrieben hat, wenn sie der Menschheit weiterhilft auf ihrem schwierigen Weg aus der Knechtschaft der eigenen Dummheit, der Diktatur der Fürsten und der Anmaßung der Priester und Prälaten.

„Aber gut, es ist nun mal, wie es ist, und so will ich Ihnen auch in dieser Hinsicht entgegenkommen, *mio caro Saggio.* Ich werde meinen Gobbo bitten, ein paar Tagebuch=Blätter heraus zu suchen, die Sie für Ihren Herzog käuflich erwerben können, wenn Sie mir einen ordentlichen Preis nennen. Natürlich werden wir darauf achten, daß jede Phase der Biographie unseres Malclavellus, den wir alle verehren, mit einigen trefflichen Sätzen charakterisiert wird.

„Was aber die biographischen Daten angeht, so könnte ich Ihnen eine Menge Traktate und Bücher der vortrefflichsten Gelehrten nennen, die sich alle die Mäuler über ihn verbogen haben. Aber das wäre nutzlos. Glauben sie keinem. Glauben Sie nichts, was über M geschrieben und erzählt wird. Mir auch nicht.

„Die unverschämtesten Gegner sind noch am ungefährlichsten, denn sie entlarven sich selbst durch ihre Übertreibungen. Die zwischen=drin, nicht Feind, nicht Freund, zwar=aber, sowohl=als=auch, wollen Sie ebenfalls vergessen, denn die wahre Wissenschaft bedarf der Hitze des Herzens und der Gefühls=Ausbrüche, wie die große Liebe und der Welten bewegende Haß.

„Aber hüten Sie sich vor den Adepten, die den Gegenstand ihrer Verehrung in den höchsten Tönen loben. Sie sind am schlimmsten, denn sie wollen ihn für ihre Ziele mißbrauchen.

„Deshalb hören Sie zu: Gleich morgen gewähre ich Ihnen ein Privatissimum, wenn Sie wollen auch in meinem Schlafzimmer. Ich werde nur für Sie eine Vorlesung halten. In zwei Doppel=Stunden sollen Sie alles erfahren, was ein gebildeter Zeit=Genosse über meinen Ur=Großvater wissen sollte. Welches seine politischen Ziele und seine literarischen Vorlieben waren. Alles über den Menschen, Politiker und Schriftsteller Niccolò Machiavelli. Obendrein erhalten Sie eine Abschrift meiner Vorlesung."

Er war ein großer Mann, ja, aber seine Größe besteht nicht in den hundert mal tausend Stunden, die er im Auftrag des Frei=Staates durch halb Europa geritten ist – das war sein Brot=Beruf, vielleicht auch seine Heimat=Liebe –, und nicht in dem, was die Leser in seinen politischen Schriften und seinen historischen Abhandlungen erkennen. Ich will es zu erklären versuchen.

„Haben Sie jemals einen Tau=Tropfen betrachtet, der an einem Blatt hängt im morgendlich frischen Garten? Sie werden vielleicht den winzigen Regen=Bogen bewundert haben, der plötzlich auf=scheint, sobald die ersten Strahlen der Sonne durch diesen Tropfen fallen – sofern Sie ihm überhaupt Ihre Aufmerksamkeit schenken. Nicht aber werden Sie sich gefragt haben, wie es kommt, daß er dort hängt, und wenn ich Sie danach frage, werden Sie etwas schwafeln von einer nebelhaften Feuchtigkeit, die sich an jene unsichtbare Schwelle begibt, wo Kälte und Wärme sich berühren, und mir etwas von jenem Naturereignis erzählen, das darin besteht, daß der Nebel sich zurückverwandelt in Wasser und dabei Tropfen bildet.

„Es ist nicht Ihr Fehler, daß Sie nicht fragen, wie das kommt. Niemand fragt nach der rätselhaften Natur der Wasser=Tropfen. Welche Kraft bewirkt zunächst, daß sich der Nebel in einen

Tropfen verwandelt? Sodann, welche Kraft hält das Wasser zusammen in einem Tropfen und verhindert, daß es nicht einfach ein kleines Rinnsal bildet und sich davon macht? Drittens: Warum gibt es kleine und weniger kleine Tropfen, nicht jedoch große – sagen wir: in der Größe Ihres Kopfes? Nie sah ich irgend wo an einer Decke einer Grotte zum Beispiel einen Tropfen von der Größe Ihres Kopfes hängen.

„Was aber ist mit dem See, dem Fluß, dem Meer? Sie sind zweifellos nichts weiter als eine endlose An=Häufung von Wasser=Tropfen, die so dicht bei einander liegen, daß unser armseliges Auge sie nicht im einzelnen erkennen kann, sondern annehmen muß, das Wasser habe abermals seine Erscheinungs=Form verändert. Die Tropfen hätten sich aufgelöst, wären mit Myriaden anderer Tropfen verschmolzen und hätten mit ihnen zusammen jene diffuse Masse gebildet, die wir Fluß nennen, See oder Meer.

„Aber selbst wenn es so sein sollte, sind wir gezwungen, wiederum die Existenz einer unsichtbaren Kraft zu konstatieren, die es schafft, so viele einzelne Tropfen aufzulösen und zu einer großen Masse zu vermengen. Immer müssen wir aus einer bekannten Erscheinung, über die keiner nachdenkt, auf die Existenz rätselhafter Kräfte schließen.

„Was hat diese dumme Tropfen=Geschichte mit mir zu tun, werden Sie nun vielleicht fragen. Das will ich Ihnen sagen. Stellen Sie sich vor, Sie selber wären ein Wasser=Tropf, und alle Menschen wären Tropfen. Dann wäre Sant'Andrea eine Wasser=Pfütze, der Auszug der Kinder Israels wäre ein Bach, wie die *Elsa* oder die *Pesa,* der Zug Alexanders des Großen wäre der Nil, die Stadt Florenz wäre ein See, vergleichbar dem *Lago di Trasimeno,* der Kirchen=Staat wäre das Schwarze Meer, das Königreich Spanien der atlantische Ozean, die heißen Quellen von Saturnia wären die aufständischen Bauern vor ein hundert und fünfzig Jahren und so fort.

„Das einzelne Lebewesen aber würde von derselben unsichtbaren Kraft zusammen gehalten werden wie der Wasser=Tropf, die verhindern würde, daß der einzelne Mensch in seine Bestand=Teile zerfällt und als ein unappetitliches Häufchen von Armen, Beinen und innere Organen auf der Straße liegt. Stellen wir uns vor, es gebe eine Kraft, die die Menschen zu Pfützen, kleinen und großen Seen, zu Bächen, Flüssen, Strömen, Meeren und Ozeanen zusammen fügt und in einer späteren Ära auch bewirkt, daß sie sich wieder in Dunst und Nebel verwandeln, von dort wieder in Tropfen, das heißt, Individuen, und von dort wieder in Pfützen und Ozeane.

„Nun denn, soll ich Ihnen etwas sagen, Signor Saggio, der Sie diesen Namen nicht ganz zu Recht tragen, da Ihnen dieses Problem bislang nicht aufgefallen war? Die Größe meines Ur=Großvaters besteht darin, diese rätselhafte, unsichtbare Kraft entdeckt und in ihren einzelnen Effekten beschrieben zu haben – jedenfalls, was den Menschen, sein Verhalten und die Formen seines Zusammenlebens betrifft, und zwar ein für alle Male und für alle vier Welt=Gegenden und Epochen gültig.

„Dem Anschein nach beschreibt er nichts weiter als dumme Tatsachen, die man heute in jedem Geschichts=Buch lesen kann, und vielleicht sogar exakter. Warum hat der Franzosen=König Karl VIII. gegen Neapel Krieg geführt? Wie und warum hat der Herzog von Valentino binnen weniger Tage alle seine Generäle ermorden lassen? Wie hat sich die Eroberung von Konstantinopel durch die Osmanen auf das Gleichgewicht zwischen den italienischen Großmächten ausgewirkt? Warum hat Papst Sixtus IV. die Ermordung der zwei Medici=Führer in Auftrag gegeben? Warum haben Frankreich und Habsburg um die Vormacht in Italien gestritten?

„Tausend Fragen, die man sich vor zwei tausend Jahren in Griechenland, vor ein tausend fünf hundert im ganzen römischen Imperium, vor fünf hundert im Heiligen Römischen Reich teutscher Nationen hätte fragen können und sich in fünf hundert Jahren noch fragen würde, wenn M nicht die Antwort darauf entdeckt hätte.

„Dabei hat er etwas sehr Einfaches getan. Er hat die menschliche Natur untersucht, wie sie in diesen ganzen Zusammenrottungen und Kriegen, Morden und Plünderungen, Revolutionen und Plünderungen sich ausdrückt. Er hat die Kraft entdeckt, die den einzelnen Menschen zusammenhält und dennoch dazu führt, daß er sich selber zerstört. Die dazu führt, daß er Pfützen bildet, Bäche, Seen, nämlich Haufen und Weiler, Städte und Staaten, Heer=Züge und Flüchtlingsströme, Feld=Lager und Volksversammlungen, und letztlich diese vielen Gebilde, die er sich erschafft, auch wieder zum Einsturz bringt.

„Das ist seine eigentliche Leistung. Einfältige Naturen wie er"* – dabei blickte sie wieder zum Bild an der Wand – „glauben, M hätte uns politische Botschaften hinterlassen. In Wahrheit hat er uns die Augen dafür geöffnet, wie der Mensch beschaffen ist und welche Kräfte ihn dazu treiben, das zu tun, was er tut und tun muß. Wir sehen immer nur die Auswirkungen dieser Kräfte. Er hat uns gelehrt, diese unsichtbaren Kräfte selber zu erkennen – es sind nur wenige: die Dummheit, der Eigennutz, die Trägheit und vielleicht noch die Angst zu verdunsten.

„Doch das ist nicht alles. Sie wissen vielleicht, zu seiner Zeit glaubten die Philosophen, die Menschen seien fähig zu erkennen, was gut für sie sei und was schlecht, und sie besäßen den Willen, das zu tun, was sie als höchste Geschöpfe Gottes für richtig erkannt hätten.

„Nun denn: Wenn Sie Machiavelli genau lesen, so werden Sie erkennen, was er sonst noch behauptet. Er meinte nämlich festgestellt zu haben, daß kein Mensch diese Fähigkeit besitze und daß, schlimmer noch, kein Mensch in der Lage sei, das zu tun, was er für richtig erkannt hat. Stets sind es, so behauptet er jedenfalls, irgend welche Triebe und Gewohnheiten, äußeren Zwänge und Kleinigkeiten, die jeden, selbst den Klügsten und Entschlossensten, wenn es darauf ankommt, davon abhalten zu erkennen, was gut oder schlecht und zu tun oder zu lassen, was richtig oder falsch sei.

„Ich nehme an, Sie verstehen jetzt, warum er so viele einflußreiche Feinde hatte, denn nichts ist den Ratgebern unangenehmer als der Vorwurf, sie wüßten nicht, wozu sie raten sollten, und nichts hassen die Herrscher mehr als die Behauptung, sie wüssten nicht, was sie tun.

„Um es mit seinen Worten auszudrücken:

* Seristori.

Neue Einrichtungen zu treffen oder neue Staatsordnungen zu schaffen ist bei der neidischen Natur der Menschen stets eben so gefährlich gewesen wie die Entdeckung unbekannter Meere und Länder.

„Ich könnte Ihnen hundert Sätze dieses Inhalts vortragen. Wollen Sie mehr hören?"

SIE unterbrach sich, bückte sich und hob etwas auf. Sie führte Daumen und Zeigefinger ganz nah ans Auge, aber der Gegenstand war so winzig, daß ich ihn nicht sah. Er sah aus, als wäre er nicht vorhanden, und sie selber schien keinen Wert darauf zu legen, denn sie schnipste ihn davon wie einen Krümel Brot, und noch immer war das aufgehobene Ding nicht erkennbar.

„Wußten Sie übrigens", sagte sie, nachdem sie diese undurchschaubare Tätigkeit beendet hatte, „daß M mehrfach in Gimignano war, um Soldaten für seine Miliz anzuwerben, und daß er ein großer Verehrer von Boccaccio war? Sie kennen sicher seinen *Diskurs über unsere Sprache* – den berühmten Satz, in dem er schreibt, daß Dante, Petrarca und *Boccaccio* die berühmtesten Schriftsteller der modernen Literatur und absolut gleichrangig seien. Ich könnte Ihrer Bibliothek die Abschrift verkaufen, die Ludovico *Martelli* im Jahre 1524 benutzt hat. Mein Schwiegervater, Giuliano de'Ricci, hat das Vorwort verfaßt, und auch mein Großvater Bernardo Machiavelli hat sich dazu geäußert."

Ich begriff nicht gleich diesen plötzlichen Wechsel. Sie setzte sich neben mich und legte ihre Hand auf die meine.

„Einverstanden?" sagte sie eindringlich. „Den Traktat über die Medici vereinbaren wir fest, und über den *Diskurs* samt Gutachten reden wir in den nächsten Tagen noch einmal."

Ich erschrak. Die Hand war kalt wie ein Eiskeller und so fleischlos, daß ich jedes Knöchelchen zu spüren meinte. Ich nickte bedächtig, schien nachzudenken. Es lohnte sich offensichtlich, sie hinzuhalten. Nun hatte ich schon den Traktat zu einem akzeptablen Preis, eine schriftliche Einführung in Leben und Werk des Dichters und noch ein paar Autographen herausgeschunden. Vielleicht legte sie noch den *Diskurs über die Sprache* oben drauf, wenn auch nur in der Abschrift eines gewissen Martelli, von dem ich noch nie gehört hatte.

„Man müßte wissen", sagte ich, „ob es wirklich Machiavellis Tochter war, die das Diktat aufgenommen und ausgeführt hat. Womöglich ist auch das nur eine Abschrift einer Abschrift."

Sie stand auf und begann nervös umher zu gehen.

„Aber ich bitte Sie. Ich kenne die Handschrift meiner Tante Baccina wie jeden meiner Olivenbäume. Meiner Groß=Tante, genau gesagt. Ich könnte Ihnen hundert Schriftstücke von ihrer Hand zum Vergleich vorlegen."

„Und wenn nun", sagte ich betont langsam, „es sich zwar um die Handschrift Ihrer Tante Baccina handelt, Ihrer Groß=Tante, genau gesagt, wir es jedoch nicht mit einem Diktat Ihres Ur=Großvaters zu tun haben, sondern ein anderer die Geschichte erfunden hat – vielleicht Ihr Großvater oder Ihr Schwiegervater?"

„Die Frage ist berechtigt", sagte sie, als hätte sie selbst schon darüber nachgedacht, und ihr Schritt wurde ruhiger. „Aber abwegig. Völlig abwegig. Es ist sein Stil, seine Art zu denken, sich auszudrücken. Im übrigen gibt es eine Äußerung des Ehemannes, in der er bestätigt, daß M seiner Tochter mehrere Tage lang einen Brief an einen nicht näher bezeichneten Adressaten diktiert habe. Kurz vor seinem Ableben."

„Sie könnten diese Äußerung des Gatten Ihrer Groß=Tante natürlich belegen", unterbrach ich sie.

„Gewiß doch, ich müßte sie raussuchen lassen. Aber was soll's. Ich könnte Ihnen ein Dutzend Passagen zeigen, die zweifelsfrei von M stammen, und in allen äußert er ähnliche Gedanken in ähnlicher Weise, nur nicht so dezidiert anti=medizeisch. Lesen Sie seine *Florentinischen Geschichten,* seine Briefe aus dem Exil. Seinen Brief, in dem er sich über den Herzog von Urbino beschwert, der lieber mit seinen Windhunden spielt, als auch nur einen Blick auf den *Principe* zu werfen. Diese Verachtung, mit der er den syphilitischen Schnösel abkanzelt."

„Sie haben die Briefe hier?" fragte ich ruhig. „Ich könnte ein wenig darin blättern, in den nächsten Tagen. Sie können mich gerne im Auge behalten, falls Sie Angst haben, daß ich etwas abschreibe."

Sie unterbrach ihre Wanderung und betrachtete ihren Schwiegersohn.

„Tut mir leid", sagte sie, „ich habe sie nicht mehr."

„Und wen müßte ich fragen, wenn ich sie einsehen wollte?"

„Das müßten Sie *ihn* fragen."

„*Er* hat die Briefe Ihres Ur=Großvaters?"

Sie zögerte mit der Antwort. Sie schien zu überlegen, ob es wirklich nötig sei, meine Frage zu beantworten. Ihr Blick sagte: Was geht den das an? Er ist noch nicht einmal Italiener. Was versteht der von unseren Verhältnissen? Sie straffte sich, ihre Gestalt wurde hochmütig.

„Wissen sie, was es bedeutet", fragte sie, „eine Tochter zu haben, die nur zum Heiraten taugt? Was es in Italien kostet, ein Mädchen unter die Haube zu bringen? Ein Vermögen! Natürlich, hier auf dem Land, in der Einöde, hätte ich sie verheiraten können für ein Dutzend Olivenbäume und einen Ballen grobes Leinen. Aber wer gibt das eigene Kind in eine dieser Hunde=Hütten, wo sie abends mit den Hühnern und Ziegen ins Bett gehen, sich nicht waschen, jedes Jahr ein Kind kriegen, und bevor die Frau dreißig ist, stirbt sie mit der Hacke in der Hand."

Sie schwieg, und dann brach es aus ihr heraus:

„Ich hatte doch nichts. Kein Geld, keine Wertpapiere, keinen Schmuck, kein Haus in der Stadt, keine Pfründen. Nur das kleine Gut hier und einen Haufen Papier. Vergilbt und brüchig zwar, aber von unschätzbarem Wert. Handschriften mit eigenhändigen Korrekturen, Inkunabeln, Briefe der bedeutendsten Persönlichkeiten seiner Zeit, die Beleg=Bücher mit den Kopien seiner eigenen Briefe, Tagebücher, Skizzen, Notizen, tausend kleine Zettel, Billets. Da schaun Sie, was ich alles hatte!"

Sie ging rasch zu dem halbleeren Bücherregal, griff nacheinander einige Bücher heraus, schlug sie der Reihe nach auf, blätterte darin herum und rief:

„*Io canterò l'italice fatiche** – *die Dezenalen,* eine Versdichtung über die Jahre 1494 bis 1504!

* Ich werde von den Mühen Italiens singen.

„*Der Esel,* allegorisch=selbstbiographische Versdichtung, geschrieben 1512!

„Die *Karnevalslieder,* die drei Theaterstücke, darunter die berühmte *Mandragola;* eine Fabel, diverse andere Vers=Dichtungen aus der Zeit seiner Verbannung!

„Oder hier. Das Verzeichnis der Briefe, die mein Schwiegervater gesammelt hat: im Ganzen dreitausend siebenhundert sechs und neunzig Briefe und Brief=Kopien in Beleg=Büchern und auf einzelnen Blättern!

„An die hundert Denkschriften, Entwürfe zu Reden, Gesetzen. Acht Bücher *Florentinische Geschichten,* etliche Reste von verschollenen Druckschriften!

„*Das Leben des Castruccio Castracani aus Lucca,* eine Novelle! Die *Discorsi* über die ersten zehn Bücher des Titus Livius! Die sieben Bücher der *Kriegskunst*! Die Legationsberichte über seine Reisen an den französischen Königshof, zu Cesare Borgia, Caterina Sforza, an die Höfe von Mailand und Rom!

„Wissen Sie, was für eine Arbeit darin steckt, das alles zu finden, zu sammeln, zu sichten, zu entschlüsseln, zu transkribieren, zu kommentieren, heraus zu geben? Einige tausend Personen anschreiben und abfragen, ob sie vielleicht im Besitz irgend=welcher Schriftstücke des Verstorbenen seien. Diese Überredungs=Künste, die man aufwenden muß, um den Leuten ein paar Fetzen Papier zu entreißen, die für sie wertlos sind, für die Wissenschaft und den Fortschritt der Menschheit aber von unschätzbarer Bedeutung!

„Mein Schwiegervater hat sein Leben damit verbracht, ich habe noch einmal zwanzig Jahre meines Leben darein gesteckt, und da ist alles, was mir geblieben ist!"

Sie deutete mit großer Geste auf das Dutzend Bücher, die sie ins Regal zurückgestellt hatte, und sagte verächtlich:

„Ein Arm voll Druckschriften der zweiten oder dritten Ausgabe, die man in Venedig, Neapel oder Mailand für einen Spottpreis auf den Marktständen verkauft."

Sie machte eine wegwerfende Handbewegung, wie man sich einen abgekauten Apfel über die Schulter wirft, ging zum Tisch, leerte ihr Glas auf einen Zug, nahm ein Stück Brot, brach es, und ich dachte schon, sie wollte etwas essen, aber sie zerkrümelte es, knetete Kügelchen aus dem weichen weißen Zeugs und schnipste sie bald hier hin, bald dort hin.

Ah, das Leben!" sagte sie mit bitterer Emphase. „Ah, das Leben ist eine absurde Sache. Wie gewonnen, so zerronnen! Einen alten Mann von fünfzig Jahren, an dem nichts Liebenswertes war, habe ich geheiratet, als ich eben zwanzig war, nur weil ich hoffte, durch ihn dieses philosophische Gebirge zu erwerben, das man in tausend Jahren nicht erforscht haben wird.

„Der Enkel meiner Tante Baccina war er, ein häßlicher, geistloser Zwerg, der den ganzen Tag hinter den Hühnern herlief – Frucht der Lenden jenes Giuliano de'Ricci, der eines Tages in tausend Schriften geehrt werden wird, weil er das literarische Erbe des großen Machiavelli vor der Auslöschung gerettet und die in aller Welt verstreuten Briefe und Handschriften gesammelt hat.

„Mein Schwieger=Vater war ein großartiger Philologe. Er sah, ob auf einem Fetzen Papier eine nutzlose Notiz vermerkt war, oder wie ein unscheinbares Samenkorn, aus dem eine wunderbare Blume entstehen kann, eine spontane Idee, aus der später ein ganzes Kapitel eines der unsterblichen Werke wurde, die M geschaffen hat.

„Unglaublich, daß ein derart begabter Wissenschaftler einen debilen Halb=Affen zeugen konnte wie meinen späteren Ehemann, aber wahrscheinlich mußte es sein. Es war mein Glück gewissermaßen. Wäre er klüger gewesen, hätte er nicht eingewilligt, mir jenes Archiv zu überlassen und statt dessen den Weibern der Bauern nachzujagen. Oder nein, halt! Das hätte er wahrscheinlich trotzdem getan. *Così fan tutte.**

„Ich war ein Kind noch, als mein Großvater mich oft mit=nahm zu seiner Schwester, die im Palast ihres Sohnes Giuliano lebte. Die Wände ihres Zimmers waren bedeckt mit Regalen, die bis unter die Decke gingen, was mich sehr verwunderte, denn

* So machen sie es alle.

niemand besaß so viele Bücher. Aber mehr noch als die Bibliothek beeindruckte mich Tante Baccina.

„Sie war mindestens neunzig, aber immer noch strich sie an den Buchrücken und Mappen voller Handschriften entlang wie ein Tiger am Gitter seines Käfig, ein Tiger, der jedem, der es wagt, die Hand nach ihm auszustrecken, einen tödlichen Hieb mit der Pranke versetzt.

„Sie war eine bewundernswerte Person, und wenn sie mit meinem Großvater und ihrem Sohn beim Tee saß und ihre salzigen Kekse knabberte, denn sie vertrug keinen Zucker, so sprachen sie über nichts anderes, als über M und seine Werke. Ich saß auf ihrem Schoß in der großen, vom Licht durchfluteten *Limonaia,* die im Sommer als Pavillon für die kleinen Empfänge diente, und verstand gar nichts, aber ich spürte die Aura dieser Figuren und das Wallen, das von den ewigen Werken ausging, die sie in ihrem *Studiolo* verwahrte. Wie ein Kometen=Schweif durchzogen die tiefen Gedanken unseres Ahnherren die Säle des Palazzo de'Ricci und nisteten sich ein in jeder Zelle meines kindlichen Körpers, um dort zu ruhen, bis ich eines Tages reif war, sie in mir zu erwecken und in ihrem Glanz zu erstrahlen.

„Ach, diese bukolischen Nachmittage unten in Florenz, in den Gärten und Palästen, wo ich meine Jugend verbrachte, bevor ich, nach meiner Heirat, hierher zog, um die Bibliothek und die Handschriftensammlung der Villa de'Ricci ganz für mich zu haben, und natürlich auch, weil wir das Haus in der Stadt mit seinen Dienstboten nicht halten konnten. Die Kosten hätten uns aufgefressen.

„Aber davon ahnte ich nichts, damals, auf dem Schoß meiner Tante Baccina. Es waren herrliche Stunden, und bevor ich lesen und schreiben konnte, wußte ich, daß auch ich eines Tages da sitzen würde, um über meine Arbeit zu reden, denn sie redeten über nichts anderes als die Schriften meines Ur=Großvaters. Manchmal hatte einer der drei ein Schriftstück entdeckt, zuweilen sogar ein ganzes Manuskript, und fortgesetzt hatten sie etwas zu entziffern, oder sie sprachen darüber, was man in bestimmten Texten *schwärzen* müsse, um das Ansehen *des Alten* und der Familie nicht zu beschädigen.

„Vor allem dieses *Schwärzen* beschäftigte mich sehr, da ich ein kleines Mädchen war, denn sie beugten sich über ein Blatt Papier, deuteten mit dem Finger darauf, und redeten so lange, bis Onkel Giuliano die Feder ins Tintenfaß tauchte und einige Worte durchstrich. Es erschien mir wider=sinnig, daß sie über einen Satz debattierten, ihn dann aber unleserlich machten, so daß ihn nun keiner mehr lesen konnte, und später, als ich ebenfalls über diesen Schriften saß, wünschte ich mir, wenn ich auf eine dieser geschwärzten Stellen stieß, ich hätte als Kind besser aufgepaßt und mir gemerkt, wie die Text=Stelle lautete, die sie unleserlich gemacht hatten.

„So begierig war ich, es ihnen gleich zu tun, daß mir der Preis angemessen erschien, eines Tages diesen häßlichen, widerlichen Mann zu heiraten, der um die dreißig Jahre älter war als ich. Er hieß Totò wie der Bruder meines Ur=Großvaters, war klein und dürr und hatte ein verschlagenes Gesicht. Fast immer hatte er etwas dabei, was er kaputt machen mußte – ein Stück Holz, das er mit einem Messer bearbeitete, eine Blume, der er die Blüten=Blätter auszupfte, eine Fliege, der er die Beine ausriß, und wenn er nichts zur Hand hatte, zerpopelte er eine Kerze, zerfetzte eine Serviette, kratzte sich den Schorf von den Unterarmen oder drehte an den Knöpfen seiner Jacke, bis er sie in der Hand hielt.

„Zum Glück war ich nur fünf Jahre mit ihm verheiratet und brauchte ihm auch nur ein Dutzend Mal zu Willen zu sein. Danach war ich schwanger und konnte die Tür abschließen. Er ist seit fünfzig Jahren tot."

ICH erschrak. Ein Schemen, ein lautes Flattern, ein heftiger Schlag gegen die Flügel=Tür, dann war es still. Ich sah die Signora an, wir schauten umher und erblickten auf dem Fußboden, dort, wo ein sehr leises, zartes Geräusch zu hören war, wie von einem Blatt Papier, mit dem ein sanfter Wind spielt, einen kleinen bunten Vogel. Er lag auf der Seite, sein Schnabel stand offen und zitterte ein wenig, seine Brust hob und senkte sich, und seine Flügel schlugen kaum merklich auf den dunkel=roten Cotto.

Ich eilte hin, nahm den kleinen Vogel in die Hand und strich ihm vorsichtig über das Köpfchen. Er zuckte kaum noch und war wohl schon tot. Sie betrachtete das Tier nur kurz und sagte angewidert: „Ach, lassen Sie doch diesen dummen Vogel. Darf ich endlich meine Geschichte zu Ende erzählen, oder wollen Sie erst Ihren Vogel begraben? Etwas mehr Contenance, wenn ich bitten darf."

Ich trat hinaus auf die Veranda, warf den kleinen Kadaver in den Garten und wandte mich um.

„Aber gewiss, Signora, was ist ein kleiner Vogel gegen das Archiv eines großen Gelehrten. Sie wollten erzählen, warum Sie die Briefe nicht mehr haben, die Ihr Schwiegervater in jahrzehnte=langer Arbeit gesammelt hat."

Sie sah mich streng an und fauchte. Es war ein Ton, wie nur Katzen ihn von sich geben, wenn man ihnen das Futter wegnehmen will, und es hätte mich nicht gewundert, wenn sich ihre kurzen festen Haare aufgerichtet hätten.

„Muß ich das auch noch sagen?" fragte sie böse. „Was wollen Sie noch aus mir heraus pressen? Haben Sie denn gar kein Mitgefühl? Kein Herz für eine Wissenschaftlerin, der man alles genommen hat, selbst das Aller=Heiligste! Er hat die Briefe, das sagte ich doch. Alles mußte ich ihm abtreten, oder fast alles – das Gut, den Nachlaß. Anfangs glaubte ich, daß er mit sich reden ließe. Sich damit begnügen würde, der Eigentümer zu sein, und die Schrift=Stücke hier deponieren würde, wohin sie gehören. In dieses Haus, in dem M gelebt und den größten Teil seiner Schriften verfaßt hat.

„Aber von diesem Kinder=Glauben sollte ich bald geheilt werden. Spätestens als die Wagen vor der Tür standen und ein paar Handlanger alles in Kisten verpackten und mitnahmen. Ja, ich habe versucht, sie daran zu hindern, aber es war zwecklos. Er selbst hat den Raub überwacht und seine Augen waren überall.

„Gut, ein paar Schriften habe ich gerettet im Durcheinander jenes schrecklichen Tages – ein paar Tagebücher, ein paar unbedeutende Zettel, Autographen, die sich im Moment der Katastrophe nicht hier im Haus befanden, den Traktat, den Sie kaufen wollen. Aber das meiste hat man mir buchstäblich aus den Händen gerissen, und wenn er wüßte, was ich retten konnte, würde er mich erschlagen, um sich diese Texte auch noch zu holen.

„Dieser Mann geht über Leichen, glauben Sie mir. Dieser Raub war von Anfang an sein Plan. Er hat meine Tochter geheiratet, um an den Nachlaß meines Ur=Großvaters zu kommen. Oder können Sie mir einen Grund sagen, warum er sie hätte heiraten sollen? Ein Mädchen vom Land, das nichts ist und nichts hat? Keinen Vater, keine Brüder, keinen Onkel? Mit nichts als einer spinnerten Mutter, die sich anmaßt, den größten Dichter und Denker des vorigen Jahrhunderts gelesen zu haben, Wort für Wort, und nicht nur das – gelesen und auch verstanden?"

Es war imponierend, wie sie jetzt da stand. Sie hatte die Arme gehoben wie zur Verdammnis des Ewig=Bösen, ihre Augen funkelten Blitze, ihr krauses Haar hatte sich tatsächlich aufgerichtet wie die Rückenmähne eines hungrigen Wolfes, der schon die Zähne fletscht. Ich sah, sie war einmal sehr schön gewesen.

„Vielleicht war sie schön", sagte ich.

„Wer?" rief sie, „meine Tochter?"

„Ihre Tochter, ja!"

Sie schnaubte abfällig.

„Ein Trampel war sie, eine dumme Gans, die mit dem Erstbesten ins Bett ging, der ihr schöne Augen machte. Keine Frau mit Verstand hätte sich mit diesem Mann eingelassen. Er stand eines Tages hier vor der Tür, ließ sich alles von mir zeigen, kriegte fast die Maulsperre, als er hörte, welcher Genius einst hier wohnte und was für Schätze diese Mauern verwahrten, ließ sich drüben ein Zimmer geben, und am andern Morgen war es geschehen.

„Mein Fehler war, daß ich das letzte Kapitel des *Principe* rezitiert habe. Ich kann es heute noch auswendig. Wollen Sie es hören?"

Ich nickte. Sie eilte wieder zum Regal, zog ein Buch und blätterte darin, ohne ihre Rede zu unterbrechen.

„Sie war bereits schwanger", fuhr sie fort, „als er um ihre Hand anhielt. Zum zweiten Mal übrigens, aber das ist ein anderes Thema. Drei Wochen später waren sie verheiratet, und er holte sich alles. Oder fast. So ist das, mein lieber Saggio. Beeilen Sie sich, wenn Sie etwas kaufen wollen."

Sie hatte die Stelle gefunden, reichte mir das Buch zum Mit=Lesen und deklamierte. „Hier, hören sie:

„Und wenn, wie ich gesagt habe, daß das Volk Israel zum Sklaven werden mußte, damit die Tüchtigkeit eines Mose sich zeigte, so mußte auch Italien in das Stadium geraten, in dem es sich zur Zeit befindet. Es mußte unterdrückter werden als die Juden – ohne Führer, ohne Ordnung, geplündert, zerfleischt und von Feinden überrannt. Solcher Art, gleichsam leblos geworden, erwartet Italien den, der im Stand wäre, seine Wunden zu heilen. Man sieht, wie es betet, daß Gott ihm den Mann sende, der es von den Grausamkeiten der Barbaren befreit. Man sieht, wie es bereit und willens ist, einem Banner zu folgen, so bald einer kommt, der es ergreift, und sich, gestützt auf seine Tüchtigkeit, begünstigt vom Glück und legitimiert von Gott zum Führer seiner Befreiung macht. Hier geht es um eine höchst gerechte Sache, denn der Krieg ist gerecht für den, der dazu gezwungen wird, und die Waffen sind heilig, wenn allein in ihnen die Hoffnung liegt."

Sie ließ die Schrift sinken, hob die Augen zum Himmel und flüsterte resigniert:

„Was für ein Haufen leerer Worte! Es ist genau das Wort=Geklimper, das M den Schwätzern unter den Humanisten Zeit seines Schreibens vorgeworfen hat. Ich mag nicht glauben, daß diese abwegigen Worte, die in nichts seinen sonstigen Schriften ähneln, wirklich von ihm stammen. Wenn Sie mich fragen: Jemand hat sie nach seinem Tode hinzugefügt."

„Ihr Schwiegervater", sagte ich gedrückt.

„Nein, der interessierte sich nicht für die Politik."

„Haben Sie einen Verdacht?"

„Der Mann, der die Erlaubnis gab, das Buch zu drucken. Derselbe, der nur das eine Ziel hatte, die Toskana in ein Herzogtum zu verwandeln und seiner Dynastie die erbliche Landes=Herrschaft zu sichern."

Ich muß in dem Augenblick ziemlich blöde ausgesehen haben, denn Sie lachte laut und verspottete mich:

„Aber Signor Saggio. Was lernt man denn überhaupt bei Ihnen in der Schule? Der Medici=Papst Klemens natürlich!"

Ich breche hier ab, denn es dämmerte bereits, als der Prätorianer mich zur Tür geleitete. Der Himmel hatte sich versteckt hinter einer greulichen Schicht, unter der die Menschheit vor den Blicken der ewigen Ideen und Vorzeichnungen verborgen lag.

Ah, ich hasse diese graue Abdeck=Plane, die so häufig das Bild der Erde verhüllt. Sie raubt uns jede Illusion des Zusammen=Seins mit den Mächten des Universums. Sie widerlegt die oft geäußerte Meinung, wir seien im Grunde Sternen=Wesen, gezeugt und geboren von Außer=Irdischen, und sie verwandelt die Behauptung, wir seien alle den gleichen ewigen Natur=Gesetzen unterworfen, die das Universum durchziehen wie das Sehnen der Liebe, in naives Gerede.

Wer unter diesem grauen Leichentuch der zeitlosen Herbst=Zeit lebt, ist abgeschnitten von allen Hoffnungen ganz auf sich alleine gestellt in trauriger Einsamkeit, ohne Aussicht auf Glück, Schicksal, Fügung, Beistand oder Gelegenheit. Nichts erreicht ihn, was seinem Leben einen Sinn oder ein Ziel geben könnte.

So tappte ich eine Weile über die abgeernteten Felder, auf denen schon die Lupinen sprossen, die man hier nach dem Sommer einzusäen pflegt, damit die Hänge im Frühling bei Zeiten ergrünen, so daß ich spürte, wie meine Füße wie über einen bequemen, weichen Teppich schlurften, und als ich solcher Art von der Vegetation ein wenig in meiner herbstlichen Melancholie, die mich seit Kinder=Tagen begleitet, getröstet mich erlebte, begann jener herbe, würzige Duft, der für den späten Oktober in der Toskana typisch zu sein scheint und vermutlich aus den Schornsteinen und Kaminen steigt, mir in die Nase zu ziehen, und als ich solcher Maßen mich auch von den Menschen getröstet fühlen durfte, öffneten sich mir die Augen wieder.

Ich blickte zurück auf die zehn Hütten und die zwei Häuser, das Kirchlein am Ortsrand, und wie wohl der Weiler nun fast schon mit dem Grauen zu verschmelzen schien, erkannte ich doch, daß ich nicht alleine war in meiner Verbannung aus dem Reich der Sterne und meiner Abgeschnittenheit vom Atem der Götter.

So wie ich, vegetierte die ganze Menschheit dahin in Vergessenheit und Hoffnungslosigkeit, und es gab keine andere Aufgabe und Hoffnung für uns Menschen, als einander zu trösten dafür, daß eine grausame Macht uns hier ausgesetzt hat, und ein=ander zu helfen, da es niemand gibt, auf dessen Hilfe wir hoffen können. Das ist des Menschen wahre Natur.

So kehrte ich zurück und war wieder bei seelischen Kräften, als ich das *Albergaccio* betrat, um mein frugales Abend=Mahl einzunehmen. Dort war alles wie immer: die reich gedeckte Tafel, die den Reisenden der besseren Stände vorbehalten war, die dicke Pasqualina, der Prätorianer, den ich, ehrlich gesagt, für einen Polizei=Spitzel halte, der dürre Tartuffo, der zuweilen in seiner Tür erschien und sich die Hände an den Küchen=Schürzen abwischte, die blakenden Funzeln an den Wänden, die in die Augen stechen, aber auch angenehm duftenden Rauch absonderten, die hell auflodernden Scheite im Kamin, die alte Ippolita, die herein schlich und rasch Gelegenheit fand, sich zu den Ankömmlingen zu hocken, um sie über die Neuigkeiten aus aller Herren Länder auszufragen, und mit beredten Worten auf die morgige Führung mit obligatorischem Referat vorzubereiten.

Ich setzte mich zum Gobbo, der einige Worte aufs Papier warf, doch fiel mir auf, was ich bis dahin nie bemerkt hatte, denn er benutzte zum Schreiben zwar eine der einfachen Federn, die aus einem schräg abgeschnittenen und dünn angespitzten Rohr bestehen, trug jedoch an der linken drei hübsche goldene Ringe – einen breiten, fast wuchtigen am Zeige=Finger, einen sehr zarten am Ring=Finger und einen etwas breiteren, ebenfalls am Ring=Finger.

Es umfaßte aber letzterer einen Brillanten, der ganz kleine einen Smaragd, und der Ring am Zeige=Finger einen flachen schwarzen Stein, dessen Name mir nicht bekannt ist, geformt wie ein Kleeblatt, und fragte ich mich, ob er für seine Dienste, deren Charakter mir immer noch kaum bekannt war, so gut bezahlt würde, daß er sich solche Pretiösen leisten könnte.

Er schaute kaum auf, als ich zu ihm trat, und murmelte nur ein Abweisendes:

„Na, wie war's? Hat sie dir wieder einen ihrer Bären aufgebunden, oder war sie *raisonable*?"

„*Raisonable,* würde ich meinen. Vielleicht ein paar kleine Bären dazwischen, aber im ganzen doch *raisonable.*"

Wir hatten es uns zur Gewohnheit gemacht, nicht über unsere Dienst=Verhältnisse zu reden, und da Ippolita nicht wünschte, daß im *Albergaccio* von denen Staats=Angelegenheiten die Rede sei, so sprachen wir zumeist über dieses und jenes. Ob es wohltuender sei, Poeme in Vers=Form zu verfassen oder in freien Rhythmen, ob Frauen mit üppigen Lippen und flachen Busen die besseren Liebhaberinnen seien oder umgekehrt, ob eine Novelle von politischen Fragen handeln dürfe, und was wichtiger sei, das Stoffliche oder die sprachliche Eleganz, ob die alten Griechen und Römer die Knaben=Liebe bevorzugt und den Verkehr mit den Weibern nur zur Fortpflanzung gepflegt hätten, ob das kleine Staats=Wesen dem großen vorzuziehen sei, ob die große Vagina der kleinen, ob es besser sei, alt und gebrechlich zu werden oder aus der Mitte des Lebens dem Sensen=Mann anheim zu fallen et cetera.

Immerhin gelang es mir, einiges über den ominösen Herrn Seristori in Erfahrung zu bringen. Geldgierig sei er, betonte auch der Gobbo, unfreundlich, ungebildet, lieblos zu seiner Frau und den Kindern, ehrgeizig, ruhmsüchtig, und ein politischer Hasardeur, der sich mit eben solchen Männern in allen Teilen Italien verschworen habe, Aufstände anzuzetteln, um die Landes=Herren zu zwingen, sich zu vereinigen und die spanischen und habsburgischen Herrscher zu vertreiben.

„Wie!" rief ich mit gespieltem Erstaunen, „weißt du nicht, daß es in diesem Hause verboten ist, von denen Staats=Angelegenheiten zu reden, und Du verbreitest solche Ketzereien über den wahren Herren von Sant'Andrea in Percussina?"

„Über Herrn Seristori", antwortete er lächelnd, „darf man in diesem Hause alles verbreiten, zumal es ein offenes Geheimnis ist, daß auch der Groß=Herzog sich gerne damit schmeicheln läßt, er hätte das Zeug dazu, zum ersten italienischen König gewählt zu werden."

Als dann aber kehrte auch er zu den üblichen Barzeletten* zurück und verbreitete sich lieber über den Geiz des Herren von Sant'Andrea. Einmal, so berichtete er mit verschmitztem Blick, habe die Signora, als sie zu Besuch bei ihrer Tochter in der Villa Seristori unterhalb von San Gaggio in Florenz weilte, in einem unbemerkten Moment die Erst=Ausgabe der Schrift *De Principatibus*† aus der Bibliothek ihres Schwiegersohnes genommen, ein kleines Goldstück zwischen die Seiten gelegt und das Werk heimlich zurück gestellt.

Danach, als sie Monate später wieder ihre Tochter besucht habe, um ihr frisch abgefülltes Oliven=Öl und kandierte Eß=Kastanien sowie jedem Kind ein junges Stall=Häschen zu bringen, und sie wieder mit Seristori in seinem Studio gestanden habe, habe sie die nämliche Schrift gezogen und scheinheilig gefragt:

„Nun, mein lieber Sohn, will er noch immer einen neuen italischen Staat gründen? Liest er auch fleißig die Schrift vom Fürsten, die ich ihm als Mitgift überlassen habe?"

„Madame! Pflichtgemäß alle Tage!" habe er ohne zu zögern geantwortet. Sie habe darauf ein wenig in dem Büchlein geblättert und das Gold=Stück herausfallen lassen. Er sei sofort herbei gesprungen und habe gerufen:

„Das ist mein! Ich benutze alles mögliche, wenn ich kein Lese=Zeichen zur Hand habe."

Sie aber sei ihm zuvor gekommen, habe das Gold=Stück aufgehoben und gerufen:

„Sieh er, da sagt er nicht die Wahrheit. Dies Gold=Stück legte ich vor einem Viertel Jahre in das Buch, und da war es noch in ihm. Hätte er darin gelesen, er hätte's gefunden. Jetzt stecke ich's wieder ein."

Dabei habe sie drauf gebissen und es wieder eingesteckt. Bei der Abreise aber habe sie es vor Seristoris Augen ihm, dem Gobbo, geschenkt, als er ihr in den Mantel geholfen und sie zum Wagen geleitet habe, in dem ihr Schwiegersohn sie viermal im Jahr abholen und zurückbringen ließ, denn öfter war es ihr nicht

* Witze, Anekdoten.

† Von den Fürstentümern.

gestattet, ihre Familie in Florenz zu besuchen, und der Gobbo durfte die Villa Seristori nur bis in die Halle betreten und mußte hernach im Gesinde=Zimmer warten, wo er, wie er mir gestand, sich alle Zeit wohler befunden habe als im Salon dieses *Kack=Affen,* wie er den Messer Seristori nannte.

NACHDEM wir die Konversation auf dieser kollegialen Weise eine Weile im flachen Wasser der gegenseitigen Hochachtung gehalten hatten und ich mich schon fragte, ob das Getändel kein Ende nehmen wolle, gelang es mir doch, etwas substantieller zu werden.

„Hast du denn aber", fragte ich scheinheilig, „nie darüber nachgedacht, warum unser Malclavellus so viel geschrieben haben mag, wo er doch ein Staats=Beamter und Diplomat war, wie man mir sagte, und ist bekannt, daß die Angehörigen dieser Kaste so eitel und dumm sind, daß sie niemals selber etwas Vernünftiges zu Papier bringen werden?"

„Mein Gott", sagte er mit einstudierter Nachdenklichkeit und spielte wieder mit seinen langen schwarzen Haaren, die, wie ich jetzt sah, ziemlich fettig waren, als striche er sich jeden Morgen eine Hand voll Gäns=Fett durch die Locken, um sie auf Hoch=Glanz zu bringen.

„Warum schreibt einer? Ein Rätsel ist es wie fast das gesamte menschliche Tun, so es nicht aus einem der fünf unwiderstehlichen Triebe heraus entsteht, als da sind das Essen, Trinken, Schlafen, Scheißen und Pissen. In nichts, so scheint mir, ist es dieser ursprünglichen Pentatonik des menschlichen So=Seins vergleichbar. Das sage ich, der ich selber ein Dichter zu sein vorgebe.

„Man schreibt für Ruhm und Geld, weil man selber eitel und dumm ist, und weil man außer dem nichts ist und nichts hat und nichts kann, wodurch sich eine bequeme Position erringen ließe. Ein reicher Mann dichtet zu seinem Vergnügen, wenn alle Schlachten geschlagen sind, oder studiert schon in der Jugend die Geschichte oder die Natur, wenn er tüchtige Beamte hat und sich um nichts zu kümmern braucht. Ein armer muß dichten, um etwas zu werden.

„Wäre ich ein Baron mit einem Schloß, einer Jagd, einem Haufen Diener, schöner Frauen, eleganter Höflinge, glaubst du, ich würde mir nachts die Finger wund schreiben, wenn ich den ganzen Tag lang für die Signora transcribiert und exzerpiert, korrigiert und einen Packen unschuldige Papiere voll=geschmiert habe?

„Schreiben ist Luxus, mein Lieber, und wenn einer viel schreibt, so will das nur sagen, daß er sich sonst keinen anderen leisten kann und nicht einmal satt zu essen hat, denn wer gut ißt, muß ein Verdauungs=Schläfchen halten, und kann während dessen nicht schreiben, und wer sich abends ein paar Gläser Rotwein leisten kann, braucht nachts nicht zu schreiben, denn da schläft er den Schlaf der Trunkenen, der tief und traumlos ist."

„So willst du sagen, der hoch=berühmte Malclavellus habe nur geschrieben, weil er so arm und unbedeutend war?"

„Gemach", erwiderte er. „Ein wenig die Welt kennen mußt du schon, *mio caro Saggio,* auch wenn du ein Philosoph sein willst. Arm und unbedeutend war er, aber was heißt das? Du verwechselst die Zeiten. Zu denken, die Leute damals seien gewesen wie heute, ist nicht logisch. Heute kannst du so dumm, unbegabt und ungebildet sein, wie du willst, und kommst in die beste Position mit etwas Glück, wenn du ein Arsch=Kriecher bist und Dein Mäntelchen nach dem Wind hängst.

„Heute kommt es nur darauf an, nicht aufzufallen. Damals mußte der Mann auffallen, um etwas zu werden. Du verstehst? *Fare bella figura,* Ironie und tiefe Bedeutung. Geld und Macht hatte man selber in Florenz vor ein hundert und fünfzig Jahren, wußte aber nicht so recht was mit sich anzufangen, also brauchte man Künstler. Ein Mangel, der heute nur noch selten empfunden wird. Nie wäre unser Machia in jene Kreise aufgestiegen, in denen ein Mann mit rascher Intelligenz, klassischer Bildung, Witz, Charme und Eleganz sich Hoffnung machen konnte, einen Posten zu ergattern. Nie hätte er sich dort halten können, wenn er kein Künstler gewesen wäre."

Er machte eine Kunst=Pause, aber ich durch=schaute den Trick, denn ich spürte, daß er dieselbe Philippika schon ein dutzend Mal geritten hatte.

„In einer Gesellschaft wie der damaligen", fuhr er fort, „die immerhin so klug war, ihre geistigen Mängel zu spüren, und sich nach jenen Fähigkeiten sehnte, die ihr selber fehlten – was hatte man da für Möglichkeiten? Ganz einfach: Man schrieb ein bißchen. Die einen malten, die anderen komponierten. Er konnte beides nicht. Er konnte nicht malen, aber er war ein guter Liebhaber. Er konnte nicht komponieren, aber er konnte reden. Seine Stimme war wie Engels=Zungen und Donnergrollen, schmeichlerisch und frech, einfühlsam und respektlos.

„Also schrieb er. Eine Kunst, die der Liebhaberei so verwandt ist wie die gewandte Rede. Ein paar tausend gepflegte Verse über ein Thema, das Bildung verriet, schon mit zwanzig, eine schlüpfrige Novelle mit dreißig, eine frivole Kommödie mit fünfzig, ein paar Karnevals=Lieder, und vor allem: Er konnte vortragen. Einen Salon voller gelangweilter, einfallsloser reicher Säcke samt ihren Kurtisanen zu unterhalten, das war die halbe Miete! Du hast die Novellen gelesen, die ich dir gab. Was folgerst du aus Ihnen?"

„Ich weiß nicht", sagte ich. „Es muß eine recht frivole Gesellschaft gewesen sein, die dergleichen goutierte. Ziemlich leichtfertig und sittenlos."

„Da muß ich dich leider enttäuschen, mein Lieber", widersprach er mit der Nachsicht eines erfahrenen Kollegen. „Sie wären es vielleicht gerne gewesen, und die paar unter ihnen, die es waren, hätten es sich nicht getraut. Die ganz wenigen jedoch, die es sich getraut haben, hätten darüber nicht schreiben können. Sie hätten nur Albernheiten und langweiliges Zeug hervorgebracht und wären ausgepfiffen worden."

„Aber warum ausgepfiffen?"

„Ma Cristiano!" rief er mit gespielter Enttäuschung. „Wir sind uns einig, daß man eine Novelle goutiert, wenn sie von Wünschen handelt, die man sich nicht erfüllen kann. Ein Mensch hat zum Beispiel etwas erlebt, was man selber nicht erleben möchte."

Ich nickte.

„Siehst du. Und wir sind uns auch einig, daß Menschen, die eine frivole Novelle goutieren, dies nicht etwa deshalb tun, weil sie selber frivol sind, sondern weil sie es gerade nicht sind und auch nicht sein möchten. Sie möchten nur ein wenig mit dem Gedanken spielen, sie wären frivol. In Wirklichkeit bleiben sie steif wie ein Stock=Fisch, wenn sie einen nackten Mann sehen. Oder eine Frau."

Ich nickte abermals. „Gewiß doch."

„Nun denn. Das heißt, wenn ein Mensch frivol ist, dann muß er ein Künstler sein. Wäre er das nicht, so würde seine Frivolität niemanden interessieren, denn Menschen, die nicht frivol sind und darüber nur albernes, langweiliges Gerede hervorbringen können, gibt es genug. Das, woran Mangel herrscht, sind die Künstler, und nirgends ist der Bedarf nach ihnen größer als in jenen Kammern, wo sich die Dinge abspielen, die den Menschen peinlich sind."

„Und das wäre?"

„Was wäre was?"

„Die Kammern! Welches sind die Kammern, in denen sich Dinge abspielen, die den Menschen peinlich sind?"

Er antwortete wie ein geübter Degen=Fechter, der dem Gegner den Hieb versetzt, bevor der andere sieht, daß er den Degen zieht.

„Die Politik! Die Liebe!"

Ich schwieg bestürzt. Nicht zuletzt, weil ich das Schreiben über die Politik nicht so sehr der Dicht=Kunst zurechnen mochte.

„Die Politik und die Liebe", wiederholte ich und bemühte mich an diesem Wirtshaus=Tisch zu sitzen wie ein Mensch, der schrecklich grübelt.

Er tauchte die Feder ins Tinten=Faß, und es schien, als wollte er seine Schreiberei fortsetzen.

„So wäre", rief ich aus, „auch sein Traktat über den Fürsten ein – *Kunst*=Werk?"

Der Gobbo ließ die Feder fallen, so daß die Tinten mir aufs Bäffchen spritzte.

„Aber ja doch, eines der größten!" rief er emphatisch. „Geschrieben wurde es an einem seelischen Tiefpunkt, da er nichts mehr besaß als das blanke Leben, seine Tage in höchster Erniedrigung verbringen mußte, Enttäuschung, Armut, Einsamkeit und Trauer seine treuesten Weg=Gefährten waren. Sag selbst, liebster Freund: Ist dies nicht die beste Voraussetzung, um ein Meisterwerk zu schaffen? Wenn du in der abgrundtiefen Scheiße steckst?"

„Wäre dann jeder", wagte ich zaghaft zu fragen, „in seiner Situation in der Lage, ein Kunst=Werk zu schaffen?"

Er sah mich verblüfft an, als hätte ich behauptet, es sei das normalste von der Welt, daß Kühe Kälber mit zwei Köpfen zur Welt bringen.

„Dumme Frage", knurrte er. „Natürlich nicht. Um ein Kunst=Werk zu schaffen, braucht der Mensch *Fortüne* und *Occasione.* Daß er sich in der richtigen katastrophalen Stimmung befindet, ist nur ein Teil davon. Er muß die zufällig vorbei eilende Idee zu einem Kunst=Werk erkennen und beim Schopfe fassen. Vor allem aber braucht er *virtù* – zu deutsch: die Tugend. Nicht die Tugend des Soldaten, die in seiner Dummheit besteht, jedem Befehl blindwütig zu gehorchen, und nicht die Tugend der keuschen Jungfrau, die sich in ihrer Blödheit äußert, mit der sie jeder Versuchung stur aus dem Wege geht.

„Die Tugend ändert den Namen von Fall zu Fall, wie unsereins die Meinung. Mal heißt sie Dreistigkeit, mal Verschwiegenheit, mal Standhaftigkeit, ja selbst die Genuß=Sucht ist eine Tugend, die Faulheit, die Feigheit, der Mut und so weiter.

„Woraus besteht die Tugend des Künstlers? In erster Linie aus seiner Rücksichtslosigkeit. Es muß ihm egal sein, was man von ihm denken wird. Ob er sich selber bloß=stellt und diffamiert, oder andere verletzt, sollte ihm gleichgültig sein wie der Kurtisane ein guter Ruf. Ich verlange von ihm, daß er jede Aussage auf die Spitze treibt. Parteiisch hat er zu sein, doch die einzige Partei, die er respektieren darf, ist er selber. Nur der wird in den Himmel gehoben, der fähig ist, sich in die Hölle zu stürzen."

„Dann wären an die Schrift *De principatibus* nicht die Maßstäbe anzulegen wie an ein Werk der Wissenschaften, sondern allein jene, die für ein Werk der schönen Literatur zu gelten haben?“

Er antwortete aber und sprach:

„Welche Maßstäbe anzulegen sind an ein Werk der Wissenschaft interessiert mich nicht – ist doch der Unterschied allein im Geschmack des Publikums zu suchen, da, wie wir wissen, der Wahrheits=Gehalt der Geschichts=Werke, Fürsten=Spiegel et cetera, nicht größer sein kann als der schönen Literatur, denn beide beruhen auf Erfindung mit dem einzigen Unterschied, daß die Verfasser wissenschaftlicher Werke behaupten, nichts zu erfinden, während die Romanciers uns weismachen wollen, sie würden alles erfinden.

„Tatsächlich aber ist die Geschichte der Staaten, Regierungen, Fürsten, Kriege, Heldentaten nichts weiter als eine Erfindung, die schon so alt ist, daß wir nicht mehr wissen können, wie es wirklich war, es sei denn, die beschriebenen Ereignisse hätten eben erst stattgefunden und es wäre uns lieber, sie anders darzustellen als die Wirklichkeit.

„Was aber den *Fürsten=Spiegel* unseres Machiavelli betrifft, so besteht kein Zweifel, daß er ein Roman ist, nicht jedoch ein Werk, das sich anmaßt, historische Wahrheiten zu verfälschen. Hast du dich nie gefragt, wer dieser Fürst eigentlich sei, der in der Schrift beschrieben wird?

„Er ist eine Kunstfigur wie der Homunkulus, ein menschlicher Automat, den es nicht gibt und nie gegeben hat. Gewiß, die Figuren, um die der Text kreist, sollen existiert haben – Moses, Cäsar Borgia, Ludwig XII., Alexander der Große, Darius, Julius II. Savonarola, Francesco und Caterina Sforza, die Könige von Neapel und Spanien, Ludwig der Mohr, Agathokles von Syrakus, Karl VIII. und so weiter. Der Text strotzt nur so vor Fürsten, die alle irgend=welche Tugenden und Un–Tugenden hatten. Der eine hatte mehr Fortüne, der andere die besseren Gelegenheiten, der dritte keine *virtù*.

„Aber es gibt in diesem Text nicht einen Fürsten, sondern viele, und alle sind schreckliche Zeit=Genossen. Der eine mehr, der andere weniger. Würde man sie zusammensetzen zu einer Figur – es entstünde ein Saturn an Grausamkeit, ein Polyphem an Häßlichkeit, ein Koloß der politischen Dummheit, ein Satan, der die Menschen verachtet. Freilich: Es sind eine Menge trefflicher Bosheiten in dem Büchlein enthalten. Viel Weisheit spricht aus seinen Zeilen, und selten neigt sein Autor dazu, sich Illusionen zu machen über die Natur der Menschen und ihrer Herrscher.

„Aber es ist weder das Portrait eines Einzelnen, noch ein Brevier für alle jene, die es sich vorgenommen haben, über andere zu herrschen. Lesen wir den *Fürsten* deshalb als das, was er ist – ein Unterhaltungs=Roman, der nur zwei Themen hat: die Quintessenz des Machthabers schlechthin, der in dieser Reinkultur in der Natur nicht vorkommt. Und das aller überflüssigen Banalität entkleidete Wesentliche jedes einiger maßen normalen Menschen, der neben bei, wie üblich, auch ein Monstrum ist.

„Und goutieren die Menschen nicht deshalb dies Büchlein immer wieder mit so viel Gewinn und Genuß, Abscheu und Verdruß, weil es einen so hübsch gruselt über so viel Schlechtigkeit in einer Person, die jeder zu kennen meint? Sei diese Person nun der Landesvater, der Dienstherr, das Familienoberhaupt oder die Ehe=Gattin."

ABER die Widmung!" rief ich so laut, daß der Prätorianer vorwurfsvoll herüber schaute, und mein hübscher Giovanni legte den Zeige=Finger mir auf die Lippen.

„Pscht!" sagte er er leise. „Es ist zwar kein Staats=Geheimnis, das wir bereden, aber die Alte könnte es so auffassen, und ich habe keine Lust in der Dunkelheit abermals gegen einen ausgestreckten Arm zu laufen. Lorenzo, ich weiß. Das Werkchen ist einem gewissen Lorenzo gewidmet, aber was bedeutet das schon. Davor sollte es einem anderen dediziert werden, von dem der Autor sich seine Begnadigung versprach, und wer weiß, wem er es noch alles gewidmet hätte.

„Lorenzo de'Medici war ein Trottel, mein Lieber! Kein Mensch wäre auf den Gedanken gekommen, dieser Flegel hätte ein Interesse daran gehabt, auch nur einen von Machiavellis

Ratschlägen für angehende Landes=Fürsten zu beherzigen. Wenn überhaupt, durfte man es ihm schenken, um zu zeigen, daß man sich auskennt in den menschlichen Schwächen und den Anstrengungen, die die Menschen unternehmen, um ihre Herrschaft zu sichern. Der Schmied liest gerne Romane über die anderen Schmiede, und der schwache, nichtsnutzige Fürst überlegt vor dem Einschlafen ein wenig, was er anstellen könnte, wenn er ein richtiger Herrscher wäre.

„Nein, mein Lieber: Lorenzo politischen Unterricht zu geben war so sinnvoll wie eine Tanz=Schule für Wasserbüffel aus der Maremma. Schwach war er und an nichts interessiert als an der Jagd, seinen Pagen, seinen Windhunden und einer Braut aus dem französischen Hoch=Adel! Kennst Du die Geschichte, wie die Übergabe des *Fürsten* von statten ging?"

Ich schüttelte mein weises Haupt.

„Nun gut, dann hör zu. Vettori, Lorenzos Botschafter am heiligen Stuhl, hatte die Audienz eingefädelt. Lorenzo, der seit kurzem auch Herzog von Urbino war, kannte Machia zwar nur vom Hören=Sagen, aber er wußte eins: Sein Onkel, Papst Leo, war strikt dagegen, daß Machia jemals wieder ein Amt bekam. Vettori, der mit Machia seit ihrer gemeinsamen Reise zu Kaiser Maximilian befreundet war, segelte also gegen den Wind und lobte den Autor des *Principe* über den grünen Klee: ‚Guter Mann, grund=ehrlich, freches Mundwerk, schuftet bis zum Umfallen, hervorragender Historiker, begnadeter Redner, glänzender politischer Analytiker, entsetzlich gebildet, kennt halb Europa, sehr charmant und gewinnend, beliebig einsatzfähig. Eure Durchlaucht könnten seine Loyalität für das Haus Medici und den Staat von Florenz mit ein paar kleineren Delegationen auf die Probe stellen.'

„Danach hatte er das Werk gepriesen: ‚Ein reizendes Büchlein, in dem er sich darüber lustig macht, was ein Despot heutzutage alles bringen muß, um seine Herrschaft zu sichern, prall gefüllt mit all den Präjudizien und Albernheiten über den Charakter des typischen Fürsten, die nun mal im Schwange sind. Durchlaucht werden Ihr Vergnügen daran finden. Er hat es Euch gewidmet.'

„Acht Tage später die Übergabe. Machia ist extra von Sant' Andrea angereist und hat sich von seinem Freund Buondelmonti viel Geld für einen neuen Anzug geliehen. Zum ersten Mal seit drei Jahren atmet er wieder Stadt=Luft, besucht eine befreundete Kurtisane, einen reichen Vieh=Händler, der ein Theater=Stück bei ihm in Auftrag gibt, den Freundes=Kreis, der sich einmal die Woche in den Gärten der Familie Rucellai trifft und ebenfalls auf bessere Zeiten hofft.

„Im Florenz jener Jahre steht man früh auf und geht beizeiten zu Bett. Bald nach Tages=Anbruch beginnt das Anti=Chambrieren im vorderen Hof der Via Larga. Endlos warten Vettori und er im Vorzimmer. Endlich werden sie vorgelassen. Der Audienzsaal besteht zur Hälfte aus Konfidenten des Kardinals Giulio de'Medici. Lorenzo muß deshalb vorsichtig sein. Darf den verfehmten Ex=Kanzler praktisch nicht wahrnehmen. Im übrigen ist er gerade damit beschäftigt, sich ein paar neue Windhunde zeigen zu lassen.

„‚Durchlaucht', sagt Vettori mit klarer Stimme. ‚Messer Niccolò Machiavelli erlaubt sich, Euch seinen Essay über die Erziehung des christlichen Fürsten zu dedizieren.'

„‚O, wirklich?' ruft der Fürst maniriert und streicht einem der Hunde übers Köpfchen. Die Höflinge kichern, und Lorenzo fletscht die typischen Medici=Zähne im Gesicht mit der albernen Medici=Nase, die seit seinem Großvater, der ebenfalls Lorenzo hieß, zur Grund=Ausstattung jeder Medici=Villa gehören. Mit dieser Visage wendet er sich dem verbannten Machia zu, der nur eins weiß: Die nächsten dreißig Sekunden entscheiden über seine Zukunft. Zurück ins Glazis der Ein=Öde von Sant'Andrea oder endlich wieder in die Paläste der Schönen, Reichen und Mächtigen.

„‚Und er ist wirklich ein Schriftsteller geworden?' fragt der Fürst mit hoher Stimme. ‚Und er hat uns ein Büchlein mitgebracht? So hatte seine Verbannung doch auch ihr Gutes.'

„Machiavelli verbeugt sich ein wenig und nickt gemessen, aber die Muskeln auf seinen hohen Wangen=Knochen vibrieren, und Vettori hört, wie seine Zähne knirschen. Dieser Fürst ist für ihn gestorben.

„‚Nun, so leg' er es dort hin', sagt derselbe und gibt dem Tür=Steher ein Zeichen, die Herren hinaus zu accompagnieren.

„‚Wir werden später ein wenig darin blättern. Legt es dort auf das Tischlein.'

„Machiavelli hat nur einen Gedanken: Nichts wie raus. Er stößt den Botschafter zur Tür. Sie kehren zurück in Machias Haus an der Via Romana. Dort im Salotto läßt der Autor seiner Wut freie Bahn. In unflätigen Worten verflucht er den jungen Herrn der Toskana. Gegen Mittag bringt ein Kurier sechs Flaschen Wein. Mit den besten Empfehlungen des Herzogs von Urbino, Lorenzo di Piero de'Medici. Sie trinken ihn trotzdem."

Der Gobbo schwieg, sichtlich erschöpft von seiner langen Rede. Sein Blick ging ins Leere. Nie habe ich ihn so melancholisch wie an diesem Abend in Sant'Andrea gesehen, als wir allein im *Albergaccio* saßen. Stets war er der ironische Bruder Leichtfuß gewesen, der sich zwischen dem strengen Major=Domus und der alters=weisen Groß=Mutter Ippolita durchzumogeln verstand.

War es das Schicksal des Autors Machiavelli, das ihn so verstört hatte? Ich gestehe, auch mich hat die Geschichte erschüttert. Wie viel Dummheit und Ignoranz, Arroganz und Frechheit muß ein Künstler ertragen? Welche Narretei trieb mich selber, den Beruf eines Dichters anzustreben?

„Was ist das für ein Leben", dachte es in mir. „Du schreibst Tag und Nacht, gibst Dein Bestes, verzichtest auf Ansehen und Lohn, Sicherheit, Ämter und Würden, und mußt dich behandeln lassen wie ein Bettler und Hausierer. Wann wird man an allen öffentlichen Einrichtungen Schilder anbringen mit der Aufschrift: ‚Für Türken und Schriftsteller Zutritt verboten'?"

Giovanni schüttelte sich wie ein Hund, der sich die Ohren um den Kopf schlägt, wenn er aus dem Schlaf gerissen wird. Er nahm die Feder und machte Anstalten, zu seinem Manuskript zurück zu kehren, doch ich fühlte mich noch immer nicht ganz befriedigt.

„Aber er schrieb ja nicht nur den *Principe*."

„Bewahre, nein", sagte er und tauchte die Feder ins Tinten=Faß.

„Die *Discorsi* zum Beispiel. Warum schrieb er die?"

„Aus Langeweile, vermutlich. Sobald er wieder nach Florenz durfte, ließ er sie liegen. Er hat sie nie vollendet."

„Und das Theaterstück?"

„Welches Theaterstück?"

„Das du erwähnt hast. Das für den Vieh=Händler."

„O, die *Mandragola.* Die schrieb er aus Liebe."

„Aus Liebe?"

„Zu einer Sängerin. Die Barbera. Sie war seine letzte Liebe. Die große Liebe seiner letzten zehn Jahre. Sie war verheiratet, aber er teilte sie auch mit anderen Männern – Vettori, Guicciardini. Ganz Florenz lachte über den geilen Gockel, aber er lachte über die Florentiner. Er fand nichts dabei. Alle seine Freunde sollten wissen, was für eine wundervolle Geliebte er hatte. Sie war wirklich eine großartige Frau und hatte Beziehungen bis in die höchsten Kreise. Ihr verdankt er es, daß er nach Leos Tod rehabilitiert wurde und von der Medici=Partei wieder ein paar Aufträge kriegte. Nur Klein=Kram natürlich."

„Er schrieb ein Stück, weil er verliebt war?"

„Drei Stücke. Wahnsinnig erfolgreich. Mit ihnen schaffte er, was ihm mit den politischen Schriften erst lange nach seinem Tod gelang. Berühmt zu werden. Sie waren das Frivolste, was man damals in Italien zu sehen bekam. In einem der drei Stücke trat seine Ehe=Frau auf, Mona-Marietta, als eifersüchtige Schrulle, die ihm Vorwürfe macht, weil er eine Geliebte hat."

Er lächelte selbst=gefällig, ich aber blieb ernst und gemessen. Es schickt sich nicht, eine leidende Frau zu verspotten, und auch die Art, wie er das Werk des Florentiners mit dem alltäglichen Pragmatismus eines mittellosen Intellektuellen begründete, den man verbannt hat, weil er zu frech ist, und der Himmel und Erde in Bewegung setzt, um wieder zu einem Posten zu kommen, mißfiel mir.

Jeder Mensch, so scheint mir, wird trotz all seiner Niedrigkeit alle paar Stunden einmal vom Stab des Allerhöchsten berührt, auf daß er seine kleinliche Selbstsucht hintan stelle.

„Aber die *Florentinischen Geschichten*", sagte ich deutlich, „die schrieb er doch zum Ruhm seiner Vater=Stadt und des größten ihrer Geschlechter, dem das Welt=Kultur=Erbe eine ganze Ära verdankt."

„Die *Florentinischen Geschichten* verfaßte er, um sich bei Kardinal Giulio de'Medici, dem späteren Papst Klemens, einzuschleimen, vor allem aber, weil er Geld brauchte. Mit dem Geld kaufte er seiner Tochter Baccina, einen Mann aus dem Clan der Ricci. Seine beste Investition, nebenbei bemerkt. Der Ehe entstammt jener Giuliano de'Ricci, der Zeit seines Lebens nichts weiter tat, als die verstreuten Manuskripte seiner Großvaters zu sammeln, zu entziffern, zu transkribieren, glossieren und leider auch zu falsifizieren. Die Dame des Hauses ist seine Schwieger=Tochter, wie du vielleicht mitbekommen hast."

Ich nickte kurz.

„So schrieb er nie für ein höheres Ziel?" fragte ich knapp.

„Gibt es ein höheres Ziel, als einigermaßen heil durchs Leben zu kommen?"

„Die Ehre Gottes."

Er schnaubte verächtlich: „Bla, bla!"

„Das Vaterland."

„Bla, bla hoch zwei."

„Die Wahrheit, die Freiheit, die Gerechtigkeit, die Verantwortung."

Er lächelte mich an wie eine Geliebte.

„Komm, laß uns zu Bett gehen. Du wirst albern."

In dieser Nacht lagen wir das erste Mal in einem Bett, und ich muß zugeben, es gibt nichts Erregenderes, als einen hübschen Mann mit einem großen Buckel zu lieben. Man mag meinen Geschmack bedenklich finden, ich aber schere mich nicht drum und liebkoste seinen Rücken mehr als Frau und Mann jeden anderen Körper=Teil, wenn sie in Lust beieinander liegen, um ihr Begehren zu stillen.

Als der Morgen dämmerte, war ich dem Buckelchen verfallen und konnte es kaum abwarten, ihn zu sehen, aber er war wie verschollen und tauchte den ganzen Tag über nicht auf.

Drei Tage lang schlich ich danach um die Häuser, schaute hinter jeden Misthaufen in der Hoffnung, ihn zu finden, und einmal fragte ich auch die Signora nach ihm.

„O Gott, mein Gobbo", sagte sie wie in großer Bestürzung. „Der Ärmste. Den Tag verbringt er im Archiv und stellt das Manuskript für Ihren Herzog zusammen, und abends klagt er mir sein Leid, daß er sich nicht mehr ins *Albergaccio* traue, weil Sie ihm nachstellen würden. Sie schlimmer *Saggio,* was haben Sie ihm angetan?"

Sie zwinkerte schlitzohrig, und ich stammelte etwas, daß wir uns über unsere literarischen Interessen unterhalten hätten, ganz unbedeutende Dinge, und rannte hinaus, aber auch der Gang über die Felder brachte mir keine Ruhe. Überall unter den Oliven=Bäumen hatten die Bauern große Netze ausgelegt, um die grünen Früchte einzusammeln, und auch zwischen den endlosen Reihen der Wein=Stöcke hatte das Gewusel der Tage=Löhner begonnen.

Abends beim Schein der Öl=Lampen und Kien=Späne sah man vor den Scheuern die Frauen mit geschürzten Röcken in den Bottichen die Trauben zertreten, und überall hockten alte Weiber mit weiten blauen Schützen und verlasen die Oliven. Die letzte Ernte hatte begonnen, und so reifte auch in mir der Entschluß, die halbe Tages=Reise hinab nach Florenz zu beginnen, um meine Wechselbriefe einzulösen und die berühmbten Sehenswürdigkeiten zu besichtigen, von denen in allen Reise=Führern so viel Aufhebens gemacht wird, und soll die Stadt ein Sünden=Babel vieler ausländischer Touristen sein, nur des herrlichen Baptisteriums wegen.

„Was ist das für ein seltsames Leben", dachte es bei mir, „die halbe Menschheit geht ihrer sinnvollen Arbeit nach, von der sich die andere Hälfte ernährt, und nur der Dichter eilt verzweifelt über die Dörfer, weil ein hübscher Kerl ihn versetzt hat, und würde er seinen verständnisvollen Herrn fragen, ob solches Tun rechtens sei, so würde jener mit Sicherheit auch noch antworten:

„Gewiß doch. Die Welt braucht den Dichter, und welchen Charakter er darstellt, kann sie sich nicht aussuchen."

Beschloß jedoch, mich mit so viel durchlauchter Gnade nicht zu begnügen, sondern meinem Leben aus eigener Kraft einen Ruck und Zuck zu geben.

„Vielleicht", so tröstete mich der Gedanke, „wenn ich in ein paar Tagen zurückkehre, wird auch der Gobbo aus der Versenkung wieder auftauchen, wird die alte Ippolita mir das neue Manuskript zu treuen Händen überlassen, das mein liebster Giovanni bis dahin wird zusammengestellt haben." Und vor mir lagen noch einmal vierzehn mühsame, aber wunderbar lehrreiche Nächte, in denen die Kerze in meiner bescheidenen Kammer nicht verlöschen würde.

So ließ ich der Herrin von Sant'Andrea durch ihren Major=Domus ausrichten, ich würde einige Tage abwesend sein, packte das Nötigste in den Mantel=Sack und war lange vor Tages=Anbruch auf den Beinen.

Nach Fiorenza!

Wie es es mir dort erging, wollen E.F.G. gütigst dem folgenden Abschnitt meiner Erzählung entnehmen.

Selbst geschrieben und unterzeichnet, CHRISTIAN WEISE, *Dichter und Philosoph zu Zittau in Sachsen, den dreißig=sten Aprilii* ANNO *sechszehn hundert und fünf und sechzig.*

FINIS

LIBER

QUATTUOR.

Fünftes Buch

In Zittau.

CHRISTIAN WEISE AN HERZOG AUGUST D.J. VON BRAUNSCHWEIG-WOLFENBÜTTEL.

EUER Fürstlichen Gnaden einen untertänigen Gruß zuvor.

m!

VON SANT'ANDREA IN PERCUSSINA NACH FLORENZ IM NOVEMBER 1664.

ICH zitiere: „Die Stadt hatte ich eiligst durchlaufen, den Dom, das Baptisterium. Hier tat sich eine unbekannte Welt auf, in der ich nicht verweilen wollte. Der Garten *Boboli* liegt köstlich. Ich eilte so schnell heraus, als hinein, aß eine Kleinigkeit im Hause *Zu den drei Mohren* beim Zollhaus von *San Piero Gattolino* und nahm die erst=beste Post Richtung Süden."

Der mir seine Abneigung gegen Florenz so drastisch beschrieb, war ein Reisender aus Frankfurt am Main und typisch für die Beobachtungs=Gabe der meisten, die ich auf meiner Reisen traf. Sie sehen nur, was andere vor ihnen gesehen haben. Sie genießen nur, was andere ihnen empfehlen, und da heute zu Tage alle Welt von den Antiken schwärmt, ist eine volkreiche Stadt wie Florenz, in der nichts erhalten blieb vom römischen Plunder, ihnen zu wider.

Daß Florenz aber ein Ort ist, wo der *Esprit* der Antike stärcker fort wirkt, als in Rom, interessiert sie nicht, denn der Geist des Altertums besteht nach Ansicht dieser kleinen Zeit=Geister darin, daß auf einer Rinder=Weide ein paar Säulen=Stümpfe stehen und ein paar zertrümmerte Kapitelle liegen.

Von Sant'Andrea in Percussina nach Florenz reiste ich an einem der ersten November=Tage auf Schusters Rappen vorbei an vereinzelten Gehöften, aus denen, je weiter ich kam, die Geräusche des beginnenden Tages erklangen, und erfreute mich wieder die rastlose Tatkraft des toskanischen Land=Volks, welches die Quelle des Reichtums und der Schönheit dieses vom Himmel gesegneten Land=Striches zu sein scheint.

Am Ausgang von *Chiesanuova* kauerte ich neben einem kauzigen Öl=Baum nieder, wo sich bald auch ein Bauer einfand, um etwas auszuruhen. Die Sonne begann eben hinter den östlichen Bergen empor zu steigen, aber er hatte bereits eine Stunde geschafft, trat herbei, löste den Ochsen vom Pflug, damit er grasen konnte, öffnete das *Cestino,** holte einen Pizzen hervor, brach's, reichte mir einen stattlichen Kanten und sprach die geflügelten Worte:

„Vuol favorire?"†

Ich nahm den Brocken dankbar an und begann, ihn nach seiner Arbeit auszufragen, die, wie gesagt, bestand im Pflügen. Das alte Meer, das es längst nicht mehr gibt, hat in dieser Gegend recht seine Schuldigkeit getan und tiefen Lehmboden aufgehäuft. Er ist hell=gelb und leicht zu verarbeiten. Sie pflügen fünf Mal im Jahr, aber noch auf die ursprüngliche Art. Ihr Pflug hat keine Räder, und die Pflugschar ist nicht beweglich. So schleppt sie der Bauer, hinter seinem Ochsen gebückt, einher und wühlt die Erde auf, wo sie den Winter über in großen Schollen lagert, bis sie im Frühjahr klar da liegt, wie gekrümmelt.

Er blieb nicht lange, war kurz angebunden, und hatte ich deshalb Gelegenheit den Öl=Baum noch etwas zu begutachten. Sie sind wunderliche Pflanzen, diese Öl=Bäume, sehen fast wie unsere Weiden aus, verlieren auch den Kern, und die Rinde klafft

* Körbchen.

† Mögen Sie was?

auseinander. Aber sie haben dessen ungeachtet ein festeres Ansehen. Man sieht auch dem Holze an, daß es langsam wächst, und sagte mir einst einer der Bauern von Sant'Andrea, so alt könne ein Öl=Baum werden, daß im Heiligen Land noch heute der Baum zu besichtigen sei, unter dem unser alter Vater Abraham saß, als der Erz=Engel ihm verkündigte, daß Sarah, seine Gattin, trotz ihres hohen Alters von neun und achtzig Jahren guter Hoffnung sei um einen Knaben, den er Isaak nennen sollte.

Machte noch einmal Rast bei einer Wirtschaft mit dem schönen Namen *Zum wilden Räuber,* wo ich mir die landes=übliche Brotsuppe einverleibte und auch den Meister aus der Nähe von Frankfurt traf, von dem ich eingangs sprach. Er tat sehr geheimnisvoll, trug auch ein einfaches Gewand wie die Kutscher, aber man sah doch, daß er aus besseren Kreisen stammte, an seinen gepflegten Händen, den gezierten und äffigen Gesten, dem graziösen Schritt und der prätentiösen Sprach=Weise. Wir plauderten ein Weilchen, und war er mir recht zuwider, weil er alles besser wusste.

HINTER *Giògoli,* kurz vor der Brücke über das Flüsschen *Greve,* wo die Zahl der Fußgänger, Ackerwägen und Kutschen sich mehrte, weil alles nach Florenz strebte, hielt neben mir eine Kalesche. Es war aber, wie ich sah, Benito, der Major=Domus von Sant'Andrea, genannt der Prätorianer.

Er blickte starr geradeaus wie der Watzmann, sprach kein Wort, kaute nur auf seinem Strohhalm, und schien mich nicht zu bemerken, machte aber auch kein Anstalt, fort zu fahren. Ich fragte also nicht viel, zumal mir die Füße müde waren, denn ich hatte das Wandern verlernt in den letzten Wochen, und kletterte ächzend auf den Bock.

So fuhren wir eine gute Weile schweigend vor uns hin, und wunderte mich nicht seine Wortlosigkeit, da ich ihn in Sant'Andrea nie hatte reden gesehen, und wußte schon, daß seine Unterhaltung am liebsten darin bestand, daß er wartete, nickte, wann eine Order der Alten ihm gefiel, seines Weges ging, um sie auszuführen, den Kopf schüttelte und stehen blieb, wann eine

Order ihm miß=fiel, bis die Signora Ippolita unmutig aufstampfte und rief:

„Ei so tu er doch, was ihm in seinen dicken Schädel paßt!“

Dann glitt ein schwaches Lächeln über die glatte Masse seiner Gesichts=Oberfläche, die dem Gesäß eines Zucht=Ebers glich, und er stapfte von hinnen wie ein Elefant auf zwei Beinen. In solchen Augenblicken rührte sich in mir der Verdacht, daß große Menschen ein kleineres Gehirn hätten und umgekehrt.

Einmal fragte ich ihn:

„Schönes Wetter heute, nicht wahr, mein Herr?“

Er aber schaute zum Himmel hinauf, wie jemand, der das Wetter sucht, schüttelte den Kopf, wie jemand, der etwas nicht finden kann, schnalzte nur mit der Zunge.

Es schrak mich also sein gleichmütiges Schweigen nicht im geringsten, und so betrachtete ich auch die Landschaft, die den Charakter von Zwischen=Räumen annahm, die beidseitig von Bauwerken flankiert wurden, und bald zu einer Reihe von einzelnen Häusern, Gehöften, Villen, Haufen von Häusern und wohl=geratenen Dörfern verklumpte und sich ganz in die klumpige Masse von menschlichen Behausungen verwandelte.

Bergab ging es und wieder bergauf und bald reute es mich, daß ich zu dem feisten Kerl in die Kalesche gestiegen, da ich hier und dort gerne etwas abgewichen wäre vom Wege, wann immer ein originelles Objekt aus der Gegend sproß.

Einmal sah ich rechter Hand bald hinter dem Flüßchen Greve in südlicher Richtung auf hohem Felsen ein riesiges Kloster liegen.

„O, seht nur!“ rief ich erregt, „eine Karthause! Laßt uns hinfahren, bitte, Signor Benito! Wir wollen sehen, ob es die ist, welche der große Parmiggiano mit seinen hoch=berühmten Fresken verschönert hat.“

Er achtete meiner nicht. Nahm nur den Stroh=Halm aus dem Maul, warf ihn fort ohne Um=Schweife, rief „Hussa!“, gab dem Muli ein wenig die Peitsche, zog einen neuen Stroh=Halm aus dem Sack, auf dem er saß, stopfte ihn sich in den Mund und kaute weiter.

Ein anderes Mal lag rechts eine fürstliche Villa, die ich von den Abbildungen kannte. Sie erinnerte in der Ferne an das berühmte Schloß *Poggio Imperiale* der Herren von Medici. Ich wandte mich dem Prätorianer zu und versuchte, seine Aufmerksamkeit zu erwecken. Die seitlich einfallende Sonne warf seinen großen Schatten in den fast weißen Staub der Straße. Der Schatten des Körpers des Kutschers schwankte. Ich nahm eine Münze aus dem Sack, ergriff die Hand des Prätorianers, legte die Münze hinein und rief:

„Bitte, Signor Benito. Nur ein halbes Stündchen."

Er hob die Hand, betrachtete die Münze und warf sie über Bord. Ein Grollen, wie von einem verstimmten Kontra=Baß, entrang sich seiner tiefen Kehle.

Wieder ging die Straße leicht bergan. Auf halber Höhe eine Gabelung. Wir hielten uns strikt gerade aus. Auf der Höhe eine dunkle massige Festung schien die Via Cassia zu versperren. Ein Vorwerk oder ein Fort. Es war aber nur ein häßliches, altes Kloster mit rußigen Wänden, in denen nur wenige vergitterte Fenster lagen. Auf der Bergkuppe schließlich das unerwartete und unübertreffliche Wunder.

Ich blickte hinab in ein weites Tal, aus dem auf der anderen Tal=Seite hohe Hügel emporstiegen, und so zwischen zwei hohen Hängen hin=gelagert erblickte ich: Florenz. Es war, als hätte die Natur die gebuckelten Berg=Rücken genau im Süden und Norden des Ortes nur deshalb angelegt, damit der Reisende, vom Stupor der Schönheit erschlagen, die Stadt in ihrer ganzen Ausdehnung mit den Augen erfassen kann.

Die roten Dächer der Kuppeln und Paläste strahlten im Schein der flachen Sonne, und ein paar hohe Türme warfen lange Schatten auf die angrenzenden Bau=Werke. Durch die Tal=Sohle glitt im weiten Bogen und erstaunlich schmal der Fluß *Arno,* glänzend wie Fisch=Schuppen auf dem Markt am späten Vormittag, und die Villen auf dem Gegen=Hügel verschwammen im bläulichen Glast.

Die Stadt selber auf beiden Fluß=Ufern empfand ich als Ansammlung vieler tausend hingeworfener Schachteln oder Bau=Klötze, deren jeder prächtiger, schöner und reicher zu sein versprach als sein Nachbar, und darüber gluckte gedrungen und doch gewaltig wie das Huhn, das goldene Eier legt, jene Halbkugel, die ich klein und zierlich aus einer Erd=Spalte sprießend jeden Tag durch die zwei Baum=Reihen schlendernd, vor Augen hatte – die Kuppel des Domes von Santa Reparata.

Nun, hier aber riesig, wie ein lebendiges Wesen, das mit unterirdischen Kraft=Fäden dieses weit ausgeworfene Schachtel=Bau=Klotz=Wesen zusammen hält und an sich bindet.

Ich stieß einen kleinen Schrei des Entzückens aus, aber bevor ich den Prätorianer bitten konnte, brachte er den Muli zum Stehen, hob die Hand, wies zu Tal und sagte generös, wie man ein Geschenk überreicht:

„Florenz! Da, bitte!“

Sein Gemüt war verändert, freundlicher, würde ich sagen, und ich war geneigt, den Wandel der Stadt gut zu schreiben, die den bittersten Melancholiker gereizt hätte, das Leben zu genießen. Seine Hand belehrte mich jedoch eines anderen. Sie wies mit einer zweiten Bewegung zum Straßen=Rand neben der Kloster=Mauer und sagte „Wir sind da!“, was nur heißen konnte, daß ich auszusteigen hatte. Er war einfach nur froh, mich endlich los zu sein und wollte alleine weiter fahren. Ich stieg deshalb vom Wagen, da es nicht meine Art ist, an einem Ort zu verweilen, wo ich nicht willkommen bin.

Doch auch diese Vermutung erwies sich als Irrtum. Die Kalesche hatte mich kaum überholt, als der Wagen abermals hielt. Ein lauter Pfiff ertönte, an der linken Straßenseite wurde ein hölzernes Tor geöffnet, und der Prätorianer verschwand hinter einer hohen Garten=Mauer, die bald dreihundert Schritt lang die Straße hinab reichte, woraus E.F.G. die Größe des Grundstücks ermessen können, das sie umgab, was ich an dieser Stelle nur betone, weil ich auf dieses Tor, diese Mauer und diese Villa zurück kommen werde.

ICH stieg ab im Gasthaus *Zum Engel,* welches Ippolita mir empfohlen, mit der Ermahnung, mich nicht unter meinem wahren Namen einzuschreiben, ohne jedoch eine Erklärung für diese polizei=widrige Empfehlung zu erteilen. Ich vermute aber, wegen ihres Schwiegersohnes. Was dero Geld=Briefe betraf, die im Futter meiner Weste eingenäht waren, so hatte ich beschlossen, dieselben erst am letzten Abend bei der Bank einzuwechseln, da ich den stattlichen Betrag für das Manuskript weder bei mir tragen noch im Gasthaus belassen wollte, wenn ich die Stadt durch=streifte, um mir deren unsterbliche Schätze anzuschauen.

So machte ich mich am nämlichen Tage auf die Socken und durchstreifte den Stadt=Teil San Frediano auf der Suche nach jener Kapelle, die ein Reisender mir schon im *Albergaccio* empfohlen hatte. Sie gehört zu einer Kirche, die an einem großen Platz liegt, auf dem die Vorstadt=Jugend Fußball spielt und die ausländischen Reisenden auf ihren Führer warten, der ihnen die Kapelle erläutern soll. Das einzig Sehens=Werte ist aber der Chor.

Dieser ist von oben bis unten ausgemalt und enthält ein Dutzend Gemälde, die das Leben des Apostel Petrus darstellen, jedoch in erster Linie zeigen, wie wichtig es ist, daß ein Fürst von allen seinen Untertanen Steuern erhebt und daß auch die christlichen Kirchen Steuern zahlen müßten, da sogar unser Herr JESUS CHRISTUS diese nicht verweigert habe, und sollten E.F.G. befehlen, in allen Gotteshäusern des Landes Braunschweig Kopien dieser Gemälde anzubringen, um die steuerliche Moral unserer Untertanen, in Sonderheit aber der Kirchen=Ämter zu heben.

Damit E.F.G. den Kunst=Malern des Landes aber recht befehlen können, will ich den wesentlichen Inhalt des erbaulichen Bildes hier kurz skizzieren. Im Mittelpunkt steht JESUS CHRISTUS mit dem Steuer=Eintreiber, der ihn an seine Abgabe=Pflicht erinnert. Da JESUS selbst aber kein Geld anfassen noch besitzen kann, verweist er mit der Rechten auf den Apostel *Petrus,* der, wie man weiß, die weltlichen Angelegenheiten des Messias zu besorgen hatte. Das Geld entnimmt der Apostel jedoch nicht seiner Tasche, sondern aus dem Maul eines großen Fisches, der hier die Christenheit symbolisiert, die sich wie die Fische im Wasser in der Gnade des Herrn und der heiligen christlichen Kirche bewegt und hierfür nicht nur Gehorsam, sondern auch Abgaben in Geld schuldet.

Diese Münze gehört nun aber nicht der Kirche und auch nicht dem Steuer=Eintreiber, sondern dient lediglich dazu, die Bedürfnisse der Allgemeinheit zu befriedigen und die Bedürftigen vor Hunger und Not zu bewahren. Dies erkennen wir nämlich aus einem weiteren Gemälde, auf dem Petrus und noch ein frommer Mann das Geld verteilen. Die Empfänger sind ein Mann, der am Stock geht, und eine Mutter mit Kind. Schlimm hingegen erwischt es einen Mann, der die Steuer hinterzieht und dadurch die Allgemeinheit beschädigt. Ihm wirft Petrus vor, sich gegen Gott zu versündigen, und so fällt er nun auf einem Bild rechts vom Altar tot zu Boden und liegt dem Apostel zu Füßen hingestreckt, den gierigen und geizigen Steuer=Betrügern zur Mahnung.

War starck bewegt, als ich nachher im Kreuz=Gang vor der Kapelle umherging, und bedachte lange, wie ein Gemälde, welches von einem großen Meister erschaffen, auch nach weit mehr als zwei hundert Jahren seine politische Wirkung auf den Andächtigen und Liebhaber der Staats=Angelegenheiten nicht verfehlt – nicht nur seiner großen Kunst=Fertigkeit, sondern auch seiner philosophischen Aussage wegen, und sprach ich wieder, wie schon so oft auf dieser Reisen:

„Ach, wenn ein gütiges Schicksal und Göttin *Fortuna* auch mir das Glück vergönnte, ein ewiges Werk zu erschaffen, welches die Menschen noch in zwei hundert Jahren mit Genuß und Gewinn bewundern dürfen. Ach, aber ich weiß ja schon, was mir zukommt. Wird in drei hundert oder mehr Jahren ein Dummlack von einem Literaten herum=posaunen, daß zu meiner Zeit überhaupt keine ordentlichen Dichters gewesen und es unser=einen gar nicht gegeben hätte. Ach, wir Armen!"

Draußen dunkelte es bereits, als ich das Kloster verließ, welches unserer lieben Frau vom Berge Karmel geweiht ist, so daß ich mich rasch in die unweit gelegene Schenke begab, welche Signora Ippolita mir ebenfalls empfohlen und *da Sabatino* geheißen, wo all Zeit viel *Peuple* und ausländische Herren das billige, aber schmackhafte Essen genießen, um mich im Gewirr der Gassen nicht zu verlaufen oder einem Wege=Lagerer in die Hände zu fallen.

Der Graf in der Schenke. An dieser Stelle will ich eine Episode einflechten, die nichts mit dem Fortgang der Handlung zu tun hat, dero F. G. jedoch zum Plaisir gereichen wird, weshalb ich sie nicht unterschlagen möchte.

Die Schenke der Frau Sabatino erwies sich als angenehme Behausung, die Ähnlichkeiten mit einem türkischen Dampf=Bad hatte. Die Atmosphäre bestand nämlich aus einem gewissen Nebel, der von der niedrigen Decke herab bis in Schulter=Höhe hing.

Beim Eintritt gewahrte ich als erstes eine Alte, die mich eifrig herein winkte. „Signora Sabatino?" fragte ich schüchtern, aber sie deutete an, daß die Signora irgendwo im Wasser=Dampf zu suchen sei, der unentwegt aus der Küche strömte. Sie trug einen abgetragenen Kittel, saß an der Kassen gleich beim Eingang, hatte zwei tausend Runzeln im Gesicht und schien schlecht zu sehen, denn sie steckte sich die Münzen, die ihr die Gäste beim Hinausgehen zuwarfen, fast in die Augen, um ihren Wert zu taxieren.

Als zweites bemerkte ich einen dicken jungen Mann, welcher so klein, daß seine Glatze nicht den Nebel von unten berührte. Er trug den einfachen Kittel der Zanni* und eilte, kaum daß er mich erspäht hatte, herzu, um mich mit eleganten Bewegungen seiner kurzen Arme zu begrüßen. Er scharwenzelte um mich herum, stieß einige Rufe des Entzückens aus und eilte an seinen Platz zurück. Auch später war er nicht zu übersehen, da der Zwerg als solcher über die Gabe verfügt, trotz seiner geringen Höhe sofort aufzufallen, was vermutlich der Grund ist, warum die modernen Maler so gerne Zwerge neben ihre Fürstlichkeiten und Schönheiten plazieren. Es gibt dem Herrscher das Kleine an seiner Seite einen Anschein von Normalität und somit Menschlichkeit. Er saß auf einem starck überhöhten Stuhl an einem vollbesetzten Tisch und bewegte heftig die Ärmchen, als würde er einen Madrigal dirigieren, glitt jedoch wieselflink hinab, sobald ein Gast die Wirtschaft betrat, und kletterte genau so katzenhaft wieder hin auf.

* Spitzname der Dienstmänner. Verballhornung von Giovanni=Johann.

Ich erwähne das hier so ausführlich, weil er mir in den nächsten Tagen an verschiedenen Stellen der Stadt übern Weg laufen sollte, als wäre er allgegenwärtig, was mir seltsam vor kam, bis auch dieses Rätsel seine Erklärung fand.

Das Lokal selbst, in dem ich nun stand, war ein langer Schlauch, in dem die alten wackeligen Tische und Hocker kreuz und quer umher standen, wie es den Gästen behagte. Ich war einen Moment lang unschlüssig, wurde jedoch bald von der kleinen, wohl proportionierten Wirtin in Empfang genommen und zu einer Reise=Gruppe akkomodiert, die hörbar aus Frankreich stammte und mich mit lautem *Allo!* und *Allah!* begrüßte. Vor allem ihr Anführer, ein etwas griesgrämiger Graf, nötigte mich und rasselte, kaum daß er meine Herkunft erfragt, die Namen etlicher Städte herunter, ohne zu erklären, welche Bedeutung sie für ihn besaßen.

„Straßeburge, Baselle, Bregenz, Augusburg, Stuttegarte, Nürnberg, Prag, Warschau, Minks und Moskau", sagte er mindestens drei Mal im Laufe des Abends. Ich nickte bloß. Ich suchte keinen weit gereisten Franzosen mit Gallen=Steinen oder Darm=Beschwerden. Ich suchte einen Cicerone, um am nächsten Morgen alle die Orte zu besichtigen, die Ippolita mir genannt hatte, und die alle etwas mit meinem Machiavelli zu tun hatten, wie das Geburtshaus, die Wohnung seines Ladein=Lehrers, die Stelle, wo der Mönch Savonarola verbrannt wurde, das Rat=Haus, wo Machias Schreibtisch stand, das Gefängnis, wo er gefoltert, das Bordell, das er nach der Zeit im Gefängnis als erstes, noch vor der Familie, aufgesucht und eine Woche lang nicht verlassen hatte, die Villa, wo seine Kommödien aufgeführt wurden, den Garten der Rucellai, wo er den Freunden seine Schriften vortrug et cetera.

Aber so sehr ich den Blick streifen ließ, kein anwesender Kopf erschien mir geeignet, für das Gespräch, das ich suchte. Die Gäste der Frau Sabatino entstammten zumeist aus dem etwas groben und tölpelhaften Peuple des Viertels, das hier *Oltrarno** heißt, und sind dies nette Leute, die leicht Freundschaft schlie-

* Jenseits des Arno.

ßen und alles wissen wollen, auch was man nicht weiß, aber selber am wenigsten wissen, welche Schätze in ihrer Nachbarschaft offen herum liegen, wie das bei den Menschen häufig ist. Sie reisen um den Erdball, um die Wunder der Welt zu entdecken, interessieren sich jedoch nicht für die Welt=Wunder vor ihrer Haus=Tür.

Wandte mich deshalb meiner *Cena* zu, wie das Abend=Essen in Italien genannt wird, das die Wirtin hurtig auftrug, bevor ich bestellt hatte, und lächelte mich dabei so liebevoll an, daß ich keinen Moment um Gesundheit und Leben fürchtete, sondern ihr mich anvertraute, als sie ohne zu fragen einen Teller rot gefärbter Faden=Nudeln, oder *Spaghetti,* vor mir auf die reinliche Tisch=Platte stellte, die rote Farbe aber bestand aus zerquetschten Tomaten.

Sie stellte auch den Franzosen dasselbe Gericht vor die Nase, so daß ich annahm, es gebe in diesem Lokal für alle Gäste die gleiche Vorspeise ohne Gnade, und ignorierte sämtliche Zwischen=Fragen mit demselben freundlichen Lächeln. Die Nudel=Teller aber trug sie so geschickte durch den Raum, daß auf ihrem rechten Arm von der Schultern bis hinunter zur Hand neben einander drei volle Teller klebten, während sie in der rechten Hand weitere zwei, in der linken abermals zwei und über dem linken Arm ein Küchen=Tuch trug, so daß sie bei jedem Auftritt insgesamt sieben Teller aus der Dampfwolke herbei schleppte.

Danach erhielt ich eine Scheibe Braten=Fleisch, welcher sehr gut gewürzt und schmackhaft, dazu gehobelte Kraut und Pizzen, danach ein Stück sehr alten und überaus schmackhaften Ziegen=Käse mit einigen Blättchen vom Löwenzahn, danach einen großen gekochten Apfel und zum Schluß einige harte Kekse, in welche Hasel=Nüsse eingebacken, die in süßen, schweren Wein getunkt werden müssen, da man sich sonst die Zähne aus=beißen könnte, und auch diese sehr ehrenwerten Speisen servierte sie nicht einzeln aus der großen Dampf=Wolke, sondern stets den ganzen Arm hinauf.

Derweil ich dies alles bewunderte, hatte ich aber auch noch Zeit mit meinen Nachbarn zu plaudern, um mein inzwischen etwas eingerostetes Französisch zu schmieren, und wollte der Zufall, daß ich zwischen zwei Kavalieren zu sitzen kam, die selbigen Tages erst angelangt, so daß ich ihre Fragen nach dem Zustand der Stadt Florenz elegant beantworten konnte:

„O, die Stadt ist sehr schön“, schwärmte ich etwa, „so daß sie mit Recht den Namen *die Blume Italiens* erhalten hat, denn nichts anderes bedeutet das *Epitheton ornans* Fiorenza d'Italia!“

Sie nickten zufrieden, denn ebendiese Antwort hatten sie erwartet und deshalb waren sie hier. Sie orderten neuen Wein, schenkten mir ein, und einer meinte:

„Nun, Teutscher, ein paar Einzelheiten werdet Ihr uns noch mitteilen dürfen, ohne das beste zu verraten und die Spannung zu verringern, denn gleich morgen früh wollen wir in die Stadt hinübergehen und möchten nicht, daß wir bereits alles wissen.“

Ich erinnerte mich also daran, was mich in Augspurg mein Lehrer Leifheit (oder war es Signor Mauro Querciastorta aus Campotosto?) gelehrt hatte und referierte etwa wie folgt, wobei ich dem Fluß meiner Worte eine gewisse Nachdenklichkeit bei mischte:

„Nun, Florenz ist, wie soll ich sagen? eine schöne, blühende, mächtige Stadt, mit quadratischen Steinen gepflastert, ehrwürdig durch ihre Kirchen, glänzend durch ihre Plätze, reich durch ihren Handel, bedeutend durch ihren Reichtum, mäßig in der Lebensweise, würdig in der Kleidung, großartig, belebt und gepflegt. Die Männer sind gewandt, die Frauen schön, und beide übertreffen die übrigen Etrusker durch die Herrlichkeit ihrer Sprache.“

Sie sahen mich aus großen Augen an wie die Studentlein in der ersten Reihe ihren Doktor=Vater, aber nun gab es den eingangs erwähnten Zwischenfall mit dem griesgrämigen französischen Grafen, dessentwegen ich diese Episode überhaupt referiere. Ich hatte nämlich kaum den Beifall der Gesellschaft mit bescheidenem Lächeln entgegengenommen, als er zu poltern begann:

„Aber mein lieber Tedesco, was reden Sie da. Ihnen als Teutschem hätte ich ein abgewogeneres Urteil über die Italiener im allgemeinen und die Fiorentiner im besonderen zu getraut, aber, na ja, wahrscheinlich stammen sie aus einem habsburgisch angehauchten Gebiet, vielleicht sogar aus dem südlichen Schwarz=Wald, wo es Sitte sein mag, den Italienern Puderzucker in den Hintern zu blasen, weil sie so blöd waren, drei Viertel ihres Landes irgend welchen Seiten=Linien der Spanier und Habsburger in den Rachen zu werfen, statt ihre einstmals so fruchtbaren Beziehungen zur französischen Krone zu pflegen, denen gerade Florenz und die Toskana so viele Höhepunkte ihrer ruhmreichen Historie verdanken.

„Ich bin ein Mann, weit gereist und reich an Jahren und Erfahrungen. Deshalb lassen Sie mich Ihnen eines sagen, Monsieur Weise, und Sie, meine werten Landsleute“, mit diesen Worten wandte er sich an die Franzosen, etwas lauter als üblich und zum Glück in französischer Sprache, so daß die Einheimischen, deren einige zu uns herüber schauten, ihn hoffentlich nicht verstanden, „prüfen Sie genau, was unser vorwitziger junger Freund Ihnen über die Italiener und ihre touristischen Angebote weis zu machen versucht.

„Hier ist, was ich Ihnen sagen möchte, Monsieur Teutschland:

„Ich habe bisher“, so behauptete er hochmütig, und seine Stimme hatte jetzt einen schnarrenden Unterton, „in ganz Europa kein Land angetroffen, das so wenig schöne Frauen aufzuweisen hat wie Italien, und auch die Wirtshäuser sind erheblich schlechter als zum Beispiel bei Ihnen in Teutschland.“

Dabei sah er mich um Beifall heischend an, aber ich tat ihm nicht den Gefallen, so zu tun, als fühlte ich mich geschmeichelt.

„Gewiß“, fuhr er fort, „ nicht alle Lokale haben keine Fenster und keinen Dampfabzug wie dieses hier, das ich zum ersten und letzten Mal betreten haben werde. Aber die Fenster sind ohne Glas, und wenn man gegen Sonne und Wind die großen hölzernen Läden schließt, so hat man zu gleicher Zeit auch das Licht abgesperrt, und der Wasser=Dampf kann nicht abziehen. Das Fleisch bekommt man nicht halb so reichlich wie im Norden vorgesetzt und ist auch nicht so gut gewürzt wie bei uns in Frankreich. Ebenso gibt es keine große Abwechslung in Saucen und

Suppen, von denen die besten sowieso bei Ihnen in Teutschland bereitet werden.“

Wieder sah er zu mir herüber, hob sein Glas, gab mir Bescheid und rief:

„Vivat Germania.“

Mich genierte seine unverschämte Art, mein armes Vaterland zu kränken, aber ich hatte keine Wahl, als ihm nachzukommen, hob ebenfalls mein Glas und rief weit leiser als er:

„Vive la France.“

Er nickte zufrieden und setzte seine Beschimpfung fort:

„Was nun die Herbergen betrifft, so kann ich Italien auch hierin kein Lob aussprechen. Es ist zwar, wie es scheint, Florenz die teuerste Stadt Europas, aber sie haben großen Mangel an Wäsche und auch die elendsten Lager=Stätten mit einem dürftigen Himmel darüber. Die Betten laufen auf Rädern, da sie ständig verschoben werden, denn wegen der Preise belegen die meisten Reise=Gesellschaften jedes Zimmer mit sechs oder acht Personen, und trifft man sogar des Nachts immer etliche Engländer, Schweizer und sogar Österreicher auf den Straßen, welche die Stadt besichtigen, während ihre Reise=Gefährten schlafen, und so wechseln sie sich ab, die einen besichtigen tags, die anderen schlafen nachts und umgekehrt, so daß immer zwei Reisende ein Bett sich teilen!“

GING deshalb früh schlafen, und fiel aber auch fast heraus, als am anderen Morgen die Porta San Freddiana geöffnet wurde, und sprang in die Sachen. Draußen auf der engen Gasse begegnete mir als erstes der Zwerg. Er zog das Barett, verbeugte sich artig und rief grinsend: *„Mi chiamo Cazzo!** Darf ich Euch meine Dienste anbieten, Herr Doktor?“

Ich achtete seiner nicht und lief Richtung Stadt=Tor, da ich zunächst den Hügel besteigen wollte, auf dem Machia in seinem Medici=Traktat sitzt und die Stadt betrachtet. Der Verkehr auf der Gasse war beängstigend, der Bürger=Steig schmal, und mehrmals geriet ich in Gefahr, unter die Hufe eines der

* Ich heiße Schwanz.

manns=hohen Wagen=Räder zu geraten, und glaubte, mein letztes Stündlein habe geschlagen.

Ich stellte mir vor, daß dies die Straße war, durch die Baccina eilte, rund ein hundert und vierzig Jahre zuvor, als ihr Vater fast im Sterben lag, um seinen letzten Brief zu diktieren, und empfand Mitleid mit der jungen Frau, die ihr Säugling an sich preßte.

Auf dem *Monte Ulivetto* da=gegen himmlische Ruhe, die Stadt im Dunst, der Fluß schwer und scheinbar unbewegt, aus vielen Kaminen dröselte brauner Rauch, aber einiges fehlte. Kein Wehr, auf dem Knaben spielten, mit dicken Palisaden und einem hölzernen Gerüst für die Flußwachen bestückt, kein Fährmann, keine Fischer, keine Gelehrten ins Gespräch vertieft. Waren die Humanisten ausgestorben?

Statt dessen Schutt und Unrat die Stadt=Mauer entlang, zerbrochene Möbelstücke, ohne Devotion über die Mauer gekippt, und ich stellte mir vor, wie die Mülle sich auftürmten, höher wuchsen, die Krone der Befestigung erreichten, in die Stadt zurückfluteten, sie langsam bedeckten und unter sich begruben, bis nur noch die gewaltige Kuppel von Santa Reparata heraus schaute.

Ein wenig Enttäuschung war deshalb in mir, und man fragt sich auch, ob Machiavelli das Bild vor seinen Augen geschönt und warum er es überhaupt beschrieben habe. Wollte er sagen, daß unter Lorenzo dem Prächtigen alles besser war? Verriet er sich in seiner Beschreibung vielleicht als heimlicher Verehrer der Medici?

ICH kehrte deshalb um, um das Geburtshaus zu besichtigen, welches zu meiner Freude nur wenige Fuß weit vom *Palazzo Pitti,* der jedoch wesentlich jünger zu sein scheint, und der Familie des Groß=Herzogs als Wohnung dient. Umrundete, mit gnädigem Permess eines älteren pausbäckigen Kavaliers, dem ich mich als *poeta doctus* präsentiert, den Palast mit wachsendem Genuß seiner prächtigen Ausmaße und strotzenden Fassade wegen, und wir wanderten auch lange durch die *Boboli*=Gärten, die meine Frankfurter Begegnung am Vortag nicht des Verweilens für wert erachtet hatte, wo der Kavalier seiner Fett=Leibigkeit wegen schnaufte, während ich ihn mit einem gelegentlichen affektierten „Ah!“ und „Oh“ und „Entzückend“ amüsierte.

Der Park ist ganz voll mit antiken und modernen Statuen, welche einst im Gelände der Medici=Villa auf dem *Mugello* verteilt, die ich gegen Ende des zweitens Buches mit Mister Sharp heim gesucht, und entsinne mich nicht, jemals einen so inventionösen Garten erlebt zu haben, voller Wasser=Spiele, Terrassen, Frei=Treppen, Brunnen in Form von Artischoken und anderen Gemüse=Sorten, einer Grotte mit Ziegen, Labyrinthen, schönen Dirnen und schmucken Kavalieren und allem, was jene benötigen wie ein Kaffee=Haus, ein Anfi=Theater, Ruhe=Bänke hinter hohen dichten Hecken und überall Domestiken zur all=seitigen Verfügung.

Am besten gefiel mir ein fetter nackter Zwerg namens *Morgante,* auf einer Schildkröte reitend, der einst als Hof=Zwerg beim Großherzog Cosimo I. für Unterhaltung gedient, item die sogenannte *Grotte des Buontalenti,* in der viele Figuren mit Moos bewachsen, die aussehen wie Stalaktiten, so daß man lange Hinschauen muß, aber das ist wohl der Haupt=Grund, warum man eine Reise tut.

Da man daheim alles schon zu kennen meint, sieht man nicht so genau hin und erkennt deshalb nicht, was man zu kennen glaubt. Auf Reisen hingegen kommt keiner auf den Gedanken, schon alles zu kennen. Deshalb lernt man hier das Hinschauen, so daß man sagen kann, es sei im Grund unerheblich, wohin man reist und was man sieht. Erhielt auch alsbald einen Beweis dafür, als mein Begleiter bekannte, noch niemals so lange vor der Grotte des Buontalenti gestanden und bisher nicht gewußt zu haben, was darin enthalten sei.

Zwei unterhaltsame Stunden verbrachte ich so mit meinem aufmerksamen Kavalier, der mich überall herum führte, und begab mich als dann zum Hause der Machiavelli, welches in einer schnur=geraden Gasse, die auf einer Linie zwischen der Porta di San Piero Gattolino und der alten Brücke, jedoch fast direkt beim Arno=Flusse liegt.

Doch, ach! welch ein Jammer. Haus und Hof arg verlebt und

baufällig, bis hoch hinauf zwischen den zwei Fronten im Innern Wäsche=Leinen gespannt, an denen graue Fetzen und Lumpen hingen, und warf mir eine unsichtbare Hand, da ich zu einem der Fenster rief, ob dies das Haus des berühmten Niccolò Machiavelli sei, den wässrigen Inhalt eines Behälters vor die Füße, welcher, dem Geruch nach zu urteilen, ein Nacht=Geschirr war.

Gesindel lungerte im Haus=Gang, ließ mich zwar in Ruhe, beantwortete aber nicht meine Frage. Nur ein Metzger, der vor seinem Laden stand, gab unbefriedigende Auskunft. Den Namen Machiavelli habe er nie vernommen, sein Geschäft habe er seit zwanzig Jahren, wohne auch hier, und erklärte, nie etwas anderes gehört zu haben, als daß dieser *Palazzo,* wie er die verwahrlosten Gebäude nannte, der bekannten Familie der Seristori gehöre. Seine Miete zahle er jeden Monat pünktlich an den Haus=Verwalter, der jedoch Vezzosi heiße, und könne er mehr nicht sagen.

Ich blieb hart, und so gestand er, daß es zwar eine Menge Machiavelli gebe in Florenz, einen davon gleich um die Ecke, doch habe auch dieser nie im gleichen Palazzo gewohnt wie er. Ging deshalb gleich um die Ecke, wo ich den Herrn auch antraf, gewissen Lorenzo di Piero, *detto il fornaio.** Er machte einen halbwegs gebildeten Eindruck, bekräftigte jedoch ebenfalls, nie einen Schriftsteller und Staatsbeamten zu seinen Vorfahren gezählt zu haben, und wiederholte mehrfach kopf=schüttelnd:

„Alle nur Bäcker, alle nur Bäcker."

Ich begann deshalb zu zweifeln, ob Machiavelli nicht nur eine Erfindung der alten Ippolita oder eines geschäftstüchtigen Verlegers, und bin mir nicht sicher, wirklich das Geburtshaus Machiavellis gesehen zu haben, lege jedoch vorsorglich eine Zeichnung† des Gebäudes bei, die ich mit eiligen Strichen in mein Skizzen=Buch geworfen, damit E.F.G. sich einen Eindruck machen können. Mögen spätere Generationen entscheiden, ob E.F.G. untertäniger Diener im November anno sechszehn hundert und vier und sechzig tatsächlich den *Palazzo* zeichnete, in

* Genannt der Bäcker.

† Nicht auffindbar.

dem der große Frei=Denker und Dichter das Licht der Welt erblickt, oder ob der Name nur das Pseudonym für eine unbekannte Kunst=Figur sei.

Die alte Brücke, die ich als nächstes besichtigte, hat man beidseitig bebaut mit Häusern, und ist praktisch eine enge Markt=Straße voller Pöpel und Standes=Personen – also fliegende Händler, Kavaliere auf Braut=Schau, Mütter und Töchter mit nieder geschlagenem Blick, Glücks=Spieler, Hehler, Geheimdienst=Agenten, Gelehrte und Philosophen, Künstler, arbeitslose Buttler, Jockeys, Touristen aus allen Ländern, die es gibt und noch nicht gibt.

An der Balustrade lehnte eine halb verschleierte Schönheit von kaum fünfzehn Jahr wie Dantes Beatrixe, von der mir mein Gobbo vor schwärmte, war aber nur ein Leckerbissen für Päderasten. Auffallend die eng sitzenden Bein=Kleider der Herren und das Gesäß wie aus dem Marmor geschliffen von einem Michel Angelo, aber auch welche mit Pferde=Ärschen, wie man sie von den Gemälden des Paolo Uccello kennt. Giovanni erzählte mir, wie der Maler morgens flaniert sei über den *Ponte Vecchio* auf der Suche nach einem Modell für die Schlacht=Rösser von San Romano, und nahm mir vor, an einem der nächsten Tage nach dem Gemälde zu fragen. Es soll in den öffentlichen Gemächern des Groß=Herzogs hängen, so daß ich nur einen Empfang bräuchte.

Am nördlichen Ende der Brücke saß wieder der Zwerg. Er hockte auf einem Höckerchen, das rechte Bein über geschlagen, und spielte Schach mit einem groben Kerl mit häßlichen, gemeinen Zügen, vor dem mir Angst wurde, und schien mich nicht zu bemerken. Er verfolgte mich aber aus den Augenwinkeln.

Hinter der Brücke bog ich rechts ab und sah nach wenigen Schritten den niedrigen Gang unter dem ersten Haus links und folgte der Gasse zwischen viel zu hohen Häusern, wie Ippolita mir befohlen hatte. Auch hier viel Pöpel, Werkstätten und Läden im Parterre, aber billiger, und die verschlagenen Gesichter zweifelhafter Typen in Haus=Eingängen und toten Winkeln, so daß ich wünschte, ich hätte einen anderen Weg zum *Palazzo Vecchio** genommen, um die Stiefel nicht zu verkoten.

Ging links, rechts, geradeaus, wie es auf meiner Skizze stand, durch einen hohen Bogen und stand im Hof eines prächtigen Schlosses, welches aus zwei parallelen Palästen besteht, eigentlich mehr eine schmale Straße, auf der Seite zum Fluß hin durch ein Quer=Gebäude abgeschlossen.

Auf der anderen Seite offen und damit den Blick freigebend auf den Palazzo Vecchio im Profil, wenn man so will, und die davor aufgestellten berühmten Statuen, deren eine ich sofort erkannte – den David mit der Steinschleuder, leuchtend weiß. Ich drehte mich noch einmal um die eigene Achse, um das alles zu erfassen und wußte: Alleine dieser Drehung wegen hatte sich die lange Reise gelohnt.

So stand ich lange wie vor den Kopf geschlagen und dachte nur: „Warum kann der Teutsche das nicht? Eben noch in einer schmutzigen, düsteren Gasse voller Niedrigkeit und Abschaum und unmittelbar daneben, vom Niedrigen nur durch einen Bogen getrennt, das Höchste an Schönheit und Stil, an Macht und Pracht. Dieser überraschende Wechsel."

Nie, das begriff ich, würde ich eine Beamten=Stellung erringen wie Machiavelli, der jeden Tag durch einen derart prachtvollen Schloß=Hof mit einer so herrlichen Aussicht eilen mußte, um nicht zu spät zur Arbeit zu kommen, weil mir auf Anhieb keine teutsche Residenz mit einem so geschmackvollen Ensemble einfiel. Ging ein wenig nachdenklich auf und ab, um mein Schicksal zu betrauern, das mich in eine Nation geboren hatte, die nie diesen künstlerischen Rang erreichen würde, wie das kleine Florenz ihn schon vor zwei hundert und fünfzig Jahren erreicht hatte, fragte auch nach dem Baumeister, der diese Gebäude, welche die *Uffizien* genannt werden, erbaut habe und wann dies geschehen sei, und blieb erschrocken stehen, denn ich begriff plötzlich, daß Machiavelli diese Schmuckstücke nie gesehen haben konnte. Als er hier entlang ging, standen weder

* Zunächst Rathaus *(Palazzo della Signoria)*, dann Sitz der Großherzöge *(Palazzo Ducale)*, danach Umbenennung in Alter Palast *(Palazzo Vecchio)*.

die Häuser auf der alten Brücke noch das Reiterstandbild vor dem Palazzo Vecchio, und wo jetzt diese Ministerien und Ämter stehen, befand sich vielleicht das Viertel der Diebe, Hehler und Zuhälter, vielleicht der Basar der Buch=Händler und Verlage.

Ließ mich trotzdem von einem der *Uscieri** durch die Stanzen des *Palazzo Vecchio* führen, betrachtete auch die riesige *Sala dei Cinquecento*†, die früher angeblich mit Gemälden von Leonardo und Michel Angelo geschmückt waren, die unser Machiavelli in Auftrag gab, bevor sie, ein paar Jahrzehnte nach seinem Tod, mit irgend welchen zweit=klassigen Allegorien zugeschmiert wurden, und hatte plötzlich die Idee für ein Späßchen.

„Wäre es denn möglich, auch die Kanzlei zu besichtigen?" fragte ich hinterlistig den *Usciere.*

„Welche Kanzlei?" fragte er ganz unbefangen. „Wir haben etliche."

„Nun, diejenige, wo Signor Machiavelli seine Amtsgeschäfte ausübt."

„Tut mir leid, Signore, aber wir haben hier keinen Beamten dieses Namens."

Ich gab ihm noch einen Quattrino.

„Dürfen Sie es mir jetzt sagen?" fragte ich mit einem Zwinkern.

Er nahm die Münze, aber es war ihm peinlich, daß ich zu glauben schien, er dürfe mir eine so unbedeutende Auskunft nicht geben.

„Aber es gibt wirklich keinen Signor Machiavelli hier im Hause", rief er bitter. „Vielleicht fragen Sie drüben in den *Uffizien* nach. Gewiß, ich kenne einen Bäcker dieses Namens im *Oltrarno,* aber nicht hier im *Palazzo Ducale.*"

Er kriegte sich kaum ein und betonte noch draußen auf dem Platz, daß es wirklich keinen Kanzlei=Beamten dieses Namens gebe und auch nie einen gegeben habe.

* Türsteher.

† Saal der Fünfhundert.

FROH über meinen Erfolg lief ich die paar hundert Fuß vorbei an der Kathedrale der Franziskaner zum Gefängnis *le stinche,* wo Machia im Frühjahr 1513 einige Wochen gesessen, bis er nach der Wahl Giovanni de'Medicis zum neuen Papst begnadigt und mit verrenkten Gliedern nach Hause geschickt wurde, wo er jedoch erst eine Woche später eintraf, da er, wie erwähnt, zunächst in sein Stamm=Bordell ging, um sich gesund pflegen zu lassen und seiner Gattin nicht in seinem elenden und zerschlagenen Zustand vor die Augen zu treten.

Auf dem Platz und in den Seiten=Straßen haben Trödler ihre Karren aufgeschlagen, verkaufen alten Haus=Rat, Kleidung, alte Möbel, Spazier=Stöcke, Werk=Zeuge, billige Kunst=Werke. Buchhändler zischen, wenn man ihrem Stand nahe kommt, und flüstern die Titel verbotener Druck=Schriften, die man bei ihnen angeblich erwerben kann. Sie preisen aber auf diese Weise Bücher an, die man in jedem Buch=Laden vorrätig hält, in dem sie behaupten, sie wären verboten, und heben so den größten Schund in den Rang lesenswerter Literatur.

Dazwischen Fress=Stände und dampfige Kessel auf kleinen Feuer=Stellen. Darinnen Kutteln, die von den Köchinnen mit einem Haken heraus geholt, auf ein Brett geschleudert, mit großen Hack=Messern rasch zerkleinert und vom Pöpel entweder mit geriebenem Käse oder einer roten Sauce im Stehen hastig verzehrt.

Ich stand lange vor dem Boll=Werk des Schreckens aller Stadt=Regimenter seit Olims Zeiten und umrundete es. Himmel=hoch wächst der rechteckige Bau aus dem großen, lehmigen Platz, umgeben von einfachen Bürger=Häusern und kleinen Palästen. Kein Zierrat verschönt die vier Wände, kein Erker, keine Säule, keine Nische, kein Nichts gliedert die eintönige Fassade. Keine Fenster, keine Türme gestatten dem Auge Halt. Nur kleine quadratische Luftlöcher in unregelmäßigen Abständen und das nicht verfugte Bossen=Werk geben dem Äußeren eine gewisse eintönige Struktur.

Im Inneren des Gebäudes befindet sich, wie man mir sagte, ein großer Hof, auf dem die Bestrafungen und Hinrichtungen stattfinden. Drum herum sind die Zellen angeordnet und die

Fenster gehen hinaus auf den Hof, so daß die Gefangenen den Vorzug genießen, die Exekutionen zu beobachten und sich einzustimmen.

Die *stinche* von Florenz sind eine Allegorie auf die Eintönigkeit des Lebens hinter Gefängnis=Mauern, das nur gelegentlich durch die Schreie der Gefolterten und die Rufe des Hinrichtungs=Kommandos eine gewisse Aufheiterung erfährt, aber vielleicht, so dachte es in mir, dient ja auch der Trödel=Markt mit seinen Geräuschen und Gerüchen dazu, den Gefängnis=Insassen die Zeit zu vertreiben und den Trost zu geben, daß das Leben draußen ohne sie weiter geht, immer lustig, immer froh. Mich freilich erfüllte diese Eigen=Art der Menschen, ungerührt weiter zu leben, wenn andere leiden, mit leiser Melancholie.

EIN Herr in gelben Hosen und einer karmesin=roten Weste, der an einem Wägelchen stand und zerfledderte Bücher und Hand=Zettel mit Gedichten feil hielt, machte sich meine Trauer über die seltsame Festung zu Nutze:

„Wißt Ihr aber auch, wer in diesem Gefängnis gesessen hat?“ fragte er wie eine wasch=echte teutsche Märchen=Tante.

„Ich weiß“, sagte ich. Er geriet aus dem Häuschen und beteuerte, noch nie einen Teutschen getroffen zu haben, der wußte, wer Machiavelli war.

„Wenn Ihr wißt, wer hier gesessen hat“, rief er, „dann habe ich genau das Richtige für Euch.“ Er wühlte in seinen Stapeln, kramte Mappen heraus, überflog Handzettel, schüttelte den Kopf, suchte weiter und redete dabei ohne Unterlaß.

„Machiavelli“, sagte er, „sage ich Euch, und das Gefängnis da drüben ist die verrückteste Geschichte, die man sich vorstellen kann. Alle anderen haben ihre Posten behalten und sind noch befördert worden, nur er nicht. Da sieht ein klar denkender Kopf, wie verrückt die Welt beschaffen ist. Vierzehn Jahre hat er der Republik gedient. Vierzehn Jahre, in denen er sich aufgeopfert hat. Und zum Dank, was haben sie mit ihm gemacht, diese Gauner und Ehr=Abschneider?“

Er hob die Faust, schüttelte sie wütend, aber es war unklar, wen er meinte. Dann fuhr er fort.

„Ins Gefängnis geworfen haben sie ihn. Zwölfmal am Seil aufgezogen an den Armen, bis sie aus den Schulter=Gelenken gesprungen sind, und dann, mit einem Schlag, aus der Höhe auf den kalten Stein=Fußboden geworfen. Und warum? Wegen einem Zettel, auf dem sein Name stand, den einer der Verschwörer auf der Straße verloren hatte."

„Und Ihr seid sicher, daß er nicht an der Verschwörung beteiligt war?" fragte ich vorsichtig.

Er schnaubte ärgerlich.

„Pah!" rief er. Er wühlte weiter in seinen Mappen und Folianten. „Niccolò Machiavelli hätte sich niemals verschworen. Der war viel zu klug dafür. Nicht weil er sich nicht getraut hätte, einen Medici umzubringen. Nein, er wußte, die Welt bewegt sich nicht, wenn ein paar unterlegene Wirrköpfe einen siegreichen Dummkopf erdolchen oder ein paar hundert Anhänger über die Klinge springen lassen.

„Was die Welt wirklich bewegt und verändert, sind die mächtigen Fürsten und die großen Heerführer mit ihren gut ausgerüsteten und disziplinierten Armeen. Wo kein Fürst sich an die Spitze der Bewegung stellt, nutzt es nicht, das Volk aufzuwiegeln, und wenn er kein Heer hat, wird der beste Fürst nichts ausrichten. Nur den Fürsten umzubringen nutzt gar nichts, es sei denn, man hat einen besseren in Aussicht."

„Es wird immer wieder versucht", unterbrach ich ihn.

„Ja, es wird immer wieder versucht, und ist auch gut so, um denen da oben einen Gedenk=Zettel zu verpassen, und weil die arme geschundene Seele manchmal nicht mehr weiß, wohin mit ihrer Pein. Aber er hatte anderes im Sinn. Er wollte zurück ins Amt, egal unter welcher Herrschaft. Er wußte, nur wer die Macht hat zu regieren, verändert die Welt. Lieber unter einem schlechten Herrn die Regierung führen als unter einem guten herum sitzen."

Ich war jetzt doch etwas überrascht und sagte:

„Ihr seid nicht ungebildet für einen kleinen Buch=Händler. Normaler Weise interessieren die Leute Eures Standes sich nur für die Schriftsteller, die gerade in Mode sind. Was interessiert Euch ein Autor, den kaum einer kennt?"

Er knurrte böse, schaute kurz hoch, und ich dachte schon, ich hätte ihn vielleicht gekränkt. Aber dann wühlte er weiter.

„Kommt morgen", sagte er, „in die Villa des Herrn Seristori in San Gaggio an der Straße nach Siena. Dort treffen sich stets einige illuminierte Signori, die über derlei Fragen disputieren und sich über die Zukunft Italiens Gedanken machen."

„Noch eine Verschwörung?" stammelte ich. „Ich will aber nicht in die *Stinche*!"

Er beachtete nicht meine Rede, hielt ein Blatt hoch und jubelte:

„Ah, hier habe ich es. Da, bitte. Ein Florin, und es gehört Euch."

Er reichte mir ein verblichenes, schon etwas brüchiges Papier.

„In Augspurg oder Wien gibt man Euch dafür das Zehnfache!"

Ich nahm das Blatt und überflog es. Es enthielt ein Sonett. Es war ganz offensichtlich das Gedicht, das Machiavelli im Gefängnis für Giuliano de'Medici,* den damaligen starcken Mann in Florenz, geschrieben hatte. Ippolita hatte es einer Reise=Gruppe aus Mailand vorgelesen. Es stand im fünften Band der Werk=Ausgabe von fünfzehn hundert und fünfzig, die sie in ihrem Salon in Sant'Andrea verwahrte, und hatte mich so gerührt, daß ich es mit ihrer Erlaubnis abgeschrieben hatte.

Es lautet:

Ich hab, Giuliano, ein paar Eisen an den Beinen.
Mir hat man mit dem Seil die Arme ausgerenkt sechsmal.
Von den übrigen Schmerzen mag ich nicht reden,
denn so behandelt man die Poeten.
Die Läuse an den Wänden hier
sind groß wie Schmetterlinge.
In Roncisvalle stank es niemals so,
noch in Sardiniens Wühlern, wie
in meiner angenehmen Unterkunft.
Der Lärm ist hier so groß, als ließe

* Nicht den, der 1478 im Dom ermordet wurde, natürlich.

Zeus alle seine Blitze los.
Da wird angekettet und losgemacht.
Die Türen schlagen, Schloß und Riegel quietschen.
Und einer schreit. Die Füße in der Luft.
Am meisten aber stört mich,
wenn ich höre:
Betet für uns!
Man hänge sie im Morgen=Grauen,
wenn deine Gnade sich nur zu mir neigt,
der du den Namen deiner Väter trägst.

ICH gab ihm das Blatt und sagte: „Einen Florin für ein schlechtes Gedicht. Ist das nicht teuer?"

Er erregte sich und sagte:

„Aber es ist eine Handschrift."

„Und wenn schon", sagte ich. „Entscheidend ist nicht die Handschrift, sondern der Inhalt. Glaubt Ihr wirklich, Machiavell hätte für den Mann ein Gedicht geschrieben, der ihn hat einbuchten lassen?"

„Das ist erwiesen", rief er ärgerlich. „Das weiß jeder. Giuliano de'Medici war nicht wie die anderen."

„Nun", sagte ich mehr zum Scherz, denn ich wußte nicht, was ich sagte: „Warum verkauft Ihr es nicht diesem Herrn dort."

Dabei wies ich auf den Zwerg aus der Gaststätte *da Sabatino,* den ich erst jetzt bemerkte. Er saß an einem Tisch vor einer der kleinen Trattorien, hatte das rechte Bein übergeschlagen und stocherte in einem Teller voller Kutteln in Tomaten=Sauce.

„He, Kleiner!" rief ich. „Willst du eine Handschrift von Niccolò Machiavelli kaufen? Nur ein Florin!"

Ich spürte einen Schmerz in meiner linken Hand, die auf einem Buch=Rücken lag. Der Bouquinist hatte drauf geschlagen:

„Seid Ihr wahnsinnig? Wollt Ihr mir die Jesuiten auf den Hals hetzen? Da, ich schenke es Euch!"

Mit den Worten steckte er mir das Gedicht ins Wams, schob mich weg und lief zu dem Zwerg hinüber.

Ich eilte fort, froh über den Zwischen=Fall – zeigte er mir doch, daß es einen Niccolò Machiavelli gegeben haben mußte, wenn sogar die Händler auf dem Floh=Markt seine Apokryphen anpriesen – will nun aber die übrigen Stationen meines Rund=Ganges nicht in der bisherigen Ausführlichkeit behandeln, sondern mich kurz fassen, um dero kostbare Zeit nicht zu strapezieren. Nachstehend das Wichtigste in Stich=Wörtern:

Den Dom von Santa Reparata besichtigte ich, weil hier der Mord an Giuliano und Lorenzo* stattfand, den Machia in seinem Medici=Traktat ausführlich beschreibt. Er heißt jetzt Santa Maria del Fiore und ist die größte Kirche der Stadt, wozu auch ein Baptisterium gehört, in welchem der Papst Johannes XIII. ruht, mit dem die Medici zuerst so reich wurden, daß sie die Stadt beherrschen konnten, der aber von der Kirche nicht gezählt wird.

Ich meditierte einige Minuten vor der Bronze=Tür zur Sakristei, die von einem berühmten Künstler stammt, und sah vor meinem geistigen Auge den Direktor des Bank=Hauses de'Medici, der mit dem blanken Schwert die blutrünstigen Attentäter fern hält, bis Lorenzo im Palast ist und er selbst, aus vielen Wunden blutend, tot auf den Marmor=Fußboden sinkt.

Wäre noch lang geblieben und hätte die historischen Ausdünstungen mit allen Poren aufgesaugt, wenn nicht ein Dom=Wächter mich der Stelle verwiesen hätte, eines Earl of Sussex wegen, der den Ort durch seinen Hofmaler abzeichnen lassen wollte. Irgend wie verstand ich ihn und räumte wortlos die auratische Stätte.

Die Haupt=Straße vom Dom zum *Platz der Signora* besichtigte ich aus Gründen, die etwas mit dem *Tagebuch* Machiavellis zu tun haben, das ich im über=nächsten Abschnitt erwähnen werde. Er beschreibt da seinen Freund *Brancaccio,* der einen Jüngling um den wohl verdienten Lohn für seine Liebes=Mühen

* 1478. Die Verschwörung gegen die Medici, die Machiavelli in die *stinche* brachte, ereignete sich im Frühjahr 1513.

betrügt, und kehrte danach zum Dom zurück, um die dortigen Reiter=Standbilder der *Kondottieri* zu bewundern. Diese Straße ist so belebt wie bei uns in Leipzig nur die Grimmasche Straße an manchen Tagen, und war dies das erste Mal seit mehr als einem halben Jahr, daß ich so etwas wie Heimweh nach Wolfenbüttel empfand.

KLEINER *kunst=historischer Exkurs betreffend die Portraits der zwei Kondottieri im Dom.* Beide Heer=Führer sind wie üblich mit Blick nach rechts, also im Profil, die Rösser in Seiten=Ansicht gemalt.

Der Unterschied liegt in der Haltung.

TOLENDINOS Roß greift mit den linken Beinen aus, so daß zwar das Gemächte hervor treten muß, das der Maler jedoch wenig betont. Dafür ist die rechte Arsch=Backe wegen des gestreckten Hinter=Laufes nur seitlich darstellbar, was ihr den Reiz raubt. Überdies betont der Maler den Schweif und den Kopf des Pferdes. In den Schweif ist ein Knoten gebunden, der die Aufmerksamkeit vom Gesäß ablenkt. Das Roß schaut den Bild=Betrachter mit dem rechten Auge an, wodurch eine Verbindung zum Kopf, als dem Sitz der Verstandes=Kräfte, hergestellt wird.

Paolo UCCELLO dagegen rückt mehr das Seelische in den Vordergrund. Sein *John Hawkwood* zieht die Zügel straff an, der Kopf des Pferdes ist dadurch gesenkt, der Blick des Tiers in sich gekehrt. Über den Kopf ist deshalb keine Beziehung zwischen Roß und Betrachter möglich. Ganz anders dagegen die Beziehung zwischen dem Gesäß und seinem Betrachter. Hawkwoods Pferd greift mit den rechten Beinen aus. Dadurch wird die Rundung der rechten Arsch=Backe voll sichtbar. Der Schweif steht ab und grüßt den Betrachter wie eine gehißte Flagge.

Diese zwei Kompositions=Elemente – der gehißte Schweif und die gerundete Arsch=Backe – ergeben zusammen die Haupt=Aussage des Gemäldes von UCCELLO. Deutlich sieht man den Anus mit dem scheinbar geöffneten Schließ=Muskel.

Diese zwei hervor=ragenden Bild=Werke in einer Umgebung und fast gleichzeitig studieren zu können war mir eine große geistige Bereicherung. Bestürzt stellte ich fest, wie ein großer

Künstler unter dem Deck=Mantel der Verherrlichung zweier berühmter Heerführer scheinbar nebenbei sein Verhältnis zum Leben beschreibt. Denn während ANDREA DEL CASTAGNO im Pferd offensichtlich den geschlechts=neutralen Untertanen sieht, erkennt PAOLO UCCELLO in ihm die Geliebte.

KURZFASSUNG *der oben erwähnten Episode.* Machiavelli beschreibt sie in einem Brief. Diesen kennen wir durch seine Gewohnheit, Briefe vor ihrer Versendung in einem sogenannten Beleg=Buch abschreiben zu lassen, als Nachweis für das, was er geschrieben hatte gewisser=maßen. Ich sollte diese Seite einige Tage später von Herrn *Seristori* zur Ansicht erhalten, – und hatte ich das Blatt kaum kopiert, als schon sein Faktotum, ein gewisser *Giancarlo,* an die Tür meiner roten Kammer klopfte, um es wieder abzuholen.

Kurz, ein gewisser *Julian Brancaccio* sah eines Abends nach dem Ave=Maria – das Wetter düster, der Wind pfiff, es regnete ein wenig, – lauter Zeichen, daß jeder Vogel wartete. Er ging also über die *Carraja*=Brücke in die Vorstadt *Santo Apostolo,* vorbei an den Bordellen, bis er nahe der *Parte Guelfa** ein Turtel=Täubchen fand, mit dem er sich in einem dunklen Eckchen nach Strich und Faden vergnügte.

Nach dem dies erledigt, wollte er aber wissen, wer der Jüngling sei. Dieser antwortete ihm zum Beispiel, er sei *Michele,* Neffe des *Consiglio Corsi.*

„Wohl", sprach Brancaccio, „du bist der Sohn eines Ehrenmannes. Wenn du klug bist, hast du dein Glück gemacht. Wisse, ich bin Filippo di Casa Vecchia. Geld habe ich nicht bei mir. Komm morgen früh in mein Magazin oder schicke einen *Zanni,* ich werde dich zufrieden stellen."

Den andern Morgen schickt Michele einen Johann mit einem Billet, in dem er Filippo an seine Verbindlichkeit erinnert. Der liest, läuft rot an und schimpft: „Wer ist dieser Michele? Was hab' ich mit ihm zu schaffen? Wann er was will, soll er zu mir kommen."

* Gemeint ist die Partei=Zentrale des alten Stadtadels.

Damit war der Kladderadatsch komplett, aber ich will mich kurz fassen und sogleich auf die *Pointe* kommen. Das Problem war natürlich, daß dieser Michele in der Dunkelheit das Gesicht seines Liebhabers nicht erkannt hatte, und nicht wissen konnte, daß mein Freund Brancaccio ihm einen falschen Namen genannt hatte.

Filippo di Casa Vecchia war wiederum ein Mensch, der noch niemals Kontakt zu einem Jüngling hatte und um seinen guten Ruf als sitten=strenger Familien=Vater besorgt war. Er geriet deshalb außer sich, als Michele persönlich in seinem Magazin erschien und ihn vor der versammelten Kundschaft an die vergangene Nacht erinnerte. Die Herren ohrfeigten sich, die Dienstboten der Herren prügelten sich, und im Nu wußte die ganze Stadt, was vorgefallen war, und mußte die Angelegenheit deshalb vor den *Podestà,* den Gerichtsbeamten, gebracht werden, um eine Fehde zu vermeiden, und hätte vielleicht noch Mord und Totschlag gegeben, wenn mein Brancaccio sich nicht der beiden dummen Streit=Hähne erbarmt und öffentlich gestanden hätte, daß er in jener Nacht das Turtel=Täubchen genossen habe.

Nun war aber die Schmach noch größer, denn jeder lobte Brancaccio für seinen gelungenen Scherz und lachte über die zwei gefoppten Gesellen, denn – so schließt Machias Epistel weise und wie üblich mit einer Moral – der ganze Streit hätte im Grunde nur die menschliche Schwäche der zwei Kontrahenten gezeigt.

Hätte der junge Michele begriffen, daß man für sein Vergnügen auch mal auf die Bezahlung verzichten muß, so hätte er nie einen Unschuldigen beschuldigt, ihm den Lohn zu verweigern, und hätte der dumme Filippo nicht solche Furcht gehabt, für einen Mann zu gelten, der auf *beiden* Schultern trägt, so hätte die Sache ihn nicht erregt.

DEN Palazzo in der Via Larga besichtigte ich wegen des Gemäldes von GOZZOLI, das Machia in seinem Medici=Traktat beschreibt, und des Gefühls der Nichtigkeit, das ihn beim Beschreiten des Hauses, der Säle und der Gänge befällt. Es gelang mir, indem ich mich als dero Bibliothekar auswies, den

Palast zu betreten, der mich jedoch enttäuschte. Groß, grau, düster, muffig. Ein Stapel=Haus einer Kaufmannschaft in Einbeck oder Ruhpoldswerda könnte nicht trister sein. Mehr will ich nicht sagen, da man alles in den bekannten Reise=Büchern nach lesen kann.

DIE Bibliothek Lorenzos* besichtigte ich, um E.F.G. bei passender Gelegenheit detailliert berichten zu können. Sie ist die größte Bibliothek Italiens nach der vatikanischen Bücherei und enthält sämtliche Druck=Schriften, so das Haus Medici seit *Giovanni di Bicci* und *Cosimo* bis heute gesammelt hat.

DIE beiden Kapellen von San Lorenzo betrat ich, weil sie nahe zu allen de'Medici in mehr oder weniger prunkvollen Ruhe=Stätten ihre letzte Ruhe geben, vor allem jene, die ich aus dem Traktat kannte, und besichtigte die Bau=Werke von innen wie von außen ohne jeden gedanklichen Gewinn. Nur eins überlegte ich beim Betrachten der Ausmaße der alten Sakristei, nämlich daß man versuchen sollte, einen derart monumentalen *Roman* zu verfassen, der im Leser vom ersten Schritt an den Eindruck von schrecklicher Höhe und Weite und mit jedem weiteren Schritt den Wunsch nach Geborgenheit und Nähe und damit die Sehnsucht nach einem baldigen Ende des Romans hervor=ruft.

„Einmal", so dachte ich bei mir, „einen Roman schreiben wie die alte Sakristei von San Lorenzo, um zu begreifen, daß Schönheit mit weniger Höhe und Breite möglich sein müßte."

MIT dem Kloster von San Marco hat es folgende Bewandtnis: Cosimo *der Alte* alimentierte es als Haus=Kloster seiner Familie gewisser=maßen, so wie einst regierende Fürsten Konvente stifteten, wo sie im Alter über ihre politischen Irrtümer, Verbrechen und Tod=Sünden nachdenken konnten – siehe Kaiser Karl V. Für seine geistige Erbauung erfand Cosimo die

* Gemeint ist sicher die BIBLIOTECA LAURENZIANA neben dem Dom von San Lorenzo, erbaut von Michelangelo.

platonische Akademie in *Careggi* und kaufte eine große Bibliothek. Für seinen Ruhm veranstaltete er ein Konzil zur Wieder=Vereinigung der Kirchen von Byzanz und Rom, baute er einen Palast und legte viele Villen an. Für sein leibliches Wohl und das seiner Familie gründete er Banken und Fabriken, und für den Fall seines Ablebens schmückte er den Dom von San Lorenzo und gründete das Kloster von San Marco.

Als Prediger des Klosters verpflichtete sein Enkel Lorenzo *der Prächtige* den Dominikaner Giromalo Savonarola aus Ferrara. Noch bei seinen ersten Auftritten Jahre zuvor hatte der zierliche Mann mit den brennenden Augen und dem Kopf eines Wahnsinnigen seine Zuhörer gelangweilt, so daß er Florenz verlassen mußte.

Nun, gegen Ende der Zeit des *Prächtigen* hatte eine solche Sehnsucht nach einer geistigen und moralischen Wende die Menschen erfasst, daß sie in hellen Scharen nach San Marco kamen, wo der gewaltige Mönch den baldigen Tod aller Sünder, vor allem des Königs von Neapel, des Papstes und *Lorenzos* vorher sagte und behauptete, Gott selber habe ihm dies ge=offenbart. Die neue Zeit sei nahe herbei gekommen, und Florenz werde als das Neue Jerusalem die Herrschaft über Italien antreten.

Das hörten die Leute gerne, da sie sahen, wie die Stadt unter der Miß=Wirtschaft der Medici litt, nach Freiheit dürstete und der bevorstehende Welt=Krieg sie zu vernichten drohte, und *Savonarola* wurde immer mächtiger. Um die Oster=Zeit war er so berühmt, daß er im Dom predigen durfte, wo nur die besten Redner auftraten.

Ein Jahr später war er Prior des Klosters gegen Lorenzos Willen und dessen unbestrittener Gegen=Spieler, so daß der Mediceer ihn an sein Sterbe=Bett rufen ließ, um den Segen des Dominikaners für seinen Sohn und Nachfolger Piero *den Unglücklichen* zu erflehen, doch der Mönch war unerbittlich. Der berühmte Philosoph *Pico della Mirandola* hat die Unterredung der zwei mächtigsten Männer der Toskana in seinen Schriften überliefert.

Als Lorenzo ihn bat, ihm die Absolution zu erteilen, rief der Mönch von San Marco:

„Dazu bin ich bereit, doch zuerst müßt Ihr drei Bedingungen erfüllen."

„Sprecht, ehrwürdiger Vater", flüsterte der Mediceer unter Aufbietung seiner letzten Kräfte, denn er hatte das Leiden seiner Vor=Väter geerbt, die entsetzliche Gicht, und litt furchtbare Schmerzen und war sogar zu schwach zu essen oder auf zu stehen.

„Erstens müßt Ihr bereuen und wahre Zuversicht in Gottes Gnade empfinden."

Lorenzo antwortete: „Das tue ich."

Der Mönch sagte: „Zweitens müßt Ihr Euren auf üblem Wege errungenen Reichtum aufgeben."

Lorenzo zögerte. Er dachte: „Ich soll das aufgeben, was ich auf üblem Wege errungen habe. Wenn ich darauf insistiere, der größte Teil sei recht=mäßig erworben, und dem Kloster drei oder vier Prozent gebe, gibt er sich zufrieden." Also stimmte er zu. „Gut, Ihr sollt es haben und unter die Armen verteilen. Alles, was ich auf üblem Wege erworben habe."

Savonarola glaubte sich bereits am Ziel.

„Drittens", sagte er, „müßt Ihr der Stadt die Freiheit wiedergeben." Mit *Freiheit* meinte er natürlich, daß das Haus Medici auf die Macht verzichten und den Mönch als höchste Authorität anerkennen solle.

Auf diese Frechheit wußte *der Prächtige* keine Antwort, wandte das Gesicht zur Wand und verschied ohne Absolution bis zum letzten Atemzug.

Andere behaupten zwar, der Mönch habe von Lorenzo nicht verlangt, daß er die Macht an ihn abgeben müsse, aber das tut nichts zur Sache. Zwei Jahre später mußte Lorenzos Sohn *Piero* wegen erwiesener Unfähigkeit die Stadt verlassen, und der Mönch zwang die *Signoria,* alle Reformen durchzuführen, die er seit Jahren verlangt hatte, und schuf so eine Republik des Volkes, die sich auf die Einhaltung der Gesetze, die Abschaffung des privaten Reichtums und die Beteiligung aller Bürger an der politischen Macht stützte.

Ich erwähne dies so ausführlich, weil es diese Reformen und Institutionen waren, dank deren unser Machiavelli vier Jahre später in den Dienst der Regierung treten konnte – nach dem das stets wankelmütige Volk sich von dem starr=sinnigen Prior abgewandt und die *Signoria* ihn auf dem Scheiter=Haufen verbrannt hatte.

Die Moral von der Episode ist sonnen=klar: Die Kirche ist wie ein Kuckuck, der seine Eier in fremde Nester legt. Sobald diese aber ausgebrütet sind, werfen die Kuckucker ihren Ernährer aus dem Nest. So nährte Lorenzo *der Prächtige* den Mönch von San Marco an seiner Brust, bis dieser die ganze Brut der Medici aus dem Lande trieb. Freilich schuf er damit auch, ohne es zu wollen oder zu ahnen, die Voraussetzungen dafür, daß die Stadt wenigstens einmal in ihrer langen Geschichte für eine kurze Periode zu einer wahrhaftigen Republik wurde.

Und wäre ihr Kanzler Machiavelli so berühmt, wenn es nicht so wäre?

ICH verbrachte den Rest des Tages im Kloster und dachte nach, auch über Teutschlands Zukunft, will aber E.F.G. nicht seckieren mit meinen unreifen Gedanken, sondern diese in meinem Herzen verwahren, wo die guten Anlagen der Menschen schlummern.

Abends wieder *da Sabatino,* jedoch mit Variationen: kurze Nudeln statt der Spaghetti, ein Hähnchen=Schlegel statt der Braten=Scheibe, gekochte Birne statt Apfel. Im übrigen wie gehabt. Der Zwerg begrüßte mich wie einen alten Bekannten. Am Touristen=Tisch zum Glück keine Franzosen, sondern Holländer, die debattierten, ob der Käse von *Parma* und *Reggio Emilia* dem von *Alkmaar* vorzuziehen sei. Früh zu Bett und früh auf und morgens das übliche Gedränge auf der Straße.

So verging die Zeit wie im Fluge, und ich dachte kaum noch an meinen Gobbo, der ein weiteres Manuskript für E.F.G. zusammen stellen sollte. Tags Spaziergänge und Ausflüge, abends *da Sabatino.* Am dritten Abend breite lange Nudeln statt der schmalen kurzen, eine Scheibe gekochter Ochsen=Brust mit Spinat statt des Hähnchen=Schlegels mit gedünsteten Zwiebeln, Dänen, die viel Branntwein tranken, am vierten – – – aber lassen wir das.

Erfahrene Reisende werden wissen, was ich meine. In der Fremde schmeckt das Essen immer besser, doch keiner ist lange in der Fremde. Am ersten Tag ist das Essen unerhört, sensationell. Am zweiten ist es besser als daheim. Am dritten ist es so gut wie am zweiten. Am vierten nicht ganz so gut wie am dritten, und am fünften wischt man sich nach dem Essen den Mund ab und spürt, es ist an der Zeit abzureisen.

Warum sollte es mir anders ergehen? Es war am fünften Tag, ich hatte soeben den Palast der platonischen Akademie in den Hügeln nördlich der Stadt besichtigt, da hielt plötzlich eine Kalesche neben mir und versperrte mir fast den Weg. Es war aber nicht der Prätorianer, der mich zum Aufsteigen einlud, sondern der Zwerg, und der war auch nicht so einsilbig wie der Prätorianer. Plapperte vielmehr munter drauf los und wurde nur einsilbig, als ich ihn fragte:

„Wohin führt Ihr mich?"

„Werdet's schon sehen. Seid nicht so neugierig. Wer nicht kommt, den muß man holen. Soll Euer Schaden nicht sein. Warum so eilig? Was treibt Euch, Signor Weise?"

Ich schwieg, betroffen darüber, daß er sogar meinen Namen kannte.

Wir überquerten den *Mugnone, San Marco* flog vorbei, der *Palazzo* der Medici, *San Lorenzo, Santa Maria Novella.* Wir fuhren durch die lange schmale Gasse, die zum *Arno* führt, wir überquerten den Fluß, gerade aus, immer gerade aus, das Stadt=Tor von *San Piero Gattolino,* die Straße nach *Siena.*

„Mein lieber Zwerg! Wohin führt Ihr mich?"

Kurz vor der Berg=Kuppe von *San Gaggio* begann rechter Hand eine hohe, lange Garten=Mauer, die mir bekannt vor=kam, eine großes hölzernes Tor, das sich öffnete von geheimnisvoller Hand. Es war das Tor, durch das fünf Tage zuvor der Prätorianer verschwunden war, und ich saß in derselben Kalesche. Das war mir nicht aufgefallen.

Der Zwerg tippte die Mähre mit der Peitsche an. Wir bogen ein in einen breiten Kiesweg. Garten=Tische und zierliche Stühle. Ein Hund sprang hoch. Eine Katze lag im Blumen=Topf und blieb liegen. Einige Zwerg=Hühner liefen aufgeregt davon.

Im Hinter=Grund zwei Bild=Hauer in verschmierten Kitteln, die einen Brunnen reparierten. Links, über einem niedrigen Stein=Sockel, eine dichte Wand aus Lorbeer=Sträuchern. Der Prätorianer kam von dort einige Stufen herab, reichte mir mit ausdrucks=losem Gesicht die Pranke, half mir aus dem Wagen, griff das Pferd am Halfter und führte Roß und Wagen in die Remise. Auf einmal schien wieder die Sonne, und es war kaum noch November.

Rechts das Wohn=Haus. Eine Zofe stand auf der Stufe vor der Haus=Tür, ein kleines Tablett in der Hand, auf dem zwei Gläser mit einer grünlichen Flüssigkeit standen. Neben ihr eine schlanke Dame und ein älterer Herr in bequemer Kleidung mit fast weißem dichtem Haar, der mir die Hand zum Willkommens=Gruß entgegen=streckte. Er lächelte mich an.

„Wer ist das?“

Der Zwerg lächelte bübisch:

„Signor Seristori.“

Der kleine Palazzo, in dem ich so freundlich begrüßt wurde, ist ein rätselhaftes Bau=Werk, und noch immer umkreise ich in Gedanken seine Fassaden, messe die Abstände zwischen den Fenstern und Türen, Balkonen und Terrassen, den vier Hausecken, den Stock=Werken, gehe nach innen und vermesse auch hier. Ich habe Pläne angefertigt, auf denen alles eingetragen ist – auch das Treppen=Haus, das vom Parterre bis hinauf ins Glas=Dach reicht, – und wirklich alles geklärt – sogar, daß es ein unsichtbares Haus im Haus gibt.

Ja, es gibt ein zweites Haus, das man nur entdeckt, wenn man, wie ich es getan habe, Maß nimmt und kartographiert.

Es muß ein großer Meister gewesen sein, der diese zwei Häuser erbaut hat. Man geht durch die Säle, Zimmer, Gänge, Kammern und, gewiß, es ist manches ein wenig verwinkelt. Aber man vermutet an keiner Stelle, daß sich hinter den Wänden ein zweites, natürlich sehr viel kleineres Haus verstecken könnte, – mit Zimmern, Gängen, Kammern und sogar Treppen, die man nicht sieht.

Man hört nur das Fiepen der Mäuse, den Flügelschlag der Tauben, das Gerenne der Ratten, die Kampfschreie der Marder, mit denen sie unerwünschte Konkurrenten vertreiben und die Kadaver der Kaninchen und Hühner verteidigen, die sie in die Räume der unsichtbaren Villa verschleppen, und das ist alles kein Beweis für die Existenz einer Gegen=Welt, so wenig wie meine Messungen, denn es liegt im Wesen des Geheimnisvollen, daß man es zwar widerlegen, nicht jedoch aus der Welt schaffen kann.

DEN unwiderstehlichen Beweis für die Richtigkeit meiner Vermutung (daß die Villa ein zweites Haus in sich selber verbergen müsse) erhielt ich deshalb erst am Abend vor meiner Abreise aus Florenz und Rückkehr nach Sant'Andrea durch einen Vorfall, den ich jetzt hier berichten will.

Ich saß in Erwartung des Abend=Essens, das im Garten=Salon gereicht wurde, in meiner Kammer im *Mezzanino,** die von allen nur *die rote Kammer* genannt wird, und war eingenickt, denn wir waren zum *Pranzo*† beim Groß=Herzog im *Palazzo Pitti* gewesen – Signor Seristori und ich. Plötzlich hörte ich ein ungewohntes Geräusch aus dem kleinen Ankleide=Raum, wo auch die Wasch=Schüssel steht.

Ich schrak hoch, sah aber kaum etwas. Es ist in der roten Kammer nur ein kleines Fenster, überkragt von einer Dach=Kaupe, und deshalb auch tagsüber nur schwaches Licht – nun aber, in der Abend=Dämmerung, war es fast dunkel. Ich tastete mich vor zur Funzel, doch kaum hatte ich die Kerze entzündet, als aus der Ankleide=Kammer ein leiser Ausruf ertönte, – ein Ruf der Freude, wie man ihn ausstößt, wenn man etwas Kostbares findet. Es war Zweifel=los eine weibliche Stimme. Ich stürzte zur Tür und stand unverhofft einer schlanken Frau gegenüber, gekleidet in ein bodenlanges, weißes, wallendes Gewand.

Ihr Gesicht war bleich, ihre weißen Haare hingen herab wie Stroh von den Vogel=Scheuchen, welche die Bauern im Herbst in die Plantagen stellen, um ihre Oliven zu schützen, und ihre Augen glühten wie Kohlen. In der erhobenen rechten Hand aber

* Zwischenstockwerk.

† Mittagessen.

hielt sie einen krummen Dolch. Der blanke Stahl leuchtete, als er das Licht meiner Kerze reflektierte. Ich konnte eben noch ausweichen. Dann traf der Arm der weißen Frau meine Schulter mit Wucht und ich war wie benommen, doch zum Glück hatte der Dolch mich nicht verletzt.

Als ich nach wenigen Augenblicken wieder Mut faßte, war sie an mir vorbei. Ich eilte zur Tür, durchquerte den dunklen Vorraum, bog in den schmalen dunklen Gang und hörte eben noch, wie eine Tür geschlossen wurde. Ich lief hinterher und stand auf einem kleinen Balkon, etwa im zweiten Stock eines engen Innen=Höfchens, das etwas Licht von oben erhielt. Ich blickte hoch, hinunter und sah am anderen Endes des Balkons eine weitere Tür.

Dahinter ein etwas breiterer, halb=dunkler Gang im rechten Winkel mit drei oder vier Türen. Vor mir das Geräusch nackter Füße auf Stein. Ich stand in einer geräumigen düsteren Diele mit seltsamen Möbeln und einem Fenster, das auf ein Innen=Höfchen ging, vermutlich dasselbe, das ich soeben durchquert hatte, ich stürzte ins Licht=durchflutete Treppenhaus. Wieder das Tappen der Füße. Es schien von oben zu kommen.

Ich eilte hinauf und nahm im nächsten Stock=Werk erneut den Weg zum Innen=Höfchen. Ich stand wieder auf einem schmalen Balkon. Ich blickte mich abermals um und sah zwei Stock=Werke unter mir die weiße Gestalt den Balkon überqueren und in den Dienstboten=Aufgang verschwinden.

Irgendwo im Haus ertönte ein dunkles Geräusch. Es klang wie eine in den Fußboden eingelassene Boden=Klappe, die jemand über sich zufallen läßt. Ich wußte, sie war weg. Ich kehrte zurück in meine rote Kammer, begann mich zu entkleiden, um mich fürs Abend=Mahl umzuziehen, und spürte meine Müdigkeit mehr als zuvor. Ich klingelte und ließ Herrn Seristori ausrichten, ich käme heute nicht zum Essen. Ich verspürte keine Furcht, und so fragte ich mich nun doch, ob ich mir die seltsame Erscheinung nur eingebildet hätte.

Wir hatten nach dem Pranzo zunächst eine Gar=Küche namens *Fuori le mura* besucht und reichlich gekochte Bohnen mit gefülltem Schweine=Fuß verzehrt, und dann noch ein beliebtes

Freuden=Haus für die besseren Kreise besucht, und erschien es mir denkbar, daß der gute *Chianti* mir einen Streich gespielt habe. Ich hielt ich es deshalb für besser, den Vorfall für mich zu behalten. Oder wie unser Machiavell sagen würde:

„Wenn du etwas zu entscheiden hast, das dir zuwider ist, berate dich mit deinen Feinden. Wenn es dir egal ist, so berate dich mit deinen Freunden. Wenn es etwas ist, das keiner will, so berate dich nur mit dir."

DIESER Herr Seristori ist eine ernste, doch auch freundliche Erscheinung um die Fünfzig. Er ist ein Abkömmling einer ur=adligen Familie, deren Stämme und Zweige überall in der Toskana Land=Besitz haben und schon zur Zeit Lorenzos *des Prächtigen* reich und mächtig waren. Er selbst scheint inzwischen aber dem Bürgertum anzugehören, das die hauptsächliche politische Macht im Groß=Herzogtum bildet. Im übrigen ähnelt er in nichts dem Schreckens=Bild, das seine Schwieger=Mama und mein Freund, der Gobbo, von ihm zeichnen, aber ist ja bekannt, daß man niemand trauen darf als dem eigenen Urteil, und wäre die Welt besser beschaffen, wenn jeder sich daran halten würde.

Auch seine Frau gleicht keinesfalls dem Bild, das Signora Ippolita von ihrer Tochter malt. Sie hat dunkel=blondes lockiges Haar, ein edles Gesicht, ist schlank, fast mager, und zeigt einen etwas leidenden Ausdruck. Sobald sie zu sprechen beginnt und ihre sanfte, leise Stimme und ihren melodiösen Akzent hören läßt, vertieft sich ihr Gesicht, und sie wird sanft und liebevoll. Auch für sie gilt deshalb, daß man der Beschreibung anderer nicht trauen darf, und wenn es die eigene Mutter ist. Besonders auffällig fand ich, daß sie meinem Gobbo wie aus dem Konterfei geschnitten war.

„Da sind Sie ja endlich", sagte sie, „wir erwarten Sie seit vier Tagen, mein Mann und ich." Ich maß ihren Worten aber die richtige Bedeutung bei, denn nur durch den Major=Domus von Sant'Andrea konnten sie wissen, daß ich in Florenz weilte. Herr Seristori hingegen schloß mich fast in die Arme und entschuldigte sich dafür, mich quasi von der Straße entführt zu haben.

Er hielt sich ein wenig schief, wie jemand, der sich gerne im Hintergrund aufhält und lange überlegt, bevor er handelt.

„Benito war ziemlich verzweifelt, daß Sie nicht mit ihm herein kommen wollten“, sagte er, „und so mußte Lagrande Sie eben auf der Straße ab=passen. Leider dauerte es bei mir einige Tage, bis ich begriff, daß Sie der junge Herr waren, den er auch schon in der Stadt gesehen hatte. Es war nicht einfach, Sie zu finden.“

Ich entnahm daraus, daß der Zwerg *Lagrande* hieß und der Prätorianer den Auftrag gehabt hatte, mich bei Seristori abzuliefern, aber wie hätte ich das ahnen können?

„Ich bedauere“, sagte ich also, „Eurer Exzellenz Unannehmlichkeiten verursacht zu haben.“

Aber er konterte, in dem er sich bei mir einhängte und mich ins Haus zog.

„Papperlapapp“, sagte er eilig, „vergessen Sie die Exzellenz. So dürfen mich nur die Dienstboten nennen. Für Sie Antonio. Dom Antonio, wenn ich bitten darf. Kommen Sie. Wir gehen in den Garten=Salon. Madame Seristori hat uns eine Erfrischung zubereiten lassen. Danach zeige ich Ihnen das Haus und vor allem Ihr Zimmer. Hier entlang, bitte.“

Wir durchquerten einen breiten Eingang mit Marmor=Böden und Spiegeln an den Wänden, gefolgt von Madame, die ihren Schirm zusammen faltete, und der Zofe mit dem Tablett. Ich blickte in den großen, luftig ausgemalten Speise=Salone, wir betraten eine quadratische Halle mit einem Balkon auf halber Höhe, wir passierten eine große Glas=Tür, wir kamen in einen dunklen Gang, Signora Cassandra öffnete die hohe Flügeltür dahinter, und im gleichen Augenblick konnte ich wieder einmal die enorme Phantasie der italischen Bau=Meister bewundern – die Art, wie sie mit Licht und Schatten, strahlender Helle und fast völliger Dunkelheit spielen.

Die Helle ergibt sich an den meisten Tagen von selbst, denn in nichts ist das italische Licht dem teutschen vergleichbar. Es scheint dünner zu sein als das unsere, durchdringt die geringsten Zwischen=Räume, und an sonnigen Tagen, auch im Winter, genügen schon ein paar kleine Schlitze in einer Fenster=Blende, um einen Raum zu beleuchten.

Das Dämmerlicht hingegen ergibt sich nicht nur, weil die Hitze in den Sommer=Monaten und das grelle Licht, das in die Augen sticht, es notwendig machen, an allen Fenstern Klapp=Läden anzubringen, die auch im Winter meist halb geschlossen bleiben, sondern eben so, weil man Räume ohne Außen=Fenster, tief im Inneren der Häuser, benötigt, in die man sich zurück ziehen kann, wenn der heiße und zudem noch sehr feuchte Wind aus der Sahara herüber weht, oder der *Solleone** grausam wütet, so daß man keinen Hund mehr auf die Straße jagen mag und nur die Reisenden aus Teutschland sich durch die Straßen schleppen, in denen die Luft vibriert wie in einem Brot=Backofen.

So, Sie wollen also kaufen", eröffnete Dom Antonio unser Gespräch, nachdem seine Frau den Salon verlassen hatte. Wir saßen in bequemen *Fauteuils,* der Blick ging hinaus in einen zierlichen italienischen Garten, und eine angenehme Trägheit befiel mich, nun, da sich meine Erregung gelegt hatte. Man wird nicht alle Tage auf offener Straße von einem Zwerg entführt, der *der Große* heißt. Auch Seristori wirkte entspannt.

Ich konnte mir also Zeit lassen mit der Antwort, aber das war auch nötig. Einerseits hatte Ippolita mich hartnäckig vor ihm gewarnt. Andererseits wußte er offensichtlich, warum ich in Sant'Andrea war, und versuchte, sich in mein Geschäft mit der Alten einzumischen. Sonst hätte er mich kaum in der ganzen Stadt suchen und in sein Haus bringen lassen.

Ich schaute hinaus in den Garten. Ein Gärtner harkte die Kies=Wege, ein anderer schnitt die hübsch gewundenen Buchsbaum=Hecken, und Signora Cassandra lief mit anmutigen Handbewegungen zwischen ihnen umher. Der Garten wurde begrenzt durch einen kleinen Wald aus Bambus. Davor standen zwei riesige Zypressen, auf einem fernen Hügel, der den Park im Westen begrenzte, stand eine Reihe großer Pinien. Auf den Rabatten wuchsen Zier=Bäume, und überall standen Skulpturen, teils aus rotem Ton, teils aus einem weißen Material.

* Löwen= oder August=Sonne.

„Ja, ich bin fast entschlossen", sagte ich, „deshalb bin ich jedenfalls in Florenz."

„Ich nehme an, Sie wollen Geld tauschen", sagte er, eben so gleichmütig und ohne Betonung wie zuvor, fast so, als interessierte ihn die Antwort nicht sonderlich.

„Das sollte ich tun, ja."

„Wissen Sie schon, wo?"

Ich nahm einen Schluck und nickte. Das Zeug schmeckte nach schwach gesüßter Pfefferminze, vermutlich ein verdünnter Kräuter=Likör, wie ihn die Mönche verkaufen. Er klingelte nach der Zofe und ließ sich eine der schwarzen toskanischen Zigarren anzünden, die er angeblich selber herstellte.

„Nun, dann ist ja alles in Butter", sagte er sanft, als der Glimm=Stengel dampfte. „Wo ist das Problem?"

Ich ließ den Blick durch den Raum schweifen. „Kein Problem", sagte ich. Der Raum war mit Fresken geschmückt, die seine geschäftlichen Aktivitäten zeigten. Ein Wand=Bild zeigte, wie er mir später erklärte, eine Fabrik, in der viele geschickte Hände Taback=Blätter rollten und in Holz=Schablonen packten, ein anderes einen Markt=Stand, an dem Geld und Edel=Metalle gewogen und gewechselt wurden, eins zeigte ihn selber, umgeben von Patriziern und fürstlichen Persönlichkeiten, ein anderes den Garten=Salon, in dem wir saßen, gefüllt mit klugen Herren, die offensichtlich etwas debattierten, eins zeigte Wein=Berge und Oliven=Plantagen, eine Öl=Mühle, eine Kelter und viele fleißige Arbeiter.

Es waren keine großen Kunst=Werke, und sie ähnelten den *Genre=Scenen,* mit denen Kauf=Leute gerne ihre Magazine und Gastwirte die Wände ihrer Gast=Stätten verzieren – nichts, was sich ein Fürst ins *Boudoir* oder ein Pfarrer auf den Altar stellen würde, aber mir sind die Bilder lieber, auf denen zu sehen ist, was einer tut und denkt, als die endlosen klassischen Recken und christlichen Märtyrer.

Ein Bild rechts von mir interessierte mich besonders. Es zeigte in Drauf=Sicht ein Schiff, horizontal aufgeschnitten und die einzelnen Decks nebeneinander gelegt. Auf jedem Deck lagen menschliche Figuren, nur die Umrisse, ohne Arme, Beine oder

Gesichter, und sie lagen da wie gebündelt, dicht an dicht, in Gruppen, sehr ordentlich, so daß zwischen ihnen schmalen Gänge gebildet waren und man mit einem Blick überschauen konnte, ob die einzelnen Gruppen vollständig waren.

Dom Antonio Seristori betrachtete mich amüsiert. Er wartete auf eine Antwort.

„Kein Problem“, wiederholte ich deshalb. „Es sei denn – –“

„Es sei denn was?“

„Sie hätten etwas dagegen.“

Er lachte, aber es klang eher wie ein Meckern. „Aber mein lieber Herr Weise, was sollte ich dagegen haben. Was meine Schwiegermutter besitzt, mag sie getrost verkaufen. Viel kann es nicht sein.“

„Mir reicht es“, sagte ich.

„Das merkt man“, sagte er.

„Wie meinen?“ sagte ich.

„Nun“, sagte er verschmitzt, „ein befreundeter Buchhändler aus der Stadt erzählte mir gestern, daß Sie es abgelehnt hätten, ein Gedicht von der Hand Machiavellis zu erwerben.“

Ich erschrak ein wenig. Das wußte er also auch schon. Doch dann fiel mir ein, daß der *Bouquinist* nach unserem Gespräch mit Lagrande geredet hatte.

„O, diese Sache“, sagte ich. „Dieser Kauf lag nicht in meinem Belieben. Ich habe den Auftrag, ein bestimmtes Manuskript zu erwerben.“

„Und das meinen Sie gefunden zu haben?“ fragte er, wieder so hintergründig lächelnd.

„Ich hoffe es.“

Er stand auf, und auch ich erhob mich und ging hinüber zu dem aufgeschnittenen Schiff.

„Was ist das?“ fragte ich.

„Ein Sklavenschiff“, sagte er trocken. „Ein *tight-packer.*“ Das Bild schien ihn nicht sehr zu interessieren. „Es zeigt, wie man ein Schiff bestückt, um möglichst viele Sklaven in den drei Unterdecks zu laden. Ich habe ein paar Aktien der *Königlichen Abenteurer=Kompagnie von Afrika,* aber es ist kein großes Geschäft. Mal stirbt die halbe Fracht auf der Überfahrt, mal rauben die Araber ein ganzes Schiff, und die Mannschaften können einem leid tun. Der Ärger, bis man die Ladung an Bord hat, und dann dieser Gestank und dieser Dreck unter Deck. Ich glaube, ich werde die Aktien verkaufen. Dann kann das Bild hier weg."

Er wirkte auf einmal wehleidig und krumm, wie nach einem Hexen=Schuß.

„Im Grund mag ich das ganze Geschäft nicht," klagte er. „Kaufmann ist ein elender Beruf. Es macht keinen Spaß mehr. Alles wird berechnet und vermessen, und man beschäftigt sich mit den ödesten Problemen. Keine Visionen mehr und keine Utopien, nur noch trister Alltag. Die Menschheit wird noch die ganze Welt vermessen und einzäunen und abwiegen, und zum Schluß wird der Mensch nur deshalb gut, weil es keinen Gewinn bringt, wenn man Böses tut, und die *Misanthropen* wie ich sterben aus, weil die schlechte Laune schlecht für das Geschäft ist.

„Ich glaube, ich überlasse die Firma meinem ältesten Sohn und ziehe aufs Land. Vielleicht nach Sant'Andrea, wenn meine Schwiegermutter mal nicht mehr sein sollte.

„Seit fünf hundert Jahren treiben wir Handel, aber was haben wir erreicht, außer unseren paar Reichtümern? Die Welt ist bald nur noch spanisch, englisch, türkisch, französisch, portugiesisch oder niederländisch. Wir haben Banken und Handelsmissionen in allen fünf Erdteilen, aber Italien ist seit hundert und fünfzig Jahren zur Hälfte spanisch und zur Hälfte ein Kirchenstaat, wo die Dunkelmänner regieren. Wir sollten mehr vor unserer eigenen Haustür kehren, als ständig durch die Welt zu reisen."

Es klang richtig Mitleid=erregend, was er sagte, und so versuchte ich ihn etwas aufzuheitern. Er war ein so netter Mensch.

„Und was ist das?" fragte ich munter und deutete auf das nächste Bild.

„Ach das", sagte er, aber es klang nicht mehr ganz so jämmerlich, „das sehe ich schon lieber. Meine Zigarrenfabrik."

„Sie lieben Ihre Zigarren=Fabrik", fragte ich, und es war mehr eine Feststellung.

„Ich liebe den Tabackanbau, sagen wir es so", erwiderte er. „Er verbindet die Landwirtschaft mit der Industrie, und, vor allem, er ist eine todsichere Sache. Kein Vergleich mit dem Sklavenhandel. Am schwarzen Elfenbein verdient praktisch nur der Auktionator. Von der Tabackindustrie leben Zigtausende. Es kommt keiner zu Schaden, das Risiko ist überschaubar, und der Markt ist unersättlich. Bedenken Sie, in wie vielen Länder noch nicht geraucht wird."

So gingen wir durchs Haus, das wirklich ein Märchen=Schloß ist, und er zeigte mir alles. Die Salöne, die Gemälde, das Bett, in dem sein Ur=Ur=Großvater lag, als nach dem Pazzi=Aufstand die Schergen der Medici kamen, obwohl er nicht an der Verschwörung beteiligt war, die Machiavelli=Bibliothek, seine eigene Bücherei, und einmal klopfte er gegen eine Wand. An einer Stelle klang es hohl, an der anderen nicht.

„Was ist das", fragte ich, „warum klopfen Sie?"

„Eine zugemauerte Tür vermutlich."

„Und was ist dahinter?"

„Was weiß ich", sagte er lächelnd. „Ein Saal voller Skelette, die Schreckenskammer Heinrichs VIII."

„Vielleicht ein Gespenster=Zimmer", sagte ich ebenso scherzhaft, denn ich war dem Geist in meiner Kleider=Kammer ja noch nicht begegnet und kam nicht auf die Idee, daß es in der Villa Seristori spuken könnte. Er sah mich streng an.

„Glauben Sie an Gespenster? Glaubt man in Teutschland wirklich noch an Gespenster?"

„Glaubt man in Italien etwa nicht an die schwarze Magie?" entgegnete ich eben so streng.

Er lenkte ein. „Gewiß", sagte er. „Der Pöbel, die einfachen Geister sind immer abergläubig. Wie sollte es anders sein, in unseren naturwissenschaftlichen Zeiten, wo die Dinge sich schneller entwickeln, als man hinschauen kann. Die Erde steht nicht mehr im Mittelpunkt des Universums. Der Mensch kann selber denken. Ich sage nur Keppler, Descartes. Die Anziehungskraft der schweren Körper. Ich denke, also bin ich. Vielleicht hat in diesem Augenblick, während wir hier arglos plaudern, ein neugieriger Engländer schon entdeckt, warum mir die Äpfel auf den Kopf fallen, wenn ich drüben im Obstgarten unter einem Baum mein Nickerchen mache. Sie verstehen: Wenn der Rationalismus sich so großartig entwickelt wie in unseren Tagen, muß auch das Unvernünftige blühen und uns reiche Früchte an den Kopf werfen. Aber Sie haben meine Frage nicht beantwortet."

„Wie sollte ich?" fragte ich mit gespielter Bescheidenheit. „Ein Mann wie Sie durchschaut die schwierigsten Dinge. Aber müssen nicht dem einfachen Mann aus dem Volke die Wissenschaftler von heute als die neuen Hexen=Meister erscheinen und ihre Methoden wie Zauberei?"

Unter solch lockeren Reden gelangten wir hoch und höher, bis Herr Seristori oben im Dach=Stuhl mit einem kleinen Schlüssel eine kleine Holztür öffnete, hinter der eine schmale Stiege sichtbar wurde, die offensichtlich ins Freie führte.

NEBEN dem Fernrohr auf der kleinen Dach=Terasse, wo wir schließlich landeten und auf die Stadt hinab=schauten, äußerte ich meine Gedanken und sagte:

„Ein Märchen=Schloß. Es ist wirklich ein Märchen=Schloß, das Sie da haben. Haben sie das selber gebaut?"

Meine Bemerkung amüsierte ihn unendlich. Er drehte sich um die eigene Achse und klatschte dabei in die Hände.

„Beileibe, nein!" rief er. „Kein florentinischer Kaufmann würde sich ein derart leichtsinniges Haus bauen. Die italienischen Stadtpaläste sind Stapelhäuser und *uffizien,* in denen man nur wohnen kann, wenn man keine Ansprüche stellt *in puncto* Schönheit und Bequemlichkeit. Der Repräsentation von Reichtum und Macht dienen sie, aber nicht dem Geschmack und dem Leben.

„Nein, der es entworfen und zuerst bewohnt hat, war ein Philosoph und Hofbeamter aus Konstantinopel. Ihm verdanken wir es, daß wir die Schrift *Vom Staat* des alten *Platon* kennen, die ich immer bei mir trage, natürlich nur auszugsweise. Wie würde das aussehen – ein ehrbarer Kaufmann, der mit einem dicken Schmöker unterm Arm herumläuft. Für den täglichen Bedarf reichen ja auch die paar Kernsätze."

Er zog ein schmales, zerfleddertes Büchlein aus der Rock=Tasche und klopfte sich damit auf den Hand=Rücken.

„Sie kennen *Platon,* nehme ich an. Der Staat ist das zentrale

Organ des Menschen gewissermaßen. Nur durch ihn kann er vernünftig denken, zum Wohlstand gelangen, dem Fortschritt dienen und damit sich selbst und allen, die mit ihm auf dieser Erde weilen. Wo kein Staat ist, herrscht das Chaos. Er ist die vom Höchsten gewollte Form der Organisation allen Lebens. Deshalb ist es so wichtig, daß wir darüber nachdenken, welches der geeignete Staat wäre, der diesem göttlichen Anspruch genügt.

„Schauen Sie, die Stadt zu unseren Füßen. Von außen betrachtet scheint sie wohlgeordnet. In jedem Viertel eine ausreichende Menge Kirchen, in denen die Religion gepredigt wird, durch die wir die Menschen zu Gesetzestreue und Untertanengeist erziehen, ohne die kein Gemeinwesen gedeihen kann. Die Religionen sind das geistige und seelische Rückgrat und Korsett der Staaten. Keine andere Staatsidee wird jemals so wirksam sein wie die Religionen.

„Es ist alles da, was eine Gemeinschaft von Menschen braucht, um den inneren und äußeren Frieden zu genießen. Verteilt über die ganze Stadt die Paläste der Reichen und Mächtigen, die der Masse der Bewohner als Ansporn und Vorbild dienen, weil sie nur dort Arbeit und Brot finden. Fortifikationen auf allen sieben Hügeln und Kasernen für die Soldaten. Im Zentrum das Hauptquartier der Polizei, ohne die sich die Menschen gegenseitig auffressen, den Staat nach Lust und Laune verändern und alles ins Chaos stürzen würden. Ebenfalls im Zentrum das Rathaus, in dem die Gesetze beschlossen und in Kraft gesetzt werden, nach denen die Bewohner sich richten müssen, weil sie dem Gemeinwohl dienen. Fast an der *Peripherie* schließlich, deutlich abgerückt vom Stadtzentrum, um seine mehr symbolische und metaphysische Herkunft zu unterstreichen, das Haus des regierenden Fürsten, ohne den alle führerlos dahin treiben würden – der Adel, die Bürger, die Polizei, das Volk.

„Es ist alles da, wie gesagt. Und doch: Seit fünf hundert Jahren wird dort unten nachgedacht, welches der richtige Staat ist. Seit fünf Jahrhunderten wird darum gerungen, geändert und wieder und wieder geändert. Zur Zeit herrscht Ruhe, aber keiner, der nur einen Funken Verstand besitzt, wird glauben, daß dieser Zustand ewig währt.

„Das Territorium ist zu klein, wir sind abhängig von auswärtigen Mächten. Wohin wir uns wenden, stoßen wir an Grenzen. An jeder Grenze müssen wir Kaufleute Zölle bezahlen, korrupte Beamte bestechen, immer neue Gesetze beachten. Hinter jeder Grenze herrscht das Gesetz der Wildnis, kaum anders als im tiefsten Afrika. Einmal sind die Straßen gut, einmal schlecht. In dem einen Land dürfen Sie dies nicht verkaufen, im nächsten jenes. Nicht lange und Sie werden für eine und dieselbe Handlung in dem einen Staat gesteinigt und im anderen heilig gesprochen.

„Hören sie zu, Herr Weise: Sie sind hier, weil Sie sich für Machiavelli interessieren, nehme ich an. Wenn das so ist, sollten Ihnen solche Überlegungen nicht fremd sein. Es steht zwar nicht so in seinen Büchern, die Sie kennen werden, aber es ergibt sich aus ihnen.

„Deshalb ist kein Ort auf der Welt so geeignet wie Florenz, das Erbe unseres großen Ahnherren zu verwahren. Hier sind seine ewigen Werke erfahren und aufgeschrieben worden, die Erkenntnisse, die wir in seinen Schriften entdecken können. Hier haben sich die Schicksalslinien gekreuzt, hier haben die Ereignisse stattgefunden – in seinem Amt, in seiner Schreibstube, in seinem Kopf –, die er aufgezeichnet und kommentiert hat. Deshalb können sie auch nur hier richtig verstanden und auf unsere heutigen Verhältnisse übertragen werden.

„Verstehen Sie jetzt, warum meine Freunde und ich das Erbe dieses großen Mannes verteidigen und dafür sorgen müssen, daß kein Blatt, keine noch so unbedeutende Notiz verlorengeht? Jeder Buchstabe ist wichtig, um sein Gedankengebäude zu verstehen und zu erhalten."

Er machte eine Pause, schaute mich prüfend an, und ich muß zugeben, ich verstand nicht ganz, was seine Moral=Predigt zu bedeuten hatte. Vermutlich wollte er einfach nur mit seinem Wissen prahlen, um das ich ihn nicht beneidete. Für *Platon* hatte sich an der Universität Leipzig keiner interessiert. Ich sagte also:

„Ich wußte gar nicht, daß ein byzantinischer Hof=Beamter uns die Schriften *Platons* überliefert hat. Und wann war das bitte?"

„Aber gewiß doch“, sagte er, „Allgemeinwissen, Abteilung neue Geschichte. Drei Eckdaten: 1430, 1439, 1453. 1430 erobern die Türken *Saloniki*. Die *Dardanellen* waren schon seit langem geschlossen. Nur militärische Hilfe konnte dem fast eingekesselten *Byzanz* noch helfen. Der oströmische Kaiser schickte Gesandte nach Italien, die als Gastgeschenk die *Platon*ischen Schriften mitbrachten.

„Für Cosimo *den Alten*, der ein untrügliches Gespür für Propagandaveranstaltungen hatte, war das die Gelegenheit seines Lebens, sich als Außenpolitiker zu profilieren. Er sorgte dafür, daß das Konzil von *Ferrara* nach *Florenz* verlegt wurde. Wichtigster Tagesordnungspunkt: die Waffenhilfe für Konstantinopel.

„Selbstverständlich war der Papst nicht bereit, ein Land zu unterstützen, das nicht römisch=katholisch war. Cosimo löste auch dieses Problem. Er überredete den oströmischen Kaiser *Johann VIII.*, zum weströmischen Glauben überzutreten, um westliche Hilfe für seinen bedrohten Staat, der nur noch aus Konstantinopel bestand, zu erhalten. Damit war der Weg frei für das Konzil von Florenz, 1439, auf dem die Wiedervereinigung der beiden katholischen Kirchen beschlossen wurde.“

Ich verstand gar nichts. Das Gebiet, durch das seine Post=Route führte, war nicht mein Revier. Warum erzählte er mir das alles, wo ich nur nach dem Erbauer seines Hauses gefragt hatte. Ich legte also die Hand vor den Mund, tat so, als müßte ich gähnen, und machte ein gelangweiltes Gesicht, aber nur etwas, um nicht unhöflich zu erscheinen. Doch er blieb unerbittlich und dozierte weiter:

„Natürlich dachte kein Mensch in Europa daran, den Byzantinern zu helfen. Die einzigen, die ein Interesse daran hatten, waren die Venezianer, denen die Türken ebenfalls im Nacken saßen, und so kam, was kommen mußte: Die Türken eroberten Konstantinopel, die Venezianer mußten das östliche Mittelmeer räumen, begannen in Italien auf Landraub zu gehen und brachten binnen vierzig Jahren das europäische Gleichgewicht durcheinander, was nur zu einem Weltkrieg führen konnte.

„Aber so ist das immer: Die Politiker sind befangen in ihren kleinlichen privaten Interessen und fixen Ideen, so daß sie keine

Ahnung haben, was sie mit ihren unüberlegten Entscheidungen bewirken."

„Ich verstehe", sagte ich, in der Hoffnung, durch einen Wechsel des Themas das Dach verlassen zu können, wo es kühl wurde, denn der Tag ging zur Neige. „Sie sind Politiker, Sie und Ihre Freunde."

Er schaute mich tief und ernst an, wie ein Arzt, der seinem Patienten verkündet, daß er nicht mehr lange zu leben habe.

„Wir sind keine Politiker", sagte er leise und eindringlich, „wir sind Machiavellisten! Die Politik ist die Kunst, mit ein bißchen Geschick und vielen schönen Worten dafür zu sorgen, daß alles so bleibt, wie es ist, ohne den Pöbel aufzuhetzen. Der Politiker buddelt Löcher zu, in dem er neue gräbt.

„Wir Machiavellisten sind Patrioten. Wir handeln nicht aus privatem Interesse, und wir scheuen uns nicht, anderen weh zu tun, wenn es notwendig ist. Machiavelli wollte Zeit seines Lebens nur die Republik retten und dem Staat von Florenz die Unabhängigkeit bewahren. Natürlich denken wir heute in größeren Maßstäben. Die Einheit und Unabhängigkeit Italiens, die ihm schon vorschwebte. Sie kennen das letzte Kapitel des *Principe*?"

Ich hatte einen Moment nicht aufgepaßt und schüttelte den Kopf. Der Prätorianer war auf der Wiese hinter dem italienischen Garten erschienen, mit nacktem Ober=Körper, und hatte begonnen, einen großen, prall=gefüllten Sack zu verprügeln, der von einem Baum herab hing. Er arbeitete präzise und schnell, links, rechts, und der Sack wurde hin und her geschleudert. Die Stimme des Hausherrn rief mich in die Gegenwart zurück.

„Wollen Sie es hören?" fragte er.

Ich wußte nicht, was er mir sagen wollte, und nickte ergeben. Er breitete die Arme aus wie ein *Cicero* im Senat und deklamierte mit kräftiger Stimme in den Abend=Himmel:

„Und wenn, wie ich gesagt habe, das Volk Israel zum Sklaven werden mußte, damit die Tüchtigkeit eines Mose sich zeigte, so mußte auch Italien in das Stadium geraten, in dem es sich zur Zeit befindet. Es mußte unterdrückter werden als die Juden – ohne Führer, ohne Ordnung, geplündert, zerfleischt und von

Feinden überrannt. Solcher Art, gleichsam leblos geworden, erwartet Italien den, der im Stand wäre, seine Wunden zu heilen. Man sieht, wie es betet, daß Gott ihm den Mann sende, der es von den Grausamkeiten der Barbaren befreit. Man sieht, wie es bereit und willens ist, einem Banner zu folgen, so bald einer kommt, der es ergreift, und sich, gestützt auf seine Tüchtigkeit, begünstigt vom Glück und legitimiert von Gott, zum Führer seiner Befreiung macht. Hier geht es um eine höchst gerechte Sache, denn der Krieg ist gerecht für den, der dazu gezwungen wird, und die Waffen sind heilig, wenn allein in ihnen die Hoffnung liegt."

Ich wußte sofort, daß es ein Zitat war, und rief fröhlich:

„Das letzte Kapitel des *Principe*! Nicht wahr?"

„Das sagte ich bereits", sagte er mißbilligend.

„Ah, ich verstehe!" rief ich unbekümmert. „Machiavelli beruft sich in seinem *Principe* auf *Platons* Schrift vom Staat, die durch jenen byzantinischen Philosophen und Diplomaten nach Italien gebracht wurde, der an einem Konzil teilnahm, das von *Cosimo de'Medici* finanziert wurde, um seinen Ruf als Außen=Politiker zu verbessern. Danach reiste er zurück nach *Konstantinopel*. Als die Stadt 1453 dann aber an die Türken fiel, verließ dieser Diplomat den Orient abermals und kehrte nach einigen Irr=Fahrten zurück nach *Florenz*, wo er sich dieses zauberhafte Schlößchen erbaute. War es so?"

Er schwieg mich einen Moment lang an, schaute aber nicht böse drein, sondern eher verwundert.

„So war es. Nicht wahr?" wiederholte ich, weil er immer noch nichts sagte.

„Nein, das glaube ich nicht", sagte er schließlich. „Zum einen kann man nicht sagen, daß Machiavelli in seinen politischen Schriften die Ideen der Griechen und Römer einfach nur fortgeführt habe, obwohl man diese Ansicht in letzter Zeit gelegentlich hören kann. Zum anderen, was den byzantinischen Philosophen betrifft – soweit ich weiß, kehrte der Erbauer meines Hauses nach dem Konzil nicht nach Konstantinopel zurück."

„Er blieb einfach hier?"

„Ich glaube, ja."

„Und warum?“

„Es war bequemer. Der Fall von Byzanz war nur eine Frage der Zeit, und so lief er jeden Tag Gefahr, von einem Türken gevierteilt zu werden. Hier dagegen hatte er alles, was ein Philosoph braucht – eine friedliche Umgebung, gute Luft, schmackhaftes Essen, eine fürstliche Bibliothek, eine Akademie und, vor allem, einen Mäzen, der ihn liebte und fürstlich entlohnte, so lange er dessen politische Machenschaften nicht kritisierte.“

„Dann konnte er aber den Platon nicht mit seinen Schülern erörtern“, wandte ich ein.

„Das konnte er schon. Er durfte ihn nur nicht so interpretieren, wie ich es getan habe. Studieren Sie einfach die Florentiner Schule des neuzeitlichen Platonismus, dann wissen Sie, was ich meine. Nichts als Wunder, Engel, Jenseits und einen durch nichts begründeten Individualismus, der natürlich nur für die oberen Dreihundert und ein paar Philosophen bestimmt war.“

„O, jetzt verstehe ich!“ rief ich abermals, so daß ich fürchtete, er könnte den Eindruck gewinnen, ich hätte bisher nichts verstanden. „Dann war der Erbauer Ihres Hauses zugleich der Gründer der berühmten platonischen Akademie. Dann ist dies der Palazzo, wo Cosimo *der Alte* und Lorenzo *der Prächtige* starben. Der Palast, den Cosimo seinem Lieblingsphilosophen *Marsilio Ficino* schenkte.“

Er blickte mich ironisch an. Mein plötzlicher Überschwang amüsierte ihn.

„Nein, nein, mein Lieber. Jetzt übertreiben Sie ein wenig. Die Villa, die Sie meinen, steht in *Careggi,* dort drüben, am Hang, oberhalb von Florenz. Da rechts ist *Fiesole,* und gleich links daneben sehen Sie die Villa, wo *Ficino* – – – Aber jetzt kommen Sie. Genug gelernt. Ich zeige Ihnen Ihr Zimmer. Morgen, wenn Sie Lust haben, kommen Sie nach dem Frühstück in mein *Studiolo,* und ich zeige Ihnen unsere Schätze.“

Er tätschelte meinen Rücken und schob mich nach unten.

„Wenn Sie schön brav sind, dürfen Sie sich ein Blatt aussuchen, für Ihren Herzog. Aber das sage ich Ihnen gleich: So viel wie bei meiner Schwieger=Mutter gibt es bei mir nicht. Und verkaufen tue ich gar nichts.“

Die rote Kammer, in die er mich führte, erwähnte ich schon. Unten im Hof zeigt sich manchmal die Hauswirtschafterin von ihrer schönsten Seite, wenn sie sich unbeobachtet glaubt. Hinter der Mauer streckt sich eine Wiese, wo ein ur=alter Bauer die Hühner füttert und einiges Klein=Vieh hält, wie Schafe, Ziegen, Schweine, Enten, Gänse für die Küche, die Madame Seristori persönlich kontrolliert.

Das kleine Fenster der niedrigen Kammer geht nach Westen, was mich besonders delektiert. Nach Sonnen=Untergang erstrahlt ein schmaler Streifen über der Hügel=Kette in Gold, so daß die Pinien darauf wie leuchtende Scheren=Schnitte aussehen. Nur deshalb hätte ich dort bleiben mögen, Mutter, Vater, Braut und, mit Verlaub, auch E.F.G. nie wieder sehen, und in Sachsen nicht einmal begraben werden. Weiß der Himmel, warum sich uns gewisse Bilder und Geräusche der Natur tiefer einprägen als alle Schicksals=Schläge, die das Leben mit bringt.

Im übrigen war ich recht zufrieden bis zum Tag meiner Abreise. Verbrachte die Stunden behaglich, Essen gut, Bett ausreichend, Signor Seristori all Zeit zuvor kommend, und fragte ich mich nur, was ihn bewog, mich so großzügig zu bewirten und mir seine Zeit zu widmen, betrachte ich doch mich selbst nicht für einen besonders charmanten Burschen.

Er aber empfing mich herzlich in seinem *Studiolo,* zeigte mir auch oberflächlich alle Schriften so er besitzt von Niccolò Machiavelli, sprach darüber sehr geist=reich und erwähnte mehrfach, wie sehr diese in Zukunft einem geeinten Königreich unter Führung eines weisen und milden Monarchen wie des Groß=Herzogs dienen könnten.

Er zeigte mir die Accademia della Crusca,* welches eine Art Akademie zur Pflege der italischen Sprache, und andere Bildungs=Einrichtungen, wie die von Leopold de'Medici erst

* Gegründet 1582. Der Name *Akademie der Kleie* war sicher Vorbild für die *Fruchtbringende Gesellschaft,* die vierzig Jahre später in Deutschland gegründet wurde. Die Logen=Namen der Mitglieder hatten alle etwas mit Getreide zu tun (*der Bemehlte* etwa – ein Nachkomme des von den Medici ermordeten Erzbischofs Salviati).

jüngst gegründete Akademie der Wissenschaften, in der es ein Planetarium gibt und nur so wimmelt von jungen Wissenschaftlern, die mit Geräten aller Art hantieren, als da sind Winkelmesser, Quadranten, Gefäße, Röhren, Thermometer, *Mikroskope,* Magneten, *Teleskope,* und ihre Arbeit so heftig diskutieren, daß sie sogar handgreiflich werden und ganz zerstritten sind, so daß ihr Mäzen schon plant, das Institut wieder zu schließen und sich nur noch seinem Kardinals=Hut zu widmen.

Von einer *Occasion* will ich besonders berichten, da sie E.F.G. vor allem interessieren dürfte, und war dies nämlich das Essen beim Groß=Herzog im *Palazzo Pitti,* welchen ich aber schon kannte und zu welchem Anlaß Signor Seristori mir sogar eine Parade=Uniform seines ältesten Sohnes lieh, der in etwa meine Statur hat, den ich aber nie kennen gelernt.

DER Empfang beim Groß=Herzog *Ferdinand II.* begann wie üblich mit einem Defilee, bei dem die durchlauchten Herrschaften die Gäste jedoch, anders als bei unseren teutschen Empfängen, mit einigen persönlichen Worten begrüßen, die ihnen von ihrem Hof=Meister zugeflüstert werden, worauf alle Platz nahmen. Zu essen gab es so gut wie nichts, und auch das Laster der Teutschen, außerordentlich große Gläser zu benutzen, ist hier ins Gegenteil verkehrt, so daß die Gläser in Italien außerordentlich klein sind. Dienen doch diese Bankette, wie Monsieur Seristori mir sagte, in erster Linie dazu, die Geladenen der fortwährenden Gnade und Gewogenheit des Souveräns und seiner Familie zu vergewissern, nicht aber, sich zu amüsieren oder gar satt zu fressen.

Über den weiteren Ablauf weiß ich folgendes zu berichten: Die Groß=Herzogin *Vittoria* aus dem Haus der *Rovere* hatte den Ehrenplatz, dann kamen der Groß=Herzog, zu seiner Rechten ein junger, hübscher Graf, von dem es heißt, er sei die wirkliche Gemahlin *Ferdinands,* danach sein Lieblings=Zwerg, ein gewisser *Ghianni,* danach sein Sohn *Cosimo III.,* der mit einer Nichte *Ludwigs XIV.,* Tochter des Herzogs von *Orleans,* verheiratet ist, danach ein hübscher Knabe von etwa fünf Jahren, welcher sein zweiter Sohn *Francesco Maria,* und schließlich sein Enkel Ferdinand, der aber erst ein Jahr alt ist und deshalb nicht persönlich anwesend sein konnte.

Auf der anderen Seite der Tafel saßen der Kardinal *Carlo de'Medici,* welcher mindestens achtzig Jahre alt und ein Onkel des Groß=Herzogs, sowie seine Schwester *Margherita* mit ihrem Mann, dem Herzog von *Parma,* seine Schwester *Anna* mit ihrem Mann, *Ferdinand Karl* von Österreich, sowie sein Bruder *Leopold,* welcher seit zwei Jahren ebenfalls Kardinal und von dem ich schon sprach.

Über die fürstliche Familie konnte ich durch Signor Seristori, der völlig frei darüber sprach, folgendes in Erfahrung bringen. Der Groß=Herzog ist ein mutiger, tatkräftiger Mann, der sich sehr um seine Untertanen kümmert. Er ist ein großer Anhänger der modernen Natur=Wissenschaften und Lehren des berühmten *Galileo Galilei,* den er all Zeit beschützt haben soll, veranstaltet aber auch große Volks=Feste, die sehr zu seiner Beliebtheit beitragen. Er fördert die Literatur, die Kunst und die Musik, achtet jedoch darauf, daß sie unterhaltsam sind. So beschäftigt er einen Maler, der in rasender Eile alle möglichen berühmten Bilder kopieren kann, und einen anderen, der zwar halb gelähmt ist, jedoch die schönsten Jünglinge malt, die man sich denken kann.

Aus seiner Liebe zu hübschen Knaben macht er keinen Hehl. Dazu erzählte mir Dom Antonio folgende *Barzelette:* Einmal gab ihm die Herzogin=Mutter eine Liste der Namen stadtbekannter Päderasten, die des Hofes verwiesen werden müßten. Er lachte nur und fügte seinen eigenen Namen hinzu.

Die Groß=Herzogin gilt als frigide, reizlos, mürrisch, arrogant und bigott und hat vier Kinder, von denen zwei sofort nach ihrer Geburt verstarben. Wie es heißt, mißgönnt auch sie ihrem Mann die Jünglinge, wahrscheinlich, weil sie selber nie einen hatte.

Über ihren ältesten Sohn Cosimo III. berichtete man mir, daß er sich ausschließlich mit Märtyrern und Wundern, mittelalterlicher Scholastik und den Problemen des Seelen=Heils beschäftige. Er macht sich nichts aus Mädchen, haßt das Tanzen, läßt in der Musik nur Kirchen=Choräle gelten, und nie hat man ihn lächeln gesehen. Wenn er reist, macht er Pilger=Fahrten, er geht täglich zur Messe und liest nur fromme Bücher.

Seine Gemahlin ist hingegen eine lebenslustige Französin, die mit fünfzehn Jahren bereits den halben Hof von *Versailles* verführt hatte. Nie, so hatte sie geschworen, werde sie einen dieser langweiligen und impotenten Italiener heiraten. Kardinal *Mazarin* zwang sie jedoch zur Heirat mit Cosimo, da er Papst werden wollte und dafür die Unterstützung der Medici brauchte. Ihretwegen wäre es fast noch einmal zum Krieg zwischen Frankreich und der Toskana gekommen.

Über Kardinal Carlo de'Medici wurde mir lediglich berichtet, daß er senil und schwachsinnig sei.

Kardinal Leopold de'Medici kannte ich bereits. Er hat die erwähnte Akademie der Wissenschaften gegründet. Diese besteht aus zehn Mitgliedern und veranstaltet regelmäßige Sitzungen, an denen auch der Groß=Herzog und seine Familie teilnehmen. In den Diskussionen kümmert man sich weder um die kirchlichen Dogmen noch sonstige Vorurteile. Diskutiert werden nicht nur die hebräischen, heidnischen, arabischen und christlichen Autoritäten wie *Aristoteles* und *Avicenna,* sondern auch die Berichte der modernen Welt=Reisenden. Leider fand während meiner Anwesenheit keine Sitzung statt.

Über das Bankett selbst gibt es nichts zu berichten. Die Herrscher=Familie besteht bis auf die kostbaren Kleider aus einer Versammlung langweiliger Dummköpfe, und die geladenen Gäste bemühten sich mit Erfolg, es ihnen gleich zu tun. Man sprach kaum, hörte kein Lachen, und ein Mal wäre ich fast eingeschlafen. Ich entsinne mich nicht, daß ich an dero Tafel jemals so schlecht unterhalten wurde. Nach einer knappen Stunde erhob sich die Groß=Herzogin, ging hinaus, und alle Anwesenden machten es ihr nach.

Wie ich schon schrieb, gingen Signor Seristori und ich im Anschluß etwas essen und trinken in einem Bordell in der *Via della Scala,* wo schon Machiavelli verkehrt haben soll, und auch über die Geist=Erscheinung, die ich den nämlichen Abend nach meiner Rückkehr in die Villa hatte, berichtete ich schon. Es machte aber Herr Seristori ein großes Gewese um das *Etablissement* und meinte, eines Tages werde er in der Halle eine Büste des Philosophen aufstellen lassen, wenn nicht ein Reiter=Standbild.

ALS ich am nächsten Vormittag gut ausgeschlafen erwachte, dachte ich als erstes an die weiße Frau, die mir am Vor=Abend begegnet war, und eilte in die Kleider=Stube und suchte nach dem Wams, das ich bei meiner Ankunft zu unterst in die Truhe gelegt hatte, darauf den Mantel, den Sack, die Wander=Stiefel, die groben Hosen et cetera.

Es war einer der schwersten Augenblicke meines Lebens, den ich danach erleben sollte, wie ich E.F.G. bereits im letzten Januar schrieb. Hastig und wie von Sinnen wühlte ich in der Truhe, bis ich an das Wams gelangte und trotz der Dämmernis feststellen mußte, was ich nie und nimmer zu träumen gewagt hätte.

Das Futter war von Bubenhand herausgerissen, und man hatte mich beraubt. Nicht einer der Geld=Briefe befand sich mehr in meinem verwüsteten Wams. Ein Schock durch=fuhr mich wie ein Kugel=Blitz. Mir war, als hätte jemand mir einen Faust=Hieb in den Magen versetzt, meine Beine wurden schwach, ich spürte, daß mir schlecht wurde, wankte zurück ins Zimmer zum Fenster und übergab mich auf die Wäsche, die die hübsche Haus=Wirtschafterin unten im Hof zum Bleichen ausgelegt hatte.

Mühsam kehrte ich so dann zurück zum Bett, wo ich sofort einschlief. Die folgenden Stunden waren entsetzlich. Mal schlief ich, träumte aber Entsetzliches, mal lag ich schlaflos, doch verwirrten sich meine Hirngespinste derart, daß ich mich am liebsten aus dem Fenster gestürzt hätte.

In einem klaren Augenblick beschloß ich, hinunter zu gehen und Herrn Seristori zu bitten, alle seine Bedienten zu rufen, strengstens zu verhören und ihre Kammern zu durchsuchen. Alsbald aber verwirrten sich meine Gefühle erneut, und ich sah, wie er mich auslachte und abwies.

„Sie wagen es, meine Bedienten zu beschuldigen? Sind Sie sicher, daß Sie die gestohlenen Geldbriefe in Ihrem Wams eingenäht hatten? Vielleicht haben Sie diese in den Wanderstiefeln versteckt. Oder sie sind Ihnen schon in Sant'Andrea abhanden gekommen."

Die Bedienten des Hauses standen alle dabei, während er dies sagte, und lachten von ganzem Herzen.

In einem anderen klaren Moment beschloß ich, zur Polizei zu gehen, warf mich in meine Kleidung, stürzte aus der Villa, lief die Via Senese hinab zur Stadt=Wache, um den Diebstahl anzuzeigen. Ich hatte noch nicht die Trattoria *Reinundraus* passiert, als der erste Polizist schon meine Nase zwischen Daumen und Zeige=Finger nahm, sie an sein Gesicht zog, als wollte er hinein beißen, und mich anherrschte:

„So, er wagt es also, seine Exzellenz Seristori des gemeinen Diebstahls zu bezichtigen? Weiß er nicht, daß seine Exzellenz Fabriken und Handelsschiffe, Plantagen und Magazine besitzt, mit denen er so viel verdient, daß er es nicht nötig hat, seine drei kümmerlichen Geldbriefe stehlen zu lassen? Du Kümmerling!“

Wenn ich träumte, erging es mir aber keinen Deut besser. Einmal träumte mir, ich hörte wieder den freudigen Ruf, wie man ihn ausstößt, wenn man glücklich etwas Wertvolles findet. Ich stürzte zur Tür und stand wieder der schlanken jungen Frau gegenüber, die in ein bodenlanges, weißes, wallendes Gewand gekleidet war.

Alles war wie gehabt. In der erhobenen rechten Hand hielt sie den krummen Dolch, und der blanke Stahl leuchtete, als er das Licht meiner Kerze reflektierte.

Ich wollte eben ausweichen, als sie sich mit der freien Hand die Perücke herunter riß, mit einem Tuch die Schminke aus dem Gesicht wischte, und ich sah, daß sie kein Gespenst war, sondern Madame Seristori. Sie lachte höhnisch, als sie meine Verwunderung bemerkte, drang langsam gegen mich vor, so daß ich zurück weichen musste und sah, daß sie nicht alleine war.

HINTER ihr kam der Zwerg Lagrande aus der Kammer. Er hielt meine Geld=Briefe in der Hand, aufgefächert wie ein Kartenspiel, warf sie auf mein Bett und entkleidete sich mit flinken Händen, so daß ich sein gewaltiges Gemächte erblickte. Alsbald entkleidete sich auch die Signora, so daß ich ihren faltigen alten Körper betrachten mußte, legte sich auf die Geld=Briefe, bedeckte sie mit ihrem häßlichen Leib und ließ sich von dem flinken Zwerg besteigen.

Lange lagen sie so auf den Geld=Briefen, und wenn ich auch zuweilen einen davon zu erhaschen versuchte, es wollte mir nicht gelingen. Der Zwerg ritt sie wie ein erfahrener Post=Reiter, sie stöhnte laut wie die Arbeiter in den Marmor=Steinbrüchen von Massa Carrara. Der Zwerg trieb sie vor sich her, langsamer, doch kräftiger, und ihr Stöhnen ging über in hohe laute Schreie, so wie die Seiler in Venedig sie ausstoßen, wenn sie die langen dicken Schiffs=Taue drehen.

So entsetzlich schrien und wüteten sie, daß ich mir die Ohren zuhalten mußte und mich in eine Ecke warf. Stille herrschte, als sie sich befriedigt hatten, aber ich kauerte noch lange in meiner Ecke und wagte nicht, zum Bett zu schauen. Zwei Mal klopfte es an meiner Tür. „Ich kann nicht", rief ich, „mir ist übel! Lassen Sie mich in Ruhe!"

Einmal, als ich schon wieder in meinem Bett lag, stand Madame Seristori im Zimmer. „Bleiben Sie liegen", sagte sie mit ihrer ruhigen, mütterlichen Stimme. „Sie werden sehen, morgen geht es Ihnen besser. Sie haben zu viel getrunken gestern. Mein Mann liegt auch schon den ganzen Tag im Bett."

Es war dunkel, und im Haus schien alles zu schlafen, als ich endlich aufstehen konnte. Mit leerem Kopf und ausgebrannter Kehle, doch langsam und bedächtig packte ich meine sieben Sachen, schlich ich mich aus der Villa und machte mich auf den Weg. Ich hinterließ nur ein Billet, auf dem ich ein Wort des Dankes schrieb, obwohl mir dies wie der blanke Hohn erschien. Aber was hätte es genutzt, jetzt undankbar zu erscheinen. Ich hatte ein unlösbares Problem, und das mußte ich alleine lösen. In Sant'Andrea.

Hinter *Galuzzo,* wo der Mond die Felder Tag=hell erleuchtete, warf ich mich am Straßen=Rand in einen Heu=Haufen, und noch im Einschlafen wunderte es mich, daß ich jetzt schlafen konnte. Es war schon Tag, als ich erwachte. Am Weg=Rand stand der Prätorianer mit seiner Kalesche. Dennoch ließ ich mir Zeit mit dem Aufstehen, reckte und streckte mich, rieb mir den

Schlaf aus den Augen, strich mir durchs Haar, glättete meinen Anzug, sah zu, daß ich nichts liegen ließ.

Dann erst ging ich zur Straße hinunter und begann aus zu schreiten. Ich tat so, als hätte ich nichts bemerkt – die Kalesche nicht und auch nicht Benitos Cäsaren=Schädel. Es war mir egal, was er tat, und er, als er bemerkte, daß ich seine Dienste verachtete, tat er, was ein ordentlicher Kutscher in einer solchen Situation nur tun kann. Er fuhr hinter mir her. Mein Schritt wurde leichter und schneller, und er fuhr hinter mir her. Von Florenz bis Sant'Andrea. Vom frühen Vormittag bis zum frühen Nachmittag.

Etwa sechs Stunden lang, denn ich rastete zweimal, und so kamen wir an. Ich vorne weg, er hinter her. Die Leute auf den Feldern und die Reisenden auf allen Straßen schauten uns verwundert nach, und auch in Sant'Andrea erregten wir einiges Aufsehen. Ich ging sofort auf mein Zimmer.

In Sant'Andrea war alles beim alten. Tartuffo kehrte die Hobel=Späne vom Fußboden und warf sie den Hang hinab. Pasqualina knetete die *Pizze* und bedeckte den Teig mit großen weißen Tüchern. Die Bauern pressten immer noch Öl, aus den Kaminen roch es nach Oliven=Holz, die Hunde stritten sich um die Essens=Reste, die Post=Reiter stiegen kaum ab, bevor sie wieder im Sattel saßen, über Florenz gluckte die Kuppel von *S. Maria del Fiore,* und Benito schleppte Körbe und Säcke durch die Gegend, als wären wir nie in Florenz gewesen.

Jeden Nachmittag stauten sich die Durch=Reisenden in der Post=Station, die sich am nächsten Morgen Ippolitas Vorträge anhören mußten, sein *Studiolo* besichtigten, neuen Wein und altes Öl Marke *L'Ulivo del Principe* kauften, und für ein paar Stunden vergaß ich meine Sorgen, wenn Giovanni zu mir in die Kammer huschte.

Sogar die alte Ippolita empfing mich freundlich, erkundigte sich, wie es mir in Florenz ergangen, frug wie nebenbei, ob es mir gelungen sei, meine Geld=Briefe in bare Münze zu verwandeln, was ich natürlich bestätigte, und überreichte mir, als wäre es nie ein Problem gewesen, einen neuen Konvolut.

„Lassen Sie sich Zeit, Signor Saggio. Ich bin sicher, daß Sie diese Texte kaufen werden. Sie sind das beste, was Sie derzeit auf dem Markt finden. Es sind seine Tage=Bücher."

Aber das Leben hatte sich irgend wie verändert, und auch die Landschaft war plötzlich anders. Morgens, vor Sonnen=Aufgang, wenn ich aus dem *Albergaccio* trat, schnitt die Luft schärfer in die Haut. Auf dem Brunnen, an dem ich mich wusch und den ersten Schluck des Tages trank, lag eine hauch=dünne Eis=Schicht, und die Wiesen und Felder trugen eine weiße Zudecke, kein Schnee, bewahre, aber der Rauh=Reif erschien mir dicker als in unseren Breiten und bedeckte die Hoffnungen, mit denen ich nach Arkadien gereist, und die Freude, die ich bis vor wenigen Tagen empfand, wenn ich über die sanften Hügel Tusziens schaute – *le mite colline,* die lieblichen Hügel, wie mein Gobbo sie nannte.

Ich ging die alten Wege. Der leicht gefrorene Boden federte unter meinen Füßen, doch keine gut gelaunten Wald=Arbeiter machten mit mir ihre Späße in ihrer unbegreiflichen tuskischen Sprache, und an der Quelle zog kein lasziver Knabe seine Maul=Trommel aus dem Brot=Beutel und entblößte die samt=weiche Schulter.

MEIN Leben verrann in einem Wechsel=Bad der Gefühle. Mal erstarrte ich in Melancholie, mal sprang ich auf voller Taten=Drang und wirrer Pläne – hinunter gehen nach Florenz, eine Schar mutiger Männer anheuern und Seristori die Pistole auf die Brust setzen oder die alte Ippolita vor die Wahl stellen, mir die Manuskripte auszuhändigen, oder – – – Oder? Gab es ein *Oder?*

Bis spät in die Nacht dechiffrierte ich Machias Tage=Bücher, die wirklich lesenswert waren und auch den Medici=Traktat übertrafen, doch sobald ich endlich ins Bett fiel, fand ich kaum Schlaf, und mehr als einmal war ich bereit, mir aus dem Stall der Post=Pferde einen dicken Strick zu holen und mich in den Kirch=Turm zu hängen. Ohne das Manuskript konnte und wollte ich E.F.G. nicht unter die Augen treten, nicht einmal nach Teutschland zurück kehren, und ohne Geld gab es keine Manuskripte. Es sei denn – – – doch den Gedanken wagte ich noch nicht zu denken.

Es war ein herrlicher Tag, der erste richtige Winter=Tag mit hart gefrorenen Pferde=Äpfeln auf der alten Post=Route, an dem ich die rettende Idee hatte, und der mich drauf brachte, war mein lieber Giovanni. Es war ein waghalsiger Gedanke, vielleicht nicht ganz recht=mäßig, aber ich wußte in dem Moment, daß sogar E.F.G. mein Vorhaben gut heißen würden – stellte es doch lediglich die von anderen schimpflich verletzten Gesetze der Natur und der Gast=Freundschaft wieder her. Wo Frechheit sich anmaßt zu siegen, ist jeder redlich Denkende verpflichtet, sie in die Schranken zu verweisen.

Wir saßen abends im *Albergaccio,* als er mich fragte:

„Nicht daß du glaubst, ich wollte dich los werden. Wie lange wirst du noch bleiben, Cristiano? Sagtest du nicht, du müßtest Weihnachten wieder in Teutschland sein?"

Ich sah ihn liebevoll an, strich über sein fettiges schwarzes Haar und sagte:

„Du wirst es nicht glauben, gleich morgen früh werde ich aufbrechen. Sobald ich mit der Signora das Geschäftliche erledigt habe, werde ich abreisen. Bist du so traurig wie ich? Hoffst du genau wie ich, daß wir uns wieder sehen werden?"

Er schwieg. Seine Wangen zuckten, er senkte den Kopf. Seine Tränen sollte ich nicht sehen. Er flüsterte: „Nimm mich mit."

Ich erstarrte. Mein Gott, was hatte ich angerichtet? Was sollte ich mit einem buckligen Italiener in Teutschland, wenn er noch so hübsch war? Wovon wollte er leben? Ich konnte ihn unmöglich mitbringen nach Wolfenbüttel. Wofür hielt er mich? Er schien mich für einen wohlhabenden Mann in einflußreicher Stellung zu halten, der sich einen Pagen oder einen Sekretär leisten kann.

Ich sagte deshalb so unbeteiligt wie möglich:

„Nein, mein Lieber, das geht wirklich nicht. Ich bin ein kleiner Angestellter ohne Amt und gesichertes Einkommen. Wovon sollten wir leben? Und weißt du, was passiert, wenn herauskommt, daß ich mit einem Mann eine Affaire habe? In Teutschland?"

Ich ging so rasch wie möglich. In der Tür drehte ich mich um. Durch den beißenden Qualm, der den *Albergaccio* in eine Räucher=Kammer verwandelte, sah ich ihn sitzen. Ein Schemen nur. Sein Kopf lag auf dem Tisch. Die Hand mit der Schreib=Feder hing seitlich herab. Seine Schultern bebten.

Das ist das letzte Bild, das ich von meinem liebsten Giovanni im Herzen trage.

Es war eine raben=schwarze Nacht, als ich mich aus meiner Kammer an einem starken Seil herab ließ und in weitem Bogen zur Rück=Seite der Villa huschte, wo ich während der Führung am Tag zuvor eine kleines Keller=Fenster von innen entriegelt hatte. Den Weg ins *Studiolo* kannte ich wie meine Westen=Tasche. Dort, hinter einer kleinen Tür, mußte sich die Abstell=Kammer befinden, wo die letzten Manuskripte Machiavellis versteckt lagen – unter einer lockeren Diele vielleicht oder einem Stein im Fuß=Boden. Ich würde sie finden. Ich hatte die halbe Nacht.

Aber es kam anders. Zwar: Niemand bemerkte mich, und ich erreichte das Arbeits=Zimmer des Dichters ohne Mühe. Ich fand die kleine Tür, die zu meinem Erstaunen nicht verschlossen war. Ich kramte Feuer=Stein, Schläger und Zunder aus der Mantel=Tasche. Ich entfachte die Glut und lauschte, ob jemand die wenigen leisen Schläge gehört hätte, aber das Haus blieb still, und nur von der anderen Straßen=Seite hörte man die Gäule rammeln und schnauben, wie sie es immer tun bei Nacht.

Ich hielt den Stab aus Birken=Rinde an die Glut, blies hinein, hielt die kleine Flamme an den Docht der Öl=Lampe und löschte rasch die Birke. Ich öffnete mit einem flachen Eisen=Hebel die große Truhe, die in der Kammer stand, legte vorsichtig viele Bücher und Mappen beiseite, um sie später wieder hinein zu legen, und stieß nach einigem Auspacken tatsächlich an einen Leder=Einband, der mir seltsam erschien.

Ich öffnete ihn und fand darin – ich mochte es kaum glauben – den Medici=Traktat, den ich so viele Nächte lang entziffert hatte. Ich war am Ziel. Ich brauchte nur noch aufzuräumen, das Haus unentdeckt zu verlassen, um am anderen Morgen in aller

Seelen=Ruhe abzureisen. Es konnte Tage, Wochen dauern, bis Ippolita nach dem Konvolut suchte, vielleicht geschah es nie wieder. Ich brauchte ihr nur zu sagen, ich hätte kein Interesse mehr an Machiavellis letztem Brief.

Doch als ich die wertvolle Schrift soeben in meiner Tasche verstaut hatte, vernahm ich einen Schrei aus den Höhen des Hauses. Es war zweifellos eine Frauen=Stimme. Ich packte meine sieben Sachen, löschte das Licht, schlich hinaus. Im Salon angekommen, hörte ich Schritte, kroch rasch unter den großen Tisch. Licht fiel auf den kalten Fuß=Boden, die Schritte kamen näher. An den Stiefeln erkannte ich ihn. Es war *Benito,* der Major=Domus.

Was suchte er so spät in der Nacht hier im Haus? Was bedeutete der Schrei?

Die Stiefel entfernten sich und mit ihnen die Schritte, das Licht der Lampe. Eine Tür fiel zu, die Kiesel draußen auf der Straße knirschten, dann Stille. Leise tastete ich mich nach oben. Unter einer Tür ein Streifen Licht. Ich klopfte leise. Nichts. Ich drückte die Klinke hinunter. Der Raum war mäßig hell. Hell genug. Es war offensichtlich Ippolitas Schlaf=Zimmer. Ich sah ein Bett, eine zurück geschlagene Decke und sie. Sie lag auf dem Bett, merkwürdig gekrümmt, und rührte sich nicht. Sie war noch warm.

Ich fiel mehr, als ich lief, die enge Treppe hinunter, durch den stock=dunklen Salon, nahm die erste Tür rechts, die in den Keller führt, und kauerte nieder. Ich wußte nicht, was ich tun sollte, aber eins wußte ich. Wenn ich gesehen wurde, war das mein Ende. Das offene Keller=Fenster, die aufgebrochene und durch=wühlte Truhe bewiesen, daß jemand eingebrochen war, und wenn man fest=stellte, daß ich kein Geld besaß, würde man vermuten, daß ich die letzte Machiavelli erwürgt hatte, um die Manuskripte zu stehlen.

Wie gelangte ich in meine Kammer, ohne gesehen zu werden? Der Gang fiel mir ein, der die Villa mit der Kaschemme verband. Der Gang, den M benutzt hatte, wenn seine Frau ihn nicht sehen sollte. Wenn er nachmittags in die Wirtschaft wollte und abends zu einer Geliebten. Ich kannte sogar die Tür im Schank=

Raum, durch die Ippolita abends empor stieg wie der *deus ex machina.*

Unter der Straße hin durch – das war es. Abermals entzündete ich die Öl=Lampe, fand die Tür im hinteren Teil des Wein=Kellers. Schon stand ich im Schank=Raum, und ungehindert gelangte ich in meine Kammer.

Da saß ich zitternd und wußte noch immer nicht, was ich tun sollte. Sofort fliehen, bevor die Alte entdeckt wurde? Zu spät! Der Prätorianer hatte sie längst entdeckt, wenn er sie nicht ermordet hatte. Durch eine Flucht beschuldigte ich mich selber.

Es war noch Nacht, als der liebe Gobbo an meine Tür klopfte und herein huschte, aber nicht, um zu mir unter die Bett=Decke zu schlüpfen. Er zitterte und konnte kaum reden. Ich entzündete rasch die Kerzen an der kleinen Öl=Lampe. Sein Haar hing wirr, und seine Augen huschten umher.

„Ippolita ist tot", sagte er. „Benito sagt, du hast sie umgebracht. Er war eben bei mir. Tartuffo reitet nach San Casciano und holt die Gens d'Armen. Auch der Pferde=Knecht ist abgeritten. Er holt Seristori. Zwei Bauern sitzen im Schank=Raum, damit du nicht entwischen kannst."

Er ließ sich nieder und starrte auf den Tisch, wo noch das Tage=Buch und meine Transkripte lagen.

„Aber wie so?" fragte ich ruhig. „Wie kann Benito das behaupten?"

„Er hat dich gesehen."

„Das ist nicht möglich. Ich war die ganze Nacht hier im Zimmer."

Er schien sich zu beruhigen und fixierte mich.

„Und warum lag auf der Stiege zu ihrem Schlaf=Zimmer ein Leder=Einband mit einem Manuskript? Du mußt fliehen, das ist deine einzige Rettung. In einer Stunde stehen die Wach=Meister vor der Tür, um Dich zu arretieren, und morgen früh kommt Seristori. Ich weiß nicht, was ihr besprochen habt, aber er wird sicher nicht behaupten, daß sein *Spitzel* den Mord begangen habe."

„Benito?" fragte ich mit ausgetrockneter Kehle.

„Ja, Benito."

Ich ging zur Tasche und griff hinein. Kein Leder=Einband, kein Manuskript. Es war mir aus der Tasche gerutscht, als ich die Treppe hinunter stolperte, und ich hatte es in meiner Erregung nicht bemerkt.

„Also gut", sagte ich kühl, „dann fliehen wir eben", und begann zu packen. Seine Augen leuchteten auf, und er schaute mich zärtlich an.

„Wir?" fragte er. „Sagtest Du *wir*?"

„Ich sagte *wir*", sagte ich, „aber ich meinte *ich*. Fang nicht wieder davon an. Ich werde dir schreiben. Vielleicht kannst Du nachkommen."

Er war plötzlich ganz störrisch. „Du kannst nicht ohne mich abreisen", sagte er und sah mich triumphierend an. „Du brauchst mich."

„Wozu brauche ich dich?"

„Für das Manuskript."

„Willst du sagen, du hast es?"

Er grinste verschlagen. „Ich könnte es dir besorgen."

„Wie das?"

„So!"

Er nahm einen Bogen Papier, tauchte die Feder ins Tinten=Faß und schrieb flüssig, ohne zu zögern oder auch nur nach zu denken:

„Der Sturm riß eine drei Kilometer breite Schneise der Verwüstung in die Toskana vom adriatischen bis zum etruskischen Meer, als Cosimo Anfang Oktober 1434 zurückkehrte: So lernen es die Kinder in der Schule, so erzählen es die Alten in den Budiken."

Es war der Anfang des Medici=Traktats, den ich eine Stunde zuvor noch in der Hand hatte. Ich wollte es nicht glauben. Ich griff nach dem Tage=Buch Machiavellis. Es war die gleiche Schrift. Die Hand, die das Tage=Buch und den Traktat geschrieben hatte, – sie gehörte dem verrückten Kerl, der an meinem Tischlein in meiner jetzt eis=kalten Stube hockte.

„Du?" fragte ich.

„Ich", sagte er mit fester Stimme.

„Du hast es irgendwo abgeschrieben. Wo sind die Originale?"

„Es gibt keine Originale."

„Es gibt keine Originale? Du hast alles frei erfunden?"

„Nun", sagte er langsam, lehnte sich zurück und streckte die Beine aus. Er war offensichtlich stolz darauf, mich hereingelegt zu haben.

„Frei erfunden – das würde ich nicht sagen. Ich kenne sein Werk fast in= und auswendig, die Briefe, Notizen, ganz zu schweigen von den Büchern. Da braucht man nichts zu erfinden. Man nimmt ein paar Textstellen, setzt sie anders zusammen, interpretiert sie ein bißchen und tut so, als hätte der Autor selber diese Interpretationen verfaßt. Natürlich muß man den Texten eine gewisse Tendenz andichten. Ich weiß nicht, ob er wirklich ein solcher Gegner der Medici war, wie ich in dem von mir erfundenen Diktat für seine Tochter Baccina behauptet habe, und ich weiß auch nicht, ob er seine Epoche wirklich so glasklar analysiert hat, wie es in diesem Tagebuch steht."

Er nahm das Tage=Buch in beide Hände und wiegte es wie einen Säugling in den Armen.

„Mein liebes Tagesbuch", sagte er träumerisch. „Einmal schrieb ich daran, unten im Schankraum, als du zur mir an den Tisch kamst. Ich hatte Angst, du würdest etwas merken. Hattest du nie den Verdacht, ein anderer könnte diese Schriften verfaßt haben?"

Ich schüttelte den Kopf.

„Nie. Aber daß er seiner Tochter kurz vor seinem Tod eine Woche lang diktiert hat, das ist verbrieft?" frug ich mit banger Stimme.

Er zerstörte auch diese Illusion. „Das glaube ich nicht."

„Ippolita hat behauptet, es sei verbrieft. Sie wollte mir sogar die Fund=Stellen zeigen."

„Alles meine Erfindung", sagte er stolz und streichelte sich die Brust. „Begreifst du jetzt, daß du mich mitnehmen mußt? Ich schreibe dir den ganzen Machiavelli und du wirst der berühmteste teutsche Machiavelli=Forscher!"

ICH überlegte nicht einen Augenblick. Ich schüttelte energisch den Kopf. Dann nahm ich sein Kinn und schaute ihm in die Augen.

„Du weißt, daß ich dich liebe“, sagte ich leise. „Aber es geht nicht. Ich bin kein Fälscher und Betrüger. Ein Dieb vielleicht. Wenn Signor Seristori mich bestehlen läßt, habe ich wohl das Recht, auch ihn zu bestehlen. Nicht lange, und er wird alles erben, was wir hier sehen. Was ich mir nehmen wollte, war nicht mehr wert, als er mir geraubt hat. Ich brauche dich nicht. Warum gehst du nicht nach Venedig oder Neapel. Du könntest bis ans Ende deiner Tage falsche Machiavellis herstellen und gut davon leben.“

Er wirkte auf einmal wieder mutlos.

„Ich kann nicht“, sagte er mit rauher Stimme. „Nur im Ausland wäre ich sicher. Er hat zum Geheimdienst Beziehungen. In Italien würde er mich überall finden. Ich muß weg.“

„Du faselst“, sagte ich ungehalten und verschloß die Reise=Tasche. Ich war bereit abzureisen. „Wer ist *er*?“

„Seristori.“

„Seristori? Du hast die Dienst=Herrin verloren, gut, oder auch nicht gut. Er kann dich rauswerfen. Aber warum sollte er dir nach dem Leben trachten?“

Er knetete die Finger. Seine Gelenke knackten. Er sah mich ruhig an. Er sagte:

„Ippolita war meine Großmutter. Ich bin ihr alleiniger Erbe. Hier ist ihr Testament.“

Er holte ein kleines gesiegeltes *Couvert* heraus.

„Das verstehe ich nicht“ sagte ich.

„Meinen Vater habe ich nie gesehen“, sagte er. „Eine Bauersfrau erzählte, er sei ein ungarischer Erzbischof gewesen.“

„Na, bitte“, sagte ich kalt, „du fährst nach Rom, gehst in den Peters=Dom und fragst nach deinem Vater. Dann kann dir nichts mehr passieren. Hattest du vielleicht auch eine Mutter?“

„Ja“, sagte er, „natürlich. Das ist das Problem. Meine Mutter ist Madame Seristori, und er weiß es. Wenn er, was ich annehme, hinter dem Tod meiner Großmutter steckt, wird er nicht zögern, auch mich beiseite zu schaffen.“

Das saß. In meinem Kopf machte es „Knack!“ In was für eine Jauche=Grube war ich da geschlittert. Wenn Giovanni Recht hatte, war Dom Antonio wirklich ein Monstrum, das, wie Ippolita es ausgedrückt hatte, über Leichen ging.

Giovanni sagte: „Nimm mich mit, bitte. Vergiß die Manuskripte. Denk an Dein Leben. Sie werden dich verfolgen in ganz Italien. Ich kenne die Schleichwege. Wenn ich dir helfe, kannst du es schaffen. So bald wir in Teutschland sind, trennen wir uns. Du kannst mich an den erstbesten Baron als Lust=Knabe verkaufen. Du weißt, es gibt nichts Aufregenderes, als einen Buckligen zu lieben."

Nun zögerte ich nicht mehr, denn ich wußte, er hatte Recht. Zumindest auf der Flucht in Italien konnte er mir behilflich sein.

„Also gut", sagte ich, „aber nur, bis wir in Teutschland sind. Geh und hol deine Sachen. In zehn Minuten treffen wir uns am Feld=Weg nach *Chiesanuova* bei der Kirche."

Er sprang auf. Seine Augen strahlten. Er küßte mich. „Du bist ein Schatz!" rief er glücklich. Dann schlich er sich hinaus.

Ich ging zum Fenster, öffnete den Laden, warf noch einmal den Strick hinunter, mein Gepäck hinterher. Die Nacht war immer noch raben=schwarz, aber es war nicht mehr so kalt, und die Luft tat mir gut. Ich legte den Kopf gegen den Fenster=Rahmen und spürte, es war alles unglaublich. Wahrscheinlich hatte ich es nur geträumt: das Gespenst, meinen Einbruch, den Prätorianer, Ippolitas Leiche, meinen Freund Giovanni, meinen Flucht=Plan.

Mußte ich wirklich fliehen? Konnte ich nicht die Gens d'Armen abwarten, ihnen alles erklären und mit der nächsten Post nach Teutschland reisen? Ganz normal?

EIN neuerlicher Schrei zerstreute alle meine Bedenken. Er kam von der Straße. Es war Giovanni. Er schrie wie einer, der weiß, daß er im nächsten Augenblick sterben muß. Er schrie zweimal, ein drittes Mal. Sein Schrei ging über in ein Röcheln. Sein Röcheln erstarb. Das war das Ende. Ich brauchte an nichts mehr zu denken. Ich mußte nur noch ganz gewissenhaft vorgehen. Gewissenhaft wie eine Maschine. Es fiel mir auf, was der Satz bedeutete. Er bedeutete, daß Maschinen ein Gewissen haben.

„Nun gut", sagte ich mir, während ich das rechte Bein über die Fenster=Bank hob, „wenn jetzt schon die Maschinen ein Gewissen haben, brauche ich mir keins mehr zu machen."

Ich fühlte mich frei. Die Ereignisse betrafen mich nicht. Ich schulterte mein Gepäck und schritt kräftig aus. Immer nach Norden oder was ich dafür hielt. Alles weitere schrieb ich E.F.G. im Januar. Die Haupt=Straßen, die Städte, die Dörfer mied ich, nicht nur der Gens d'Armen und florentinischen Agenten wegen, welche Signor Seristori hinter mir her schickte.

Ich war zum Eigenbrötler geworden, der die Gesellschaft am liebsten meidet.

Alle Menschen tun etwas Nützliches. Sie arbeiten, disponieren, repräsentieren, regieren oder sehen wenigstens gut aus. Nur ich habe mein Leb=Tag nichts zuwege gebracht und tauge zu nichts. Die Menschen beschämen mich, wenn ich ihnen unter die Augen trete. Ich weiß nicht einmal, warum ich auf der Erde bin.

DIES also ist mein Report. Geblieben ist mir außer dem nichts. Eine Menge Erinnerungen, die mich mein Leb=Tag nicht verlassen werden und ein Scherben, den ich aufhob, als ich die Villa Seristori verließ. Ein Stück vom Fuß eines Tümmlers.* Es lag im späten Gras und glänzte im Mondlicht. Dort, wo der Fuß vollständig ist, sieht man Blumen und dort ist auch ein Rest der Aufschrift zu lesen. Ein Fragment von einem Gedicht:

--- mich wieder
--- ach wieder
--- ch einem
--- freindt†
--- hinwieder.
1650

* Ein Trink=Gefäß, welches nicht umfallen kann und, wie man es auch legt, sich immer wieder aufrichtet.

† Freund.

Wie das vollständige Gedicht gelautet haben mag, habe ich nicht heraus gefunden. Sei's drum. Vielleicht finden E.F.G. ein wenig Gefallen an meinen kleinen, unbedeutenden Reise=Berichten und verzeihen mir.

Geschrieben Christian Weise, Zittau, den 17. Mai 1665

Ende

des fünften

Buches.

Sechstes Buch

Auszüge aus dem Tage=Buch des Niccolò Machiavelli.

Vorbemerkung.

Dies sind einige Abschnitte des Konvoluts, welches Signora Ippolita mir nach meiner Rückkehr aus Florenz, gegen Ende November, zur Ansicht überreichte und zum Kauf für dero Bibliothek anbot. In der Annahme, daß es sich auch hierbei um eine Fälschung des *Gobbo* handelt, habe ich nur die Abschnitte ins Teutsche übertragen, die E.F.G. Interesse dienen mögen, da sie einen kursorischen Überblick über das abwechslungs=reiche Leben des Herrn *Machiavelli* erlauben. Sobald E.F.G. befehlen, wird dero ergebener Diener auch den Rest übersetzen und ohne Zögern übersenden.

Florenz.
8/4/1492.

Lorenzo ist endlich tot. Er starb, wie es heißt, durch Gift, da er die Schmerzen nicht mehr ertrug. Auf dem Markt herrschte heute morgen eine eigentümliche Stimmung. Einerseits Angst, was werden wird, andererseits wittern etliche Bankiers und Kaufleute ihre Chance, wieder mehr Einfluß auf die Signoria zu gewinnen. Lorenzos Sohn Piero gilt allgemein als schwach und politisch unklug.

Ein Bankier, der ihn persönlich kennt, sagte mir: „Er wird uns alle ins Unglück stürzen.“ Ein anderer: „Was er privat tut, ist seine Sache. Aber da er sich nur für seinen strammen Michel Angelo* interessiert, muß der Staat eigene Wege gehen. Es sei denn, er beauftragt einen seiner Brüder mit den politischen Angelegenheiten.“

Sie diskutierten auch, wer ihnen lieber wäre. Giuliano ist

* Gemeint ist der Bildhauer und Maler. Piero war homosexuell.

ihnen zu schwächlich, aber Giovanni ist ihnen auch nicht recht, da er bereits den Kardinals=Hut trägt und Piero ihn nach Rom schicken will, um Einfluß auf das Konklave und die päpstlichen Geschäfte zu nehmen.

Ich lief sofort zu Adriani. Er saß über den Büchern.

„Was liest du?“ fragte ich ihn.

„Ich bereite eine Denkschrift vor. Wir müssen vorbereitet sein, wenn der Umsturz kommt.“ Als er mich heim schickte, sagte er nur: „Geh in dich. Überleg dir, was du willst. Schon bald haben wir vielleicht eine Aufgabe für dich. Aber kein Wort zu niemand. Auch nicht zu Messer Bernardo.“*

Keine Frage: Er greift nach dem Palazzo, aber wie ich ihn kenne, muß es Hintermänner geben. Jemand nannte den Namen Piero di Tommaso.† Undenkbar. Er könnte mein Vater sein. Ich kenne ihn als ehrliche Haut, aber ohne Schwung und Ideen. Auch der Name Valori fiel schon. Er ist ein fähiger Demagoge, aber ein Wirrkopf und unfähig, den Staat zu führen.

Florenz ist voller guter Männer, aber sie halten sich bedeckt. Die meisten lehnen zwar die Medici ab, aber auch die Popolanen und mehr noch den irren Mönch. Die Popolanen hingegen werden nie begreifen, daß auch eine Republik einen starken Führer braucht. Die Republik bedeutet nicht, daß die Regierung nicht weiß, was sie will, und jedem Marktschreier Recht gibt.

13/8/1492.

Zehn Stunden soll die Depesche von Rom nach Florenz gebraucht haben. Ferrante‡ hat seinen Kandidaten durchgebracht. Jetzt ist ganz Italien südlich von Siena spanisch – ein Spanier in Rom, der noch dazu mit dem spanischen Königshaus verbandelt ist, und einer in Neapel. Ob das gut geht?

* Machias Vater.

† Soderini, Gonfaloniere 1501–1512.

‡ Ferdinand I., König von Neapel. Aragonischer Herkunft. Rodrigo Borgia, Beichtvater der spanischen Könige, war sein Kandidat.

Wie es heißt, hat Rodrigo* sämtliche Kardinäle bestochen, um Papst zu werden. Daß er eine Maitresse hat und jeden Tag eine andere vögelt, stört mich nicht. Ein Problem sind seine sieben oder neun Kinder. Er wird für sie eine Menge italischer Fürstentümer freimachen müssen, und in wenigen Jahren ist Florenz von den Borgias umzingelt.

Piero† scheint das nicht zu stören. Er ist ein Dummkopf und hält es für einen Sieg, daß kein Mailänder‡ gewählt wurde. Auch Adriani schien besorgt, als ich zu ihm kam, aber mehr über den Dominikaner.§ Er soll heute morgen im Dom aus allen Rohren auf Ferrante und den neuen Papst geschossen haben.

Bin gespannt, was Piero sagt, wenn der Mönch auch ihn verdammt.

Ich halte mich über Wasser mit Nachhilfestunden und Übersetzungen aus dem Lateinischen. Zum Glück habe ich ein paar reiche Freunde. Nach der Arbeit gehe ich mit den anderen Jungs zu Donna Sandra di Pero, welche die Rente eines gediegenen Salons gefälliger Damen genießt. Abends mit ihr ins Theater. Piero trieb es ungeniert mit seinem Lieblingsbildhauer in der Loge, so daß alle den Kopf nach hinten drehten und kaum einer zur Bühne schauen mochte. Er ging aber bald. Vermutlich den Künstlern zuliebe, denn er ist selber einer. Er dichtet aus dem Stegreif besser als sein Vater auf dem Papier.

14/6/1493.

Leonardo schreibt mir aus Mailand. Ich war dreizehn, als er ging, doch er behandelte mich wie einen Mann. Seine Mutter ist bei ihm, und es scheint ihm gut zu gehen. Er seziert Leichen, baut Pumpen, berechnet ein Perpetuum mobile und arbeitet an einer Maschine, die alleine fliegen kann. In Europa ist keiner,

* Borgia. Als Papst Alexander VI.

† De'Medici.

‡ Der Gegenkandidat war Ascanio Sforza, ein Bruder Ludovicos, genannt *der Mohr.*

§ Girolamo Savonarola.

der so weit denkt wie er, und zugleich ist er ein liebestoller Hengst, der gerne feiert.

Momentan modelliert er aus Ton ein riesiges Reiterstandbild, das Francesco Sforza darstellt und im November zur Verlobung von Bianca Maria* mit Kaiser Maximilian im Kastell zu Mailand aufgestellt wird.

Ich sollte auch weggehen. Piero ist immer noch an der Macht. Wir diskutierten seinen Fall vorhin im Colloquim und fanden keine Beispiele. Wenn ich nicht bald ein Amt kriege, heirate ich eine reiche Frau, und wenn ihr Vater mit Lumpen handelt, oder bleibe arm, ziehe nach Sant'Andrea und studiere das Staatswesen der alten Griechen und Römer.

Es ist unglaublich: Auch ein offensichtlich unfähiger und untätiger Herrscher, den keiner will, kann sich unter Umständen jahrelang an der Macht halten.

Alles, was er braucht, ist etwas Glück. Eben noch sah es so aus, als müßte er sich mit Venedig und Mailand verbünden, um Ferrante und Alexander auf Distanz zu halten, da verbündet sich Alexander mit dem Mohren und Venedig gegen Ferrante. Nun kann Piero sich mit Ferrante verbünden, den er redlich haßt, denn er ist unter den augenblicklichen Fürsten der grausamste und schrecklichste.

Er regiert nur durch Hinrichtungen, Konfiskationen, Simonie und Zwangsanleihen. Die Kunst verachtet er und schmückt dafür seine Privatgemächer mit den Mumien seiner Opfer, die er nach ihrer Balsamierung in die Gewänder kleidet, die sie bei ihrer Ermordung trugen.

Es wird Piero aber in Florenz niemand widersprechen, so lange Toskana von zwei Seiten bedrängt wird, und es wird sich auch nichts ändern, so lange jeder Fürst nur an sich denkt.

Warum Alexander jetzt mit Ludovico geht, ist klar. Sie ergänzen sich: Der Mohr will endlich auch nominell Herzog werden, und der Papst will im Norden dazu gewinnen. Er will seine Tochter Lukrezia, die auch seine Geliebte sein soll, mit Giovanni

* Schwester des Mailänder Regenten Ludovico der Mohr, der für die Heirat eine immense Summe zahlte, um Herzog zu werden.

Sforza verheiraten, um die Grafschaft Pesaro in die Hand zu bekommen, und der Mohr braucht endlich keine Rücksicht mehr auf den König von Neapel zu nehmen. Ferrante war dagegen, Gian Galeazzo* abzusetzen, da dieser seit drei Jahren praktisch sein Schwiegersohn ist. Alexander wird nun nichts dagegen sagen, wenn Ludovico sich vom Kaiser zum neuen Herzog von Mailand machen lässt und seinen Neffen beiseite schafft.

Aber das ist Zukunftsmusik.

25/1/1494.

Wenn Savonarola nicht hellsehen kann, ist er ein Hexenmeister. Drei Fürsten hat er in seinen Predigten ihrer Sündhaftigkeit und Gottlosigkeit wegen verdammt: Papst Innozenz VIII., Lorenzo *den Prächtigen* und Ferrante. Die ersten beiden sind seit achtzehn Monaten tot. Vor vier Tagen starb auch Ferrante. Nun wartet ganz Florenz auf das Gottesgericht, das er geweissagt hat. Der Pöbel voller gläubiger Angst, die Philosophen und Künstler wie Pico und Sandro, um ihr Mäntelchen rechtzeitig in den Wind zu hängen, und einige, wie wir, voller Hoffnungen.

Man darf sich nicht daran stoßen, daß der Herzog von Kalabrien, der Ferdinand nachfolgen soll, kein geringerer Wüstling ist als sein Vater und nur den Vorzug hat, die Religion zu verachten. Oft reicht ein anderer Name, um die Bündnisse neu zu ordnen. Wenn ein Herrscher stirbt, gerät das Staatengefüge stets durcheinander. Daran erkennt man den echten Fürsten.

5/4/1494.

Ich habe es gewußt: Alexander hat eine Kehrtwendung vollzogen und schaut jetzt nach Süden. Will sagen: Er hat das Bündnis mit Ludovico gebrochen, um Don Joffre† mit Alfonsos‡ Tochter Dona Sancia zu verheiraten. Ich wette, demnächst wird er

* Neffe des Mohren und der legitime Herzog von Mailand.

† Sohn des Papstes, Graf von Cariati.

‡ Alfons II., Ferrantes Sohn, der neue König von Neapel.

auch noch seine Tochter Lukrezia zwingen, sich von Giovanni Sforza scheiden zu lassen, und sie mit einem neapoletanischen Prinzen verkuppeln.

Daraus nur zu folgern, daß die Päpste die größten Gauner sind, wäre allerdings zu kurz gedacht. Die politischen Folgen reichen weiter. Venedig kann sich auf Kosten Mailands nach Osten und Norden ausdehnen, und Ludovico sitzt in der Klemme, da der Vatikan sich nun ohne seine Unterstützung bis in die Romagna ausdehnen kann. Auch die Marken sind Alexander so gut wie sicher.

Bei Adriani sprechen wir seit drei Tagen fast nur darüber. Es wird Zeit, daß Florenz einen Herrscher bekommt, der in solchen Situationen die richtige Entscheidung fällt. Aber was wäre richtig, was falsch?

Als Patrioten haben wir zwei Prioritäten zu setzen. Erstens: die staatliche Unabhängigkeit und Integrität Toskanas zu retten. Zweitens: eine Republik des Volkes zu gründen, wie sie vor Beginn des medizeischen Zeitalters möglich zu sein schien.

Auf dem Markt, in den Straßen und Wirtshäusern, in den Palästen diskutiert man hingegen nur den jüngsten Streit zwischen den verfeindeten Stämmen der Medici und merkt nicht, woher der Wind weht. Piero hat seinen Cousin Giovanni di Pierfrancesco auf einem Ball geohrfeigt. Angeblich wegen eines Mädchens, und sicher hatte Giovanni die Backpfeife verdient, denn er ist womöglich noch arroganter und impertinenter als Piero.

Als Freunde den Geohrfeigten in Castello* besuchen wollten, waren er und sein Bruder Lorenzo jedoch schon abgereist, und nun hieß es, sie seien von Piero verbannt worden, weil sie Agenten der Franzosen seien.

„Haltet Ihr es für möglich, daß die Franzosen gegen Piero intrigieren? Ausgerechnet unter den Medici di Castello?" fragte uns Adriani. Einige bestritten es. „Warum sollten sie?" Ich halte es für möglich und sagte es auch.

* Villa di Castello war der Sitz des unterlegenen Arms der Medici, der auf den kleinen Bruder des alten Cosimo zurückging.

„Wenn der Mohr die Franzosen zu Hilfe ruft und sie sich in Italien halten wollen, muß Florenz zumindest neutral bleiben. Sonst haben sie keine Chance. Also werden sie versuchen, hier einen Machtwechsel zu erreichen."

Adriani zog mich beiseite, bevor wir gingen. „Du solltest dich um einen Posten im Außenamt bewerben, wenn es so weit ist", sagte er und zwinkerte mir zu. Bisher hatte er mich für das Steuer- und Grundbuchamt vorgesehen, was mir recht wäre. Es gibt dem, der es ausübt, eine fast uneingeschränkte Macht. Das wußte schon *der Prächtige.* Er brauchte nur einen Steuer=Bescheid anzudrohen, und schon haben die Leute gekuscht.

15/10/1494.

Entweder wir sind in drei Wochen an der Macht oder in der Hölle. Karl* steht mit sechzigtausend Mann in Piacenza, und die zwei Medici di Pierfrancesco sollen bei ihm sein. Piero hatte doch einen guten Grund, seinen Cousin zu ohrfeigen, und ich hatte wieder mal Recht. Pieros Fehler war nur, die beiden aus Florenz zu verbannen, statt sie am Palazzo della Signoria aufzuknüpfen, wie es sein Vater getan hätte.

Auf dem Markt schwirren die wildesten Gerüchte. Die einen sagen, Karl beanspruche den Thron von Neapel, weil Anjou† seit ein paar Jahren zur französischen Krone gehört. Andere sagen, Karl nehme Neapel nur des Hafens wegen. Danach wolle er Konstantinopel und Jerusalem und den gesamten Orient für das Christentum erobern.

Wieder andere meinen zu wissen, Ludovico habe Karl bei seinem letzten Besuch in Frankreich gegen Alfonso zu Hilfe gerufen. Wäre der Anspruch auf Neapel danach nur ein Vorwand, oder ist Karl wirklich so dumm? Neapel ist eine Falle. Aus Frankreich hört man, daß alle auf Karl schimpfen. Die Franzosen nennen ihn kindisch.

Die Florentiner hingegen empören sich nur über den Moh-

* Karl VIII., König von Frankreich.

† Ein vager Titel. Sizilien und Neapel gehört eine Zeit lang den Anjou.

ren. Seit Lodi* sei ausgemacht, niemals eine ausländische Macht ins Land zu rufen. Zugleich aber plädieren etliche dafür, sich mit Frankreich zu arrangieren, um Toskana das Schlimmste zu ersparen, denn wenn Karl wirklich nach Neapel will, kommt er an Florenz und Rom nicht vorbei.

Piero schwankt wie ein Schilfrohr. Er weigert sich, vor Karl zu kuschen, macht aber auch keine Anstalten, sich zu widersetzen, verfolgt also dieselbe Politik wie Alexander. Man tut so, als wäre nichts.

Politisch am peinlichsten benimmt sich der Mönch. Er rät dem Volk, den König als Gottesurteil hinzunehmen. Karl sei nur ein Werkzeug in der Hand des Allmächtigen, dazu bestimmt, die Medici zu vertreiben und die Kirche zu reformieren: „Das Volk von Florenz hat nichts zu befürchten."

Sicher ist nur eins: Bei Rapallo haben die Franzosen die Neapoletaner vernichtend geschlagen. Gegen ihre Schweizer Infanterie ist die italienische Kavallerie machtlos. Ihre Kanonen sind leicht und beweglich und feuern keine Steinkugeln, sondern Eisenkugeln ab. Wir müßten unsere Truppenteile neu formieren – wenn wir welche hätten.

Ein Ergebnis hat der Krieg immerhin schon gebracht. Gian Galeazzo† ist tot, die Ursache weiß man nicht, seine Frau‡ hat Karl angefleht, sie und ihre vier Kinder zu schonen, und sitzt bloß im Gefängnis, und der Mohr hat sich selber zum Herzog ausgerufen.

Eigentlich braucht er den französischen König jetzt nicht mehr.

25/10/1494.

Endlich hat sich einer vorgewagt: Piero Capponi, dessen Familie seit den Zeiten des alten Cosimo zu den Gegnern der Medici gehört. Es wurde aber auch Zeit. Sarzana hat den französischen

* Friede von Lodi 1454 zwischen Mailand und Venedig. Regelte das Gleichgewicht zwischen den fünf Großmächten und den vielen kleinen Staaten Italiens.

† Nominell Herzog von Mailand.

‡ Isabella von Aragon.

Kanonen nicht standgehalten. Damit ist die erste toskanische Stadt gefallen.

Wir sprachen über die Folgen. Piero ist seit ein paar Tagen verschwunden. Die einen sagen, er sei nach Venedig geflüchtet, die anderen, er sei zu Karl, der ihm gedroht haben soll, seine Bankfiliale in Lyon zu schließen, wenn er nicht endlich klein beigibt.

Adriani wußte wie üblich ein paar Einzelheiten. Die Popolanen haben Pieros Abwesenheit ausgenutzt, den Rat der Siebzig einzuberufen. Capponi: „Es ist an der Zeit, mit diesem kindischen Regime ein Ende zu machen und unter einer Regierung erwachsener Männer die Freiheit zu gewinnen."

Der Rat soll beschlossen haben, Capponi, Savonarola und drei weitere Männer zu Karl zu entsenden.

Ich denke, es wird teuer werden, aber es ist ja nicht unser Geld. Die Stadt wird vermutlich verschont bleiben. Niemand schlachtet eine gute Milchkuh.

8/11/1494.

Erste Berichte aus Sarzanello. Karls Thron umringt von Schweizer Lanzen. Piero soll sich vor ihm auf den Boden geworfen und um Vergebung gebeten haben, daß Florenz es gewagt habe, sich ihm zu widersetzen. Schon das unzumutbar für jeden Florentiner mit Rückgrat.

Auch der Vertrag ist unnannehmbar: Karl verlangt etliche Städte, um Florenz in Schach zu halten, unter anderen Sarzana, Pisa und Livorno sowie ein Darlehen von zweihunderttausend Gulden für seinen weiteren Feldzug. Dazu ein Bankett und einen Palast in Florenz.

Als die Signoria sich weigerte, diesen Vertrag zu ratifizieren, und Piero Vorhaltungen machte, wurde er auch noch böse. Er hat wirklich keine Ahnung, was politisch machbar ist. Aber die Lage bleibt unübersichtlich. Giovanni* ist auf dem Weg nach

* Piero hatte zwei Brüder, die nach ihm erbberechtigt waren: den neunzehnjährigen Giovanni, der seit seinem siebten Lebensjahr Kardinal war, und den fünfzehnjährigen Giuliano.

Florenz, und viele fürchten, die Familie versuche, sich mit einer Rochade aus der Affaire zu ziehen.

9/11/1494.

Es ist geschafft. Momentan mag keiner an eine Neubesetzung der Ämter denken, aber die Voraussetzungen sind endlich gegeben.

Als Piero heute morgen zur Signoria wollte, erklärte ihm der Wachhabende, er dürfe den Palast nur ohne Eskorte und unbewaffnet betreten. Er sammelte also Truppen, doch bevor er angreifen konnte, begannen die Glocken wild zu läuten, und vom Platz ertönte ein irrer Schrei, der sich rasch ausdehnte. Zugleich verbreitete sich das Gerücht, die Signoria habe Piero zum Aufrührer erklärt und für vogelfrei.

Die Stadt war im Nu voller Bürger in Waffen. Selbst alte Männer holten die verrosteten Schwerter und Hellebarden von *anno* dazumal hervor. Daß Piero noch lebt, hat er seinem Bruder zu verdanken. Giovanni machte mit einer Schar Bewaffneter einen Ausfall, und während sie unter dem alten Schlachtruf der Medici „Palle! Palle!" ein Stück der Via Larga freikämpften, gelang Piero die Flucht.

Später verkleidete Giovanni sich und seine Leute als Dominikaner, schaffte im Schutz der braunen Kutten die kostbarsten Schätze aus der Via Larga ins Kloster von San Marco und floh ebenfalls aus der Stadt.

Es ist Nacht, aber die halbe Stadt ist auf den Beinen. Jeder hat ein Beutestück auf dem Rücken, und manche haben das Zeug karrenweise aus den Medici=Palästen geschleppt. Widerliches Pack. Wir wollen den Staat ändern, und sie tragen Stühle durch die Straßen.

10/11/1494.

Valori, der den Sturm auf die Via Larga angeführt hat, soll in Pieros Bett genächtigt haben. Er hält das für Politik. Die Stadt brummt immer noch wie ein Bienenschwarm. Ans Aufräumen denkt niemand. Auch ob und wann Karl aus Pisa eintrifft, ist unklar. Aus dem Rathaus ein gutes Zeichen. Die zwei Medici di Pierfrancesco sollen heute morgen Anspruch auf die Nachfolge erhoben haben. Valori soll ihnen zugerufen haben, er würde gerne einmal eine Nacht in der Villa di Castello verbringen. Von ihnen geht keine Gefahr aus. Wer heute Medici heißt, kann froh sein, wenn er eingelegte Gurken verkaufen darf.

12/11/1494.

Savonarola war in Karls Lager. Er soll ihm mächtig die Meinung gegeigt haben. Karl angeblich schwer beeindruckt über den Mut seines Besuchers. Wenn Savonarola eine Armee hätte, wäre er nicht so ruhig geblieben.

17/11/1994.

Es regnet in Strömen, und nachher sollen die Franzosen kommen. Die Stadttore sind offen, und die Signoria hat alle Bewaffneten zurückgezogen. Alle spielen mit, bloß das Wetter nicht – und der Mönch. Er betet in seiner Zelle, daß Karl ihn besuchen kommt und nicht in den Dom geht. Ich muß in die Stadt. Von Madame Sandras Loggia aus wollen die Jungs und ich uns das Spektakel anschaun. Die Stadt spendiert hundertfünfzig Ochsen, und der Wein soll in Strömen fließen. Man hat sämtliche Weingüter der Medici geplündert. Ich freue mich schon auf die Schotten. Sie sollen Röcke tragen.

17/11/1494.
Nacht.

Ganz Florenz war auf den Beinen, trotz des Regens, der den Eindruck etwas schwächte. Die Banner hingen schlaff, und nasse Leute wirken immer etwas müde. Trotzdem kein schlechter Eindruck. Zwölftausend Mann Infanterie, die gesamte Artillerie, nicht von Ochsen gezogen, sondern von Pferden. Dazu eine prächtige Kavallerie.

Vorweg tatsächlich die Schotten in kurzen Röckchen. Früher, als Frankreich noch gegen England stand, war das Regiment der sichtbare Ausdruck der schottisch=englischen Feindschaft, aber heute ziemlich lächerlich. Sie machen eine Musik wie die Schafhirten in den Abruzzen. Wir haben uns schief gelacht.

Insgesamt aber ein weiterer Beweis für meine Theorie, daß die italienischen Staaten einen Bund gründen müssen. Nur ein starker Staat kann sich eine große eigene Armee leisten. Adriani ist da vorsichtiger. „Möchtest du vielleicht von einem solchen Kretin regiert werden?"

Karl ist tatsächlich eine miese Besetzung. Er ist ein Hänfling mit Froschaugen, der auf einem viel zu großen Pferd sitzt. Bei der Prozession trug er einen riesigen weißen Hut, unter dem er fast verschwand, und einen weiten blauen Mantel, der schlaff runter hing und seine klepperdürre Winzigkeit noch betonte.

Trotzdem großer Jubel – auf beiden Seiten. Unsere Leute waren begeistert von den prächtigen Uniformen und modernen Waffen der Franzosen, und die Männer aus dem Norden zeigten sich beeindruckt von der Pracht der Stadt, der Paläste, der Architektur, der Kunstschätze. Ein Offizier, mit dem ich sprach, staunte, wie reich selbst kleine Kaufleute und Handwerker bei uns gekleidet sind, und lobte das gute Benehmen auch der einfachen Leute. Wenn der wüßte.

Capponi ließ durchblicken, er habe den Auftrag, die Franzosen auf hunderttausend Dukaten runterzuhandeln und ihnen zu gestatten, die privaten Kunstschätze der Medici zu plündern.

14/12/1494

Die Franzosen seit mehr als zwei Wochen aus der Stadt, aber an eine neue Regierung ist nicht zu denken. Ich mußte schon Messer Bernardo anpumpen.

Die Popolanen haben einen *Rat der Zwanzig* gegründet, aber immer noch keine Führung, auch wenn Capponi und Valori den Ton angeben.

Die Stadt ist unruhig, und nachts wird sogar gekämpft.

Wer gegen wen? Die Reste der Medici=Partei nennt das Volk

die *Grauen,* weil man sie kaum sieht. Die stärkste Gruppe sind wohl die *Winseler.* Sie folgen scheinbar bedingungslos dem Mönch. Beten und büßen, tag aus, tag ein. Ihr Gewinsel ist in der ganzen Stadt zu hören. Der letzte ruhige Ort ist Madame Sandras Salon, aber auch hier ist man nicht sicher vor ihnen. Letzte Woche haben sie ein Freudenhaus beim Palast der Welfen überfallen, Parfüm, Schminke, Musikinstrumente, Spiegel, Bettzeug und Kleider auf die Straße geworfen, die Besucher halbnackt hinausgetrieben und die Damen ins Hospital der Unschuldigen verschleppt, wo sie seit her die Fußböden schrubben müssen.

Am schlimmsten sind die *Wütenden,* die angeblich vom Herzog von Mailand unterstützt werden und vor Mord und Totschlag nicht zurückschrecken. Sie stehen im Dienst der alten Adligen und hassen alle – die Mediceer, die Winseler, die Popolanen. Vorgestern haben sie Antonio di Bernardo aufgegriffen und den Pöbel aufgewiegelt, ihn zu lynchen, weil er an dem finanziellen Desaster der Stadt schuld sei. Er war ein harmloser Mensch und unter Piero für die staatlichen Schatzbriefe zuständig. Anschließend haben sie ihn am Palazzo della Signoria aufgehängt wie einen Landesverräter.

Der Einzige, der wirklich Einfluß hat und die schlimmsten Ausschreitungen verhindern kann, ist Savonarola. Er hat zwar keine Truppen, aber er hat Gott, und wenn seine Anhänger winseln, ziehen sogar die *Wütenden* den Schwanz ein.

So viel ist jetzt schon klar: Die neue Beamtenschaft wird aus seinen Leuten bestehen, da brauche ich mir keine Hoffnungen zu machen, und auch die Popolanen können nur abwarten. In den nächsten Monaten kommen nur Winseler in die Lederbeutelchen, es sei denn Medici kommt irgend wie zurück.

Ich muß Capponi fragen, ob er sich bei den Ruccellai dafür einsetzen kann, daß ich einen längeren Kredit kriege. Sie gelten zwar als Mediceer, aber momentan ist alles im Fluß, und man muß vorsorgen.

15/12/1494

Interessanter Tag. Adriani ließ schon früh nach mir schicken, und ich fühle mich natürlich geschmeichelt. Er hält mich für ein außenpolitisches Talent. Der Mönch hat in der Morgenpredigt verkündet, wie Gott sich eine wohlgefällige Verfassung vorstellt, und wie ich meine Landsleute kenne, wird sich eine Mehrheit dafür finden.

Wer Gonfaloniere* wird und wie die Prioren† heißen werden, ist ziemlich gleichgültig. Sie müssen nur nach Savonarolas Pfeife tanzen, und das werden sie tun. Das war in sechzig Jahren Medici so und wird so bleiben. Man kann von einem Kloster aus so gut regieren wie aus einem Bankhaus, einem Palast, einem Magazin oder einer Kaserne. Theoretisch könnte man sogar vom Bordell aus regieren.

Über seine Vorschläge brauchten wir nicht viel zu reden. Es ist, wie üblich, viel Nonsens dabei: Gesetz gegen die Sodomie,‡ Verbot frivoler Dichtungen und Spiele, keine Frauen in den Gottesdiensten, Verbot unzüchtiger Kleidung, Schließung aller Freudenhäuser, Spielkasinos, Wirtshäuser.

Auch was er über die Staatsformen sagt, ist dumm. „Im kalten Norden haben die Menschen reichlich Blut, aber wenig Verstand, deshalb lassen sie sich leicht von einem Einzelnen beherrschen. In Italien hingegen haben die Menschen reichlich Blut und Verstand und ertragen deshalb die Diktatur nur mit Mühe."

Er verspricht Florenz ein goldenes Zeitalter, wenn alle genug beichten, beten und auf Christus vertrauen.

Seine Verfassung ist dagegen akzeptabel. Bildung eines großen Rates, Rat der Achtzig, der die Signoria kontrolliert und die Beamten wählt, Steuerreform, Schaffung eines Apellationsge-

* Traditionelle Amtsbezeichnung des Regierungschefs, i. d. R. auf zwei Monate gewählt.

† Mitglieder der Stadtregierung.

‡ Die Homosexualität gehörte zur Sodomie. S. haßte sie, mehr als jede andere Form der Sexualität. Das Gesetz sah drakonische Strafen vor und wurde deshalb selten angewandt.

richts, Einrichtung einer allgemeinen Handelskammer, Verlängerung der Amtszeiten von zwei auf sechs Monate, die Beamten auf Lebenszeit mit der üblichen Möglichkeit, sie ohne Kündigungsfrist rauszuwerfen.

Ich hasse Gottesdienste und Kirchen. Der ganze Mumpitz und der Gestank gehen mir auf die Nerven, aber manchmal sind sogar Kleriker recht nützlich. Adriani brachte es auf den Punkt: „Ein wichtiger Schritt in die richtige Richtung. Wir akzeptieren den Mönch. Nur er kann einen so weit gehenden republikanischen Staat durchsetzen."

Illusionen machte sich niemand. Savonarola ist naiv, was die Franzosen betrifft, und er ist ein Theokrat. Sein demokratisches Gehabe ist Taktik. Er appelliert an die Instinkte des Spießertums. Francesco spottete: „Die Bauwirtschaft wird sich freuen. Für einen so großen Rat müssen sie den Palazzo della Signoria verdoppeln." Valori meinte nur: „Wenn er lästig wird, muß man ihn abservieren. Reformatoren brennen gut."

Ich bin trotzdem unzufrieden, sagte aber nichts. Wenn ich unter Savonarola in ein Amt gewählt werde, fresse ich einen Besen. Der Meinung ist wohl auch Adriani. Er zog mich vor dem Rausgehen beiseite. „Versuch eine Zeit lang, nicht aufzufallen, dann bringen wir dich irgend wo unter."

Bin ich etwa auffällig?

2/3/1495

Neuigkeiten aus dem Süden. Karl hat sich in Neapel zum König krönen lassen und will jetzt rasch zurück nach Frankreich. Er hat genug gestohlen, und seine Armee ist stark dezimiert. Die eine Hälfte ist ihm davon gelaufen, und die andere leidet unter einer Seuche, welche die *Syphilis* genannt wird. Die Neapoletaner nennen sie die *Franzosen=Krankheit.* Angeblich haben die Spanier sie aus West=Indien mitgebracht.

Alles bangt, Karl könnte auf dem Rückweg in Florenz Station machen. Piero macht sich Hoffnungen, in seinem Windschatten zu segeln.

17/2/1496

Der Mönch predigt seit Monaten fast jeden Sonntag vor zehntausend Menschen im Dom. Alexander soll ihm den Kardinalshut angeboten haben, wenn er aufhört, gegen ihn zu agitieren. Der Mönch hat ihn auflaufen lassen und laut gebetet: „Herr, ich strebe nur nach dem, was du deinen Heiligen gegeben hast – das Martyrium. Gib mir den roten Hut, ja, bitte. Rot vor Blut."

Er ist wirklich unschlagbar. Ein begnadeter Volksschauspieler. Sogar Valori ist zu ihm übergelaufen.

Piero sitzt in Rom und feiert vor lauter Kummer. Seine Zügellosigkeit erschreckt sogar die Römer. Schon morgens praßt und trinkt er gewaltig. Den Tag verbringt er mit einer Hure – mal männlich, mal weiblich – und Glücksspielen. Nachts zieht er durch die verruchtesten Gaststätten.

Alexander setzt trotzdem auf ihn, weil er weiß, wenn er den Mönch los werden will, muß er Piero als neuen Herrscher inthronisieren. Venedig, Mailand und Neapel sind schon auf seiner Seite. Sie haben allen Grund dazu. Die Völker sind die Willkür und Prasserei ihrer Herrschaften leid, und verrückte Mönche gibt es überall.

Wir ertragen den unseren mit knirschenden Zähnen.

24/2/1496

Morgen wird der Saal der Fünfhundert im Rathaus eingeweiht. Wir waren zur Vorbesichtigung eingeladen. Als wir hinkamen, hatte man an die Tausend lärmende Kinder in den Saal gepfercht. Der Mönch prüft seit Tagen die Akustik. Der Raum ist so groß wie der Dom. Für Debatten ungeeignet, aber darum geht es nicht. Es gibt zwei Methoden der Alleinherrschaft – entweder man berät sich im Kabinett, oder man hat eine Versammlung, die so groß ist, daß sich keiner mehr äußern kann.

17/10/1496

Im Colloquim heiße Debatte über die richtige Außenpolitik. Die Franzosen sind weg, aber keiner beweifelt, daß sie wiederkommen werden. Wenn Spanien und Habsburg sich Italien teilen, ist Frankreichs Aufstieg zur Weltmacht ausgebremst. Der Mohr muß also weiter um seine Zukunft bangen.

Von Alexander weiß man, daß er Maximilian* ins Land holen möchte. Er hat ihm angeboten, ihn in Rom zum Kaiser zu krönen. Ein Geschäft für beide. Ein Papst ist erst voll im Amt, wenn er einen Sohn gezeugt, ein Reich erobert und einen Kaiser gekrönt hat. Maximilian könnte ein paar Städte daran erinnern, daß sie ihm Geld schulden für ihre Unabhängigkeit. Er tut nichts zu ihrem Schutz, sie brauchen ihn nicht im geringsten, aber er kassiert trotzdem.

Im geschäftlichen Alltag nennt man so etwas Erpressung.

Kurz: Wir befürworten eine neue Liga zur Vertreibung aller Barbaren aus Italien, aber nicht unter einem so verschlagenen Führer wie Alexander und nicht, um die französische Barbarei gegen die teutsche oder die spanische einzutauschen.

7/3/1497

Habe ein nettes Mädchen kennengelernt, Mona Marietta di Corsini.† Keine Schönheit, aber klug und sehr selbständig. Sie hat auch kein Geld und weiß alles über mich. Das erleichtert die Sache. Eine Frau, die meinen Ruf kennt und sich trotzdem mit mir verlobt, muß ein Engel sein. Nebenbei überraschte es mich, was für Gerüchte über mich in Umlauf sind. Nur von meinen Kontakten‡ wollte sie noch nichts gehört haben.

Bartolomea§ weinte vor Rührung und betet jetzt täglich drei Rosenkränze mehr, und Messer Bernardo ist im Prinzip einverstanden. Natürlich kann er mir nichts geben. Er meint aber, ich

* Deutscher Kaiser.

† Man heiratete 1503 und hatte fünf Söhne und eine Tochter.

‡ Als „Kontakte" bezeichnete man homosexuelle Beziehungen.

§ Machias Mutter.

könnte nach SA* ziehen und das Gütchen übernehmen. Der Gute. Bevor ich aufs Land ziehe, nehme ich mir einen Strick, stelle die Füße in warmes Wasser und schneide mir die Schlagader auf.

Ich brauche die Freunde, Gespräche, Theater, verrufene Gaststätten, Künstler, Straßen voller Menschen, rauschende Feste, politische Intrigen, schöne Frauen, hübsche Kerle. Auf dem Dorf würde ich mich zu Tode langweilen.

Obwohl es nicht dumm wäre, eine Weile nach SA zu gehen. Seit Anfang des Jahres hat es vierzig Urteile wegen Sodomie gegeben. Wer Geld braucht, denunziert seinen Nachbarn, denn ein Viertel des Vermögens geht an den Denunzianten. Es gibt fünf neue Behörden. Sie nennen es nur noch *das unaussprechliche Laster.*

O, tempora, o mores!

11/2/1498

Der Mönch predigt wieder, wenn auch nur in einer kleinen Kirche. Offenbar will er seinen Anhang auf die Probe stellen. Ich wette, Fastnachtsonntag steht er wieder auf der Kanzel von San Marco. Keine Signoria kann es wagen, ihn wirklich an Alexander auszuliefern.

18/2/1498

Verärgert über Adriani. Er riet mir, mich um den Posten des ersten Sekretärs der zweiten Staatskanzlei zu bewerben. Er meinte, die Achtzig wollten vorsichtig auf Distanz gehen und suchten einen Mann, der weder zur Opposition gehört noch zu den *Winselern.* Entweder er war schlecht informiert, oder er wollte rausfinden, ob der Frate noch die Mehrheit hat im Rat der Achtzig. Wie stehe ich jetzt da? Es geht mir weniger um den Augenblick. Er versuchte, mich zu trösten: „Beruhige dich. Bevor der Weizen golden steht, ist der Mönch ein Häufchen Asche."

* Sant'Andrea.

Ich bleibe skeptisch. Nachher heißt es: „Der ist doch schon mal durchgefallen."

18/3/1498

Der Prior* ist wirklich zu dumm. Die Signoria sitzt in der Klemme. Eine falsche Bewegung, und sie hat die Revolution am Hals. Gestern hat sie dem Mönch das Predigen verboten, um den Papst zu besänftigen. Ihn nach Rom auszuliefern wäre innenpolitisch noch gefährlicher.

Daß sein Anhang bröckelt, wundert mich nicht. Der Mönch hat seine Schuldigkeit getan. Der Übergang vom feudalen Regime der Medici zur republikanischen Ordnung ist geschafft. Nun fallen die Nachteile seiner Tyrannei stärker ins Auge. Die letzten drei Jahre waren einer kultivierten Nation unwürdig.

Natürlich, wer keine Klassiker lesen mag, wer kein Geld für Schminkzeug, Parfum und Kleider hat, wer nicht tanzen kann und kein Vergnügen hat an der Liebe, wird keinen Mangel empfinden, wenn man ihm diese Dinge verbietet. Alle anderen merken seit ein paar Wochen, wie sie gelitten haben unter den Kinderbanden des Frate, den Scheiterhaufen der Eitelkeiten, den zahllosen Verboten und dem ständigen Gewinsel.

Zeitweise waren bis zu sechstausend Kinder unterwegs, straff gegliedert, mit polizeilichen Befugnissen ausgestattet, um jeden anzuspucken, der eine hübsche Weste trug. Ihre eigenen Eltern haben sie denunziert. Überall haben sie gebettelt, und wer nichts gab, wurde als Sünder verhöhnt. Überall standen sie mit ihren Putzeimern, um von den Hauswänden die Spottverse gegen ihren Propheten ab zu waschen.

Nie war das Leben so eintönig und triste wie seit der Vertreibung der Medici, und das in dieser Stadt, die so gerne feiert. Singen verboten, tanzen verboten, trinken verboten, essen verboten, Beischlaf verboten, sogar der Karneval war verboten.

Natürlich waren die Orgien in den Villen am Stadtrand um

* Savonarola war Prior des Klosters San Marco in Florenz. Die meisten nannten ihn *il frate* oder *der Mönch.*

so erfreulicher. Oben in San Gaggio zum Beispiel, an der Via Cassia, in der Villa, die Cosimo für den Botschafter des Kaisers von Byzanz bauen ließ, wo es geheime Räume gab, falls die Sittenpolizei doch mal anklopfen sollte. Ich entsinne mich an eine Alemannin – meisterhaft.

Nun hat dem Mönch das letzte Stündlein geschlagen, und ich darf die Ermittlungen führen, genau gesagt, seine heutige Predigt beobachten – was sagt er, was meint er damit, wie sagt er es, wie reagieren seine Zuhörer, wie ist sein Auftritt juristisch und politisch zu werten et cetera.

Mein Auftraggeber ist Ricciardo,[*] aber er wird kaum auf eigene Faust arbeiten. Adriani, den ich fragte, ob ich den Auftrag annehmen könne (und ich habe ihn noch immer in Verdacht, daß er die Sache eingefädelt hat), vermutet, daß der Prior schon bald vor Gericht stehen wird, und da käme ein fundiertes päpstliches Breve[†] wohl recht. Wer könnte besser beurteilen, ob Savonarola ein Ketzer ist, als der Papst?

Ich wette: In zwei Monaten ist der Mönch ein toter Mann.

25/3/1498

Mein Bericht hat in Rom eingeschlagen wie eine mit Pulver gefüllte Kanonenkugel. Ricciardo hat nach Florenz berichtet, daß Alexander gedroht habe, alle florentinischen Kaufleute verhaften zu lassen, wenn der Mönch noch ein Mal predigt. Er selbst will mit einer Armee gegen die Stadt ziehen, um Piero wieder einzusetzen.

Die beste Idee hatten die Franziskaner. Sie bezweifeln, daß der Prior ein wahrer Prophet ist, und schlagen ein Gottesurteil vor. Für die Dominikaner soll Mariano Ughi durchs Feuer gehen, für die Franziskaner Domenico da Pescia. Verbrennen beide, wäre der Frate widerlegt. Verbrennt nur der Franziskaner, wäre Savonarola ein wahrer Prophet.

Der Vorschlag wurde in der Bevölkerung begeistert ange-

* Ricciardo Becchi, florentinischer Botschafter beim Heiligen Stuhl.

† Erlaß in minder wichtigen Fragen.

nommen und von der Signoria so beschlossen, als ob die Möglichkeit besteht, daß der Mönch wirklich ein Bote Gottes ist.

7/4/1998

Seit dem Einzug Karls VIII. sah man nicht so viele Menschen auf den Straßen. Valori bot uns Plätze vor dem Palast an, aber wir dürfen uns jetzt nicht exponieren. Wir nahmen deshalb zu dritt ein kleines Fenster im Boudoir einer Dame, die bei Adriani Philosophie studiert.

Ich bin froh, daß wir die Feuerstelle von oben gesehen haben. Wer sie von der Seite sieht, verpaßt das beste. Der Weg, den die zwei Gottesmänner zu passieren hatten, war etwa sechzig Schritt lang und einen Schritt breit. Links und rechts waren Holzklötze aufgeschichtet, davor Reisigbündel, getränkt mit Öl, Branntwein und allerlei Harz. Man hatte praktisch zwei lange Scheiterwände gebaut, je fünfzig Schritt lang, vier Schritt hoch und vier Schritt dick und das ganze auf einem Gerüst, etwa vier Schritt hoch. Im Grunde eine todsichere Sache, denn vermutlich ist es einfacher, durch den Arno zu schwimmen, ohne sich naß zu machen, als durch diesen Feuerweg zu gehen und nicht zu verbrennen.

Das war vermutlich der Grund, weshalb das Spektakel verschoben wurde. Die Franziskaner hatten Angst, der Mönch könnte doch übernatürliche Kräfte besitzen, und die Dominikaner sahen ein, daß ihr Mann keine Chance hatte. Sie diskutierten deshalb eine Weile, ob man in Kleidern oder nur in Unterhose durch den Flammenwall gehen müsse. Der Dominikaner war bereit, sich auszuziehen, wollte aber eine Hostie mitnehmen, und die Franziskaner hielten das für ein unzulässiges Hilfsmittel.

So gingen sie auseinander, ohne den Holzstoß zu entzünden, so daß der Schwarze Peter nun wieder bei der Signoria liegt.

9/4/1498

Wir saßen noch beim Colloquium, als jemand rief: „Sie stürmen das Kloster!“

Die Straße war voller Menschen, die meisten bewaffnet. Jemand sagte, die Signoria habe eintausend Dukaten auf den Frate gesetzt. Als wir zum Palast der Valori kamen, hieß es, die Menge habe ihn verschleppt und seine Frau erschlagen.

Auf dem Platz von S. Marco saßen die Leute vor den Wirtshäusern und schauten zu, wie die Gens d'Armen das Kloster angriffen, jedoch nicht einmal das Tor aufkriegten, da die Mönche Widerstand leisteten. Sie hatten das Dach aufgedeckt, schossen mit Pfeil und Bogen, warfen Steine, hatten Armbrüste, sogar ein paar Musketen, und jemand sagte, im Innenhof sei eine Kanone auf das Tor gerichtet.

Der Platz füllte sich rasch, und ein paar Unvorsichtige wurden verletzt. Mehrfach wurde der Kampf abgebrochen. Emissäre wurden vorgeschickt, mußten sich jedoch zurück ziehen – so dicht war der Steinhagel. Man war sich nicht sicher, ob Savonarola überhaupt im Kloster war.

Es war dunkel, als der Podestà den Befehl gab, das Tor in Brand zu stecken, aber es brannte schlecht, da die Mönche es von innen naß hielten. Gegen Mitternacht war das Tor so weit verkohlt, daß man es mit den Füßen eintreten konnte. Auf dem Platz brach lauter Jubel aus, als die Truppe den Sturmangriff begann, der aber rasch abbrach, als die ersten Gens d'Armen herauskamen. Sie waren übel zugerichtet und bluteten stark. Das Dach brannte jetzt lichterloh. Das Feuer tauchte die Umgebung in ein gespenstisches Licht, in dem die Schatten zuckten.

Es war fast Morgen, als sie endlich auch den Frate und seine zwei Stellvertreter heraus trugen.

22/5/1498

Das Tauziehen nimmt kein Ende. Erst stritten sie, wo der Mönch zu verhören sei – in Florenz oder in Rom. Dann weigerten sich die zuständigen Kommissionen, ihn zu verhören, denn sowohl die *Otto di Guardia** als auch die *Dieci di Libertà*† waren noch von den *Frateschi*‡ besetzt. Sie mußten also rechtswidrig entlassen und neu besetzt werden. So dann mußte ein Gericht gewählt werden, das nur aus seinen Gegnern bestand.

Als nächstes wurde er mit dem Seil gefoltert, und es ging hin und her. Nach jeder Folter widerrief er sein Geständnis. Als man sich mit ihm auf ein Protokoll geeinigt hatte, reichte dieses den Richtern nicht aus. Es mußten deshalb alle Gefangenen abermals gefoltert werden, und so hörte man von Mittag bis Abend in der halben Stadt die entsetzlichen Schreie.

Endlich stand das Todesurteil fest, doch nun stritt man sich, wer ihn verbrennen dürfe. Rucellai schlug vor, den Papst zu bitten, diese ehrenvolle Aufgabe der Signoria zu übertragen, aber Alexander fürchtete, die Signoria könnte den Mönch unter einem Vorwand davonkommen lassen. Alexander wollte zudem wissen, wer die Hintermänner des Priors im Vatikan seien, um auch diese verfolgen zu können.

Seit vorgestern nun wurde der Frate von zwei Kommissären Alexanders verhört, gefoltert und abermals verhört. Sein Geständnis mußte nämlich mit dem Urteil überein stimmen, das Alexander bereits vor zehn Tagen in einem *Breve* über ihn verhängt hat.

Hier in Kürze das Urteil, das die päpstlichen Abgesandten vorhin gefällt haben. Man hält den Mönch für schuldig der Ketzerei und Häresie und der Verbreitung falscher und verderblicher Reden. Er und seine zwei engsten Vertrauten werden degradiert, geschoren, gehängt und verbrannt. Alles was von ihnen und dem Scheiterhaufen übrig bleibt, jedes Knöchelchen, jedes Stück Holz, wird in den Arno geworfen, um den üblichen Handel mit den Resten zu verhindern.

Ich bin gespannt, ob das Urteil morgen vollstreckt wird.§

* Die achtköpfige Polizei- und Sicherheitsbehörde.

† Die zehnköpfige Behörde der *Freiheit,* zuständig für Landesverteidigung und Außenpolitik.

‡ Anhänger des *Frate* Savonarola.

§ Es wurde vollstreckt.

14/7/1498

Ich hab' mein Amt, juchhu! Es ist höher, als ich erwartet hatte. Es schien unglaublich, als der Antragsausschuß mich am achtundzwanzigsten Mai für das Amt des zweiten Staatssekretärs vorschlug, und Florenz stand Kopf, als der *Rat der Achtzig* mich (am fünfzehnten Juni) tatsächlich wählte.

Ausgerechnet ein gottloses Lästermaul, einen Sünder wie mich auf der zweithöchsten Beamtenstelle der ersten echten Republik Florenz – eine derart schroffe Abkehr von den bisherigen moralischen Prinzipien war bis dato nicht denkbar. Es war, als wollten die Ratsherren sagen: „In Zukunft wird in Florenz Politik nicht mehr mit der Bibel oder dem Geldbeutel, sondern mit dem Kopf gemacht."

Die Bestätigung meiner Wahl durch den großen Rat vier Tage später war Formsache.

Daß Adriani zum Sekretär der ersten Kanzlei gewählt wurde, ist dagegen weniger überraschend. Er war immer ein geschickter Diplomat und Taktierer, saß daheim über seinen Büchern, wenn wir durch die Kaschemmen zogen und unsere Späße machten – ein echter italienischer Philosophieprofessor, distinguiert, angesehen, mit Schülern aus den besten Familien und geschätzter Gast in allen Salons, Damenkränzchen und Herrenrunden. Adriani redet nicht. Seine Worte perlen von seinen Lippen.

Ich bin sicher, daß wir miteinander auskommen werden, denn das Repräsentieren liegt mir nicht, und daß er dreihundert und dreißig kleine Florin erhält, ich jedoch nur einhundert und zwei und neunzig, ist in mancher Hinsicht recht und billig. Er ist der Ältere, genießt hohes Ansehen, und ohne ihn wäre ich vielleicht Amtsschreiber geworden, nicht mehr.

Meine engsten Untergebenen durfte ich selber nominieren. Ich entschied mich für Vespucci, di Romolo und meinen alten Freund Buonaccorsi.

Doch die größte Überraschung kommt noch. Adriani zog mich gestern beiseite und lud mich zum Essen ein. Dort erklärte er mir, daß die Signoria ihm angeboten hätte, auch das Sekretatiat der *Zehn der Freiheit* zu übernehmen, er das Angebot jedoch abgelehnt und statt dessen mich vorgeschlagen habe.

Das heißt, seit heute bin ich praktisch der höchste Beamte der Republik, denn die *Zehn* kontrollieren beide Kanzleien, so daß Adriani nur noch dem Rang nach vor mir geht, in der Praxis jedoch von mir kontrolliert wird, und da ich als Sekretär der *Zehn* noch einmal zweihundert kleine Florin bekommen sollte, verdiene ich mehr als er – vorausgesetzt, daß die Gehälter gezahlt werden, was nicht immer der Fall sein soll, wie ich hörte.

So viel für heute und, wenn Fortuna mir gewogen ist, die nächsten vierzig Jahre. Ich bin gespannt, was sich politisch durchsetzen läßt gegen die *Zehn,* die *Signoria,* die *Achtzig,* den *großen Rat* und wie die zahllosen Ausschüsse, Kommissionen und Räte der Republik alle heißen, mit denen ich zu tun haben werde – denn an sich kann ein Staatssekretär allen diesen Instanzen nur vortragen, Entscheidungen nahelegen und diese ausführen. Für jeden Pferdeapfel brauche ich eine Unterschrift.

Andererseits kann darin auch eine Stärke liegen. Die Gonfalonieri, Prioren, Räte, Sonderbeauftragten, Botschafter kommen und gehen. Ihre Amtszeit beträgt zwei Monate, dann ist Schluß. Der Sekretär hingegen, der sie berät, ihnen zuarbeitet und ihre Aufträge ausführt, hat lebenslänglich.

An die Arbeit, Herr Staatssekretär. Als erstes werde ich mir einen schönen großen Schreibtisch bestellen, eine Amtsglocke organisieren und eine ordentliche Amtstracht nähen lassen. Heute abend feiern wir bei Madame Sandra.

* * * * *

4/9/1512

Prato liegt in Schutt und Asche, gefallen unter dem Ansturm von zweihundert schwerbewaffneten Soldaten, fünftausend Infanteristen und zwei Kanonen. Ganz Toskana verhüllt sein Antlitz über das Massaker von Prato. Die Frauen vergewaltigt, auch die Nonnen, die Kinder abgestochen, die Männer aufgeschlitzt. An die viertausend Bürger. Dazu meine schöne Miliz, die Blüte der Nation, der Stolz der Republik, abgeschlachtet von Ramon de Cardona und seiner Soldateska.

Kardinal Giovanni de'Medici,* der Sohn Lorenzos, ritt durch die Straßen von Prato und forderte die Spanier auf, nicht nachzulassen mit ihrem Gemetzel, um den Bürgern von Florenz zu beweisen, was ihnen blüht, wenn sie ihn nicht hereinlassen.

Nach Rom schrieb er: „Die Plünderung verläuft nicht ohne einige Grausamkeit des Tötens. Ich empfinde darüber Mißvergnügen. Aber Prato hat auch seine guten Seiten. Es wird anderen zum schrecklichen Beispiel dienen."

Das ist der Untergang des Abendlands: ein Florentiner, der Florentiner meucheln läßt von ausländischen Barbaren, um wieder an die Macht zu kommen.

Die Republik ist am Ende, Soderini† geflüchtet nach Siena. Die Medici sind wieder in der Stadt. Zum ersten Mal seit achtzehn Jahren.‡

Was aus mir wird, weiß ich nicht, da keiner genau weiß, was die Medici wollen. Der Kardinal hat seinen Bruder vorgeschickt. Was sein Haus wünsche, fragte ihn einer der Signoren. „Nichts fordern wir", antwortete Giuliano leise, „außer Bürgschaften für unsere Freiheit und Pfänder für unsere Gleichberechtigung."

Der Kardinal weiß: Je weniger er fordert, desto mehr wird ihm gewährt werden für sein Haus. Die Spatzen pfeifen von den Dächern, was das sein wird. Sie erhalten zurück, was sie vor achtzehn Jahren zurück lassen mußten, der große Rat wird aufgelöst, die Verfassung wird so wieder hergestellt, wie sie unter seinem Großvater zuletzt bestand. Die alte medizeische Diktatur.

Ich kann mir nicht vorstellen, daß sie auf meine Dienste verzichten wollen, nach allem, was ich für Florenz und Toskana getan habe. Habe deshalb erst einmal an Pieros Witwe geschrieben und ihr die Ereignisse der letzten Tage ausführlich

* Der spätere Papst Leo X.

† Piero Soderini, Patrizier, Volksparteiler, seit 1503 Gonfaloniere auf Lebenszeit.

‡ Piero war inzwischen ertrunken. Die Heimkehrer waren sein unmündiger Sohn Lorenzo und seine Brüder Giovanni und Giuliano. Eine gewisse Rolle spielte auch Pieros Cousin Giulio.

dargestellt. Sie muß ihren Schwägern und ihrem Sohn sagen, daß ich bereit bin zu dienen.

Auch Kardinal Giovanni habe ich gleich in einem ausführlichen Schreiben vorgestellt, wie meines Wissens der Übergang zum neuen Staat zu bewerkstelligen sei. Der Himmel weiß, daß ich nie für eine bestimmte Staatsform oder ein bestimmtes Herrscherhaus, sondern stets nur für Florenz gekämpft habe. Kein politisch denkender Mensch wird bezweifeln, daß Toskana nur im Bündnis mit der heiligen Liga, Spanien und Papst seine Eigenständigkeit bewahren kann.

Die Popolanen haben abgewirtschaftet, und nur ein erfahrenes Haus, das Ansehen genießt in ganz Europa, kann Florenz den verlorenen Glanz zurückerstatten, aber es muß auch berücksichtigen, daß das Volk mehrheitlich zu den Popolanen neigt und in den Schlüsselstellungen noch immer die alten *Frateschi* sitzen.

Jetzt heißt es abwarten und warmes Bier trinken. Ich habe so oft gewartet. Ich werde es auch diesmal aushalten.

Sant'Andrea in Percussina.

23/11/1513

Ich wohne auf dem Land und bin seit meiner Entlassung aus dem Gefängnis nicht zwanzig Tage in Florenz gewesen. Mein Tageslauf ist sterbenslangweilig, und würde ich lieber eine Stelle als Hauslehrer oder Bibliothekar bei meinem Freund Ricci annehmen, als noch drei Tage in diesem eintönigen Kaff zu verbringen.

Mona Marietta dagegen wirkt recht zufrieden. Den ganzen Tag ist sie zu Gange in Haus und Garten, instruiert die Bauern, erzieht die Kinder, kocht, putzt und flickt, geht zu Bett, sobald die Hühner auf der Stange sitzen, und verabsäumt zu allem Überfluß ihre ehelichen Pflichten mit der Begründung, sie sei müde.

Den *Albergaccio* habe ich verpachtet an einen Wirt aus San Casciano, damit sie diese Mühe nicht auch noch hat.

Was meine Verbannung betrifft, grenzt ihr Verhalten an

Hohn. Einmal die Woche schaut sie mich prüfend an, versetzt meinen Wein mit reichlich Quellwasser, seufzt ein wenig und spricht unverfänglich:

„Ach, es hat doch auch sein Gutes, daß Ihr nicht mehr ins Amt müßt. Die Landluft tut Euch gut, und Ihr könnt in Ruhe Euren Gedanken nach hängen. Wir haben, was wir brauchen, und Geld allein macht nicht glücklich. Ihr müßt nicht mehr durch halb Europa reiten, Euer Leben riskieren, und es dankt Euch niemand. Tragt Euer Los mit Fassung und schreibt Euer Werk, das ist mehr wert als alle Politik und wird Euch größeren Ruhm eintragen als je ein Amt. Denkt an Dante. Was er tat, als er ein Gonfaloniere war, weiß keiner, doch sein Werk hat die Jahrhunderte überdauert. *Vita brevis, ars longa.*"

Sie ist eine gute Frau, aber es sind diese Weibersprüche, vor denen ich fliehen möchte. Was sie denkt, kann ich erraten:

„Ich bin froh, mein lieber Gatte, daß sie dich gefeuert und in dieser Wüstenei zu versauern gezwungen haben. Auf die Weise kannst du dich nicht mehr in den Bordellen und Kaschemmen rumtreiben mit Deinen Kumpanen, und das wenige, was wir haben, beim Glückspielen durchbringen. An den großen Höfen in der Fremde hast du auf deinen Reisen nur gepraßt, gezecht und der Unzucht gehuldigt. Wie kann es sein, daß überall Krieg ist, wenn du wirklich ein so großer und erfolgreicher Diplomat warst, wie du behauptest?"

Sie hat ja Recht, wenn gleich nur zur Hälfte. Die Politik und das Militär haben mir nur Verdruß gebracht. Die Frauen und die Liebe nur Glück.

Doch nun, ach, mein Leben verdient kaum diesen Namen! Vor der Sonne stehe ich auf, taste mich die dunkle Stiege hinab zum Brunnen, wische mir den Nachtschweiß aus dem verdruckten Gesicht, trinke dazu einen Krug frisches Brunnenwasser und eile dann, um meine Glieder zu lockern, die steif vom nächtlichen Sitzen, in ein Gehölz, wo ich den Vogelstimmen lausche, Fuchs und Hase beluge oder auch nur den Holzhauern zuschaue, die immer Neckereien haben, entweder untereinander oder mit den Nachbarn.

Über dieses Gehölz könnte ich eine Novelle schreiben – lehrt es mich doch, daß die Menschen nicht nur in der Politik insgesamt eigennützige Gauner sind. Ich habe, da ich nun ohne Amt bin, einen kleinen Holzhandel begonnen und seither einen Haufen unbezahlter Rechnungen, aber noch keinen Soldo eingenommen, denn da alle mich für einen generösen Weltmann halten, so glauben sie, sie könnten sich mit Ausreden aus der Affaire ziehen.

Der eine hat kein Geld, der zweite behauptet, er habe nur die halbe Ladung erhalten und verlangt eine neue Rechnung, und der dritte hat von mir noch etwas zu kriegen. So, als ich das sah, sagte ich den anderen, ich hätte kein Holz mehr. Das haben sie mir gewaltig übel genommen, und Battista hat es sogar unter die anderen Staatsunfälle des letzten Jahres gerechnet.

24/11/1513

Fortsetzung der Eintragung von gestern. Meine Entlassung am zehnten November letzten Jahres ist mir noch immer ein Rätsel, das mir bisher keiner erklärt hat. Nicht Adriani, den ersten Kanzler, haben sie entlassen oder auch nur degradiert, sondern mich, den zweiten, und einige, wie Vettori, haben sie sogar befördert.

Auch aus der Kanzlei der *Zehn* haben sie nur Buonaccorsi und mich gefeuert. Ihn, weil er mir alle Zeit ergeben war, und mich, weil ich mich zu viel in die Politik gemischt habe. Das meint jedenfalls Buonaccorsi, und ich weiß nicht, ob er Recht hat.

Er kommt treu und brav mit dem Esel einmal die Woche von Florenz herauf, bringt Nachrichten von meiner Liebsten, Neuigkeiten aus der Stadt und dem Amt, erzählt, was die Freunde treiben, wie der junge Lorenzo* sich macht, ob Widerstand sich regt oder alle zufrieden sind et cetera.

Zumeist schleppt er auch ein paar Bücher und alte Akten herbei, die ich für meine Studien benötige. Ich exzerpiere viel aus dem Titus Livius, in dem schon Messer Bernardo las, und gedenke all mein Wissen über den modernen Staat in Relation zu dem der antiken Römer zu setzen. Der Aktuarius der Signoria

* Pieros Erbe.

besorgt uns die Akten unter vielen Seufzern, als riskierte er seinen Hals.

Am meisten freuen mich die Grüße, deren mein lieber Biagio jedes Mal einen Sack voll mit bringt. Keiner, der nicht meine Verbannung beklagt und mir ausrichten läßt, wie sehr er an mich denke, und daß er tagaus, tagein im Rathhaus verbreite, daß man mich unbedingt zurückholen müsse ins Amt.

Über Knast und Seilfolter, die ich im März dieses Jahres erlitt, wollte ich mich nicht beklagen, wenn man mich nach meiner Rehabilitation wieder eingestellt hätte. Paolo* war so blöd, auf der Straße einen Zettel zu verlieren, und hätte ich an Giulianos† Stelle mich ebenfalls eingebuchtet, um aus mir heraus zu klopfen, ob ich mit der Verschwörung gegen ihn und sein Haus etwas zu tun hätte. An der Folter hatte ich diese Freude, daß ich sie so gleichmütig ertrug, daß ich mir selbst darum wohl will, und daß ich mich jetzt für tüchtiger halte, als ich mir früher zugetraut.

Im übrigen sah ich auch, wie Paolo und Agostino zum Richtblock geführt und enthauptet wurden, doch schlimmer als das waren die langen Gebete in der Nacht davor und das *ora pro nobis* während der Zeremonie. Peinlich ihre letzten Worte. Der eine rief: „Tod dem Tyrannen!" während der andere seine Unschuld beteuerte, was das gleiche ist. Paolos Kopf fiel mit dem ersten Hieb der breiten Axt. Für Agostinos dicken Hals mußte der Henker zweimal zuschlagen.

Ich empfand kein Mitleid mit ihnen. Wer eine Verschwörung so dilettantisch ins Werk setzt und andere mit hineinzieht, ist selber schuld an seiner Hinrichtung und verdient nicht den Ehrentitel eines Tyrannenmörders.

Auch meine Entlassung aus dem Gefängnis kam überraschend. Ich hatte längst schon mit meinem Ableben gerechnet, zumindest aber mit lebenslänglichem Kerker und Strafkolonie.

* Boscolo, einer der vier Verschwörer. Die anderen waren Agostino Capponi, Niccolò Valori und Giovanni Folchi aus alten adligen Popolanen-Familien. Aus welchem Grund Machiavellis Name auf dem Zettel stand, wurde nie geklärt.

† Kardinal Giovanni reiste bald nach dem Staatsstreich zurück nach Rom und übergab das Regime in Florenz seinem Bruder Giuliano.

Die Freunde meinten, Leo* habe bei seinem Amtsantritt wie üblich alle Politischen amnestiert, was immer ein Geschmäckle hat. Man mag sich der allerhöchsten Gnade nicht recht freuen, wenn auch die Feinde der Republik und des Volkes sie genießen dürfen.

Mir tat alles weh, als ich an den Tischen der Buchhändler vor den *Stinche* entlangstrich, aber dann saßen wir den Rest des Tages in Donna Sandras Loggia. Wir schauten den Feierlichkeiten des Medici=Papstes zu, und die Damen behandelten meine geschwollenen Schultern mit Kompressen und Salben. Später gingen wir durch die Menge und sahen amüsiert, wie die Lakaien der Medici die Münzen mit beiden Händen vom Balkon der Via Larga ins Volk warfen, und die großen Familien eiferten ihnen nach.

Ein unbeschreiblicher Jubel hatte das Volk erfaßt, als ob alle etwas davon hätten, wenn die Medici jetzt einen Papst haben. Dabei gab es wirklich nur die üblichen Braten, Torten, Kutteln und aus Vinci den schlechten Weißwein.

Nun sitze ich also in Sant'Andrea und hadere mit Fortuna. Dreimal schon habe ich an Vettori† geschrieben, er möge sich bei Kardinal Giulio‡ dafür einsetzen, daß ich ein kleines Amt kriege. Und sei es bei der Gilde der Roßhaarmatratzen=Macher, aber wann immer der Kardinal damit anfängt, wird er von seinem Vetter§ rüde abgekanzelt:

„Ich wünsche nicht, daß diese widerliche Spottdrossel jemals wieder ein Amt erhält, und sei es das des zweiten Clo=Putzers im Bargello."

Nach dem *Pranzo,* das ich mit der Familie einnehme, die sich schon wieder vermehren will – gebe der Unaussprechliche, daß es diesmal ein Mädchen werde, – gehe ich hinüber in den *Alber-*

* Giovanni de'Medici wurde am 11. März 1513 zum Papst gewählt, nachdem er zugesichert hatte, den Führer der Volkspartei, Piero Soderini, zu begnadigen.

† Florentinischer Botschafter bei Papst Leo X., Freund und Briefpartner Machiavellis.

‡ Ein unehelicher Sohn des von den Pazzi ermordeten Giuliano. Giulio schätzte Machiavelli.

§ Leo X.

gaccio. Dort sind gewöhnlich der Wirt, ein Fleischer, ein Müller und zwei Ziegelbrenner. Mit ihnen vertiefe ich mich den Rest des Tages ins Cricca=Spiel oder Trictrac. Es entstehen tausend Streiterein. Meistens wird nur um einen Quattrino gestritten, doch hört man uns bis San Casciano streiten.

Wenn der Abend kommt, gehe ich über die Straße in mein Schreibzimmer. An der Schwelle werfe ich die Bauerntracht ab, voll Schmutz und Kot, ich lege prächtige Hofgewänder an, und, angemessen gekleidet, begebe ich mich in die Säulenhallen der großen Alten. Freundlich von ihnen aufgenommen, nähre ich mich da mit der Speise, die allein die meinige ist.

Vier Stunden lang fühle ich keinen Kummer, vergesse alle Leiden, fürchte nicht die Armut, erschreckt mich nicht der Tod. Weil Dante sagt, es gebe keine Wissenschaft, ohne das Gehörte zu behalten, habe ich aufgeschrieben, was ich durch ihre Unterhaltung gelernt, und ein Werkchen *de principatibus* geschrieben, worin ich die Fragen über diesen Gegenstand ergründe, betrachtend, was ein Fürstentum ist, wie viele Gattungen es gibt, wie man sie erwirbt, wie man sie erhält, warum man sie verliert.

Einem Fürsten, besonders einem neuen Fürsten, dürfte die kleine Schrift willkommen sein. Deshalb widme ich sie der Durchlaucht Giulianos. Ich habe mit Filippo Casavecchia darüber gesprochen, ob es gut sei, mein Werkchen selbst zu überbringen oder durch Francesco.* Dafür, es selbst zu überbringen, spricht die schiere Notwendigkeit. Ich zehre mich auf, daß mich die Herren Medici zu verwenden beginnen, und sollten sie mich auch anfangs einen Fels wälzen lassen.

Ich meine, wenn meine Schrift von Giuliano gelesen würde, so müßte er sehen, daß ich die fünfzehn Jahre, welche ich mit dem Studium der Staatskunst zugebracht, weder verschlafen noch vertändelt habe, und jeder Regent sollte sich gerne eines solchen bedienen, der reich an Erfahrung ist.

An meiner Treue sollte man nicht zweifeln. Wer drei und vierzig Jahre lang treu und redlich gewesen, dürfte wohl seinen Cha-

* Vettori.

rakter nicht mehr ändern können, und Zeuge meiner Treue und Redlichkeit ist meine Armut.

17/3/1514

Leo hat seinen Bruder zum Generalkapitän* des Vatikans ernannt, so daß er nun Florenz endgültig verlassen mußte. Der Posten liegt ihm nicht, er ist ein friedliebender Mensch, aber was will er machen. Wozu braucht solch ein Mensch eine Schrift über die Fürstentümer? Wem widme ich jetzt mein kleines Werk? Lorenzo, der nur an der Strippe seines Onkels tanzt? Entsetzlich! Dieser Jüngling, der nett ist zu den Jünglingen seines Alters, nichts tut oder läßt, was beleidigt oder tadelnswert wäre, und sich so benimmt, daß man ihn eher liebt als fürchtet. Der in nichts den wirklichen Fürsten ähnelt, die ich beschrieben habe.

Alle Welt fragt mich um Rat. Man schreibt mir, und in den Nächten brüte ich über den Antworten. Was ich von Frankreich halte, von Mailand, Ferrara. Ob der Papst besser dies täte oder jenes, was der König von England wohl für Pläne hegt in Bezug auf Frankreich oder Spanien, ob es besser sei, sich mit Maximilian zu verbünden, und so weiter. Botschafter schickt man, die mir tausend Fragen vorlegen und so tun, als lebte ich auf dem Land zu meinem Vergnügen.

Nur Florenz, das meine Kraft wohl gebrauchen könnte, fragt mich nicht, weil ein verstockter Papst sich in den Kopf gesetzt hat, ich sei ein Feind seines Hauses.

So werde ich in meinem Elend bleiben, aber es ist unmöglich, daß es lange so bleibe, denn ich sehe, daß ich eines Tages gezwungen sein werde, mein Haus zu verlassen. Meine Familie werde ich hier lassen. Ich verursache ihr doch nur Kosten, da ich von meiner Gewohnheit, Geld auszugeben, nicht lassen kann.

De amore vestro erinnere ich mich, daß diejenigen von Gott Amor mißhandelt werden, die ihm die Flügel stutzen wollen. Er

* Kommandeur der vatikanischen Truppen.

reißt ihnen, weil er unstet ist, die Augen, die Leber und das Herz aus. Diejenigen aber, die seiner genießen und ihn willig aufnehmen, werden immer von ihm geehrt, geliebkost und triumphieren unter seiner Herrschaft!

3/8/1514

Nun wird alles gut. Seit einigen Wochen habe ich ein Abenteuer mit einem Wesen so artig, so zart, so edel durch Natur und Kunst, daß ich sie nicht so sehr loben noch lieben könnte, daß sie nicht mehr verdiente.

Ach, könnte ich den Ursprung dieser Liebe erzählen, mit welchen Netzen sie mich fing, wo sie sie spannte, man würde sehen, daß es goldene Netze waren, unter Blumen gespannt, so sanft und anmutig, daß, obgleich ein rohes Herz sie hätte zerreißen können, ich es nicht wollte, bis die zarten Fäden stark geworden und durch feste Knoten sich verbanden.

So kommt es, daß, wiewohl ich auf die Fünfzig zu gehe, weder die glühende Sonne mich verletzt, noch die rauhen Wege mich ermüden, noch dic Dunkelheit der Nächte mich erschreckt, wenn ich zu ihr eile. Eben scheint mir alles, und jedem ihrer Wünsche füge ich mich und fühle eine solche Wonne, sowohl durch den Anblick ihres selten reizenden Antlitzes als weil alle meine Leiden dem Gedächtnis entrückt.

Die Gedanken an die großen und ernsten Dinge habe ich daher aufgegeben. Es ergötzt mich nicht mehr die Geschichte der Alten noch die Unterhaltung über die Neueren. Alles ist in dieses süße Kosen verwandelt, wofür ich Venus danke und ganz Zypern.

23/4/1516

Gestern mit Vettori bei Lorenzo, um meinen *Fürsten* zu überreichen. Vettori hat dem jungen Schnösel, dem er als Botschafter dienen darf, das Werk in den höchsten Tönen gepriesen, und Lorenzo hatte angeblich den Wunsch, mich persönlich kennenzulernen. Ich war extra von Sant'Andrea angereist und hatte mir von Freund Buondelmonti viel Geld für einen neuen Anzug geliehen.

Wir warteten endlos im Vorzimmer, und je länger wir warteten, desto mulmiger wurde mir. Lorenzo hat, wie man weiß, sich erst kürzlich geweigert, das Herzogtum Urbino anzugreifen, weil er mit dem dortigen Herzog befreundet sei, und es auch abgelehnt, einen Staat zu gründen, der Toskana flankiert und die Macht seines Onkels bis zur Adria und nach Ferrara ausdehnen würde. Was soll ein Mensch, der so wenig Ehrgeiz hat, mit meinem *Opusculum* anfangen?

Es war fast Mittag, als wir endlich vorgelassen wurden. Der Audienzsaal bestand zur Hälfte aus Konfidenten des Erzbischofs,* und Lorenzo mußte deshalb vorsichtig sein. Im übrigen war er damit beschäftigt, sich ein paar neue Windhunde zeigen zu lassen.

„Durchlaucht", sagte Vettori mit klarer Stimme. „Messer Niccolò Machiavelli erlaubt sich, Euch seinen Essay über die Erziehung des christlichen Fürsten zu dedizieren."

„Tut er das?" rief der junge Schnösel maniriert und strich einem der Hunde übers Köpfchen. Die Höflinge kicherten, und Lorenzo bleckt die Zähne. Mit dieser Grimasse wendete er sich zu mir, und ich wußte nur eins: Die nächste Minute würde über meine Zukunft entscheiden. Entweder zurück in die Einöde von Sant'Andrea oder endlich wieder in die Paläste der Schönen, Reichen und Mächtigen.

„Und er ist wirklich Schriftsteller geworden?" fragte Lorenzo mit hoher Stimme. „Und er hat uns ein Büchlein mit gebracht? So hatte seine Verbannung doch auch ihr Gutes."

Ich bewahrte Haltung und verbeugte mich gemessen, aber ich fürchte, die Spitzel sahen die Muskeln auf meinen Wangen vibrieren, und Vettori, der neben mir stand, konnte das Knirschen meiner Zähne hören.

„Nun, so leg' er es dort hin", sagte Lorenzo und gab dem Lakeien ein Zeichen, uns hinaus zu accompagnieren.

* Giulio de'Medici, der uneheliche Sohn des von den Pazzi ermordeten Giuliano.

„Wir werden später ein wenig darin blättern. Legt es dort auf das Tischlein."

Ich hatte nur einen Gedanken: Nichts wie raus. Aber erst daheim war ich in der Lage, meiner Wut freien Lauf zu lassen. Wer mich kennt, weiß, daß ich fluchen kann. An diesem Tag habe ich mich noch übertroffen. Gegen Mittag brachte ein Kurier sechs Flaschen Wein. Mit den besten Empfehlungen des Herzogs von Urbino, Lorenzo di Piero de'Medici. Wir tranken ihn trotzdem.

Florenz.
11/6/1518

Seit letztem Sommer verkehre ich in den *Orti Oricellari** des Cosimo Rucellai, wo sich einige junge Leute treffen, um über Dichtung, Philosophie, Geschichte und Politik zu diskutieren, und wo ich seit meiner Rückkehr fast jeden Donnerstag teilnehme. Sie stammen aus so angesehenen Familien wie den Alamanni, Diacceto, Nardi, Nerli, della Palla, Buondelmonti, Albizzi, Brucioli, allesamt hoch gebildet und sicher geeignet, die Elite einer neuen Republik zu bilden, wenn es noch einmal dazu kommen sollte.

Ich habe bisher einige Passagen aus meinem *Titus Livius, Die Mandragola, Die Kriegskunst,* meinen *Essay über unsere Sprache* und anderes vorgetragen und höchstes Lob geerntet.

Ich lehre die jungen Leute als erstes den Haß auf alle Tyrannen und zeige ihnen, daß das Gemeinwohl nur in den Republiken Beachtung findet.

Republiken, sage ich, in denen das Volk der Souverän ist, sind den Fürstentümern und Königreichen vorzuziehen, weil das Volk weiser und beständiger als die Alleinherrscher ist, denn die Herrscher verlieren rasch ihr Leben, und ihre Häuser sterben aus, und die Völker aber leben dreihundert Jahre oder mehr, und ich sage dies, obwohl ich weiß, wie sehr die Freiheit auch in einer Volksherrschaft in Gefahr sein kann, dann nämlich, wenn

* Die Gärten der Familie Rucellai an der heutigen Via della Scala hinter der Sparkasse.

mächtige Einzelne ihre eigenen Interessen durchzusetzen versuchen und die Versammlungen in ihrem Sinne beeinflussen.

Da sie alle jünger sind als ich und noch keine Erfahrung haben, hören sie mir mit Begeisterung zu, wie ich über den Staat und das Militärwesen der Römer spreche und ihnen den Widerspruch zwischen der Größe der Alten und der Erbärmlichkeit der Moderne zeige.

Sie nennen mich respektvoll mit meinem einstigen Titel *Herr Sekretär,* und ich danke es ihnen, daß sie mir erlauben, ihr Lehrer zu sein, und hoffe, daß sie selbst ein Mal in der Lage sein werden, die mir verwehrt wurde, große Dinge zu bewirken.

Ich unterrichte sie gerne, denn es ist die Pflicht eines rechtschaffenen Mannes, das Gute, das er wegen der Ungunst der Zeiten und des Schicksals nicht selbst ausführen konnte, andere zu lehren, damit viele dazu fähig werden und es vielleicht einer davon, den der Himmel mehr begünstigt, verwirklichen kann.

Mit der Freiheit, sage ich, verhält es sich wie mit der Gesundheit. So lange wir sie besitzen, schätzen wir sie nicht, und erst wenn wir sie verloren haben, weinen wir ihr bittere Tränen nach. So sage ich, reicht es nicht aus, den Tyrannen zu stürzen. Man muß auch Vorsorge tragen, daß nach seinem Sturz kein neuer entsteht.

Mein Geld verdiene ich mit Kommissionen, die meine neuen Freunde mir vermitteln, und habe wieder angefangen zu reisen. Im März, April war ich in Genua für einige Handelshäuser, und wie es scheint, ist Fortuna es endlich leid, mir immer nur ihr strenges Gesicht zu zeigen. Mit Kaufleuten über Konkursfragen und Kontrakte zu verhandeln bereitet mir zwar keine sonderliche Befriedigung wie das Konferieren mit Königen, Fürsten und Staatsmännern über Krieg und Frieden, Kontributionen und Allianzen, aber es ist besser, als daheim sitzen und klagen, und immer nur studieren und schreiben ist nicht mein Sach.

In hohem Alter die Demütigung zu ertragen, Aufträge anzunehmen, die mein Wissen, Können und meine Eigenliebe beleidigen, habe ich endlich gelernt, und öffnen mir viele die Tür auch nur einen Spaltbreit und nehmen mich auf mit einem schiefen Lächeln, so ist es alle Male besser, als in die Melancholie zu verfallen, die halb Florenz erfaßt hat, weil sich nichts mehr bewegt.

Die Stadt wird nicht regiert. Nicht unterdrückt sind wir, doch auch nicht frei, und eine untätige Regierung kann sich eines Tages als schlimmer erweisen als eine tätige Tyrannei.

14/5/1519

Lorenzo di Piero ist endlich tot. Er krepierte vor zehn Tagen jämmerlich an der Franzosenkrankheit, sechs Tage nach seiner Frau Madelaine de la Tour d'Auvergne, die vierzehn Tage nach der Geburt ihrer ersten Tochter, Katharina, verstarb und mit ihm weniger als ein Jahr verheiratet war.

Auf dem Markt herrscht eine Stimmung zwischen Hoffen und Bangen. Der jüngere Stamm des Hauses blüht und trägt reiche Früchte, und der Stamm des alten Cosimo ist am Aussterben. Ein paar Kaufleute träumen schon wieder von der Republik, doch den meisten sitzt der Schock von Prato noch in den Knochen. So lange ein Medici Papst ist, ist mit Florenz kein neuer Staat zu machen.

Leo hat seinen Cousin Giulio* geschickt, fürs erste. Lorenzos Erbin Katharina ist zwei Monate alt und Giulianos Bastard Ippolito acht Jahre. Der Kardinal hat sofort die Führer der Popolanen in die Via Larga geladen. Ein kluger Schachzug. Die meisten sind recht angetan. Ein Bankier sagte mir: „Er ist großzügiger und kultivierter als die meisten anderen Kirchenmänner." Ein anderer: „Er plant, die Staatsausgaben und die Steuern zu senken. Wenn er das schafft, könnte er Erfolg haben." Noch ein anderer: „Er gibt sich bescheiden, lebt einfach und hört sich die Meinung wichtiger Bürger an. Das ist schon mal was."

Man hört aber auch besonnene Stimmen: Der Kardinal sei

* Giulio de'Medici, der uneheliche Sohn des von den Pazzi ermordeten Giuliano, war bereits Kardinal, enger Berater seines Vaters, Papst Leo X., und Erzbischof von Florenz.

nur gekommen, um für seinen eigenen Sohn* das Terrain zu bereiten. Er warte nur auf den Tod seines Vetters, um selber Papst zu werden und dann sei Florenz wieder ohne Führung. Er wolle die Republik auch formell abschaffen und Toskana in ein Herzogtum verwandeln, um die ständigen Staats=Streiche zu beenden et cetera.

7/9/1519

Überraschende Wende: Kardinal Giulio fordert mich durch einen Mittelsmann auf, eine Denkschrift über die Reform des Staates von Florenz zu verfassen, um sie seinem Vetter, Papst Leo, vorzulegen. Der Hintergrund ist vermutlich, daß beide beunruhigt sind über die Zukunft des Hauses Medici in Florenz und fürchten, daß eine gewaltsame Änderung des Staates eintreten könnte.

Natürlich kann ich keine völlige Rückkehr zur Republik und Abdankung des Hauses M empfehlen. Andererseits muß gerade einem aufgeklärten Potentaten klar sein, daß es schwer ist, eine Stadt wie Florenz mit zwei minderjährigen Bastarden und einem weiblichen Säugling zu repräsentieren, und daß das Haus Medici in ständiger Gefahr schwebt, wenn es sich nicht entschließt, den Saal der Fünfhundert wieder zu öffnen, den Großen Rat zu erneuern und die anderen Familien der Oligarchie an der Vergabe der Ämter zu beteiligen.

21/2/1520

Großer Erfolg mit der *Mandragola.* Man hat einen Garten vor dem Tor von San Frediano in ein Theater verwandelt, das allen offen steht – nicht nur den edlen Privatleuten und Patriziern,

* Alessandro, geboren 1511, wurde 1531 erster erblicher Herzog von Toskana und 1537 von *Lorenzaccio* aus der jüngeren Medici=Linie ermordet, angeblich wegen einer Weibergeschichte. Er war jedoch mit einem Tuch bedeckt, an dem ein Zettel hing mit der Aufschrift: „Möge die Vaterlandsliebe die Ruhmessucht besiegen."

sondern auch dem Volk, – so recht geeignet für ein Stück nach dem Geschmack der Stadt, das die Sprache und Gewohnheiten ihrer Bewohner benutzt.

Schon soll das Stück auch in Rom und Neapel gespielt werden, in Venedig und anderen Ortes.

Mein Leben ist ganz verwandelt durch diesen Erfolg, den ich vor allem einer Frau verdanke, der halb Italien zu Füßen liegt und die nun mein alles ist. Sie spielt die Hauptrolle, singt die Canzonen zwischen den Szenen, die ich für sie geschrieben habe, und ist auch sonst der gute Stern auf allen meinen Wegen. Ihr Name ist Barbera Salutati, und wie wohl sie verheiratet ist, gibt es kaum einen Mann von Welt in Florenz, dem sie nicht ihre Gunst geschenkt hätte

Kurz: Ich bin glücklich. Mögen die Spießer sich die Mäuler verbiegen über den alten geilen Bock, der Frau und sechs Kinder sitzen läßt und einer schlechten Person nachläuft – ich weiß, was ich an ihr habe, und wie ich höre, war sie es auch, die mich den Rucellai empfahl und dafür sorgte, daß ich den Auftrag erhielt, dieses Stück zu schreiben, denn sie hatte schon ein Auge auf mich geworfen, bevor ich sie kannte.

Ein Wackerstein fällt mir vom Herzen. Wozu brauche ich jetzt noch ein Amt, wo ich einer Künstlerin am Herzen liege, der alle Türen offen stehen und die meinen Ruhm in ganz Italien verbreiten wird. Vielleicht werde ich ganz aufhören mit der Politik, die mir nur Verdruß gebracht hat, Kommödien schreiben, mit großen Rollen und feinen Canzonen für meine Barbera, und Novellen, frivoler und besser durchdacht, als die Massuccios und würdig eines Boccaccio.

Nur Mona Marietta zetert, was aber auch sein gutes hat. Ich werde aus eben diesem Gezeter ein zweites Stück basteln, mit einem alten Sack, den man aus dem Amt geworfen hat und der nun ein zweites Leben als erfolgreicher Autor beginnt. So habe ich Gelegenheit, eine schöne Karikatur auf die moderne Gesellschaft zu zeichnen, und auch die Ehefrau soll nicht fehlen, die dem Gatten die jungen Verehrerinnen und die berühmte Geliebte neidet.

29/4/1520

Es geht wirklich aufwärts: Battista* hat mit Leo über meine Lage gesprochen, wie vor ihm schon Strozzi, und alle sagen, daß der Papst mir neuerdings zugetan sei, meiner *Mandragola* wegen.

„Sagen Sie Kardinal Giulio, es ist an der Zeit, diesem Machiavelli etwas Gutes zu tun", habe Leo gesagt, „durch den Auftrag, etwas zu schreiben oder ähnliches."

Sollte ich mehr erreichen mit einer kleinen frivolen Kommödie und einer Sängerin als mit einem wissenschaftlichen Traktat, den ich erschaffen aus profunder Kenntnis der menschlichen Natur und des Wesens der Politik in tausend Nächten der mühsamen Arbeit, bei der ich mir fast die Augen verdorben und mich in tiefste Melancholie gestürzt?

Lucca
29/7/1520

Ich schreibe dies in Lucca, wo ich mich befinde im Auftrag des Kardinals Gulio und der Signoria. Nichts Großes. Ein gewisser Michele hat sich beim Spiel ruiniert, was nur deshalb eine Staatsaffaire ist, weil er beim Kardinal und in einigen Bankhäusern in der Kreide steht, und nun fürchten die Herrschaften um ihre Kredite.

Die Götter müssen verrückt sein. Die Welt steht Kopf, der Konflikt zwischen Frankreich und Habsburg eskaliert, Florenz und Rom sind in höchster Gefahr, doch der vielleicht mächtigste Kardinal unserer Tage schickt mich nicht an die Höfe und in die Metropolen, um das Schlimmste vielleicht noch abzuwenden, sondern in ein verschlafenes Provinznest, um ein paar Kröten einzutreiben.

Bisher habe ich sechzehn tausend acht hundert und vier und vierzig Dukaten gerettet – sicher nicht genug, um für mich ein bescheidenes Honorar herauszuschlagen.

* Ein Freund aus den Gärten.

Die Zeit vertreibe ich mir, in dem ich eine Novelle schreibe, die ich Zanobi und Luigi widme und in der ich das Wesen des modernen Menschen mit mehr Erfolg darstellen werde als im *Fürsten,* doch werde ich das meiste erfinden müssen.

Nicht der Wirklichkeit sei der Autor treu, sondern seinen Überzeugungen.

Ansonsten ist fast alles wie früher. Mona Marietta bittet mich durch Bernardo,* bald zurück zu kehren und ihr etwas schönes mit zu bringen. Ich verwahre wohl drei Dutzend solcher Nachrichten aus zwanzig Jahren von ihr. Bernardo aber schreibt, man habe wegen des schlechten Wetters die Ernte noch nicht eingebracht, jedoch den Wein mit Gewinn verkauft.

Post auch von Filippo. Daß Zanobi einen Sohn habe, schreibt er, und daß wir Söhne bräuchten für den Kampf gegen die Türken. „Denkt daran", schreibt er mir, „die Herren von Lucca daran zu erinnern, ordentlich zu vögeln, um Soldaten zu machen." Sie seien alle besorgt, der Mohamedaner wegen.

Der Ärmste. Es wird Zeit, daß ich zurück fahre und ihnen sage, welches die eigentlichen Türken sind – die Franzosen, die Teutschen und die Spanier.

Florenz
25/10/1520

Das Leben des Castruccio Castracani aus Lucca hat alle begeistert, die das Büchlein bisher gelesen haben, und ich kann mich vor Aufträgen kaum retten. Ich werde wohl alles ablehnen, zumal mir ein Angebot vorliegt, das mich weit mehr reizen könnte als die Buchhaltung der Colonna. Der Kardinal, dem die Freunde von meinem Castruccio erzählten, sagte mir:

„Wir alle sind der Meinung, daß Ihr Euch mit Eifer daran setzen müsst, eine Geschichte der Stadt Florenz zu schreiben, und ich wünsche das am allermeisten, denn ich spüre, welche Freude mir Eure Vorstellung der Geschichte bereitet."

* Sohn Machiavellis.

8/11/1520

Habe heute hundert kleine Florin auf die Geschichte der Stadt Florenz erhalten, und der Kardinal versicherte mir, er verlange nicht eine Verherrlichung seines Hauses, sondern eine wirklichkeitsgetreue Darstellung aller Begebenheiten und korrektes Abbild der wichtigsten Herrscher, einerlei ob diese aus dem Hause Medici stammten oder nicht.

Die Angelegenheit ist nichtsdestoweniger heikel, denn stelle ich einzelne Mitglieder der Familie freundlich dar, so mag man den Vorwurf machen, der Kardinal habe mir dies vorgeschrieben und die Geldmittel des *Studio fiorentino** verschleudert für eine Hagiographie.

Übergehe ich gewisse Begebenheiten, so wird es erst recht heißen, ich hätte sie ausgespart, um seinen Clan zu schonen. Schreibe ich jedoch alles, so wie die Akten es verzeichnen, so wird man mir wohl mein sauer verdientes Honorar vorenthalten, denn der genannte Betrag ist kaum halb so viel, wie ich einst als Kanzler bezogen habe, und schätze ich, daß die Arbeit an der *Geschichte* zwei oder drei Jahre dauern kann.

So habe ich schon beschlossen, mir nicht anzumaßen, eine Geschichte von Florenz zu schreiben, wie dies vor mir bedeutende Persönlichkeiten getan haben wie Leonardo Bruni und Poggio Bracciolini. Ich werde das Werk nennen *Florentinische Geschichten,* um schon im Titel anzudeuten, daß manches fehlt und ich nur einiges ausgewählt habe, und vor allem meinen Bericht enden mit Lorenzo *dem Prächtigen,* der als letzter aus dem Hause Medici eine gewisse Größe und Begabung hatte, wenn auch nicht fürs Geschäft, so doch für Politik und die schönen Künste.

* Von den Medici gegründete Vorform der späteren Universität, der Machiavelli auf Betreiben Giulios angehörte.

19/11/1523

Sie haben Giulio* tatsächlich gewählt. Ich freue mich, auch wenn er ungeeignet ist für das Amt. Ich glaube nicht, daß er im jetzigen Kampf zwischen dem Kaiser und Frankreich die richtigen Entscheidungen treffen wird. Für mich persönlich ist die Wahl hingegen ein Segen. Mit einem Papst als Gönner stehen mir alle Ämter offen. Wenigstens so lange Florenz nicht habsburgisch und nicht französisch ist.

26/2/1525

Nachrichten aus Pavia. Die habsburgischen Truppen unter Frundsberg und Pescara haben die Franzosen vernichtend geschlagen. Franz I. gefangen. Italien ist offen. Wer kann den Kaiser jetzt noch aufhalten?

Rom

6/6/1525

Bei Klemens unter dem Vorwand, ihm die ersten Bücher meiner *Florentinischen Geschichten* zu überreichen. Er gab mir hundert volle Dukaten aus seiner privaten Schatulle und ermunterte mich, mein Werk fortzusetzen. Ich sprach mit ihm über die militärische Lage, und er hörte mir aufmerksam zu.

Ich empfahl seiner Heiligkeit ein Bündnis aller italienischen Staaten, die Aufstellung einer italischen Miliz unter einem einheitlichen Kommando und die Vertreibung aller ausländischen Mächte.

Er schien gewogen, ließ mir auch ein Schreiben an Guicciardini ausfertigen, in dem er ihn anweist, mit mir zusammen alle notwendigen Schritte zur Wahrung der Freiheit einzuleiten.

Natürlich werde ich nach Modena reisen, auch wenn ich weiß, daß Francesco kein Freund einer Miliz ist, sie sogar fürchtet als

* Als Papst Klemens VII.

Gefahr für die Regierungen, und auch wenn wir uns einigen sollten, hätte Klemens längst eine neuerliche Kehrtwendung vollzogen.

Keiner will sein bißchen Unabhängigkeit aufgeben, und so werden sie alle in die Abhängigkeit von Habsburg geraten.

6/6/1525

Ein unnötiges Geschiebe. Um die Eigenständigkeit der Stadt zu betonen, hat Klemens befohlen, Alessandro[*] und Ippolito[†] als Vertreter des Hauses und designierte Oberhäupter in Florenz zu intallieren. Ihr Vormund ist Passerini[‡], der die Stadt bis zur Volljährigkeit der beiden regieren soll.

Eine dumme Entscheidung. Die Jünglinge sind eben vierzehn, und Passerini ist verhaßt aus der Zeit, als er Klemens zu vertreten hatte, der damals noch Giulio hieß. Es heißt, er sei habgierig und flegelhaft.

Die Regierung musste zustimmen, verlieh Alessandro sofort den Ehrentitel *Magnifico*[§] sowie Sitz und Stimme in der Signoria und im Rat der Siebzig. Inoffiziell aber herrscht Unmut. Die einen denken nur an sich, die anderen sehnen sich nach einem starken Oberhaupt, die dritten würden den Staat lieber in ein erbliches Herzogtum verwandeln.

Für beides kommt nach Lage der Dinge nur ein Medici in Frage. Den gibt es zwar, aber Klemens hat Angst vor ihm.[&]

* Ein Sohn des Papstes.

† Illegitimer Sohn Giulianos.

‡ Kardinal.

§ Der Prächtige.

& Der Kondottiere Giovanni delle Bande Nere, Sohn von Katharina Sforza und Giovanni aus der jüngeren Linie der Medici.

Venedig
10/8/1525

Francesco[*] schreibt mir: „Wir wandeln alle in *tenebris,*[†] aber die Hände auf den Rücken gebunden, um die Schläge nicht abwenden zu können.“ Seit der Schlacht von Pavia[‡] ist Italien in höchster Gefahr. Der Papst hat sich für Spanien entschieden, doch die Spatzen pfeifen es von den Dächern, wie wankelmütig er ist. Jemand müßte bei ihm sein und ihm sagen, wo es lang geht.

Statt dessen schickt man mich nach Venedig und mahnt mich jeden zweiten Tag, nicht so viel mit den Gelehrten zu plaudern. Drei junge Kaufleute sind in Ragusa den Sodomiten und Gaunern in die Hände gefallen, und nun soll ich vom Dogen eine Entschädigung fordern.

Im hiesigen Lotto habe ich zweitausend Dukaten gewonnen. Nach zehn Tagen erhielt ich einen Brief aus Florenz, ich hätte darauf so und so viele Steuer zu bezahlen, und im Hinblick auf mein langes Fernbleiben habe die Signoria beschlossen, mir keine Reisekosten zu erstatten.

Die Florentiner Herren sind mir nicht gewogen, so sehr der Papst mich auch fördern mag. Sie mißgönnen mir jeden Erfolg und würden mich am liebsten wieder nach Sant'Andrea verbannen.

Florenz
21/9/1525

Evviva! Das erste Mal in meinem Leben bin ich durchs *Squittinio*[§] gekommen und in einem Lederbeutel gelandet. Die einen sagen, ich hätte es der Barbera zu verdanken, die anderen mei-

* Guicciardini, päpstlicher Gouverneur in Modena. Freund und Briefpartner Machiavellis.

† In Dunkelheit.

‡ In Pavia siegte Karl V.; Franz I. von Frankreich geriet in Gefangenschaft und wurde nach Spanien gebracht.

§ Verfahren, bei dem eine besondere Kommission darüber entschied, wer als wählbar galt.

nen, Klemens selber habe seinen Leuten in der Stadt einen Wink gegeben. Sei es, wie es sei. Lachend scheide ich von der Literatur, von den Komödien, Schwänken und Scherzen und kehre zurück ins tätige Leben. Welche Erleichterung. Nicht mehr in die Geschichte wende ich den Blick, sondern nach vorne ins blutige Geschehen.

10/5/1526

Ich bin wieder wer. Zwar nicht Staatssekretär wie einst, aber der Titel klingt erhaben: Sekretär des Rates der Fünf der Umwallungsarbeiten. Wir werden uns sputen müssen. Es kann sich nur um Monate handeln.

29/5/1526

Jetzt gnade uns Gott! Klemens unterstützt Franz I., und wir müssen notgedrungen mitziehen. Auf unserer Seite sind zwar Mailand, Venedig, Genua und auch England, aber ich fürchte, gegen Spanien-Habsburg werden wir nichts ausrichten. Mailand ist bereits so gut wie tot.

Am meisten Sorgen bereitet mir die Befestigung von Florenz. Klemens hat verlangt, den ganzen Hügel von San Miniato in die Befestigung einzubeziehen. Der Wert seiner dortigen Grundstücke steigt dadurch um mindestens achtzigtausend Dukaten. Dafür ist an dieser Front die Verteidigung sehr erschwert.

Die Bürger sind nicht vernünftiger und schimpfen wie die Rohrspatzen. „Wie kann man nur eine Mauer vor den Häusern aufbauen und den Bewohnern die schöne Aussicht rauben! Die schönen alten Häuser und Türme abzureißen! Welch eine Kulturschande!“

Am meisten schimpfen die Frateschi: „Wenn wir wollen, daß Gott die Stadt vor der Zerstörung bewahrt, müssen wir beten. Wenn er uns nicht beschützt, helfen die besten Mauern nichts.“

8/6/1526

Schluß mit dem Buddeln. Die Signoria schickt mich an die Nordfront.

25/9/1526

Klemens ist unser Verderben. Er hat sich wie ein kleiner Bengel von einem Spanier namens Moncada gefangen nehmen lassen, ist aber wieder frei. Er zaudert, verzettelt unsere Kräfte. Er hat meine *Kriegskunst* drucken lassen, aber offensichtlich nicht gelesen. Sonst wüßte er, wie ich darüber denke: „Wer nicht alle seine Kräfte einsetzt, darf auch sein ganzes Glück nicht aufs Spiel setzen."

1/12/1526

Giovanni delle Bande Nere ist tot. Er war vielleicht der einzige Heerführer, der uns vor Karl V. hätte retten können. Es heißt, der Sanitäter sei ohnmächtig geworden, der die Kerze hielt, als sie Giovanni das Bein absägen mußten. Also habe der schwer Verletzte selber das Licht gehalten, so daß der Chirurg weiter sägen konnte, und blieb die ganze Zeit über bei vollem Bewußtsein.

Schon morgen reite ich wieder nach Norden.

Modena.
3/12/1526

Frundsbergs Landsknechte sind aus Teutschland gekommen. Das spanische Heer unter Moncada ist ihnen von Rom her entgegen gezogen. Wer jetzt noch hofft, die Teutschen für sich zu gewinnen, ist ein Narr. Teutschland und Spanien sind ein Herz und eine Seele. Die Vereinigung der beiden Heere steht unmittelbar bevor.

Der Herzog von Urbino hält sich für Fabius cunctator und greift immer noch nicht an.

Überall der gleiche Kleinmut, die gleiche gedrückte Stimmung, die gleiche Scheu vor der Schlacht. Ein Memmen=Krieg.

Irgendwo
2/4/1527

Rettet uns Gott? Die Truppen des Kaisers haben gemeutert. Sie frieren und haben Hunger. Die ewigen Verhandlungen ihrer Generäle mit den Mächten der Liga zerren an ihren Nerven. Sie sehen nur noch Blut und Gold und fragen, wann sie endlich plündern dürfen. Frundsberg hat der Schlag getroffen. Der Konnetabel von Bourbon* hat mit knapper Mühe seine Haut gerettet. Er wird jetzt von einem Soldatenrat kontrolliert, um zu vermeiden, daß er sich die Plünderung abkaufen lässt.

Unterdessen ruht ihr Vormarsch. Seit zwei Wochen schneit es im Appenin ohne Unterbrechung. Jetzt ein kräftiger Gegenstoß von allen Seiten könnte uns vielleicht noch retten.

In Rom und Florenz fragt man sich nur noch, wohin die blindwütige Masse der Feinde sich wälzen wird. In Rom sagen alle: „Wenn Florenz geplündert wird, sind wir gerettet." In Florenz beten sie in sämtlichen Kirchen: „Wenn sie bloß über Rom kämen!"

Florenz.
23/4/1527

Nun war ich fast drei Monate im Sattel. Von Nord nach Süd, von einem Feldlager ins andere. Zuletzt mit Guicciardini als unerkannte Nachhut des Konnetabel, um seinen Weg zu verfolgen. Er zieht, wie einst Borgia, über Umbrien nach Rom, weil er nicht weiß, ob es ihm gelingen wird, Florenz zu nehmen. In Orvieto machten wir kehrt.

Die Stadt ist erregt. Der Haß gegen Passerini† fast grenzenlos.

* Oberbefehlshaber der Truppen des Kaisers.

† Kardinal Passerini führte die Regierungsgeschäfte für die zwei unmündigen Medici-Bastarde.

Nur die päpstlichen Truppen des Herzogs von Urbino können ihn noch schützen.

Man ist allgemein der Ansicht, daß Klemens, der so versagt habe, nicht die Macht über Florenz behalten dürfe.

26/4/1527

Heute morgen wäre es fast zum Aufstand gekommen. Die Volksparteiler hatten den Palazzo della Signoria besetzt, und Passerini drohte, gewaltsam räumen zu lassen. Guicciardini und ich sind sofort zum Palast und haben die Besetzer mit Engels=Zungen überredet, freiwillig abzuziehen. Um ein Haar wäre die halbe Nobilität von eben den Truppen massakriert worden, die zu ihrem Schutz in der Stadt sind.

Fürs erste ist nichts weiter passiert. Nur der *David* hat bei dem Gerangel den Arm mit der Wurfschleuder verloren. Welch Zufall. Ausgerechnet jenes Symbol der republikanischen Freiheiten, das Piero Soderini aufstellen ließ, als er zum Gonfaloniere a vita gewählt wurde, kommt zu Schaden, als diese Freiheiten wieder hergestellt werden sollen.

Nun also: Zufrieden ist keiner. Der Kardinal wirft uns vor, das Blutbad verhindert zu haben, durch das die Stellung der Medici dauerhaft gesichert worden wäre. Die Aufständischen werfen uns vor, wir hätten die Medici gerettet.

11/5/1527

Rom wurde ohne Schwertstreich genommen. Seit fünf Tagen hallen die Fassaden wider vom Geschrei der kaiserlichen Banditen. Klemens sitzt mit seinen Kardinälen in der Falle der Engelsburg, wo der Kaiser ihn bald aushungern wird. Cellini hat, mehr zum Spaß, dem Konnetabel mit einer einzigen Kanonenkugel den Kopf weggeschossen, aber das macht die Katastrophe nicht besser.

Auf dem Markt waren alle wie versteinert. Ein Bankier ließ einen Brief seines römischen Filialleiters rumgehen. Er schreibt:

„Die Plünderer aller Länder sind über Meere und Täler gekommen, um die Hallen des irdischen Reichtums mit ihren Krallen auszurauben. Da werden die Kirchen zu Ställen, die Kardinäle und Barone zu Wasserträgern, und die Notare, Bankiers und Ordensgenerale dienen als Knechte in ihren Palästen. Da muß alles sterben, was auf den Gassen gefunden wird. Die feinsten Damen werden so unzart umschlungen, daß man sie schon die Reliquien des Sacco di Roma heißt. Die Soldaten kleiden sich in Priester=Gewänder, reiten in den Dom von Sankt Peter und lassen sich zu Päpsten krönen. Betrunkene Landsknechte schmücken Esel mit dem Ornat der Priester und zwingen die Bischöfe, den Tieren das Abendmahl zu geben. Überall Geschrei, Waffengetöse, Geheul von Weibern und Kindern, Knistern von Flammen, einstürzende Villen."

Jeder hat etwas zu berichten, jeder eine andere Nachricht, eine schlimmer als die andere, und besagen doch alle nur das eine: Was sterblich war am Glanze Roms, ging unter!

Wie es scheint, haben bisher nur ein paar große Bankhäuser von der Einnahme der Stadt profitiert: Sie kaufen den Landsknechten das Plündergut ab und zahlen in harter Währung.

Ich traf Guicciardini auf der Straße,* als ich heim kam. Wir wollen versuchen, Klemens zu retten, und reiten noch diese Nacht nach Civitavechia mit einer Nachricht des Kardinals für Andrea Doria.†

Civitavecchia.
20/5/1927

Die Stadt ist voller Flüchtlinge aus Rom, auch florentinische Kaufleute, die sich haben loskaufen können. Die Nachrichten aus der Stadt übertreffen jede Vorstellungskraft. Der Empfang beim Admiral war kurz. Er gebrauchte allerlei Ausreden und behauptete, er habe Befehl des französischen Königs, in Rom nicht einzugreifen.

Ich sitze in der Schenke und habe keine Kraft mehr. Eben

* Die beiden wohnten in derselben Straße, wenige Schritte voneinander entfernt.
† Admiral der französischen Marine.

kommt mein Diener. Er hat Nachrichten aus Florenz. Die Stadt hat gegen Medici zu den Waffen gegriffen und bereitet sich vor, den Spaniern entgegenzutreten, falls sie kommen. Kampflos wie Rom will Florenz sich nicht ergeben. Wir müssen sofort zurück nach Toskana.

Florenz.
27/5/1527

Florenz ist ausgelassen. Florenz feiert die republikanische Freiheit mit Reden und Gesängen. Der Kardinal ist mit seinen zwei Schützlingen nach Pisa geflohen. Er habe, soll Passerini gesagt haben, als der Aufstand losbrach, nichts gegen die Wiederherstellung der republikanischen Verfassung einzuwenden, wenn man ihm und den Medici freies Geleit gewähre. Andere berichten, Clarice Strozzi habe ihn aufgefordert, die Stadt zu verlassen: „Ihr habt kein Recht, Florenz zu regieren. Weder durch Geburt noch durch geistige Fähigkeiten."*

So oder so: Die Frateschi und Popolanen Soderinis sind auf den Straßen, als hätte es die letzten fünfzehn Jahre nicht gegeben. Zur Zeit werden alle Ämter überprüft. Ich rechne fest mit meiner Wahl zum Staatssekretär, sobald die Gremien zusammentreten, auch wenn mich bisher niemand gefragt hat.

9/6/1527

Die wichtigsten Entscheidungen sind gefallen. Der Staat steht im wesentlichen dort, wo er schon einmal stand – 1498, nach dem Tod Savonarolas. Die Acht der Wache und die Zehn der Freiheit und des Krieges sind wiederhergestellt. Morgen tagt erstmals wieder der Große Rat. Neuer Gonfaloniere wird Niccolò Capponi.

Die Republik, die jetzt entsteht, verdankt sich nicht zuletzt meiner Arbeit in den letzten zehn Jahren. Ihre größte Aufgabe

* Clarice Strozzi war eine Tochter Piero de'Medicis und strebte für ihren Mann die Herrschaft an.

ist die Wahrung der Unabhängigkeit gegen Kaiser und Papst. Ich bin bereit.

10/6/1527

Die letzten Wochen sind mir auf den Magen geschlagen. Es war zu viel. Vorhin waren Zanobi und Luigi da. Der Große Rat tagt noch, aber die Würfel sind gefallen. Sie haben einen gewissen Francesco Tarugi auf meinen einstigen Posten gewählt. Sie halten mich für einen Parteigänger der Medici und Gegner der Volksrepublik. Das nenne ich Ironie des Schicksals. Tarugi war bis vor zwei Jahren Sekretär des Rates der Acht auf Betreiben Passerinis, also selber ein Mediceer.

Ich liege im Bett. Ich habe alles geschrieben, was ich schreiben wollte. Ich habe alles erreicht, was ich erreichen konnte. Was wird jetzt aus mir? Vielleicht noch eine Komödie.

Ende
des sechsten
Buches.

Siebtes Buch

In Florenz.

NACHWORT.

Auch ich in Arkadien

Im Sommer 1664 wurden die Reisenden der Post von Bozen nach Trient in der Nähe der Salurner Klause, wo die steil aufragenden Berge das Tal der Etsch fast abschnüren und das italienische Sprachgebiet beginnt, Zeugen einer befremdlichen Szene.

Der plumpe, klapprige Karren hatte kaum auf dem Postplatz haltgemacht, als einer der Reisenden, ein junger Mann, sich in den Staub der Straße warf, die Arme ausbreitete, den Kopf in den blaßblauen Himmel reckte und rief:

„Auch ich in Arkadien!"

Um ihn herum das übliche Gewimmel des Gesindels, das immer herbeirannte, wenn eine Reisegesellschaft auftauchte – Bettler, Andenkenverkäufer, Gepäckträger, Dienstboten, Kupplerinnen, Schmuggler, Waschweiber, Flickschuster und Flickschneider, Quacksalber, Apotheker, Schreiber, Geldwechsler et cetera.

Auch der Wirt kam aus der Poststation gelaufen, einerseits, um dem Reisenden auf die Beine zu helfen, andererseits, um die Ankömmlinge in sein Etablissement zu komplimentieren, bevor die Schlepper der anderen Gastwirtschaften dies tun konnten.

Es war der sächsische Bürgerssohn Christian Weise, geboren 1642 in Zittau, der in Leipzig seinen Magister der Philosophie gemacht hatte, der hier den heiligen italienischen Boden küßte.

Die anderen Reisenden klettern vorsichtig aus der *Vettura,* tappen krumm und steifbeinig umher, recken sich, befühlen ihre zerschlagenen und schmerzenden Glieder, aber der seltsame Jüngling springt so behende heraus, als hätte er nicht sechs

Stunden lang in einem engen, ungefederten Gefährt auf einer ungepolsterten Holzbank verbracht, und ruft glückselig:

„Et in arcadia ego!“

Das Reisen zu jener Zeit war eine langwierige, mühselige Sache, und die Reisebeschreibungen, fachsprachlich *Itinerare* genannt, bilden ein eignes literarisches Genre, das ansatzweise noch in Goethes *Italienreise* erkennbar ist.

Schon die Reisedauer war eindrucksvoll. Von Augsburg bis Florenz brauchte man drei Wochen, wenn nichts dazwischenkam. Auch die regelmäßig befahrenen Postrouten waren streckenweise in einem betrüblichen Zustand. Manchmal müssen die Reisenden aussteigen, laufen, die *Carrozza* schieben oder auseinandernehmen und die Einzelteile über einen unpassierbaren Paß, eine Geröllhalde, einen vereisten Hang oder eine Furt tragen.

Man watet, wenn es geregnet hat, durch wadentiefen Schlamm und Morast, ist eingehüllt, wenn es nicht regnet, in eine Staubwolke, die von den Pferden aufgeworfen wird, wenn es regnet, wird man naß, weil der Karren zwar ein Dach, jedoch keine Seitenwände hat, Stechmücken plagen die schwitzenden Reisenden in der Sommerhitze, und im Winter ist die Kälte fast unerträglich.

Fast alle Reiseberichte des 16. und 17. Jahrhunderts ähneln sich, und die Reiserouten weichen auch dann kaum von den ausgetretenen Pfaden ab, wenn die Reisenden nicht die Post benutzten, die sowohl Pferde, Karren und Sänften mit zwei oder vier Trägern als auch Gepäckträger anbot.

Abenteuer waren dagegen selten. Mal ein betrügerischer Gastwirt, allenthalben Zöllner, die nach Bakschisch gieren, das ist schon so ziemlich alles. Man blieb nie und nirgends lange: Mailand, Venedig, Florenz in einem Tag, selbst Rom schaffen die meisten in drei bis vier Tagen. Die kunsthistorischen Interessen waren minimal. Man besichtigte nur die international bekannten baulichen Highlights – die Kathedrale, den herrschaftlichen Palast –, Museen gab es noch nicht.

Der wichtigste Alpenübergang von Deutschland her war der Brenner, aber man nahm auch die antike *Via Mala* von Chur an den Comer See und dann mit dem Boot übers Wasser. Ein absolutes Muß war Loretto, ein Kaff an der Adria südlich von Ancona. Hier steht in einer Kirche das komplette Geburtshaus der Jungfrau Maria, in dem auch Jesus aufwuchs. Engel haben das Gebäude im zwölften Jahrhundert hierhergetragen.

Es gab im wesentlichen drei Reisen: die Pilgerreise, die Geschäftsreise und die sogenannte Kavaliersreise des Adligen. Das Bürgertum machte noch keine Vergnügungs-Reisen. Regierende Fürsten, Thronfolger und bedeutende Persönlichkeiten reisten unter Pseudonym, um lästige gesellschaftliche Verpflichtungen zu vermeiden.

Schickhardt, der den Herzog von Württemberg begleitete, schrieb am 29. November 1599: „Als wir über das Wasser kommen (gemeint ist der Po bei Pavia) seind wir starck auf der Post durch ein fruchtbar Land fortgeritten. Underwegen trafen ihre Fürstliche Gnaden den Pfalzgrafen Ludwig Philipp an, ungefähr mit zehn oder zwölf Pferden. Da sich dann der Fürsten keiner dem andern zu erkennen geben, sind jeder seinen Weg auf der Post starck fort geritten."

Die beschriebene Szene ist komisch. Zwei regierende deutsche Fürsten begegnen sich auf einer Postroute in Norditalien, einer Strecke übrigens, die unter dem Namen *Frankenstraße* weltberühmt und seit Karl dem Großen für die massentouristischen Bedürfnisse des Mittelalters und der Neuzeit ausgebaut war. Die zwei gekrönten Häupter kennen sich natürlich, tun aber so, als wären sie zwei stinknormale Gutsbesitzer, die sich nicht kennen können, wechseln ein paar standesgemäße Worte und reiten snobistisch weiter.

Christian Weise dürfen wir den Handelsreisenden zurechnen. Er begibt sich 1664 nach Italien, um eine Handschrift zu besichtigen, die der Herzog von Braunschweig-Wolfenbüttel für seine berühmte Bibliothek erwerben möchte – Machiavellis *letzten Brief* eben –, aber Weise hat den Auftrag vor allen Dingen angenommen, um, grob gesagt, das moderne Lebensgefühl an seinem Ursprungsort zu studieren – ein Gefühl, das von dem Verdacht herrührt, daß es so etwas wie eine Dialektik der Geschichte geben könnte.

Dafür spricht sein seltsames Verhalten an der Salurner Klause. Der Ruf „Auch ich in Arkadien" hatte im siebzehnten Jahrhundert noch nicht die Bedeutung wie in der Goethe-Zeit. Er meinte noch nicht: „Endlich auch ich, Goethe, in Italien." Der Jubelruf war eine Metapher, die nur versteht, wer die Kunstgeschichte kennt.

Das erste Gemälde, auf dem der Satz vorkommt, stammt von einem Maler, der *Il Guercino* genannt wurde, Öl auf Leinwand, zweiundachtzig mal einundneunzig Zentimeter groß, gemalt 1618, als in Böhmen der Dreißigjährige Krieg begann, mit dessen Folgen Weise sich in seinem Reisebericht beschäftigt.

Was sehen wir auf dem Bilde?

Zwei Hirten schauen aus einem Gehölz auf einen Heideweg und erblicken ein Mäuerchen, auf dem ein gut erhaltener Totenschädel liegt. Die Witterung dräut, schwarze Wolken, am Horizont ein ferner Lichtschein. Auf einem Gestrüpp über dem Totenkopf hockt ein Käuzchen. Versonnen betrachten die zwei Jünglinge ihre Entdeckung. Auf dem Mäuerchen steht gut lesbar: „Et in Arcadia Ego."

Poussin hat das gleiche Motiv ein paar Jahre später gleich zweimal gemalt. Bei ihm ist das Mäuerchen ein Sarg, auf dem der Totenkopf ruht. Die übrigen Abweichungen kann ich mir sparen. Auf beiden Poussins tastet einer der Hirten mit dem Zeigefinger andächtig die Inschrift ab. Sowohl beim *Guercino* als auch bei Poussin ist es nicht eine lebende Person, die emphatisch bekundet, daß sie sich freut, endlich in Italien zu sein. Der Totenschädel spricht, und das alte Mäuerchen und die Särge warnen: „Ich bin der Tod. Auch hier in dieser arkadischen Landschaft findest du mich! Vor mir gibt es kein Entrinnen."

Es ist diese Gleichzeitigkeit von paradiesischer Schönheit und Tod, die in Weises Ausruf ihren Ausdruck findet. Was er sucht, sind die Zeichen des Verfalls als immanenten Bestandteil der Idylle. Die in den Bildern ausgesparten Herden der Hirten weiden nicht irgendwo auf einer seit der Schöpfungsgeschichte unberührten Wiese, sondern auf den Ruinen der Antike, auf der Brache einer Hochkultur.

Der teutsche Krieg

Niccolò Machiavelli und der mit ihm verglichen bedeutungslose Christian Weise bilden die Portale zweier alter Zyklen unserer Epoche. Machia, wie Weise den florentinischen Politik-Wissenschaftler zuweilen abkürzt, steht auf der Schwelle zwischen dem Fortschrittsglauben und paradiesischen Glücksgefühl des fünfzehnten Jahrhunderts und dem Zusammenbruch der politischen Ordnung Europas, die im *italienischen Krieg* ihren sichtbarsten Ausdruck findet. Es ist mehr als ein Paradigma, wenn Vasari die unvollständigen Gemälde Leonardos und Michelangelos von den Wänden des *Saales der Fünfhundert* tilgt und mit seinem eigenen Kitsch vollschmiert.

Mit Machiavelli beginnt die Trauer über die leeren Versprechungen der Moderne. Die Dummheit und der Eigensinn der italienischen Duodezfürsten haben gesiegt. Die schönen Bilder waren nur Tünche auf einer unästhetischen Staatskunst.

Christian Weise hingegen steht auf der Schwelle zwischen dem Barock mit seinem larmoyanten „All Herrlichkeit auf Erden muß Staub und Asche werden", in dem das Gejammer über die angeblich unverschuldeten Leiden aufgehoben ist, und der für uns interessanteren frühen Aufklärung, die sich von England und Frankreich her ankündigt und das Wesen der Menschheit fast teilnahmslos zu analysieren versucht, indem sie ihre Begriffe in Wörterbücher zwängt.

Hinter ihnen lauert ein neuer Fortschrittsglaube, der Mitte des zwanzigsten Jahrhunderts abermals in eine Phase der Skepsis und Depression münden wird. Was Weises Generation gespürt haben mag, ist das Unglück, an dem Machiavelli zugrundeging – die Unwilligkeit der Menschen zur planenden Vorausschau und ihre fehlende Bereitschaft, sich gegen die Vernichtung aller von ihnen geschaffenen Werke und Werte zur Wehr zu setzen.

Weises Heimatstadt Zittau war 1639, also drei Jahre vor seiner Geburt, dem Dreißigjährigen Krieg zum Opfer gefallen, so wie hundertzwanzig Jahre zuvor die italienischen Städte mit ihrer politischen Kultur und ihren Kunstschätzen dem Ansturm der Söldnerscharen zum Opfer fielen. Dem Furor der Deutschen, Schweizer, Franzosen, Spanier und der einheimischen Haudegen, Plünderer, Marodeure und Hasardeure.

Wie die italienischen Städte im frühen sechzehnten Jahrhundert war auch Zittau im siebzehnten ein Spielball diverser Mächte: mal böhmisch, mal selbständig und mal kaiserlich. Von Hussiten verwüstet, von Bränden verheert, von der Pest entvölkert, von Schweden erobert, von Sachsen zurückerobert. Der Auftrag des Herzogs von Wolfenbüttel, auf seiner Reise auch die Ursachen und Auswirkungen des *teutschen Krieges* zu studieren, mußte ihm deshalb willkommen sein, zumal die Kombination mit Machiavelli eine neue Sichtweise eröffnete.

In Deutschland war man 1664 damit beschäftigt, die Folgen der Katastrophe aufzulisten und zu bejammern. Grimmelshausens Roman war noch nicht einmal erschienen. Was die Ursachen der jüngsten Kriege betraf, hatte jeder seine eigene Meinung, zumal schon damals unbequeme Wahrheiten verdreht und verdrängt wurden. Man schimpfte auf die intervenierenden Ausländer, statt zu akzeptieren, daß es sich im Grunde um einen *bellum germanicum,* einen Krieg unter Deutschen also, gehandelt hatte.

Der italienische Krieg

Ob Weise eine Linie ziehen wollte zu fünfzig Kriegsjahren, die 1494 mit dem Durchmarsch der Franzosen bis Neapel begannen und 1544 mit dem Frieden von Crépy endeten, weiß ich nicht. Heute drängt sie sich auf, aber schon Machiavelli hat den Machtkampf zwischen Frankreich und Habsburg auf italienischem Boden als hausgemacht italienisch analysiert und die Störung des inneritalienischen Gleichgewichts, vor allem die Machenschaften der Päpste, als eigentliche Ursache erkannt.

Was konnte Weise darüber wissen? Daß in Italien rund eineinhalb Jahrhunderte zuvor etliche verheerende Feldzüge mit wechselnden Kriegskoalitionen stattgefunden hatten, gehörte zum europäischen Bildungskanon, und sicher war auch bekannt, daß der Versuch Habsburgs und seiner Kaiser, Europa zu dominieren, die Franzosen zur Intervention in Italien gezwungen hatte. Die Franzosen hatten soeben eine wichtige Phase ihrer Staatsbildung absolviert und mußten sich spätestens seit Kaiser Maximilian I. bedroht fühlen.

Zwei Schriften Machiavellis scheint Weise gekannt zu haben, wenn wir seinen Ausführungen Glauben schenken dürfen. Die kleine Schrift *Der Fürst* lag seit 1553 auf französisch, seit 1566 auf lateinisch und seit 1623 auch auf deutsch vor, und das Hauptwerk, die *Reden über die ersten zehn Bücher des Titus Livius,* gab es seit 1559 auf französisch, seit 1569 auf lateinisch. Er kannte ferner, wie sein Lustspiel *Der bäurische Machiavellus* zeigt, den *Anti-Machiavellus* des Franzosen Innocence Gentillet in der Übersetzung von Georgius Nigrinus, die bereits 1583 in der württembergischen Grafschaft Mömpelgardt erschienen war.

Ippolita

Wie kam das nun zusammen, August der Jüngere, Christian Weise, Niccolò Machiavelli? Wie kam der Herzog, den Weise in seinem Reisebericht nie beim Namen nennt, sondern stets nur mit E.F.G. *(Eure Fürstliche Gnaden)* anredet, auf die Idee, diesen jungen Mann in die Gegend von Florenz zu schicken, um einem Manuskript nachzuspüren?

Auf die Idee brachte ihn Ippolita Machiavelli, die letzte Trägerin dieses glorreichen Namens, geboren um 1590 und, als Weise sie besuchte, etwa fünfundsiebzig Jahre alt. Ippolita, die offensichlich sehr gebildet war, lebte allein, wenn auch mit etwas Personal und einem hübschen jungen Mann, ebenfalls Schriftsteller, namens *il Gobbo,* zu deutsch *der Bube* oder *der Bucklige,* in dem Bauernhaus, das nebst ein paar Äckern, Wiesen und Waldstücken seit vielen Generationen den Machiavelli gehörte.

Ihr Urgroßvater, unser Niccolò, hatte hier mit seiner Frau und einer ständig größer werdenden Kinderschar ab 1513 einige langweilige Jahre verbracht, die zwar literarisch ertragreich, ökonomisch jedoch ein Desaster waren.

Durch das *Erinnerungsbuch* seines Vaters Bernardo ist bekannt, wie gering die Einkünfte waren, die das Gütchen abwarf, nach heutigem Geld keine zehntausend Euro pro Jahr, und daran hatte sich nichts geändert, als Machiavelli hier Wohnsitz nahm.

Das Haus lag an einer viel benutzten Piste, die von England und Frankreich kommend durch Italien führte und darüber hinausging. „L'antica via postale romana" („die alte Poststraße nach Rom") nennt Bernardo sie in einer Grundbucherklärung aus dem Jahr 1498. Auf der anderen Straßenseite lag das der Familie gehörende *Posthaus,* genannt *Albergaccio,* das Machiavelli in seinem *Tagebuch* erwähnt und wo auch Weise absteigt.

Ein Brief an den Herzog

Sie habe gehört – so beginnt Ippolita ihren Brief an den Bücheragenten Anckel, den dieser am 24. September 1663 nach Wolfenbüttel weiterleitet –, daß der Herzog ein Liebhaber bedeutender Autographen und Bücher sei, und beeile sich deshalb, ihm für seine weltberühmte Bibliothek eine Handschrift von großer Wichtigkeit aus der Feder ihres Vorfahren, des zweiten Kanzlers der Republik Florenz, Niccolò Machiavelli, ein quasi postumes Bekenntnis, an dem er mit Sicherheit großes Interesse haben dürfte, zum Kauf anzubieten.

Das war in der Tat anzunehmen, daß der Herzog interessiert sein mußte, zumal er bereits die *Reden über die ersten zehn Bücher* in der 1584 in Palermo verlegten italienischen Werkausgabe besaß. August der Jüngere (1579–1666), Herzog zu Braunschweig-Wolfenbüttel, hatte, da er sein Staatsamt erst mit fünfundfünfzig antreten mußte, ausreichend Zeit, sich seinen Neigungen zu widmen, zumal sein Erbe, das kleine Amt Hitzacker an der Elbe, so wenig abwarf, daß er sich keines der üblichen fürstlichen Hobbys leisten konnte – also Schlösser bauen, Armeen aufstellen, Kriege führen.

Auf billigere Neigungen angewiesen, warf er sich der Literatur an den Hals, blieb jedoch auch hier notgedrungen sparsam – Geschäftspartner nannten ihn einen Geizkragen. Er hatte in Tübingen und Rostock studiert und einige Kavaliersreisen absolviert, unter anderem nach Frankreich und England, und in den Jahren 1598 bis 1600 hatte auch er die übliche Tour nach Italien unternommen, die ihn bis nach Malta führte. Unter dem Decknamen *Der Befreiende* war er Mitglied der *Fruchtbringenden Gesellschaft,* die ein Fürst von Anhalt und drei sächsische Herzöge 1617 in Weimar nach dem Vorbild der florentinischen *Accademia della Crusca* zur Pflege der deutschen Sprache und Literatur und zur Hebung ihres gesellschaftlichen Ansehens gegründet hatten.

In erster Linie aber war der Herzog, der „als Sammler, Humanist, Gelehrter und Politiker einer der bedeutendsten welfischen Fürsten war" (wie die Website des Welfenhauses meint), ein Büchernarr, der sich persönlich um den Ankauf kümmerte und mit den Lieferanten feilschte. Er sammelte zweiundsechzig Jahre lang und besaß zum Schluß knapp hundertfünfzigtausend Schriften, die in vierzigtausend Bänden aufgebunden waren. Seine Bücheragenten saßen in Breslau, Wien, Augsburg, Rom, Straßburg, Köln, Paris, London, Amsterdam, Hamburg und vielen anderen Städten.

Für Ippolita war die Augsburger Agentur Anckel zuständig, die den süddeutschen Raum und Italien bearbeitete – dank ihrer Geschäftskontakte zu den Jesuiten bis hinunter nach Rom und Neapel.

Johann Georg Anckel hatte in eine angesehene Agentur eingeheiratet, die den Herzog auch mit Möbeln und anderen Kunstwerken belieferte. Als Bücheragent erhielt er den Titel eines *Rates von Hause aus* und bezog zuletzt jährlich dreihundert Taler Gehalt, eine stattliche Summe. Dafür mußte er jeden Donnerstag nach Wolfenbüttel schreiben. Aus den zehn Jahren seiner Tätigkeit sind fünfhundertneun Briefe überliefert, aber die Herren sprachen nicht nur über Bücher. Die Agenten hatten alles mitzuteilen, was ihnen wichtig erschien, denn ihre Wochenbriefe dienten dem Herzog quasi als Zeitungen. Zum Dank machte er seinen Agenten private Mitteilungen, übersandte ihnen wohlklingende Urkunden und kleine Geschenke.

Wie kam nun aber Christian Weise nach Wolfenbüttel? Die Frage ist heikel, denn in den gängigen Lexika wird man kein Wort darüber finden, statt dessen die Bemerkung, daß Weise in der Zeit zwischen seiner Magisterpromotion 1663 und seiner Tätigkeit als Sekretär des Ministers des Herzogs August von Weißenfels in Halle Vorlesungen über Beredtsamkeit, Ethik, Lebensweisheit, Geschichte und Poetik gehalten habe.

Wer den Beginn von Weises Reisebeschreibung in Erinnerung hat, wird sich jedoch an den Namen Anton Ulrich erinnern. Anton Ulrich, zweiter Sohn des Herzogs (1633–1714), geboren in Hitzacker an der Elbe im Fürstentum Lüneburg, war ein Autor von unbestrittenem Rang und ein typischer Repräsentant spätbarocker Dichtung an der Wende zur Aufklärung. Unter dem Namen *der Siegprangende* gehörte er, wie schon sein Vater, der *Fruchtbringenden Gesellschaft* an. Unter seinem Klarnamen schrieb er die beiden höfisch-historischen Romane *Aramena* und *Octavia* und eine beträchtliche Anzahl von Singspielen.

Einer seiner Hauslehrer war der Dichter Sigmund Betulius, der sich später *von Birken* nannte, den heute keiner mehr kennt. Zu seiner Zeit aber war Birken einer der bekanntesten und angesehensten Dichter Deutschlands, was auch darin zum Ausdruck kommt, daß er nach dem Tode des Dichters Georg Philipp Harsdörffer Präsident des heute noch existierenden pegnesischen Blumenordens in Nürnberg wurde.

Wir haben es folglich mit einem Kollegen Weises zu tun, und so ist es erlaubt anzunehmen, daß die beiden sich entweder auf einer der damals häufigen literarischen Tagungen oder in Leipzig, sei es im Theater, sei es auf der dortigen Buchmesse, kennen und lieben gelernt haben.

Das Urteil des Vaters

Wir dürfen uns die Achse Zittau–Wolfenbüttel demnach wie folgt vorstellen. Anton Ulrich lädt den neun Jahre jüngeren Kollegen Weise nach Hitzacker ein und stellt ihn seinem Vater vor. Der Senior hat soeben Ippolitas Brief erhalten, den die reisenden Jesuiten seinem Agenten Anckel mitgebracht haben. Er überlegt, wen er nach Florenz schicken könnte, läßt Weise ein paar Monate in seiner Bibliothek volontieren, sich in die Materie einarbeiten und schickt ihn dann nach Augsburg, wo Weise einige Wochen Station macht, und zwar bei Anckel, der ihm letzte Anweisungen geben läßt: Landessprache, italienische Geschichte, Sitten und Gebräuche, Geographie, Lektüre der einschlägigen Itinerare. Ende Juni 1664 reist er weiter, wenn wir seinen kursorischen Angaben im dritten Buch glauben wollen.

Wohin? Eine richtige kleine Rundreise, ganz gemächlich. Augsburg, München, Zirler Berg, Innsbruck, Brenner, Bozen, Trient, Verona, Padua, Venedig, Padua, Ferrara, Bologna, Lucca und, nach den beängstigenden Todesfällen in Sant'Andrea, im Eiltempo zurück über Modena, Mantua, Cremona, Mailand, Como, Splüggen-Paß, Chur.

Hier bricht der Bericht ab. Hier will Weise, kurz nach Besichtigung der Rheinquellen, ein Erlebnis gehabt haben, das ihn veranlaßt, nicht wie befohlen nach Wolfenbüttel zurückzukehren.

Im Gasthof *Der Engel der Kaufleute* zu Chur in Graubünden erscheint ihm sein Vater Elias und ermahnt ihn zur sofortigen Heimkehr nach Zittau, wo seine Verlobte, eine Pfarrerstochter aus Burgwerben namens Regina, angeblich im Sterben liegt. Als Weise sich weigert und auf seine Amtspflichten gegenüber dem Herzog verweist, wird Elias ausfällig. Der Sohn erblickt ihn im Bett; aufrecht stehend, im wallenden Nachthemd, mit ausgestrecktem Arm, verdammt er seinen Sohn „zum ewigen Herumirren, als wärst du ein Jude!“

Der Sohn hört das Urteil mit Entsetzen, springt aus dem *Engel der Kaufleute,* eilt zur nächsten Poststation und reist zurück ins Kurfürstentum Sachsen, nachts im Schein der Fackeln, tags keiner Gefahr ausweichend, erst Atem holend, als er wieder in Zittau ist – schwerkrank darniederliegend, ich vermute Bronchitis, vielleicht sogar Lungenentzündung.

Langsam erholt er sich und schreibt seinen Bericht an den Herzog.

Die Geschichte klingt glaubhaft, gewiß, aber man braucht sie nicht zu glauben. Wie, wenn es einen großzügigen Engländer namens Mr. Sharp nicht gegeben hätte? Wenn er den Engländer erfunden hätte, um die kostspieligen Wirtshäuser und Betten ab

Trient, die Araberin in Vicenza, das Postboot ab Padua, die Kurtisanen in Venedig, die Würste in Bologna zu erklären?

Wenn er das Geld, das er für den Kauf des *letzten Briefes* erhalten hatte, verschwendet hätte, statt, wie vom Herzog befohlen, sich mit dem Allernötigsten zu begnügen?

Hätte er dann nicht auch den Überfall in der Villa Seristori erfinden müssen, um einen Grund dafür zu haben, daß er ohne *Machiavellis letzten Brief* zurückkehrte aus Sant'Andrea, sondern mit einer wertlosen Abschrift und einer nicht viel authentischeren Fälschung?

Mehr noch: Vielleicht war er nie dort. Vielleicht hat er sich in Lucca oder Venedig drei schöne Monate gemacht und alles erfunden – aber wirklich alles. Nicht nur seinen Reisebericht – Ippolita, den Gobbo, den Prätorianer, Signor Seristori, das Gespenst des Vaters in Chur, seine Krankheit –, nein, auch die zwei Manuskripte Machiavellis.

Vielleicht stammen auch der sogenannte *Medici-Traktat* und das *Tagebuch* von Weise selber.

Was für eine Zeit!

Zur letzten und wichtigsten Figur meines Pentagramms nun. Viele kennen seinen Namen, die meisten den Titel eines seiner Werke, selbst der Dümmste stottert ein paar Maximen, die angeblich von ihm stammen, dann ist Sense. Er ist der Unbekannteste unter den Berühmtheiten der Neuzeit oder umgekehrt.

Wer ist es?

Gemeint ist der florentinische Staatsbeamte und Schriftsteller Niccolò Machiavelli, geboren 1469 am 3. Mai, gestorben vielleicht an einer Bauchfellentzündung oder einer falschen Selbstbehandlung einer ebenfalls selbstdiagnostizierten Krankheit, daheim, umringt von Freunden, die heute keiner mehr kennt, auf dem Höhepunkt seiner beruflichen Enttäuschungen, sechs Wochen nach dem Beginn des *Sacco di Roma.*

Der Zeichner Paul A. Weber hat die Sterbeszene um 1927, also vierhundert Jahre später, in Holz geschnitten, eine Vignette. Links im Bild neben dem Himmelbett sehen wir Mona Marietta

Corsini, Machiavellis Gattin seit sechsundzwanzig Jahren, rechts die Freunde. Kein Fenster, kein Blick nach draußen. Ein Lichtstreif kragt von rechts ins Bild, zieht sich unter den Freunden hin und endet am Sterbebett. Woher das Licht kommt, weiß man nicht. Vielleicht das Licht der Vernunft, das den Erfinder der politischen Wissenschaft in die Ewigkeit leiten wird. Ein düsteres Bild. Keine Spur von jener Heiterkeit, die man erwarten würde, wenn man diesen respektlosen Spötter etwas besser kennt.

Machiavelli also, genannt *Machia,* auch *Nicomachia,* 1469 bis 1527.

Was ist in diesen knapp sechzig Jahren alles passiert!

Kopernikus wird geboren, die Portugiesen entdecken Brasilien, die Feldartillerie wird eingeführt, überall werden Universitäten gegründet, Dr. Faustus wird geboren, die ersten Gewehrläufe werden gezogen, der Frühkapitalismus beginnt seine imperialistische Phase, nun geht es der Welt an den Kragen, der Hexenhammer wird gedruckt, Diaz umfährt Südafrika, Columbus entdeckt die Antillen, die Syphilis breitet sich von Neapel über Europa aus, Vasco da Gama entdeckt den Seeweg nach Indien, Leonardo erfindet das Flugzeug, entdeckt die Wasserkraft, baut den ersten Panzer und das Maschinengewehr, Spanien wird habsburgisch, die Reformation in Deutschland, der Buchhandel erfährt einen unerhörten Aufschwung, Bauernkriege, Rom wird durch kaiserliche Truppen besetzt und monatelang geplündert, im Reich Kaiser Karls V. geht die Sonne nicht mehr unter, und überall in Europa brennen die Scheiterhaufen.

Die Welt verwandelt sich in eine Ursuppe. Ein einzigartiger Epochenwechsel vollzieht sich in diesen sechzig Jahren – ein Umbruch, der davon ausgeht, daß die Machtverhältnisse in Europa sich grundlegend verändert haben, weil sich Weltmächte gebildet haben, Spanien, Habsburg, Frankreich, die sich austarieren müssen und überall dort, wo schwächere Mächte agieren, ihre Einflußzonen ausdehnen oder Pufferzonen bilden.

Zwölf Kriege auf italienischem Boden mit ausländischer Beteiligung hat jemand gezählt. Dazu die zahllosen Konflikte der Italiener untereinander. Es ist die Zeit, in der die Nationalstaaten geboren werden, von denen noch keiner etwas weiß, am wenigsten die Völker. Kein Mensch käme auf die Idee, für Frankreich zu kämpfen, den Kirchenstaat oder für Florenz. Ich entsinne mich an eine Schlacht zwischen Spanien und Frankreich, die auf beiden Seiten von deutschen Landsknechten ausgetragen wurde.

Daß irgendein Soldat mit dem Ruf *Es lebe Italien* oder *Es lebe Frankreich* ins Gefecht zog, war undenkbar. Beliebt war der Schlachtruf: *Viva Maria!* Auf die konnte man sich verständigen. Eine Maria kannte jeder.

Liest man Machias Schriften, so wird man den Epochenbruch nicht erwähnt finden, nicht die Entdeckung neuer Kontinente, nicht die Reformation in Deutschland, nicht die Revolutionierung der Kriegstechnik. Nur ganz am Rande taucht die Idee auf, daß es ein geeintes, souveränes Italien geben könnte, im letzten Kapitel des *Fürsten,* was Hegel nicht hinderte, das Büchlein unter dem Blickwinkel der Idee der modernen Staatslehre des neunzehnten Jahrhunderts zu interpretieren. Der Gesamtstaat als Zweck und Ziel der Geschichte. Falscher kann man Machia nicht verstehen und den Weltgeist auch nicht.

Die neue Zeit war Machiavelli so fremd wie der Begriff *Neuzeit* – eben das macht ihn so wütend. Er war ein Konservativer, der vom republikanischen Rom lernen wollte. Von den wirtschaftlichen Entwicklungen, die der Neuzeit Pfeffer in den Hintern pusten, spricht er nicht. Von der Lage der Klassen handeln seine Schriften nur ganz am Rande. Das Mitleid mit den geschundenen Unterschichten ist nicht sein Ding.

Was ihn interessiert, ist die Frage, wie sein Vaterland Florenz und wie Italien, von dessen Zukunft sein Florenz abhängt, die neue weltpolitische Situation einigermaßen heil überstehen könnten.

Wie behandelt er diese Frage? Die Welt bricht auf und zusammen, um sich neu zu konstituieren, unter immensen Opfern, aber er ist offensichtlich nicht bereit, dem Chaos mit weltanschaulichen Maximen zu begegnen. Er geht pragmatisch-empirisch vor, weil er schon weiß, daß die Menschen sich gesetzmäßig verhalten und auch die politischen Abläufe Naturgesetzen folgen. Er untersucht die Geschichte und versucht herauszufinden, wie es die alten Römer geschafft haben, ihren Staat so lange heil über die Runden zu bringen.

Er reagiert, wie es scheint, eher philosophisch, indem er darüber nachdenkt, welche menschlichen Eigenarten hinter den Katastrophen stecken könnten und indem er voraussetzt, daß es keinen Sinn hat, an das Gute im Menschen zu glauben und zu appellieren. Sein politisches Denken geht davon aus, wie die Menschen beschaffen sind und normalerweise handeln, nicht davon, wie sie sich unter moralischen Aspekten verhalten sollten.

Wir sollten uns die Hölle als angenehmen Ort vorstellen

Der Gedanke beschäftigt ihn noch auf dem Sterbebett. Machiavelli habe, berichten die Biographen, den Freunden berichtet, er hätte geträumt. Ihm träumte, erzählte er scherzhaft, als er kurz vor seinem Ableben noch einmal aufwachte, er habe unterhalb des Klosters von San Gaggio südlich des Flusses auf der Terrasse einer *villetta* seines Freundes Amadeo de'Ricci gesessen, mit dessen junger Gattin Battista er nebenbei ein kleines Verhältnis hatte, und über die Stadt hinweg Richtung Norden geschaut.

Auf einmal habe der Himmel über Fiesole und Careggi sich aufgetan, so daß man ins Vorgebirge des Apennin geblickt habe, weit hinauf bis zu den Hügeln des schönen Mugello, wo ein Scheideweg sichtbar geworden sei. An diesem Scheideweg habe er plötzlich gestanden, ein Schüler noch, und nicht gewußt, welche Richtung er einschlagen solle, bis ein Heer von Unglücklichen, Verhungerten, Lahmen, Aussätzigen, Zerlumpten, Schmutzigen, Dummen und Narren des Weges gekommen sei.

Sie wurden angeführt von einer Horde asketischer Männer mit finsteren Gesichtern im Büßerhemd. Sie hielten die Hände gefaltet, priesen das neue Jerusalem, wie der Abt von San Marco es geweissagt hatte, sangen alleweil fromme Lieder und riefen ihm zu:

„Laß ab von deinen Büchern, unseliger Knabe. Verbanne die

Dichtkunst, die Philosophie und Geschichte aus deinem Gemüt. *Beati pauperes, quoniam ipsorum est regnum coelorum!*"*

„Wer seid Ihr?" fragte er sie. „Wohin wollt Ihr?"

„Ins Himmelreich", antworteten sie. „Wir sind die Frommen, die Gottesfürchtigen. Die Anhänger des Fra Girolamo Savonarola, den die reichen Herren von Florenz auf dem Scheiterhaufen verbrannt haben."

„Nun ja", habe er sich gesagt, „der rechte Weg führt also ins Paradies", habe sich aber gefragt, wohin dann der linke Weg führen möge.

Nach einer Weile nahte sich eine Gruppe gut gekleideter, wohlgenährter Männer, die mit ernster und nobler Miene wie in einer Senatssitzung wichtige politische und philosophische Fragen erörterten. Sie machten aber auch ihre Scherze und lachten, wenn ihnen ein Bonmot gelang. Ganz offensichtlich ging es ihnen nicht nur um die Richtigkeit einer These. Ebenso wichtig war, daß sie vor Geist funkelte.

„Und Ihr? Wohin des Weges?" habe er sie gefragt.

„In die Hölle", rief wohlgemut ein bärtiger Greis, in dem er den alten Platon erkannte, „wir sind die Verdammten, von denen geschrieben steht: *Sapientia huius saeculae inimica est Dei*",† und ein anderer rief ebenso gutgelaunt: „Wir genießen die ewige Verdammnis, die ein Privileg und Ehrenplatz der wahrhaft unabhängigen Geister ist. Komm mit, kleiner Bruder."

Da habe er, Niccolò, beschlossen, die Hölle zu wählen, wenn er eines Tages sterben müsse, denn da lebten Leute, mit denen man trefflich diskutieren und Feste feiern könne. Im übrigen habe er daran gedacht, daß es in der Politik, der Kriegskunst und anderen Disziplinen der Kultur unvermeidlich sei, gegen die Religion und den Moralkodex zu verstoßen.

Die Legende geht zurück auf *Scipios Traum* aus Ciceros mehrbändiger Schrift *Über den Staat,* das lag nahe, denn das Buch hatte Nicomachia von seinem Vater geerbt, aber ob er den beschriebenen Traum tatsächlich hatte, ist nicht überliefert, und

* Selig sind die Armen, denn ihrer ist das Himmelreich.

† Die Weisheit dieser Welt ist ein Dorn im Auge Gottes.

auch in der Todesanzeige ist die Geschichte natürlich nicht enthalten. Diese lautete kurz und herzlos:

„Teuerster Francesco, ich kann den Tränen nicht wehren, weil ich euch mitteilen muß, daß unser Vater Niccolò heute, am 22. Juni 1527, unter starken Bauchschmerzen verstorben ist, nachdem er am 20. noch eine Medizin zu sich genommen hat. Wie Ihr wißt, läßt uns der Vater in größter Armut zurück. Wenn Ihr zurückkommt, habe ich Euch viel zu berichten. Euer Verwandter Piero."

Nur ein Name

So starb er, arm, was ihn nicht geschmerzt haben wird, aber mit Bauchschmerzen.

Alles übrige wie bei Lästermäulern üblich. Kein Staatsbegräbnis fand zu seinen Ehren statt, kein Requiem im Dom von *Santa Reparata.* Die bekannte Totenmesse, über seinen Kopf hinweg vom Dorfpfarrer gelesen in der kleinen *Santa Felicitá* an der Via Guicciardini, die damals noch Via Romana hieß, das war schon alles.

Keine Prälaten, Heerführer, Philosophen gaben ihm das letzte Geleit, keine *Prioren,* kein *Bannerträger der Gerechtigkeit,* kein Oberhaupt der großen Clans, für die er sich jahrzehntelang den Hintern wundgeritten hatte. Nur die paar Freunde, die heute keiner mehr kennt, und die Familienangehörigen begleiteten den Sarg hinüber nach Santa Croce.

Die Grablege fand in der einstigen Kapelle der Familie Pazzi im Hof neben der Kathedrale der Franziskaner statt. Die stand sogar einem Ketzer wie ihm zur Verfügung. In tausend Sachbüchern (nicht nur im Medici-Traktat des Gobbo) kann man nachlesen, wie der Clan der Pazzi von den Medici ausgerottet wurde, weil die Pazzi die Medici als Verwalter des päpstlichen Vermögens ausgestochen hatten, aber der Haß saß tiefer. „Die Pazzi waren schon verrufen, als die Medici noch auf dem *Mugello* kampierten", soll die alte Ippolita laut Weise gesagt haben.

Also die Kapelle war verruchter Boden, wie alle Immobilien der Pazzi. Erst später nutzten die Franziskaner den Bau des Star-

Architekten Brunelleschi für ihre eigenen Toten, exhumierten Machiavelli und warfen seine Reste ins Beinhaus. Seither sind die Knochen verschollen. Der *Kenotaph,* den vaterländische Bürger zweihundertsechzig Jahre nach seinem Tod erbauen ließen und der in einigen tausend Büchern als Machiavellis Grab gefeiert wird, ist so leer wie das Pathos der ganzen Anlage.

Er ist das fünfte Denkmal im rechten Seitenschiff von Santa Croce, gleich neben Michelangelo und Dante, der ebenfalls woanders ruht. Auf einem steinernen Sarkophag mit Löwenfüßen flezt sich eine hehre Frau mit altrömischer Haartracht in weite Gewänder gehüllt. Sie sitzt offensichtlich nur auf einer Pobacke, wie auf einem Damensattel, den Oberkörper etwas verdreht, Kopf und Hals zurückgelehnt. Am Sarg das Wappen der Machiavelli von einem Lorbeerkranz umrahmt (aber vielleicht ist es auch Eichenlaub). In der Rechten hält die Dame ein Medaillon, auf dem angeblich Machiavelli zu sehen ist.

Wann immer ich vor dem Trumm stand, wurde ich nachdenklich. Die Dame auf dem leeren Sarg, vermutlich ein Symbol der *Italia,* erinnerte mich an die schlagfreudigen Matronen des deutschen Nationalismus, *Bavaria, Teutonia, Saxonia, Germania.*

Das Wappen der Machiavelli zeigt ein plumpes Kreuz, in dem vier lange Nägel stecken, die *mal clavelli,* die *schlechten Nägel,* die in „Machiavelli“ stecken, und so pflegte der junge Niccolò auch zu unterschreiben: Nikolaus Schlechtnagel.

Nachdenklich stimmt beides: das patriotische Muttertier und die Kawenzmänner. Wie kommt eine Familie dazu, sich ein Balkenkreuz und vier Nägel als Wappenzier zu erwählen? Jesus Christus brauchte vier Nägel und ein Kreuz. Aber wo ist der Jesus? Ist das die Nachricht des Wappens der Machiavelli? Daß vom zentralen Symbol des Abendlandes am Ende des Mittelalters nur die Werkzeuge der Hinrichtung übrigblieben, während der Hingerichtete sich ins Nichts verflüchtigt hat?

Noch irritierender ist die Inschrift auf dem massigen Sockel: *Tanto Nomini Nullum Par Elogium.** Der Kenotaph von Innocenzo Spinazzi in Santa Croce, 1787 erbaut, zeigt, daß der Verehrte in

* Über alles Lob erhaben ist der Name.

den Jahren, als Euopa den *Antimachiavell* in der Fasssung Voltaires verschlang, nur noch als Name gehandelt wurde. Die Gedenkstätte im Pantheon der italienischen Geistesgrößen auf dem Tiefpunkt der Machiavelli-Rezeption ist kein Zufall.

Tanto Nomini Nullum Par Elogium Nicolaus Machiavelli: Der Nachruf ist doppeldeutig. Lesen sollten wir vermutlich, daß niemand ihn und sein Werk so sehr loben könne, wie er es verdient hätte. Lesen konnte man jedoch auch, daß Werk und Person schon damals auf den bloßen Namen reduziert waren.

Das Lächeln

Was wissen wir also über Nikolaus Schlechtnagel? Zunächst das Gesicht.

Das Lächeln des Niccolò, beliebter Topos der Biographen, ist eine Vermutung, die seit Jahrzehnten durch die Literatur geistert. Sie geht zurück auf ein Gemälde des Manieristen Santi di Tito, der neun Jahre nach Niccolòs Tod zur Welt kam. Nehmen wir an, daß di Tito eine Vorlage besaß, die heute verschollen ist, oder daß jemand ihm den Verstorbenen beschrieb, so besitzen wir wenigstens ein „Identikit".

Wie sah Machiavelli also aus? Der Mann auf Santis Bild hat kleine, melancholische dunkle Augen, eine lange, kräftige Nase und einen gepflegten Dreitagebart. Er trägt ein zeremonielles, schwarzes, hochgeschlossenes Samtgewand mit roten Ärmeln. Aber vielleicht sind es auch zwei Kleidungsstücke – ein rotes Gewand und ein schwarzer, ärmelloser Überwurf. Die linke Hand stützt sich auf ein Buch, das auf einem Tisch liegt. Was er in der rechten Hand hält, ist nicht ganz klar. Ein Paar Handschuhe?

Die Hände sind gepflegt und kräftig, und das Gesicht ist schlank und markant. Das Haar liegt auf dem Kopf wie ein dunkles Fellchen, was uns an den einzigen Brief seiner Frau erinnert, der uns überliefert wurde.

Am 24. November 1503 schreibt sie an den „Spettabili viro Niccolò di Messer Bernardo Machiavelli in Roma",* teilt ihm

* Verehrten Herr Niccolò, Sohn des Herrn Bernardo Machiavelli, in Rom.

mit, daß er mal wieder Vater geworden sei, und erwähnt das Söhnchen: „Das Kind ähnelt Euch. Es ist weiß wie Schnee und behaart wie Ihr, und da es Euch ähnelt, finde ich es schön. Es ist so lebhaft, als wäre es ein Jahr auf der Welt. Es öffnete die Augen, kaum daß es auf der Welt war, und mit seinem Lärm erfüllt es das ganze Haus. Denkt dran, nach Hause zu kommen. Sonst nichts. Ich sende Euch eine Weste, zwei Hemden, zwei Taschentücher und ein Handtuch, das ich für Euch genäht habe."

Die Beschreibungen Machias in den bekannten Biographien setzen voraus, daß er so ausgesehen habe, wie Mona Marietta ihm seinen neugeborenen Sohn beschreibt. „Machiavelli kam mit offenen Augen zur Welt", schreibt Prezzolini, ein Anhänger Mussolinis, 1927. „Er kam mit offnen Augen zur Welt wie Sokrates, wie Voltaire, wie Galilei, wie Kant und wie Figaro."

Die Ähnlichkeit zwischen Vätern und Söhnen ist erklärlich, auch wenn keine Blutsverwandtschaft vorliegt. Wenn eine Frau ihrem Mann Komplimente machen will, behauptet sie, sein Sohn sehe ihm ähnlich, so daß wir in der Beschreibung des Kindes eine Beschreibung des Vaters vermuten müssen.

Natürlich hat di Tito seinem Machiavelli einiges dazugegeben. Der Haaransatz ist um die hohen Geheimratsecken geschwungen, so daß aus der Stirn zwei Hörner zu wachsen scheinen. Die dünnen Lippen sind fest geschlossen, und so entsteht der Eindruck, als würde der Mann lächeln. Es ist ein trauriges Lächeln, das sich hinter den Mundwinkeln versteckt, und vielleicht ist es gar kein Lächeln.

Die Männer der Renaissance zeigen zumeist keine Gefühle. Teilnahmslos schauen sie einer Folterung zu, einer Hinrichtung oder einem Gemetzel. Die Gefolterten, Verwundeten, Sterbenden schreien ihren Schmerz aus den Bildern. Die Zuschauer in den Bildern scheinen diese Schreie nicht zu hören. Glaubt man den Malern, so sind die Menschen der Renaissance durch nichts zu erschüttern.

Das ist anders in Santis Portrait: Wir wissen nicht, wohin Machiavellis Blick geht, nicht, was die Augen sehen. Aber er scheint Mitgefühl zu empfinden oder genauer: ein Gefühl der heiteren Trauer über das, was er sieht.

Es gibt etliche Bilder, die angeblich Machiavelli darstellen, auch eine Büste in einem Raum des Rathauses, der in allen Reiseführern als sein Arbeitsraum ausgegeben wird, obwohl keiner weiß, wo die Büros der Kanzleien überhaupt lagen. Keines der Abbilder zeigt einen so eigentümlichen Ausdruck wie das Bild von Santi di Tito. Die Mischung aus sanftem Spott, leiser Melancholie, ruhigem Interesse, verhaltener Kampfeslust, Bedächtigkeit und Mut, Standesbewußtsein, Würde, Freundlichkeit, Genießertum, Neugier und was sonst noch an Charaktereigenschaften sich in di Titos Bilderfindung spiegelt, wirkt wie eine Synthese verschiedener Persönlichkeitsmerkmale, die sich aus den Komödien und *freundschaftlichen Briefen* des Autors herleiten lassen.

Beim Buchbinder oft

Wer die Malclavelli waren, ist in etlichen Biographien überliefert.

Die Machiavelli waren Burgherren gewesen in Montespertoli, nicht weit von Sant'Andrea in Percussina, kleine Adlige, die irgendwann, als das städtische Bürgertum sich an die Macht putschte, zwischen 1215 und 1250 also, das Land verließen und nur das Gütchen in Sant'Andrea behielten, angezogen vom Reichtum der Metropole Florenz, die seit dem dreizehnten Jahrhundert eine bürgerliche Verfassung besaß und bis zur großen Bankenpleite in den vierziger Jahren des vierzehnten Jahrhunderts rund hunderttausend Einwohner hatte. Manche meinen, sie sei damals, bis zur Pest des Jahres 1348, die der Bankpleite sofort folgte, die reichste Stadt in Europa gewesen.

So zogen viele in die Stadt. „Lieber", so sagten sich die kleinen ländlichen Patronatsherren, „lieber der vierhundertfünfzigste Bürger zu Fuß im *popolo* der heiligen Dreifaltigkeit in *Oltrarno* als einer der ersten im *Contado,* im Hinterland, auf den Hügeln zwischen den Flüssen Elsa und Pesa hoch zu Roß."

In Florenz fächerte die Familie sich auf. Ein Teil bekleidete die üblichen kurzzeitigen politischen Ämter, die nur erhielt, wer es zu Reichtum und Ansehen gebracht hatte. Ein Dutzend *Gon-*

falonieri und rund fünfzig *Prioren* mit Namen Machiavelli sind überliefert, aber keiner weiß mehr, wie sie miteinander verbandelt waren.

Niccolòs Vater, Bernardo di Niccolò di Buoninsegna, gehörte zu einem verarmten Zweig der Machiavelli. „Wer in Florenz nicht dem Kreis der Mächtigen angehört, den bellt nicht einmal ein Hund an", schreibt unser Niccolò in seiner 1518 verfaßten Kommödie *La Mandragola* und bezeichnete damit auch den sozialen Rang seines Vaters.

Bernardo war Notar, einer der zahllosen Notare, die für die zahllosen Handelshäuser permanent Dokumente auszufertigen hatten. Auch Leonardos Vater war Notar, erst in Vinci, einem Dorf westlich von Florenz, dann in der Stadt.

Vater Machiavelli verdiente wenig, genoß aber ein gewisses Ansehen als Intellektueller und liebte die Bücher. Sein *Buch der Erinnerungen,* vor dreißig Jahren entdeckt, handelt kaum von der Frau und den vier Kindern – erst zwei Töchter, Primavera und Margherita, dann zwei Söhne, Niccolò und Totto. Totto wurde Geistlicher, also ganz das Gegenteil von Niccolò.

Aber das vermerkt Bernardo nicht. Nicht wie er seine Frau Bartolomea de'Nelli kennenlernt, vermerkt er, nicht ob sie schön war oder klug, ob er sie liebt, ob sie kochen kann, und auch daß sie eine bigotte Betschwester war, die fromme Gedichte schrieb, ständig in die Kirche rannte und den Popen fütterte, müssen wir anderen Quellen entnehmen. Vielleicht war es ihm peinlich.

Völlig verschweigt er die großen Ereignisse, wie den Amtsmißbrauch und die Mißwirtschaft der Medici unter Lorenzo *dem Prächtigen,* die zur Krise der Republik Florenz maßgeblich beitrug. Kein Wort über den Mord an Giuliano de'Medici, die Leichen im Fluß und auf Straßen und Plätzen, die Strangulierten, die außen am *Palazzo della Signoria* aufgeknüpft wurden.

Keine Silbe darüber, wer neuer Papst ist, wer Herzog von Mailand, Bannerträger von Florenz, König von Neapel, Doge von Venedig, Kaiser von Deutschland, König von Frankreich oder England. Das einzige, was ihn wirklich bewegt, sind die Landwirtschaft, die Haushaltskasse und die Bücher. Bücher, die er sich ausleiht, erwirbt und abstottert, wenn sie zu teuer sind, teilweise auch in Naturalien bezahlt. Nachrichten über den Buchbinder auf jeder zweiten Seite – was uns daran erinnert, daß man die Bücher damals noch ungebunden kaufte.

Es sind vorwiegend die alten Römer in den Editionen der modernen italienischen Intellektuellen, die er binden läßt: Plinius, die *Naturgeschichte,* Macrobius, die Kommentare zu den *Saturnalien,* den *Philippischen Reden* und *Über den Staat* von Cicero, Vergil, Titus Livius, *Ab urbe condito,* den Kommentar zur *Ethik* des Aristoteles von Acciaiuoli, von Boethius den *Trost der Philosophie,* von Ptolemäus die *Geographie,* die auch Leonardo da Vinci für unentbehrlich hielt.

Die Wissenschaftler, die sich an Machia abarbeiten – einige tausend Wissenschaftler weltweit, die fortgesetzt Seminare und Symposien veranstalten, Artikel und Bücher schreiben, viele gelehrte Studien und mehr oder weniger unterhaltsame Biogaphien publizieren, Jahr für Jahr –, haben Bernardos Bücherschatz rekonstruiert.

In Niccolòs Elternhaus, sagt man, waren die Texte der Griechen und Römer, des Mittelalters und der Renaissance präsent, die zur Pflichtlektüre der Humanisten gehörten. Hier fand der junge Niccolò die Materialien, die ihn mühelos in die Zirkel der italienischen Intellektuellen hineinzogen und die es ihm während seiner Gesandtschaftsreisen erlaubten, den Mächtigen gegenüberzutreten, mit nichts als seiner historischen Bildung, seiner politischen Erfahrung und seinem scharfen, analytischen Verstand.

Auch jene im Fundus der antiken Autoren fundierten Schriften, die er nach seinem Sturz 1512 zu verfassen beginnt und die ihn berühmt gemacht haben, stehen in der Familientradition. Für die *Reden* benutzt er die Ausgabe, die sein Vater erwarb, und von ihm scheint er auch seine Abneigung gegen die Religion, den Spott, den er über die Geistlichkeit ausgießt, und seine Verachtung für die Päpste geerbt zu haben.

Schon die ersten Kommentatoren, die seine Texte unter die Lupe nahmen, sahen die Parallelen zu Tacitus, und im Laufe der Jahrhunderte kam ein ganzer Strauß antiker Dichter zum Vorschein, die Machiavelli als Vorbilder dienten: Aristoteles, Diodorus, Xenophon, Plutarch, Herodot, Thukydides, Diogenes Laertius, Cäsar, Sallust, Seneca, Horaz, Vergil.

Bernardo und sein Sohn Niccolò Machiavelli verkörperten Alltagshumanismus, veritablen Bürgerhumanismus, den man auch Niccolòs einzigem bekannten Brief an seinen Sohn Guido ablesen kann:

„Wenn Gott Dir und mir das Leben erhält, glaube ich, Dich zu einem angesehenen Manne zu machen, so Du einen Teil Deiner Schuldigkeit tun willst. Außer meinen anderen bedeutenden Freunden habe ich mir neuerdings die Freundschaft des Kardinals Cibo erworben. Dies wird Dir zum Vorteil gereichen, aber Du mußt lernen. Bemühe Dich, die Wissenschaften und die Musik zu lernen. Du siehst ja, welche Ehre mein geringes Verdienst mir bringt. Willst Du also, lieber Sohn, meine Zufriedenheit und Dein Wohl und Deine Ehre, so halte Dich gut und lerne. Denn wenn Du Dir hilfst, dann werden Dir alle helfen."

Ein wenig handeln Bernardos *Erinnerungen* auch von den Sorgen, die ihm sein Gütchen in Sant'Andrea macht – die Arbeiter, die nichts taugen, und der Esel, den er sich mit einem anderen Landwirt teilt. „Ich erinnere mich", mit dieser Floskel beginnt jeder Eintrag, „ich erinnere mich, daß ich am 27. April 1478 einen alten Ochsen verkauft habe." Am Tag zuvor ist Giuliano de'Medici ermordet worden, Lorenzo *der Prächtige* dem Anschlag nur knapp entgangen, und die Stadt liegt voller Leichen, an die Niccolò sich noch auf dem Totenbett erinnert. Nur Bernardo erwähnt sie nicht.

Pauken mit dem *Donatello*

Dafür erwähnt er kurz die Einschulung seines Sohnes. „Ich erinnere mich, daß ich am 6. Mai 1476 meinen Sohn Niccolò zu Meister Matteo schickte, dem Grammatiklehrer, der am *Ponte S. Trinità* wohnt, um bei ihm den *Donatello* zu studieren", lautet eine Eintragung. Davor geht es um ein Schaf, das Palmsonntag verstorben war, und zwei Tage später bringt er einem gewissen Lapaccini *seinen Ptolemäus* zurück.

Der kleine Nico hatte soeben den siebten Geburtstag gefeiert, als er seinen ersten Privatlehrer erhielt, der nicht billig war. „Fünf *soldi* im Monat und die üblichen 20 *soldi* zu Ostern." Messer Bernardo sparte an allem, nur nicht an seiner Bibliothek und der Ausbildung seiner zwei Söhne Tottò und Niccolò. Über die zwei Töchter ist nichts bekannt, außer daß er sie irgendwie unter die Haube brachte, was in Florenz nicht billig war, denn es verstieß gegen die Ehre, eine Frau zu nehmen, die kein Geld mitbrachte.

Der *Donatello* lehrte die *ars grammatica,* die erste und wichtigste der drei *kleinen Künste,* die deshalb auch *ars prima* genannt wurde. Verfasser des Lehrbuchs war der berühmte Grammatik-Lehrer Aelius Donatus aus dem vierten Jahrhundert, bei dem schon der heilige Hieronymus in die Schule ging. Tausend Jahre lang benutzten die Lateinschüler in ganz Europa den *Donatello.*

Der Grundunterricht zerfiel in zwei Teile, den *Dreiweg (trivium)* und den *Vierweg (quadrivium).* Wer damit anfing, wie Niccolò mit sieben, konnte bereits lesen, schreiben und rechnen. Das *trivium* bestand aus den drei Künsten Grammatik, Rhetorik und Dialektik. Zur Grammatik gehörten der Lateinunterricht und die Lektüre der klassischen Autoren, in Rhetorik lernte der Schüler Briefe und Urkunden zu verfassen, und in der dritten Kunst paukte er die Lehre von den logischen Schlüssen.

Der zweite Teil, das *quadrivium,* zerfiel in Arithmetik, Musik, Geometrie und Astronomie. Zur Arithmetik gehörte die Lehre von der geistigen Bedeutung der Zahlen, zur Musik auch das Studium der in den Zahlen darstellbaren Weltordnung, das Tönen der Sonne quasi und die Sphärenklänge, zur Geometrie die Landvermessung und die Erdbeschreibung. Zusammen bildeten die beiden Ausbildungsstufen die *septem artes liberales,* die *sieben freien Künste.*

Schon die erste Kunst der Siebenjährigen war recht anspruchsvoll. Zur Pflichtlektüre gehörte die *Topik* des Aristoteles. Durch sie lernte der kleine Niccolò in einem Frage- und Antwortspiel, aus einer Kette konträrer Behauptungen die richtigen Schlüsse zu ziehen.

Wie lange er einen Lehrer hatte und was er nach der Grundschulzeit machte, wissen wir nicht. Der Gobbo behauptet in seinem *Tagebuch,* die Oligarchie habe gleich nach dem frühen Tod des *Prächtigen* (Lorenzo de'Medici starb 1492 im Alter von dreiundvierzig Jahren) auf den Sturz des Nachfolgers hingearbeitet (Piero de'Medici, genannt *der Pechvogel*) und ihn, Machiavelli, als einen der höheren Kanzleibeamten einer zu errichtenden Volksrepublik ins Auge gefaßt. Als seinen Lehrherrn und Mentor nennt er den Althistoriker Virgilio Adriani, bei dem er ab 1494 hospitiert habe.

Das erste echte Dokument,* das auf berufliche Kontakte verweist, ist ein Brief, mehr ein Gutachten, und handelt von der vorletzten Predigt Savonarolas am Fastnachtstag 1498. Niccolò hat, wie das Papier zeigt, den Auftrag, eine realistische Einschätzung der Predigt zu liefern. Er geht als geheimdienstlicher Beobachter in die Kirche des Klosters San Marco, aber es bleibt unklar, wer seine Auftraggeber waren. Adressat des Gutachtens war der Florentiner Botschafter beim Heiligen Stuhl. Denkbar also, daß die folgenden Ereignisse auf Machias Stellungnahme zurückgehen.

Fünf Tage nach diesem Brief an den Botschafter verbietet die florentinische Regierung, die *Signoria,* dem Dominikaner das Predigen. Als er abermals predigt, wird das Kloster gestürmt. Savonarola wird verhaftet, gefoltert und in einem politischen Verfahren verurteilt.

Machiavelli wurde keine vier Wochen nach der Verbrennung des Abtes vom *Rat der Achtzig* und vom *Großen Rat* zum Sekretär der zweiten Kanzlei gewählt, kurz darauf auch zum Sekretär der *Zehn der Freiheit und des Friedens.* Es liegt also nahe, den Brief als Schritt auf seiner Karriereleiter zu sehen, aber nur er selber weiß, seit wann er das städtische Amt anstrebte und warum er nicht weiter unten anfing, sondern gleich den zweithöchsten Posten in der Staatskanzlei erhielt. Die *zweite Kanzlei* befaßte sich mit den Florentiner Territorien, war also eine Art Innenministerium. *Die Zehn* kontrollierten die Außen- und Verteidigungs-

* In: Machiavelli, *Opere,* Volume Terzo, Lettere, pag. 66 ff., Turin 1984, Classici Utet.

politik. Den angeseheneren, auch erheblich besser bezahlten Posten eines Sekretärs der ersten Kanzlei hatte Adriani inne, der somit theoretisch höher stand als Machia, faktisch jedoch niedriger, da dieser auch für *die Zehn* arbeitete, die beide Kanzleien kontrollierten, wenn ich es richtig verstanden habe.

In Machias Biographie klafft, wenn man es gewissenhaft betrachtet, ein Loch von rund fünfzehn Jahren – die Zeit zwischen dem vierzehnten und dem neunundzwanzigsten Lebensjahr. Gesichert erscheint nur, daß er weder eine Universität besucht noch einen Beruf ausgeübt hat.

Vor zwanzig Jahren versuchte ein gewisser Domenico Maffei nachzuweisen, daß *der junge M,* wie Ippolita ihn nennt, vor seiner Ernennung zum Sekretär der *Zehn* in Rom bei einem toskanischen Bankier namens Berto Berti gearbeitet habe.

Ein anderer, namens Marzi, versuchte, die Lücke zu stopfen, indem er eine lateinische Phrase in einem Brief Machias so interpretierte, daß der schon seit 1494 in geringerer Position in der Staatskanzlei gearbeitet habe. Beide wurden jedoch widerlegt. Der eine war angeblich einer Namensgleichheit aufgesessen, während der andere die lateinische Stelle mißverstanden hatte.

Stationen einer Karriere

Gewissermaßen aus dem Nichts erscheint Machiavelli an der Spitze der Verwaltung und Exekutive der Republik Florenz und avanciert binnen kurzem zu einer der bekanntesten Figuren der Stadt und an den italienischen Höfen. Seine Häresien und unbequemen Nachrichten sind in aller Munde. Sein Charme betört nicht nur die Damen. Er ist liebenswürdig und geistreich. Über seine Zechgelage, seine Liebschaften, seine Bordellbesuche verbiegen die Duckmäuser sich die Mäuler. Er selbst behauptet, er gehe täglich zu einem schönen Kind.

Seine analytische Intelligenz ist gefürchtet. Als Diplomat, als Organisator im Amt, als Befehlshaber der Belagerung vor Pisa, als Verteidigungskommissar, als Festungsbaumeister, als Förderer Leonardos und Michelangelos zum Beispiel, ist er unübertrefflich. Jemand hat ausgerechnet, daß er zwischen 1498 und

1512 auf dreiundzwanzig Gesandtschaftsreisen an die zehntausend Meilen im Sattel gesessen habe, das waren rund fünfzehntausend Kilometer.

Machiavelli ist der Vorläufer der fliegenden Außenminister unserer Zeit, allgegenwärtig. In einer Welt, wo alles wankt und wackelt, müssen andauernd irgendwo die Taue festgezurrt werden.

In der Behörde war er beliebt, eine Legende. Seine Mitarbeiter gehen für ihn durchs Feuer. Seine Arbeitgeber dagegen, die regierenden Oligarchen, halten ihn von wichtigen Gesandtschaften fern, da sie ihm die Bravour neiden, mit der er seine diplomatischen Aufträge erledigt, oder sie geben ihm einen der Ihrigen als Delegationsleiter bei, damit dieser den Erfolg einheimsen kann. Noch lange nach seinem Sturz antichambriert ein Clanchef bei Kardinal Giulio de'Medici, um zu verhindern, daß Machiavelli wieder ein Amt erhält.

Die Geschichte der Medici bildete nicht nur zu dem Zeitpunkt einen Kontrapunkt zu seiner Biographie. Machiavelli wird 1469 geboren, als Lorenzo *der Prächtige (il Magnifico)* den Familienclan übernimmt und damit praktisch die politische Herrschaft in der Stadt antritt. Machiavelli beginnt sich Hoffnungen auf eine ordentliche Position zu machen, als Lorenzos Sohn Piero *der Pechvogel* die Macht verspielt hat und die Medici 1494 die Stadt verlassen müssen, weil die Franzosen einziehen. Das Interregnum Savonarolas gehört praktisch schon zur Karriere Machiavellis, da in den vier Jahren die republikanischen Strukturen gebildet werden, durch die er 1498 ins Rathaus gelangt.

Als die Medici dann 1512, nach der berühmten Schlacht von Ravenna, mit Hilfe der Spanier und Papst Julius II. nach Florenz zurückkehren, verliert Machiavelli seine Ämter wieder und wird verbannt. Das ist scheinbar konsequent, denn bis hierher sieht es so aus, als seien er und der Clan der Medici Antipoden. Aber das kann nicht sein. Dafür ist der Clan zu reich und zu mächtig und Machia zu unbedeutend. Er ist ein Habenichts, ein austauschbarer Beamter, ohne sozialen Rückhalt.

Machiavelli erleidet das Schicksal des politischen Intellektuellen in allen Systemen und zu allen Zeiten: Er muß feststellen, daß der Herrscher nicht bereit ist, seinen Ratschlägen zu folgen. Ständig hat er recht. Interessanterweise strebt er das Amt des Ratgebers und Erfüllungsgehilfen an, obwohl die Politikerklasse seine Maßgaben nicht befolgt. Man mag daraus schließen, daß er, wäre er selber Herrscher, seinen Ratgebern auch nicht gefolgt wäre.

So versucht er 1512 zunächst, seine Posten zu behalten, wird aber nicht nur ersetzt, sondern auch noch inhaftiert und gefoltert. Giovanni de'Medici, alias Papst Leo X., ein Sohn des *Prächtigen,* befreit Machiavelli zwar aus dem Gefängnis, rehabilitiert ihn aber auch nicht. Kardinal Giulio de'Medici, Leos Cousin, hingegen schätzte ihn zwar, hatte aber nicht die Macht, für ihn zu sorgen. Erst als Leo, alt und kraftlos, nachgibt, erteilt er Anweisung, daß die Universität ihn 1521 mit der Abfassung der *Florentinischen Geschichten* beauftragte – praktisch einer Geschichte des Hauses Medici –, und sorgt nach dem Tod des Clanchefs Leo dafür, daß die Signoria dem gefallenen Kanzler wieder gewisse Aufgaben überträgt.

Der Stamm der Medici, der von Cosimo *dem Alten* abstammt, ist zu der Zeit biologisch stark ausgedünnt und hat für die Herrschaft in Florenz nur noch zwei minderjährige Bastarde anzubieten, von denen einer ein Mulatte ist. Ihr Vormund ist ein mit den Medici verschwägerter Kardinal namens Passerini, aber der Strippenzieher war eindeutig Kardinal Giulio de'Medici, seit 1523 Papst Clemens VII. Er war es auch, der Machiavelli wieder einstellen ließ und zum Sekretär einer neugegründeten Verteidigungbehörde machte.

Das gehört zu Machias Pragmatismus. Er war zwar Republikaner, lehnte es jedoch nicht ab, auch für die Medici zu arbeiten und einzelne von ihnen in den *Florentinischen Geschichten* in Bausch und Bogen zu loben. So kam es, daß er nach der abermaligen Vertreibung des Clans und der Wiederherstellung der republikanischen Institutionen im Frühjahr 1527 seine alten Posten nicht zurückbekam.

Das Ereignis, zwölf Tage vor seinem Tod, ist offensichtlich ein Trauma. An der Debatte über seine Bewerbung beteiligten sich überhaupt nur neun von sechshundert Wahlmännern. Die übrigen schwiegen. Acht sprachen gegen ihn, einer für ihn. Die Abstimmung am 10. Juni 1527 ergab zwölf Stimmen für Machiavelli, fünfhundertachtundachtzig gegen ihn. Ausgerechnet er, der in seinen Schriften mit der Republik sympathisiert, wird als Parteigänger der Medici verunglimpft, aber der Mann, der zum neuen Sekretär der Zehn gewählt wird, Francesco Tarugi, war noch zwei Jahre zuvor Sekretär der Acht und somit ein Mann der Medici.

Der Heilige Vater als *Condottiere*

Ein Wort noch zu den Schriften, denen er seinen Weltruhm verdankt. Die fünfbändige Gesamtausgabe, die ab 1971 in Italien erschienen ist, enthält zunächst die drei Großtexte, nämlich die mehrfach erwähnten *Reden über die ersten zehn Bücher des Titus Livius,* die acht Bände der *Florentinischen Geschichten* und die sieben Bücher der *Kriegskunst.* Wer kein italienisch liest, muß sich mit der unzureichenden, ebenfalls fünfbändigen deutschen Ausgabe von 1925 begnügen, in der die *Kriegskunst* nicht enthalten ist.

Aber uns interessieren vor allem die *Reden,* an denen er von 1513 bis 1521 arbeitete. Sie sind sein politisches Credo. Nicht *Der Fürst.* Es gibt sie als Taschenbuch. Von den Theaterstücken ist am bekanntesten *Die Mandragola,* die heute noch gern gespielt wird. Zu den kleineren Texten gehören der *Dialog über die Sprache,* die *Belfagor*-Novelle und der Gesandtschaftsbericht über Cesare Borgia.

Ich mag besonders die Novelle *Das Leben des Castruccio Castracani aus Lucca* – die Lebensbeschreibung eines *Condottiere,* der zeitweise so beliebt war, daß er, zusammen mit dem römischen Feldherrn Sciarra Colonna, 1328 den Wittelsbacher Ludwig IV. gegen den Willen des Papstes zum Kaiser krönen durfte.

Castracani, zu deutsch *der Hundekastrierer,* der als Herrscher über Lucca und Pisa in die Geschichte einging, ist in Machias Version der moderne Mensch, wie ihn Pico della Mirandola definiert hat. Er ist Gott und der Religion nicht unterworfen, sondern gestaltet sich selbst, so daß Gott ihn einfach akzeptieren muß. Rom betritt er wie ein Champion, um Senator zu werden. Sein Prunkmantel trägt die Aufschrift: „Er ist der, den Gott will. Er wird derjenige sein, den Gott wollen wird."

Was Gott will, definiert quasi der Mensch in seiner Funktion als Übermensch. Das ist kein Vorgriff auf das Gottesgnadentum der absolutistischen Fürsten der nachreformatorischen Zeit. Ein Herrscher wie Castracani braucht keine transzendente Begründung für seinen Machtanspruch. Italien ist etwa seit 1250 dank der zum Kapitalismus tendierenden wirtschaftlichen Entwicklungen veränderungslustiger als irgendein Land sonst in Europa. Nichts steht mehr fest, die alten Herrschaften purzeln, und leicht können aus Knechten Könige werden. Der *Castracani* ist der soziale Prototyp jener Jahre, man denke nur an den Aufstieg der Sforza im 15. Jahrhundert, die als Günstlinge und Haudegen der ungarischen Königin von Neapel anfangen und als Herzöge von Mailand enden.

Das Leben des Castruccio Castracani aus Lucca, das seit Karl dem Großen toskanische Hauptstadt war, geriert sich als bunte historische Rekonstruktion, ist streckenweise jedoch eine Geschichtsklitterung.

Castruccio wird, in Machias Version, als Findelkind von einer Witwe in einem Weinberg gefunden – hat folglich keinen Namen, keine Herkunft. Er kommt ohne soziale Fesseln in die Welt. Das ist das Revolutionäre am Menschenbild in Machias Schriften. Nicht Erbschaft, Herkunft und Stand begründen die Herrschaft, sei der Staat eine Monarchie oder eine Republik. Entscheidend sind der Wille, die Leistung und der sichere Blick des Erfolgreichen, der die Gelegenheit erkennt.

In seiner Schrift *Der Fürst* verweist Machia auf die Kette der Herrscher, die sich aus dem Nichts an die Spitze katapultieren. Der größte ist für ihn Moses, der selbstbestimmte Mensch, der eine Religion stiftet, um über ein Volk zu herrschen, denn kein anderes politisches Instrument sichert eine Herrschaft so wirkungsvoll wie eine Religion und ihre Gesetze. Danach kommt gleich Romulus, der Gründer Roms, der den eigenen Bruder ermordet, um die Existenz der Stadt zu sichern, für die und durch die er lebt.

Den *Castruccio Castracani* sollte man in Zusammenhang mit den Berichten über Cesare Borgia lesen, der mit siebzehn Erzbischof von Valencia (Spanien) und mit achtzehn Kardinal wurde. Viele Autoren halten ihn für das Vorbild des *Fürsten.* Erst die Vita dieses jung verstorbenen Usurpators, der den Kardinalshut ablegt, um Herzog von Valence (Frankreich) zu werden und unter dem Schutz seines Vaters, Papst Alexanders VI., in der Romagna einen vatikanischen Vasallenstaat zu errichten, zeigt den eigentlichen Widerpart jedes tätigen Menschen.

Wenn Machia der Signoria ungerührt berichtet, wie Cesare, genannt der *Valentino,* in den Weihnachtsferien 1502/1503 in Senigallia seine Heerführer in einer Art Röhmputsch ermorden läßt, um seine Macht zu sichern, so beschreibt er nämlich nur einen Teil der Voraussetzungen für eine Spitzenposition, die Verehrung verdient. Das zeigt sich, wenn er das Ende der beiden Borgias erörtert. Der Vater stirbt an einem Fieberanfall, manche sprechen von Giftmord, und der Sohn ist, weil ebenfalls erkrankt, zu schwach, dem neuen Papst zu widerstehen, der ebenso machtgierig ist wie die beiden Borgias, Julius II. della Rovere.

Das heißt, der Mensch, der Gott und die Religionen überwunden hat, kann immer noch an seinem persönlichen Unglück scheitern. Der Trick besteht darin, die Mächte des Himmels zu trivialisieren. Nicht Götter entscheiden über das menschliche Geschick, sondern Gallensteine.

Irgendwo schildert Machia ein Gespräch mit dem *Valentino.* „Alles wäre ihm leichtgefallen“, schreibt er, „wenn er nur beim Tod Alexanders gesund gewesen wäre. So sagte er mir in jenen Tagen, als Julius II. gewählt wurde, er habe an alle Probleme gedacht, die mit dem Tod seines Vaters entstehen könnten, und für alle eine Lösung gefunden, nur habe er nie daran gedacht, bei dessen Tod selber todkrank zu sein.“

Machiavelli hatte den Auftrag, das Konklave zu beobachten, die Bestechungssummen zu registrieren, mit den Strippenziehern der Papstwahl zu reden, also auch dem *Valentino.* Er schildert dessen Fehlentscheidungen, seine plötzliche Unfähigkeit, sein Geschick selbst zu bestimmen, seine Resignation. Als der neue Papst gewählt ist, stellt Machia einen Weltrekord auf. Seine Depesche an die Signoria braucht für die Strecke Rom–Florenz ganze zehn Stunden.

Dürers Ritter

Wenn man in den Schriften gegen Machiavelli liest, so hat man den Eindruck, der neue Mensch sei eine von ihm erfundene Chimäre. Er selbst habe diesen skrupellosen Machtmenschen erfunden, um die arme Politikerklasse mit dessen Mentalität zu infizieren. Das wäre ein Irrtum. Machia brauchte diesen neuen Menschen nicht zu erfinden. Er begegnete ihm auf den Marktplätzen und in den Domen der italienischen Städte. Sie heißen Colleoni und Gattamelata (gescheckte Katze), Niccolò da Tolentino oder Giovanni Acuto. Sie stehen auf dem Campo der Heiligen Johannes und Paulus in Venedig oder vor der Kirche des heiligen Antonius in Padua.

Ihre Zahl ist Legion. Sie haben klingende Namen wie Muzio Attendolo und Francesco Sforza, *Malatesta* oder Giovanni *delle Bande Nere* (Sohn der berühmten Caterina Sforza). Berühmte Künstler wie Donatello, Paolo Uccello und Piero della Francesca haben sie in Bronze gegossen, auf die Wand gemalt (im Dom von Florenz) oder auf Leinwand (Federico di Montefeltre zusammen mit seiner Gattin Battista Sforza).

Als Leonardo sich bei Ludwig *dem Mohren* als Ingenieur, Eventmanager und Festungsbaumeister bewirbt, erwähnt er nebenbei, daß er sich auch zutraue, das seit langem geplante Reiterstandbild vor dem Kastell der Sforza in Bronze zu gießen, und ein Gerücht besagt, daß auch er eine Condottiera gemalt habe – Lucrezia Borgia als Mona Lisa.

Die soziale Brutstätte der *Condottieri* scheint im wesentlichen das ärmliche Ambiente des kleinen ungebildeten Adels gewesen zu sein. Hier wächst der einsame, rauhbeinige und zugleich melancholische Soldat heran, der nach Höherem strebt – nach der glanzvollen Burg auf der Höhe des Berges, vom Licht erfüllt, nach Bildung und Ruhm. Für dieses unerreichbare Ziel verwüstet er die Landschaft und reitet über Totenschädel.

Die Kunsthistoriker haben sich seit dem achtzehnten Jahrhundert mehrheitlich gesträubt, Dürers berühmten Kupferstich negativ zu interpretieren. Sie haben in seinem Ritter den christlichen Streiter für das Gute sehen wollen, der Tod und Teufel nicht scheut, statt zu begreifen, daß diese beiden in Wahrheit seine Begleiter und Mitstreiter sind, im Sinne der These Machiavellis, daß der Teufel ein angenehmer Zeitgenosse sei und es keinen Grund gebe, den Tod zu fürchten. Er ist ein Teil des Lebens.

Mag sein, daß der Ratsherr Dürer, der von Kaiser Maximilian ein stattliches Gehalt bezog, den Mann nicht brüskieren mochte, der sich selbst *der letzte Ritter* nannte. Es gab zwar noch nicht das Wort *Friedensmission,* aber die demagogische Behauptung, daß man für einen guten Zweck in den Krieg ziehen könne, ist so alt wie der Beruf des Strategen.

Albrecht Dürer zeichnete seinen Ritter wenige Monate nachdem die Truppen der *heiligen Liga* die Bevölkerung von Prato abgeschlachtet und die Wiedereinsetzung der Medici in Florenz erzwungen hatten. Niccolò saß, als Dürer seinen Ritter in Kupfer stach, im Gefängnis, da er angeblich an einem Putsch gegen die neuen Medici beteiligt war, die zur Verwirrung des Lesers ebenfalls Giuliano und Lorenzo hießen. Er wurde gefoltert und dichtete sein bekanntes Sonett an Giuliano, in dem er sein Schicksal beklagt.

Ich selber habe in Dürers melancholischem alten Mann in der eisernen Rüstung hoch zu Roß, mit dem italienischen Helm und dem Fuchsschwanz an der Lanze, entgegen der herrschenden Meinung, immer Papst Julius II. gesehen, Machias Widerpart, nicht nur der Ähnlichkeit der Gesichtszüge wegen.

Auch Julius *der Schreckliche,* dem große politische und militärische Fähigkeiten nachgesagt werden, war eine geistige und körperliche Kraftnatur von ungewöhnlichen Ausmaßen. Er hatte bei den unglaublichsten Abenteuern Erfolg. Es kam vor, daß er vorausritt, ohne auf sein Heer zu warten. Mächtige Städte verteidigten sich nicht, wenn er nahte, und gefährliche Tyrannen ließen sich wehrlos von ihm gefangennehmen, aber das mögen Klischees sein. Ähnliches erzählt man sich von den ersten zwei Sforzas, von Cesare Borgia und Giovanni delle Bande Nere.

Machias Verhältnis zum *Condottiere* ist so ambivalent wie das Dürers, der ein Jahr jünger war und ein Jahr vor ihm starb. Er bewundert diesen asozialen Tatmenschen der Renaissance, und er verwirft ihn, weil er letztlich den Staat ruiniert.

Am deutlichsten schildert Machia die Bedrohung für den Staat, der sich eines dieser Heerführer bedient, im *Fürsten,* wo er auch die Absurdität des Geschichtsprozesses aufzeigt. Der von ihm besungene Cesare Borgia zerschlägt die vielen kleinen Herrschaften in Umbrien, Siena und der Romagna, um einen großen Staat zu bilden. Er tut also das richtige. Italien muß, wie Machiavelli sagt, um sich gegen die ausländischen Barbaren zu wehren (vor allem die Franzosen), „einem Banner folgen", aber es muß erst mal einer kommen, „der es ergreift".

Dann aber, weil das Glück ihn verläßt (Tod des Vaters, Krankheit, politische Fehlentscheidungen), fällt dieser soeben gegründete Staat Italiens schlimmstem Feind in die Hände, den Päpsten, die, wenn man Machiavelli glaubt, die Misere des Landes seit jeher verursacht haben. Unser Unglück sind die Päpste, durchzieht als Dauerseufzer seine Schriften.

Auf dem Erbgang

So erscheint Machia mehr als distanzierter Betrachter denn als Apologet. Ein Satz des englischen Staatsphilosophen und Politikers Francis Bacon (1561–1626) könnte als Motto über den Texten Machiavellis stehen: „Wir sind ihm Dank schuldig, weil er uns offen und ohne Umschweife gesagt hat, wie die Menschen gewöhnlich handeln, und nicht, wie sie handeln sollten."

Über seine Reisen zu Caterina Sforza, Kaiser Maximilian und Cesare Borgia, in den Vatikan und zum französischen König, wo er etliche Male zu verhandeln hatte, unterrichten uns die *Gesandtschaftsberichte* an die *Signoria.* Sie sind auch literarisch erste Klasse. Inhaltlich repräsentieren sie den Erfahrungsschatz, der Machiavelli zu einem begehrten politischen Ratgeber seiner Zeitgenossen machte. Politische Schriften wie das Buch vom *Fürsten* nähren sich aus diesem Material.

Zu erwähnen sind auch die *Freundschaftlichen Briefe,* von denen die deutsche Werkausgabe von 1925 an die achtzig Stück enthält. Sie sind eine unterhaltsame Lektüre und waren bislang eine wichtige Quelle zur Erforschung seiner Biographie, auch wenn sie nicht immer zuverlässig sind, denn Briefe, auch privater Natur, waren damals ein offenes Geheimnis. Sie wurden unterwegs erbrochen, rumerzählt, abgeschrieben und wieder versiegelt. Der Absender tat gut daran, durch die Blume zu schreiben.

Wie es scheint, sind einige Briefe auch postum entstellt worden. Der Weg des literarischen Erbes ist bekannt. Er hängt irgendwie mit Machias Tochter Bartolomea zusammen – jener *Baccina,* die Machia mehr liebte als die fünf Söhne und der er auf dem Sterbebett angeblich zwölf Tage lang einen *letzten Brief* diktierte, der mit den erstaunlichen Worten beginnt:

„Geh her, *Baccina,* Mona Marietta soll auf den kleinen Giuliano achtgeben. Rück das Schreibpult neben mein Bett, hol Tinte und besorg dir drei spitze Federn, denn ich will dir diktieren", und dann folgten überraschende Sätze wie dieser:

Der Sturmwind riß eine drei Kilometer breite Schneise der Verwüstung durch die Toskana vom adriatischen bis zum etruskischen Meer, als Cosimo der Alte de'Medici aus der Verbannung zurückkehrte.

Baccina heiratete einen Giovanni aus der Familie *de'Ricci.* Die Mitgift bezahlte der stets knappe Machia mit den hundertzwanzig Goldkaten, die er im Mai 1525 von Papst Klemens VII. als Honorar für seine *Florentinischen Geschichten* erhielt. Auch jenen wollen wir würdigen: den treusorgenden Hausvater Machiavelli, der sich nachts die Finger wundschreibt, selber darbt, zur Archivmaus wird, ein Werk der Weltliteratur verfaßt, nur damit die Tochter in eine ordentliche Familie einheiraten kann. Dafür waren die Mädchen vom Erbgang ausgeschlossen, das zeigt sein Testament vom 27. November 1522. Kein Wort über Baccina.

Das Geld für die Mitgift war gut angelegt. Aus der Ehe entstammte jener Giuliano de'Ricci, der die verstreuten Briefe und Manuskripte seines Großvaters sammelte, transkribierte und für die Nachwelt aufbewahrte, wobei vermutlich die erwähnten Eingriffe in die Texte erfolgten.

Ich habe nicht untersucht, könnte es gar nicht, was da im einzelnen unterschlagen wurde, vielleicht *dirty words,* anstößige Stellen über sein Liebesleben, Herrenwitze, Casinospäße. Ich weiß nicht einmal, ob und wie Ippolita an den Nachlaß gelangt ist. Klar ist nur, wie sie in den Besitz der Landwirtschaft kam. Es steht im Testament: „Meinem Erstgeborenen Bernardo vermache ich den Landbesitz in Sant'Andrea in Percussina." Bernardo war Ippolitas Großvater.

Das klärt nicht, wie Baccinas Sohn zum Nachlaßkurator der Schriften wurde. Es wimmelt im Testament vor Immobilien, auf dem Land wie in Florenz, deren Wert, wie wir aus der Todesanzeige wissen, angeblich unbedeutend war. Kein Wort jedoch über den literarischen Nachlaß. Hielt er ihn für wertlos?

Ein Popanz wird errichtet

Das wäre eine Fehleinschätzung gewesen, denn keine hundert Jahre später, als Machias Ur-Ur-Enkelin Cassandra (Ippolitas einzige Tochter) zur Welt kam, war er einer der bekanntesten europäischen Autoren – und das dank einer kleinen Schrift, die alle kannten und die kaum einer gelesen hatte. Eine Auskoppelung, würde man im heutigen Musikbetrieb sagen, 1513 nebenbei entstanden während der Arbeit an den *Reden über die ersten zehn Bücher,* um sich einzuschmeicheln bei Giuliano de'Medici, der es aber nicht lange aushielt in Florenz und bald schon nach Rom retirierte, wo sein Bruder, Papst Leo X., ihn zum *Gonfaloniere* und Kapitän der Kirche machte.

Die Schrift *Der Fürst,* in der Reclam-Ausgabe von 1986 eben mal hundert Seiten lang, erwähnt Machia zuerst in einem Brief an seinen Freund Francesco Vettori vom 10. Dezember 1513:

„Wenn der Abend kommt, begebe ich mich in die Säulenhallen der großen Autoren der Antike. Weil Dante sagt, es gebe keine Wissenschaft, ohne das Gehörte zu behalten, habe ich aufgeschrieben, was ich durch ihre Unterhaltung gelernt, und ein Werkchen *de principatibus* geschrieben. Wenn Euch je eine meiner Grillen gefiel, dürfte Euch diese nicht mißfallen. Einem neuen Fürsten dürfte sie willkommen sein. Ich widme sie daher der Durchlaucht Giulianos."

De principatibus also, *von den Fürstenherrschaften,* eine *Grille,* 1513 geschrieben für Giuliano. Die Wissenschaftler sind sich jedoch einig, daß die *Grille* erst 1516 überreicht wurde, und zwar an Lorenzo, als Leo einen weiteren aberwitzigen Plan in Szene setzte. Giuliano war im gleichen Jahr, in dem Leos geliebter indischer Elefant starb,* an Tuberkulose gestorben, und Leo wollte nun seinen Neffen Lorenzo, der an Giulianos Stelle in Florenz regierte, zum Herzog von Urbino machen, um den Machtbereich der Familie auszudehnen.

So widmete Machia die Schrift dem politisch unbedarften Lebemann Lorenzo und fügte ein sechsundzwanzigstes Kapitel hinzu, das einen flammenden *Aufruf, sich Italiens zu bemächtigen und es von den Barbaren zu befreien,* enthält. Mit diesem Kapitel wurde er nicht nur zum Ahnherrn der italienischen Nationalisten seit dem neunzehnten Jahrhundert und zum Leithammel der Faschisten im zwanzigsten. Mussolini berief sich auf Machia, aber er war nicht der einzige Diktator der Moderne, der das tat.

Bekanntlich sorgte Leos Plan, einen neuen Staat zu schaffen, nur für weitere Unruhe in Mittelitalien. Es gab ein paar lokale Schlachten, in denen sich der letzte große Condottiere, Giovanni *delle Bande Nere* (*der schwarze Bandit,* auch er einer de'Medici, aus der jüngeren Linie), die ersten Sporen als päpstlicher Feldherr verdiente. Aber Lorenzo starb bereits ein Jahr darauf an der Syphilis, und damit war Leos Plan hinfällig.

Der schwarze Bandit war ebenfalls eine Romanfigur – der Inbegriff der Männlichkeit, dumm, primitiv, aber tapfer bis zum Umfallen. Als Soziotyp, zweihundert Jahre nach Castruccio, schon ein Anachronismus, denn die Zeit des großen Einzelnen neigte sich dem Ende zu. Piero Aretino hat seine letzten Stunden beschrieben. Vasari hat ihn gemalt als eine Art Vorstadt-Casanova. Machiavelli war überzeugt, daß er die Plünderung Roms verhindert hätte, und sein ausschweifendes Leben schien ihn nicht zu stören.

* 1516.

Ein Buch geht um die Welt

Der Fürst erschien erstmals 1532, noch unter Papst Klemens de'Medici, als sein illegitimer Sohn Alexander zum ersten erblichen Herzog von Florenz eingesetzt war. Nicht unter dem ursprünglichen Titel *De principatibus,* auch nicht *De principibus,* also nicht im Plural, sondern im Singular unter dem Titel *Il principe.*

Der Titel *Der Fürst* enthält die Behauptung, nur ein Mensch, der die hier dargestellten Eigenschaften hat, eigne sich zum Fürsten. Die Fragen, die die Schrift aufwirft – wie erobere ich einen Staat, wie mache ich mich beim Volk beliebt, wie bleibe ich an der Macht –, scheinen deshalb übertragbar zu sein auf strukturell ähnliche Situationen mit anderen Namen.

Durch den neuen Titel wird der Ratgeber unabhängig von der Staatsform und bezieht sich nicht nur auf das höchste Staatsamt. Er verspricht Hilfe für jedermann in allen Lebenslagen – für den Präsidenten der USA, den Generalsekretär der Einheitspartei, den Bundeskanzler, seinen Außenminister, den Vorstandsvorsitzenden von Daimler-Chrysler, die Herausgeberin einer feministischen Fachzeitschrift und die Puffmutter.

Das suggerieren auch die aktuellen Zitatsammlungen auf dem Buchmarkt: Machiavelli für Manager, Erfolg und Karriere durch Bewußtsein, Machiavelli für Frauen, Strategie und Taktik im Kampf der Geschlechter, der kleine Machiavelli, Handbuch der Macht für den alltäglichen Gebrauch, der Büro-Machiavelli, eine Anleitung zum erfolgsgekrönten Nichtstun, Machiavelli für Sozialhilfeempfänger.

Il principe erschien in einem Band mit der Novelle über Castracani, der Erzählung über den *Valentino* und den Berichten über Machias Reisen nach Deutschland und Frankreich.

Die große Bekanntheit des Werkes, schon zu Machias Lebzeiten – lange vor seiner Publikation –, lag an der literarischen Öffentlichkeit im Zeitalter des Humanismus. Man trug im Freundeskreis und in politischen Zirkeln die in Arbeit befindlichen Schriften vor. Die Manuskripte wurden abgeschrieben und zirkulierten. Es gab also eine Art Samisdat-Literatur, und natürlich ließ Vettori sich den *Fürsten* schicken, nachdem Machia ihm davon berichtet hatte. Vettori war es auch, der den *principe* dem Herzog von Urbino während einer Audienz, an der auch Machia teilnahm, überreichte.

Eine historisch fragwürdige Inschrift an einem Sockel im einstigen Garten der Familie Rucellai, in den *Orti oricellari*, 1852 von einem Nachkommen jenes Lorenzo Strozzi errichtet, dem die *Kriegskunst* gewidmet ist, erinnert an den berühmtesten dieser politisch-literarischen Zirkel der späten Republik. Gewidmet ist die Stele Bernardo Rucellai, der mit Lukrezia, einer Schwester des *Prächtigen* verheiratet war. Ihrem Sohn Cosimo und dem ebenfalls auf der Stele verewigten Zanobi Buondelmonti sind *Die Reden über die ersten zehn Bücher* zugeeignet. Auch die *Kriegskunst* und die *Mandragola* soll Machia in den Gärten der schwerreichen Rucellai vorgetragen haben. Ohne den geistigen und vermutlich auch finanziellen Rückhalt der Intellektuellen, die dort verkehrten, wäre das Hauptwerk Machiavellis vermutlich nicht einmal entstanden.

Im übrigen unterstützte man sich auch beruflich. Lorenzo Strozzi, der – anders als sein Bruder, der berühmte Filippo – zurückgezogen lebte, Verskomödien schrieb und mit anderen Republikanern einen Theaterverein besaß, war der Mann, der Machia bei Kardinal Giulio de'Medici einführte und dafür sorgte, daß er nach den Jahren erzwungener Untätigkeit wieder mit staatlichen Aufgaben betraut wurde – und vermutlich war das der Grund, warum Machia ihm die *Kriegskunst* widmete.

Die Erfindung der Weisen von Zion

Vielleicht ist etliches, was über den Ruhm des *Fürsten* erzählt wird, nur Gerücht. Es heißt: Kaiser Karl V. kannte den Text auswendig, und die Herrscher der zweiten Hälfte des sechzehnten Jahrhunderts lasen ihn gern. Papst Sixtus V. exzerpierte ihn für den eigenen Bedarf, und auch die Söhne Katharinas de'Medici, beides französische Könige, sollen ihn konsultiert haben.

Katharina war eine Urenkelin des *prächtigen* Lorenz und hat den *principe* angeblich nach Frankreich mitgebracht. Aber ihr sollen die Franzosen auch eine einigermaßen kultivierte Küche verdanken. Sie heiratete einen König und wurde die Mutter und Schwiegermutter von einem guten Dutzend Königinnen, Königen und Herzögen in Frankreich, Schottland, Spanien, Österreich und Italien. Die von ihr veranlaßte *Pariser Bluthochzeit* wurde auf Machiavellis Einfluß zurückgeführt.

Erfolge auch in England. Shakespeare nannte ihn *den mörderischen Machiavelli.* Für Shakespeares Zeitgenossen und Kollegen Christopher Marlowe war *Der Fürst* der Katechismus der jüdischen Schlechtigkeit. Sein *Jude von Malta* wurde nach 1588 erstaufgeführt. Der Titel der Erstausgabe von 1633 lautet:

„The Famous Historical Tragedy of the rich Jew of Malta imitated from the works of Machiavelli."

Das sieht so aus, als verdankte Marlowe die Anregung zu seinem Stück der Lektüre Machiavells. Umgekehrt beeinflußte Marlowe auch die Machiavelli-Interpretation. 1633 hatten englische Komödianten das Stück schon in ganz Europa aufgeführt, auch in Halle (1611) und Dresden (1626). Die Kunde von Machias sittenlosen jüdischen Maximen verbreitete sich also auch über das Theater, das damals noch international war, nicht nur durch Traktate und Mundpropaganda.

Von Marlowes *Jude* zieht sich die antisemitische Schleimspur bis in unsere Tage. 1864 erschien in Frankreich eine gegen Kaiser Napoleon III. gerichtete Streitschrift mit dem Titel *Dialog in der Hölle zwischen Machiavelli und Montesquieu.* Die zunächst anonym verbreitete Schrift trug ihrem Verfasser, Maurice Joly, dem Sekretär einer Cousine des Kaisers, fünfzehn Monate Gefängnis, zweihundert Francs Geldstrafe und lebenslange soziale Ächtung ein. Mit siebenundfünfzig beging er Selbstmord.

Jolys *Dialog* ist brisant geblieben, da er, wie Marlowe und viele nach ihm, Machiavelli als Apologeten eines skrupellosen Machtmißbrauchs interpretiert. So konnten Ende des neunzehnten Jahrhunderts große Teile des *Dialogs* von einem Offizier der zaristischen Geheimpolizei in ein erfundenes antisemitisches Pamphlet eingearbeitet werden, das 1905 auf den Markt kam und noch heute als Beweis für eine jüdische Weltverschwörung gehandelt wird. Sein Titel: *Die Protokolle der Weisen von Zion.*

Während unser Autor hier also aus durchsichtigen politischen Gründen fehlinterpretiert wird, war das erste Jahrhundert des Anti-Machiavellismus noch vorwiegend religiös motiviert. Die meisten verteidigten die Religion im allgemeinen und das Papsttum im besonderen, gegen die Machia sich versündigt habe. Kirchenfürsten und Jesuiten fallen in diese Gruppe. In Bayern verbrannten Jesuiten Machiavelli notgedrungen *in effigie,* da er soeben verstorben war.

Sie sorgten auch dafür, daß seine Werke 1559 auf den *Index* der verbotenen Bücher gesetzt wurden – in dem Jahr also, in dem auch der Vertrag von Cateau zwischen Frankreich und Spanien geschlossen wurde, durch den Spanien die Vorherrschaft in Italien erhielt, aber es ging um mehr. Die beiden Großmächte mußten die Hände freikriegen für den Kampf gegen die Protestanten, und der Gegenreformation diente auch das Verbot Machiavellis.

Das Verbot wurde vom Konzil zu Trient bestätigt, aber das hinderte nicht die weitere Verbreitung der Texte. Anonyme Ausgaben erschienen, und auch durch vordatierte Ausgaben wurde das Verbot umgangen. So wuchs der Ruhm des *Fürsten.* Die Briten zum Beispiel nennen den Leibhaftigen zärtlich *Old Nick.* Für den Papst war das anglikanische Schisma ein Werk des Teufels, und indem die Engländer ihn nach Niccolò Machiavelli *Old Nick* nannten, vermenschlichten sie ihn und nahmen ihm seinen metaphysischen Schrecken. Dazu ein Treppenwitz: Der *Index* wurde in Rom auf derselben Maschine gedruckt wie einige Jahre zuvor *Der Fürst.*

Heimatlos sind viele auf der Welt

Zu Christian Weises Zeiten war *Der Fürst* Gemeingut an den höheren Lehranstalten. Weise, der sich in seiner späteren Laufbahn als Schulmann auf das Genre der *sächsischen Schulkomödie* spezialisiert hatte und rund sechzig Stücke schrieb, hätte sonst nicht das Lustspiel *Der bäuerliche Machiavellus* verfaßt, das zu seinen besseren Theatertexten zählt. Er haut unseren Niccolò übrigens nicht in die Pfanne. In *Querlequitsch,* wo seine Posse spielt, fühlt man sich nicht zuständig für übertriebene moralische Fragen und überläßt das Urteil lieber dem obersten Richter im Himmel, der besser zwischen Gut und Böse unterscheiden kann als der pragmatisch handelnde Mensch.

Das war richtig so. Weises Machiavellus hat die Trennung der politischen Praxis von der Sittenlehre und den christlichen Idealen nicht erfunden, und er brauchte sie auch nicht zu propagieren. Der Gedanke des politischen Realismus, der Staatsraison und der doppelten Moral war Gemeingut in den Jahrzehnten nach dem Dreißigjährigen Krieg. Alles andere wäre albern gewesen. Natürlich ist Weises Machia kein guter Mensch, aber der Hauptschuldige in seinem Stück ist ein gewisser *Antiquus*, ein Alter also, der das Alte verkörpert. Er ist der Erfinder aller Bosheit auf Erden. Machiavell ist nur einer seiner vielen Gefolgsleute.

Andere, auch spätere Gegner der Schriften mochten nicht so blasphemisch sein. Sie spielten sich ungeniert als besorgte Verteidiger des Sittengesetzes und der wahren Staatslehre auf. Zu diesen benebelten Kerzenhaltern gehörte jener preußische Kronprinz, der einen berühmt gewordenen *Anti-Machiavell* verfaßte. Was von seiner Schrift zu halten war, zeigte sich, als der Verfasser preußischer König wurde. Seine praktische Politik war das glatte Gegenteil seines Pamphlets. Das tat seinem Ruhm keinen Abbruch. Friedrichs *Anti-Machiavell* ist bis heute die berühmteste Schrift gegen unseren Niccolò.

Die berühmteste, doch bei weitem nicht die einzige. Es gibt so gut wie keinen Staatsphilosophen, der nicht seinen Senf zum *Fürsten* gegeben hätte: Erasmus (der ebenfalls einen *Fürstenspiegel* schrieb), Lordkanzler Bacon (den wir schon hatten), Hobbes (der ähnliche Positionen vertritt wie Machia), Königin Christine von Schweden (die alles las und ihn schätzte), Baron de Montesquieu (der ihn lobt und mit Platon und Aristoteles vergleicht), Voltaire (der Friedrichs Schmähschrift zunächst als eigene Arbeit ausgab), Rousseau, Hegel, Fichte, Ranke.

Im Kaiserreich fiel er dann auch Treitschke und den Chauvinisten aller Länder in die Hände. Sie meinten, daß der Staat durch seine Selbsterhaltung das oberste Gebot der Sittlichkeit erfülle, und diese Meinung vertreten bekanntlich auch die Sozialdemokraten. Ein Fürst, der seinen Staat verteidigt, kann gar nicht unsittlich handeln.

Mir fällt dazu auch nichts Besseres ein, so lange es zu den Nationalstaaten keine politische Alternative gibt. Ja, man kann sagen, gegen die heutigen Globalisierungsprozesse sind die Nationalstaaten das einzige Korrektiv.

Deshalb nur soviel. Mir imponiert die Rückhaltlosigkeit, mit der der Verfasser des *Fürsten* die Politikerklasse decouvriert und uns mitteilt: So sind sie, die Herren und Damen, die uns regieren. Es hat wenig Zweck und macht keinen Spaß, sich Illusionen zu machen. Am wenigsten in der Politik.

Das sieht so aus, als habe Machia seine Leser aufklären und davon abhalten wollen, ihren Regierungschefs Kredit zu geben, und tatsächlich ist dies eines der hermeneutischen Muster, die sich aus der Vielzahl der Interpretationen des *Fürsten* herauslesen lassen. Es gibt die bedingungslosen und die bedingten Gegner, die kritischen Sympathisanten, die bedingten und die unbedingten Anhänger und kaum Gleichgültige wie Descartes. Er las den *Fürsten,* meinte, er habe darin Richtiges und Falsches gefunden, und fand, das Werk werde überschätzt.

Spaziergang mit Machiavelli

Wer heute auf Christian Weises Spuren durch Florenz schlendert, könnte denken, es habe hier immer so ausgesehen. Die Stadtväter geben sich große Mühe, diesen Eindruck zu erwekken. Die heutige Stadt sieht so aus wie alles von früher, nur viel besser.

Uns geht es wie Weise. Wir kennen uns aus, und wir stehen vor einer seltsamen Inszenierung von Historie.

Eine Autorin, deren Namen ich vergaß, hat vor einigen Jahren einen Spaziergang beschrieben. Sie beginnt mit Machias Wohnhaus an der Via Guicciardini 18, überquert den Arno auf dem *Ponte Vecchio,* biegt nach rechts, geht durch eine Unterführung, nimmt eine Gasse, biegt um zwei Ecken und steht im Hof der Uffizien. Rechts der Arno, links das Rathaus, der *Palazzo Vecchio,* Machias Arbeitsplatz. Keine zehn Minuten Fußweg.

Im Palazzo besichtigt sie Machias Büro und dort wiederum einige Möbel und eine Büste, die ihrer Ansicht nach Machiavelli darstellt.

Sie geht weiter nach Santa Croce wegen des Kenotaphs, und dann abermals fünf Minuten die Via Verdi rauf zur Haftanstalt *Le stinche,* wo Machia im Frühjahr 1513 einige Wochen lang inhaftiert war, sechsmal gefoltert wurde und sein Sonett an Giuliano de'Medici schrieb.

Die erwähnte Spaziergängerin fährt auch hinaus nach Sant' Andrea in Percussina, um das Landhaus der Machiavelli zu besichtigen, wo unser Niccolò seine *Reden* schrieb, die *Mandragola,* den *Fürsten* – wo er sich durch einen unterirdischen Gang nachts zu einer benachbarten Witwe schlich, wo Mona Marietta ein Mädchen gebar, das bald wieder verstarb.

Sie sieht Dinge, die es damals noch nicht gab – Vasaris berühmten Geheimgang über den *Ponte Vecchio,* der die *Uffizien* mit dem *Palazzo Pitti* verbindet, die *Uffizien.* Sie erwähnt Dinge nicht, die es inzwischen gibt, was ich ihr nicht vorwerfe – die Kuppel von Santa Reparata, die riesig und bedrückend am Ende der alten Brücke steht, wie ein illusionistisches Bühnenbild direkt am Nordufer, die schnieken Boutiquen in den kleinen Gassen rund um das Rathaus, die große Bodenplatte aus Metall an der Stelle, wo Savonarola verbrannt wurde.

Unnötig zu sagen, daß alles völlig anders aussah, als ich vor fünfundvierzig Jahren ärmlich und abgerissen zum ersten Mal durch die dunklen Gänge zwischen den hohen alten Häusern schlurfte.

Florenz im Jahre 2002 ist eine von urbanistischen Designern erfundene Retortenstadt, die wenig Ähnlichkeit mit den Fotos aus dem neunzehnten und den Zeichnungen aus dem achtzehnten Jahrhundert hat.

Machias Arbeitszimmer in Sant'Andrea ist eine Inszenierung eines japanischen Fernsehsenders, der hier vor Jahren eine Doku drehte. Der Tisch, an dem er angeblich den *Principe* schrieb, hat nie hier gestanden. Im ganzen Haus gibt es kein Möbel, keine Tür, kein Fenster aus seiner Zeit, und das Gebäude wurde mehrfach erweitert und umgebaut. Ein Stück an einer

Tür ist an die fünfhundert Jahre alt und ein Quadratmeter Wandverputz.

Auch sein Zimmer im Rathaus ist eine Fälschung, ein Bühnenbild, in Auftrag gegeben von der Museumsverwaltung. Keiner weiß, wo sich die Büros der Kanzleien befanden. Auch den Schreibtisch hat er nie benutzt, und wen die Büste darstellt, weiß man nicht, aber sie paßt hierher. Sie sieht ein wenig so aus, wie Tito de Santi sich den Berühmten vorgestellt hat.

Das Gefängnis *Le stinche* ist weg, das ist klar. An seiner Stelle steht ein Theater, das *Verdi.* Zu beiden Seiten des Arno am *Ponte Vecchio* sind auch die Häuser aus der Renaissance verschwunden. Hier stehen jetzt bis zur ersten oder zweiten Querstraße Neubauten, eben mal fünfzig Jahre alt. Die Deutschen ließen vor ihrem Abzug im August 1944 ganze Häuserblocks am Fluß sprengen, um den alliierten Vormarsch abzubremsen. Der dicke Churchill und andere Größen ließen sich auf den Schuttbergen ablichten.

Der Palast, in dem Machias Freund und Mentor Francesco Guicciardini lebte, blieb erhalten. Die sehr viel bescheideneren Wohnhäuser der Malclavelli, näher zum Fluß hin gelegen, wurden zerstört. Auch Boccaccios Haus in Certaldo wurde damals zerstört, aber nicht von den Deutschen. Mir scheint eine gewisse Logik darin zu liegen, daß das Haus dieses anderen großen Autors der Renaissance von den Amerikanern zerstört wurde, die zur gleichen Zeit gegen die Arno-Front vorrückten. Was Machiavelli für die Politologie ist, war Boccaccio für die Sexualforschung und die Literaturwissenschaft.

Die prüden Amis hielten den frivolen Verfasser des *Decamerone* für den leibhaftigen Gott-sei-bei-uns. Die frustrierten Deutschen dagegen nahmen Rache am ersten politischen Denker der Neuzeit. Sie meinten, alle seine Ratschläge beherzigt zu haben. Tatsächlich hatten sie einen nicht beachtet:

„Ein Fürst muß sich besonnen verhalten, bevor er zu handeln beginnt, und er muß maßvoll handeln, gezügelt durch Klugheit und Menschenfreundlichkeit."

Diese Maxime aus dem siebzehnten Kapitel des *Fürsten* gehört nicht zu den bekannten Stellen, aber das ist der hauptsächliche

Mißbrauch, den die meisten seit jeher mit Machias Texten treiben: Sie picken sich nur die Stellen raus, die ihnen in den Kram passen.

Von Machias Haus kurz vor der kleinen Kirche Santa Felicità, wo ein herrlicher Pontormo in einer Seitenkapelle zu sehen ist, ist nur ein großer dicker Balken übriggeblieben. Er wurde in die Decke einer Passage eingebaut, die zum Wohnhaus führt. Am Balken befindet sich eine Messingtafel mit der Aufschrift:

„Teil eines Balkens, der seit Anbeginn zu diesem alten Wohnsitz der Machiavelli gehörte und hier zwischen den Trümmern nach der Zerstörung im Jahr 1944 gefunden wurde."

Immerhinque: Im *Albergaccio,* das es noch gibt, versichert uns die Pressechefin der großen Weinkellerei, der jetzt alles gehört, daß es eine letzte Nachkommin jenes Seristori, dessen Bild nach wie vor im Kaminzimmer hängt, noch gebe, so daß wir sagen können, rein biologisch sei unser Nikolaus Schlechtnagel noch immer nicht ganz ausgestorben.

Peter O. Chotjewitz, MÄRZ 2003

Mein Dank gilt insonderheit Herrn Joachim Burmeister, Direktor der Villa Romana Florenz, ohne dessen unermüdliche Gastfreundschaft, vor allem in den Jahren 1984/85, dieses Werk nicht möglich gewesen wäre.